ZANIM PIERROT ZAWITA

Edward Kwartnik

ZANIM PIERROT ZAWITA

Wydawnictwo Poligraf

Projekt okładki: Izabela Surdykowska-Jurek, Magdalena Muszyńska

Skład: Wojciech Ławski

Korekta: Jolanta Kawalec, Joanna Kokocińska, Dorota Sideropulu

Książka wydana
w Systemie Wydawniczym Fortunet™
www.fortunet.eu

ISBN: 978-83-7856-036-4

Zamówienia hurtowe:
Grupa A5 sp. z o.o.
ul. Krokusowa 1-3, 92-101 Łódź
tel. (42) 676-49-29

Wydawnictwo Poligraf
ul. Młyńska 38
55-093 Brzezia Łąka
tel./fax (71) 344-56-35
www.WydawnictwoPoligraf.pl

SPIS TREŚCI

CZĘŚĆ PIERWSZA

MALOWANY ŚWIAT

Czasy to były dziwne! A może to nie jest wcale dziwne, że te czasy… Czas odbija się echem przede wszystkim w przestrzeni życia tych, którzy ciągle mu się z jakiejś przyczyny dziwią i są niczym dziecko, które nie skrzywdzone obcością mu świata ufnie jeszcze i z ciekawością przygląda się wszystkiemu i sobie w tym, co ciągle nieznane, by wciąż mieli potrafić spontanicznie radować się każdym sukcesem następnego życia kroku. Krok po kroku, myśl po myśli, spojrzenie po spojrzeniu, dotyk po dotyku, słyszenie po słyszeniu, wrażenie po wrażeniu, gest po geście, by w owym czasie na kartce z bloku rysunkowego wyłonić się miała kolejna postać, kolejny widok, kolejne wyobrażenie, kolejna fantasmagoria, a poprzez nią kolejna doskonałość świata w malowaniu obrazków akwarelą, co nie zdążyły jeszcze odsłonić mniejszej w sztuce poprawności tego, co zadała już „pani" na lekcji rysunków dnia powszedniego. Widok jest tu tym samym co wyobrażenie, a to staje się widokiem też mamy, która siedząc z igłą na krześle przy oknie, naprawia rozdarte podczas zabawy na podwórku spodnie. A te rozdarły się przecież same, bo sprawiło wszystko to „ono". Tak samo to „ono" przylgnęło z rozpłaszczonym nosem do okna, przysłaniając sobie za każdym oddechem z niego widok, bo samo ochoczo zostawiało na nim mgiełkę obrazu domyślnego, podczas gdy z radia miał obojętnie płynąć nierozpoznawany w słowach śpiew:

Gdzie jesteś, Mały Książę? Gdzie
Odszedłeś z mej książeczki kart?
Czy po pustyni błądzisz? Znów,
Rozmawiasz z echem pośród skał?

Czy tam, gdzie świeci złoty wóz
Oglądasz Ziemię w swoich snach,
Gdzie pozostała z dawnych dni

Niby wspomnienie bajka ta.
W maleńkiej Róży kochał się
Książę na jednej z wielu gwiazd.
Nie widział przedtem innych róż,
Kiedy w daleki poszedł świat.

Na Ziemi zwątpił w miłość swą,
Tę najpiękniejszą z wszystkich snów,
…………
Nie wierz swym oczom – szepnął wiatr,
Jeżeli kochasz, sercem patrz.

Zrozumiał wtedy Książę to,
Że tylko jedna w świecie jest,
Ta, którą kochał w wszystkie dni
I wrócił znów do Róży swej.

Gdzie jesteś, Mały Książę, gdzie?
Odszedłeś z mej książeczki kart.
W świecie, gdzie nikt nie kocha róż
Na zawsze ktoś pozostał sam.

W świecie, gdzie nikt nie kocha róż
Na zawsze ktoś pozostał sam.

I wtem „ono" dostrzegło dziwne zjawisko, po czym westchnęło sobie:
– Ja!?…

OKOLICE ŚWIATA

Jest to osiedle jednopiętrowych domów, niektórych z poddaszem, wtulonych we wspomnienie wspaniałego starego ogrodu na końcu ulicy, którą zamyka wybrukowany kostką plac z ogromnym garażem. Tutaj też do nas prowadzi duża, rzadko zamykana metalowa brama. No, chyba że Bogdan z Jackiem bawią się w wartowników pilnujących „stacji", to na ten czas się i ją zamyka. Na co dzień i tak jesteśmy oddzieleni od reszty, wraz z wydzieloną od nas tą właśnie za ogrodzeniem z siatki „stacją". Za garażem w ogrodzeniu jest jednak dziura zrobiona nocą przez Adriana, ale to chyba jest jakaś tajemnica, bo właśnie wszystkim przez nią krócej na nową Olszę. Ja też tamtędy chodzę, bo bliżej mi na Prądnik do wujka i na religię, choć jakoś nie podoba mi się, że muszę do kościoła chodzić przez jakąś dziurę. Może dlatego inni z osiedla chodzą do kaplicy na Rakowice, ale mama mówi, że to właśnie na Prądniku jest nasza parafia, toteż tam chodzę przez tę dziurę. Dobre z tą dziurą jest też to, że łatwo możemy w lecie dostać się nią za ogrodzenie, bawiąc się w podchody. Szkoda tylko, że siatka nie chroni przed zapachami lisów wieczorem. Poza tym, kiedy wietrzymy mieszkanie przed spaniem, pachnie nam maciejka, którą mama pielęgnuje na rabatce przed oknami. Rosną na niej również róże, begonie i łubin, który nie pachnie, ale za to jest śmieszny, bo niby dostojny, ale jakże kruchy i jakiś też bezbronny. Za naszymi domami mamy działki ze ścieżkami i owocowymi drzewkami, i tam każdy sobie sadzi, co mu się podoba, ale najczęściej jarzyny. Dlatego jak się tylko pojawią bielinki, to z Bolkiem idziemy na polowanie, żeby ich gąsienice nie jadły naszej kapusty. Tłuczemy je kijami, a mnie kiedyś udało się nawet „zastrzelić" aż czterdzieści sześć sztuk. Za to przed naszymi oknami znajduje się boisko do siatkówki, ale nie gram, bo tylko w soboty grają dorośli i wydeptują trawę. A przecież lepiej by się kopało piłkę, nie raz przelatującą za ogrodzenie „stacji". Wtedy jeden z nas odciąga w znanym nam tylko miejscu siatkę, a drugi przechodzi po „biedronkę". Strażnik nawet o tym nie wie, bo najczęściej śpi na portierni albo handluje śmietaną i serem. Na „stacji" są ważne urządzenia i choć jest to tylko parterowy pawilon, to jego okna mają ciężkie metalowe skrzydła z zasuwami. Razu pewnego nawet prawdziwe wojsko przyjechało tam dużym autem, by „ćwiczyć wojnę". Przynajmniej tak mówił Adam, po którego tatę przyjeżdżają gazikiem, żeby go zawieźć do pracy „na główną". Po mojego nie przyjeżdżają, ale dlatego, że pracuje w „kolumnie" przy ulicy obok.

– Staszek!... Stachu!... – woła Wacek.

Odrywam się od malowania i biegnę do okna, po czym mówię do rudego kolegi:

– Cześć, co?...

– Chodź na pole?

– Teraz odrabiam lekcje.

– A... tam, później odrobisz. Mam nowy scyzoryk. Wyłaź, zagramy

– i na dowód, że mówi prawdę, rozkłada swoje nowe, ostre, z czarną rączką narzędzie.

– Dobra, już idę – po czym pędzę po trampki do przedpokoju, rzucając przelotnie do mamy: – Idę na chwilę na pole.

– A odrobiłeś lekcje?

– Rysunki mamy dopiero w poniedziałek. Zdążę.

– Chyba nie same rysunki masz zadane, a dziś masz też religię. Dobrze by było się przygotować, żebym nie musiała się wstydzić…

– Tak! Matmy też mamy niedużo. Wszystko zrobi się wieczorem, jak wrócę.

Mama coś jeszcze za mną mówi, ale ja już przecież tego nie słyszę. Jestem za daleko. Zamykam drzwi, zeskakuję po kilku stopniach, usuwam sprzed siebie drzwi od klatki schodowej i już jestem przed domem. Na ubitej ziemi boiska do siatkówki Wacek nawet już zdążył nakreślić koło do gry, do której przyłączyli się Boguś z Robertem. No i spóźniłem się przez mamę.

Najlepiej wbijanie ostrza scyzoryka w pole przeciwnika idzie zazwyczaj Wackowi, który po pierwszej kolejce opanował już połowę koła i ponadto miał nawet sporą kolonię z państwa Roberta, lecz nie udało mu się jej utrzymać. Stracił ją na moją rzecz. Wkrótce odpadł z gry Boguś, którego tak okroiłem, że już nie mieścił się na długość ostrza. Mimo to Wacek prowadzi, ale on tak często wygrywa, bo dużo ćwiczy, a mnie się przecież nie chce. Wacek też przeczytał chyba wszystkie książki Wernica i nawet Marysia się z niego ciągle śmieje, powtarzając, żeby opowiedział „Słońce Arizony" albo „Płomień w Oklahomie", co nieraz robił z pasją. Ja też lubię książki, bo mogę z nich się czegoś ciekawego dowiedzieć, ale aż tak to znowu się nie popisuję. Mimo że chodzę do trzeciej klasy, to już zapisałem się do biblioteki dla starszych. Nie wystarczają mi książki pożyczane przez naszą wychowawczynię, które trzyma w szafie. Co mnie obchodzą te wszystkie bajki. Ostatnio najbardziej podobał mi się „Mały Bizon", a zwłaszcza jego brat, który walczył o wolność. Był dzielny i nigdy się nie poddał, nawet wtedy, gdy był otoczony przez białych. Te chamy nie pozwoliły mu nawet dosięgnąć zestrzelonego przez niego ptaka i przez to został na tyle osłabiony, że dał się w końcu zastrzelić. Bardzo mi z tego powodu było przykro, nawet płakałem, ale nikomu się nie przyznałem, no bo takie jest przecież życie.

– Stachu, tata idzie. Zaraz mama zawoła cię na obiad i znów będziesz się chwalił, że zremisowałeś.

– Ja się nie chwalę. Jak na razie to ja jestem imperatorem.

–Tak? To patrz, co się z takim imperium robi.

– Chciałeś zwyciężyć cesarza nad cesarzami?

– E, tam, jacy z was wszystkich cesarze. Ja was pogodzę – oznajmił Boguś i potarłszy butem ziemię, zmazał nasze imperialne ambicje, co wzbudziło u każdego prawdziwego cesarza wściekłość. Stąd też zaczęliśmy się za nim uganiać, by wymierzyć mu sprawiedliwość.

Ale oto przez zamykaną automatycznie stalową bramkę na stacji wyszedł jak co dzień kilka minut po 15 mój tata. Był jak zwykle lekko przechylony na lewą stronę. Może dlatego, że właśnie w prawej ręce zawsze trzymał swą starą teczkę zamykaną na dwa niklowane zatrzaski i między nimi pasek ze sprzączką. Nosił w niej koszulę, śniadanie, termos, metalową mydelniczkę, ręcznik, śrubokręt i wszelkie rzeczy znalezione, które kiedyś mogą się przydać w domu. Szedł tak swoim stałym rytmem w przyniszczonej i przepoconej marynarce i koszuli flanelowej. Przeszedłszy przez brukowaną jezdnię, ukłonił się Poniedziałkowej i skręciwszy w lewo, doszedł do schodków z bramą domu, do której prowadzi niewielki podest z ograniczającymi go po obu stronach na podwyższeniu płytami. Te często służyły nam za miejsce zabaw pojazdami. Nad bramą wieczorem pali się zawsze żarówka w kloszu nad tabliczką z numerem naszego domu, a to za sprawą pamiętającego o tym dozorcy Milczaka, który też zimą pali w kotłach naszej osiedlowej ciepłowni.

Zająłem się czymś innym, a Bogusiowi udało się umknąć do domu. I tak nie mamy już ochoty bawić się w państwa scyzorykiem. Poza tym przyjechał Kowalski na wuesce i postawiwszy ją na nóżkach, poszedł sobie do domu. My za to możemy sprawdzić, ile ma przejechanych kilometrów na liczniku. Wacek mówi, że najlepszy jest junak, i ja też tak myślę.

– Sta...szek! Sta...szek!

– No co?... Nie mówiłem? – Robertas tryumfuje.– Chodź do domu na obiad.

– Za chwilę.

– Nie za żadną chwilę, ale natychmiast.

Wiadomo o co chodzi. Choć mi się nie chce, to idę do domu na ten obiad.

Po obiedzie znów maluję akwarelami, choć wolę pastele, ale tymi będziemy malować w następnym okresie. Mama dowiedziała się na wywiadówce, że będą potrzebne, dlatego już mi je kupiła. Ona się bardzo stara, żebym miał wszystko, co tylko pani wychowawczyni powie.

Nawet kołnierzyk mi wymienia co kilka dni, żebym zawsze miał biały i wykrochmalony. Z takim kołnierzykiem, przypiętym do granatowego fartucha, od czasu do czasu przed szkołą idę po chleb do Baranki i niekiedy też po dwie bułki. Jest to piekarnia na ulicy prowadzącej do mojej szkoły, która mieści się nad Białuchą. Kiedyś nawet zjadłem po drodze piętkę, bo chleb jakoś niezwykle pachniał, a i napiłem się też wody na rogu ze studni. Mama nie była z tego powodu zadowolona, mówiąc, że zachowuję się tak, jakby mi chleba w domu żałowała. Od tego czasu nie gryzę już piętki. Lubię tak iść rano po pieczywo, kiedy jest jeszcze chłodno, a już słońce oświetla jabłka na drzewach w ogrodzie sąsiadów Baranki, choć jej piekarnia to przecież nic specjalnego. Obrośnięty drzewami parterowy dom z małym sklepikiem, do którego się schodzi po schodkach, a na bocznej ścianie jest napis „Nasza Piekarnia". Wracając z chlebem, nieraz patrzę na pociągi towarowe, które widać za pogarbionym polem ze ścieżkami prowadzącymi do zagłębienia z rzeką i dalej w okolice wiaduktu i ogródków. Tory kolejowe biegną też za ogrodzeniem boiska naszej szkoły. Natomiast przy naszej ulicy są tylko domy z ogródkami i nie ma ruchu. W środkowej części, obok domów z cegły, stoi chyba najstarszy dom z drewna i pachnie smołą, no i czymś jeszcze. Wcześniej przy chodniku rośnie czereśnia, gdzie indziej jabłoń, a po prawej stronie u nieznajomych pań przed domkiem stoi samotnie modrzew, który ze wszystkich drzew na naszej ulicy podoba mi się najbardziej. Nieraz sobie myślę, że jakby tak miał jeszcze brzoskwinie, to byłby najwspanialszym drzewem na świecie. My też mamy za domem działkę z klonem pośrodku i grządkami marchewki, pietruszki, buraków, pomidorów, kalarepy i astrów. Sąsiedzi mają podobnie, choć u niektórych są też krzewy porzeczek i agrestu, jest więcej kwiatów. U nas za to wyrosło drzewko morelowe i czekamy, kiedy będzie miało pierwsze owoce. Działki odgradzają od chodnika krzewy z podobnymi do czerwonej porzeczki owocami, ale nie są one jadalne. Choć nic mi nie było, jak zjadłem kiedyś kilka, to jednak więcej nie próbuję, bo i tak nic w nich smacznego. Za to mamy tam pośród nich dobrą kryjówkę. Kiedyś z Adrianem i Tomkiem zrobiliśmy kawał Śmigalskiej, kładąc na chodniku pustą starą portmonetkę, do której przywiązaliśmy cienką przezroczystą żyłkę. Kiedy sąsiadka schyliła się po pieniądze, pociągnęliśmy ją z ukrycia. Tamtej najpierw głupio się zrobiło, a później śmiała się razem z nami, że z nas tacy kawalarze.

Mama mówi:

– Coś ty się tak dzisiaj rozmalował. Nie powtórzyłeś ostatniej katechezy, a jak cię tak siostra spyta, a ty ani be, ani me?

– Wszystko umiem. Poza tym pytała mnie niedawno, to nie będzie... Ja już mam dwie oceny, a większość wcale jeszcze nie była pytana.

– Ale uczyć najlepiej się jest na bieżąco.

– Wie...m już wszystko, co trzeba.

– ...i co nie trzeba pewnie też.

– A skąd wiesz? Kto ci to powiedział?

– Ja już tam swoje wiem.

– A to co nie potrzeba też?

– Nie bądź taki przemądrzały, tylko ubieraj się, bo się spóźnisz, i siostra Albina będzie się gniewać.

– Wolałbym już księdza Budzika, choć nieraz krzyczał, ale nigdy nie wyszarpał mnie za ucho.

– To zachowuj się jak trzeba i nie denerwuj siostry, bo ona nie jest zła, ale wymagająca i ugania się za wami, łobuzami tylko dla waszego dobra.

– Jakby była taka dobra, to nie kazałaby mi przepisywać katechizmu.

– A..., to jednak miałeś coś zadane.

– Nie na dzisiaj, ... i to nie zadane, ale dopiero za dwa tygodnie.

– Za karę... Czyli musiałeś czegoś nie umieć. To jakie są te dwie oceny, bo się jej spytam...

– Mamo..., nie dręcz mnie. To za wygłupy z Witkiem. Mam całkiem dobre oceny i mówię ci, że naprawdę wszystko odrabia się na czas i w terminie. Nie bądź Holmesem.

– Jakim znów Holmesem. Ja i tak się wszystkiego dowiem od siostry.

– Jak chcesz, ale to nie będzie ładnie z twojej strony, bo mogłem ci o tym nie mówić, a przecież powiedziałem.

– Ty ostatnio stałeś się niezwykle przemądrzały. Lepiej posprzątaj te rysunki i ubieraj się, bo się spóźnisz i znów będzie kłopot.

– Nie będzie żadnego kłopotu. Już się robi, już się robi, już się robi, już się robi, już się robi... – rytmicznie i bez entuzjazmu zabrałem się do składania przyborów do malowania, a mokry obrazek położyłem na maszynie do szycia, żeby sobie wyschnął.

Wprawdzie nie mam wiele swojej osobistej przestrzeni w domowej rzeczywistości, wystarcza mi niewielka szafka z szufladą obok szafy za drzwiami do pokoju, w dolnej części znajdują się buty, a cała góra jest moim światem, który trzymam w tajemnicy. A kiedy i on mi się znudzi, to jak nikogo nie ma w domu, to wdrapuję się po nim na szafę, gdzie są żarówki, torebki z ziółkami, drewniany wieszak i duża waliza pełna kawałków skór, które tata potrzebuje w swym domowym zajęciu, jakim jest szewstwo. Lubię tak nieraz spojrzeć na pokój z góry, spod samego sufitu. Jest wtedy jakiś całkiem inny niż z dołu. Lampa wtedy nie ma tylko jednej, ale dwie inne żarówki, a stół i tapczan są większe. W kredensie nie stoją filiżanki, lecz same garnuszki. Poza tym jest cieplej i pachnie inaczej niż na dole.

– Staszek, co ty tam robisz? Ty chyba naprawdę chcesz się dzisiaj spóźnić na tę religię.

– Właśnie biorę zeszyt. Przecież bez niego nie pójdę.

– Lepiej też weź pióro wieczne. Pamiętasz, co pani mówiła, żebyś wyrabiał sobie charakter, a nie bazgrał jak kura pazurem.

– Przecież nie idę do szkoły na lekcje polskiego, ale na religię.

– Słuchaj, co do ciebie mówię, a nie przekomarzaj się na każdym kroku ze mną

– Słucham, słucham, słucham, wszystkich tylko słucham i ciebie słucham, i całego świata tylko słucham – powtarzając tak, czym prędzej wskakuję w trampki, by z zeszytem za paskiem spodni wybiec z mieszkania, a nawet w ostatniej chwili porwać długopis zamiast pióra, niby to za sprawą przez kogoś wywołanej pomyłki.

Drogę na religię lubię dlatego, że prowadzi ścieżkami między ogródkami i w ogóle jest urozmaicona. Wystarczy tylko wyjść z dziury w ślepą uliczkę wysypaną żwirem, a już po jednej stronie idzie się wzdłuż dwupiętrowych bliźniaków z garażami, aby po lewej ręce mieć pole z grządkami warzyw. Później skręca się na ścieżkę w lewo, między pole a działkę ogrodzoną drewnianymi palikami i drutami obrosłymi wysoką trawą. Dalej rosną drzewka owocowe i dochodzi się do skrzyżowania ścieżek. Ja idę wzdłuż pola z kukurydzą i wysokiego, pachnącego smołą ogrodzenia z desek, za którym podobno są lisy, które właśnie od czasu do czasu śmierdzą, ale jakoś dziwnie nie budzą mojego zainteresowania, stąd idę dalej w prawo. Po lewej ręce jest mała chatka schowana między obielonymi drzewkami, za którą wybija się jednopiętrowy dom z cegły za podziurawionym płotem ze sztachet. Ciekawiej jest po przeciwnej stronie. Tam za ogrodzeniem z siatki stoi bardzo zadbany domek w brązach, do którego prowadzi chodniczek pośród przystrzyżonej trawy. Bramkę opływają wiotkie gałązki z piszczałkami listków wierzb, które nie wiem dlaczego nazywa się płaczącymi. Podoba mi się to drzewo, choć jego nazwy nie lubię. Później jest małe pole ziemniaków, sad i dochodzi się do bloków na Olszy 2.

Lubiłem nieraz tędy uprawiać rowerowe rajdy z Tomkiem, ale pokłóciliśmy się podczas gry w bierki. Dlatego teraz sam mogę wsiąść na junaka i powoli puszczając sprzęgło, dodać gazu. Trzeba się pospieszyć, bo mogę spóźnić się na religię. Najpierw muszę okrążyć długi blok z kolorowymi balkonami, aby dostać się chodnikiem do jezdni prowadzącej do Nowej Huty. Jest to bardzo ruchliwa jezdnia i należy bardzo uważać, żeby nie zderzyć się czołowo z jakimś autem. Dlatego patrzę w lewo, później w prawo i jak nic nie jedzie, to jeszcze raz w lewo, po czym na pełnym gazie przeskakuję jezdnię, by żwirową drogą popruć w stronę bliźniaczych domków, za którymi znów domy, tyle że z ogródkami, a po drodze pełno dziur w ubitej naturalnej drodze, i tak aż do małego wału i czerwonego domku na rogu, gdzie w ogródku rosną piwonie i pełno najróżniejszych kwiatków. Grzbietem tego wału prowadzi wąski chodnik z płytek do mostku nad zarośniętym chaszczami strumykiem. Tutaj też jest drewniana chatka i duży sad. Byłem kiedyś w nim z mamą, Agatą i jej mamą po zimowe jabłka, które starsi gospodarze pozwolili nam zebrać, przez co wyszło taniej niż na Kleparzu. Po drodze jest jeszcze tylko powykręcany pień z jamą kiedyś wspaniałej okazałej wierzby. Uważam, że jest to arcydzieło, do którego i ja się przyczyniłem, kilka razy wydłubując z niego próchno. Za mostkiem są już same luksusy. Zaczyna się asfalt i tak dojeżdżam do ulicy Dobrego Pasterza, a później do biblioteki z czerwonej cegły i czarnej wysokiej dzwonnicy. Kościół nasz jest drewniany, ale plebania za nim już murowana. Właśnie na plebanii, w jej suterenach, odbywają się nasze lekcje religii. Światło jest w salce blade i skrzypi drewniana podłoga. Poza tym jest fajnie. W długich ławkach lubię siadać za Olą i Halinką. Uważam, że choć obie są blondynkami, to włosy Oli są ładniejsze. Zawsze błyszczą i przez to są jakieś lśniące i aksamitne, a Halinki matowe, choć tak naprawdę nieźle by było, żebym się im obu podobał.

No cóż, teraz muszę już się zająć zapisywaniem w zeszycie tego, co siostra dyktuje. Jak będę miał chwilę czasu, to znów coś ciekawego namaluję.

PIERWSZE ZDARZENIE, KTÓRE PAMIĘTASZ, GDY BYŁEŚ MAŁY

Na początku niczego nie było, aż wreszcie poszedłem z mamą na Pocztę Główną i pamiętam, że pierwszy raz w życiu jechałem wtedy windą. Ale tak naprawdę to ja nie wiem, czy wcześniej jechałem windą, czy też było dużo białego i skrzącego się w słońcu śniegu, a tata powiózł mnie na sankach w niedzielę na spacer. Albo czy mojej mamy nie szarpałem za sukienkę, kiedy rozmawiała i rozmawiała ze Śmigalską, a mnie się wtedy strasznie nudziło. Trudno namalować, co było pierwsze. Pamiętam drewniany most na Białusze, a teraz go nie ma. Przedtem nawet nie wiedziałem, że to jest Białucha. I w ogóle niczego nie było, a teraz jest szkoła. W domu też dawno stał piec, w którym się paliło, a później założyli nam gaz i jest wygodniej, jak mówi mama. Pewnego razu musieliśmy z tatą uciekać z Mostu Warszawskiego, bo jechała lokomotywa, która buchała okropnie czarnym dymem i całkiem by nas zakopciła, kiedyśmy oglądali przejeżdżające pociągi. Karmiłem też gołębie na rynku i nawet próbowałem złapać jednego, ale mi się nie udało, choć już go schwytałem za ogon. Później je tylko płoszyłem. Miałem też auto, karetkę, które przyniósł mi św. Mikołaj, i bawiłem się, jak tata naprawiał buta, a później mnie skrzyczał, że roznoszę śmieci po całym mieszkaniu, które on zamiata i zamiata. Wiem, że płakałem, jak mnie mama zaprowadziła na Krasnoludków do szczepienia. Widziałem też wielki traktor, pod którym pan rozpalił ognisko w pobliżu cmentarza Rakowickiego. To, co było później, to chyba lepiej pamiętam, ale przecież to nie było pierwsze, od czasu po tym, jak niczego jeszcze nie było.

– Pakuj się powoli, bo wpół do ósmej i trzeba iść do szkoły.

– Chwilę musi przecież przeschnąć.

– Następnym razem lepiej by było, żebyś takich rzeczy nie odkładał na ostatnią chwilę, bo miałeś cały tydzień na to, by namalować jeden obrazek.

– Musiałem się zastanowić, bo malowanie trudniejsze… niż matematyka. To nie takie proste zadanie, jak ci się wydaje.

Do drzwi zadzwonił dzwonek, po czym w przedpokoju pojawił się Tomek Płatek. Chodzimy do jednej klasy, dlatego on wstępuje po mnie, kiedy idzie do szkoły, oczywiście wtedy, jak nie jesteśmy skłóceni. Kiedyś, na początku pierwszej klasy, ja lepiej czytałem niż on, w rachunkach też byłem lepszy, ale gorzej szło mi z pisaniem. Robiłem więcej kleksów, które następnie zdrapywałem i przerabiałem na litery. Natomiast teraz on ma trochę lepsze oceny ode mnie, ale się nie przejmuję, bo chodzę do biblioteki dla starszych, a on nie. Wprawdzie udało mu się mnie nabrać w tym roku na prima aprilis, kiedy mi w drodze do szkoły powiedział, żebym poszedł zobaczyć, jak Fredowi rozbili tylną szybę w starym samochodzie stojącym za naszym domem, choć mu wcale nie rozbili, ale za to moja drużyna wygrała w dwa ognie na WF-ie. Poza tym w pierwszej klasie Tomek dostał lanie od mamy za to, że sąsiadka przyłapała nas na śmietniku podczas palenia papierosów przez lufkę, choć ja udawałem, że palimy ognisko. To on wtedy kupił te 10 sportów, bo mnie mama pieniędzy nie daje i też nic o tym paleniu nie wie. Zresztą, teraz to już nie palę, bo mi to nie smakuje.

Za Baranką, w okolicach mostu na Białusze przebiegliśmy na drugą stronę ulicy. Następnie przeszedłszy kawałek chodnikiem, skręciliśmy na wydeptaną ścieżkę na szkolnym trawniku, aby wejść na mały placyk wyłożony trylinką. Tutaj spotykamy przy bocznym wejściu woźnego Trąbkę z kijkiem i pękiem kluczy, którymi zawsze podzwania niczym będącym w jego gestii szkolnym dzwonkiem. Ten „gestor" czasu szkolnego jest niskim i krępym człowieczkiem o twarzy okrągłej i ze znaczną łysiną. Oprócz tego, że dzwoni na lekcje i przerwy oraz że wszędzie go pełno, to jeszcze otwiera i zamyka szatnie, co może nawet uważam za pożyteczne. Szatnie są jak klatki dla butów, które same nigdzie nie uciekną, choć raz się zdarzyło, że kolega wracał do domu w dwóch różnych butach, a to dlatego, że nie nosi z sobą worka z pantoflami. Nasza szatnia jest w kolejności trzecia i zajmujemy ją wraz z 3b i 3c, która uczy się po południu. Największy tłok zawsze jest za pięć ósma i wtedy robimy najwięcej hałasu, żeby zdezorientowany woźny i któryś z nauczycieli nie wiedzieli, do kogo się mają w bałaganie przyczepić.

Po wyjściu z suteren szatni biegnę do naszej pomarańczowej klasy na parter. Właściwie pomarańczowe są w niej płytki podłogowe, inaczej niż w 3d i na korytarzu, gdzie są zielone. Ja siedzę w trzeciej ławce w rzędzie od okna, która nie jest za bardzo wygodna, ale ma też dziurę z kałamarzem pośrodku i zagłębienia na pióra, żeby nie spadały. Wiele też jest na niej napisów i rzeźb, ale tylko nieliczne są mojego autorstwa. Atrament w dużych butelkach znajduje się w schowku stołu nauczycielskiego, skąd nasza pani jedną z nich od czasu do czasu wyjmuje, byśmy sobie dolali, jeśli komuś w kałamarzu zabraknie. Ale teraz, na pierwszą lekcję z plastyki pani jeszcze nie przychodzi, choć był już dzwonek na lekcje. Za to dyżurny Marek rąbnął gąbką Jacka, a ten mu oddał szmatą. Od czasu do czasu prowadzimy takie wojny, choć trzeba uważać, żeby się wychowawczyni nie dowiedziała, bo może poskarżyć rodzicom. Dlatego zawsze ktoś podgląda przez uchylone drzwi, czy pani nie nadchodzi. Jeśli się tylko pojawi na korytarzu, natychmiast wszyscy zajmują swoje miejsca i udajemy, że grzecznie czekamy na lekcję i że nic się nie działo. Nie zawsze to się udaje, bo podobno słychać nas na końcu ulicy, no ale przecież my jesteśmy w szkole, a nie w kościele. Poza tym to chyba przesada.

– Stanisław Kwik. Proszę, pokaż pracę domową.

Biorę blok rysunkowy i podchodzę do pani siedzącej z dziennikiem przy swoim stole. Kładę na nim moje dzieło, z przejęciem oczekując na ocenę.

– Pokaż, co żeś zmalował. A co to wszystko jest? Przecież zadanym tematem było namalować pierwsze zdarzenie, które zapamiętałeś jako mały chłopiec. Tymczasem tutaj widzę jakąś klatkę, powyginane bezlistne drzewo, chyba karetkę pogotowia... Powiedz mi, co tutaj namalowałeś i dlaczego na twoim obrazku panuje taki bałagan.

– To nie jest żaden bałagan. To nie jest klatka, ale winda, a to jest drzewo w zimie. To jest sukienka mojej mamy, to jest tata, a to karetka pogotowia, którą jechałem na sygnale.

– Miałeś namalować jedno zdarzenie, a namalowałeś urządzenia, przedmioty i postaci nie przedstawiające tego wydarzenia.

– Bo ja nie wiem, które było pierwsze, a zapamiętałem je wszystkie. To jest prawda.

– Nie prawda była tematem. Poza tym, czy ty widziałeś człowieka z takimi nogami.

– Nie widziałem, no ale przecież to jest obrazek, a nie człowiek.

– No dobrze, na razie nie dam ci żadnej oceny, ale na następną lekcję namalujesz tylko jedno wybrane z pamiętanych wydarzeń z dzieciństwa. Popatrz na rysunek Zosi. Ona pamięta zabawę misiem i lalką, dlatego namalowała siebie bawiącą się misiem i lalką. Przecież to nie jest chyba bardzo trudne, prawda?

– Pewno, że nie jest?

– No to następny, czyli Tomek Płatek.

Tomek dostał piątkę z minusem, bo namalował siebie w hamaku podczas wakacji w górach. A ja sobie tak myślę, jak to jest możliwe, że on to zapamiętał właśnie tak, jak namalował. Mnie się wydaje, że ja muszę sobie przypomnieć coś naprawdę najważniejszego i wtedy będzie mi łatwiej właśnie to jedno namalować, choć wcale nie musi być tym pierwszym. Przecież ja też byłem, i to nie raz, na wakacjach u babci w górach. Jechałem nawet furmanką, bo autobus jeździ tylko do miasteczka, a później jest zwykła droga z kałużami, którą podczas powodzi podmywa potok płynący między dwoma wzniesieniami, gdzie są osiedla z domkami i zagrodami, pola podzielone miedzami i plamy lasu. I tak się jedzie i jedzie, a wszystko pachnie inaczej niż w mieście, bo powietrze tutaj jest soczyste dzięki zapachowi wody, krokwiom drewna ułożonym przy drodze, żywicy, jałowców obrastających skarpy, borowikom i muchomorom, borówkom, poziomkom, jeżynom, malinom i czarnemu bzowi w swoim czasie, oraz krowiemu i końskiemu gównu, na którym najlepiej – jak mówi wujek – rodzi się życie pszenic, owsa i łąk z czterolistną koniczyną. Ze wzniesień co jakiś czas spływają potoczki obrosłe olszyną z dodatkiem jesionu i wierzby. Wszystko po to, by zapach był akurat taki, a nie inny. A jak się już dojedzie do osiedla mojej babci, to trzeba przejść przez potok wąską kładką i iść wyboistą, pełną kamieni stromą polną dróżką. Po drodze, jeśli ktoś się zmęczy, może odpocząć na ławeczce pod figurką ogrodzoną płotem ze sztachet, za którym kwitnie mnóstwo kwiatów posadzonych przez pracującą w ogrodnictwie ciocię. Siedząc tak, widzi się drogę, która prowadzi dalej do następnej wioski i przeciwległe wzniesienie z osiedlem, starą drewnianą szkołę, sad z jabłoniami, a kilka minut po południu słychać pociąg, który przejeżdża gdzieś daleko i go nie widać, choć nie wiadomo, dlaczego wszyscy go słyszą. Tylko ja wiem, dlaczego. Bo tutaj jest cicho, aż w uszach dzwoni, nawet jeśli się siedzi, jak my, pod figurką, za którą w dole szumi potok. W tym potoku jest tak czysta woda, że wszyscy na osiedlu czerpią ją wiadrami, dzięki wyciętym w drewnie rynienkom, które są obłożone kamieniami tak, by wystarczyło podłożyć pod nie wiadro i już za chwilę mieć je pełne wody. Ale ci wszyscy i tak wiedzą, że jest wygodniej, jak się odkręci kurek w domu i woda cieknie, dlatego planują wybudować wodociąg. Niedługo też będą tutaj mieć elektryczność, bo już rozwożą betonowe słupy i gdzieniegdzie je do ziemi wkopują. Na razie wieczorem ciocia zapala lampę naftową i siadamy do wieczerzy – jak mówi babcia – na długiej ławie w dużej izbie z ogromnym piecem w kącie, pod którym pali się ogień z trzaskających drewien i roznosi się zapach upieczonego w nim razowego chleba i pieczonych na blasze kapeluszy gołąbków oprószonych solą. Jest to taka zaczarowana chatka, którą musiała się moja babcia za życia dziadka podzielić z sąsiadami, ponieważ on miał długi, dlatego zamurowano drzwi do sieni i zbudowano drugą, przez którą można się dostać na strych i do tej izby z dwoma małymi okienkami, za którymi stoją na parapecie kwietniki z pelargoniami. Przed domem jest ogródek pełen kwiatków i pieprzowej mięty, oraz ławka przy płocie, na której siedząc, babcia obserwuje swoje kury chodzące po ogrodzie z drzewkami śliwek, jabłoni, orzechem, czerwoną porzeczką, agrestem i starą studnią z wodą służącą do podlewania grządek z najróżniejszymi warzywami na polu za ogrodzeniem, na którego palach nałożone są stare dziurawe garnki, a i od czasu do czasu kuzynka rozwiesza na sztachetach pierzyny. Pokryta słomą stajnia wraz ze stodołą znajduje się po drugiej stronie osiedlowej drogi, tuż nad urwiskiem z potokiem na dole, dokąd prowadzi wijąca się ścieżka do miejsca pobierania wody z rynienki. Stodoły i znajdującej się w stajni krowy, prosiaków, królików i kurnika pilnuje Burek, uwiązany łańcuchem na dużym kółku, dzięki czemu może przesuwać się na drewnianej belce.

Mógłbym to wszystko namalować, no ale znów pani nie będzie zadowolona, bo przecież w tym wszystkim nie ma nic tak niezwykłego, żeby miało się nazywać pierwszym zapamiętanym z dzieciństwa zdarzeniem. Wprawdzie gdybym spróbował namalować jak koza się na mnie rzuciła pośród krzewów jałowca i wrzosów na wygonie, aż tata przyszedł mi z pomocą, bo wrzeszczałem wniebogłosy, to byłoby na pewno śmieszne, ale jednak wolałbym, żeby się z kogoś innego śmiano aniżeli ze mnie. Poza tym na pewno nie byłoby to zdarzenie pierwsze.

Pamiętam też jak byłem chory i przychodziła do mnie pani lekarz, żeby zmierzyć mi gorączkę, choć ja sam potrafię. Nie wiem dokładnie, co się wtedy działo, ale pamiętam, że moja ciocia Gienia i mama niosły mnie na rękach przez ulicę, choć wcale tego nie chciałem, a potem było dużo ludzi w białych fartuchach i jechaliśmy taksówką, a potem znów ludzie w białych fartuchach, i wtedy mama z ciocią zniknęły. Nie wiem dlaczego położono mnie na wysokim wózku i jakaś pani w biało-niebieskim fartuchu wiozła mnie windą, a później powiedziała, że dostanę jakąś papkę. Ja wtedy mówiłem, że naprawdę kocham swoją mamę, ale ona gdzieś zniknęła i zostałem sam. Później się przebudziłem w nocy w jakimś dziwnym miejscu, ale wtedy postanowiłem nic nie mówić i starać się zasnąć. Na sali szpitalnej było dużo dzieci, a naprzeciwko mnie stawał w łóżku chłopak z ogromną głową i coś niezrozumiałego krzyczał. Jedna z pielęgniarek nazywała mnie królewicz, bo nie chciałem jeść byle czego. Lubiłem za to, jak mi mama przynosiła w słoiku surówkę z jabłka i marchewki. Pewnego razu nawet w nim dno wyleciało, kiedy wyjadałem z niego łyżeczką. Po powrocie ze szpitala do domu często wracaliśmy do niego na kontrole, co było bardzo nudne, bo czekanie na korytarzu, w którym było pełno różnokolorowych rur przy suficie trwało i trwało. Wtedy bawiłem się na podwórku sam, bo inne dzieci się ze mnie śmiały, że mam żółtko za uszami, a to mama mnie posmarowała jakąś maścią, żebym do końca wyzdrowiał.

No, ale ja tego wszystkiego przecież nie mogę namalować na jednej kartce, bo trzeba mi wybrać coś jednego, a poza tym to wszystko nie jest ważne. Nikt nie maluje takich rzeczy, a tylko ja potrafię.

– Tyś taki Picasso, ja też maluję „picasa" – oznajmił roześmiany Wojtek, wywijając pędzlem na kartce z bloku rysunkowego, kiedy pani wyszła po dzwonku na przerwę.

Myślę, że mógłby być moim kolegą, ale szybko zapomnieliśmy o malowaniu świata, by z indiańskimi okrzykami wybiec na korytarz, radośnie korzystając z przysługującej nam od tego obowiązku przerwy.

Jak mi się wydaje, to ja jestem w samym środku klasowej wspólnoty. Nazwisko Kwik jest w środku alfabetycznie stworzonego dziennika, od połowy chłopaków jestem silniejszy, a jest nas piętnastu, natomiast druga połowa jest silniejsza ode mnie. W ocenach też u mnie średnio, ale mi się to podoba. To zjawisko środka występuje także w domu, ponieważ jestem między mamą i tatą, a kuzynka Joaśka kiedyś powiedziała, że jestem wagą. Ja jej odpowiedziałem, że jest kalarepą i w ten sposób dyskusja o gwiazdach się skończyła. Wprawdzie od czasu do czasu wolałbym nie być w tym środku i mieć starszego brata, ale to podobno jest niemożliwe, dlatego mówię wtedy mamie o wilczurze, z którym bawiłbym się i chodził na spacery, gdyby mi takiego kupiła. Ale na to mi odpowiada, żebym sobie wybił te myśli z głowy, bo takie psisko potrzebuje domu z ogrodem, a nie tak małego jak nasze mieszkania. Poza tym takie „ciele" śmierdzi.

Dobrze, że się kończą dzisiaj te lekcje i nie będę musiał myśleć, czego też się ode mnie oczekuje. Nie jest źle, bo wprawdzie mam rysunek do przemalowania, ale na polskim nie przepytała mnie pani z czytanki, którą zapomniałem przeczytać, natomiast z matmy dostałem czwórkę minus. Dlatego nie ma nic piękniejszego niż dzwonek kończący ostatnią lekcję.

Wszyscy z okrzykami Indian biegniemy z tornistrami po schodach do szatni, choć po drodze ktoś nam zwraca uwagę, byśmy nie robili tyle hałasu i nie pędzili na złamanie karku. No właśnie, za to teraz czekamy, przepychając się pod kratami, aż przyjdzie woźny Trąbka i otworzy nam „naszą", byśmy mogli w końcu się przebrać. On chodzi od drzwi do drzwi, otwierając je, ale dzisiaj wpuszcza klasy od końca, nie jak zazwyczaj zaczynając od pierwszej.

Wreszcie i my dostajemy się do worków z butami wiszącymi na hakach w szeregu na drewnianej listwie, po czym niektórzy siadając na ławce, by inni mogli zrobić to w locie, zmieniamy obuwie, bo jak zwykle woźny przy wyjściu będzie pilnowa, czy ktoś nie używa tego samego w szkole i na ulicy. Większość nas jest z tornistrami na plecach, choć i zdarzy się i taki, który powłóczy zwisającymi sprzączkami. Wychodzimy na plac przed szkołą, by, jak ktoś pierwszy zacznie, zacząć okładać się workami z pantoflami. Jednakże z każdą następną chwilą grupki się rozchodzą, stają się coraz mniej liczne i pozostają tylko ci, którzy zmierzają w tym samym kierunku i mają sobie coś do powiedzenia. Ja idę ze Zdziśkiem Kudłatym, Tomkiem Płatkiem i Romkiem Pańpuchem w prawo na most, gdzie zatrzymujemy się, by z wyjątkiem Tomka trochę popluć do Białuchy, po czym Zdzisiek zauważa, że jak co dzień w głębi na rogu ulic czeka na swojego pupilka mama. Wtedy Romek, jak zazwyczaj, próbuje się popisywać i bagatelizować swojego „mamusinego synusia", robiąc jakieś dziwne rzeczy. Tym razem zbiegł z chodnika w dół ścieżką, gdzie pośród chaszczy zauważył gumową piłkę, która, jak się okazało, była pęknięta. Ale to wcale nie przeszkodziło nam w jej kopaniu, do czego wzięliśmy się skwapliwie. W pewnym momencie Tomek kopnął kapcia, jak nazwaliśmy ten kawałek gumy, w stronę rzeki, by miał się on potoczyć ze wzniesienia w stronę jej koryta. Tymczasem Zdzisiek popisał się wielkim refleksem i błyskawicznym skokiem znalazł się na dole, by złapać wspomnienie piłki tuż przed wpadnięciem do wody. Kiedy wyszedł z powrotem na górę, trzymając palec w dziurze pękniętej piłki, Romek z patykiem upomniał się o swoje znalezisko. Wtedy Zdzisiek oznajmił stanowczo, niezwykle podniośle i groźnie:

– To jest moja zdobycz i niech tylko ktoś podniesie na nią swą rękę, to mu ją odrąbię – czym nas zadziwił i zdumiał, ale tym samym po raz pierwszy popatrzyliśmy na niego inaczej niż zwykle, a mnie się zdawało, że Zdzisiek się zmienił i nie będzie już tym samym, tamtym Zdziśkiem.

– Ro...mek! Chodź tu natychmiast, bo dostaniesz dziś od ojca lanie – rozległ się głos jego mamy, która nie wiedzieć skąd znalazła się tuż nad nami, choć jeszcze przed chwilą stała na rogu ulic. Ale to są te dziwne rzeczy, co się nieraz dzieją.

RODZINNA UROCZYSTOŚĆ

W Krakowie mam rodzinę, z której najbardziej lubię kuzyna Florka, kuzynkę Joaśkę i wujka Józka Czajników, a także matkę chrzestną Marię Spring i ojca chrzestnego Benka Widelca, choć tych najbardziej wtedy, jak mi dają jakieś prezenty. Do nich wszystkich chodzimy z rodzinną wizytą z wyjątkiem matki chrzestnej, która się z moim tatą nie lubi, dlatego chodzę do niej tylko z mamą i najczęściej do jej własnej cukierni, gdzie ona mnie częstuje dwoma ciastkami, najczęściej kremówką z ptysiem albo innym z galaretką i babeczką z masą orzechową, a w lecie lodami. Natomiast nigdy nie podaje mi napoleonki, bo wie, że jej nie lubię. Zawsze stoją z mamą przy grubych szklankach, kranach i innych urządzeniach z gazowaną wodą, a ona podparta pod bok, ubrana jest w granatowy lśniący chałat i jak z mamą rozmawia, to kolczyki dyndają jej przy uszach. Nie lubię, jak mi każe na powitanie trzaskać obcasami i wypytuje się o jakieś głupstwa. Nieraz jak już zjem wszystkie ciastka, to mi się zaczyna nudzić tak siedzieć przy stoliku i bez końca patrzeć na klientów, ale wtedy, zawsze po dwunastej, przyjeżdża specjalny wehikuł – połączenie roweru z wózkiem – na którego platformie znajduje się pełno skrzynek z ciastkami na metalowych tacach, wnoszonymi następnie do wewnątrz. Później robi się tłok w cukierni i moja matka chrzestna musi się zająć swoim interesem, a my z mamą sobie idziemy. Również dlatego nigdy nie odwiedzamy jej w tłusty czwartek, bo wtedy oni mają „rwanie głowy" z pączkami. Moja matka chrzestna ma też inne powiedzonka, na przykład, że „to ubranie wisi na nim jak na świni siodło" albo „spałam jak mysz na pudle" i jeszcze wiele innych. Niektóre nawet są śmieszne.

Od czasu do czasu przychodzimy do jej mieszkania na piętrze w jednopiętrowej kamienicy, której ona jest właścicielką, a ja jej wtedy składam życzenia na Dzień Kobiet i wręczam własnoręcznie zrobioną laurkę. Jest tam wielki hol, dużo pokoi z obrazami, lśniącymi meblami, mnóstwem bibelotów i zabawek, których jest więcej niż w sklepie. Jej syn, starszy ode mnie o rok Jarek, od czasu do czasu pozwala mi się pobawić kolejką, ale mimo to niezbyt go lubię, bo się przechwala i jest z niego zarozumiały egoista. Poza tym najczęściej nasze obie mamy chodzą w piątki na plac Kleparski, by targować się z przekupkami i babami z gór o cenę masła, śmietany, sera czy jajek. Jak nie chodziłem jeszcze do szkoły, to mama brała mnie tam z sobą, a ja się wygłupiałem, kopiąc jakieś niepotrzebne buraki, na co matka chrzestna zwróciła mi uwagę, bym się grzecznie zachowywał, kiedy jestem z kobietami. Trele morele. Wprawdzie mógłbym namalować siebie wręczającego laurkę matce chrzestnej w jej salonie, ale jakoś to wszystko wydaje mi się skomplikowane i nie mam pojęcia, jak się do tego zabrać.

Teraz zachowam ciszę, bo wchodzimy do naszego kościoła na poniedziałkową mszę św., ponieważ mama powiedziała, że nie tylko w Wielką Niedzielę należy iść do kościoła, ale także w śmigus-dyngus. Nasz kościół jest w dużej części drewniany, ale poza tym jest w nim dużo świętych. Już w przedsionku wiszą nad metalowymi pojemnikami z wodą święconą. Tutaj też, jak i pod chórem zaczynają się gromadzić wierni, tworząc tłok w przejściu, ale ja idę na sam przód, bo i tak by mnie siostra Albina albo Maria znalazły gdzieś w kącie i kazały stanąć tam, gdzie jest miejsce dla wszystkich dzieci. No chyba, że ktoś przyszedł z rodzicem za rękę, to wtedy nikt się nie czepia o miejsce. Można wtedy siedzieć w ławce, stać przed którymś ołtarzem w jednej z dwóch naw bocznych, a nawet opierać się o drewniany filar. Ja, mimo że jestem z mamą i tatą, to siedzę jednak oddzielnie, bo zamierzam być dorosły i do tego mam dzisiaj swoją tajemnicę w kieszeni, której użyję, jak pójdę do wujka, co już teraz mnie cieszy i dlatego nie mogę się doczekać, że mu takiego śmigusa sprawię. Wracając do świętych, to podobno cała droga krzyżowa jest rozwieszona na ścianach kościoła, ale nie wszystkie obrazy są czytelne, poza tym ja mam w domu ładniejsze święte obrazki z „rzeźbionymi" konturami i trzymam je za okładką klasera ze znaczkami już od czasu Pierwszej Komunii Świętej.

Z zakrystii wychodzi wujek, który jest ważną tutaj osobą, bo zapala świece na ołtarzu knotem niesionym na kiju z blaszanym kapturkiem, który służy też do ich gaszenia, jak się msza święta skończy. Wujek jest kościelnym i ma obowiązki nie tylko w niedzielę, ale i w całym tygodniu. Podobno wszyscy się przyzwyczaili do jego szczupłej i przygarbionej postaci, dlatego nie potrzebują nikogo innego. Poza tym on nie upija wina mszalnego, bo pije niewiele i tylko wódkę, ponieważ ma chory żołądek od czasu wojny, kiedy „człowiek był poniewierany po obozach" – jak o sobie mawia. Nic trudnego takie zapalanie świec, ale gra na organach to jest już sztuka na pewno. Lubię słuchać, dlatego chodzimy na mszę, na której śpiewa chór, co wychodzi ładniej niż jak „baby niemiłosiernie zaciągają" – jak mówi tata. Chórem tym dyryguje śmieszny niski organista z długą grzywką, która mu fruwa podczas wywijania rękoma, kiedy staje na chórze na małym stołeczku tyłem do księdza. Ja tam raz wyszedłem po krętych drewnianych schodach i widziałem te piszczałki, pedały organów, dużo klawiszy i pokręteł i stołek, na którym on przed chórzystami się popisywał.

Wesoły nam dziś dzień nastał,
Którego z nas każdy żądał.
Tego dnia Chrystus zmartwychwstał
Alleluja! Alleluja!
…………

Otwierają się znów drzwi do zakrystii i najpierw wychodzi ministrant, który kilkakrotnie pociąga za zdobiony uchwyt, uderzając w przymocowany przy drzwiach do ściany rodzaj gongu, by za nim wyszedł ksiądz i pozostali chłopcy służący do mszy świętej.

– W imię Ojca i Syna, i Ducha Świętego.

– Amen.

Nie wiem, czy w moim kościele jest, bo nie widziałem, taki święty jak Florian, którego też mam na obrazku, a który był dzielnym i odważnym żołnierzem. Podoba mi się także św. Ludwik VIII, który walczył z poganami. Natomiast spośród świętych, których mam, najpiękniejsza jest Tekla, chociaż wolałbym, żeby miała inne imię. Za to na obrazku jest przedstawiona z lwem, który zamiast ją zjeść, łasi się wokół jej stóp. Uważam, że była mądra, wierna i odważna, ponieważ potrafiła się przeciwstawić poganom, którzy chcieli za to ją zabić, a i tak im się to nie udało.

– Chryste, zmiłuj się nad nami.

O, widzę Bożenkę Dołęcką w sukience w niebieskie kwiatki. Ona jest zawsze taka, jakby jej nie było. Najczęściej jest gdzieś na boku. Jak chodziłem na przedszkolną religię, siostra Albina posadziła mnie obok niej i malowaliśmy zeszyty ze scenkami biblijnymi, a także śpiewaliśmy pieśń o Jezusie i mnie wtedy było bardzo przykro, że są tacy źli ludzie, którzy wciąż go przybijają do tego krzyża. W zeszłym roku mieliśmy razem Pierwszą Komunię Świętą i jesteśmy z całą klasą na zdjęciu z księdzem proboszczem.

Wstał Pan Chrystus z martwych ninie
Alleluja! Alleluja!
Uweselił lud swój mile
Alleluja! Alleluja!
Który cierpiał, dnia trzeciego
Alleluja! Alleluja!
Dla człowieka mizernego
Alleluja! Alleluja!

Mnie się wydaje, że powinno być tak na świecie, żeby ludzie się nie zabijali, nie kłócili i nikt się z nikim nie bił. Dlatego też są potrzebni tacy, którzy są odważni i umieją się temu sprzeciwić. A mnie nieraz się wydaje i czuję, że właśnie oni mi są jacyś bliscy, choć przecież nie znam ich tak jak mamy i taty czy nawet Bożenki ani też Pańpucha.

– Oto słowo Boże.

– Chwała Tobie, Chryste.

– Niech słowa Ewangelii zgładzą grzechy tego świata.

Nie za bardzo lubię, jak jest kazanie, bo księdza wtedy nikt chyba nie słucha, a ten widząc to, czasami nawet krzyczy. Nieraz też coś czyta i jest jak w radiu w Watykanie, choć nasz mówi po polsku i się go widzi. Stoi przecież na wysokiej drewnianej ambonie po lewej stronie kościoła i zerka na wszystkich z góry. Za schodkami ambony są drzwi i od czasu do czasu widzę tam jakiegoś chłopaka. Następnym razem pójdę spróbować się tam dostać. Tymczasem taki rudy pajac znów się trąca, co mnie denerwuje, bo nie chcę się źle zachowywać w kościele.

– Odczep się, pajac – mówię do niego szeptem, a ten tym razem kopie mnie w kostkę.

A masz, rąbię go w brzuch łokciem i śmiać mi się chce, bo kwiknął jak prosię. Ktoś mnie silnie chwyta za łokieć i prowadzi do pierwszego rzędu. Jest to oczywiście siostra Albina.

– Zachowuj się w kościele przyzwoicie – szepcze do mnie, a jak próbuję jej wszystko wyjaśnić, to kładzie palec na wargach, dając znak, żebym nic nie mówił. Czuję się zdesperowany, bo nawet w kościele nie ma sprawiedliwości. Uważam, że nie jest to w porządku, bo dlaczego mnie przestawiają, a nie jego i do tego ja jestem winien, choć wcale nie chciałem tej szturchanki.

– Wierzę w jednego Boga, Ojca wszechmogącego, Stworzyciela nieba i ziemi, wszystkich rzeczy widzialnych i niewidzialnych...

Wielu mówi to samo, że wierzą, a jednak pewnego razu ktoś na nas komuś doniósł, że mama wystawiła obraz Matki Boskiej do okna w rocznicę Chrztu Polski. Wtedy to gdzieś zatrzymano obraz z Częstochowy, dlatego my wywiesiliśmy swój w oknie, a tata był wzywany do dyrektora Łączności w tej sprawie i jak byłem chory, to kogoś przysłali, kto się spytał o mnie, a później powiedział, że mnie jutro nie będzie i uciekł. Mama wybiegła za nim i widziała również Adriana, jak razem wbiegli do dziury w płocie. Śmigalska też mówiła do mamy, że nie ma co być takim nabożnym, a Płatkowa akurat wtedy przyszła do naszego kościoła, by w drodze powrotnej nad Białuchą mówić mamie o jakimś wspaniałym Leninie, który chciał dobrze, ale jeszcze ciągle coś budować trzeba i trzeba. Ja się wtedy przestraszyłem, że nawet mój trawnik za domem zabudują i nie będę mógł odbijać od ściany piłki. Ale mama i tak trzymała ten obraz w oknie do końca, tak jak właśnie było trzeba.

Zwycięzca śmierci, piekła i szatana
Wychodzi z grobu dnia trzeciego z rana
Naród niewierny, trwoży się, przestrasza
Na cud Jonasza. Alleluja!

Nieraz mi się wydaje, że moja mama też jest święta, choć nie wiem dlaczego. Może dlatego, że ma na imię Anna? Ale jakby miało to od imienia zależeć, to ja też byłbym jeszcze większym świętym. Dobrze tylko, że nie ma teraz królów, bo mogliby mnie zabić na Skałce, gdzie kiedyś byłem z rodzicami. O, ale teraz trzeba klękać. Jakoś tego nie lubię.

– Bierzcie i jedzcie z tego wszyscy, to jest bowiem Ciało moje, które za was będzie wydane.

Nieraz chciałbym być ministrantem, bo mógłbym sobie takimi dzwonkami podzwonić, choć przecież to nic specjalnego.

– Bierzcie i pijcie z niego wszyscy, to jest bowiem kielich Krwi mojej nowego i wiecznego przymierza, która za was i za wielu będzie wylana na odpuszczenie grzechów. To czyńcie na moją pamiątkę.

– Oto wielka tajemnica wiary.

Fajne trampki ma ten chłopak. Moja mama mi pewnie takich nie kupi, bo powie, że i tak je rozwalę, a ona nie będzie przepłacać. Poza tym ja w trampkach do kościoła nie chodzę.

– Głosimy śmierć Twoją, Panie Jezu, wyznajemy Twoje zmartwychwstanie i oczekujemy Twego przyjścia w chwale.

Nie wiem, ale ja bym nie chciał, żeby mój tata był Chrystusem, bo kim wtedy bym był ja i czy byłbym w ogóle. Ja tego jakoś nie rozumiem.

– Pokój Pański niech zawsze będzie z wami.

– I z duchem twoim.

Ciekawe, jaki jest ten mój duch. Pani Kasia kiedyś mówiła, że u niej w pracy, w szpitalnej kuchni na Kopernika, pewnego razu duch tłukł się po garnkach, by potem wskoczyć do komina, a później po kilku dniach zmarła jedna z kucharek i nikt nie wiedział dlaczego, choć przecież to kuchnia przyszpitalna.

– Oto Baranek Boży, który gładzi grzechy świata. Błogosławieni, którzy zostali wezwani na ucztę Baranka.

– Panie, nie jestem godzien, abyś przyszedł do mnie, ale powiedz tylko słowo, a będzie uzdrowiona dusza moja.

Musimy się teraz wycofać, wszyscy ci, którzy nie przystępują do komunii, by zrobić miejsce również Bożence, mojej mamie i tacie przed balustradą. Ja byłem wczoraj, a dziś mi się nie chce. Odprawiłem przecież dziewięć pierwszych piątków po Pierwszej Komunii Świętej, a w ogóle to żeby tylko ciocia z kuzynką były w domu, to je obie też obleję. Wujek jak zwykle przyjdzie trochę później, zanim się ze swoją pracą upora. Żeby mi tylko tego wentylka nie rozsadziło podczas napełniania go wodą.

Pan Jezus w niebo wstępuje
Niech się lud wierny raduje
Wesoło Bogu śpiewajmy
Na cześć Jego zawołajmy
Alleluja! Alleluja!
Już Go Niebieskie witają
Zastępy, chwałę mu dają

Aniołowie się ruszyli
i jako Boga uczcili
Alleluja! Alleluja!
…………

– Pan z wami.

– I z duchem twoim.

– Niech was błogosławi Bóg wszechmogący, Ojciec i Syn, i Duch Święty.

– Amen.

– Idźcie, ofiara spełniona.

– Bogu niech będą dzięki.

Nie wiem, dlaczego, ale bardzo lubię zakończenie mszy św. I wtedy wydaje mi się, że inni też to lubią. Jacyś ochoczy wychodzą z kościoła. Może dlatego, że nie będziemy musieli znów klękać.

Z rodzicami zazwyczaj spotykam się przy dużej tablicy ogłoszeniowej naprzeciw wejściowej bramy do kościoła, a niekiedy, jak dzisiaj, podchodzę do wysokiej dzwonnicy z poszarzałych desek, zresztą takich, jak i cały „kaptur" kościoła, w której zaczynają właśnie bić dzwony, bo zrobiło się południe. Przez otwarte drzwi widać, jak dwóch starszych chłopaków pociąga za długie sznury, a później nawet na nich zawisają, kiedy te unoszą się do góry. Przy nich niczego nie słychać, a ja zaglądam do wewnątrz, by spojrzeć w górę, gdzie widać rozkołysane serca. Myślę, że mama mnie tutaj nie znajdzie, bo zanim pójdę do ciotki, to muszę przecież zrobić w łazience „kiszkę". Żeby mi tylko wyszła i wentylek nie pękł, jak będę wtłaczał w niego wodę.

– Staszek, gdzie ty się plątasz? – mama chwyta mnie za ramię.

– Ja nic nie słyszę – odpowiadam prowadzony w miejsce, gdzie mama lepiej będzie mogła słyszeć sama siebie.

– Przecież wiesz, że idziemy na chwilę do ciotki, a po obiedzie jesteśmy umówieni z panią Kasią.

– Wiem. Ja i tak wszystko wiem.

– No to gdzie się wałęsasz? Później będę cię znowu szukać i wyjdzie na to, że przez ciebie będę musiała wszystko robić na wariata, żebyśmy zdążyli na czas.

– To idź do ciotki. Ja tylko przez chwilę popatrzę i za dwie minuty tam przyjdę.

– Co, dzwonów nie widziałeś?

– Mamo, nie męcz mnie, bo się nam przecież spieszy. Idź z tatą do ciotki, a ja naprawdę zaraz tam przyjdę.

– Jak cię za dwie minuty nie będzie, to ci ojciec tyłek spierze.

– Będę, będę i może nawet wcześniej od ciebie.

Wracam do gromadki przed drzwiami dzwonnicy tryumfujący, że zostawiono mnie na chwilę w spokoju. Zawsze w takich momentach czuję się jakiś wolny i całkiem mi się to podoba. Ale przede mną jest również zadanie, dla którego przecież chciałem zostać na moment sam przed pójściem do wujka. Dlatego też zerkam za mamą, kiedy ta zniknie w tłumie po drugiej stronie ulicy, a jak już się to dzieje, odchodzę od wielbicieli niedzielnego dzwonienia i przeszedłszy za ogrodzenie kościelne, natykam się na grupkę, w której jest i chłopak z kościoła. Biegną od strony biblioteki z cytrynkami, gruszkami i z lewatywą, lejąc piszczące dziewczyny. Staję przez chwilę na krawędzi chodnika, by przepuścić auto, a następnie przebiegam przez jezdnię na drugą stronę ulicy. Wchodzę na ścieżkę wysypaną żwirem i znów biegnę wzdłuż ogrodzenia, chaszczy i bud z drewna. Muszę zdążyć przed mamą, która idzie krótszą drogą do mieszkania ciotki, mieszkającej w tymczasowym mieszkaniu w baraku, gdzie wujek jest również dozorcą do czasu otrzymania kluczy do nowego lokalu w bloku. Dobiegam do domu z czerwonej cegły, po czym skręcam za krzewami w lewo i czym prędzej biegnę wzdłuż grządek z ziemniakami, za którymi jest już tylko przylegający do baraku ogródek z kwiatami. Przebiegłszy wzdłuż ogrodzenia ze sztachet i krótkiej ściany, zatrzymuję się przy drzwiach, by po chwili delikatnie je uchyliwszy, zajrzeć do wewnątrz, gdzie długi korytarz kończy się takimi samymi drzwiami po przeciwnej stronie baraku. Stamtąd się spodziewam nadejścia rodziców. Po chwili otwierają się tamte drzwi, co powoduje zatrzaśnięcie moich przeciągiem, przez co o mały włos mi nosa nie przytrzasnęło. Teraz wystarczy tylko nasłuchiwać, a nawet mógłbym odczekać tylko odpowiednią chwilkę na dojście ich do drzwi wujostwa, a potem znów następną aż znikną w mieszkaniu. Już teraz! Wchodzę do pustego korytarza i na palcach czmycham w stronę łazienki. Jakże mi radośnie, że tak też to robię. Przemykam obok znanego sobie wejścia do czyjegoś mieszkania, po czym mijam kolejne, aż wreszcie trafiam do upragnionej łazienki, gdzie mieszczą się zamykane na klucz klozety i wanna z bojlerem, tuszem oraz umywalki z kranami. Dopadam do jednego z nich, wyjmuję pomarańczowy gumowy rowerowy wentyl, owijam jego końcówkę dokładnie złożonym kawałkiem gazety i przy związanej przeciwnej, wpycham do kranu tę owiniętą gazetą. Teraz wystarczy odpowiednio mocno uchwycić go wraz z kranem, by nie wyskoczył podczas napełniania wodą. No i kiszeczka rośnie, aż wreszcie uznaję, że jest wystarczająco duża, by ją odłączyć od wody. Przytrzymuję końcówkę tak, by mi zawartość nie uciekła, ale i nie pękła. Ha, ha, hi, hi, czym prędzej udaję się do drzwi ciotki z wizytówką Czajnikowie. Wewnątrz słyszę ich rozmowy w kuchni, która jest bezpośrednio za wejściowymi drzwiami. Wkładam końcówkę wentyla do dziurki od klucza, po czym zwalniam go z uścisku i wcale nie muszę czekać efektu, bo następuje natychmiast. Za sprawą kuzynki Joaśki rozlega się piszcząca wrzawa, a następnie drzwi się otwierają i staje w nich mój ojciec, na co ja z opróżnionym wentylkiem w ręku:

– Śmigus – dyngus, tato. Ale przecież ciebie nie oblałem.

– …!

– Spódnicę żeś mi zmoczył i jak ja pójdę teraz na miasto – krzyczy oburzona kuzynka.

– Ale było ciśnienie, co? – zwracam się do wujka, palącego sporta przez lufkę przy stole.

– E… he, he. To ci, to ci…

– Stań sobie przy piecu, to ci za chwilę wyschnie. Przecież trochę cię tylko pokropił – powiedział mój tato i po chwili już razem siedzieliśmy przy stole, kosztując sernika ciotki, a tylko wściekła na mnie kuzynka Joaśka stała za karę przy piecu.

Ponieważ mamy dziś jeszcze wizytę u pani Kasi, to dlatego wcześniej niż zwykle musimy opuścić Czajników aż do następnej niedzieli, kiedy wujek będzie miał wolne popołudnie, a ciotka nie będzie musiała iść do szpitala na dyżur. Dlatego też odwiedzą nas po obiedzie, no chyba żeby coś im niezwykłego wypadło, to „w razie czego" jeszcze dadzą znać „po kościele". Ja też wstaję od stołu, pomachawszy sobie nogami na krześle z zadowoleniem z udanego śmigusa-dyngusa, po czym wychodzimy od ciotki z całkiem suchą już kuzynką, która pojedzie sto piątką gdzieś na spotkanie z koleżankami. Oczywiście wygląda jak lafirynda i na pewno idzie gdzie indziej niż mówi, bo ubrała sobie nawet białe podkolanówki i zakręciła włosy.

Tym razem z „baraku" wychodzę korytarzem od strony przeciwnej do mojej tajnej, mijając szafki i balię. Tuż obok znajduje się kiosk, w którym wujek kupuje 10 sportów albo giewonty. Na okratowaną budkę totolotka opadają gałązki wierzb płaczących, które i tym razem wcale nie płaczą. Naprzeciw stoi przy jezdni budka telefoniczna z urwaną słuchawką. My kierujemy się na przystanek czerwonego autobusu w kształcie dyni, który właśnie cofa się z ulicy głównej na kościelną, przy której na rogu mieści się kilka sklepów w murowanej budowli, również służącej pasażerom za schronienie podczas deszczu, ponieważ mogą się tam zatrzymać pod zadaszeniem prowadzącym do sklepów z butami, płatkami mydlanymi i farbami, między którymi stoi zamknięta na kłódkę drewniana skrzynia. Tutaj łapię oddech i żegnamy się z Joaśką, następnie przechodzimy na drugą stronę ulicy, naprzeciw której stoi zarośnięta i na głucho zamknięta brama jej szkoły, przy której są schodki w trawie, tak jakby się obawiano, że przez nią wjedzie ktoś do środka, przecinając po drodze „warszawską". Za placem szkolnym obok znajduje się cofnięty drugi budynek szkoły, który według moich obserwacji, bo nigdy nie byłem przecież wewnątrz, jest ważniejszy od pierwszego, ponieważ do niego właśnie wszyscy zmierzają, no i nie jest zarośnięty. My idziemy wzdłuż kościelnego ogrodzenia ulicą 29 Listopada w stronę boiska Prądniczanki, a ja jestem pewien, że moja szkoła im. W. Broniewskiego jest od tej nowocześniejsza i ładniejsza. Dlatego chodzę do swojej, a nie do tej rudery.

Jeśli chodzi o szkołę i plastyczne zadanie domowe z malowania uroczystości, to dla niej właśnie idziemy do Widelców. Najpierw trzeba jechać dwójką od cmentarza Rakowickiego aż do kościoła Franciszkanów, jak to mówi tata, i tam wysiąść przy Plantach. Jeśli się chce wrócić do domu, to należy przejść na drugą stronę ulicy, przy filharmonii, i znów na drugą pod drukarnię Anczyca, gdzie znajduje się przystanek powrotny. Dobrze mi to tata wytłumaczył, nie wiem, czy będę tak od razu pamiętał te wszystkie nazwy, choć mam ochotę spróbować czy samodzielnie bym trafił, ale jeszcze nie mam po co sam jechać do ojca chrzestnego, dlatego też poczekam na osobiste zaproszenie. Stąd idziemy Straszewskiego i za pałacykiem skręcamy na placyk przed cofniętą kamienicą, która wydaje się wciśnięta w kąt tak, jakby się czegoś wstydziła. A tak w ogóle, to ja nie rozumiem, gdzie w niej są mieszkania. No ale może dlatego, że my nie idziemy na pierwsze piętro zwykłą klatką schodową, ale schodzimy najpierw kilka stopni w dół, a następnie otwieramy skrzypiące drzwi i przez egipskie ciemności wchodzimy na inne, drewniane schody, by dopiero tymi dostać się na piętro, gdzie nisko w ścianie znajduje się okrągłe okno niemal przy skórzanych drzwiach wejściowych Widelców i obok ich spiżarni. Teraz należy nacisnąć dzwonek i po chwili drzwi się otworzą, by miał w nich ukazać się grubiutki, z łysiną na okrągłej głowie i mrużący w uśmiechu jasno błękitne oczy o źrenicach wielkości główek szpilki sam Benek Widelec. Wchodzimy do małego mieszkanka z kuchnią i jednym pokojem, które sprawia wrażenie ozdobnego pudełka, do którego wkłada się jakąś rzecz niezwykle cenną. Same dywany, kilimy i góry ozdobnych poduszek sprawiają wrażenie jakiegoś niezwykłego futerału. Po przywitaniu, również z Jackiem i Wackiem oraz ich mamą, prawdziwą Widelcową ze względu na szczupłość sylwetki, długi nos i zapadłe policzki, rozsiadamy się, gdzie kto ma ochotę, albo zostanie mu wolne miejsce, jeśli się nie pośpieszy z zajęciem lepszego oczywiście.

– No i co słychać, Aneczko?

– Jakoś to idzie. Z dnia na dzień i... po dniu.

– A jak tam w pracy. Często jeździsz na awarie? – tym razem Beniu do taty.

– Zdarzają się. Ale spokój ostatnio...

– Ta...k. Miesiąc temu miał trzy, siedział dzień i noc.

– Na awarii się chyba nie siedzi.

Widelcowa wnosi półmiski z szynkami, sałatkami i kiełbasą wiejską.

– Ale my przecież jesteśmy po obiedzie.

– Po obiedzie, nie po obiedzie, ale zjeść coś i napić się trzeba.

– Podkład musi być.

Wychodzę do kuchni z Wackiem, który jest o pięć miesięcy ode mnie starszy, ale chodzi też do trzeciej klasy. Jego brat, Jacek, jest od nas starszy o rok, choć przecież nie może być chyba o rok starszy ode mnie i Wacka równocześnie. Ale chodzi do czwartej klasy, i tyle. Wacek bardziej przypomina widelca, a Jacek swego tatę, a zarazem mojego chrzestnego ojca. Chwali się i pokazuje mi ich nowy adapter bambino, a nawet puszcza pocztówkę. Ma ich kilkanaście, a tę najnowszą mama im kupiła na święta. Jacek tym czasem się wymądrza i robi miejsce na szafce do gry w bierki.

– Ja nie mam adapteru, ale mama mi kupi na urodziny najnowszy.

– Twoja ci nie kupi, bo nie pracuje. Nie ma pieniędzy.

– Ale za to tata ma, a mama mi kupi longpley i do tego z bitelsami, a nie jakieś tam pocztówki.

– Baju, baju, tego się nie kupi. Takie są w Ameryce. U was nawet nie ma sklepów z płytami.

– Ani z adapterami, bo wy mieszkacie na peryferiach.

– To jakieś głupie gadanie.

– Dobra, zobaczymy, kto ma racje. Gramy w bierki. Ja zaczynam brać pierwszy.

– Dlaczego ty pierwszy?

– Bo mu się łatwe ułożyły.

– Bo jestem najstarszy i najmądrzejszy.

– Myślał by kto, pewnie od mrówki.

– Takiej jak ty.

– Nie kłóćcie się, tylko graj.

– No to gramy. Harpun na początek.

Zjawia się przy nas Widelcowa i mówi:

– Stasiu, chodź zjeść plasterek szyneczki i napić się herbatki.

– Już, za chwilę. Tylko skończymy.

– Nie trącaj mnie, bo później powiesz, że to ja poruszyłem.

– I tak poruszysz, bo nie będziesz w stanie poradzić sobie z tymi widłami.

– Zobaczymy, mrówkojadzie.

– Skuj się babko, dam ci jabłko.

– Nie potrzebuję twoich jabłek. Tak się to robi, tylko się patrz, robaczku. – Udało ci się, bo żeś trzy razy rozsypywał na początku, aż żeś sobie rozłożył łatwiznę. Jakbyś miał trudne rozłożenie, to nie dałbyś sobie rady tak łatwo.

– Spróbuj sam mnie pobić, a nie gadaj.

– Chłopaki, chodźcie do pokoju na chwilę, niech Stasiu coś przekąsi – wyjrzał z pokoju ojciec chrzestny.

– Ale ja nie jestem głodny.

– Jacek, chodźcie.

Nie ma wyjścia, skoro Jacek idzie, to i ja muszę.

– No, a Stasiu rośnie…

– Pewnie, że rośnie, jak na drożdżach. Patrzyć, aż znów wyrośnie.

– Rośnie, rośnie, ale nie jest wyższy od Wacusia.

– Mnie się zdaje, że wyższy, a co najmniej równy.

– Stańcie chłopcy plecami obok siebie, to zobaczymy, który wyższy.

– E… tam!

– Stańcie, stańcie. Porównamy…

– O, tak, wyprostować plecy i głowę.

– Stasiu wyższy!

– Mój chłopaczek jest wyższy.

– Ale, Stasiu, nie stawaj na palcach.

– Ja wcale nie stoję.
– Wacuś ciut ciut wyższy, ale teraz… jakby Sta…
– Bo staje na palcach!
– Wcale nie staję i tyle.
– Nieraz jak sobie coś ubzdura, to taki uparty…
– Jak kozioł? Mój też nieraz taki uparty.
– Nie jestem kozioł i nie staję na palcach, bo siadam na krześle – po czym ostentacyjnie to czynię, w ten sposób kończąc przedstawienie.

No i znów znaleźliśmy się przy stole, na którym tym razem stała również butelka z wódką. Poza tym to ja nie wiem, dlaczego się mnie wciąż czepiają i od czasu do czasu starają się mi coś wmawiać. Najpierw, że za mało ważę, albo że ze mnie wykapana mama.

– Masz tutaj sałatkę jarzynową, chlebek… no i co wolisz, szyneczkę czy baleronik?
– Kiełbasę i ogórka.
– No to masz tu kiełbaskę, a tutaj ogóreczka – zaskrzeczała nade mną Widelcowa.

Hm… ta kiełbasa mi całkiem smakuje. To lepsze niż chleb z masłem i serem żółtym, jak mydło, który miałbym jeść w domu na kolację.

– Zobaczymy, co z tego wszystkiego będzie, ale ta dzisiejsza młodzież, to jakieś zdziczałe szaleństwo. Oprócz naszych, oczywiście.
– Wychowanie, wychowanie…
– Młodzież jak młodzież, ale swoją drogą to im się w głowach przewraca. Za mojej młodości to nie było takiego rozwydrzenia. Człowiek starszych szanował i w ogóle.
– A dzisiaj jeden z drugim odpyskuje. Gdzie wtedy by komuś na myśl przyszło, żeby protestować i manifestować? Cieszył się, jak mógł pracować i miał co do zjedzenia. Czasy…, czasy.
– No to chlup, za naszą młodość.
– Ale swoją drogą, to oni mają trochę racji, bo może chcą prawdy, jakiegoś innego…
– No, ale to jeszcze nie powód, żeby milicja pacyfikowała uczelnię.
– Nimi Zachód manipuluje.
– Pewnie jak zwykle Żydzi.
– A znajoma, która chodzi do św. Anny, mówiła, że to wszystko robi duch Stalina. To jego zemsta i ciąży na zdradzie.
– E, tam, pierdoły.

– Dla ciebie to wszystko pierdoły, a właśnie w marcu minęła piętnasta rocznica jego śmierci. To jest to przekleństwo.

– Nie krzycz tak, bo wiesz kogo mamy za ścianą. Ta krowa wszystko donosi.

– Nie ma jej, bo widziałam jak szła ze swoim wnuczusiem. Poza tym Orzechowska by na nas nie doniosła. Jakby nie było, to ona załatwiła mi ten non-iron, a tobie płaszcz ortalionowy.

– Strzeżonego pan Bóg strzeże, a ona za przymilna i się wypytuje.

– Ale w ogóle trzeba uważać, bo nie sama baba, ale tylko diabli wiedzą, co w babie siedzi. Dziś tak, jutro inaczej.

– Ja uważam, że każdy powinien robić to, co do niego należy.

– No właśnie, studenci do książek i nauki, bo ich wszyscy swoją pracą utrzymujemy, a robotnicy do swojej roboty.

– No właśnie, do roboty, a nie z pałkami w trójkach po ulicach za porządnymi ludźmi się uganiać.

– Wszystko przez te „dziady", a w gazecie pisali, że do Polski wkradła się jakaś grupa syjonistyczna, która chce wszystkim zawładnąć.

– To dziwne, bo co na to Moskwa?

– Moskwa, Moskwą, a jakieś dywersyjno-agenturalne działanie Syjonu, to odrębna sprawa. Diabli ich wszystkich wiedzą, bo to ta polityka.

– Żeby tylko młodzież nie dała się ponieść wichrzycielom i lepiej niech już szarpie sobie te druty i zapuszcza kłaki, bo ich jeszcze pomordują.

– Ale jak to wygląda. Przecież to prowadzi do zdziczenia obyczajów, rodem z Zachodu. A co będzie, jak znów Niemcy się połączą?

– Nie powinno być tak źle. Jakby nie było, to w RFN-ie jest Wolna Europa.

– Benek, mówiłeś, że ja głośno mówię, a przecież to ciebie słychać najbardziej. A jak już z Plant wróciła?

– Dobra, już koniec z tą kurwą polityką. Człowiek tylko nerwy sobie szarpie. Lepiej zagrajmy coś, niech Orzechowska pomyśli, że u nas bal.

– No właśnie, Benek się po raz kolejny żeni.

– Ha, ha, he, hi, hi…

Ojciec chrzestny ujął z fotela obok czerwony akordeon i po krótkim wstępie zaczął grać i śpiewać:

Głęboka studzienka
głęboko kopana
a przy niej panienka…

Tymczasem ja z Wackiem i Jackiem czmychamy do kuchni, gdzie wreszcie sami z ochotą zaczynamy grać partyjkę w warcaby.

Tym razem dostałem czwórkę z plastyki, bo obrazek grającego na harmonii za zastawionym stołem Benka Widelca pani się na prawdę spodobał, choć miała jakieś uwagi względem techniki malowania czy czegoś w tym rodzaju. Spytała mnie też o to, co to jest, ten prostokąt na szafce, na co jej odpowiedziałem, przecież widać, że to bambino, na co ona odpowiedziała, ma nadzieję, że nie ono gra wraz z tym panem jednocześnie, na co nie umiałem już udzielić odpowiedzi, bo jak malowałem, to mi akurat do głowy nie przyszło. Dlatego też teraz będę miał chwilę spokoju i nie będę musiał o tych wszystkich rzeczach myśleć, bo jeśli nawet za następny rysunek dostanę dwóję, to i tak mi wyjdzie przecież trójka, której i tak mi pani nie da, bo to przecież wstyd, żeby uczniowi dawać na świadectwie trójkę z rysunków. Przecież to nie polski czy matematyka, jak podsłyszałem kiedyś panie rozmawiające w hallu przy pokoju nauczycielskim.

KIM CHCIAŁBYM ZOSTAĆ

Wydaje mi się, że mógłbym być każdym, kim tylko bym zechciał. Wczoraj na przykład chciałem być piłkarzem i grałem w piłkę z chłopakami na podwórku. Jednak myślę, że to kopanie jakoś nie jest poważnym zajęciem, dlatego też piłkarzem nie będę. Kiedy indziej, jak jeszcze nie chodziłem do szkoły i miałem na to więcej czasu, byłem szoferem ciężarówki, a mama się złościła, że wszystkie rzeczy ładuję na tapczan i gdzieś z domu wywożę, choć przecież wciąż były na tapczanie. Za to ciężarówka jest ciągle solidna i ma dobre resory. Wszystko widzę, co się dzieje na pace, bo szoferka, wyznaczona wałkiem, ma duże okno. Szkoda tylko, że miejsce kierowcy jest nieprawdziwe, bo szafa przylega do tapczanu po jego lewej stronie. Jak prowadzę po wertepach, to mnie huśta na wszystkie strony, ale ładunek zawsze dowożę na czas i na miejsce. Najbardziej lubiłem się bawić w kierowcę kiedy mama szyła pod oknem na maszynie. Włączone wtedy jest radio i nadają „W Jezioranach” albo inne słuchowisko. Ja jadę wtedy bardzo zatłoczoną drogą i czekam na komunikat drogowy, bo trzeba bardzo uważać, żeby się nie zderzyć z kimś z naprzeciwka. Najgorsze są te furmanki na poboczach, bo się wloką, a człowiekowi się przecież śpieszy. Od czasu do czasu zatrzymuje mnie milicjant, by sprawdzić dokumenty i kierunkowskazy. Wtedy się zatrzymuję i pokazuję mu legitymację szkolną, do której zdjęcie zrobił mi fotograf na Lubicz, tuż za rogiem Rakowickiej i nieopodal Białego Domku. Było tam wiele kapeluszy, czapek, przebrań i zabawek, ale mama nie pozwoliła mi zrobić sobie zdjęcia z pajacem ani się przebrać za pierrota, bo do legitymacji pajaców nie wklejają. No i dobrze się stało, bo teraz pewnie za tego pajaca wlepiono by mi mandat, a tak, to po krótkim postoju jadę sobie dalej. Milicjanta, którego kupił mi tato w kiosku przy pętli tramwajowej, zostawiam na skrzyżowaniu z podniesioną ręką, która zezwala mi jazdę prosto. Dobrze, że ten milicjant ma białą czapkę, a nie całą niebieską. Ci w niebieskich mogliby człowieka jeszcze wsadzić za byle co do więzienia. Niedużo brakowało i mnie też by wsadzili, a było to w zimie, kiedy szedłem z Tomkiem Płatkiem ze szkoły. Rzucaliśmy wtedy kulkami ze śniegu do drogowskazów, a ja w pewnej chwili wziąłem jakiś korzeń i jak przejeżdżała milicyjna warszawa, to rzuciłem nim pod jej koła. Zamiast pod koła, trafiłem w MO i po chwili dwóch dryblasów stało już nade mną i zaczęło przepytywać. Niewiele z tego pamiętam, bo się bałem tak bardzo, że nawet się posikałem, a jak mnie już puścili, to szybko pobiegłem do domu. Stałem tak długo przy kaloryferze, aż mi spodnie wyschły, a i tak się nikt o tym nie dowiedział. Takie to były sprawy, o których dobrze nieraz sobie podczas jazdy pogadać z pasażerem na „łebka”, bo wtedy czas szybciej leci, a człowiek może jeszcze przy okazji coś dorobić na lewo.

– Nie masz po co iść do szkoły. Lekcje są odwołane, bo wszystko woda zalała.

– Tere fere, dziś nie prima aprilis.

Roman lubi sobie żartować i robić dowcipy, ale ja nie dam się nabrać. Poza tym jest złośliwy i nie wiem dlaczego, przeszkadza mu to, że mam zawsze czysty i wykrochmalony kołnierzyk. Mówi wtedy, że wyglądam jak zakonnica. Może dlatego, że on ma żółty i pewnie z tego powodu pani mu wciąż zwraca uwagę.

Tymczasem przed szkołą stoi pełno uczniów, jakby wszyscy naraz szli na wycieczkę albo do kina. Są też koledzy z mojej klasy. Nie rozumiem, co się mogło stać, że nikt nie wchodzi do środka, choć drzwi są szeroko otwarte. Za to ja wchodzę w hałas i tumult, by dostać się do swoich.

– Nie mamy Stachu dzisiaj lekcji, możemy pograć w oczko.

– A co się stało?

– Nie wiesz? Szkołę woda zalała. Podobno ktoś krany poodkręcał.

– … i umywalki pozatykał.

– To Paweł zrobił.

– Ryby sobie łowię, a wam kapie na głowę.

– Chodźcie, bo nasza pani nas woła.

Podchodzimy do grupki, z którą stoi nasza pani i mówi coś do części klasy, wymachując rękoma.

– Marek!… Brożek i Chwistek, podejdźcie tutaj. Bliżej, bo nie będę powtarzać specjalnie dla was sto razy.

– Co się pchasz, pacanie.

– Staszek i Tomek, przestańcie się szturchać.

– To on się pcha… jak ciele.

– Słuchajcie pilnie, bo później będzie płacz i pretensje, jak ktoś dostanie dwóję.

– A dlaczego nie ma lekcji?

– E…, ty durniu, już wszyscy wiedzą, że szkołę zalało.

– Ale jak to, całą i naraz wszystkie klasy?

– Szatnie też. W sobotę wieczorem ktoś kurki odkręcił i lała się woda przez dwa dni, a dzisiaj nawet milicja była.

– Pamiętajcie, że cała 3a ma zbiórkę jutro przed szkołą o godzinie 9 i każdy ma mieć z sobą pięć złotych i dwa ulgowe bilety tramwajowe oraz legitymację szkolną, ponieważ idziemy na wycieczkę do Muzeum Zoologicznego.

– O…, fajno. Jedziemy do Lasku Wolskiego.

– Nie do Lasku, a do muzeum i każdy będzie musiał odrobić zadanie domowe na temat, co tam widział.

– O… a można namalować?

– To już lepiej niż siedzenie na lekcjach.

– Czy wszyscy słyszeli i zapamiętali?

– Taaak.

– O 9.00 tutaj przed szkołą. A teraz wszystkie dzieci, które mają świetlicę idą ze mną, a pozostali rozchodzą się do domów.

Z okrzykiem „hurrrraaa!!!" biegniemy w stronę mostu i mijamy tłum oraz tych, których oboje rodzice pracują, dlatego muszą iść na świetlicę. Wyjątkiem jest Tomek Płatek, ale jak się okazuje, to i tak on nie idzie ze mną i Pańpuchem nad Białuchę, co proponuje Romek, lecz do domu.

– Mamin synek i pupilek. Tyle.

– A ty się nie boisz, że was twoja mama nakryje?

– Nie nakryje. Nie wie przecież jeszcze, że szkołę zalało.

– Nikt nas nie nakryje. Nie damy się – potwierdzam.

Zbiegamy z chodnika ścieżką w dół i biegniemy wzdłuż rzeki nasypem, aż docieramy do ogromnej czarnej rury pokrytej jakąś papą i smołą, która przewieszona jest nad korytem rzeki, a na drugiej stronie Białuchy chowa się w ziemi za betonową studzienką.

– To są schrony przeciwpancerne, a w tej rurze tajne przejście strategiczne – oznajmia ze znawstwem Romek – a my jesteśmy ochotnicy, co mają ich bronić przed obcym wojskiem. Możemy udawać, że jest nas cała kompania.

– Pewnie. Chować się, wróg na horyzoncie – krzyczę i trącając Romka, rzucamy się w dół w chaszcze, zjeżdżając po stromej skarpie w stronę koryta rzeki na tyłkach i na czym jeszcze popadnie.

– Co to było?

– Jakiś szwab przechodzi przez wiadukt. Nie widzisz?

– To nie szwab, ale sokista, pilnuje torów. Znam się na tym, bo mój tata pracuje na kolei.

– To co robimy? Ujawniamy się?

– Coś ty… Czekamy, aż przejdzie.

– Ale my zamiast przez tory możemy przejść pod wiaduktem.

– Dobra, przejdziemy pod wiaduktem, ale musimy i tak poczekać, jak sobie ten łajza pójdzie. Mógłbym go zastrzelić i byłby spokój, ale pepeszę zostawiłem w domu.

– Ja mam w domu cekaem. Ale skąd mogliśmy wiedzieć, że szkołę zaleje.

– W domu to ja mam słonia w karafce i pchłę na łańcuchu. O, zniknął za krzakami. Chodźmy, tylko uwaga na snajperów, bo to są sukinsyny.

– Dobra, dobra, tylko nie udawaj dowódcy.

– Ja ten teren znam lepiej od was obu, bo często bawię tu z Waldkiem.

– A za to ja pierwszy zauważyłem wroga, ale udawałem, że go nie widzę.

– Nie wroga, tylko sokistę. Szkoda czasu, biegniemy na trzy cztery pod wiadukt i to tyralierą.

– Trzy, cztery!

Zrywamy się i biegniemy, by ślizgając się na trawie po zboczu, zatrzymać się wreszcie na niewielkiej płaszczyźnie przy korycie rzeczki, po czym pędem biegniemy w stronę wiaduktu, a na plecach pióra i ołówki grzechoczą nam wraz z książkami w tornistrach. Po chwili dopadamy miejsca, w którym woda dochodzi do muru. Zatrzymujemy się na chwilę nieco zdyszani, by usłyszeć nadjeżdżający pociąg.

– Zakładajcie szybko ładunki wybuchowe, a ja będę was osłaniał – wydaję prawdziwy rozkaz.

– Dobra, tylko weź mi plecak – odpowiada Romek i niknie wraz z trzecim w chaszczach na nasypie, a ja dopadam sterczącego z ziemi kamienia i kładę się przy nim z patykiem wycelowanym w stronę torów.

Lokomotywa gwiżdże, a po chwili Pańpuch biegnie jak szalony w moją stronę, by w pewnym momencie się potknąć i wyłożyć obok mnie na brzuchu jak długi. Pociąg wjeżdża z łoskotem na wiadukt.

– Podpalaj lont! – krzyczy Romek. – Ja jestem i tak ranny, muszę zginąć dla sprawy.

– Już to robię, a ciebie zabiorą do szpitala polowego sanitariusze. My musimy i tak skończyć akcję.

Ale przeraźliwy huk i łoskot wysadzonych w powietrze wagonów zagłusza wszystko, co dalej chciałbym powiedzieć. My leżymy nieruchomo na trawie i czekamy, aż ucichnie. Nagle odzywa się głos:

– Snajper mnie trafił, ale zadanie zostało wykonane. Daj mi plecak, tam mam lekarstwo. Jak zażyję, to mi wszystko przejdzie – oznajmia Romek, po czym wyjmuje z tornistra zawinięte w biały papier drugie śniadanie.

– Dupa Jaś. Teraz musimy się przeprawić na drugą stronę torów i albo jesteś ranny, albo idziesz z nami.

– Już, tylko jeszcze raz ugryzę.

Przy ścianie pod wiaduktem na płytkiej wodzie są tak ułożone kamienie, że można dostać się po nich na drugą stronę, nie przechodząc przez tory, bo tam przecież włóczył się ten sokista. Idziemy. Po chwili, stąpając za Pańpuchem, nie jestem w stanie utrzymać równowagi, ponieważ ten cofa nogę na ten sam kamień, na który ja już swą skierowałem, i wpadam do wody. Chlast.

– Idź, ty durniu, bajoku. Przez ciebie wpadłem do wody po kolano – krzyczę za tamtym, który umyka, śmiejąc się. – Masz szczęście, że nie mam prawdziwej spluwy, bo bym ci z dupy zrobił sitko.

No i teraz dopiero zaczynam w pełni odczuwać smrodliwą wilgoć miejsca. Opierając się ręką o zemszały zielonkawy mur, z niesmakiem wsłuchuję się w chlupnięcia w bucie podczas stawiania kolejnego kroku. Ale już bez dodatkowych przygód docieram do trawnika, gdzie czeka na mnie tryumfujący Pańpuch i milczący ten trzeci.

– Co się cieszysz, miałeś być ranny.

– Najważniejsze jest, że akcja się udała.

– Pewno – odpowiadam bez entuzjazmu, po czym rozkładając się na trawie, dodaję: – robimy odpoczynek, by wylizać rany. Naprawiamy ekwipunek, jemy śniadanie… a ja sobie z buta przy okazji wodę wyleję.

– Co to jest ekwipunek?

– Nie wiesz?

– Za to poćwiczę rzut granatem – po czym Romek wrzuca kamień do wody.

A ja tymczasem zdjąwszy but, wykręcam z wody skarpetkę i zerkam na Romka, który podskakuje w kępach trawy i coś od czasu do czasu podnosząc, rzuca i naśladuje odgłosy wybuchu. Dostrzegam też psa wilczura, biegnącego wzdłuż rzeki w naszą stronę.

– Romek, uważaj, bo za tobą leci pies!

Ten się ogląda, po czym niepewnie przygląda się zwierzęciu, stając do niego twarzą w mordę. W tym momencie rozlega się gwizd kogoś, kto na górze wyszedł zza zakrętu i idzie w naszą stronę ścieżką biegnącą wzdłuż ogrodzenia działek. Pies wbiega do wody, a właściciel krzyczy:

– Brek! Brek! Chodź tutaj. Do nogi!

Pies po chwili wychodzi z wody i spojrzawszy to na Pańpucha, to na przywołującego go pana, wreszcie rusza biegiem na widok dyndającej smyczy.

Tymczasem ten zamiast być zadowolony z powrotu psa, zwraca się do nas:

– A co wy tutaj robicie przy torach? Wagarujecie?

– Nie, bo nie mamy lekcji, bo szkołę zalało – pośpieszył z wyjaśnieniem Pańpuch.

– Po co się tłumaczysz. Jak baba – mruczę zeźlony.

– Widziałem tam kuratora. Jak was przyłapie tutaj przy torach, to z pewnością wychowawczyni wam wymaluje odpowiednio dzienniczki.

– Ale my przecież nic złego nie robimy – tłumaczy Pańpuch.

– Tere fere. Baba.

– To oceni ktoś inny – powiedziawszy to zapiął psu smycz, wprowadził na tory i po chwili obaj zniknęli.

– Komuś uwagę zwraca, a sam po torach chodzi. To przez ciebie, ciamajdo, bo jak byśmy się nie zatrzymali, to by nas nie spotkał.

– Jak poszedł sobie, toś teraz chojrak? Co wolno wojewodzie, to nie tobie, smrodzie. Do wody wpadłem przez ciebie. To ty jesteś ciamajda – odpowiedziałem pewien swego i wstałem gotowy pójść dalej. – Byle kto ci coś powie, a ty już tchórzysz – dodaję za trzeciego.

– Ja tchórzę?

– Pewno, że tchórzysz. Nawet psa się przestraszyłeś, jakbyś spotkał potwora – i dodaję za trzeciego: – założę się, żeś posikał się w pory ze strachu.

– Głupio gadasz i nie znasz się na wojnie. Podczas prawdziwej bitwy już by cię dawno zlikwidowali.

– Ze mną jest trzeci, bośmy się umówili. Idź, ty głupku – po czym walę go workiem z pantoflami, na co on mi oddaje tym samym.

– To wy jeszcze tutaj?! Zaraz powiadomię milicję, to was postawi, gdzie trzeba – złowieszczo zabrzmiało gdzieś nad naszymi głowami, co w nas wzbudziło odruch ucieczki. Zerwaliśmy się niemal równocześnie i wdrapując się na górę, zapomnieliśmy nawet o naszej sprzeczce. Nie zwracając uwagi na szczeknięcia psa i pomruki faceta, dopadliśmy ścieżki, by następnie nią pobiec w przeciwną stronę od naszego prześladowcy. Ten trzeci biegł pierwszy i nie dawał mi się wyprzedzić, choć przecież to ja wiedziałem lepiej, którędy mamy uciekać.

Za łukiem zatrzymałem się jednak pierwszy, by się obejrzeć i upewnić, że nikt nas nie ściga. Widząc to Romek, stanął przy mnie i przez chwilę łapaliśmy w milczeniu oddech.

– Ciężkie jest życie żołnierzy – oznajmił pierwszy Pańpuch z przemądrzałym wyrazem na pucołowatej twarzy.

– E... tam, chodźmy już lepiej, grubasie.

– Teraz to ty tchórzysz?

– Nie tchórzę, ale widziałeś jakiego on miał wilczura? Stargał by ci dupę w trymiga.

– Jak mnie, to i tobie.

– Tobie, bo leciałeś na końcu.
– Ale na pewno nie dałby rady Szarikowi.
– To wszyscy wiedzą, ten jakiś taki... mizerny.
– Skąd wiesz, przecież nie macie psa.
– Ty też nie masz, a się wymądrzasz. Za to mój wujek ma i to dwa, no i kota.

Dochodzimy do drewnianego mostu przy przejeździe kolejowym na końcu Rakowickiej.

– Idziemy pooglądać żołnierzyki do sklepu z zabawkami?
– Nie idę. Nie ma nic nowego. W domu mam cekaemistę i strzelca wyborowego.
– Jakie? Plastikowe czy ołowiane.
– Ja mam z brązowej stali.
– Nie ma takich. Pewno, że ołowiane.

Przed murowaną budką przy korbie opuszczającej szlaban stoi dróżnik, ale ani dzwonek nie dzwoni, ani też kolejarz korbą nie kręci, dlatego przechodzimy przez tory, rozglądając się na wszystkie strony, a przede wszystkim interesuje nas przejeżdżająca obok wywrotka star, która gazuje i wypuszcza kłęby czarnego dymu.

– O, popatrz, takim lublinem jeździ mój tata na awarie – oznajmiam na widok innego auta.
– Wygląda jak więźniarka.
– Tyś jest więźniarka. To jest specjalne auto. Takie mają tylko służby specjalne.
– Mój tata jest kolejarzem i pracuje w obsłudze kolei. Ja też będę kolejarzem, jak nie będę żołnierzem na rezerwie.
– A ja będę kierowcą, albo artylerzystą, albo Gustlikiem.
– Ty będziesz śmieciarzem.
– Śmieciarzem to ty będziesz, bo się nie nadajesz do wojska i jesteś platfusem.
– Ja, platfusem?! Głupi jesteś i wcale się nie znasz na wojsku. Chodź, biegniemy na drugą stronę, kto pierwszy – po czym przebiegamy na drugą stronę dobrze znanej nam ulicy, która prowadzi do naszej szkoły na Wileńskiej. Od tej strony tory kolejowe biegną wzdłuż niej z jednej strony, a z drugiej są domki z ogródkami, w które wdzierają się niewybrukowane dwie uliczki. Na jednej z nich, za sklepem spożywczym mieszka Pańpuch. Ja na następnej, ale moja się wyróżnia, bo jest wyasfaltowana i trudno by ją było ominąć nie zauważywszy.

Mimo wszystko, idąc tak w poczuciu spełnienia jakiejś ważnej misji, dochodzimy do niewielkiego placyku, gdzie trzy schody i jeden pokruszony prowadzą do drzwi sklepu, w którego oknie wystawowym widać na półkach słoiki z dżemem, ogórki i batoniki.

– Może zamkniemy sklep na kłódkę... – mówi Romek i próbuje rozciągnąć na szynach zasłonę z metalowych listew, na której poza naszym zasięgiem wisi zapięta na klucz kłódka.

– Ro...mek! Romek! Co wy tutaj robicie!? – zmroził mnie nagle ostry i przenikliwy głos mamy Pańpucha.

– Nic. Wracamy ze szkoły do domu.

– Gdzie chodziliście do tej pory? Jesteście cali wysmarowani. Przecież w szkole nie było lekcji.

– No, ale zebraliśmy się przed szkołą, żeby pani nam wytłumaczyła, co będziemy robić jutro – wyjaśnia Romek.

– No to do widzenia. Ja już muszę iść – mówię niewyraźnie i kieruję się w swoją stronę.

– Poczekaj no tylko, jak przyjdziemy do domu, to się z tobą rozprawię – słyszę za sobą głos szczupłej Pańpuchowej o krótkich ciemnoblond włosach na przechylonej okrągłej głowie oraz z dużą brodawką na brodzie. Z pewnością trzyma przy tym uniesiony do góry wskazujący palec prawej ręki.

Zostałem sam, bo ten trzeci też się gdzieś ulotnił i tak wydaje mi się, że bycie żołnierzem to dobre dla mnie zajęcie, ale tylko wtedy, jak nie ma w szkole lekcji i do tego jest jeszcze ładna pogoda.

Natomiast kim można być, jeśli idzie się z mamą, panią Białkową i Agatą z Mogilskiej, gdzie byliśmy, bo obie mamy miały zobaczyć materiały do szycia. Ale to już całkiem inna sprawa. To wymaga zastanowienia i nie jest to takie łatwe jak z Romkiem Pańpuchem. Agata jest ode mnie młodsza i dopiero w tym roku pójdzie do szkoły. Jest podobna do swojej mamy i wydaje się jakby nią była, tyle tylko, że taka jakaś miniaturowa. Ma pociągłą twarz z zapadniętymi policzkami, ostre rysy całkiem podobne do niektórych rzeźb. Wykapana Białkowa, jakby powiedziała mama. Do tego jeszcze ciągle się drapie w kolano, choć to drugie ma przecież rozbite.

– Mamo!... Mamo, a co to są za drzewa?

– Topole, córuś.

– A po co ich tutaj tak dużo?

– Bo to jest aleja. Idźcie przodem ze Stasiem.

– Stasiu, weź Agatkę za rękę.

– Nie chcę z nim za rękę – powiada stanowczo Agata, która najpierw podeszła do mnie, a później ucieka z ręką, chowając ją pod pachę, choć wcale nie zamierzałem jej za nią brać. Dziwne są te dziewczyny.

– To jest Aleja Marchlewskiego – powiedziałem ugodowo, bo nie miałbym nic przeciwko temu, byśmy się wzięli, jak już kilka razy to było, za te ręce.

– Nie bądź taki przemądrzały. I tak jakieś głupie te drzewa.

– Tak, wyglądają jak uschłe choinki. Ale za to tam dalej, po drugiej stronie są krasnale w ogródkach. Widziałem kiedyś, jak szedłem z tatą.

– Skąd wiesz?

– Mówię ci, że widziałem raz, jak szliśmy z mamą do ośrodka na Krasnoludków.

– Mamo, bo Staszek mnie cygani… albo przejdźmy na drugą stronę zobaczyć te krasnale.

– Jakie znów krasnale?

– Tam w ogródkach są ustawiane krasnale.

– No dobrze, dla świętego spokoju dojdziemy tylko do przejścia dla pieszych.

– Będziesz widzieć. Jeden siedzi i czyta książkę, a przy nim rośnie grzyb. Inny sobie leży z podpartą głową. Jest też taki, który łapie w siatkę motyle albo pyka fajkę, stojąc na jednej nodze.

To jest najlepszy pomysł, bo ja chciałbym być niewidzialnym krasnoludkiem. Zdjąłbym na przykład komuś czapkę z głowy i uciekł albo poszarpał za brodę kapucyna. Musiałoby to śmiesznie wyglądać, jak przez ulicę leci sobie czapka, niczym gołąb. A jakbym szarpnął brodacza za brodę w tramwaju, a on miałby pretensje do kogoś stojącego obok, to dopiero byłaby heca. Mógłbym też iść do sklepu na Rakowicką i wybrać sobie wszystkie najlepsze ołowiane żołnierzyki i samochody. Wziąłbym też strzelbę i pistolet. Mógłbym latać jak helikopter, a jak by mi się znudziło, to przyszedłbym do domu się wyspać.

No i Agacie krasnoludki się też podobały, a jak przyszliśmy do domu, to zaczęliśmy nawet bawić się w sklep, ale szybko mi się znudziło.

– Wiesz, pokażę ci jak się bawię w tramwaj. Ja będę motorniczym, a ty pasażerką.

– Nie, ja będę motorniczy, a ty pasażerką – znów mi się sprzeciwia ta smarkula.

– Ty jesteś dziewczynką, a dziewczynki nie mogą być motorniczymi, bo to jest poważne zajęcie. Jeszcze kogoś przejedziesz i kto będzie za to odpowiadał.

– Ale ja chcę być motorniczym, bo inaczej to ja się nie bawię.

– No dobrze, dam ci na chwilę pokierować dwójką. To jest łatwiejsza trasa.

Stawiam na taborecie maszynkę do mięsa korbką do góry, obok maszynkę do mielenia orzechów i bułki tartej tak samo, a z przodu ustawiam dwa stare okrągłe kontakty.

– A co to jest?

– Tym się włącza kierunkowskazy. Tak, jak skręca się w lewo, a tak, jak się skręca w prawo.

– No dobra, pójść mnie na krzesełko, już umiem jechać.

– Poczekaj, ja pojadę na Salwator, a ty z powrotem.

– Najpierw ja pojadę do Zakopanego, bo zaraz pójdziemy z mamą do domu i nie zdążymy zajechać, bo to taki kawał drogi.

– No dobra, pokażę ci jak się jedzie. Ja pojadę trzy przystanki, a ty pod pocztę.

– Jedź szybko, bo mi się śpieszy. A jak nie, to zostaniesz konduktorem.

– Nie da się, bo traktor jedzie przed nami. Dzyń, dzyń.

– Bo za wolno, a trzeba szybciej korbką kręcić.

– Właśnie, że nie. Ty się nie znasz. Ja widziałem jak tramwajarz kręci i nie kłóć się ze mną, bo cię wysadzę na żądanie.

– A właśnie, że ja wiem, i nie wysiądę, bo jechałam tramwajem już wiele razy.

– Dzieci, co wy wyprawiacie? – zwraca się do nas jej mama.

– Bo on mi mówi, że ja nie jechałam tramwajem.

– Właśnie, że nie, bo tramwajarz nie kręci korbą w kółko bez końca.

– Agatko, idziemy już. W domu pobawisz się lalkami.

– Sam się baw w ten głupi tramwaj.

I poszły sobie, a do tego jeszcze mama zaczęła narzekać, że wyciągam maszynki i bałaganię przy ludziach. Jak widać, z takimi pasażerami niełatwe jest tramwajarza zajęcie.

OBRAZKI Z WYCIECZKI

– Dzie…ci, nie róbcie tyle hałasu. Adam, przestań!… i wrzuć to do kosza na śmieci.

A mnie też się udało kopnąć to jabłko, które wypadło Marysi na chodnik, kiedy czegoś szukała w tornistrze. Robimy przy tym dużo hałasu i mamy w tym wielką radość, bo w zamieszaniu pani się jest trudniej połapać, kto i co zrobił. Jest jak sama mówi: niczym w ulu. Pomaga jej w tym opiekunka, mama Romka.

– To po co my tutaj tak długo stoimy? – pyta Marek.

No cóż, akurat dzisiaj muzeum jest zamknięte i pani poszła zatelefonować, by uzgodnić, gdzie pójdziemy w zamian.

– O…

– Jedźmy statkiem do Tyńca.

– Albo na kopiec Kościuszki.

– Najlepiej do ZOO.

– Chodźmy do kina. O, pani już idzie.

– Ci…sza! Jacek, chodź tu bliżej. Piotrek, nie wychodź na jezdnię. Do kogo ja mówię?! Staszek, podnieś wreszcie to jabłko i wrzuć do kosza na śmieci.

– To nie moje jabłko.

– Ale masz je podnieść i wrzucić do kosza na śmieci, bo ja ci tak każę.

– A dlaczego ja? Ja nie jestem śmieciarzem.

– Podnoś to jabłko w tej chwili i rób, co ci każę!

No, dobra, już podnoszę z grymasem niezadowolenia jabłko i demonstracyjnie wrzucam je do kosza, ponieważ nie uważam, by to było sprawiedliwe, żebym ja ulicę sprzątał, tym bardziej że to nie ja naśmieciłem.

– Staszek, proszę do mnie. Za karę będziesz szedł w pierwszej parze z Jadzią.

Znów z dziewuchą?! Pełen buntu i upokorzenia idę do pani, bo wiem, że wszyscy się ze mnie i tak śmieją. Będę przecież musiał iść w pierwszej parze za rękę z taką pryszczatą flądrą.

– Słuchajcie teraz wszyscy uważnie, bo nie powtórzę. Ponieważ się okazało, że muzeum jest dzisiaj zamknięte, to będziemy musieli zmienić nasze plany. Jest możliwość pójścia do kina…

– A...!

– Spokój!... Możemy pójść do kina pod jednym warunkiem, że będziecie na prawdę grzeczni, bo film jest długi i dla dzieci trochę od was starszych.

– Będziemy grzeczni. Na pewno będziemy!

– Sto procent! – zapewnia przemądrzale Grzegorz, choć nikt z nas nie przerabiał jeszcze procentów.

No i po wielu zapewnieniach wreszcie idziemy, choć ta pierwsza para wcale mnie nie cieszy. Za to uważam, że nasza wychowawczyni, choć wyperfumowana, to i tak ma krzywe nogi. Ale tak prawdę mówiąc, to wolałbym, żeby mnie lubiła. Z Jadźką nie mam o czym gadać, bo ona w ogóle nie jest rozmowna, dlatego wolę oglądać sobie widoki, które będę mógł później namalować.

Myślę, że to szkoda, że nie jestem królewiczem, bo mógłbym robić, co chcę i co mi się podoba, a do tego mieszkałbym na Wawelu, a jak bym był już dorosły, to dowodziłbym jego obrońcami. Na pewno byśmy obronili nasz kraj nie tylko przed smokami, ale przed każdym najeźdźcą, któremu lałbym rozpaloną smołę na głowę, bo po co się tutaj przyplątał. Byłbym sławny na cały kraj i na cały świat, a nawet mnie by też złożyli hołd pruski. Jeździłbym Traktem Królewskim karetą, a ci wszyscy przechodnie kłanialiby mi się nisko. Obok mnie siedziałaby najpiękniejsza w królestwie królewna. Mogłaby mieć Jadwiga na imię, choć nie byłaby taką brzydulą jak Jadźka, bo ta to przecież brzydula. Wszyscy by się mnie bali, ale nie robiłbym nikomu krzywdy, bo byłbym Staszek Sprawiedliwy, ale tylko wtedy, jeśliby sobie ktoś na coś innego nie zasłużył. Wybudowałbym za to im domy przy ulicy Grodzkiej i kościół św. Stanisława, a także Piotra i Pawła, bo jak mama mi mówiła, to w nim właśnie brała ślub z tatą. Jak by mi się jazda karetą znudziła, to byśmy się zatrzymali pod arkadami na lodach i wodzie sodowej, a później przeszlibyśmy po zebrach na drugą stronę ulicy, gdzie sprzedawca ofiarowałby mi tę czapkę z wystawy. Za to wybudowałbym mieszczanom pałac, gdzie mogliby się spotykać i radzić, co jest dobre, a co złe dla miasta. Przed pałacem na placu postawiliby mi pomnik, jako dobrze panującemu królowi. Nawet w kościele obok ksiądz mówiłby o moich zasługach dla miasta i o wielkiej wdzięczności mieszkańców.

– Wiesz Jadźka, tam za Plantami mieszka mój ojciec chrzestny.

– No i co z tego.

– On umie grać na harmonii.

– A mój brat wciąż gra mamie na nerwach.

– Jaka ty jesteś głupia i nic nie rozumiesz.

– Staszek, jak ty mówisz do swojej koleżanki? Jeszcze raz, a dostaniesz dwóję ze sprawowania. Chwileczkę!... Zatrzymujemy się tutaj.

Nie wiem, dlaczego, zatrzymaliśmy się. Ale chyba nie z mojego powodu, bo cóż ja znowu takiego zrobiłem. Przez cały czas w ogóle się do niej nawet nie odezwałem, bo z nią przecież nie ma o czym gadać.

– Leszek z Andrzejem dołączcie do grupy. Pani Pańpuchowa, niech pani ich przypilnuje, a ja pójdę załatwić wejście. Nareszcie poszła sobie i będę mógł się puścić z Jadźką, bo mi się znudziło to trzymanie za rączkę.

– My na ten film idziemy – mówi Tomek, trącając mnie łokciem i wskazując na oszkloną gablotkę ze zdjęciami.

– To jest film o jakimś rycerzu na koniu – macham z zachwytem ramionami. – ... tam są trupie czaszki, to jest dobry film.

– Nie wiadomo, czy na ten pójdziemy.

Widząc panią, wycofuję się do Jadźki, żeby nie przypomniała sobie o mnie, bo znów do czegoś się przyczepi. Ona jednak podchodzi nie do mnie, ale do Pańpuchowej i mówi:

– Moglibyśmy iść, ale wyświetlają tylko „Rękopis...", a ten film będzie dla nich za trudny. Tak źle i tak niedobrze.

– No to, co zrobimy? Może pójdziemy do Parku Jordana – jak zwykle głupio wtrąca się Pańpuchowa.

– Pani nam obiecała i my chcemy iść do kina.

– Na ten film o rycerzu.

– Na ten „Rękopis znaleziony w Saragossie".

– Ale dzieci, to jest długi i za trudny dla was film. To jest film z przerwą.

– To nic, my będziemy grzeczni.

– To, że długi, to nie jest takie złe, bo czas wypełnimy – tym razem Pańpuchowa przyszła nam z pomocą. – No i będziemy ich mieć w jednym miejscu.

– Słuchajcie dzieci, to jest długi film z przerwą, czy wy wytrzymacie?

– Ta...k! Wytrzymamy. Pewnie, że wytrzymamy.

– Będzie walka rycerzy – wszyscy hałasujemy niczym pszczoły.

– No dobrze, to idziemy...

– Hurra!

– Ja już byłem kiedyś w kinie z tatą – chwali się Zbyszek.

– Ale jeszcze jedno. Marek Cholewka, Jacek Bratkowski oraz Staszek Kwik będą siedzieć obok mnie i niech wszyscy pamiętają, że nie należy rzucać na podłogę papierków, trzaskać krzesłami, krzyczeć i rozmawiać podczas seansu. A teraz wszyscy do szeregu i w parach grzecznie idziemy.

To dobrze, że idziemy na film, bo ja jeszcze nigdy nie byłem w kinie, o czym nie mówię nikomu, bo po filmie już będzie całkiem inaczej i nikt się nie domyśli, choć pewnie wielu też nie było...

Hałasując, tłoczymy się na siebie, bo tak nam wygodniej, a pani znów zwraca uwagę, żebyśmy kolejno w parach wchodzili do sali. Słuchają tylko dziewczynki i ci chłopcy, których ona albo Pańpuchowa nie upominają osobiście.

Ale kiedy jesteśmy już na sali, nikt nie słucha nikogo i każdy pędzi, by zająć lepsze miejsce, choć nikt tak naprawdę nie wie, które jest najlepsze. Niektórzy nawet kilka razy się przesiadają, trzaskając przy tym drewnianymi krzesłami, które przecież same trzaskają. Tylko ja z wybranymi kolegami nie mogę, bo musimy iść z panią. Jacek Bratkowski mówi, że najlepiej byłoby uciec z sali, kiedy będzie ciemno, i pójść do kibla albo na Błonia, ale ja nie mam jakoś ochoty i też nie wiem, jak tam dojść. Poza tym nie chcę się zgubić.

Siadamy w trzecim rzędzie w środku, a pani, zmuszona się zająć również resztą, siada na pierwszym krześle z brzegu. Wkrótce wzdychamy sobie, bo gasną światła, rozsuwa się kurtyna i na ekranie zamiast filmu ukazuje się Polska Kronika Filmowa. Z chęcią patrzę na obrazki, choć niewiele rozumiem, co się tam mówi. Ludzie chodzą, jacyś robotnicy z kielniami budują bardzo szybko domy, a panowie w białych koszulach w ogromnej sali siedzą i tylko jeden w okularach coś chyba ważnego mówi, a co chwila pozostali biją mu brawo, choć to nie jest tak jak w Teatrze Groteska, gdzie byliśmy na przedstawieniu bajek Andersena. Tymczasem Marek Cholewka odkrywa, że można się kołysać na krześle, o czym cicho mi mówi. Kołyszemy się przez chwilę obaj, a moje kołysanie znów skrzypi, co nie uchodzi pani uwadze i głośno upomina nas, żebyśmy tak nie robili. Ale skąd ona wie, że to my. Przecież w sali jest ciemno. Mam nadzieję, że po filmie nie będzie chciała się dowiedzieć, który to z nas, bo musiałbym się przecież przyznać. Znów robi się całkiem ciemno, a po chwili zaczyna się prawdziwy film.

– Na początku zawsze są tylko napisy – znów się ktoś wymądrza.

– Turli... turli – ochoczo naśladuję podobającą mi się muzykę.

– Starożytny żołnierz. Patrz, jak strzelają…
– Ha, ha, ha… się wykopyrtnął.
– To jest tylko taka bajka.
– Nie rozmawiajcie, bo was pani przesadzi albo postawi do kąta.
Spoglądam w stronę miejsca, na którym siedzi pani. Niewiele widać, ale ona siedzi i ogląda. No to ja też oglądam.
– Gdzie się podział Moskito.
– Porwały go duchy.
Podoba mi się kino, bo w wielkim oknie dzieją się różne ciekawe rzeczy.
– O! Wisielec.
– Fajny film.
– Cicho, zobaczymy, co będzie – mówi Bratkowski, po czym zostajemy pochłonięci przez obraz.
Na całej sali panuje kompletna cisza.
– Ha, ha, ha! Zaraz się zadławi.
– On nie wie, że to są czarownice.
– To obłąkaniec, Paszeko… – znów się wymądrza, ale za chwilę z przejęciem przez dłuższy czas w napięciu oglądamy.
– O…, to jest znów ten jakiś inkwizytor.
– Alfonso musi wypić… czarodziejski napój – komentuje półgłosem Cholewka.
– A to jadą na koniach templariusze – popisuję się, ale tak naprawdę, to mi się wydaje, że lekcja się już dawno skończyła i warto byłoby iść na przerwę.
Wreszcie jest przerwa. Wszyscy wstając, puszczają siedzenia, tylko ja przytrzymuję, żeby nie trzasnąć, jak mówiła pani, ale nikt tego jakoś nie zauważa. Opowiadamy sobie, co żeśmy widzieli, a niektórzy idą do ubikacji. Jednakże pani nie pozwala wychodzić wszystkim naraz, czego pilnuje Pańpuchowa. Zbyszek za to siłuje się z Adamem o plastelinę. Pani ich godzi, odbierając im ciemnoczerwoną bryłkę i lufkę z metalowego ołówka.
W kinie unosi się taki zapach, którego nie ma gdzie indziej, chyba że trochę podobny w teatrze. Ciekaw jestem, co jest za tą kurtyną i ekranem, do którego próbujemy podejść z Cholewką, udając, że wcale to nas nie obchodzi. Żeby tylko pani nas nie zawróciła. Udajemy obojętnych i niespotykanie grzecznych. Chowając się za dziewczynami, pierwszy dopadam kurtyny i próbuję ją uchylić, ale fałdom jakoś nie ma końca. Po chwilowym szamotaniu się z nieprzyjaznym materiałem słyszę za sobą:

– Cholewka i Kwik natychmiast do mnie.

– O Jezu!... no i czego ona znów chce ode mnie.

– Ktoś musiał nas podkapować. Pewnie ta lizuska Gośka – oznajmia Jacek i obaj posłusznie udajemy się do pani.

Drugą część filmu oglądamy siedząc obok wychowawczyni, a mamy ją na dodatek w środku, co mnie nieco krępuje. Jest taka duża, nie taka jak Agatka czy inne dziewczynki. Czuję, że ona ma coś w sobie, czego tamte jeszcze nie mają. Nie chodzi mi już o te krzywe nogi, a nawet o tę jej czarną spódnicę przypominającą harmonię mojego ojca chrzestnego, , ale i o to, co to może być?... Na pewno pachnie jak fiołek albo inny kwiatek. Może dlatego, że ma fiołkowe oczy, bo chyba nie z powodu długich kręconych czarnych włosów. Jest to dziwne że zamiast filmu to ja wszystko zauważam i to w ciemności. Nawet ten film nie ma kolorów, choć wydaje mi się, jakbym kilka razy widział w kolorach don Lopeza i Ines, a zwłaszcza kury biegające po ulicy. To jest z pewnością jakaś tajemnica.

Jak mi się wydaje, to już od pewnego czasu nie tylko mnie film zaczyna nużyć. Staram się nie wiercić tylko dlatego, że pani siedzi przy mnie. Zastanawiam się za to, dlaczego nasza pani nie zwraca teraz nikomu innemu uwagi, choć słyszę jak od czasu do czasu śmieje się Ewa, a Leszek komentuje to, co dzieje się na ekranie. Przecież mówi, że szpada nie jest prawdziwa albo że ktoś się zaleca do Ines. Uważam, że jest to niesprawiedliwe, że ja muszę ciągle tutaj siedzieć spokojnie, a nie ktoś inny. Ja przynajmniej mógłbym się powiercić na krześle, a tak to muszę czekać do końca tego nudnego filmu.

No i wreszcie, skończyło się. Puszczam jak wszyscy blat krzesła, a pani mi znów zwraca uwagę, że tak się w kinie nie zachowuje.

– Ale wszyscy tak zrobili.

– Nie wszyscy, bo nawet Cholewka też nie – po tych słowach pani czuję się zdradzony.

Ale z tego Cholewki lizus. Wychodzimy wreszcie na świeże powietrze.

– Zasztyletowany jesteś w pojedynku, senior! – mówi Romek, udając, że wbija we mnie szpadę.

– Nie udało ci się, bo ja jestem przecież duchem.

– A ja Don Roque, senior.

– Tomek jest głupek jak Paszeko.

– Ty jesteś osioł, a ja genialny Alfonso.

– Nie, ja jestem don Moro.

– Wydaje mi się dzieci, że ten film był dla was za trudny.

– Nie... fajny był.

– Tylko szkoda, że taki długi.

Teraz już bez przerwy napominani przez panią i Pańpuchową, żebyśmy szli równo w parach i po prawej stronie chodnika, dochodzimy do przystanku tramwajowego i ścigamy się, kto pierwszy zajmie miejsce siedzące pod daszkiem. Mnie się nie udało, ale wcale mi się siedzieć nie chce. Za to staję na półokrągłym krawężniku, oddzielającym chodnik od trawnika z rabatką, na której panie w chałatach sadzą kwiatki pod pomnikiem. Znów czekamy i czekamy całą wieczność. Nuda.

Wreszcie nadjeżdża dwójka. Po wejściu do tramwaju mam nadzieję, że uda mi się stanąć na pomoście tuż za motorniczym, ale znów pani nakazuje mi wejść do środka, choć ja namalowałem przecież obrazek z tramwajarzem i nawet nie zamierzałem tym razem ścigać się o miejsce. Pańpuchowa postawiła mnie znów przy Jadzi i do tego jeszcze obok Oli, siedzących wspólnie na jednym siedzeniu. Już do nikogo się nie odezwę, tylko przez całą drogę będę patrzył w okno. Przychodzi mi nawet na myśl, że to patrzenie w okno, to również jakby oglądanie filmu. No to oglądam.

– Au... nie ciąg mnie za włosy.

– Ja cię wcale nie ciągnę za włosy. Co mnie obchodzą twoje kłaki.

– A właśnie, że ciągniesz. I to ty masz kłaki.

Nie będę z nią już więcej gadał, po czym za chwilę ujmuję ten jej ogon w dłoń i pociągając niczym sznurem tramwajowego dzwonka, mówię:

– Dzyń..., dzyń! Wysiadać, przystanek na żądanie.

– Proszę pani, bo Kwik mnie ciągnie za włosy.

– Bo jak jej nie ciągnąłem, to mówiła, że ciągnę. Pociągnąłem ją dlatego, bo mówiła, że ją ciągnę, jak ja nie ciągnąłem. Zwyczajnie stałem spokojnie i trzymałem się.

– Kwik, co ja mam z tobą, może już wystarczy na dzisiaj... Stań tutaj..., przy mnie. Ja cię specjalnie potraktuję w czasie lekcji. Zobaczymy, jak się do niej przygotujesz.

I znów mnie postawiła w jakimś kącie, a Zbyszkowi i Romkowi nie zwracała uwagi, kiedy się ze Zdziśkiem szturchali, udając rycerzy. Dlatego też postanawiam się naprawdę do nikogo nie odzywać, a nawet więcej, będę demonstrował, że to odzywanie do niczego potrzebne mi nie jest. Choć nie wiem jeszcze jak, to zrobić.

W ten sposób nie tylko dojechaliśmy tramwajem do Rakowic, ale również przyszedłem do domu, który jak zwykle stał niczym zbudowany z ogromnej góry mokrego piasku.

Po wejściu do przedpokoju wyczułem w mieszkaniu coś dziwnego, co mnie zaniepokoiło. Wszedłszy po zdjęciu butów do pokoju i nałożeniu papci, na tapczanie w pościeli dostrzegłem leżącego i zwróconego do ściany tatę. Po chwili mama mi mówi, że zwolnił się z pracy, bo jest chory i nawet było u nas pogotowie. Ja jakoś tego nie rozumiem, że tato może być chory, skoro jeszcze rano poszedł jak zwykle do pracy. No, ale jak mama mówi, to jej muszę wierzyć, dlatego czym prędzej biegnę po obiedzie do kolegów na pole, bo może jak następny raz do domu wrócę, to tato znów będzie zdrowy.

Zawsze biegnąc chodnikiem na plac, liczę kroki przeskakując po kilka płytek. Patrzę przy tym na każdą i znam je tak, że wiem nawet, kiedy następna będzie na pół pęknięta. Niczym kangur doskakuję do asfaltu przy sąsiednim domu z kotłownią w piwnicy. Ten asfalt wylano przed jego częścią po to, żeby łatwiej było palaczom wrzucać łopatami koks przez okienka do kotłowni, kiedy świeży przywożą. Dla nas jest to dobre miejsce, bo naprawdę jedyne równe na osiedlu, gdzie dziewczyny grają w klasy, a my możemy grać w kolarzy, pstrykając guziki po wyznaczonej kredą albo cegłą trasie wyścigu ze stadionem na końcu. Tym razem Małgośka z Basią Milczak i jej siostrą grają w chłopka. Jest to gra podobna do klas, z tym tylko, że kwadraty nie przedstawiają szkoły, ale człowieczka o jednej nodze, rozstawionych rękach i dużej głowie, po którym się tak samo skacze i też trzeba trafić na kolejny kwadrat kamieniem. Ja w to nie gram, bo to nuda! Mijam dziewczyny. Przeskakuję im po chłopku, a one mnie ścigają słowami, żebym uważał, po czym chodzę. Nie będę gadał z babami, dlatego schodzę na plac w miejscu, gdzie obok jest wgłębienie pośród kostek i nieraz po deszczu puszczamy tutaj okręty w kałuży z Jankiem, Tomkiem i Bolkiem. Dzisiaj w tym miejscu jest tylko trochę kurzu, ale za to dalej starsi chłopacy, Janusz z Konradem grają w zośkę. Ja natomiast podchodzę do Bolka, Wacka i Janka, którzy stoją na trawniku przy drewnianym słupie oświetleniowym, a Adrian trzymając za grubą linę, łączącą wierzchołek słupa z ziemią, obraca się w koło, a nawet próbuje się wspinać po niej, choć wcale mu się to nie udaje. Ja nawet nie próbuję. Zastanawiam się tylko, w co by się tu zabawić. Tomek chciałby zagrać w piłkę do dołka, ale nie mamy małej piłki, bo Wojtek jeszcze nie może wyjść na pole, a pożyczać mu niczego nie wolno bez zgody rodziców, którzy nie zdążyli wrócić z pracy. Bolek ma ochotę na milicjantów i złodziei, ale Wackowi się nie chce, a bez niego nie ma złodzieja. Janek nawet chciałby z dziewczynami zagrać w kolory, ale z jego zdaniem nikt się nie liczy, bo jest najmłodszy. Adrian natomiast chciałby iść „na grandę”, czyli kalarepę do ogródka Kapustowej, ale nam jako reszcie się nie chce. Kończy się na tym, że z dziewczynami postanawiamy się bawić w chowanego. No, chyba że nie będą chciały, a Adriana mama i tak wezwie do domu.

– Entliczek, pętliczek, czerwony stoliczek, na kogo wypadnie na tego bęc.

Wypadło na Wacka, ale on się nie zgadza i mówi, że było źle policzone. Małgosia liczy jeszcze raz, a tym razem wypada na mnie. Ja też mówię, że się nie zgadzam, bo też źle było policzone, ale oni mi mówią, żebym nie naśladował Wacka, tylko „chował”, bo na mnie wypadło i tyle. Idę więc do bramki i stając przy niej z głową opartą o zgiętą rękę, liczę do dziesięciu, nie patrząc, gdzie się chowają.

Żebym nie przegrał i nie „chował” raz następny, muszę „wypukać” choćby jedną osobę. Lepiej by było, żebym „wypukał” je wszystkie i choćby jednego chłopaka. Natomiast miałbym uznanie Wacka i Bolka, gdybym im też dał radę. Ale gdzie oni są i gdzie się schowali? Oni też szybko biegają. Lubię ten moment, w którym ja się rozglądam, obserwuję, a oni siedzą gdzieś w kryjówkach. To ja panuję nad nimi. Muszę uważać, żeby się za bardzo nie oddalać, nie mając zarazem baczenia na to, co się dzieje za moimi plecami. O, już kogoś widzę za betonowym cokołem drewnianego słupa, przy którym wcześniej obracał się Adrian. Jakieś dziewczyny, tylko nie wiem, której widziałem kawałek sukienki, bo niekiedy mi się wydaje, jakby wszystkie były jednakowe. Podchodzę bliżej i bliżej, aż w pewnym momencie ktoś się za mną zrywa, a ja obejrzawszy się widzę Bolka biegnącego do bramki. Nie podejmuję walki, bo jest już za daleko i nie zdążę go wyprzedzić. Ale i tak ostrożnie się cofam, bo wiem, że ktoś inny może wykorzystać moją nieuwagę i wybiec z drugiej strony, jak to już kiedyś było. Ktoś też stoi za rynną, choć to może być sztuczka Wacka, który już kiedyś wystawił starą czapkę na kiju, żeby zwabić „chowającego”, po czym wszyscy się wypukali, obiegając dom dookoła.

– Małgośka, widzę cię za słupem – krzyczę i spokojnie idę do słupka wypukać moją rówieśniczkę z 3b.

Nie musimy biec, bo wszystko jest jasne. Ale oglądam się raptownie i widzę, jak Wacek z Jankiem przebiegają między domem Bolka a garażami. Krzyczę, że ich widzę, a podszedłszy do słupka, wszystkich kolejno „wypukuję”.

– Raz, dwa, trzy Małgośka. Raz, dwa trzy Janek i raz, dwa, trzy Wacek.

Teraz już jestem spokojny nie tylko o to, że będę „chował" raz jeszcze, ale również, że chłopaki nie będą się ze mną liczyły w następnej kolejce.

W tej zabawie „nie chować" udawało mi się już do samego jej końca, a to dlatego, że nie pozwalałem się „wypukać" jako ostatni. Natomiast bawiliśmy się w to „chowanie" do czasu, kiedy wypadło na Wacka, który oznajmił, że to jest już nudne i lepiej zabawić się w piłkę do dołka, bo i Wojtek może już przynieść ją z domu. Oczywiście na piłce do dołka się nie skończyło, bo jak do nas dołączyli Zdzisiek i Paweł, a Basia z Małgośką poszły do domu odrabiać lekcje, ustawiliśmy z cegłówek bramki, odliczając je równo stopami, po czym wybrawszy dwie drużyny, zaczęliśmy grać w prawdziwą piłkę.

Stojąc na chwilę w bramce, podaję do Janka, a on się kiwa ze Zdziśkiem, po czym jest dla nas trzeci korner i karny.

Wacek strzela Bolkowi w róg. Jest 3:2 dla nas, a gramy do czterech.

– Sta…szek! Sta…szek!

– Za chwilę przyjdę. Jeszcze tylko jedna bramka i kończymy.

Nie wiem, dlaczego mama mnie ciągle woła do tego domu, przecież dopiero co wyszedłem na pole i nawet nie zdążyłem się dobrze pobawić.

– Uważajże! – krzyczy Wacek, ale wydaje się to już za późno.

No i tak, przez mamę straciliśmy kolejną bramkę, a jak miało się później okazać, przegraliśmy również mecz, bo nie obroniłem karnego. Dobrze, że choć strzeliłem jednego gola, ale… no i co z tego, że do pustej. Dlatego wszyscy w naszej drużynie zrobiliśmy się źli i postanowiliśmy od razu się zrewanżować, co też nam się udało. Wtedy znów przeciwnicy zażądali rewanżu i całkiem się fajnie grało, aż tu nagle:

– Sta...szek! Sta...szek!

– Co chcesz?

– W tej chwili do domu!

– Już przecież idę. Za chwilę przyjdę.

– Nie za chwilę, ale natychmiast! Całe popołudnie tylko gonisz jak pies z kulawą nogą, a jutro szkoła.

– Przecież ją zalało.

– Ty się nie wymawiaj zalaniem, tylko marsz do domu.

– No dobra, idę już, idę, po co tyle hałasu.

Wolę już iść, bo jeszcze mama jakieś głupstwo powie i koledzy się będą ze mnie śmiali.

Kiedy wróciłem do domu, tata wprawdzie całkiem nie wyzdrowiał, ale mu się polepszyło, prawie tak jak to sobie wymyśliłem. Dlatego też teraz leżąc przed spaniem już w łóżku, myślę sobie, co by to było, gdyby tata miał być długo chory, a nawet musiał iść do szpitala albo nawet umarł. I co by było, jakby taty nie było. Mnie przecież też kiedyś nie było, a jak to będzie, jak mnie też nie będzie? Ja nie chcę, żeby tata umierał, i chowam głowę w poduszkę, żeby nikt nie zauważył, bo i tak mi łzy z oczu płyną, choć nie wiem dlaczego.

– Ale się Stasiu dzisiaj wyhasał – mówi mama, gładząc mnie po głowie.

– Wiesz, co bym chciał? – udaję, że o tym, co dopiero powiem, myślałem właśnie.

– Co takiego?

– Żebyśmy mieli dużego psa, takiego czarno-brązowego wilczura.

– Cóż to ci znowu przyszło do głowy. Żeby mieć tak dużego psa, trzeba mieć ogród. W takim małym mieszkaniu jak nasze to on by się męczył, a my z nim.

– Ja bym go wyprowadzał na spacery.

– No tak, albo on ciebie. Do takiego psa trzeba mieć dużo siły. Musisz urosnąć, żebyś mógł dać sobie z nim radę. A teraz już śpij, bo jutro trzeba wstawać rano do szkoły. Dobranoc.

KIM JESTEM?

Jesteśmy po WF-ie. Podczas przebierania się w szatni śmiejemy się najpierw z odstających łopatek Władka, który macha nimi niczym skrzydełkami podczas sprawdzania mu łaskotek, by następnie popstrykać Marka Cholewkę w klapciate uszy, doprowadzając go do takiej złości, że ten rzuca się na mnie i najpierw upadamy na podłogę, a potem zaczynamy się na niej tarzać i ze wszystkich sił mocować. Czuję, że już ręki z uścisku nie wywinę, więc mówię mu, iż się poddaję. On patrzy mi w oczy i mówi, żebym więcej z nim nie zaczynał. Odpowiadam, że nie będę, jak on też ze mną nie będzie. Zgadzamy się i on mnie puszcza. Nie wiem, czy jest mocniejszy ode mnie, bo kiedyś to ja go przewróciłem i przytrzymałem na trawie, ale jakoś więcej nie mam ochoty dziś tego sprawdzać. Poza tym mam uczucie, że podczas takich przewrotek coś mi się przewraca w głowie, dlatego wolę unikać walki za wszelką cenę. Przecież to tylko wygłupy. Tymczasem Pańpuch znów się przyczepił do moich stóp, mówiąc, że mam platfusa. Odpowiadam mu, że jest głupi, a po chwili do szatni zagląda woźny i każe nam z niej wychodzić, bo już następna klasa przyszła na lekcję gimnastyki. No to bierzemy swoje tornistry, by iść do następnej szatni, gdzie przebierzemy się do wyjścia ze szkoły, bo jesteśmy przecież już po ostatniej lekcji.

Po wyjściu ze szkoły rozchodzi się między nami wiadomość o czymś niezwykłym, co ma miejsce za salą gimnastyczną. Nie wiemy po co i dlaczego, ale wszyscy biegniemy tamto coś zobaczyć.

Przebiegamy wzdłuż budynku szkolnego, później pod schodami do wejścia głównego, a następnie wzdłuż ogrodzenia z siatki, za którą rosną krzewy, i aż do dziury w ogrodzeniu. Przechodzimy nią kolejno, by wybiec spośród drzew na trawnik. Na tle ślepej ściany sali gimnastycznej, na chodniku stoi grupka chłopaków z różnych klas, a między nimi jeden ze starszych wykonuje dziwne ruchy, a do tego jest ubrany całkiem inaczej niż my wszyscy i jeszcze coś niewyraźnie śpiewa.

Podszedłszy do nich bliżej i tak nic nie mogę z tego zrozumieć.

Aj kant tejk maj ajz of ju Aj kant tejk maj ajz of ju…

– Co on robi – pytam kolegi.

– Nie widzisz? Tańczy. A tak śpiewa Wali.

– A, chyba że Wali – z uznaniem udaję, że wiem, o co chodzi.

I tak nic z tego nie rozumiem i wszystko wydaje mi się jakieś pomieszane, bo niby słyszę słowa, ale też jakieś ła, ła, ła. Ale jakoś może mi się to spodoba, bo jak innym się podoba?

Mamma Tatz ol rajt, tatz ol rajt
Ju ryly get mi, ju ryly get mi
Ła, ła, ła, ła
Ou Karol, trala lila lila la
Aj ken get nou, satisfakszyn, aj kent get now satysfakszyn

– Dobry jest, nie? On ma ciotkę w Ameryce.

– Ale jakoś tak nie kończy,... a po trochu...

Nagle zza rogu wyłania się nauczyciel WF-u i część chłopaków ucieka. Ale większość zostaje, bo i uważamy, że stać tutaj każdy może, a też nie robimy nic złego. Nauczyciel popatrzył po nas wszystkich, a następnie spytał, co to za zgromadzenie wiernych. Kiedy jeden ze starszych mówi, że tylko tak sobie się wygłupiamy, oznajmia, że jest to teren dla uczniów tej szkoły i należy go opuścić po skończonych lekcjach. Następnie zwraca się do chłopaków z naszej klasy i nakazuje iść nam do domu, bo inaczej zrobi nam dodatkowe zajęcia na materacach.

Kiedyśmy przeszli z powrotem przez dziurę w ogrodzeniu na wysypaną żwirem drogę, skądś wyskoczył Adrian, który już kiedyś tak biegł i udawał kulawego chłopa z workiem i w łachmanach, krzycząc:

– Stare szmaaaaty skupuję, flaaaszki, szmaaaty!... – co rozśmiesza wszystkich, ale ja już się nie zatrzymuję, tylko z Tomkiem Płatkiem idziemy prosto do domu.

Po wejściu do mieszkania wyczuwam w nim zmianę, jakąś obcość, która wraz ze mną weszła do domu. Zanim zdążyłem się rozejrzeć, słyszę głos mamy zwracający się do tej obcości:

– To ja idę do pralni, a ty dalej gotuj ten obiad. – Idź i nie przejmuj się. Wszystko będzie jak należy, tylko tej bluzki nie daj do białych, bo farbuje – odpowiada obcość, z której wyłania się pani Kasia.

– Jak tam było w szkole?

– Wszystko dobrze. Dostałem nawet czwórkę z przyrody.

– To teraz umyj ręce i do obiadu zajmij się odrabianiem lekcji. Pani Kasia ci przygotuje, a ja idę już do pralni.

Pani Kasia jest starszą osobą, trochę przygarbioną i rozczochraną szatynką, która od czasu do czasu przynosi do nas toboły i razem z mamą piorą rzeczy w pralni, bo ona nie ma gdzie tego zrobić, ponieważ mieszka w Rynku Głównym naprzeciwko kościoła św. Wojciecha, ale w niedzielę chodzi do kościoła św. Barbary albo Mariackiego.

– Co jest na obiad?

– Zupa pomidorowa z kaszą i smażona kiełbasa z ziemniaczkami, surówką z jabłka i marchewki.

– E..., wolałbym coś innego.

– A co ty chcesz od tego obiadu? Zdaje się, że w tyłku się poprzewracało naszemu księciu.

– Najgorsza ta kasza, bo ja lubię pomidorową, ale z lanym ciastem albo ryżem.

– Ale kasza jest zdrowa i dobrze wpływa na olej w głowie.

– Ja mam dość oleju.

– A kto ty jesteś?

– *Polak mały* – wyrwało mi się niechcący.

– *Jaki znak twój?*

– *Orzeł biały. Gdzie ty mieszkasz? Między swemi. W jakim kraju? W polskiej ziemi. Czym ta ziemia? Mą Ojczyzną*... – powtarzając zacząłem nawet przy tej okazji wygłupy, no i podskakuję i wymachuję rękami.

A wszystko to dlatego, że zawsze śmieszy mnie ta pani Kasia, bo całkiem inaczej niż mama zachowuje się przy kuchni. No właśnie, w momencie jak na chwilę przerwała obieranie ziemniaków, by postawić na gazie garnek z zupą, ja od razu zwinąłem jej do ich obierania maszynkę i położyłem ją na chłodziarce pod stołem, za uszytą przez mamę zasłoną, co jest przesuwana na lince.

– Gdzie ja położyłam tę maszynkę... – mówi do siebie pani Kasia, a ja rzucam się na tapczan i chowam buzię w jaśku, by ukryć swoje chichranie. – O..., coś mi się zdaje, że to Stasia sprawka.

– Przecież ja jestem tutaj i mnie tam nie ma. Ja leżę na tapczanie.

– I cieszysz się zadowolony ze swojego dzieła?

Chichram się, bo mama by powiedziała, że pani Kasia szuka maszynki jak wczorajszego dnia albo wiatru w polu, po czym już nie próbuję ukryć, lecz wybucham pełnią radości.

– Ty, nie bądź taki przemądrzały, bo obiadu nie będzie i tyle.

– Taki obiad... Ja... ja... ja nie jestem głodny... a... a... chyba pęknę ze śmiechu.

– No, śmiech to zdrowie, ale nie sam jesteś na świecie. Niedługo tata przyjdzie z pracy i wtedy będziesz mu tłumaczył, dlaczego nie ma ugotowanych kartofli.

– Ale skąd ja mam wiedzieć, gdzie pani kładzie jakieś tam maszynki – wstaję i udaję, że jej szukam, i z satysfakcją myślę, jak jej tu jeszcze dołożyć za ciągłe droczenie się ze mną.

Przecież to ona kiedyś mówiła, że mi zabierze tatę. Zrobiła to kiedyś nawet podczas gry w Piotrusia, a ja i tak wyciągnąłem puzon, a jej przyszło zostać z dyrygentem. Tymczasem zauważam:

– A może jest w wiaderku z ziemniakami?

– Ty dobrze wiesz, gdzie schowałeś… Nie będę więcej szukać, tylko obiorę resztę nożem, a jak przyjdzie tata, to mu wszystko opowiem.

I w tym momencie po raz kolejny za oknem daje się słyszeć całkiem blisko dźwięk gongu, który rozlega się od jakiegoś czasu. Podbiegam do okna i podstawiwszy rozkładane drewniane krzesełko, staję na nim, uchylam okno i kładąc się brzuchem na szerokim parapecie, wyglądam za nie.

Oto od strony bramy, środkiem jezdni idzie człowiek w ciemnym ubraniu roboczym z przewieszonym przez ramię metalowym stojakiem z dwoma okrągłymi kamieniami do ostrzenia noży, napędzanymi, niczym mamy maszyna do szycia, nożnym napędem, i tłucze młotkiem o kawałek blachy zawieszonej na ramieniu swojego urządzenia. A wszystko to wiem stąd, bo mi kiedyś tata powiedział. Naprzeciw niego pojawia się na rowerze Adrian, zatrzymuje się przy nim i pyta:

– A… stare szmaty, flaszki też się skupuje?

– Noże ostrzę – odpowiada tamten, jakby jego godność w tym momencie została urażona.

– A siekiery też ? – pyta Adrian.

– Jak najbardziej.

– To ja za chwilę przywiozę – i odjeżdża.

W tym czasie z klatki naszego domu wychodzi Śmigalska z długim i drugim trochę krótszym nożem, po czym kieruje się w stronę ostrzyciela.

My ostatnio nie utrzymujemy ze Śmigalskimi słownych ani innych kontaktów, ponieważ oni uważają, że moja mama jest za bardzo nabożna, a sama Śmigalska jest bajczara. Teraz już nie chodzę do nich na telewizję, a mama nie zostawia mnie u nich, kiedy ma coś pilnego do załatwienia. Ja niczego nie żałuję, bo wcale u nich jakoś specjalnie mi się nie podoba. Śmigalska jest gruba, pachnie smażonymi na starym tłuszczu kotletami, których, jak się sama chwali, zjada kilo na raz. Na dodatek jej stół w kuchni pokryty jest żółtą ceratą z wypalonymi okrągłymi czarnymi dziurami. Wtedy, kiedy nie chodziłem jeszcze do szkoły i przebywałem z nią od czasu do czasu kilka godzin, to podobała mi się maszyna, na której ona robiła swetry, i jedyne dwie książki, które miała w oszklonej przystawce do zapadniętego tapczanu. Pewnego razu mi powiedziała, że to są encyklopedie. Wprawdzie nie miały obrazków, ale jakoś tak bardzo mądrze pachniały i miały jakąś tajemnicę w sobie, która mi się wtedy spodobała. Jednego, czego może mi szkoda, to „Wielokropka" i „Zwierzyńc" z psem Huckleberry i misiem Yogi. Mógłbym też od czasu do czasu obejrzeć Balbinę i Ptysia, a nawet „Misia z okienka", choć to są przecież tylko dobranocki dla małych dzieci.

– Chodź, masz tutaj zagrzaną zupę – odezwała się pani Kasia.

– Zaraz, zaraz… nie pali się. Teraz ostrzę noże.

– Jak się ty do mnie odnosisz, smarkaczu. Przyjdzie tata, to mu wszystko powiem.

– Skarżypyta bez kopyta, język lata jak łopata.

– Chodź w tej chwili jeść, bo ja nie mam czasu tylko tobą się zajmować. Wiesz, że mamy dzisiaj pranie.

– No dobrze, już dobrze, niech pani przestanie zrzędzić.

– Ja nie zrzędzę tylko mówię. Rany gorzkie, co to za chłopaczysko nieznośne.

Zasiadłem do tego obiadu przy stole, choć byłem pewien, że będzie mi mniej smakował od tego, który ugotowałaby mi mama, choć i jej mi się nieraz jeść nie chce.

– Zupa strupa, z trupiej nogi.

– Coś ty znowu wymyślił. Jedz, a ja idę na chwilę do pralni. Jak wrócę, to ci przygotuję drugie danie.

Mnie by się nie chciało iść do pralni, bo nie ma tam nic ciekawego. W rogu stoi duży kaflowy kocioł, pod którym pali się drewnem i węglem, a na środku, obok ławy z balią, na grubej gumie, żeby prąd nikogo nie pokopał, głośno wyrczy pralka światowit. Wszędzie mokro i na ławkach pełno prania, bo jedno do płukania, a inne jeszcze niewyprane. Pełno tam pary.

Mam świetny pomysł, wleję zupę z powrotem do garnka i będę udawał, że zjadłem. Przecież w garnku jest tyle zupy, że się nie kapnie.

Zadowolony z siebie biorę talerz i idę do kuchenki, po czym stawiam go na moment, żeby zdjąć pokrywkę z garnka, a następnie wlewam do niego zawartość talerza. Z euforią wracam na swoje miejsce i ująwszy w dłoń łyżkę, z grymasami wielkiego uznania dla smaku zupy, na niby się nią zajadam i nawet się oblizuję. Nie mogę się z tym oblizywaniem doczekać powrotu pani Kasi. Po dłuższej chwili jednak zaczyna mi się nudzić to przedstawienie bez oczekiwanego widza i z nutką rozczarowania zaczynam się zastanawiać, co by tu jeszcze wymyślić, by ją zaskoczyć i zadziwić zarazem.

Spoglądam na torebkę pani Kasi i nawet nie muszę więcej myśleć. Biorę z chłodziarki maszynkę do obierania ziemniaków i chowam do torebki, zapinając ją z powrotem. W tym momencie otwierają się drzwi do mieszkania, a ja pędzę na krzesło do swojej zupy, po czy znów udaję, że mi smakuje, a nawet zjadłbym więcej, gdyby mi się oto nie skończyła.

– Jaka była pyszna zupka. Jakbym nie szedł na pole, to bym chyba zjadł jeszcze dwa talerze.

– To ci jeszcze naleję, bo na pole nie pójdziesz. Mama powiedziała, żebyś został w domu i odrabiał lekcje. Później, jak wypierze, pójdziecie do fryzjera, bo kiedy indziej nie będzie mieć czasu.

– To ja za to żadnego obiadu jadł nie będę i tyle.

– Jak nie zjesz, to będziesz głodny, słaby i do tego jeszcze nie urośniesz. Koledzy będą się z ciebie śmiali.

– Ja się nie dam nabrać na takie gadanie!

– Nie krzycz. Masz tutaj kiełbaskę z ziemniaczkami i ogóreczka.

– Ogóreczka dupeczka.

– Nie mów tak brzydko, bo ja naprawdę powiem wszystko ojcu.

– No i co z tego, przecież tata mi nic nie zrobi.

– Ale lepiej nie sprawdzać jego cierpliwości.

– A co pani może wiedzieć o moim tacie?

– My dorośli swoje wiemy.

– No dobra, zjem to drugie, ale potem idę na chwilę pograć w piłkę.

– Przecież ci mówiłam, że mama nie pozwala. Masz odrabiać lekcje, bo później, jak skończymy pranie, idziecie do fryzjera. Do kogo ja mówię?

Ten upór pani Kasi zaczyna być nie do zniesienia. Niech lepiej ona uważa i niech mnie nie doprowadza do szału, bo ja nawet nie potrafię sobie wyobrazić, co ja mogę zrobić, jak się zdenerwuję ostatecznie.

Jednak tymczasem postanawiam się nic nie odzywać, żeby się nie czuła taka ważna i to w nie swoim domu. Ja będę robił swoje, a jak nawet mama mi powie, że jej nie posłuchałem, to jej odpowiem, że nie posłuchałem przecież pani Kasi, a nie jej. Dlatego lepiej będzie, jak przed przyjściem mamy uda mi się czmychnąć na pole. No i w ten oto sposób złość mi przeszła i może dlatego drugie danie nawet mi posmakowało.

Po obiedzie dla zamaskowania moich zamiarów rozłożyłem książkę do matematyki i rozwiązałem kilka równań z iksami i igrekami, aby wyczekawszy moment, jak pani Kasia znów uda się do pralni, niczym Indianin z plemienia Siuksów nałożyć buty i wypaść na pole jak szalony.

Tutaj wbiegłszy na boisko do siatkówki, biegnę jak uwolnione z klatki zwierzę. Mogę być nawet lwem, następny raz turem, a innym razem nawet orłem, który przelatuje ze skały na skałę. Mogę też robić fikołki na trawie. No, ale tych mi się nie chce.

W pewnej chwili dostrzegam Adriana i Leszka Chojnackiego stojących za bramą i machających w moją stronę, albo tak mi się wydaje, żebym przyszedł do nich, bo mają coś ważnego. Wyglądają trochę konspiracyjnie, stąd zainteresowany ważnym przedsięwzięciem biegnę w ich stronę.

– Staszek, jest ważna sprawa. Trzeba żebyś zadzwonił do Czerwcowej, kiedy usłyszysz takie hukanie – po czym zaczyna pohukiwać, dmuchając w złożone dłonie, co brzmi niczym jakaś sowa – My będziemy z tamtej strony ogrodu…

– A co będzie, jak ktoś wyjdzie?

– Słuchaj, durniu. Przytrzymasz dłuższą chwilę dzwonek, żeby się wkurwiła, a potem dasz nogę, rozumiesz? My załatwimy resztę. Będziesz wtedy w porządku kumplem.

– Kumplem? Rozumiem.

– No to my idziemy, a ty zrób swoje.

Kiedy pobiegli za ogrodzenie, zacząłem żałować, że się zgodziłem w tej drace brać udział. Jednakże co tam Czerwcowa, przecież mnie nie dogoni. Do tego to dla kumpli. No to idę. Najlepiej spokojnie, jakby nigdy nic. Będę czegoś szukał na chodniku, to nikt się nie kapnie. Tu się rozejrzę, tam się schylę i powoli do bramy domu Czerwcowej dochodzę. Ale hukania nie słychać jeszcze, a ja nie mogę przecież za długo udawać i kręcić się przy jej bramie, bo od razu będę podejrzany.

– Hu… hu! Hu… hu!

No wreszcie. Oglądam się za siebie, czy ktoś mnie nie widzi. Ktoś idzie w połowie ulicy, co mnie przez chwilę wstrzymuje od wykonania zadania, ale potrzeba wykazania się zwycięża i dopadłszy dzwonka, wciskam go niemalże w ścianę i trzymam. W pewnej chwili słyszę trzask odblokowywanych drzwi ze skobla, co odrywa mnie od bramy i szalenie pędzi na nasze podwórko. Teraz jestem jak lampart, i tylko to mnie zajmuje, kiedy też zatrzymuję się za blokiem Bolka, a następnie chowam za krzewem, któremu jak zwykle wyrastają „dziady".

No i co? Nic się specjalnego nie dzieje, dlatego też postanawiam nie chować się, a przejść za garaż ze śmietnikiem i trzepakiem. Po drodze jeszcze „kukam" wzdłuż domów, gdzie na chodniku widzę z miednicą mamę idącą zawiesić pranie na sznurze za naszym domem. Na wszelki wypadek czym prędzej chowam się w garażowym cieniu. Tutaj dobiega do mnie głos Agaty i Kulki, które, jak się okazuje, robią przewroty na trzepakowej poręczy.

– Co wy, fikołki robicie?

– Nie widzisz? Ćwiczymy gimnastykę na poręczy.

– E… tam, takie gimnastyki. Ja to już zrobiłem kilka ważnych rzeczy.

– Co takiego?

– To tajemnica służbowa. Jak chcesz wiedzieć, to spytaj Adriana.

– Staszek!… Co ty tutaj robisz? – zmroził mnie nagle głos mamy, który rozległ się za moimi plecami.

– Bawimy się w gimnastykę – odpowiadam automatycznie i odwracam się do niej, stojącej na rogu w fartuchu z folii.

– W tej chwili do domu. Co ty sobie myślisz, że ja będę uganiać się za tobą, i to teraz, kiedy mam tyle roboty? Jak nie potrafisz w niczym pomóc, to przynajmniej nie utrudniaj mi pracy. Marsz do domu!

– ?…

– Miałeś czekać w domu, aż skończę pranie, bo mamy iść do fryzjera.

– Ale po co do fryzjera?

– Bo musisz wyglądać jak człowiek, a nie jakiś kołtun.

– No dobra, już dobrze – odpowiadam ugodowo i to bardziej ze względu na widok Adriana i Wacka, którzy przemknęli między domami z kalarepami i czymś tam jeszcze, niż z powodu zgody na obcięcie mi włosów.

– Wiem – rzekła – że jak ty zechcesz, to go wyprowadzisz z wąwozu.

– Ja?

A ona wyciągnąwszy paluszek dotknęła nim ręki Stasia i powtórzyła:

– Ty.

Mała, chytra kobietka rozumiała, że jej zaufanie pochlebi chłopcu i że od tej chwili zacznie rozmyślać, jakby uwolnić słonia.

– no i właśnie skończyłem czytać 25 rozdział „W pustyni i w puszczy" i pomyślałem sobie, iż szkoda, że to nie mnie Nel poprosiła bym uwolnił słonia. Może wtedy nie spotkałbym Adriana i Wacka, którym pomogłem zwędzić Czerwcowej kalarepę.

– No chodźmy wreszcie do tego fryzjera – mówi mama.

– Ale pójdziemy przez dziurę, dobrze? Bo ja chciałbym, żebyś kupiła mi w kiosku „Płomyk", bo tam są ważne rzeczy do szkoły,… no i o których pani mówiła – i sam się sobie dziwię, że ja to wszystko tak świetnie wymyślam, bo przecież nie mogę dziś iść ulicą obok domu Czerwcowej. Do jutra może zapomni i jej przejdzie.

Poza tym nie lubię chodzić do fryzjera, bo każe mi siadać na desce. To jest śmieszne, dorośli siedzą w fotelu, a ja na desce. I mama się wymądrza, żeby mnie strzygł tak, jak się jej podoba, a nie mnie. A przecież to moje włosy, a nie jej. Zawsze to samo. Krótko na czubku głowy, ale nisko, tak żeby nie odkryć tej blizny. No i od tej chwili zawsze kręcą mi na wszystkie strony głową, a ja siedzę jak na tureckim kazaniu i to jeszcze na tej głupiej desce. Od czasu do czasu też spojrzę w lustro, choć nie wiem dlaczego, ale i tak włosy przecież nic mnie nie obchodzą. Kiedy jednak mi już więcej ich podetnie, to wyraźnie widzę, jakby tam w nim siedział ktoś inny, ale i znajomy zarazem. Śmieszne. Wtedy robię miny, a oni mi zwracają uwagę, żebym się nie ruszał i siedział spokojnie. No to siedzę, aż wreszcie fryzjer zdejmuje mi biały ręcznik i schodzę z tej deski. Szczotką czyści mi ubranie, a mnie i tak zawsze za kołnierzem gryzie w szyję. Na koniec mama mu płaci, a ja naciskam na czerwoną gruszkę, która rozpyla ostry zapach w powietrze. Mama się denerwuje i mnie napomina, po czym idziemy do domu.

W domu bałagan, bo tata robi fleczki Borowinie. Już wiem, że pani Kasia mu na mnie doniosła i poszła sobie do domu. Mama też nie jest ze mnie zadowolona, ale idzie po coś do Białkowej. Ja zajmuję się swoimi sprawami, czyli transportem różnych szewskich rzeczy taty za pomocą dwóch starów i jednego ciągnika z przyczepą. Tata bywa tak zajęty, że nie zauważa, jak mu wywożę z bazy prawidła. Pewnie dlatego, że te najpotrzebniejsze ma w butach. Nieporozumienia zaczynają się wtedy, jak mu pod ręką zaczyna brakować jakiegoś narzędzia albo materiału do wykonania odpowiedniej operacji na bucie. Oczywiście ja nie tylko wywoziłem, ale i dowożę od czasu do czasu potrzebne rzeczy. Usuwam za to niepotrzebne ścinki ze skóry i gumy oraz jakieś krzywe gwoździe i złamane kołki.

Prawdziwa awantura zaczyna się wtedy, kiedy ja nie mogę dostarczyć czegoś ojcu na czas, bo sam nie wiem, gdzie wywiozłem, no i przez milicjanta na skrzyżowaniu, co doprowadza tatę do wściekłości, a mama wróciwszy od Białkowej zauważyła, że poplamiłem farbką świeżo uprane rzeczy, które zostały przygotowane do prasowania.

Tłumaczę im najpierw spokojnie, że to całkiem niechcący, że ja tak nie chciałem, ale oni krzyczą na mnie i krzyczą. Dlatego się zdenerwowałem i zacząłem rozrzucać ścinki po pokoju.

Tata się wkurzył i pobiegł do przedpokoju wziąć pas. Ja tymczasem uciekłem pod stół. Przez chwilę udawało mi się unikać uderzeń, ale w końcu mnie dopadł i musiałem się drzeć, bo przecież to trochę bolało. Aż wreszcie mama zaczęła krzyczeć na tatę, a następnie zamachnęła się na niego miotełką, którą udało jej się rozbić klosz wiszącej lampy.

Płaczę, bo uważam, że to wszystko jest niesprawiedliwe. Przynajmniej o tyle jest dobrze, że się sprzączka tacie od paska oderwała. Ale z drugiej strony, to doznaję uczucia bycia na tyle ważnym, że aż zasłużyłem sobie na pierwsze w życiu prawdziwe lanie.

– Gdzie ja teraz kupię taki klosz? – nie wiedzieć kogo po dłuższym milczeniu pyta mama, zamiatając podłogę.

Nie wiem, może byłoby lepiej kupić nową lampę, lepszą i ładniejszą. Przecież sama nieraz mówi, że dwie żarówki zwrócone w górę, oświetlają tylko sufit, a jedna, do tego teraz jeszcze bez klosza, oświetla tylko mieszkanie. No, ale mamie pewnie podobają się akurat te klosze niczym rzeźbione w błękitnym kolorze kule ze wzorkiem łodyg i gałązek o cienkich i długich liściach.

Wieczorem znów mnie zaskakuje tata, niespodziewanie zwracając się do mnie:

– Staszek... Tak synu, prawidło! Pamiętaj, prawidło. Bez niego ani rusz. Nigdzie nie obejdzie się bez prawidła. Zapamiętaj sobie na całe życie, że najważniejsze jest prawidło.

– A śmieciarze?

– Co, śmieciarze?... To tacy sami ludzie. Wszystkim potrzebne jest prawidło.

Prawidło. Prawidło?

WAKACYJNE WARIACJE NA JEDNĄ AKWARELĘ

Wracamy z wakacji do domu wcześniej niż rok temu, choć wujek chciał, żebyśmy zostali tydzień dłużej. Wprawdzie trochę mnie już zmęczyło to chodzenie do lasu i nad wodę, dlatego że nie miałem kolegów, ale nie powiem, żebym się całkiem nudził. Podczas żniw układałem z wujkiem ze snopków kopki, a jak mi się nie chciało, to spałem na kapocie pod miedzą podczas całodniowego pobytu na „Dziole". Wprawdzie ciągle nie wiem, co jest żytem, a co pszenicą, ale się nie przyznaję, tylko chodzę na borówki i poziomki. Widziałem po drodze nawet żmiję i kilka zaskrońców, ale dałem im radę i uciekły wraz ze mną. Wujek mówił, żebym uważał na te „psie krwie", no to uważałem. Ostatnio, jak byliśmy na grzybach w „Zdymisku", to nawet zza góry wyleciały samoloty. Tata mówił, że to wojskowe i lecą na południe. Potem trzeba było się pakować i zbierać do domu. Niedługo znów będę musiał iść do szkoły, jak mama mówi, no to trzeba się przygotować, bo jakby nie było to przeszedłem do czwartej klasy. Mnie się jakoś nie chce i nawet mam uczucie, jakby się coś stało. Nie wiem co, ale coś przecież się stało. Jedzie się, no to się jedzie.

No i wreszcie wjeżdżamy na krakowski dworzec. Ja jak zwykle czuwam nad swoim chlebakiem. Natomiast tata niesie najcięższe rzeczy. Ma jedną dużą teczkę na pasek, w której są same soki zrobione przez mamę, no i drugą paczkę z jajkami, suszonymi prawdziwkami i kozakami oraz innym jedzeniem danym nam przez ciotkę Zośkę. Żeby nam było lżej, jedną paczkę z ubraniami już wysłaliśmy pocztą. Mimo to trudno się wygramolić, jak mówi mama, z tymi wszystkimi klamotami z autobusu, ale jak się już wydostajemy, to cieszę się, że jestem już na miejscu w moim mieście i znów zaczynam je na nowo odkrywać, bo zawsze jak się wyjedzie, to po powrocie wszystko zastaje się zmienione, choćby nawet nic się nie zmieniło.

– Staszek, patrz, z czego żyjesz i nie gap się na panów, jakbyś ludzi pierwszy raz widział w życiu.

Ci, co zniknęli, to nie byli zwyczajni ludzie, ale żołnierze, którzy jechali w kilku ciężarówkach pod plandekami i śpiewali. Chciałem tylko policzyć, ile było tych ciężarówek, ale mama mi nie pozwala, bo trzeba iść na przystanek tramwajowy.

Czyli znów będę musiał iść do szkoły. Pani od rysunków będzie wymyślać nowe tematy, żebyśmy malowali i malowali. Na koniec roku pewnie znów mi da czwórkę, bo Malczewskim i tak nie będę, choć ja wcale nie znam tego człowieka. Nie wiem, kto to ten Malczewski, ale wcale mnie to nie obchodzi, bo mi się wydaje, że nie ma takich farbek, którymi można byłoby namalować cały ten świat takim, jakim on jest naprawdę. Ale w czwartej klasie dochodzi nam jeszcze nowy przedmiot, geografia. Nie wiem jeszcze, co to jest, ale nie przejmuję się na zapas, jak mówi mama.

Po dotarciu do domu, wokół którego urosły wysoko trawy, wkrótce okazuje się, że nie możemy się dostać do mieszkania. Tata się siłuje z górnym zamkiem i nie może sobie poradzić z jego otwarciem. Mama mu mówi, żeby uważał i nie złamał klucza, ale on i tak, choć uważa, zamka otworzyć nie może. Dlatego też zostawiam tatę z tymi drzwiami, bo przyglądaniem się i tak nic mu nie pomogę. Idę na pole zobaczyć, co się zmieniło podczas mojej nieobecności.

Niby nic, a tak dziwnie zwraca wszystko moją uwagę, jakbym patrzył na to po raz pierwszy: O... żużel wywieźli i u Białków zniknęły z grządki słoneczniki.

Wtem jakiś huk odwraca mnie w stronę stacji. Po chwili widzę przy bramie wysiadającego z nysy Repetę. Pędzę w tamtą stronę niczym pogotowie na sygnale. Okazuje się, że rąbnął prawą stroną w metalowy słupek, rozbijając światła. Po chwili zbierają się pracownicy stacji wraz ze strażnikiem. Ja mówię do pani Płatkowej, że to było do przewidzenia, bo ten pan o mały włos kiedyś mnie nie potrącił na placu, a przecież tam jest szeroko jak na lotnisku. Dobrze, że odskoczyłem w ostatniej chwili. Ona mi mówi, żebym się nie przejmował. Ale po debacie wszyscy się rozeszli, mówiąc, że nic wielkiego przecież się nie stało. Ja jestem pewien, że teraz muszę unikać Repety, bo nie chcę, żeby znów mnie tak przestraszył jak wtedy, kiedy mógł we mnie wyrżnąć, jak w ten właśnie słupek, tyle że ja nie jestem przecież z metalu.

Widzę, że mama rozmawia przed domem z Matejską, stojąc pod jej oknem, z którego wygląda również Marek. Macham mu ręką, żeby wyszedł na pole i wziął z sobą piłkę. Nie wiem, czy mama go puści, dlatego też biegnę na naszą grządkę pod klon, gdzie rośnie również wyrosła z pestki zasadzonej przez mamę mała morela. Widzę, że jeden z pomidorów jest już na tyle czerwony, że można go zjeść. No to go zjadam, wypluwając skórkę i ocierając brodę z soku. Pewnie mama dałaby mi go na kolację pokrojonego w plasterki, ale nawet nie będzie wiedzieć, że był jeden taki dojrzały. Za to Adrian nie ukradnie. A mama i teraz w lecie coś wymyśli, żebym nie musiał jeść na kolację tylko chleba z masłem, jak to bywało tygodniami w zimie, kiedy mnie jedzenie „w zęby gryzło", jak to sama mówiła.

– Staszek!... Chodź, to zagramy – zza rogu wyszedł Marek, podrzucając do góry brązową gumową piłkę.

O, fajnie, już tak długo nie grałem w piłkę, bo przecież na wsi wszędzie nierówno i też nie było z kim.

– Rzuć na główkę! E..., nie tak.

– Lepiej zagrajmy w beki.

– No dobra. Podaj tylko na woleja.

Szkoda gadać, Marek ma dziurawe nogi. Lepiej już na placu zagrać w te „beki".

Siedząc po kolacji w pokoju naszego mieszkania, do którego to drzwi tata wyważył łomem, po czym pozostała dziura w miejscu zamka, przyglądam się raz szafie, filiżankom w kredensie i nawet walizce, a wszystko wydaje mi się jakoś inne niż przed wyjazdem. Pokój też jest jakby mniejszy. A może się przez ten czas skurczył?

Mama podlewa kwiatki, a tata kręci gałką radia, które bulgocze, trzeszczy, gwiżdże, a nawet słychać w nim maszerujące oddziały wojska, ale też nikt nie śpiewa.

– Idź już do łóżka, żebyś się wyspał po tym dniu wrażeń – mówi do mnie mama, odkładając biały metalowy garnuszek na półkę za zasuwaną szybą kuchennego kredensu.

Tata tymczasem z uchem przy radiu ciągle nastawia i nastawia, by mruczeć pod swoim pyrkatym nochalem:

– Cielicho. Fala mi znów ucieka.

Aż w pewnym momencie, na chwilę daje się słyszeć całkiem wyraźnie głos:

Rozgłośnia polska, Radia Wolna Europa... Znów coś zaczęło buczeć, a tamto odpłynęło. Kładę się do łóżka i nasłuchuję, co też tata próbuje usłyszeć w tym szumie.

...z wtorku na środę wojska pięciu państw Układu Warszawskiego...

szyy... szyy... szyy... szyy...

165 tys. żołnierzy wkroczyło na ziemię czechosłowacką

szyy... szyy... szyy... szyy...

ulice Pragi wypełniły się zrozpaczonym i rozgoryczonym tłumem

szyy... szyyy... szyy...

Przez terytorium Czechosłowacji jedzie pociąg

szyy... szyy... szyy... szyy...

nie pozwólcie, by ten pociąg, który z Moskwy wiezie urządzenia, by uniemożliwić naszą pracę, dojechał do Pragi

błuuu... uuu... uuu...

ostatniej wolnej rozgłośni w Pilźnie

szyy... szyy... szyy... szyy...

Naród polski w swej przygniatającej większości jest dziś z wami

błuuu... uu... uu...

Nic z tego nie rozumiem, ale nie będę pytał o to taty, bo przecież nasłuchuje. Wydaje mi się tylko, że coś złego się dzieje, a może tak jak u nas na stacji, też robią jakieś ćwiczenia. Kiedyś też miałem takie uczucie i też była noc. Wtedy postanowiłem zasnąć, a później było lepiej. Teraz też zasnę, a jutro będzie lepiej.

Odgłosy i wszystkie szumy powoli rozpływają się w kosmosie widm, gdzie inne są prawidła rzeczy, a przedmioty nie mają cech codziennego użytku. Czas wydaje się też niepotrzebny, bo to ja właśnie tym czasem jestem, unosząc się nad miastami, skałami, łąkami niczym orzeł biały, choć przecież nim nie jestem. A jednak jest to możliwe. Z wrażenia nad tym światem zagapiłem się nawet, by wpaść do jakiegoś pokoju, z którego nie mogę znaleźć wyjścia. Nie ma mowy już o lataniu, by znów wzbić się, ale już jakoś niepodobna. Postanawiam się nad tym wszystkim zastanowić, siadając na jednym z łóżek. Ale jak tylko siadam, jakaś siła mnie na nim kładzie i nie mogę nawet ruszyć ręką. Zjawia się jakaś mile uśmiechająca się kobieta, która zaczyna rozmawiać ze mną o czymś, czego w ogóle nie rozumiem. Mówię w nieznanym sobie języku. Zaczynają się do mnie zbliżać następne postaci w białych fartuchach i kapturach z czarnymi maskami na twarzach, a nawet wyglądają tak, jakby byli pozbawieni twarzy. Jestem całkowicie bezsilny, a kiedy ostatkiem woli staram się wyzwolić w sobie moc dostępnej mi energii, by się obudzić, zostaję wprawiony w jakiś potworny wir, za którego przyczyną przenikam jakąś ścianę, by stanąć po innej drugiej stronie, choć nie wiedzieć dlaczego.

Otwieram oczy i słyszę czyjeś dyszenie, ale nie wyrażające bólu. Przez chwilę oswajam się z ciemnością, po czym dostrzegam rozkołysany tapczan z rodzicami i fruwającą białą kołdrę.

Spać, dalej spać, byleby tylko nic więcej się już nie przyśniło.

– Co z ciebie dzisiaj taki śpioch. Wstawaj, bo już wszyscy wstali, a ty tracisz piękny dzień na spanie.

Otwieram oczy i widzę twarz mamy, która wziąwszy mnie za rękę, przygląda mi się przez chwilę, po czym znika w głębi pokoju. Rozlega się dzwonek do drzwi, co mnie wyrzuca z łóżka, bo przecież nie chcę być uznany za śpiocha. To gospodyni, która przynosi nam od czasu do czasu mleko w dużej metalowej konwi, noszonej na plecach i owiniętej chustą. Biegnę się umyć, żeby mnie nie widziała w piżamie, jak będzie wlewać mleko do miarki, a z niej z kolei do przygotowanego przez mamę garnka.

Kiedy już gosposia wychodzi, wyrażam chęć gotowania mleka.
– Lepiej się ubierz i zjedz śniadanie.
– Przecież to nic specjalnego, gotować mleko.
– Jeśli się gotuje tak jak w bajce.

Poczułem się dotknięty, że mama mnie traktuje jak małe dziecko, które wierzy w bajki. Przecież ja nie jestem taki niemądry, żeby pistoletem dziecinnym zabraniać mleku ucieczki z garnka, kiedy się zagotuje. W bajce mleko popłynęło przez pokój i wypłynęło z mieszkania aż na pole, co jest śmieszne i ciekawe tylko dla małych dzieci.
– A gdzie jest tata?
– Poszedł do ciotki Gieni.
– A kiedy pójdzie do pracy?
– Z początkiem następnego miesiąca. Wtedy, co ty do szkoły.
– Powinny być dłuższe wakacje.
– Lepiej jedz, bo ci herbata wystygnie.

Jem chleb z masłem, z pomidorkiem i jajkiem na twardo. To zawsze lepsze niż chleb wyłącznie z masłem i popijamy mlekiem, jak nieraz zdarzało się przez cały tydzień, bo pieniędzy nie było na nic lepszego, a mama miała jakiś ważny wydatek.

Teraz będziemy mieć nawet babkę, bo mama wyrabia ciasto. Bawi się jak Kulka w piaskownicy. Patrzę jak z mąki, drożdży, jajka i mleka zaczyna się tworzyć najpierw gliniasta bryła, a później coraz bardziej elastyczne „ciało". Mama je rozciąga, wybierając z białej miski tak, że ono wydaje się za każdym razem pierdzieć. Nie mówię o tym mamie, bo by się gniewała.

Idę na pole. Z początku miałem wziąć z sobą wywrotkę, ale mi się odechciało, bo jeszcze mi się zatrze silniczek piaskiem albo pęknie plastikowa szoferka. To autko było drogie i zostało wyprodukowane w Czechosłowacji. Dlatego nazywa się škoda. Z Czechosłowacji mam też cały komplet gier mieszczących się w jednym pudełku, a których zazdrości mi Wacek. W tym komplecie są szachy, warcaby, gwiazda, chińczyk, pchełki i domino. Na pole żadnej z nich nie wezmę, bo by mi mógł zginąć jakiś pionek czy królówka i nie miałbym do kompletu. To nic, nie wezmę z sobą żadnej zabawki, może jakąś grę wymyślę na miejscu.

Na klatce schodowej spotykam wychodzącego z piwnicy Freda, który tam z jakimś ubrudzonym smarem grubasem rozbiera i składa silniki do fiatów. Jednym z nich jeździ. Nawet podoba mi się ten samochód stojący teraz przed bramą naszego domu i to mimo, że jest starszy od warszawy

Teściów, to też i ładniejszy. Warszawa udaje, że jest roześmiana od ucha do ucha, a fiat niczego nie udaje, tylko spogląda prosto przed siebie i do tego jeszcze ma koło zapasowe na bagażniku.

– Staszek? Grasz w kolory albo pomidora?

– W kolory – mówię, podchodząc do Eli, Kulki, Agaty, Basi Milczak i Marka Matejskiego. – Wolałbym w coś lepszego, a nie w taką dziecinadę.

– Dorosły się znalazł – odpowiada najstarsza z towarzystwa, ale i tak o rok ode mnie młodsza Baśka.

– Najchętniej zbudowałbym wielki zamek z piasku, ale musiałybyście mi nosić wodę w wiaderkach.

– Sam sobie noś. To co, grasz z nami w kolory, czy nie?

– A może w głuchy telefon?

– W co się bawicie? – pyta moja rówieśniczka Tereska Szymek, która właśnie wyszła zza rogu ze skakanką.

– Nie wiemy jeszcze, czy w pomidora, czy głuchy telefon.

– Jak chcecie, to możemy zabawić się w sklep albo… w skakankę.

– No, tak… pan Sobieski miał trzy pieski, czerwony, zielony i niebieski – udaję, że skaczę przez skakankę.

– Wyśmiewa się, a skakać nie potrafi.

– Fajtłapa.

– Nie kłóćcie się. Bawimy się w ten sklep, czy nie?

– Ale ja będę dostawcą towaru – zastrzegam sobie rolę.

– A ja będę sprzedawczynią.

– A ja kierowniczką sklepu – oznajmia autorytatywnie Tereska, która pasuje na tę kierowniczkę, ponieważ ma okrągłą buzię, okulary w ciemnych oprawkach, włosy jakoś poważnie spięte na czubku głowy, tak że ich część zakrywa jej uszy. Do tego jeszcze ma białą sukienkę w długie zielono-żółtawe liście, biało-różowe skarpetki i granatowe tenisówki. Na dodatek jest jeszcze jakaś niedostępna. Ma coś w swojej sylwetce wyniosłego, czego na przykład nie ma Baśka.

I w tym momencie na nasze osiedle wjechał wojskowy gazik, a za nim star, który ciągnął za sobą jakieś działo z zakrytą lufą.

– Bawcie się same. Ja idę popatrzeć na wojsko.

Strażnik otworzył bramę na stację, a kilku żołnierzy zeskoczyło z platformy ciężarówki i zaczęło wnosić jakiś sprzęt do budynku stacji.

Za chwilę strażnik wypędził mnie za bramę i zamknął ją na kłódkę.

Teraz muszę patrzeć przez siatkę, co się tam dzieje, ale już w towarzystwie Bolka, Jacka, Wacka, Tomka i jak zwykle wszędobylskiego Adriana.

– Mają ćwiczenia samoobrony. Mój tata jest noszowym – tajemniczym głosem oznajmia Adrian.

– A mój podoficerem w rezerwie. Dziś rano ubrał nawet mundur.

– A po co to wszystko? – powiedziało mi się.

– Jak to po co? Jak Niemcy przyjdą, to kto będzie stacji bronił. Przecież dzięki niej mogą działać telefony.

– Niemcy nie przyjdą, tylko Żydzi albo Chińczycy.

– Ale przed Marsjanami to by się tyloma żołnierzami nie obronili. Do tego tylko jeszcze jedno działko...

– Głupku... Oni mają karabiny maszynowe, granaty, ale nie pokazują, bo to tajemnica.

– Lepiej sami zabawmy się w wojskowe ćwiczenia.

– Fajnie – podchwycił Janek.

– Lepiej od razu w wojnę. Po co nam ćwiczenia. Takie udawanie... – skomentowałem całą sprawę.

– No to ja idę do domu po pistolet – mówi Tomek i biegnie do domu.

– Ad...rian! W tej chwili do dom! – wołała mama stojąca na balkonie.

– Po co!?

– Pójdziesz do Marty zanieść jej koszulę nocną.

– Szlag by to trafił – mruknął pod nosem Adrian, idąc do domu.

– Wróg nam już jednego żołnierza załatwił. Żołnierze, pełna mobilizacja. Każdy za pięć minut ma się tutaj stawić uzbrojony – władczym głosem oznajmił Bolek.

– A dlaczego ty masz być dowódcą – sprzeciwił się Wacek. – Przecież ja jestem najstarszy.

– Ale ja mam najlepsze spluwy. Poza tym w domu ćwiczę bitwy.

– To ja się tak nie bawię.

– Dezerterem zajmiemy się potem. Staszek, powiedz Markowi, żeby przyszedł się z nami bawić. Musimy uzupełnić straty. A teraz po broń i za pięć minut zbiórka.

– Ja nie mam żadnej broni – mówię zawiedziony. – Może pożyczyłbyś mi swojego srebrnego kolta.

– Zobaczę, co się da zrobić – rzuca na odchodnym Bolek.

Idę po Marka, który grał z dziewczynami w głuchy telefon. Kiedy mu mówię, żeby szedł z nami na wojnę, dziewczyny odpowiadają za niego, że teraz to on ma lepsze zajęcie. Widzę, że jest w rozterce, więc proponuję zabawę w skecze, którą lubiła Tereska. A jak się zgodził, zaczynam pierwszy przedstawienie, które nazwałem „Łysy w swoim fiacie". Wszyscy wiedzą, o kogo chodzi, dlatego zaczynają przyglądać mi się z uwagą. Naśladuję Freda, odgłosy auta i dodaję komentarze. A wszystko to znaczy, że idzie łysy w peruce i nikt nie wie, że on jest łysy. Idzie, idzie i przechodzi obok remontowanego domu. Jest tłok na chodniku, dlatego łysy w pewnej chwili musi zejść nieco pod rusztowanie. Schyla głowę i w tym momencie peruka zawisa mu na rurce. Łysy ze wstydu rzuca nerwowo głową na wszystkie strony, co pozostaje mu już do końca życia jako taki tik. Wszyscy się śmieją. Łysy ucieka do swojego samochodu, ale po kilkakrotnej próbie zapalenia nic z tego nie wychodzi. Zdenerwowany wyskakuje z samochodu z korbą i zaczyna wściekle nią kręcić, aż wreszcie zapala, ale zanim wsiądzie, auto znów gaśnie. Cały zlany potem ze wściekłości ponawia próbę z korbą, aż wreszcie mu się udaje. Zatrzaskuje drzwiczki samochodu, a jakaś kobieta podaje mu przez uchyloną szybę zgubioną perukę. Nie bierze jej, lecz czym prędzej odjeżdża, a kobieta rzuca mu ją na maskę. Peruka zaczepia się o wysuniętą o ćwierć długość antenie i jedzie razem z łysym niczym jego flaga. No i w ten sposób ubawiłem wszystkich i uratowałem od dziewczyn kolegę, choć sam się dziwię, skąd mi to wszystko przyszło do głowy tak nagle.

– No to idź, Marek, do domu po swoją spluwę, bo Bolek już czeka – oznajmiam zadowolony z siebie, wciąż się dziwiąc, że stać mnie było na takie przedstawienie.

Zawstydzone nieco dziewczyny poszły się naradzić nad swoim skeczem. I w ten oto sposób odzyskałem dla naszej paczki Marka, który pobiegł zadowolony do domu po swojego czarnego dwulufowego korkowca.

Uzgodniliśmy z Bolkiem, że naszą bazą będzie rampa przy jednej z trzech metalowych bram garażu zamykającego plac. Mamy z niej dobry punkt obserwacyjny na okolicę, również dzięki „wieży" z betonowych słupków ułożonych w kostkę przy filarze, za którym są tylko schodki prowadzące na tyły naszego obozu, gdzie w okolicach śmietnika i na trzepaku możemy w ukryciu realizować nasze wojenne ćwiczenia. Teraz naszym zadaniem, jak powiedział Bolek, będzie oczyszczenie naszego terenu z wrogich elementów. Ponieważ nie mamy warunków, żeby trzymać pojmanego wroga w więzieniu, należy go zlikwidować na miejscu. Nasz oddział składa się z sześciu ludzi: Bolek, Tomek, Marek, Janek, Staszek i Leszek. Naszą zasadą jest: jeden za wszystkich, wszyscy za jednego.

– Musimy dzisiaj wykurzyć wroga, który wdarł się na nasze terytorium i ukrył się w bunkrze pod balkonem Zbira. W obszarze naszego działania mamy cztery bloki, które będziemy nazywać Kulka, Bolek, Zbir i Teściowa. Nasza baza nazywa się punkt zero. Pytań nie słyszę, a więc... ku chwale ojczyzny! – oznajmia dowódca Bolek, po czym dając nam znak machnięciem ręki uzbrojonej w dwulufową strzelbę na pasku, rozkazuje: – Za mną!

Zbiegamy za nim schodkami, by pobiec, jak i on, nieco pochyleni za budynek garażu, Zatrzymujemy się na każdym rogu, żeby sprawdzić, czy nie ma za nim wroga. Jeśli wroga nie ma, biegniemy dalej. Okazuje się, że między garażem a domem, w którym mieszka Bolek, na drzewie siedzi snajper. Pierwszy zauważył go Leszek, co sprawiło, że krzyknął, a my odruchowo rzucamy się w wysoki gąszcz traw. Po chwili Bolek odwołuje alarm, ponieważ drzewo rośnie na jego grządce, a zatem musiał to być nasz snajper. Niepewnie podnieśliśmy się ze swoich kryjówek, ale jak szybko zauważyliśmy, nasz dowódca się nie mylił, bo snajper do żadnego z nas nie strzela. Dlatego lubimy się bawić z Bolkiem, bo z nim wszystko jest prawdziwe.

Biegniemy znów wąskim chodnikiem z płytek wzdłuż bloku, a Bolek zatrzymuje się przed okienkami niektórych piwnic, by sprawdzić, czy nie ukryli się tam zwolennicy wroga. Do niektórych wrzucamy granaty. Najwięcej do Poniedziałkowej, bo miała otwarte okno i wciąż jej się nie podoba, jak gramy na placu w piłkę.

– Kryj się! – krzyczy nagle Bolek znalazłszy się między Bolkiem a Zbirem i sam chowa się za drzewkiem jabłoni.

Robimy to samo, tyle że ja chowam się za krzewami agrestu przy działce Tomka, która wypełnia większą część przestrzeni między blokami. Rosną tutaj też inne krzewy.

– Ognia! – rozlega się rozkaz dowódcy, a my strzelamy Milczakom w okna. Jeden głośniej, drugi ciszej, ale każdy z pełnym poświęceniem naśladuje odgłosy karabinu maszynowego.

– Ty masz kolta, a nie cekaem – zwraca mi uwagę Janek.

– No to co z tego, on jest z bębenkiem. Twój za to jest na ślepe naboje – odgryzam się Wronie, który, i ja to wiem, zazdrości mi pożyczonego kolta.

– Osłaniajcie mnie, a później na mój znak, przebiegnijcie za mną za „Zbira" – pada rozkaz, a my walimy ogNieniem pełną parą, gdzie popadnie i nie zostawiamy przed sobą suchej nitki.

I Bolek daje znak do przebiegnięcia na jego stronę. Zrywamy się ze swoich kryjówek i biegniemy w jego stronę. Będąc już prawie u celu, Marek potyka się o palik przy działce Zbira i wykłada się na ziemię jak długi.

– Trafili go skurwysyny.

– Trzeba go opatrzeć – decyduje Bolek. – Na pewno się z tego wyliże.

– Nie martw się, jak umrzesz, to pomścimy cię, na pewno.

– Lepiej nawet żebyś się nie wylizał, to wtedy łatwiej będzie cię pomścić. – Janek, załóż mu bandaż.

– Przecież ja nie jestem pielęgniarką.

– Ale jesteś moją prawą ręką.

– No, chyba że tak – po czym Wrona udaje, że rozpina jakąś torbę, by wyjąć z niej nieistniejące rzeczy potrzebne do opatrunku.

– Poczekajcie tu na mnie. Idę na zwiad. Staszek licz do pięćdziesięciu. Jakbym do tego czasu nie wrócił, to znaczy, że mnie załatwili. Spróbujcie mnie odnaleźć i odbić. Dowódcą wtedy będzie Janek.

– W takim razie ja się nie bawię. Jestem starszy od Wrony i to ja powinienem być dowódcą.

– Leszek, nie psuj nam zabawy, bo żaden z nas z tobą już nigdy nie zagra w beki. Poza tym zapomniałem ci powiedzieć, że mianowałem cię szefem sztabu.

– A co to znaczy?

– Że jesteś moją drugą prawą rękę.

– To znaczy, że masz dwie prawe ręce.

– Dla wykonania rozkazu mogę mieć nawet dziesięć. A teraz idę, a ty licz i uważajcie, żeby znów jakiś snajper was nie ustrzelił.

– No dobra, dobra, idź już – powiada zafascynowany wizją swojej nowej roli Janek.

Kiedy dowódca zniknął za rogiem, powstaliśmy z trawy, by podejść do okienka Milczaka, który w piwnicy trzymał klatki z kanarkami.

– A ty, Staszek, liczysz do pięćdziesięciu? – pyta uderzywszy głową w siatkę w oknie Janek.

– Cicho bądź. Wiem, co mam robić, więc mi nie przeszkadzaj, bo się pomylę i będzie na ciebie.

– Patrzcie się, tamten kanarek ma białe skrzydełko.

– Który, gdzie?...

– W drugiej klatce od tamtej strony.

– Nie pchaj się, łamago.

– Tyś jest łamaga. Z ciebie dowódca jak dupa Jasia.

– Miałeś liczyć.

– No to liczę. 32 i nie rób z siebie oficera, bo to ja mam lepszą spluwę od ciebie.

– Jak liczysz, skoro gadasz.

– Mam swoje sposoby.

– No to ile teraz jest?

– 48, 49 i …, no i co dowódco, kto ma ostatnie słowo?

– Nieważne, chodźmy znaleźć Bolka.

– Nie ma co się wysilać, przecież wiadomo, że on siedzi w bunkrze.

– No to co z tego, idziemy – zawołał Leszek i biegniemy wzdłuż grządek ku końcowi bloku Zbira, ale już nie tak jak za Bolkiem. Teraz mniej uważamy i jest jakoś mniej prawdziwie i chaotycznie.

Zatrzymujemy się na chwilę pod oknem Teścia, gdzie znajduje się huśtawka i obok ławeczka zrobiona jego własnymi rękoma dla głuchych synów, po czym wspinamy się na wzniesienie między blokiem Zbira i tym, w którym ja mieszkam z Leszkiem Chojnackim i Markiem.

Właz do „schronu" był zasunięty, dlatego wzięliśmy się z Leszkiem do jego odsuwania, w czym pomagał nam Marek. Kiedy już się uporaliśmy z włazem, zauważyłem, że zniknął Janek, a po chwili z trzech stron wyskoczyli: on, Bolek i Adrian, by krzyczeć z wycelowanymi w naszą stronę spluwami:

– Stać, rzucić broń i ręce do góry!

– Łapy na kark.

– Co to ma znaczyć, atak na swoich? – pytam.

– Jeden ruch i każdy będzie trupem – mówi Adrian.

– A od kiedy ty się bawisz z nami?

– Od początku. Wy jesteście zdrajcami. Oddawać broń, będziecie przesłuchani.

– Włazić do środka – rozkazuje Bolek.

Podjąwszy rolę jeńców, zaczęliśmy kolejno schodzić po metalowych prętach do wilgotnego betonowanego pomieszczenia z jakimś dużym, pordzewiałym i pustym wewnątrz metalowym bąkiem.

COŚ SIĘ DZIEJE

Och, jak dobrze, och, jak pięknie wszystkim nam. Świat się śmieje, praca wre, by wesoło i dobrze było w snach. Choć dlaczego, nie wiem, ale prawie wszystkim wokół wydaje się, że ten rok jest dla mnie ważny, choć czy ja wiem, czy warto mi poświęcać się? Mnie wcale się tak nie wydaje, bo niby dlaczego ma być ważny, że idę do ostatniej, ósmej klasy, czy też mam wybierać następną szkołę, a może dlatego, że rok szkolny zaczął się w 1972, a skończy w 73, ale czy to oznacza coś poważnego, niezwykłego i wyjątkowego dla mnie? Nie sądzę. Są ważniejsze rzeczy. No, ale z dorosłymi jest tak, że lubią się wymądrzać, byle tylko mi zaimponować, bo na co dzień pracują i nie mają zielonego pojęcia o prawdziwym moim życiu, przecież już tak dorosłego, jak ja chłopaka.

Jedyne, co u mnie zauważono, to że mówiąc, jak to mama określa, buczę, co innym razem ktoś tam nazywa mutacją czy czymś w tym rodzaju. Dlatego też będę sobie buczał, bo lepsze to niż pisanie, podczas którego robię ortograficzne byki i stylistyczne, interpunkcyjne i takie, których nazwać nawet nauczycielka od polskiego nie potrafi. Kiedyś powiedziała, że ze złości złamała sobie długopis, czytając moją klasówkę. W pewnej chwili się przestraszyłem, że dostałem dwóję, ale jak odebrałem zeszyt i zobaczyłem w nim trójkę plus, to się ucieszyłem, bo nie powinna już mnie przez jakiś czas zadręczać pytaniami. Bo ja mam trzy dobre oceny, podczas gdy niektórzy mają jedną i to dwóję. Będę w zamian mógł spokojnie obserwować Marysię Śląską, która teraz ze wszystkich dziewcząt podoba mi się najbardziej, a jej twarz ciągle mi czyjąś przypomina. Nie wiem jeszcze, kogo, ale może sobie przypomnę, patrząc na jej usta, policzki, oczy i spięte z tyłu głowy w zabawny kucyk ciemne włosy.

KULTURYSTA

Dziś w domu jest wielkie zamieszanie, ponieważ rodzice mają iść do wujków, by pomóc im w przeprowadzce do nowego mieszkania. Mama potrafi wspaniale pakować, a tata będzie nosił z kuzynem Marianem meble. Tylko nie wiadomo, co będzie ze mną, a mama nawet mówi, że za dużo osób do tych samych czynności może tylko być przeszkodą w sprawnej pracy. Osobiście nie jestem z takiej opinii zadowolony, ale za to zadowolony jestem z tego, że nie będę brał udziału w przeprowadzkowym bałaganie. Tyle tylko, co w zamian? Co też to rodzice dla mnie wymyślą. No to czekamy. Byleby się nie narzucać ze swoimi pomysłami, bo jak zwykle wyjdzie coś co mi nie odpowiada.

Gdy kończyliśmy późno śniadanie, po którym ma zapaść decyzja w mojej sprawie, za oknem rozlega się podwójne gwizdnięcie Wacka. Niczym do zbawcy rzucam się do okna, otwieram je, po czym słysząc huk odruchowo uciekam z nogami. Wszystko to przez dwukilogramowy odważnik, który zazwyczaj podtrzymuje przed samootwarciem się okiennej kwatery, a teraz rąbnąwszy w kaloryfer i o podłogę, turla się pod kredens. Ale co tam ciężarek.

– Cześć Wacek, co porabiasz?

– Co się tak u ciebie tłucze? – pyta, a i za mną mama też coś mówi:

– Co ty wyprawiasz, chcesz wszystko porozbijać? – i tym samym bierze mnie jakby w drugi ogień.

– Moment! – rzucam w stronę Wacka, po czym dając nura pod kredens, wyjmuję dla świętego spokoju ciężarek i unosząc go tryumfalnie, ukazuję koledze.

– A… afera. Słuchaj, jedziesz z nami na Wisłę po sztangę i kręgi?

– Co, takie do ćwiczenia?… Pewnie, że jadę.

– To ubieraj się i bądź gotowy za pół godziny.

– Dobra! – rzucam porozumiewawczo kumplowi, a następnie zwracam się do mamy:

– Mama, jadę z Wackiem na Wisłę pomóc mu przywieść sztangę i kręgi.

– Nigdzie nie pojedziesz. Pójdziesz z nami do ciotki.

– Jak to, przecież sama mówiłaś, że tylko tam będę przeszkadzał.

– Już lepsze to niż włóczenie się po jakichś tam wisłach.

Tak więc awantura gotowa. To dziwne, ale mama nie zgadza się, bym został w domu, bo wie, że i tak nie będę w nim siedział i również nie za bardzo chce, bym szedł do wujka, bo będę tam tylko przeszkadzał. Do tego jeszcze nie chce mi pozwolić, bym jechał po sprzęt z Wackiem, bo nie wiadomo gdzie mnie jeszcze z nim diabli poniosą. Może dlatego, że musiałaby mi dać na bilety, co w ogóle nie jest przez nią do przyjęcia. W szachach byłby to pat i koniec gry, ale nasze rodzinne przepychanki to nie szachy, dlatego tata ustala z mamą, że zorientuje się u Białkowej, w jakim to my z Wackiem będziemy brać udział przedsięwzięciu. No i poszła sobie, co wcale mi nie na rękę, bo koledzy od razu będą komentować, że oto synuś mamusin musiał się radzić mamy, czy może udać się w tak męskiej sprawie, jaką jest „pakowanie", bo tak nazywamy ćwiczenia na siłowni, czyli w pakamerze. Takich słów zresztą jest więcej, począwszy od frajera a na kurwie skończywszy, ale tej ostatniej używam tylko w wyjątkowych sytuacjach i raczej staram się jej unikać. Wiem, że jest jakaś grzeszna, a poza tym wcale mi się nie podoba, choć nie wiem dlaczego. Tata ich wcale nie używa.

Jadę z Wackiem, bo tak jest postanowione po rozmowie mamy z nim samym, jako starszym ode mnie.

– Pójdziemy najpierw pod „budę", bo tam będzie czekał Długi, który jedzie z nami – oświadcza Wacek, poprawiając plecak.

– Dużo tego będzie? – pytam ochoczo, drepcząc obok kolegi z otrzymanymi od niego dwiema skórzanymi torbami.

– Trochę będzie. Sztanga, no i kręgi. Od dwudziestek do piątek po pięć kilo i dwa i pół, jeden i połówka.

– To ile kilo będzie razem?

– Gryf waży dziesięć, no to... w sumie jakieś 120 kilo.

– Jezu, to przecież auto by się przydało.

– Spokojnie, weźmiemy tyle, ile się da, a po resztę później się skoczy.

– To już stary sprzęt będzie niepotrzebny?

– Hantle zostaną, a koła przydadzą się do wyciągu.

– Jak ten wyciąg będziesz robił?

– Zobaczysz. Będziesz mi musiał pomóc.

– Pewnie, że się zrobi.

Od pewnego czasu pośród kilku z nas panuje moda na ćwiczenia kulturystyczne. Ja jestem tylko takim dochodzącym, co ma znaczyć tyle, że ćwiczę, ale bez większych ambicji i nieregularnie. Ale ile za to było przygotowań i zabiegów podczas produkowania własnego sprzętu. Kręgi zrobiliśmy ze zbrojonego betonu, który trzeba było wyważyć tak, by pary miały ten sam ciężar. Obliczeniami zajmował się Wacek, a ja przyniosłem jeden stary rondel, który nadał się prawie idealnie na formę dla piętnastokilogramowych „kół". Zrobiliśmy jeszcze kilka innych, bo oryginalne mieliśmy tylko trzykilogramowe hantle. Natomiast pięciokilogramowe zrobiliśmy ze starych trzykilogramowych, odlewając z ołowiu resztę. W ogóle z tym ołowiem to była afera, bo aby go zdobyć, pewnego wieczoru Wacek wysłał mnie na „stację" z brzeszczotem, bym uciął kawał kabla, którego tam jest pełno zwiniętego na bębnach. Na początku wszystko szło z planem. Upewniliśmy się, że strażnik siedzi u siebie, a następnie ubezpieczany przez Białka przeszedłem pod odciągniętą przez niego siatkę ogrodzenia w przygotowanym wcześniej przez nas miejscu i skradłszy się do pierwszego lepszego bębna, zacząłem z impetem piłować. Po chwili, ku mojemu przerażeniu, kabel zaczął syczeć niczym jakiś wąż, a ja czym prędzej uciekłem z powrotem, by nie zostać przyłapanym na gorącym uczynku. Obydwaj nie rozumieliśmy tego, co się stało, bo przecież zawsze widzieliśmy w kablu ołów, a nie powietrze. Następnej próby już nie było, z czego byłem bardzo zadowolony, ponieważ Adrian załatwił skądś Wackowi ołowiany złom. Natomiast ławeczkę z możliwością regulowania pochyłości i widełki z prętów, które następnie pomógł wkuć w ścianę stary Białek, zrobił sam Wacek z niewielką pomocą Borowiny.

Tymczasem Długi też zrobił sobie pakamerę, tyle tylko, że u siebie w domowej piwnicy, gdzie był przechowywany węgiel, ponieważ on mieszkał za Białuchą w domu bez centralnego ogrzewania. Stach jest kolegą szkolnym Wacka, a u niego na pakamerze częściej gra się w karty niż ćwiczy. Pewnego razu, kiedy Długi chciał się popisać i najpierw zarzucił sztangę na klatkę, a następnie próbując ją wycisnąć tak niefortunnie odchylił się do tyłu, że upadł z nią na stertę węgla na plecy, by następnie oszołomiony wstając, pytać uporczywie, czy koła całe. Postanowiliśmy, że u niego będzie lepiej pozostać przy grze w krótkiego, betę, pokera i durnia, niż zajmować się niebezpiecznymi sportami. Część z nas preferuje sporty, a Turek pali je nawet przez zdrowotną lufkę ze specjalnym filtrem i cieszy się, że jemu palenie nie szkodzi. Ale tak naprawdę, to nikogo to szkodzenie nie obchodzi i wszyscy wiemy, że on to robi dla szpanu, bo takiej lufki się zwyczajnie nie kupi. On ją ma z zagranicy, od jakiegoś wujka czy stryjka, nieważne.

Tymczasem trzeba już wsiadać do „beczki", jak nazywamy czerwone jelcze MPK, a zwłaszcza na linii 124. Jest to linia wyjątkowa, ponieważ autobusy jeżdżą prawie parami, a to dlatego, że na końcowych pętlach kierowcy grają w karty. Żeby dostać się na plac Matejki, trzeba się wygnieść niczym śledź w beczce. Ale wydaje się, że wszyscy to lubią, bo mało kto narzeka, a tylko od czasu do czasu przeklina. Przecież kierowcy to też ludzie. Ja nie mam na ten temat zdania, bo i tak przeważnie zawsze stoję na stopniach oparty o drzwi, co niektórym starszym się nie podoba. Im też by się nie podobało, jakbym ja siedział, a oni stali, dlatego nie ma co się tym wszystkim przejmować, bo o żadnym siedzeniu mowy w tłoku przecież nie ma. Niech sobie gadają.

– Jaki masz numer?

– 1024. Biała warszawa.

– A ja mam 1025, czerwony fiat – pochwalił się Wacek, bo braliśmy udział w grze o wyższy numer spostrzeżonej taksówki.

Obydwaj są starsi ode mnie o dwa lata i chodzą już do drugiej klasy technikum. Wacek jest niższy, taki jak ja, ma szpiczasty nos i rude kręcone włosy. Mówi, że to dlatego, bo jak był mały, to mama po umyciu głowy zapomniała mu wysuszyć włosy, no i te mu zardzewiały. Długi natomiast patrzy na wszystkich z góry, przez co „świeci" niczym uliczna latarnia, ponieważ ma tak jak latarnia pałąkowate plecy i opuszczoną głowę. Natomiast ja trochę szpanuję, choć się do tego nie mogę głośno przyznać, że jestem ich rówieśnikiem. Jakby nie było, też mam długie, choć niekręcone włosy, koszulkę polo i dzwony. Wprawdzie fajek nie palę, ale chodzę od czasu do czasu z nimi na mszę na cmentarz Rakowicki, gdzie stoimy przy murze i nieraz gramy w karty podczas niedzielnej mszy św. w kaplicy. Wtedy jest nas cała banda. Oprócz mnie, Długiego, Wacka, Tura, Jogiego i Muchomora, od czasu do czasu też się zjawia Diakon i Julek. Najlepiej nam się opowiada o tym, co w szkole, co kto widział w kinie. Ale według mnie niezbyt sprawiedliwie można pogadać, bo Jogi, Wacek i Długi nie chcą dopuszczać nikogo do głosu, chyba że Muchomora, bo ten najlepiej się przepycha w pozorowanych bójkach, a nawet przeciągnął się na rękach pod wiaduktem nad całą Białuchą. Ja wolałem przejść na drugą stronę górą, bo łatwiej i prościej, ale od tamtej pory reszta zaczęła coś przebąkiwać, że jaja zostawiłem w domu i zaczęli mniej mnie dopuszczać do głosu. Ale ja wcale nie zamierzam się poddawać ich widzimisię, bo przecież ja po swojemu myślę i czuję, a jak co do czego przyjdzie, to jak mama mówi, żaden kolega mi nie pomoże. Nie lubię tej mamy teorii, ale coś w tym jest, pewnie jakaś tajemnica.

– Idziesz w poniedziałek na matmę?

– Klasówka jest.

– Wiem, dlatego pytam.

– Zobaczę. Jak mi się jutro uda na tyle powkuwać, że będę miał szansę wyciągnąć detę, to się zjawię. Te ostatnie różniczki mi się trochę rozsypały.

– Ja idę, bo nic nie tracę. Nawet mogę dostać detę na szynach, bo nie ma takich szans, żebym niczego nie wykumał.

– No tak, ty jesteś przecież „przymus" – dodaję żartobliwie.

– A co ty, pry...mulka możesz na ten temat wiedzieć.

– Masz nowe pseudo?

– Za to ty, tangens, to się nie znasz na przedmiocie.

I tak przekomarzając się, dotarliśmy do klubowego magazynu, gdzie przy udziale ojca „Jelenia", magazyniera, pana Jeleńskiego, odebraliśmy większość kręgów, zostawiając na później „piątki". Nie zapomnieliśmy oczywiście o gryfie, który był niesiony osobiście przez Wacka. On też niósł najwięcej, bo przecież ta siłownia była jego i on miał też plecak. I w pewnym momencie komuś przyszło do głowy, zapewne z powodu braku entuzjazmu na myśl o czekającej nas wyprawie, mechaniczne powtarzać fragment piosenki:

Gucio, Cezar z Karoliną
idą sobie...

– byśmy w ten sposób, śmiejąc się, mieli zgodnie przemierzyć drogę do przystanku szesnastki. No i pewnie tylko mnie przyszło na myśl, kto miałby być tym Guciem, Cezarem, a kto Karoliną. Ja bym się do niej nie przyznał na pewno. Najważniejsze, że ta pakamera w piwnicy Wacka będzie. Będziemy mieć klub z prawdziwym sprzętem. Będziemy się spotykać o piątej co najmniej trzy razy w tygodniu w ogrzewanej, wybetonowanej i wysprzątanej, z użyciem wody, by się nie kurzyło, i choć pełnej słoików z konfiturami, ogórkami, jakichś narzędzi, szpejów i składanego łóżka turystycznego, to jednak zawsze naszej piwnicy. Na ścianach mamy założone słomianki, na których rozwiesiliśmy wycinki z gazet o tej dyscyplinie, a przede wszystkim zdjęcia największych „pakerów", takich jak Steve Reeves, Arnold Schwartzenegger, Wnęk czy Lis, aby obok zostawić miejsce na nasze, jeśli tylko osiągniemy wystarczające wymiary. Szkoda tylko, że nie mamy tak jak tamci „skondensowanego białka" i wielu protein, które podobno lepiej wpływają na przyrost masy mięśniowej. Poza tym wszystko jest cacy.

– Wiesz, ja bym wolała, żebyś nie dźwigał żadnych ciężarów u Wacka, bo dla ciebie nie jest to wskazane.

– Daj mi spokój, żadnych ciężarów nie dźwigam, tylko ćwiczę!

– Nie krzycz, bo ja to mówię dla twojego dobra. Wiesz, co lekarz mówił i dlaczego dał ci zwolnienie z niektórych ćwiczeń na WF-ie?

– Wiem, wszystko już wiem, ale ja nie dźwigam, nie podrzucam, nie rwę, ale tylko ćwiczę na wyciągu, hantlami i na ławeczce.

– Chodzisz tak już od miesiąca i jeszcze ci się nie znudziło?

– Bo to nie jest nudne i daj mi już spokój, bo się uczę.

– Nie uczysz się, a czytasz gazetę.

– Nie gazetę, tylko „Film".

–To czytaj sobie, a tylko jedno ci jeszcze powiem, żebyś uważał z tymi ciężarkami.

– To nie są żadne ciężarki, bo nikt w naszej pakamerze nie zajmuje się ważeniem. My ćwiczymy dla sylwetki i kondycji. Nie zauważyłaś, że mi podskoczyły „motylki"?

– Zauważyłam, że motylki zniosły jajka i już wyginęły z poczwarkami.

– O... Je...zu, ty się na tym kompletnie nie znasz.

– Ja się znam na tym, co dla ciebie dobre a co złe, a nie na głupotach.

– No dobrze już, daj mi wreszcie poczytać, bo później będziesz mówić, że mi dajesz pieniądze na drogie tygodniki, których nie czytam.

– No czytaj już, czytaj, tylko nie siłuj się z żelastwem.

Byle już nic więcej nie słyszeć, nie musieć mówić, a najlepiej zatkać sobie uszy rękami. O tak, przecież całkiem normalne jest czytanie przy stole z rękami na głowie, które zasłaniają właśnie uszy. Tym bardziej że czytam o rzeczach poważnych, które mają nadejść w 2000 roku. Wcześniej Europę spustoszy zaraza, a ludzie, którym uda się przeżyć, będą barbarzyńcami. Ich przywódcą będzie okrutny wódz ubrany w skóry. Jednak nie będzie wszystko całkiem źle, bo samolotem przyleci tajemniczy naukowiec i „gazem pokoju" załatwi wszystkich tak, by ci w 2036 roku stworzyli swoje miasto jako wspaniałe miejsce pokoju, gdzie wykorzystuje się sztuczne światło słoneczne i na ulicach można oglądać za darmo filmy na wielkich ekranach, a jak się ktoś zmęczy, to może wypocząć w najbliższym ogrodzie, w którym rosną rośliny z całego świata. I nawet chłopak z dziewczyną, czyli ja z Marysią lecimy specjalną rakietą na Księżyc, czemu chce przeszkodzić pewien rzeźbiarz, który jest przeciwny postępowi i pokojowi. A nam się i tak udaje szczęśliwie dolecieć do celu, żebym tam mógł wybudować piękny pałac, a Marysia pielęgnowała ogromny ogród, po którym będzie chodzić całkiem nago, a ja będę się jej przyglądał cały czas i będzie nam jak w niebie.

Szkoda tylko, że ten film „Rok 2000" został nakręcony w Anglii w 1936 roku i podobno, jak jest napisane na przedostatniej stronie „Filmu" w dziale historycznym, okazał się kompletną klapą. Poza tym fajnie byłoby polecieć z Marysią rakietą i przytulać się do niej pośród drzew i nawet na trawniku w ogrodzie.

Ale żeby się jej podobać i móc ją obronić przed paskudnym rzeźbiarzem, muszę nabrać sił w pakamerze. Zerkam na budzik na kredensie i stwierdzam, że mam jeszcze trochę czasu, bo z Wackiem umówiłem się na piątą, a teraz dopiero jest pół godziny do wyznaczonego czasu. Żeby tylko mama nie zrzędziła, bo ja strasznie nie lubię tego gderliwego gadania. Na razie jest spokojnie. Tata siedzi przy stole z wyciągniętymi przed siebie nogami i rękoma założonymi na kark i myśli. Z jego strony chyba nie ma strachu, bo co chwila sobie ziewa i strąca lewy pantofel gołą stopą, by zaraz za nim podążyć drugą, po czym czyni to samo z prawym i tak w kółko. Mama natomiast liczy po cichu oczka zaczętych pleców robionego swetra dla wujka Józka. Pociąga od czasu do czasu nitkę wełny z kłębka, który podskakuje umieszczony w garnku pod stołem. Słychać przy tym suche trzaski obijanych o siebie drutów. Czytam, ale i też udaję czytanie. Poczekam na moment, jak się ktoś ruszy, zacznie się coś dziać. Nie będę wtedy pierwszy na celowniku. Muszę coś jeszcze o filmach przecież poczytać, choć po przygodzie z Marysią jakoś mam ich dosyć. Dla przeczekania jest to ważne. Odwracam z pełnym zaangażowaniem kolejną kartkę filmowego tygodnika, tym razem do działu recenzji i zaczynam czytać o filmie, którego premiera odbyła się w tym roku w Polsce, a jego tytuł brzmi „Kes". Nakręcony przez Kena Loacha (dziwne nazwisko, które nie wiem jak się wymawia i na pewno go nie zapamiętam) film podobno opowiada o samotności chłopaka, który nie jest lubiany w beznadziejnej szkole, ale który rozwozi gazety, by zarobić na swoje wydatki i trenuje sokoła Kesa. Nie całkiem mi się podoba to, że on zniewala tego ptaka, ale mimo wszystko zaczynam czuć do niego sympatię po tym ,jak się dowiaduję, że jest on bardzo uparty, cierpliwy i konsekwentny w tym, co robi, aby następnie poczuć wspólnotę i solidarność kiedy czytam, że angielska krytyka uznaje bohatera filmu za potencjalnego przestępcę. Sprawdzam znaczenie słowa potencjalny w encyklopedii i jestem już przekonany, że tacy palanci zamiast pisać recenzje, powinni pracować w kopalni jako górnicy. Ogarnia mnie bunt i wściekłość, choć nie zamierzam tego dawać poznać po sobie. Co oni wszyscy sobie myślą, że tak prosto można kogoś przekreślać i to tylko dlatego, że Billy kupił mięso dla ptaka z pieniędzy powierzonych mu przez brata na postawienie zakładu na wyścigowego konia, który następnie wygrał? Wcale nie musiał wygrać. Jedyny w porządku człowiek, to ten nauczyciel angielskiego, a poza tym to skurwysyństwo.

– Mama, dasz mi na bilet do kina?

– A co, pani was na jakiś film zabiera?

– Nie, ale może poszedłbym na Kesa, jeśli go grają w „Młodej Gwardii", czy w Domu Żołnierza.

– Jeśli nie ze szkołą, to nie mam pieniędzy. Muszę myśleć o jedzeniu i wszystkich innych wydatkach.

– My to nawet telewizora nie mamy.

– Masz radio, adapter. Lepiej się ucz, a nie zawracaj głowy bzdurami.

– Dla ciebie to wszystko bzdury, a tylko my na osiedlu nie mamy telewizora.

– Węchlowskie też nie mają i żyją.

– Tym starym babom już nic nie potrzeba.

– Jak ty się wyrażasz o starszych.

– Tak jak mi się podoba. Jeśli nie mogę iść do kina, to pójdę do Wacka.

– Podnosić ciężarki?

– Nie, po nowy adres, który mi obiecał.

– No to idź, tylko za godzinę bądź z powrotem w domu.

– Będę, będę – ochoczo kilka razy powtarzam i już wiążę trampka.

Gdy wychodzę z domu, przychodzi mi nawet na myśl, że jestem teraz jak sokół, który wydostaje się z uwięzi. Zbiegając po schodach, powtarzam sobie: Kes fruń, fruń i frunie, frunie i zaraz wroga zaatakuje.

– O!...– krzyczę, omal nie wpadając na głuchoniemego Sławka Teścia z pierwszego piętra, który miał właśnie sięgnąć po klamkę, kiedy ja wpadłem w drzwi, na oścież je otwierając.

– C...heee – usiłuje mnie pozdrowić nieswoim językiem.

– Cześć, cześć – odpowiadam i zatrzymuję się na chwilę, by wymigać z nim co nieco.

On ma nade mną w tym miganiu przewagę, ponieważ potrafi czytać z warg, natomiast ja niewiele znam jego język migowy. Umiem tylko alfabet, którego mnie kiedyś nauczył, ale na tym poprzestaliśmy, choć nieraz ma on decydujące znaczenie w zrozumieniu przeze mnie tego, o co mu chodzi.

– Idę poćwiczyć do pakamery Wacka, kapujesz? – odpowiadam na pytanie, gdzie idę, na co on naciska na moje bicepsy i ze swoim specyficznym śmiechem odpowiada:

– Ly...pfa.

– Ty jesteś lipa – po czym napinam „motylki".

– Lefsa ly...pfa – odpowiada i sam się napina, po czym macha na wszystko ręką i jakby chcąc zmienić temat, coś mi pokazuje w swoim języku. Nie pojmuję, dlatego zaczyna literować, rozkładając i zwijając palce, bym kolejno składając litery mógł się zorientować, że jemu chodzi o kino. Spadł mi z nieba? On jednak chce, żebym poszedł z nim na film „Haiti – wyspa przeklęta" do kina „Wolność", bo on ma już bilety na piątek. Odpowiadam, że jeszcze nie wiem i jutro dam znać, czy skorzystam, po czym się rozstajemy.

Z tym kręconym blondasem Sławkiem mieliśmy w tym roku przygodę, kiedy poszliśmy późnym wieczorem na czereśnie. Na tę myśl nawet w tej chwili ciarki mnie przechodzą, bo wtedy naprawdę najadłem się strachu. Na szczęście nic wielkiego się nie stało i wygraliśmy, bo udało nam się zbiec z gorącego miejsca, którym zawsze jest stacja. Nie wiem komu, ale wolałbym, żeby to mnie wtedy przyszło do głowy iść na grandę, bo dobrze się wszystko skończyło. Zazwyczaj wspólne pomysły mają inni, dlatego wobec Sławka chciałbym się wykazać i sprawdzić również jako przywódca. Było już ciemno, a ja do tego przecież jeszcze słyszę. Stąd też nie ma wątpliwości, że on idzie za mną i to na „obiekt strzeżony", gdzie „obcym wstęp surowo wzbroniony". Dostajemy się tam w miejscu przeze mnie dobrze zapoznanym, które wykorzystujemy z Wackiem, kiedy chcemy się na dostać stację, bo przecież my nie jesteśmy tutaj obcy, choć również nie całkiem jakoś swoi. Chyba że chodzi o niektórych rodziców, którzy na stacji pracują. Ale z nimi to całkiem inna sprawa, bo ich obowiązuje tajemnica służbowa. Tymczasem my mamy swoją. Za budynkiem z trupimi czaszkami, otoczonym mnóstwem metalowych stojaków i bębnów z kablami, w powiewie czerwcowego wietrzyka i przeszywającym skronie odgłosem ciszy, na migi tłumaczę Sławkowi, jak się do czereśni dostać, żeby ominąć światło reflektora i czujność strażnika. W pełnej zgodzie przez chwilę spoglądamy zza węgła w stronę placu i dyżurki, po czym daję ręką znać i przeskakujemy za rodzaj obrosłego trawą kopca z kominkiem wentylacyjnym na czubku. Ukrywamy się pośród wysokiej trawy, która maskuje naszą obecność. Znów przez chwilę patrzymy w stronę świateł stacyjnych, po czym zrywamy się w stronę kilku drzew, pośród których właśnie rośnie nasza czereśnia, ale ja raptownie padam za niewielkim krzewem i mój towarzysz za mną, choć tylko ja wiem, że bez powodu. Pokazuję palcem, żeby zachować całkowitą ciszę, bo przecież ja słyszę to, czego on nie jest w stanie. Dostrzegłszy jego uznanie, po chwili ruszamy po zakazany owoc. Pod drzewem okazuje się, że jest trochę za ciemno, by sprawnie zerwać to, co się da, najniżej, a wyżej jest jeszcze ciemniej. Do tego jak się już coś zerwie, to nie wiadomo, co robić z jedną czy drugą kiścią, bo schować jej nie ma gdzie (kieszenie teksasów są za wąskie), a na jedzenie wszystkiego naraz nie ma przecież czasu. Dlatego coś niecoś się zje, coś niecoś upcha po kieszeniach, a reszta zniknie upuszczona w trawie, aż nam się już znudzi to niezbyt smaczne zajęcie. Nawet smak większości czereśni bardziej przypomina słodką trawę niż dojrzałe owoce, po jakie przecież tutaj żeśmy przyszli. Do tego jeszcze trzeba uważać na strażnika. Dajemy sobie wreszcie spokój z tą grandą i decydujemy się wycofać, ale postanawiam, że nie będzie to droga i sposób, w jaki się pod czereśnię dostaliśmy. Tym razem wymyślam trudniejszą przeprawę wokół stacji, stąd najpierw trzeba pójść wzdłuż ogrodzenia i przeskoczyć przez wyasfaltowaną drogę i chodnik prowadzący do przeciwległej względem nas bramy. Znów słyszymy bicia naszych serc, choć wiem, że Sławek o tym nikomu nie powie. Udaje się i niezauważeni dostajemy się za stojącą za chodnikiem ławkę. Przeskakując betonowe koło jakiejś studzienki z metalowym włazem, wpadamy w mrok i znikamy w cieniu iglaków. Czuję się prawdziwym dowódcą i nawet sobie myślę, że wszystko przewidziałem, nawet to, że z okien stacji nie będzie płynąć światło, ponieważ zawsze wieczorem strażnik je zamyka za metalowymi przesłonami z zasuwami. Ale przecież dzisiaj wcale nie musiał. Oczywiście świeci się z okien, w drugiej części stacyjnego obiektu, tej dobudowanej dwa lata temu z piętrem, ale tam przemkniemy pod ścianą, by po przeciwnej stronie przeskoczyć przez siatkę. Tymczasem skradamy się wzdłuż stacyjnej części jakby wkopanej w ziemię, ponieważ składającej się wyłącznie z suteren. Jeszcze miniemy tylko kilka krzewów, ...aż tu nagle zza zakrętu wyłania się czarna postać, która najpierw wprawia nas w przerażenie, by następnie wyzwolić paniczną ucieczkę.

– Stój! Stój skurwysynie, bo strzelam! – słyszę tylko za sobą, ale pędzę tak panicznie, że o świecie obok nic a nic nie wiem.

Nie wiem również, w jaki sposób przeskoczyłem bramę, choć miałem poczucie, że coś mi w tym gnaniu wtóruje. Pierwsze, co zdążyłem zauważyć, to dopiero fakt, że jestem za drugim blokiem, a obok mnie dyszy jak i ja Sławek. Instynktownie wyglądam zza róg, czy aby czarna postać nie odkryła naszej kryjówki i się do nas nie zbliża, ale nikogo nie widzę. Udało się. Akcja czereśnie skończona.

Zbiegłszy po schodach do piwnicy, kieruję się w prawo, aby zauważyć po lewej stronie światło w szparze pod ostatnimi drzwiami Białków. A więc Wacek już „pakuje".

Popycham drzwi, na których skoblu jest przypięta nieco poobijana niebieska kłódka w kształcie spłaszczonej agrafki, i wchodzę do środka. Skobel głucho bębni o malowane na popielato drewno.

– Cześć, długo już ćwiczysz?

– Jakie...ś pię...tnaś...cie minut – odpowiada do połowy rozebrany Wacek z hantlą w dłoni, którą wyciska za głowę. Ćwiczy właśnie triceps, siedząc na stołeczku zrobionym z pniaka.

– Dobra, to i ja też trochę powalczę – odpowiadam, po czym rozpinam flanelową koszulę, ale jej nie zdejmuję, bo nie jestem tak jak on „przypakowany".

Jak zwykle zaczynam od rozgrzewki, ćwicząc rozciąganie sprężyn. Muszę odpiąć jedną, bo jak widać Wacek ich używał wcześniej, walcząc z trzema. Raz..., dwa..., trzy..., i tak jak z każdym ćwiczeniem do dziesięciu. Tymczasem schylony w pół Wacek wyrzuca na boki ramiona uzbrojone w „piątki" i głośno oddychając, sapiąco wydycha powietrze, co często wydaje się rodzajem prowadzonej przez nas podczas ćwiczeń pogawędki.

Nakładam na wyciąg około 12 kilogramów żelbetonowych kół i założywszy hak, zaczynam równomiernie pociągać drążek z linką.

– Zawsze zabezpieczaj hak, bo może ci się ześliznąć ciężar i narobi się.

– No dobrze, już zabezpieczam, nic się nie dzieje.

– Po co mają koła popękać.

Jezu, jaka to zrzęda, niczym moja mama. Podobno jego ojciec nieraz tłucze mu do głowy godzinami, a on musi słuchać. Pewnie dzisiaj też to go spotkało i odgrywa się na mnie. Tak sobie myślę i nawet już mam mu to powiedzieć, ale gryzę się w język, bo to przecież jego piwnica i jego koła, a mógłbym nie mieć gdzie poćwiczyć. Już wszystko w porządku, „pakujemy" dalej na przemian hantlami, wyciągiem i obiema sztangami. Na ławeczce leżąc, schylony, no i na stojaka. Coraz bardziej wydaję się zgrzany, ale co tam, z zapałem pomagam sobie głośnym „hu!", bo przecież zawsze podczas ćwiczenia trzeba pamiętać o prawidłowym oddechu. W przeciwnym razie – jak mówi Wacek – można sobie popsuć serce. Wreszcie są efekty. Po „odrobieniu lekcji", a moja trwała pół godziny, bo się przecież spóźniłem, Wacek otwiera wzięty z jednej z półek w prawej części piwnicy słoik z ogórkami i powiada:

– Trzeba coś szamać po ciężkiej pracy. Nie sądzisz, Staachuuu!

– To są na słodko czy kiszone…? – pytam, leżąc na ławeczce, właśnie odłożywszy sztangę na widełki i spojrzawszy w stronę kolegi.

– Kiszone.

– Może być, choć wolę na półsłodko.

– Ty nie zasłużyłeś. Nie wykonałeś wszystkich ćwiczeń, ale to twoja sprawa, będziesz zdechlakiem.

– Wypchaj się. Belfer się znalazł.

– A skąd ty wiesz, kto to jest belfer. No właśnie, to się nie popisuj – oznajmia siorbiąc podczas przegryzania ogórka, z którego na posadzkę trysnęła woda.

– Udław się, jednego pakera będzie mniej – powiadam, śmiejąc się na jego wykrzywiony widok.

– Chciałbyś być takim pakerem, ale nigdy nie będziesz – mówi pewny siebie, po czym żując ogórka, odstawia zakręcony słoik na miejsce.

Wacek na dowód swoich słów, podszedłszy do zawieszonego obok wyciągu lustra, zaczyna napinać kolejno mięśnie niczym na kulturystycznym pokazie.

– Tylko patrz i podziwiaj, młody – dodaje napinając „motylki".

– No Steve Reeves z ciebie. Ale nawet za dziesięć lat i tak nie wyciśniesz tyle, co on na ławeczce – mówię, a moje słowa brzmią niczym wyzwanie, choć dobrze wiem, że nie jestem w stanie jemu na tej ławeczce dorównać. Jednakże dałem się ponieść rywalizacyjnej atmosferze, co wzbudziło we mnie jakieś dziwne uczucie. Z jednej strony dobrze byłoby być nawet najlepszym na świecie, ale z drugiej strony nie pociągały mnie te wzorcowe miary i nawet więcej: czułem, że w gruncie rzeczy gdzieś w głębi nimi nawet gardzę. Doznawszy tego uczucia, poczułem jednocześnie jakby lęk z tego właśnie powodu. Choć może z całkiem innego? Stłamsiwszy go w zarodku, zamieniam go w radosne: walka niech trwa dalej.

– No to powyciskajmy trochę. Masz fory, bo mniej ćwiczyłeś, plus mniej pięć kilo.

– Ja nie dlatego, że uważam, że cię pokonam. Rywalizacja.

– Nie pękaj, tylko stawaj w zawody.

– Zawody wyciągania kija z wody.

– Na początek wezmę 72 i pół, a ty ile?

– Siedemdziesiąt – rzucam od niechcenia.

– No to zaczynasz – mówiąc to, Wacek zakłada na sztangę spoczywającą na widełkach dziesiątkę, a ja robię to samo z drugiej strony. – Dołożymy jeszcze po piątce i już jest siedemdziesiąt.

– Zgadza się – odpowiadam ochoczo, ponieważ tyle to ja już kilka razy wycisnąłem i kładę się na ławeczce między widełkami.

Zsunąwszy sztangę na krawędzie widełek i trzymając ją oburącz, przez chwilę mierzę równe odległości między ciężarkami, po czym dość łatwo ją unoszę, by opuściwszy na klatkę wycisnąć ciężar do góry i odłożyć go z powrotem na poprzednie miejsce.

– Och, nie poszło ci znowu aż tak po maśle – oznajmia ze znawstwem Wacek. – Ile dokładamy?

– Trochę przecież ćwiczyłem, ale dołóżmy „piątkę" – powiadam pewny siebie, nie wstając z ławeczki. Niech Wacek dopełni reszty.

– Jest pięć… – po klaśnięciu metalową dwuipółkilówką od strony wejściowych drzwi, Wacek tym samym dał znak, że już tylko kolej na mnie.

Wyzwanie podejmuję natychmiast, jakbym to robił tysiące razy. Nawet z nutką zniechęcenia i bez ceregieli ujmuję w dłonie sztangę, po czym opuściwszy ją jak poprzednio na klatkę, pcham oburącz w górę i nagle coś się dzieje. Przekrzywia mnie, słyszę tylko chrzęst metalu, a następnie wyrywa mi sztangę z rąk i rozlega się huk upadających na betonową podłogę krążków, po czym następny po prawej stronie. Coś wali w ławeczkę na tyle mocno, żebym nieomal się wraz z nią przewrócił.

– Kurwa mać! Stach, ale ty robisz jaja! – krzyczy Wacek, po czym nagle zapada cisza.

Oszołomiony wstaję z ławeczki i rozglądam się po pakamerze. Spojrzawszy na przerażonego kolegę, ze spokojem powiadam:

– Zdaje się, że rozbiłem ci słoik z kiszonymi ogórkami.

On jednak nie zdążył na to nic odpowiedzieć, ponieważ w tym momencie słyszymy w korytarzu szybkie kroki w pantoflach. Do piwnicy wpada jego matka i staje w drzwiach z okrzykiem:

– Jezus Maria, co się tutaj dzieje?! –,próbuje wzrokiem ogarnąć rozmiary zniszczenia.

– Lewa ręka, którą miałem na wiosnę złamaną, została mi jakoś i kółka się rozsypały. Ale… ale z półki spadł tylko słoik… tylko ogórkami…

– Kończcie to, a ty, Wacek, jesteś za minutę na górze – oznajmiwszy stanowczo pani Białkowa wychodzi.

– To co, poukładać ci to, co się rozpieprzyło? – pytam pojednawczo.

– Jezu, lepiej idź już do domu, bo chyba słyszałeś.

– No to spadam, ale cóż takiego znów się stało. Czołem!

– Cześć.

Wychodząc z klatki schodowej, przyszło mi na myśl, że ci Białkowie są małostkowi, bo tyle krzyku o głupie ogórki. Jedynie Wacek miał szczęście, bo zjadł z tego słoika jednego, zanim reszta została zmiażdżona przez fruwającą sztangę. Ale to wszystko przez to, że jest chytry i się nie podzielił. No, ale mnie przecież wcale nie zależy na głupich kiszonych ogórkach, których nawet nie lubię. Natomiast na pewno gorsza sprawa będzie z ćwiczeniem. Coś mi się wydaje, że po trzech tygodniach moja przygoda z kulturystyką właśnie się skończyła. Choć też nie jest to takie pewne, bo nie wiem, czy Wackowi będzie się chciało samemu siedzieć w tej piwnicy. Przed kim się będzie popisywał? Dobrze mu tak, niech sobie nie myśli, że taki mocny, a ja zamiast kulturystą, mogę być… no na przykład – turystą.

TELEWIZOR

Nic mi się nie chce i czuję tak ogromną nudę, że wydaje mi się, żebym mógł nią wypełnić cały świat i dla nikogo więcej nie pozostałoby już na nim miejsca. Byłbym tylko ja sam, jak i jestem sam. I sam nawet nie wiem, co mam robić z tą samą nudą, choć niejedno przecież mógłbym. Ale po tym, jak kolejny raz wepchnąłem zielone oczko palcem do wewnątrz w radiu, wolę uważać, bo tata znów będzie się na mnie złościł i zrzędził, co jest najgorsze na świecie i od nudy także. Ale cóż, muszę siedzieć sam w domu. Od czasu do czasu lubię być taki sobie sam w domu, a niekiedy nawet, tak jak i teraz, nawet sobie poleżeć na podłodze i popatrzeć na sufit czy wiszącą lampę, ale nie jak dręczy mnie nuda. Tata pojechał na „awarię", a mama gdzieś poszła i kazała mi siedzieć w domu i odrabiać lekcje. Powinienem przeczytać fragment „Balladyny", bo już wczoraj dostałem za nią z polskiego dwóję, ale naszła mnie nuda. No to siedzę, a nawet leżę z nogą na krześle pod okrągłym stołem i nawet dłubię w nosie. Jakby mama była w domu, to z miejsca zwróciłaby mi uwagę: „Już ci tyle razy mówiłam, że nie należy dłubać w nosie, bo to nieładnie i niehigienicznie, a ty ciągle się zapominasz". „A ty ciągle się zapominasz, a to jest nieładnie i niehigienicznie. Czy ja ci już nie mówiłam? Czy ja ci nie mówiłam? To jest nieładnie i niehigienicznie". Dupa Jaś i tyle.

No i kompletnie nie ma co robić, nawet na głos mi się gadać za mamę ani za siebie nie chce. To jest wszystko bez sensu. Bezsens. Zwyczajna dupa Jaś i aczkolwiek. Uczenie się to... dupa, czytanie to druga dupa, nawet słuchanie muzyki, to też już dupsko, bo przecież nie słuchowisko. Nasłuchałem się już Tremeloesów i Christie, odwracając kilka razy płyty na adapterze i... nic. Tylko „Run baby run" czy „Żółta rzeka" to nie dupa, ale mam dość i tego wszystkiego. Gdybyśmy tak mieli telewizor, to co innego. Ciekawe, gdzie obejrzę mecz Polska – Anglia. Mnie by wystarczyło posłuchać w radiu, ale oni tak głupio w tym radiu gadają – jak mówi Wacek – że nic się z tego nie wie, co na prawdę dzieje się na boisku. Poza tym wszyscy oglądają, a nie słuchają. Tylko my nie mamy telewizora, choć mamie ani tacie jakoś się nie nudzą te awantury, których by nie było z mojego powodu, oczywiście wtedy, gdybyśmy mieli telewizor. Trudno jednak się z ludźmi dogadać. Więc żeby mnie szlag nie trafił, pokręcę sobie rowerek, choć to też... dupa. Ale kręcę, kręcę, kręcę i jak powiada w złości na szydło tata: „ja cię kręcę". No to już nie kręcę.

A tak w ogóle, to my już mamy bardzo fajny telewizor. Nazywa się Ametyst. Kosztował 7300 zł i ma wypukły ekran, z czarną obwódką. Po prawej stronie, na czarnej listwie są umieszczone pokrętła i przyciski. Można nimi zmienić programy z pierwszego na drugi, bo na innych kanałach nic nie ma. Ale za to można jeszcze podgłośnić, rozjaśnić, a nawet zmienić ton głosu i całkiem wyciszyć. Nie wspominając już o tym, że można też włączyć i wyłączyć. Robię to od kilku tygodni i właśnie dzisiaj zaczęło mnie to nudzić, bo nie wiem dlaczego, przypomniał mi się dzień podobnej nudy, kiedy nie mieliśmy jeszcze telewizora i wtedy było tak samo nudno. Było podobnie dupiasto, choć nie wiem, czy bardziej jest z telewizorem, czy też było bez niego. Wtedy tak jak dziś leżałem na podłodze i robiłem rowerek albo też go i nie robiłem, jak mi się nie chciało. Ale wtedy to wszystko wspaniale się skończyło, bo jak tak sobie leżałem, nagle usłyszałem wkładanie klucza do zamka. Zerwałem się na równe nogi. Z korytarza doszły mnie jakieś głosy, aż wreszcie w otwartych drzwiach zobaczyłem mamę, za którą tyłem wchodził Wacek, trzymając w ręku uchwyt jakiegoś pudła, a za nim pojawił się Długi, podtrzymując je z drugiej strony. Stoję oniemiały, bo nic mi nie wiadomo o tym, co się naprawdę dzieje.

– No, będziesz teraz mógł obejrzeć mecz na Wembley – mówi do mnie Wacek, a mama ich obu kieruje na środek pokoju. Mnie za to upomina, żebym odsunął na bok krzesło.

Zaczyna się odpakowywanie, w czym wydają się niezwykle sprawni koledzy. Mama tymczasem przygotowuje miejsce na bieliźniarce, a ja się tylko wszystkiemu przyglądam, tak jakby mnie nie było.

– Pani Kwikowa, a gdzie jest gniazdko zasilania, bo może być potrzebny przedłużacz – pyta z miną fachowca Wacek.

– Za bieliźniarką jest… – odpowiadam za mamę, a ona potwierdza, co mnie denerwuje. Tym samym sprawia, że moje zdanie nie jest samodzielne, choć przecież prawdziwe.

– A to taka antena.

– Najlepiej byłoby ją zawiesić za oknem albo na dachu.

– No to co, stawiamy na miejsce?

– Tak, tutaj w kącie, postawcie na tej serwetce… Dacie sobie radę?… Uważaj, żebyś się nie pośliznął.

– Bez obaw, wszystko jest w porządku.

– O, tak. Weź Długi i włącz tam do gniazdka. Dostaniesz?

– Kolega jest wyższy, to łatwiej mu dostać.

– Niech się wreszcie na coś przyda – odpowiada Wacek, bierze ode mnie antenę i podłącza do telewizora.

– Gotowe?… No to uruchamiamy.

Chwila skupienia i napięcia podczas nagrzewania się odbiornika telewizyjnego, po czym wyłania się zaśnieżony obraz jakiejś postaci, ale za to dźwięk wydaje się wyraźny.

Już za chwileczkę, już za momencik "Piątek z Pankracym" zacznie się kręcić.

Kręcić się będzie Pankracy z panem czy wszystkie buzie już roześmiane?

– Teraz tylko trzeba znaleźć miejsce,... w którym...

– O!... Teraz jest nieźle.

– No właśnie, może być. Najlepiej będzie, jak się zawiesi ją na dachu – powtarza Wacek, dodając, że już sobie pójdą.

No i poszli, a mama ich do drzwi odprowadza i za pomoc dziękuje. – Dziękuję wam, chłopcy... Dziękuję wam chłopcy... – przedrzeźniam mamę, bo mi się tak podoba. Dlaczego ja nie mogłem iść po ten telewizor do „Meteora", tylko brała kogoś innego. Co to Długi jest lepszy ode mnie? Tylko o dwa lata starszy. Poza tym do ostatniej chwili trzymała wszystko w tajemnicy, nawet przed tatą, któremu telewizor jest niepotrzebny. Przecież ja też z Wackiem bym poradził sobie z tym pudłem. Mama traktuje mnie jak dziecko. Najchętniej z tego powodu nasikałbym do kwiatka, ale mamy szczęście, że ma do czynienia z młodzieżą na poziomie.

Za to wysuwam przed siebie dłoń i przyglądam się jej tak, jak to było w telewizji. To jest moja ręka i mogę nią zrobić wszystko, co tylko pomyślę. Nawet statek kosmiczny albo nową planetę? Wydaje mi się, że jest jakaś tajemnica, o której jedni wiedzą, a inni nie mają pojęcia. To, że jak tak leżę, to w tej chwili wiem o tym tylko ja sam i nikt inny. W telewizji do leżącego w łóżku przyszli jacyś dziwni rodzice i tata mu zabronił bawić się z samym sobą pod kołdrą, bo to niezdrowe. Ale tamten miał dużo lat, a może to tylko mi się przyśniło? Ja mogę się bawić, czym mi się podoba. Poza tym lepsza od tego teatru była „Kobra". Szkoda tylko tej starej pani, która nie mogła nic powiedzieć o tym, że chcą ją nerwowo wykończyć dla spadku, bo była sparaliżowana. Ale jeśli była sparaliżowana, to po co jej majątek, przecież i tak nie mogła z niego korzystać. Wszystko to bez sensu. A w ogóle, to co to jest ten majątek? To jest chyba tak jak przed wojną, kiedy burżuje wykorzystywali biednych ludzi, żeby budować sobie kolejne pałace. Dobrze, że my nie mamy pałacu, bo by nas aresztowali i musielibyśmy udowadniać, że jesteśmy przydatni dla klasy robotniczej, jak mówiła pani na wychowaniu obywatelskim. Ja tak naprawdę to nigdy nie widziałem tej klasy robotniczej, choć nawet namalowałem kiedyś obrazek, który miał przedstawiać wybory. Była na nim biało-czerwona urna na kółkach, którą pcha robotnik w gumiakach i ubraniu roboczym, a po drodze wpadają do niej karty z napisami: za demokrację socjalistyczną, dyktaturę proletariatu, pomyślność Polaków, internacjonalizm i takie tam bzdury. Dostałem za to piątkę, choć nie ja to wymyśliłem, a przemalowałem z jakiejś gazety, którą były owinięte czyjeś buty przyniesione przez tatę do naprawy.

To dziwne, ale ten w łóżku był nie tylko dzieckiem swoich rodziców, ale również dyrektorem i nawet spał ze swoją sekretarką. Ja też chciałbym być dyrektorem, żeby móc spać z sekretarką. Wprawdzie kocham się w Marysi Śląskiej, ale ona to coś całkiem innego. Ona jest jedyna na świecie, bo ma w sobie coś, czego nie rozumiem, a co każe mi ją kochać. Dlatego najlepiej by było, jakbym do łóżka poszedł spać z sekretarką, a w niej się kochał.

Wstaję i podchodzę do szafy, by uchyliwszy jej drzwi, przeglądnąć się w lustrze. Muszę powiedzieć, że nie bardzo podobam się sobie, jako ten dyrektor, który ma spać ze swoją sekretarką. Mam za długą grzywkę, która przysłania mi w jednej trzeciej czoło, a uszy mi zasłaniają w całości ciemnobrązowe pióra. Moje spojrzenie niebieskich oczu wydaje się dziecięce i trochę naiwne, dlatego ściągam w sobie twarz i brwi, a nawet staram się spoglądać w swoje odbicie groźnie. O, tak, już lepiej. Mogę nawet założyć taty krawat, co czynię, choć nie idzie mi to tak sprawnie jak jemu. Dobrze, że niektóre są związane, bo byłoby to niemożliwe. Wprawdzie nie mam na sobie eleganckiej koszuli, ale wyobraźmy sobie, że polo to elegancja. Zaciskam krawat na szyi i przychodzi mi do głowy, że mógłbym nawet się nim udusić. Ale po co? Lepiej, żebym włożył jeszcze taty kapelusz, który ściągam z górnej półki, i już jestem… gość.

I w tym momencie słyszę wkładanie klucza do zamka, a następnie otwieranie drzwi. Poznaję, że to nie tata, dlatego też staję twarzą w stronę przedpokoju i oczekuję przybysza, bo wiem, że to musi być mama. Robię przy tym niezwykle poważną minę.

– A cóż ty znowu wydziwiasz – pyta mama na mój widok.

– A co pani sobie życzy w naszym urzędzie do spraw min.

– Niech tylko tata się dowie, co wyprawiasz z jego kapeluszem, to dopiero ci się dostanie.

– Dowie się, jak mnie zdradzisz.

– Masz tutaj od kuzynki „Balladynę” i zabieraj się do czytania. Zdejmuj ten krawat i odłóż wszystko na swoje miejsce. Lekcje odrobiłeś?

– Pewnie. A co przyniosłaś.

– Weź tę torbę i połóż ją na taborecie pod oknem. Idę resztę zanieść do piwnicy.

– Och, co to takie ciężkie?

– Gdzie się podział klucz od piwnicy? … O, jest.

– Ale mamy ziemniaków – stwierdzam, zaglądając do dermowej torby, którą oparłem o kaloryfer, postawiwszy ją na taborecie.

– Za chwilę przyjdę i żebyś do tego czasu zrobił porządek z tymi kapeluszami i krawatami – powiedziała mama, wychodząc.

I znowu ta „Balladyna", której nie przeczytałem, za co dostałem z polskiego dwóję. Mówiłem nauczycielce, że wszystkie „Balladyny" zostały wypożyczone ze szkolnej biblioteki, ale jej to nic nie obchodziło. Odpowiedziała, że można sobie kupić w księgarni albo zapisać się do innej biblioteki, tak jak ja bym nie był zapisany. Ale to moja sprawa. Kompletna dupa. Ja mam bibliotekę za mostem, ale nie pali się, bo inni też nie przeczytali i pani przełożyła o niej lekcje, które i tak raz się już zaczęły, stąd ta moja dwója. Biorę położoną przez mamę na kredensie książkę i stwierdzam, że jest gruba. Dobrze, że nie muszę jej czytać w całości, przez co staje się i przyzwoita. Już na pierwszy rzut oka jakoś nie mam na nią ochoty. Jest coś w tej „Balladynie", co mnie denerwuje, odstręcza i budzi niedobre uczucia.

Sam nie wiem nawet jakie, ale co to mnie obchodzi? Dobrze, że nie muszę o tym wszystkim pisać, opisywać tego stanu rzeczy, bo z pewnością dostałbym kolejną dwóję, a dwie to przecież już przesada. Jeśli nie przeczytam, to ta ruda Sroka znów mnie przyłapie i wlepi mi taką z satysfakcją. Najlepiej byłoby, gdybym coś niecoś wiedział na temat "Balladyny", nie czytając tylu stron. Szkoda, że nie ma jej w telewizji. Mógłbym obejrzeć i zawsze na trójkę udałoby mi się odpowiedzieć. Ale oprócz odpowiadania mamy jeszcze zadanie domowe, o którym mama nic nie wie, ponieważ postanowiłem je od kogoś odpisać. Mam nadzieję, że to będzie Marysia. Może się zgodzi podzielić ze mną, jak to się nazywa? … Biegnę do mojego kąta, gdzie odszukuję zeszyt do polskiego, po czym odwracając pośpiesznie kartki, czytam: motywy i postaci baśniowe, legendarne i realistyczne. No właśnie, jakby to było przyjemnie, gdyby Marysia siedziała na krześle w tej krótkiej sukience w niebieskie kwiatki i dyktowała mi motywy baśniowe, a ja bym skrupulatnie notował. Ale nie, lepsze chyba te legendarne.

Drzwi do mieszkania znów się otwierają, a ja pośpiesznie chowam w kącie swoją tajemnicę.

– Czytasz „Balladynę"? Teraz już nie będziesz miał wymówki, że nie masz książki. Zjemy kolację i jeszcze dziś poczytasz – oświadcza mama i zaczyna się w swój sposób krzątać.

– Lekcje polskiego mamy dopiero pojutrze, a co, nie będziemy oglądać telewizji?

– Nie będziemy. I tak nie ma nic ciekawego.

– Dla ciebie wszystko jest nieciekawe.

– A ty byś się tylko gapił w telewizor.

– Chyba po to został kupiony, żeby go oglądać.

– To co jest ważne, a nie głupstwa.

– Jakie głupstwa? Nie słyszałaś, że nasza telewizja jest najlepsza na świecie?

– No i to są głupstwa. Dorośniesz, to zrozumiesz.

– Ty zawsze tak mówisz, jak chcesz mieć rację.

– Nie chcę, ale mam. Wiesz, że jak się mamy nie słucha, to się słucha psiej skóry. Lepiej mnie nie zagaduj, a weź się do roboty.

– Bez sensu.

Myślę sobie, że to wszystko to jakaś jedna wielka… dupa.

– Co chcesz pić na kolację?

– A co jest do jedzenia?

– Chleb z masłem, serem żółtym i pomidorkiem.

– Pomidorkiem?… A drożdżówka?

– Jest jeszcze kawałek.

– To zjem jeszcze i tę drożdżówkę z masłem i wypiję garnek zimnego mleka.

– Nie podgrzać ci?

– Nie. Wiesz, że lubię zimne. Nalej mi do metalowego garnuszka, tego białego.

– Wypijesz pół litra mleka, to nie będzie do kawy na śniadanie.

– Wypiłbym nawet cały litr, żeby tylko nie czytać tej głupiej „Balladyny". Bolek powiedział, że to jest bez sensu tak się zastanawiać, co tam jakiś poeta miał na myśli.

– No tak, Bolek teraz jest w liceum, to wszystkie rozumy pozjadał. Mogłeś się go spytać, czy on to mówi profesorowi od polskiego.

– Wiadomo, że nie mówi, ale taka jest prawda.

– Prawda? Ty z Bolkiem i prawda. A ona jest taka, że on miał zawsze dobre oceny i piątkę z polskiego, a tobie mówi to po to, żebyś tak robił, jakie on ma chwilowe widzimisię i był od niego gorszy.

– E, tam.

Nie ma już o czym gadać. Lepiej jedzmy kolację, no i tę mamy drożdżówkę, która jest najlepsza na świecie. Reszta, to jest tylko jedna wielka... Nie wiem, co mi się tak uczepiła ta... dupa. A może ja to słyszałem w telewizji?

Ciasto przesiąknięte mlekiem niczym gąbka dosięga słodyczą mojego podniebienia i niczego już nie pamiętam ani nie żałuję. Mogę nawet przebaczyć rudej.

Ojciec wraca tymczasem do domu. Nic nie mówiąc, robi jak zwykle swoje. Tylko mama od czasu do czasu zagadnie:

– Wygłodziłeś się. Ciężką mieliście awarię?

... Mycie, przebieranie.

– Taką sobie.

... Odgłos stawianych na palnikach kuchenki garnków z obiadem, a po chwili po mieszkaniu roznosi się miły zapach pieczeni i skrojonych w talarki odgrzewanych ziemniaczków na maśle.

– Gdzie byliście?

... I znów wsuwane pantofle na białych niczym mąka stopach taty. Rozkładanie talerzy i wędrująca chochla zupy pomidorowej z lanym ciastem.

– Za Miechowem.

Moja kolacja skończona. Odwracam się na krześle, żeby zapalić małą nocną lampkę z tłoczonym tekturowym abażurem w kolorowe wzorki, stojącą obok adapteru na maszynie do szycia. Odnajduję początek „Balladyny" i czytam.

Najpierw wszystko rozumiem, a później jakoś nic nie wiem, bo na to miejsce przychodzi mi do głowy widok wysokiego lasu i mnie z mamą i kuzynką, którą pytam, jaki to las, a ona odpowiada, a ja pytam, dlaczego „siurkowy", na co wszyscy wybuchają śmiechem i mówią, że się przesłyszałem, bo chodzi o świerkowy, a nie o siurkowy. Śmieję się i ja, a echo wszystko niesie i czuć zapach żywicy i igliwia, a z wysoko podciętych gałęzi spadają szyszki. No, ale czytam dalej... i czytam i znów chyba wszystko rozumiem.

…

PUSTELNIK

Młody,
Przeklinaj ze mną — oni klątwy warci.
Bogdaj doznali, co pomór i głody!
Bogdaj piorunem na poły pożarci,
Padając w ziemi paszczą rozdziawioną,
Proch mieli płaszczem, a węża koroną.
Bogdaj ! — Klnąc zbójcę potargałem siły,
Wściekłem się jako brytan uwiązany.
Bo też ja kiedyś byłem pan nad pany,
Stutysięcznemu narodowi miły,
Żyłem w purpurze, dziś noszę łachmany;
Muszę przeklinać. Miałem dziatek troje,
Nocą do komnat weszli brata zbóje,
Różyczki moje trzy z łodygi ścięto!
Dziecinki moje w kołyskach zarżnięto!
Aniołki moje!... wszystkie moje dzieci!

Przerywam czytanie, bo przechodzą mnie po plecach ciarki, a i ktoś dzwoni do drzwi. Tata z powrotem nakłada na siebie na wpół już zdjętą flanelową koszulę, po czym idzie do drzwi wejściowych. Ciekaw jestem, kto to przyszedł, ale nie wstaję z krzesła. Przyglądam się tylko wszystkiemu. Po chwili, jak tata zaczyna się mocować z klamką, jakby coś dziwnego stało się z drzwiami, bo tylko kilkanaście centymetrów udaje mu się je uchylić, próbuje zajrzeć, co je z drugiej strony przytrzymuje. A te nagle zatrzaskują mu się przed nosem. Zdumiony wybiegłem do przedpokoju, a zdesperowany ojciec po kilku powtórzeniach tej sytuacji zapiera się nogą o futrynę i silnie zaczyna pociągać, a na korytarzu rozlega się okrzyk, i … oto tata urywa klamkę, sam z impetem lądując w ubraniach wiszących na wieszaku. Za moment wszyscy byliśmy na korytarzu, gdzie w drzwiach naprzeciwko stał trzymający się za głowę Śmigalski z jedzącą na obiad kilo kotletów żoną. Od pewnego czasu z nieznanych mi powodów nie zauważaliśmy nawzajem swojej obecności, no ale teraz nie można było uniknąć wyjaśnień, skąd to zamieszanie.

– Chcieli mnie zabić, i tacy świętojebliwi – zaskomlał wychudły stary zrzęda.

– A co ma znaczyć ten sznur? – nie pozostał mu dłużny tata, podnosząc z posadzki klamkę.

– Ktoś nas powiązał – powiada mama.

Na to Śmigalska z wściekłością, zrywając koniec sznura ze swojej klamki, obraca się na pięcie wraz z mężem i trzaska drzwiami.

Nie mogę sobie darować, że to nasza klamka się zerwała a nie Śmigalskich. Już sobie wyobrażam, jak się cieszą z tego powodu, aż się im podbródki i brzuchy z radości trzęsą. Choć też jakby nie było, to tamten, a nie nasz tata oberwał drzwiami. No i dobrze, niech nie będą znowu tacy ważni.

– Jak bym wiedziała, co to za idiota drzwi powiązał, to chyba bym mu łeb rozwaliła – mówiąc to, mama wraca do swych wieczornych zajęć.

Tymczasem tata zdążył wyszukać odpowiedni gwóźdź w jednej ze swoich metalowych puszek, założył na powrót klamkę, i wszystko się uspokoiło i wróciło do balladynowego stanu. Ponownie się z nią męczę, bo nigdy nie słyszałem na lekcjach historii ani o Lechu, ani o Popielu, no z wyjątkiem tego, którego zjadły myszy. Z lekcji religii też wiem, że Trzej Królowie chyba wędrowali po Palestynie, a z lekcji geografii, że ona leży w Azji i nie jest możliwe, żeby zaszli aż do Polski. Przecież nie mieli wtedy nawet rowerów. Czyli to wszystko jest to taka sobie bajka, no a jak bajka, to postaci są baśniowe. Dlaczego pani nam kazała odróżniać w bajce rzeczy baśniowe od legendarnych i realnych? Przecież to ja jestem realny, a nie Kirkor, którego nie spotkałem ani o którym nigdy wcześniej nie słyszałem.

Przerywam na chwilę czytanie, bo oto właśnie doznałem jakiegoś objawienia. Sam się sobie dziwię, że to wszystko mi tak ładnie przyszło do głowy, choć dziwnie ulotnie i jakby mi ktoś kazał o tym powiedzieć, to nie wiem, czy bym potrafił.

– Staszek, zostaw już to czytanie. Lepiej sobie oczu nie psuć. Dzień jest najlepszy do tego. Nie musisz za dnia się za piłką uganiać, tylko czytać. Chodź się myć i do spania, bo tata jest zmęczony i jutro znów idzie rano do pracy – powiada mama.

– Jeszcze chwilę. Tylko skończę o tej Alinie i Balladynie.

Bo to ja przecież jestem Kirkor i przyjeżdżam do chaty, w której mieszka Marysia Śląska i Grażyna Podlaska. Mam sługę i dogaduję się z wdową, że obie pójdą do lasu na maliny. I tak się dzieje. One zbierają, a ja je podglądam. Obie są nagie, bo jest bardzo gorąco…

– Mówiłam ci, żebyś szedł się myć, bo woda jest zagrzana.

– Ty zawsze musisz mi przeszkodzić w najważniejszym momencie. Jak dostanę dwóję z polskiego, to będzie przez ciebie – mówię zły, bo mama znów mi przeszkodziła, a już wszystko widziałem jak na ekranie telewizora.

– Coś mi się nie podobasz. Czyżbyś ty już tej dwói nie dostał?

– No chyba że od ciebie, za niemycie się o dziewiątej. Idziemy spać z kurami.

– Dobrze już kogutku, dobrze.

Spanie, spanie i spanie – to przecież też taka wielka dupa.

No właśnie, spanie to jest strata czasu, chyba że się coś miłego przyśni. Wtedy spać warto. Od czasu do czasu śni mi się, jak latam i nawet idzie mi to coraz lepiej, a zwłaszcza jak mnie ktoś goni. Często w ostatniej chwili mu umykam, wznosząc się wysoko. Widzę wtedy ludzi, domy, ulice i drzewa z góry. Jest też niekiedy tak, że lecę nad jakąś brązowo-brunatną skalną pustynią, gdzie nie ma ani żywej duszy. Tylko ja sam szybuję niczym ptak w błękicie nieba i wtedy mi się wydaje, że właśnie to jest moje królestwo. Jestem wtedy taki wspaniały i całkiem wolny, a niekiedy nawet skaczę z wysokich skał i nic mi się nie dzieje, bo na dole jest miękki jak puch piasek albo nawet kołdra.

– Kudłaty, nie udawaj, że ćwiczysz. Wyprost! Raz, dwa, trzy…

Jak ja nie lubię takiej prostackiej gimnastyki. Kiedy wreszcie będziemy robić coś innego?

– Kwik, pełne skłony, pełne robimy, bo przyleję w dupę. Raz, dwa, trzy, wyprost. Raz dwa, trzy, wyprost.

Co za dureń. Wydaje mu się, że jest najważniejszy na świecie, a to dlatego, że kiedyś pokazał nam złoty medal zdobyty przez Komara na Igrzyskach Olimpijskich w Monachium. Poza tym popisywał się, ćwicząc na drążku. Ja jestem zwolniony z ćwiczeń na przyrządach, ale nie chcę o tym myśleć i tyle. Ja też powiem „dupa".

– No to w dwuszeregu zbiórka! Co jest z tobą, Pańpuch. Chcesz, żebym cię wysłał na korekcyjne ćwiczenia z panienkami? Stawaj w szeregu żwawo. No tak, jako tako. Dzisiaj, choć żeście na to nie zasłużyli, dam wam pograć w piłkę ręczną.

– Hurrraaa!

– Spokój! Nie skończyłem. Będę musiał wyjść na chwilę, dlatego musicie się zachowywać w porządku i jak należy, bo jak wrócę i będzie coś nie tak, to dam, nie dość, że pałę, to jeszcze taki wycisk na następnych lekcjach, że na pewno to popamiętacie. No i koniec do końca roku szkolnego z grą w nogę. Nie kopać piłki, gramy tylko jedną. Nie opuszczać sali gimnastycznej, nie wspinać się na drabinki i nie otwierać okna, nie krzyczeć. Zrozumiano?!

– Taaaak!

– No, zobaczymy. Teraz wytypuję dwóch spośród was do wybrania swoich drużyn, a zarazem odpowiedzialnych za dyscyplinę w swoim zespole. Barczyński i Cholewka, wystąp!

No i zaczyna się wybieranie, tak by nikt nie został, choć i tak jeden musi, bo jest nas nie do pary. Wprawdzie w klasie jest nas 18, ale garbaty Niedziela jest z gimnastyki całkiem zwolniony. Akurat do gier jestem wybierany na końcu, wraz z Pańpuchem i Siedlakiem. Na rezerwie pewnie będzie Lipka.

I tak też się dzieje. Gram na bramce w drużynie Cholewki i też na obronie, zmieniając się z małym Kozłem. Na przeciwko mnie gra Pańpuch, który zaczyna mnie zaczepiać, gdy nauczyciel po chwili przyglądania się naszej grze, opuszcza salę gimnastyczną. Zdziśkowi Kudłatemu, Tomkowi Płatkowi, Cholewce i Barczyńskiemu idzie gra najłatwiej, bo są wysocy i wygląda na to, że oni wyłącznie między sobą rozgrywają piłkę, choć reszta próbuje z zapałem i gorliwością tamtym dorównać, a nawet niekiedy faulując któregoś z nich, naraża się na docinkę lub upomnienie, że jak się to powtórzy, to dostanie po pysku. Nikt się jednak tym nie przejmuję, bo jak gra, to gra i tyle. Nie trwa to jednak zbyt długo, bo też się wydaje, że tak naprawdę to my tylko czekamy, aż sobie nauczyciel wreszcie pójdzie. Pierwszy daje temu wyraz Jacek Bratkowski, który nikogo się nie boi, bo ma dwóch starszych braci i nawet pali fajki. Dając znać ręką, żebyśmy zwyczajnie grali, podchodzi do drzwi i zaczyna filować przez dziurkę od klucza, a potem jeszcze się upewnia, że nauczyciela tam nie ma, ostentacyjnie uchylając drzwi. No i wszyscy już wiedzą, że gramy w nogę, a na czatach stoi rezerwowy – Lipka. Drużyny pozostały i bramki, a zmienia się tylko dyscyplina.

– Deyna, proszę państwa, Deyna, ... Lubański!... – no i wykopał piłkę Oślizło, czyli ja, co mu się wcale nie podoba, bo on przecież trenował w klubie.

Ale stało się coś dziwnego, bo oto ja niechcący również strzelam tym wykopnięciem Pańpuchowi gola, co sprawia, że nikt nie krzyczy z zachwytu, ale nastaje jakieś dziwne zdumienie. Oczywiście ja też jestem zaskoczony, a nawet już po chwili udaję, że tak być powinno i przechwyciwszy piłkę, krzyczę:

– Banaś! To Banaś podaje do Cholewki – który jednak zamiast biec do przodu, odwraca się do mnie i mówi:

– Chcesz w pysk?

– Nie chcę, grajże – odpowiadam.

– Po nazwisku, to po pysku – odpowiada, po czym dostaje inną piłką w głowę od Płatka, co wzbudza śmiech i powoduje, że z całej siły i ja kopię piłkę w kierunku bramki Pańpucha. Ten robiąc jakieś dziwne figury, by się od kolejnego strzału obronić, sam wpada do bramki. Ale przeciwnicy nie dają za wygraną i już nikt nie gra, ale wszyscy z każdej pozycji bombardują Pańpucha. Na parkiecie skądś znalazły się kolejne piłki i w ten sposób rozszalała się kanonada. Wszyscy strzelają gdzie popadnie. Po chwili odnoszę wrażenie, że to nie ma sensu, bo dostaję silne kopnięcie i dlatego schodzę z boiska.

– Co, straciłeś jaja? – krzyczy do mnie z radością Pańpuch, a sam za chwilę otrzymuję strzał piłką w głowę.

Patrzę, by tylko kolejny raz nie oberwać.

– Chłopaki, Renówa idzie – w pełnej chwili stłumionym głosem krzyczy Lipka.

Teraz następuje szał zacierania śladów i udawanie grania w rękę. Każdy wraca na poprzednie pozycje, a piłki odlatują w stronę pomieszczenia ze sprzętem, od którego nauczyciel zapomniał klucza, zostawiając go w zamku.

Drzwi się otwierają, a my udajemy, że zwyczajnie gramy i że zawsze tak było.

– Co się tu wyprawia!?

Ktoś mówi:

– Gramy.

– Tak, gramy w pici polo, aż nas słychać w całej szkole! Co się tutaj dzieje do kurki nędzy?! Barczyński, Cholewka!

– Gramy przecież w rękę, proszę pana.

– Chyba w bambuko, a nie w piłkę ręczną. Co ta druga piłka tam robi? Dobra, dobra, Kwik, nie wpychaj jej pod ławkę. No tak, jednej piłki wam za mało? Dawać tu tę piłkę… Nie nogą, gdzie nogą, nie wiesz, że to piłka do siatkówki? – po czym ją wrzuca do pomieszczenia ze sprzętem i zamyka drzwi na klucz. My tymczasem bezładnie stoimy, podpieramy drabinki albo nawet boki.

– Kto pozwolił tutaj nos wsadzić. Spróbujcie mi jeszcze raz zrobić jakiś numer. Macie grać nie wydzierając się i bez żadnych jaj. Zrozumiano!?

– Tak jest! – wszyscy odpowiadają, a ja tylko udaję.

– … obywatelu generale! – dodaje Pańpuch, wyskakując jak Filip z konopi.

– Pańpuch, pała. Ja ci porobię sobie jaja. Na następnej lekcji będziesz robił pompki. Masz szczęście, że teraz nie mam czasu – i zwrócił się do wszystkich – i żeby mi była cisza.

No i poszedł sobie, a z kozła w kącie zeskakuje Lipka, mówiąc:

– Ja to wszystko kamerą nakręciłem i jutro będziemy w telewizji.

Gramy dalej, a Pańpuch się mnie dalej czepia i to do czasu, jak się rozlega dzwonek, co kończy dzisiejszą lekcję WF-u. Przegraliśmy, no bo ja nie strzeliłem już bramki, ale następnym razem na pewno im dokopiemy.

Nagle dostaję piłką w plecy i przestaję już wiedzieć, co się dzieje. Odwracam się i zaczynam biec za rechoczącym Pańpuchem, aż go wreszcie dopadam przy materacach. Popycham go z całej siły, ale on się wywija i odpłaca mi tym samych. Łapiemy się raz za ręce, raz za koszulki, które zaczynają pękać. Usiłujemy w sobie tylko znany zapaśniczy uchwyt złapać przeciwnika.

– Ty zasrany grubasie! – krzycząc, łapię go wpół jedną ręką, a drugą próbuję zrobić to samo, ale nie udaje mi się, bo ten tłuścioch wciąż się wywija.

– Jaja ci urwało! – odgryza się to grube prosię, z którym padamy na podłogę w zwarciu, aż jęknął.

Dla mnie upadek jest łagodny, bo padam na niego i dlatego próbuję go przydusić. Udaje mi się nawet siąść na nim okrakiem i do tego podskoczyć sobie jak na koźle. Kwiknął jak świnia i złapał mnie uwolnioną ręką za włosy. Czuję, że zwariuję, ale wbijam mu palce pod pachę i zaczynam łaskotać. Puszcza moje włosy i zaczyna się rzucać i kwiczeć teraz już jak zarzynane prosię.

– Poddajesz się, grubasie?

– Bezjajowemu Kwikowi nigdy się nie poddam.

– To zaraz cię rozłożę na łopatki – co po dłuższej walce mi się udaje.

– I tak się nie poddaję. Poczekam jak przyjdzie Renówa, to oberwiesz pałę.

Czuję się wygranym, choć nie zwycięskim. Nie mam już pojęcia, co z tym Pańpuchem mam zrobić i nawet nic więcej mi się już nie chce.

– Nie czepiaj się mnie więcej, ty pierdolona świnio, bo ci następnym razem dam po tym świńskim ryju – mówię, po czym schodzę z grubasa i kieruję się do szatni.

On idąc za mną, kwiczy, naśladując nazwisko. Myślę sobie, że ktoś musi być mądrzejszy, bo przecież nie mogę zabić takiego buca, choć nieraz bym wolał, żeby kogoś takiego naprawdę nie było.

Dziś mamy jeszcze muzykę w klasie z pianinem na parterze. Dołączyły do nas dziewczyny, które wcześniej miały prace ręczne. Podchodzę do Marysi Śląskiej, która z Grażyną Podlaską prowadzi szkolny sklepik i pytam:

– Nie masz dzisiaj zamiaru kupować oranżady do sklepu?

– A co, chcesz się urwać z lekcji?

– Nie... – mówię i jakaś ręka kładzie mi się na ramieniu.

– Zamiast się urywać, odróbcie razem lekcje – słyszę nad sobą głos Sroki i zaskoczony spoglądam na jej rude włosy. – Poza tym nie stójcie w przejściu, kiedy cały korytarz jest pusty.

Postąpiliśmy krok odruchowo, a ona poszła sobie. Ja przez chwilę stoję z wrażenia oniemiały, jakby mnie przyłapano na gorącym uczynku.

– No to wpadłeś jej w oko, masz pewne pytanie.

– Przez tę „Balladynę" dostałem już jedną pałę. Czego ona znowu chce?

– Jutro dostaniesz drugą, bo nas po oranżadę z lekcji polskiego nie zwolnią, to nie lekcja wychowawcza. Tylko na lekcjach z wychowawczynią możemy się urwać.

– A ty czytałaś tę „Balladynę"?

– Czytałam i dziś przeczytałam.

– Słyszałaś? Może byś mi pomogła napisać...

– Zastanowię się i powiem ci po lekcji. Bemol już idzie.

I tak już nic nie słychać, bo woźny nacisnął dzwonek, który akurat wisi tuż nad naszymi głowami. Dziwnie jestem przy niej onieśmielony. Co w tym jest? Żadna dziewczyna na świecie tak na mnie nie działa jak ona. No i jak ja nienawidzę tego gnojka w okularach i z bakami, który ledwie dzwonek przebrzmiał, już drzwi kluczem otwiera i stając przy nich, wpuszcza nas do klasy, co żaden z innych nauczycieli nie czyni. Nawet ta klępa od fizyki. Teraz tylko czekam na Marysi zdanie i nic a nic więcej mnie nie obchodzi, a co dopiero jakieś tam śpiewanie. Poza tym mogę sobie na to pozwolić, bo i tak dwói na koniec roku z muzyki nie dostanę. Ale to Bemol sam sobie winien. Przecież to przez niego od szóstej klasy ten przedmiot mnie nie obchodzi.

Wtedy biegłem korytarzem na drugim piętrze, gdzie przy klasie tuż przy schodach stała 8a z Wackiem Białkiem. W ostatniej chwili zauważyłem Bemola wychodzącego zza grupy, który się gdzieś śpieszył. Byłem w pantoflach i mimo że się zatrzymałem, wpadłem na niego, ślizgając się po posadzce. Ten wywinął ręką, uderzając mnie w twarz, i nawet się nie obejrzał, tylko poszedł dalej. Ja się wtedy przestraszyłem, że ktoś to zauważył, dlatego udałem, że nic się nie stało, bo mnie to wszystko tak oszołomiło, że nawet nie wiedziałem, co robię. Obserwowałem później kolegów i Wacka, czy wiedzą coś o tym, ale niczego nie zauważyłem. Postanowiłem nikomu o tym nie mówić, żeby się nie śmiali ze mnie. Natomiast co do Bemola, to choć bałem się iść na następną lekcję, a może i jakoś wstydziłem, to jednak poszedłem i nawet patrzyłem na niego z pogardą. On to chyba nawet zauważył, bo w pewnym momencie chciał, żebym zaśpiewał jakąś zwrotkę. Ja wtedy wstałem i patrząc mu w oczy, powiedziałem, że nie umiem. Umiałem, ale musiałem nie umieć, bo tak mi się wydawało najlepiej. On wtedy się dziwnie zmieszał, poprosił, żebym się nauczył i wcale nie postawił mi dwói, czego nigdy nie robił. Wtedy postanowiłem, że tej zwrotki ode mnie nigdy nie usłyszy i w klasie nie usłyszał. Kiedyś na korytarzu zaśpiewałem fragment za jego plecami. Nie zareagował, ale na pewno słyszał, bo ma dobry słuch. No, przecież jest „Bemolem". Ale nie dość że dwói za to nie dostałem, to od wtedy jeszcze za inne rzeczy mi jej nie dawał. Wystarczy, że tylko na niego w pewien sposób spojrzałem, a ten zaraz z bemola zmienia się w krzyżyk, swoją decyzję tłumacząc tym, że nie wszyscy muszą być Kiepurami. No i tak w szkole zakończyła się moja przygoda z muzyką i wcale z tego się nie cieszę, bo mi się wydaje, że to wszystko jest niesprawiedliwe i jakieś bez sensu.

No i wreszcie koniec Bemolowego plimpkania na pianinie, bo dzwonek dzwoni na wiwat ostatniej dziś lekcji. Wszyscy się czym prędzej uwijają, by jak najszybciej wyjść tylko za drzwi klasy, a niektórzy nawet pędem ruszyć do szatni z okrzykami radości. Ja udaję, że zbieram przybory, że długopis mi spadł pod ławkę, ale kątem oka spoglądam w stronę Marysi, która wreszcie kieruje się w stronę wyjścia. Nogi mi trochę drżą, a w pewnym momencie nawet się boję, że wszyscy wyjdą, a ja zostanę tylko z Bemolem. No to pędzę za nią i znów się zatrzymuję, bo teraz idzie z Grażyną. Patrzę na jej niebieski krótki fartuszek i te jej nogi, to znów na ciemne włosy spięte jak u żadnej innej i to w dwa kucyki po obu stronach głowy. Jest wreszcie sama. Podchodzę do niej z duszą na ramieniu i pytam:

– No to jak, Marysiu, zastanowiłaś się?

– Wpadnij o piątej do mnie do domu. Wiesz, gdzie mieszkam?

– Wiem, w którym bloku, ale nie wiem, pod którym numerem.
– Czterdziestym szóstym na drugim piętrze w trzeciej klatce.
– To fajnie. Będę na pewno… No to na razie.
– Cześć.

Jezu, mogłem nie aż tak dawać jej poznać, że mnie to podnieca. Ale i tak wolę, by mnie to nic nie obchodziło, no i stąd od tej chwili ja już nic nie rozumiem. Wiem dzięki temu tylko tyle, że jestem umówiony z nią na piątą. Wszystko jest jakieś inne, a sam nawet nie wiem, jakie, choć to coś mnie niesie i sprawia, że wszystko robię w lot i niezwykle sprawnie, choć nawet w pełni nie zdaję sobie z tego sprawy. I tak jest przecież cudownie.

No i dopiero co wyszedłem ze szkoły, a już jestem w domu, aby za moment już być po obiedzie i już dalej czytać tę „Balladynę", żeby przecież nie być zielonym, jak do niej pójdę. I wreszcie idę. Pewnym krokiem przemierzam ulicę, trzymając w ręce uszytą przez mamę z materiału zwiniętą torbę, w której mam długopis i zeszyt do języka polskiego. Skręcam w następną przecznicę, nawet kolegów widzę, którzy stoją na moście. Oni też mnie dostrzegają. Nie da się ich wyminąć, no to chcąc nie chcąc, w ich stronę się kieruję.

– Ty, patrz, jakie „dzwony"!
– Gdzie się tak odpieprzyłeś jak stróż w Boże Ciało?
– Gdzie idziesz?
– Do ciotki. Na imieniny.
– Na imieniny? Do cioteczki?
– Na ciasteczka? A gdzie ci starzy kupili takie porcięta?
– Na Stradomiu. No, ale się śpieszę. Już lecę.
– Zawijasz kiecę? Polo na wesoło.

Po czym naprawdę idę sobie, ale nie najkrótszą drogą, bo musiałbym od razu wejść na osiedle, a tamci gotowi iść za mną. Oczywiście z ciekawości gdzie ta moja ciotka mieszka, w którą pewnie i żaden z nich też nie uwierzył. Dlatego muszę iść drogą okrężną. Nic nie szkodzi, mam trochę czasu, bo wyszedłem na tyle wcześnie z domu, żeby mieć pewność, że się nie spóźnię. I nawet więcej, doznaję w tym dużej przyjemności i podniecenia, że ja do niej tak idę. Mam uczucie, że właśnie się coś ważnego dla mnie dzieje. Jakbym wchodził w nieznany mi dotąd świat, a przecież to tylko następna ulica i dom, w którym mieszka Tur. Przyśpieszam kroku, żeby przypadkiem znów nie spotkać kogoś, komu przyszłoby do głowy teraz wyjść z domu i mi głowę bzdurami zawracać. Nikt nie wychodzi.

Świat pięknie pachnie jabłkami, fioletowosinymi śliwkami i nawet pomidorami, z których wystarczy oderwać ogonek od owocu i zaraz unosi się ostry aromat. Pod tym zielonym kioskiem z owocami i warzywami w ostatni odpust strzelaliśmy z korków, które rozgniatane obcasami robiły taką kanonadę, że rodzice Tura przepędzili nas do diabła. No, ale śmiech pozostał i przypominanie Julka, który nie mogąc trafić w pocisk, kilka razy śmiesznie tłukł stopą o bruk, aż wreszcie wystrzelił, tyle tylko, że na samym końcu. Ale nie to przecież jest teraz ważne. Na tym rogu kiedyś bardzo fajnie mi się z Marysią rozmawiało. Jakoś wtedy wszystko mi wychodziło. Byłem dowcipny i mówiłem mądre rzeczy. Chciałbym tak zawsze, nie wiem dlaczego, ale jakoś rzadko mi tak wychodzi. A tutaj już jest po lewej stronie osiedlowa kotłownia, za którą ulica zakręca w lewo, a wzdłuż niej po prawej stronie ułożono bokiem z klocków czteropiętrowe bloki w kolorze cementu. Szarość i wilgotność wieczoru sprawia, że gdzieniegdzie świecą się już światła. Próbuję odgadnąć, które okno jest Marysi, ale żadnego nawet najmniejszego znaku w którymkolwiek dostrzec niepodobna. Na razie pozostała mi tylko wyobraźnia i chęć jej ujrzenia. No tak, ile oni mają tutaj klatek. U nas w domu jest tylko jedna, a tutaj pierwsza, druga, a może tamta to ostatnia. Muszę wejść do pierwszej lepszej, by zorientować się po numerach. Odczytuję numer z pierwszych drzwi i czym prędzej wychodzę, mnożąc ilość pięter przez liczbę na nich mieszkań, choć wcale nie muszę, bo już wiem, gdzie jest jej mieszkanie. W następnej klatce. Ciekawe, czy czeka na mnie i czy się jakoś przygotowała. A może zapomniała i gdzieś sobie poszła? Przez chwilę ogarnia mnie niepokój, dlatego idę pośpiesznie sprawdzić to na piętro. Wreszcie są drzwi z jej nazwiskiem. Z uciskiem w krtani naciskam dzwonek i zamieram. Cisza. Tylko gdzieś na piętrze ktoś tłucze się garnkiem, a gdzie indziej słychać włączony telewizor. Może to u niej i może właśnie to ona go ogląda i nie usłyszy dzwonka. Chcę myśleć, że właśnie tak jest. Patrzę na zegarek, jakbym chciał się o czymś przekonać, znaleźć w nim czegoś usprawiedliwienie, ale niczego takiego nie znajduję. I nagle zdaję sobie sprawę, że oto właśnie jest teraz punktualnie godzina umówionego naszego spotkania. Poczekam chwilę, podobno należy się jej piętnaście minut. Ale co będzie, jeśli nie przyjdzie? Jak się będę tłumaczył, gdy spotkam kogoś z klasy, a ich może tutaj być pełno. Co powiem, po co tutaj wlazłem i czego szukam? Będzie w szkole gadanie. Lepiej nie myśleć. Dzwonię ponownie i czekam tak, jakby mnie na korytarzu wcześniej nie było. Zaczyna mi być trochę przykro, ale nie mam na to czasu, bo ktoś właśnie wszedł na dole do klatki. Najpierw mam ochotę uciec piętro wyżej, żeby nikt nie wiedział, że ja tutaj stoję przed drzwiami, ale po chwili już się wstrzymuję, bo przecież nie robię nic złego. Wychylam się za poręcz i czekam, aż potrafię dostrzec, kto idzie. Jezu, to przecież ona. Zrywam się do drzwi i kasząc, naciskam jakby nigdy nic dzwonek i udaję, że dopiero przyszedłem.

Wiem, że już jest za mną. Marysia mówi za moimi plecami, a pode mną się niemal nogi uginają, choć nie daję tego poznać po sobie.

– Tu jestem, a ty już przyszedłeś? Przepraszam, że się trochę spóźniłam, ale musiałam na chwilę wyjść – dźwięczy jej cudownie przyciszony i zarazem wyraźnie brzmiący głos, a szczególnie przy świszczących głoskach.

A ja się odwracam i udaję zaskoczenie.

– Marysia?! Właśnie dzwonię… – odpowiadam i jestem mimo wszystko na jej widok zmieszany.

– Widocznie jeszcze rodzice nie wrócili. Zjawią się za chwilę – mówiąc to, wkłada klucz do zamka.

Żeby tak nie wrócili za tę chwilę, ale za jakąś następną, to będziemy dłużej sami.

– Może poszli sobie do kina – powiedziało mi się i też zabrzmiało jakoś głupio.

– Kina?… Rzadko chodzą do kina.

– Ja dostaję od mojego ojca chrzestnego od czasu do czasu bezpłatne bilety, to jak byś miała ochotę…

– Nie mam ochoty. Dzisiaj mamy odrobić lekcję z malin – odpowiada, wprowadzając mnie do swojego małego pokoiku z dwoma fotelikami pod oknem i niewielką ławą z szybą, pod którą umieszczone są widokówki.

Dziwią mnie trochę te maliny, ale przyjmuję to jak jakieś tajemnicze wyzwanie i ciekaw dalszego ciągu siadam czym prędzej na wskazanym mi miejscu, by móc się jej lepiej przyglądać. Jest to widok, którego wydaje mi się nigdy nie miałbym dosyć. Poza tym takich Marysieńki policzków, dwóch rumianych jabłek, nigdy dotąd nie widziałem.

– Ja lubię nieraz słuchać w radiu słuchowiska. Ostatnio było takie w odcinkach, które mi się podobało. Był tam taki facet, który się wychował jako biedny sierota, i piękna dama z arystokracji. Wiesz, oni się kochali, ale nie mogli być z sobą. Dlatego on musiał zdobyć wykształcenie i zasłużyć sobie na jej rękę. Ale jeśli już to mu się udało, to zauważył, że ten świat wcale nie jest taki piękny, jak mu się wcześniej wydawało. I wiesz, co zrobił?

– Co?

– Specjalnie się utopił. Płynął i płynął tak głęboko w morzu, żeby nie zdążyć wypłynąć na powierzchnię.

– To jakiś głupek. Przecież miał dziewczynę, którą kochał.

– Nie wiem, ale tak mi się wydaje, że to był taki szlachetny człowiek.

– No to w takim razie pisz, bo nie przeczytałeś „Balladyny"... Ale zamierzasz?

– Tak, tak! Czytam właśnie – mówię prędko.

No i piszę, i piszę, a Marysia dyktuje i dyktuje. Nie chcę tracić czasu i zerkam na jej gładkie kabaczki. A gdybym ją tak poprosił, żeby mi pozwoliła pocałować malinkę.

– Piszesz?

– Tak, oczywiście – potwierdzam, pokazując zeszyt.

– ... Baśniowymi postaciami w „Balladynie" są, dwukropek, Goplana, Skierka i Chochlik...

Ona nawet nie wie, jak pięknie porusza tą malinką, wymieniając Chochlika. Jestem twoim chochlikiem, Marysiu. Odczuj to i stań się chochlikową. Spoglądam w jej borówki i dziwię się, bo przecież czuję zapach poziomek.

– Napisałeś?

– Napisałem...

– No to dalej. Balladyna jest leniwą i złą córką i siostrą Aliny...

Ty jesteś jak Alina, choć piękniejsza od niej tysiąc razy. Może to dla mnie ubrałaś tę krótką spódniczkę z czegoś przypominającego zmarszczoną skórę i dla mnie poruszyłaś kabaczkiem. Powinienem widzieć również twoje... twoje gruszki, które chowasz pod niebieską bluzką we wzorki. Muszą być takie słodkie i soczyste. O Chryste, byleby tylko nie zauważyła... Jakie one mogłyby być słodkie.

– Nie wierć się, tylko pisz dalej... Na czym żeśmy to skończyli?

– ...brunetką o alabastrowej cerze, hebanowych oczach i długich czarnych włosach...

– Tak, natomiast Alina była blondynką smukłą, zgrabną.

Piszę, ale wiem, że to nieprawda. Ty wyglądasz jak Balladyna, a charakter masz Aliny.

– …ale ostatecznie dobro zwycięża nad złem i Balladyna ponosi zasłużoną karę. Koniec – i Marysia wydaje się jakby skończyła odgrywać jakąś rolę.

– … Balladyna ponosi zasłużoną karę – powtarzam, zapisując ostatnie wyrazy zadania domowego.

Szkoda, że to już. Jeszcze bym coś przy niej popisał. Jakoś to szybko zleciało.

– Widzę, że zbierasz widokówki – mówi mi się.

– Nie wiem, czy zbieram. Te mi przysłano, to je dałam pod szybę.

– Mam takie składanki, chyba po dziesięć w każdej z Pragi, Budapesztu i Starej Zagory. Przyniosę ci kiedyś.

– Jak chcesz, choć ja nie jestem kolekcjonerką – odpowiada, po czym dzwoni dzwonek do drzwi.

No nic, muszę się chyba zbierać, bo pewnie rodzice nadchodzą.

– Odrobiłaś już polaka?

– Na razie ze Staszkiem. O, masz nowe pończochy?

– Podobają ci się? – odpowiada Grażyna Podlaska, obracając się przed lustrem w przedpokoju, akurat kiedy ja staję w drzwiach pokoju.

– Masz słaby mięsień krawiecki uda – popisuję się ze złości, że przyszła.

– To za mało, by dostać detę z „człowieka".

– Wspomnę jeszcze o przeponie i wystarczy… – dodaję blond Grażynie, po czym spoglądam na Marysię.

O Jezu. W świetle przedpokoju widzę, że te Marysi policzki, ten kształt twarzy jest mi znajomy z posągu. Teraz rozumiem to, co mnie zdumiewało od dłuższego czasu, a nie mogłem znaleźć tego przyczyny. Jej twarz jest podobna do kościelnej Madonny przy bocznym ołtarzu, pod którą stoję od małego. Nie, teraz gdzieś została już przeniesiona po rozbiórce starego kościoła.

– To ja już polecę – mówię oszołomiony i czym prędzej nakładam buty.

– To leć, tylko uważaj na schody – odgryza się Podlaska.

– No to do jutra. Dzięki.

– Cześć.

I drzwi się za mną zamknęły, a ja żałuję, że wyskoczyłem od Marysi jak Filip z konopi.

W tym roku w szkole siedzę w pierwszej ławce od okna z Markiem Cholewką. On dlatego, że jest łobuz, a ja dlatego, że jestem mało grzeczny i jakoś ostatnio słabiej widzę (choć okularów nie noszę), a także podobno dla wychowawczyni jest lepiej, żebym był na oku. Zawsze jedno i to samo. Podobno już od pierwszej klasy wiercę się w ławce, jakbym miał owsiki. I tak sobie myślę, co też te nauczycielki ode mnie chcą i czego jeszcze nie wymyślą z jakimiś owsikami. Przecież jakbym chciał, to dawałbym w kość jak Bratkowski albo zbierał dwóje jak Barczyński, który został w ósmej klasie. Nie wspomnę już Cholewki, który podgląda nauczycielkę od wychowania obywatelskiego, kładąc odpowiednio lusterko na trampka. Ale to już przecież jej wina, że się pod stołem rozkracza i do tego jeszcze opiera na nim swoje wielkie cycory, kogoś przepytując. W ogóle, to jakaś dziwna z niej baba.

Całkiem inna jest nasza Sroka od polskiego. Wygląda jak dama, z głową przesunięta do tyłu i o lekkich, choć bardzo stanowczych ruchach. Ma pociągłą, szczupłą twarz w okularach i spięte ciekawie rude włosy, których kosmyki opadają na naprawdę małe uszka. Prawie takie jak mama gotuje na święta.

– No to Kwik, czy wreszcie przeczytałeś tę „Balladynę"? – zapytała i zaczyna przeglądać mój zeszyt.

– Przeczytałem – oznajmiam pewny siebie i wstaję.

– No to jaka ona była, ta Balladyna.

– Była piękną dziewczyną o alabastrowej cerze i oczach jak borówki. Była pracowita i szlachetna.

– Pewien jesteś tego, że dokładnie przeczytałeś zadany fragment dramatu?

– Oczywiście. Obie z Aliną poszły do lasu na maliny, bo tak im kazała matka.

– W jakim celu miały zbierać te maliny?

– Chodziło o to, że ta będzie żoną Kirkora, która więcej nazbiera malin, naraz. No i nic, wszystko się kronikarzowi pomyliło – coś przemówiło przeze mnie, a po klasie przeszedł szmer śmiechów.

– A może to tobie się pomyliło. Hm..., i kto to był tym kronikarzem?

Spojrzałem na Marysię i poczułem, że muszę walczyć, choć nie wiem dobrze, o co. No i znów coś zaczyna głośno przemawiać przeze mnie:

– Kronikarzem był ten sam, który się opił pod wierzbą, czyli Grabiec. Klasa ryknęła śmiechem, ale ja nie daję się zbić z tropu i kontynuuję:

– To Słowacki się opił i dlatego się schował najpierw pod Grabcem, a na końcu jako kronikarz. To są jego fantazje i wymysły. Nie potrafił być dobry dla Balladyny, dlatego zrobił z niej potwora. On tylko jak się opił widział tę Goplanę i Chochlika i nikogo więcej. Popielów wymyślił po to, żeby mu się przyśniło bycie królem.

Teraz klasa już całkiem ryczała ze śmiechu.

– Cisza!... W zeszycie napisałeś inaczej. To co, odpisałeś od kogoś?

– Od nikogo nie odpisywałem, ale co innego jest mówić, a co innego jest pisać.

– O, co innego? – zdumiona nauczycielka zamknęła zeszyt i złożyła ręce przed sobą – ale powinno się chyba mówić i pisać to samo na ten sam temat, a nie całkiem co innego.

– Ja nie wierzę, żeby tak zła i tak głupia była Balladyna i tyle.

– Mówisz jak rycerz, ale tu nie o ciebie chodzi, a o dzieło literackie, jakim jest dramat Juliusza Słowackiego. Dlatego Ania Meduza nam powie, jakie naprawdę były te siostry.

No i Meduza mówi, a raczej jak zwykle „wyszczekuje" to, co prawie wszyscy doskonale wiedzą: że jedna była dobra i jasnowłosa, a druga czarna i zła, i że dla Kirkora poszły zbierać maliny, i to jeszcze, że zła dobrą zabiła, aby dostać się do zamku i czynić dalsze złe rzeczy, a pustelnik umiał odkryć zbrodnię, która na koniec została wyjawiona, no i bohaterka poniosła zasłużoną karę.

– No, słyszałeś, Kwik? Tak powinna wyglądać odpowiedź na piątkę? Ty dostaniesz trójkę minus i to za tę oryginalność, no i że czytałeś „Balladynę". Nie wiem tylko, co mam myśleć o tym zadaniu domowym, które nie jest podobne do ciebie. Zrobiłeś tak mało błędów... Ale jeśli cię przyłapię albo kogoś w klasie na takim samym wypracowaniu, to obydwoje dostaniecie dwóję. Dlatego niech się przyzna ten, który dał Kwikowi odpisać, a wtedy wam podaruję.

Chwila ciszy, którą coś mi każe wypełnić, jakbym stawał do jakiejś walki na śmierć i życie.

– Od nikogo nie odpisałem i w ogóle..., to ja mam ciotkę, która jest córką Wyspiańskiego, a ten miał talent – coś powiedziało przeze mnie, czego się i przestraszyłem.

Szmer wśród kujonów i lizusów rozszedł się po klasie.

– Tak? No to jak się nazywa?

– Pani Helena Chmurska, no do tego też już nie żyje.

Klasa znów ryknęła śmiechem.

– Szkoda tylko, że ty nie przejawiasz żadnego z talentów mistrza. A teraz otwarte zeszyty na wypracowaniu na ławki, będziemy sprawdzać.

No i sprawdza, a ja już się cieszę, że nie muszę stać i być na świeczniku. Boję się tylko o Marysię. Do tego jeszcze nakłamałem z tą ciotką. Ale mam taką radość, że zrobiło to na wszystkich wrażenie. Żeby tylko Sroka przeszła i dała bez sprawdzania Marysi widziankę. Jest teraz pod koniec rzędu od ściany i za chwilę przejdzie na drugą stronę, gdzie na końcu siedzi Śląska z Podlaską.

Zdrowaś Mario, łaskiś pełna, Pan z tobą...
błogosławiony owoc żywota Twojego, Jezus...

Sprawdza... i ... nic! Przeszła. Jestem najszczęśliwszy na świecie. A Meduza?

– Tyś jest dupa. Tyś jest głupia, wyszczekana... zwykła dupa! – mówię głośno Meduzie, której właśnie złapałem spojrzenie.

– Kwik, ty coś mówiłeś? – dobiegł mnie głos Sroki, który nagle wyłoniła się gdzieś z końca klasowego gwarku.

– Kompletnie nic, proszę pani.

Jednak na tym się nie kończy. Zapisuje mi uwagę do dzienniczka i wzywa kogoś z rodziców. Tak, to dopiero jest wielka dupa.

Po szkole czuję się tak, jak nigdy dotąd. Wracam prosto do domu, nie zwracając najmniejszej nawet uwagi na kolegów. Nie powiem, żebym był zadowolony z wpisu do dzienniczka, ale to nie jest ważne względem tego, co powiedziałem na lekcji polskiego. Mam uczucie, że dotknąłem jakiejś tajemnicy, której się nieraz tylko domyślałem. Przecież gdyby było inaczej, to dostałbym dwóję. Dostałem trójkę minus pewnie dlatego, żebym nie sądził, że mam rację, i co dla innych w klasie nie może być zachętą do takiego myślenia jak moje. Przecież takie meduzy potrafią tylko lekceważyć takich jak ja, ponieważ nie przeczytały tego w książce od polaka. Wszyscy przy tym zbaranieli, ale tak naprawdę to ja jestem ciekaw, co to było, co przeze mnie tak przemówiło. Skąd mi to wszystko przyszło do głowy? Przecież wcześniej nie myślałem tak o tej głupiej „Balladynie". Ale też dałem im wszystkim popalić.

– No, poprawiłem dzisiaj dwóję z polaka na trójkę z „Balladyny". Daj mi obiad, bo zaraz idę do piwnicy rozbierać kontrę, bo muszę przed zimą nasmarować rower oliwą, którą mi tata przyniósł. O łańcuch też, tyle, że smarem... – mówię pełen zachwytu, wpadłszy do domu i rzuciwszy za drzwi torbę z książkami.

– To co, ty dostałeś dwóję?

– Nie..., przecież mówię, że tróję. Po co ja ci o tym mówię.

– To ja chodzę za książkami, a ty zbierasz dwóje?

– Wszystko ci powiem, kochana mamusiu – po czym rzucam się jej na szyję – tylko nie zrzędź, bo ja zwariuję. To było tak: przed tygodniem dostałem dwóję, a wczoraj przeczytałem całą tę „Balladynę" i poprawiłem tamtą dwóję na trójkę. Ja ci powiem, że będzie jeszcze lepiej, bo ja widzę, że nikt w klasie nie ma pojęcia o tej Balladynie, tylko tak naprawdę ja jeden. Teraz daj mi obiad, bo jestem głodny jak wilk, i pójdę naprawiać rower.

– No dobrze już, ale po co była ta dwója i dlaczego tylko trója?

– Ale tamta dwója już się nie liczy i została wymazana na razie trójką. Teraz już muszę myśleć o „nauce o człowieku", bo przerabiamy anatomię. Ale nauczyciel jest fajny i powiedział ostatnio, że pokaże nam jakiś film i w ogóle. Ale to nic, wiesz, dziś znów Pańpuch stał w kącie na fizyce i do tego jeszcze dostał pałę.

– No, a ciebie pani nie pytała?

– Nie, bo ja mam już czwórkę minus z ćwiczenia i plus trójkę z odpowiedzi.

– Masz tę zupę – mama stawia dymiący talerz z krupnikiem na kuchennym stole przede mną.

No to jem, żeby czym prędzej uciec do piwnicy. Przy kolejnej łyżce tata wraca do domu i jak zwykle kładzie w przedpokoju pod wieszakiem swoją teczkę, a ciemną marynarkę wiesza na wieszaku za pętelkę. Mama tymczasem już wyjmuje następne talerze, by przygotować mu obiad. On jak zwykle mało mówi po pracy tylko się przebiera i myje. Dawniej jeszcze przynosił jakieś delegacje i inne papiery do domu, ale mama mu powiedziała, żeby sobie z domu biura nie robił. No to nie robi. Teraz w zamian przynosi butelki od wódki, aby od czasu do czasu je myć i jeśli się uzbiera dziesięć, to wkłada je do teczki z paskiem i zanosi do skupu, żeby mieć kilka groszy.

Na drugie danie są naleśniki z serem, które prawie że połykam, po czym biorę klucz i biegnę do piwnicy, która mieści się w trzecim domu, w tym, w którym mieszkają Borowiny, Bolek z bratem i Janek z siostrą Joaśką. Nie wiadomo dlaczego, ale w naszym domu wszystkie piwnice po naszej stronie są zasypane i podobno do tego jeszcze jest tam coś zamurowanego. Ale to nie jest takie ważne. Ta, którą mamy, wystarcza nam w zupełności. Nawet gdybym miał jeszcze jeden rower, to z pewnością w niej by się zmieścił. Ale nie mam, bo tata mówi, że na razie ta „młodzieżówka" powinna mi wystarczyć. Przecież nie wybieram się na rowerze dookoła Polski, tak jak Wacek z „Długim" i innymi kolegami. Na jazdę do Tyńca, Miechowa, Doliny Bolechowickiej czy Pieskowej Skały przecież mi wystarczy. Lepszym, jakimś wyścigowym kolegi mogę się tylko przejechać. Na każdym, jak tata mówi, trzeba tak samo pedałować i o to przecież chodzi, a nie o szpanowanie, bo nawet jeśli nie, to wygodnie jest wsiąść do autobusu i też cię dowiozą na miejsce. Ale żeby jechać, trzeba smarować. Zanim jednak się to zrobi, należy wyczyścić cały rower, a następnie wymontowane części wypłukać w specjalnej oliwie. Mam do tego metalowy pojemnik. Muszę uważać w takiej sytuacji, żeby nie zaprószyć ognia, bo by mnie mogło poparzyć i w ogóle. Teraz do pojemnika z oliwą wkładam kolejno wymontowane z roweru części, począwszy od piasty, a na zębatce i mechanizmie kontry skończywszy. Na samym końcu, już po złożeniu kół, tylko przepłuczę łańcuch i nasmaruję go specjalnym łojem, żeby lekko chodził na zębatkach tarczy. Teraz nie muszę się już przejmować, że nie będę wiedział, która część idzie w które miejsce dlatego, że od pierwszego rozebrania roweru upłynęło już chyba ze 100 lat i nie ma nic dla mnie od tego prostszego. Wszystko się to robi po to, żeby usunąć stary smar, brudy i jakieś ziarnka piasku, które podczas jazdy mogą się dostać tam, gdzie nie trzeba. Trochę śmiesznie wygląda rower taki odwrócony na siodełku i bez kół, ale za to w piwnicy jest jak w prawdziwym warsztacie, a to jest poważna sprawa. Praca mechanika jest ważna, bo od niej zależy, czy sprzęt jest sprawny i to, czy będzie mógł być używany. Wiem o tym dobrze, bo kiedyś jak rąbnąłem w dziadka, który nagle wszedł przede mną na zakręcie, to mimo że się nikomu nic nie stało, to nie mogłem dalej jechać, bo kierownica z kołem się scentrowały. Musiało to wyglądać śmiesznie, bo tamten aż jęknął, a ja przeleciałem przez kierownicę. Do tego nie był to mój rower. Kiedyśmy się już z jezdni pozbierali, ja siadam na rower, a tu nie dość, że kierownica skrzywiona, to jeszcze koło mam pod sobą. Zsiadłem i kierownicę nastawiłem z miejsca, no i próbuję jechać, a tu się nie da równocześnie pedałować i skręcać. Do tego jeszcze zauważyłem samochód milicyjny, dlatego udaję, że ich nie widzę i zsiadam z roweru. Podszedłem z rowerem do wystawy sklepowej, niby że to idę do sklepu. Pojechali sobie, a kolega nawet się nie domyślił, że miałem kraksę na jego rowerze. Ale wszystko przez tego dziadka, który wszedł mi pod koła na samym zakręcie. Mógłbym go załatwić, mówiąc wtedy o tym milicjantom, ale i tak dostałoby się mnie nie jemu, bo przecież nie mam karty rowerowej. Mogłem mieć tę kartę, bo się wyuczyłem znaków drogowych i zasad ruchu, ale w dniu egzaminu sprawnościowego nie przyjechałem na swoim rowerze, bo dowiedziałem się w ostatniej chwili. Nikt nie chciał mi pożyczyć porządnego roweru. Podstawili mi jakiegoś grata, którym nie mogłem dojechać do pierwszej przeszkody z kosza na śmieci. Naciskam na pedały, a te przeskakują i za nic się nie da ruszyć, a nawet jak ruszyłem, to znów przeskakiwały. Spaliłem się ze wstydu i wściekłości, bo mieli ze mnie ubaw. Prosiłem egzaminatora, żeby mi pomógł pożyczyć jakiś rower, ale tego to nic nie obchodziło i kazali próbować następnemu. Ten tor to była taka łatwizna, że trudno byłoby go nie przejechać, dlatego wszyscy się ze mnie śmiali, choć wiedzieli, że to nie jest moja wina i rower też nie mój, bo na wiosnę wielu z nich było na majowym rowerowym capstrzyku. Ale to nic, niech się wypchają, po co mi karta, jeśli tyle, co rowerzyście potrzeba, to uważam, że mi jest znane i potrafię co trzeba.

No, teraz tylko zakręcić kluczem koła, naciągnąć odpowiednio łańcuch i go nasmarować, a potem przetrzeć jeszcze ramę szmatką i tyle na dzisiaj. Muszę przyznać, że jestem z siebie zadowolony. Silnie dociskam klucz, by mocno trzymało się koło, nie tak jak razu pewnego, kiedy to zakręciłem je tylko palcami, o kluczu zapominając. Ledwie usiadłem na rower, chcąc wjechać na ścieżkę obok basenu, poderwałem kierownicę i spadłem na widełki. Ubaw był niemały, ale nie przyznałem się w domu, bo byłoby zrzędzenie na temat, co by było, gdyby się to stało na ruchliwej ulicy. Aha, jeszcze muszę tę starą oliwę wlać do kanału, jak to kierowcy ze stacji robią.

Biorę pojemnik z olejem i idę po schodach na górę, skąd dobiegają mnie odgłosy odbijanej o garaż piłki.

To Wojtek, który kontynuując strzelanie, na mój widok mówi:

– O…, Stacho, grasz w beki?

– Za chwilę, tylko piwnicę zamknę. Smarowałem jaguara.

Wylawszy zawartość pojemnika, zbiegam do piwnicy, z głupia frant siadam na rower i próbuję kontrolowanego rajdu na małej przestrzeni korytarza. Po hamowaniu i jednym z nawrotów nie udaje mi się zatrzymać przed drzwiami i uderzam w nie. Te się otwierają. Czym prędzej je przymykam, po czym chowam rower i zamykam na klucz naszą piwnicę.

Czuję, że to draka, ale nie musi przecież nikt o tym wiedzieć. Nikt niczego nie słyszał ani nie widział. Tra, la, la, la, a ja zmykam z miejsca przestępstwa. Poza tym przecież cały czas gram w piłkę.

Gramy i gramy, aż się robi ciemno i nie chce nam się przestać, bo zawsze ktoś chce się odegrać.

– Sta...szek! Sta...szek, do domu!.

– Za chwilę, tylko skończymy.

– Za pięć minut masz być w domu.

– Dobra, jak skończymy. Za cztery i pół będę...

– Poldik strzela, Poldik strzela!...

– ... i gooool!

Wszystko przez mamę: przegrałem, bo mnie zagadała.

– Jutro rewanż, to skopię ci tyłek – mówię na odchodne do Wojtka.

– Obiecanki cacanki. Na św. Dygdy, co go nie ma nigdy!

Od czasu do czasu biegiem wracam do domu. Dziś też tak mi się podoba.

– Klucz od piwnicy odłóż na miejsce, z którego wziąłeś.

– Z szuflady.

– I umyj się, bo wyglądasz, jak byś wrócił z jakiegoś warsztatu.

– Myję się, już się myję, bo wracam z warsztatu.

– To tylko początek, zaraz dowiesz się prawdy.

– O Jezu, znowu gderanie.

– I oducz się mruczeć pod nosem, jak się do ciebie mówi.

– To już nic nie wolno, nawet sobie pomruczeć... – tym razem głośno wyrażam swoje wzburzenie.

– Nie podnoś głosu, bo nikt w domu nie jest głuchy.

– Dobrze, będę milczał jak grób.

– Najpierw tylko wyjaśnisz, co znaczy ten wpis do dzienniczka.

Czuję, że coś się urwało i rąbnęło mnie prosto w ciemię. Złapałem się nawet za głowę, ale żadnego obcego ciała nie stwierdzam.

– Notatka notatką, ale jeszcze rodzica wzywają do szkoły. Co żeś tam narozrabiał? Co ty myślisz, że ja będę świecić tam przed nauczycielką za ciebie oczami? – na przemian mama z tatą zaczynają się przede mną popisywać.

– To po co zaglądałaś do mojej teczki?

– Przez przypadek, sprawdzałam, czy zjadłeś drugie śniadanie, bo kiedyś odniosłeś i nie zjadłeś?

– Dzienniczek to kanapka?

– To jak ty to sobie wyobrażasz, że można lekceważyć dom i szkołę, i nauczycieli? Co, jesteś jakiś niezłomny książę?

– Książę co psy wiąże.

– Milcz!

– No to co żeś tam narozrabiał?

Milcz to milcz, poza tym za nic nie wsypię Marysi.

– Powiesz wreszcie, co tam się stało, żebym mogła cokolwiek choć powiedzieć na twoją obronę? – mama mówi spokojniej i nie krzyczy jak ojciec.

– Nie trzeba obrony. Ja ich zaatakuję. Miałem milczeć. To ja już w końcu nie wiem, czy mam mówić, czy nie – czuję, że się odwdzięczyłem tacie.

– Mów to, o co się ciebie pytam, a nie pyskuj, bo nie dość że narozrabiasz, to jeszcze masz do wszystkich pretensje. No to co żeś zrobił, że nauczycielka wzywa mnie do szkoły.

– Nie wiem.

– Jak to nie wiesz?

– Nie wiem, co się jej ubzdurało. Odpowiedziałem z polskiego to, co wiedziałem, dostałem trójkę i na dodatek opieprzyłem Meduzę, bo ma przewrócone w głowie, a wcale ten kujon nie jest taki mądry, jak mu się wydaje i tyle. Wciąż się podlizuje.

– A cóż ty się czepiasz prymusów? Ucz się jak oni, to będziesz miał piątki i się wtedy wymądrzał.

– Taki jak te?... nigdy! Ja mam... Ja mam ich wszystkich w... dupie.

– Oj, mój drogi, takie słówka w domu? Od dzisiaj bierzemy się za ciebie. Dosyć rowerków, piłek, podwórek, no i telewizora. To tak cię wychowujemy, to tak cię w kościele ksiądz uczy?... To taki masz przykład w domu?

– Ale dzisiaj jest po dzienniku „Arsen Lupin" – powiedziało mi się, bo nie potrafiłbym sobie jeszcze wyobrazić, że nie obejrzę dzisiejszego odcinka.

– Jak nie ma telewizora, to nie ma też jakiegoś tam Arsena. A nie mówiłem, że przez ten telewizor tylko zgłupieć można? – gestykulując rękami, wymądrza się tata, i zwraca się do mamy: – Ale ty zawsze jesteś najmądrzejsza i pośpiesznie za moimi plecami po telewizorek, żeby stał w domu jeden grat więcej.

– Nie żyjemy przecież w buszu – próbuję bronić mamy.

– Ci w buszu są częściej mądrzejsi niż większość tego postępowego świata. Zrozumiesz, jak dorośniesz. A teraz marsz do odrabiania lekcji.

– A co z „Arsenem Lupin”?

– Za tydzień będzie następny odcinek, jak zasłużysz, to obejrzysz sobie.

– Nie wiadomo jeszcze, co w tej szkole – dodaje mama, układając garnki na dolnej półce szafki kredensu.

– No właśnie, do czasu jak się wszystko nie wyjaśni, telewizora nie ma i tyle – zatryumfował tata.

O ŚMIERCI WE WSZYSTKICH ŚWIĘTYCH

To dziwne, ale są takie chwile, które mnie samego zaskakują, choć są przecież zwyczajne. Nieraz całymi tygodniami nic mi nie przychodzi do głowy, tylko jednostajne i męczące uczenie się w szkole, a nagle coś mnie olśni. Jakby jakaś niezwykła myśl, a nawet więcej, jakieś odkrywcze na rzecz spojrzenie przychodziło mi niespodziewanie do głowy. Jeden mogę z tym tylko mieć kłopot: nie potrafię tego opowiedzieć, o tym napisać, nie mówiąc już o namalowaniu czy wyśpiewaniu. To ostatnie chyba szczególnie, bo według Bemola podobno jak co niektórzy mam ucho z „nieheblowanej deski”. Jeśli zacznę o tym mówić, to wychodzą mi jakieś dziwne rzeczy, a gdy próbuję pisać, to tylko same głupstwa. Ja się tym za bardzo nie przejmuję i chodzę do biblioteki, by wypożyczać kolejne książki, bo jak mi się wydaje, to dzięki nim udaje mi się przeżywać te dziwne sprawy zawarte w chwili. Szkoda tylko, że tak rzadko, ale samo czytanie też jest przecież przyjemne, zwłaszcza od czasu jak się zapisałem do publicznej wypożyczalni. Ważne jest jeszcze to, żeby nie były to lektury, bo uważam, że przez nie tylko chcą nas w szkole urobić na swoje kopyto. No właśnie, jak mi to wszystko teraz świetnie wychodzi i nawet żałuję, że najpewniej za chwilę o wszystkim tym zapomnę i będę musiał znów zaczynać od początku, od nowa. Z tej strony to i dobrze, bo przecież lubię chodzić do biblioteki za rzekę, kilka kamienic przed tą, w której mieści się sklep z zabawkami, już a gdzie kiedyś, jak byłem jeszcze mały, kupiłem sobie kilka ołowianych żołnierzy i pistolet na kapsle. Teraz zajmuję się poważnymi rzeczami i po zabawki tam nie chodzę, ale za to pożyczam książki w narożnej bibliotece. Jest tam niezwykle. Jak się tylko drzwi otworzy, to mały dzwoneczek dzwoni i starszy siwy pan w okularach z miejsca budzi się z drzemki. Ciekawe jak on to robi, że te okulary potrafią się mu utrzymać na samym koniuszku nosa, choć ten wcale nie jest perkaty. Teraz, kiedy już mnie zna, od czasu jak mnie nauczył, co to są katalogi i fiszki, a także jak się nimi posługiwać nawet w bibliotece uniwersyteckiej, choć w tej nie jest to konieczne, na mój widok tylko sennie spogląda i mówi:

– O, to ty, przyszły docent – i ruchem ręki daje znać, bym sobie wszedł między regały i wybrał, co mi się tylko podoba i co uważam za potrzebne, choć mam przy tym dziwne uczucie, że te książki są jak śmierć, z której tylko można wyczytać jakieś nieznane życie. Dlatego są tak tajemnicze, piękne i przed nimi trochę lęku, a raczej przed tym, że w żadnej z nich nie znajdę tego, czego właśnie szukam. Wprawdzie nie wiem dokładnie, czego szukam, ale to przecież tajemnica.

No i teraz się wszystko zaczyna. Mogę się czuć jak jakiś naukowy czarodziej pośród wszelkiej wiedzy, jaką ludzkości udało się osiągnąć od początku świata. Z wszystkich stron tylko książki, grube i cieńsze, dużego formatu tomy i małe „koliberki". Takie, które mam na wyciągnięcie ręki i te wysoko, tam, gdzie mogę sięgnąć stając na palcach, albo w ogóle. Mogę się też po jakąś nisko pochylić, bym mógł choć przeczytać jej tytuł na grzbiecie. Wiem, że nie mogę ich wyszarpywać, miętosić i kłaść nie na swoim miejscu. Nie mógłbym zawieść tego pana, który tylko mnie pozwolił je sobie wyszukiwać. Choć niektóre są już mocno przyniszczone i poklejone, to jakoś właśnie te są jakieś najładniejsze, i to dzięki nim unosi się w bibliotece taki słodkawo-dostojny z domieszką kurzu zapach. Wszystko jest tutaj tajemnicze i każdy szmer, ruch, mimo przytłumionego, ale dobiegającego z ulicy zgiełku sprawia, że ich milczenie ma jakąś ogromną siłę tego, co się w nich znajduje. Choć wiem, że niektóre z nich są głupie, to chyba moc mądrych trzyma je niczym jakiegoś wściekłego psa na łańcuchu, żeby swoją głupotą nie pogryzły. A może to nieprawda? Może to wszystko tylko mi się tak wydaje? Ale jeśli nawet tak jest, to lubię jak mi się wydaje i pożyczę sobie następną tego po polsku nazywającego się Rosjanina, który jak mi się wydaje, został Rosjaninem dlatego, nie miał wyboru. Tutaj nie muszę wszystkiego zapamiętać tak, jakbym czytał lekturę szkolną. Dzięki temu pamiętam to, co mi się podoba i to, co tak naprawdę mnie zajmuje, a nie to, jakie się ktoś ma widzimisię.

Nieraz nawet zdarza się tak, że zapominam o tym, co czytam, i zaczyna mi się przed oczami wyobrażać moje własne opowiadanie. Takie powieści są najlepsze, ale nie zawsze wiem, jak je znaleźć, bo przecież można odszukać tylko to, co ma tytuł, autora i jakiś temat. Ważne, żeby były nie dość grube, choć też nie za bardzo jakieś dziwne.

Prawie we wszystkich z nich ludzie się sprzeczają, bawią na wytwornych przyjęciach, pojedynkują, kochają i nienawidzą, a także nawzajem mordują. Tak jak jakiś student na przykład siekierą, ktoś inny strzałem z rewolweru, a ja nigdy nie rozumiem, po co to wszystko, choć pewnie każdy potrafi sobie wytłumaczyć tak, jak mu się to podoba. Wydaje mi się, że w tej Rosji to zawsze było jakoś obco. Ludzie nie lubili samych siebie i miejsca, gdzie mieszkali, ale wciąż szukali tego, czym właśnie byli. Mnie nawet podoba się myśl o tym, by założyć jakąś tajną organizację ludzi dobrych, choć musiałaby ona być inna niż tych rosyjskich liberałów. A w ogóle to kto są ci liberałowie. Popatrzę do encyklopedii, którą mama mi kupiła po znajomości, bo w szkole pani powiedziała, że jest niezbędna.

> **LIBERALIZM** *[łac.]: 1) potocznie postawa życiowa odznaczająca się tolerancją wobec poglądów i zachowań innych ludzi, niechęcią do stosowania ostrych środków w postępowaniu z ludźmi; 2) postawa światopoglądowa wyrastająca z przekonania, że wolna i nieskrępowana działalność jednostek jest źródłem postępu we wszystkich dziedzinach życia społ., i zapewniająca – w wyniku starć i kompromisów interesów indywidualnych – harmonię i pomyślność ogólną; 3) doktryna ekon. (1. gosp.) i polit (1. polityczny), która zaczęła kształtować się w XVIII w. w Europie Zach.; zwrócona przeciw feudalizmowi i absolutyzmowi, głosiła: a) w dziedzinie gospodarki – zasadę swobodnej walki konkurencyjnej, wolnej od ingerencji państwa (—>– laisser faire, laisser passer), b) w dziedzinie polityki – hasła demokracji burż.; rolę państwa sprowadzała do ochrony spokoju i bezpieczeństwa obywateli. Rozkwit idei 1. przypadł na XIX w., na okres rozwoju kapitalizmu wolnokonkurencyjnego i burżuazyjnej*

demokracji parlamentarnej. Klasycy marksizmu-leninizmu krytykowali l. za ograniczoność, za głoszenie demokracji formalnej, niebiorącej pod uwagę faktycznej ekon. nierówności ludzi i klas, natomiast krytyka l. przez XX-wieczne doktryny faszystowskie zmierza do zniesienia nawet najbardziej ograniczonych swobód demokratycznych.

No i niewiele z tego rozumiem, bo w książkach, które czytam, to ci liberałowie jacyś faszystowscy, a arystokracja jakaś na ludowo, a lud to w większości sami złoczyńcy. Ale to może tak było tylko w Rosji, bo oni mieli tę swoją ideę.

Lepiej sprawdzę co to znaczy, choć chyba się domyślam.

IDEA *[gr.]: 1) potocznie myśl, wyobrażenie, pojęcie, pomysł, koncepcja; 2) filoz. pierwowzór danej rzeczy (wg Platona, św. Augustyna) albo zasada wszelkiego —> bytu, rozwoju (wg G.W. Hegla), bądź też forma odbicia obiektywnej rzeczywistości w umyśle (– materializmu).*

Wolę ten pierwszy rodzaj idei, bo ja też miałbym pomysł i wyobrażam sobie, że te wszystkie biesy wcale nie byłyby wtedy potrzebne. Ja bym założył taką organizację, która wcale nie musiałaby do nikogo strzelać, bo ci ludzie kochaliby swoją ojczyznę, a nie szukali jej gdzieś za granicami własnego kraju, bo to jest przecież jakieś głupie. Ale to wszystko znów działo się w tej Rosji, a to przecież jakiś dziwny kraj, choć pani od historii w szkole mówiła, że to dzięki niej Polska jest krajem niepodległym. Ja jakoś tego nie rozumiem i pewnie gdzieś to wszystko jest napisane. Jak będę czytał, to w końcu natrafię na prawdę i przeczytam, i kiedyś się dowiem, ale wtedy nikomu nie zdradzę. Teraz wiem tyle, że nie podoba mi się taki Wierchowieński, który zabija Szatowa nie wiadomo w jakiej sprawie i do tego jeszcze namawia Kiriłowa, by ten sam to zrobił.

Ale może lepiej zobaczę co w encyklopedii jest napisane pod innym hasłem…

PŁCIOWE NARZĄDY: *1) narządy rozrodcze u człowieka i zwierząt... ogół narządów służących do zewn ...Narządy płciowe: a) męskie (1 gruczoł krokowy, 2 przegroda* *ciał jamistych prącia, 3 ciało jamiste, 4 żołądź prącia, 5 napletek, 6 ujście zewnętrzne cewki moczowej, 7 najądrze, 8 jądro, 9 nasieniowód, 10 opuszka ciała jamistego cewki moczowej, 11 zwieracz zewnętrzny odbytu, 12 odbytnica, 13 gruczoł opuszkowo-cewkowy, 14 pęcherz moczowy, 15 spojenie łonowe, 16 bańka nasieniowodu, 17 pęcherzyk nasienny); b) żeńskie (1 macica, 2 jajnik, 3 jajowód, 4 cewka moczowa, 5 wargi sromowe większe, 6 wargi sromowe mniejsze, 7 pochwa, 8 zwieracz zewnętrzny odbytu, 9 odbytnica, 10 pęcherz moczowy, 11 spojenie łonowe).*

Wiem, że to tylko taki rysunek, ale mi się nie podoba. Marysia wcale tak nie wygląda i to są tylko takie chirurgiczne sprawy. Za to w dalszym ciągu nie wiem, co to są te łechtaczki, o które się mnie spytał na podwórku o pięć lat starszy Janusz. Odpowiedziałem, żeby się zajął swoimi, na co wszyscy się roześmiali. Wyszło na to, że wiem, o co chodzi, choć ciągle nie wiem. Wtedy, kiedyśmy tak siedzieli przy naszym małym basenie na ławce, w pewnej chwili przyczepił się do mnie Adrian, chyba ze złości, że on nie wiedział, i zaczął mi wymachiwać przed samymi oczami kawałkiem jakiegoś zardzewiałego pręta. Próbowałem się odwracać, ale on był ciągle natrętny i do tego jeszcze coś sobie pod nosem obraźliwego podśpiewywał. Wszystko skończyło się tak, że w pewnej chwili się zerwałem i popchnąwszy go, uciekłem. Jemu jednak udało się mnie jeszcze kopnąć. Od tego czasu w ogóle się do niego nie odzywam. Wygląda jak tyczka, na której zawieszona jest głowa Jacka z programu „Jacek i Agatka", do tego jeszcze ma wielkie odstające uszy, dlatego chyba mówią na niego fregata i kłapouch, choć przecież nie to jest najważniejsze. On jest głupkowaty i ciągle tylko stara się wszystkim zaimponować. Kiedyś wytrzasnął skądś wiatrówkę i strzelał byle gdzie. Wszyscy się nawet dziwiliśmy, że udało mu się trafić w tyłek wielkiego psa za ogrodzeniem, po czym ten szalał, próbując się złapać za bolące miejsce. Ale szczytem jego wyczynu było trafienie domowego gołębia, który oderwał się na chwilę od krążącego stada i przysiadł na jakimś kablu zawieszonym między drzewem a ścianą domu. Mimo że swych wyczynów dopuszczał się za garażem i za naszymi domami, to jednak od strony działek ktoś musiał to wszystko widzieć, bo w końcu odebrano mu tę wiatrówkę i znów przez jakiś czas był spokój.

– Chodź zjeść rosół, bo po obiedzie pójdziemy na cmentarz Rakowicki. Zapalisz świeczki na grobie… – tymi słowy wyrywa mnie mama z mojego świata za drzwiami, gdzie rozsiadłem się na małym rozkładanym krzesełku.

– Już zapaliłem dziś na Batowicach trzy… A kupisz mi miodu tureckiego?

– Nie będziemy na głupstwa wydawać pieniędzy.

No tak, ciągle tylko to samo: „chodź jeść" i „nie będę wydawać na głupstwa pieniędzy". Jakie to wszystko jest nudne.

– Głowa, to takie jajo.

– Co?…

– Ja mam jajo i ty masz jajo na karku. Ja mam co innego w swoim jaju niż ty, choć mamy takie same jaja.

– Co cię znowu napadło. Chodź lepiej jeść obiad, bo nocą nie będziemy plątać się po cmentarzu.

– Ale jajo to nie głowa, choć głowa to jak jajo!

– Nie krzycz, zgłupiałeś?

Podskoczyłem i rąbnąłem ręką w wystającą na szafie długą drewnianą linijkę, co spowodowało, że posypały się na podłogę rozłożone tam do wysuszenia orzechy.

– Co ty, Staszek, zidiociałeś całkiem?! Natychmiast pozbieraj te orzechy!

– Ja tylko zrobiłem porządek z linijką.

– Robisz bałagan, a nie porządek.

– Porządek z linijką.

– Nieporządek z orzechami.

– Porządek z linijką.

– Zbieraj orzechy.

– A właśnie że porządek z linijką, bo będę jak Stawrogin albo Raskolnikow.

– Koniec tych bzdur! Rób wreszcie ten porządek z orzechami.

Kładę się na podłodze i kolejno zbierane orzechy rzucam na szafę.

– Nie umiesz kłaść na szafę, tylko rzucasz?

– Nie dostanę. Szafa jest za wysoka.

– Och, co ja mam z tym chłopakiem! – mama podbiegła i zaczęła wykładać na szafę zbierane orzechy.

– No tak, ucz go tego. On będzie bałaganił, a ty będziesz za nim chodzić i sprzątać – ożywia się tata.

– Tylko dlatego się jeszcze poświęcę, że mamy iść na ten cmentarz. Ja jutro już coś muszę postanowić, bo tak dłużej być nie może.

– Jutro będzie futro, a po jutrze już po futrze.

– Idź do tego jedzenia, bo muszę gary pomyć. Ciebie nic nie obchodzi, tylko wygłupy.

Idę zjeść ten rosół z grysikowymi kluskami. Bardzo je lubię i wcale nie jest tak, że mnie nic nie obchodzi. Co ta moja mama może o tym wiedzieć? Teraz mi jej nawet żal, że zbierała za mnie te głupie orzechy. Jak się będę zajadał i nic nie mówił, to zapomni o wszystkim.

Zerkam na tatę, któremu najwidoczniej też smakuje, bo je, aż mu się uszy trzęsą. Mnie się nie trzęsą, bo to przecież tylko rosół z kury.

– Ten rosół to z tamtej kury z Kleparza?

– No a z której, przecież nie mamy kurnika z kurami.

– To tata jej... kury..., łeb ukręcił... – wskazałem ruchem na gardło.

– Jedz, a nie gadaj, bo wystygnie.

– Chodziła kura po łazience, a potem poderżnęli jej gardło.

– Ktoś to musiał zrobić, żeby był rosół.

– A ty oskubałaś ją z piórek i włożyłaś do garnka z wrzącą wodą.

– Po to, żebyś miał obiad. Żebyś rósł i żebyś miał siłę.

– A po co mi siła, przecież ja nie będę zabijał kur.

– Kończ jeść i przestań opowiadać, bo podaję drugie...

– Ja nie będę jadł tej kury.

– Mam dla ciebie sznycelka z ziemniaczkami i surówką.

No to i jemy drugie danie, a ja nawet sznycelka. Tata jak zwykle wziął się ochoczo do swoich szyjek i skrzydełek, i znów będzie ogryzał dokładnie wszystkie, nawet najmniejsze kostki. Cmoka przy tym raz, drugi i zdaje się bez reszty pochłonięty tym zajęciem. Mama ze swoją nogą nie wykonuje tak ekwilibrystycznych ruchów, ale tylko spokojnie ją objada, spoglądając swoimi niebieskimi oczyma, co też ja wyczyniam ze swoim sznyclem. No cóż, odrywam od niego kawałek i nabiwszy na widelec, ostentacyjnie wkładam go do jamy ustnej. Następnie trochę ziemniaczków, surówki z jabłka i marchewki, która jest chyba w kolorze grzebienia kury. Niepewnie próbuję przełknąć...

– Qach..., quach..., quch!

– Jedz spokojnie, bo się zadławisz.

– Coś mi na chwilę w gardle... kością stanęło.

Obiecuję sobie, że nic już się przy obiedzie nie wydarzy z moim udziałem. Zjem wszystko i zrobię to tak, jakby mnie nie było. Przecież ten sznycelek jest bardzo smaczny i taki kruchutki, a przy tym chropowaty, a nawet ciemnobrązowiutki. O, tylko ten strzęp nie wiadomo po co, którego za nic pogryźć niepodobna. To żyła?

– To znaczy, że tata jest mordercą kury – na te słowa tacie z powrotem na talerz spadła z widelca ulubiona gotowana marchewka.

– Dość tego... Czy nie potrafisz zjeść spokojnie obiadu?

– Potrafię, ale dwa dni temu widziałem kurę, a dzisiaj pozostały z niej tylko jakieś strzępy.

– Bo takie jest życie kury!

– Nie kury, bo jej nie ma, tylko takie jest życie jej mordercy.

– Musisz się nauczyć, gówniarzu, że na tym polega życie człowieka, żeby zabijając kury, sam mógł się utrzymać przy życiu. Nie ja to wymyśliłem, ale Pan Bóg, a ty z nim dyskutować nie będziesz. Poza tym za krótko jeszcze na świecie żyjesz, żebyś miał prawo nazywać kogokolwiek mordercą z powodu głupiej kurwy! To znaczy, chciałem powiedzieć kury! I teraz dość tego gadania o drobiu.

– Nie denerwuj ojca, bo się jeszcze zadławi kością, jak ja kiedyś, i będzie musiał iść na pogotowie, a nie daj Boże, i do szpitala. Pamiętasz, jak mnie raz z nerwów w gardle kość stanęła?

– Pamiętam, ale to nie była kość z kury, ale ość z karpia.

– Nie ma co już tego wspominać. Było, minęło. Kończ obiad, szybko pomyję naczynia i pójdziemy na ten cmentarz.

No dobrze, już dobrze, ale to ja mam rację. A to, że się nie będę więcej sprzeczał, to tylko dlatego, że nie chcę denerwować mamy. Choć tak naprawdę sam nie wiem, kiedy ona się denerwuje. Nie wiem, bo może jest tak mi nieraz wygodniej, bo zawsze te oba łuki łączące środek nosa z kącikami ust zaokrąglają policzki tak, że te same się śmieją i to nawet bez jej udziału.

Całkiem inaczej niż u taty, który jest jakoś niepoważnie poważny, mimo że też ma łuki. Ale może tak jest dlatego, że twarz jest bardziej płaska, choć okazały nos wydaje się jakoś nad wszystkim górować i węszyć: „co też znów Staszek zrobił nie tak".

Ciekawe, czy jak bym zamordował kurę, to by się to mu spodobało czy też nie. Mógłbym go o to spytać, ale znów zacząłby gderać, że głowę mu zawracam głupstwami. Lepiej już ubiorę się czym prędzej i pójdę na pole. Tam poczekam na mamę do czasu, jak gary pomyje i się ubierze.

Jesień to jest dziwna pora. Często pada deszcz, śnieg, a nawet rano jest niekiedy mgła. Jedynie ta mgła mi się podoba, chyba że spadnie tyle śniegu na, że jest co z nim robić. Ale to przede wszystkim dla małolatów.

Dzisiaj nie ma ani śniegu, ani mgły, choć jest pochmurno. Nie pada też deszcz. Mama mówi, że jest zimno, ale mnie wcale nie jest.

– Wieczorem się ochłodzi – mówi ciągle słuchający prognoz pogody tata.

– Tylko żebym cię nie musiała szukać – upomina mnie mama widząc mnie przygotowanego do wyjścia. – Mógłbyś sobie lepsze buty włożyć, a nie ciągle tylko te adidasy.

– Dobra, będę przed domem – odpowiadam i wybiegam szybko z domu, żeby znów czegoś nowego nie wymyśliła.

Podwórko jest puste, jakby wszyscy powymierali. A jakby tak naprawdę wszyscy nagle umarli i zostałbym sam na świecie? Robiłbym, co bym chciał, ale nie miałbym po co chodzić do szkoły, biblioteki ani do kościoła. W kinie nie wyświetlano by filmów i nawet nie byłoby można włączyć radia czy telewizji. Wtedy bym uratował Marysię, która byłaby mi za to wdzięczna i kochalibyśmy się do końca życia, a nawet nie potrzebowalibyśmy nikogo więcej na świecie. A jak by zachorowała? Musiałbym się nauczyć ją wyleczyć. O Jezu, ale nie potrafiłbym zrobić żadnej operacji. Poza tym nie chciałbym się nauczyć zabijać kur czy innych zwierząt, oprócz much, robaków i motyli, ale nimi bym się nie najadł. Ale jak to jest, że muchę dziabnąć to nic, tylko trzaśnie na ścianie, a przykładowo do królika trzeba jakiegoś większego i ostrzejszego narzędzia od klapka. A, to już mi się wydaje, że wiem, dlaczego wymyślono rewolwery i karabiny. Łatwiej jest zabić, bo zamiast wbijać w przeciwnika miecz czy nóż, wystarczy wycelować i nacisnąć cyngiel. W dodatku przy tym nie pochlapie się ubrania krwią. Łatwiej w takim razie zabija się na odległość. Dziwne to zabijanie.

Nagle robi mi się jakoś obco podczas chodzenia po trawiastej części boiska przed naszymi oknami. Zdaję sobie sprawę, że rano z wujkiem i ciotką byliśmy na grobie ich małego dziecka, które byłoby o kilka lat starsze ode mnie, gdyby do dziś żyło. A dlaczego ja żyje, a ono nie? A gdyby było odwrotnie? Ciekawe, jak to jest nie żyć, być umarłym. A może to jest tak jak kiedyś ze mną, kiedy jakaś siostra, która była dla mnie dobra, wprowadziła mnie do jakiegoś zamkniętego pomieszczenia bez okien i drzwi, po czym nachyliło się nade mną kilka postaci bez twarzy, ale w czarnych maskach, później mną tak mocno zawirowało, że aż przeniknąłem przez wszystkie ściany i rozpłynąłem się niczym obłok. Ale mimo wszystko żyję. Powróciłem do siebie. Ale gdzie byłem wtedy? Może jestem z powrotem dlatego, że to była pielęgniarka, a nie baba z kosą, jak mawia wujek. Tak czy inaczej, wcale to mi się nie podoba, bo po co w takim razie żyć, jeśli i tak się umiera. Przecież gdybym się nie narodził, to nie miałbym pretensji, że kiedyś będę musiał umrzeć. A jeśli w moim przypadku stanie się jakiś cud i będę żyć wiecznie? Co to jest, to wiecznie.

– Co porabiasz? – zaczepia mnie Jacek.

– Idę za chwilę na cmentarz z mamą i tatą.

– Po dupie będziesz klepał nieboszczyków.

– Co?... Nie będę klepał, tylko zapalał znicze. Mam nawet zapałki szturmowe – na dowód wyjmuję pudełko z zapałkami.

– Zrób duchom świecę dymną, bo w nocy przyjdzie cię straszyć duch Hopkirka.

– O, właśnie już idziemy. No to na razie, jutro możemy zagrać w nogę – dodaję, biegnąc w stronę rodziców, którzy właśnie wyszli z klatki.

Mama od razu mnie spostrzegła, ale tata jakoś tak się rozejrzał, jakby szukał czegoś więcej niż tylko mojej osoby. Ubrany był w jodełkowy płaszcz i kapelusz, który mocno naciskał na głowę. Mama z liskiem pod szyją miała brązową torebkę, w której na pewno były też znicze i świeczki.

No to idziemy. Ja nawet wziąłem mamę pod rękę, jak to od wakacji od czasu do czasu robię, choć wcale nie wiem dlaczego. Nawet jakaś znajoma kiedyś powiedziała, że to ładnie wygląda. Ale mnie znajoma wcale nie obchodzi, a z mamą rzadko chodzimy, bo nie zamierzam być maminsynkiem.

Nie zamierzam się także od mamy odwracać i nazywać ją „starą", jak to robi Pańpuch i kilku innych kolegów. Również taki Jacek, który choć jest o trzy lata ode mnie młodszy, to pod nosem nieraz mruknie, że „ta stara krowa nie da mi spokoju", kiedy jego matka woła go do domu, ale jego podobno wychowuje starsza siostra, a nie matka i ojciec. Ojciec, który jest jakimś pierwszym sekretarzem, nawet zmienił nazwisko ze Zbira na Zbirski, no bo jak to – sekretarz z takim nazwiskiem. Mimo że nazwisko zmienił, to i tak gonił się po mieszkaniu z żoną nago i robili od czasu do czasu karczemne awantury. Dawno temu nawet mojej mamie radzono, żeby poszła do niego i spytała, czy by nie pomógł załatwić większego mieszkania, które się w czwartym domu zwolniło, ale nic z tego nie wyszło, choć poszła i się spytała. Śmigalska tylko później wspominała, że to wszystko dlatego, że moja mama jest za bardzo nabożna.

No, ale z tymi duchami, które przychodzą do domu, to Jacek może mieć trochę racji. Kiedyś pani Kasia też mówiła, że w jej pracy, klinicznej kuchni, wpadły takie i tłukły się po garnkach i pokrywkach, po czym uciekły przez komin. A i tak na drugi dzień koleżanka z tego wszystkiego umarła.

Tak sobie myślę, że to nie mógł być jej duch, bo umarła później aniżeli on wydziwiał w tej kuchni. Ale w takim razie czyj? Wszystko to jakieś zagmatwane i tajemnicze. Tak naprawdę to chyba tylko o tym diabli wiedzą, bo ich rajem jest piekło. Tam podobno najmniej bolesną torturą jest taka, co byłaby najbardziej nie do wytrzymania na ziemi. Dzikie bestie wyrywają wnętrzności, łamią kości, trują gazami i palą dusze żywcem, nawet gorzej niż w obozie koncentracyjnym. Ksiądz mówił, że należy przestrzegać przykazań, żeby się tam nie dostać. Ja bym wolał już do czyśćca, choć tam też zadają tortury, ale łatwiej je znieść, bo po nich dostaje się do nieba. Trzeba tylko odpokutować za wszystkie grzechy, które ułożone są w piramidę. Ciekawe, czy to, że kiedyś załatwiłem mrówki, to też będzie jakiś mały grzeszek czy też w ogóle. Wtedy byłem zadowolony z siebie, że to ja wpadłem na pomysł, jak je wykurzyć z okolic ławki przy samym basenie. Te jednak, mimo wielokrotnego zatapiania, ciągle łaziły po nogach. Nie po moich akurat, ale po Basi Milczek, Tereski i kogoś tam jeszcze. Wreszcie ja się wziąłem do sprawy i powkładałem w rozwarte patykiem otwory ich podziemnych korytarzy zwinięte kartki papieru i jak one na nie powychodziły, podpaliłem i na tym się skończyło. Adrian wtedy powiedział, że zrobiłem im krematorium. Nie lubię tego słowa, bo mi się wydaje, jakby była mowa o jakimś piekle, a mrówki to przecież nie ludzie. Teraz nawet to mi trochę szkoda tych mrówek, bo można było tylko przenieść ławkę i niechby tam sobie żyły. Ale też, jak do tej pory, ich duchy nie zjawiły się u mnie. Nawet mi się nie przyśniły. Może ich wcale nie ma?

– Poczekaj, niech te samochody przejadą. Gdzie ci się tak śpieszy? Na drugi świat jest zawsze czas – powiada tata, chwytając mnie za rękaw kurtki, kiedy właśnie mamy przejść przez jezdnię.

– Nie ma się czego bać, jak się nie ma nic na sumieniu… – wypowiadam słowa, które usłyszałem na lekcji religii.

– Nie bądź taki pewny siebie i patrz, z czego żyjesz.

– Staszek Gazda już na mecie. Na wirażu dodał gazu, aż się znalazł na cmentarzu. Na cmentarzu jakieś krzyki, to się biją nieboszczyki… – śmieję się, recytując.

– Uspokój się, jak ty się zachowujesz. Wstyd mi chcesz zrobić? – stanowczym głosem gani mnie mama, kiedyśmy przeszli już na drugą stronę.

Ale nikt nie zwracał na nas uwagi, bo każdy był zajęty swoimi sprawami. Przy ogrodzeniu, za którym stały kamienne bloki i gdzieniegdzie złożone na drewnianych belkach nagrobki kamieniarskiego zakładu, porozkładano pełno doniczek z chryzantemami. Im bliżej cmentarnego wejścia, tym tłok większy, ale też i stragany są bardziej okazałe, gdzie oprócz świec, zniczy, najróżniejszych wieńców i kwiatów, można również kupić… rozbijany młotkiem i ważony na szalkowych wagach miodzik turecki.

Nie będę więcej się prosił, żeby mi kupiono choćby za piątaka. Idziemy w milczeniu w kierunku bramy, gdzie przechodniów coraz więcej, choć nie ma jeszcze takiej wrzawy jak na placu Kleparskim, choć też są kupujący i sprzedający. Za to najbardziej słyszalnymi są tramwaje na pętli, a zwłaszcza podczas odjazdu z przystanku, gdy na łuku rozlega się pisk kół ocierających się o szyny. Nakładające się zdania sprawiają, że słychać tylko pojedyncze słowa. Pompon, futro paniusi i dziadek z chryzantemą w doniczce płyną w jednym strumieniu, choć ten strumień jest bardzo chaotyczny. Pełno w nim wirów, no ale na swej drodze ma pełno celów, straganów i samego siebie za przeszkodę. To coś bez miodku jest bez sensu.

– Uważaj, bo tramwaj będzie się wycofywał na ten tor – mówi tata, choć wszyscy o tym dobrze wiedzą.

Idąc wzdłuż cmentarnego muru, dochodzimy wreszcie do budynków administracji cmentarnej i zakładu pogrzebowego, o czym wiem od taty, który mi kiedyś o tym powiedział. Byłem wtedy młodszy i dręczyłem go o figurkę kierującego ruchem milicjanta, dostrzeżonego przeze mnie w narożnym kiosku.

Ale za to teraz na niewielkim placyku przed bramami nie jest tłoczniej niż przy straganach, choć stoi jakiś samochód i zatrzymała się przy nim gromadka ludzi jakoś bardziej eleganckich i bardziej wytwornych niż pozostali. Nie wiem jeszcze co, ale zauważyłem, że tacy ludzie mają w sobie coś niepospolitego i wyniosłego. Są tacy jak moja matka chrzestna, czyli bogaci. To mnie śmieszy, bo wszyscy jednak spotykamy się na cmentarzu.

Tak więc wchodzimy w bramę dla jednych piekieł, dla innych czyśćca, a dla dobrych i raju. Dla wszystkich tylko jednakowo roznosi się słodkawożywiczny zapach iglaków z nutką kwaśno-brązowego powiewu zza zapomnianych zielonkawych steli, gdzie w zżółkłej trawie gniją liście płaczących wierzb i klonów na oddychającej wilgocią ziemi, a wszystko spajają mdłym aromatem topniejące woski w czarnych lampionach z lekka kopcącymi knotami. I tak biegnie aleja śmierci za aleją, jedna nawet dla zasłużonych gdzie znajdują się groby wybitnych ludzi, też pełnią wartę harcerze. Patrząc na nich, coś mnie w tym wszystkim śmieszy, choć niczego nie daję po sobie poznać. Najchętniej bym dał pstryczka w nos tej powadze. Tata coś tam mówi i nawet zapala świeczkę komuś wybitnemu, a dla mnie wszyscy są jacyś tacy sami. Choć dostrzegam i rozumiem niektóre różnice, to jakaś wewnętrzna siła każe mi to wszystko bagatelizować. Mam poczucie, że jest w tym coś więcej, coś, co jest ukryte, a czego się ludzie boją, dlatego tak kurczowo trzymają się swoich przyzwyczajeń. Nie wiem, co to jest, ale chciałbym to poznać, żeby na świecie było lepiej, i żeby nie było już więcej Niemców, którzy nie wiedzieć po co, mordowali ludzi.

Docieramy wreszcie do biednego, choć niezapomnianego grobu obrosłego w bluszcz, spomiędzy którego gramolą się szafiry, fiolety i granaty bratków z zerkającymi ku niebu żółtymi oczkami.

Wbijam w ziemię trzy świeczki i tak jakbym słyszał: „Nie tak mocno, bo to boli".

– Cicho, bo przyjdzie Zdzicho – odpowiadam pod nosem, po czym zapalam każdą kolejno.

Czy aby stała się światłość? Stoimy przez chwilę milcząco i zapada nagle półmrok. Mama się żegna, a ojciec i ja także po cichu zaczęliśmy mówić to samo:

Ojcze nasz, któryś jest w niebie, święć się imię Twoje
Przyjdź królestwo Twoje, Bądź wola Twoja
jako w niebie tak i na ziemi,
chleba naszego powszechniego daj nam dzisiaj
i odpuść nam nasze winy, jako i my odpuszczamy
naszym winowajcom i nie wódź nas na pokuszenie,
ale nas zbaw ode złego. Amen.

I staje się to, co stać się musiało: z grobów martwi powstają, by podążać tłumnie cmentarnymi alejkami, i choć każdy zna swój cel, to nikt celowości swej wędrówki poznać nie potrafi. Są jak mrówki, które spłonęły, wszedłszy na białe kartki papieru. Tyle tylko, że szatan umrzeć im nie pozwoli, bo ogień piekielny z ich ciał podtrzymać musi. Dlatego powracać będą, by miało się spełniać to, co konieczne.

Niektórych kości już za życia łamane są kołem, innym wbija się igły pod paznokcie, a pozostałym wyrywa się bebechy z wnętrznościami, by je włożyć na miejsce innym po to, by można się było nad nimi znęcać raz kolejny. Diabli bez rogów, ale za to w hitlerowskich mundurach, bo w nich im bardziej do twarzy, uwijają się między swoimi ofiarami, którym nikt pomóc nie może, bo diabli są wszędzie.

– Co ty wyprawiasz, tam ktoś jest pochowany. Nie można chodzić po grobie.

Schodzę z grobowca obok, bo jakoś tak mi się na niego wyskoczyło.

– No to chodźmy już, bo zaczyna być chłodno, a jeszcze przecież wstąpimy na chwilę do kaplicy – oznajmia na to wszystko tata.

No i idziemy, tak jak się idzie do czyśćca. Wcale wygodnie nie jest, ale nie ma innej rady. Przecież nie powiem, że nie pójdę, bo i tak poszedłbym dla świętego spokoju, byleby nie zaczęło się zrzędzenie. Brakuje tylko miodku.

Trafić do kaplicy nie będzie trudno, bo nawet gdyby się akurat tej alejki nie znało, to idąc w stronę nagłośnionych zakonnych śpiewów łatwo się tam dotrze, a wystarczy iść alejkami kolejno niczym labiryntem prowadzącym do źródła.

Drepczemy więc za innymi, a śpiew jest coraz wyraźniejszy, choć nie bardziej dla mnie zrozumiały. Chyba dla innych także, bo nikt nie wydaje się przejmować pieśnią. Żywi na jej temat tak samo milczą jak najstarsze z figurek nagrobnych rzeźb. Tylko woń monumentalnej tajemnicy dominuje nad życiem, niczym czyjeś mauzoleum, którego kolumny czas pokrył zielonkawym odcieniem, a epitafia nagrobne nie są w stanie nic więcej powiedzieć ponad to, co jest odwiecznym powtórzeniem ludzkiej niemocy, nawet gdy się ją postawi w piętrowym, ponadrodzinnym grobowcu ziemskiej hierarchii. Śpiew ten wydaje się mówić tylko o czyśćcowej hierarchii, której szczeblami są niespełnione przykazania, których w żaden sposób obejść się nie da. Przed moimi oczyma ukazują się jakieś obrazki namalowane ludzką ręką, na których wyraźnie widać ludzi dźwigających głazy z pychy do chwili, aż ich anioł nie wyzwoli z jarzma.

Fiat misericordia tua, Domine, super nos,
quaemadmodum speravimus in te.

Ale na tym ciągle nie koniec, bo każdy na czole ma wypisane wszystkie grzechy życia, które trzymał w sekrecie albo też się nie przyznawał do nich przed samym sobą. Tymczasem komuś jedno znamię znika. Są tacy, którym powieki zaszywa się kolczastym drutem, inni spasieni cierpią z głodu, a są i tacy, którzy płoną w ogniu pożądania, dla którego nie ma ukojenia.

Te ergo quaesumus, tuis famulis subveni,
quos pretioso sanguine redemisti.

E, tam, ja się niczego nie boję, a to tylko mnóstwo świeczek i najróżniejszych lampek, których blask i ciepło ożywia zapadający powoli mrok przy kaplicznej ścianie z niewidocznym wizerunkiem w witrażu łukowego okna świątyni.

– Chodźmy już do domu – szeptem zwracam się do mamy – przecież już zapaliliśmy wszystkie świeczki.

– Wejdziemy jeszcze do środka, żeby się pomodlić za dusze i pójdziemy.

– O Jezu – jęknąłem tak, by nikt nie mógł zrozumieć, o co mi chodzi, po czym wchodzimy do wewnątrz przez otwarte na oścież drzwi kaplicy.

Uklęknąwszy pośród wielu, klepię *„Zdrowaś Mario"*, po czym znów wyobrażam sobie, że złapałem za łeb diabła i przywiązałem mu nogi do najmocniejszego konara drzewa za naszą szkołą, z którego kiedyś podczas wagarów z Pańpuchem filowaliśmy do klasy w czasie klasówki z matmy. Kiedy szatan zaczął skomleć i dał słowo, że da wreszcie ludziom spokój, kopnąłem go w tyłek i kazałem iść do diabła. Teraz mogę spokojnie i dyskretnie przyglądać się innym, co też oni na to.

Ale nikt tego mojego wyczynu nie dostrzegł. Nikogo to nic a nic nie obchodzi, choć naprawdę ten diabeł był strasznie żałosny i śmieszny, kiedy tak skomlał i wisiał do góry nogami.

Jakaś starsza pani tylko chowa twarz w dłonie, w których trzyma koronkę z dyndającym krzyżykiem. Inna ciągle chrząka i chrząka, jakby coś chciała powiedzieć. Po drugiej stronie jakiś małolat się wierci i głośno dręczy mamę, żeby wreszcie poszli, bo on ma już dość Bozi.

Na szczęście my też już idziemy. Za mamą żegnam się bardzo pobożnie, po czym ochoczo wychodzę na zewnątrz i zatrzymuję się pod płaczącą wierzbą przy ławce.

Wracamy wreszcie do domu. Droga jest nadzwyczaj łatwa, a czas biegnie szybciej od naszego równego kroku. Radość mi sprawia, że to dostrzegam, choć na pewno nie będę na ten temat myślał, bo teraz najpiękniejsza wydaje mi się bezmyślność. Najważniejsze, by się znaleźć znów w domu, zjeść kolację i oglądać film po dzienniku.

– O, pani Kwikowa, co to, byliście na cmentarzu? – zaczepia nas starsza kobieta w fufajce, mieszkająca w parterowym domu naprzeciwko świerka.

– Tak, wracamy z Rakowic – odpowiada mama.

– Ja byłam na Batowicach i widziałam tę, która mieszka tam u was w ostatnim bloku. Taka ufarbowana paniusia na rudo. Żeby pani ją widziała, jaka wystrojona w futra...

Zostawiamy ją z mamą, a z tatą idziemy do domu.

– Złapała mamę.

– No, są takie gaduły i nic się na to nie poradzi – oznajmia przemądrzale tato.

– Daj mi klucz, to polecę, bo mi się sikać chce.

– Zawracasz głowę... – jak zwykle komentuje coś tato i zatrzymawszy się, swoim charakterystycznym ruchem ręki odsuwa połę płaszcza, by dostać się do kieszeni spodni, skąd wyjmuje klucze.

Biorę je i pędzę do domu. A nie ma jak w domu po kolacji i nawet jak wyświetlają na dobranoc „Koziołka Matołka". Wolę już koziołka niż „Supełki wężełki", ale te na szczęście wyświetlane są tylko w sobotę przed „Monitorem", prowadzonym przez Małcużyńskiego, który, jak mówi Białkowa, jest bratem pianisty. Tego samego, którego płytę dostałem od matki chrzestnej. Na niej jest koncert fortepianowy Czajkowskiego. Wacek mówi, że ja słuchając tej płyty, odchamiam się. Ale to głupie gadanie, mnie akurat ta płyta się podoba i tyle.

W Pacanowie kozy kują,
Więc koziołek, mądra głowa,
Błąka się po całym świecie,
Żeby dojść do Pacanowa.
Właśnie nową zaczął podróż,
By ją skończyć w Pacanowie,
A co przeżył i co widział,
Flm ten wszystko wam opowie.

Przygotowuje swoją brązową torbę na ramię na jutro do szkoły i cieszę się, że znów zobaczę Marysię. Ona ma torbę czarno – niebieską i bardzo jej z nią do twarzy. Nie mogę się doczekać, bo Muchomor też obiecał, że przyniesie jakiś świerszczyk, to może sobie pooglądamy. Mam za to nadzieję, że nie spyta mnie jutro pani od fizyki, a jak się uda, to naprawdę przyrzekam, że odrobię na następną lekcję wszystkie zaległości. Nawet się pomodlę o to przed spaniem, może mnie Pan Bóg wysłucha. A jak nie, to i tak nikt się nie dowie, że o to się modliłem.

– Wyłącz już ten telewizor i idź spać – mówi mama, która już przebrała się w koszulę nocną.

Zauważyłem, że ja od dłuższego czasu oglądam telewizor, ale nic z tego nie wiem i nic mnie to nie obchodzi. Niby wszystko rozumiem, o czym mówią, ale jakoś dziwnie spływa to po mnie jak woda. Dlatego z chęcią się kładę do łóżka, bo i tak dręczy mnie nuda, a tak, to zacznę sobie myśleć o raju, a zwłaszcza wtedy, kiedy będę w nim z Marysią. A będzie to tak:

Marysię i mnie poniosą aniołowie w świat, o którym nawet się nam nie śniło. Będą nieśli również tabliczki ze wszystkimi dobrymi uczynkami, jakie zrobiliśmy oboje na ziemi. Ja oczywiście będę miał więcej, ale nigdy nie będę się tym chwalił. Marysia za to będzie z tego powodu bardzo dumna, że jest ze mną. I wreszcie uniesie nas oboje smuga światła, która zaprowadzi nas do Pana Boga. Jest to wielka, ogromna siła, która nam sprzyja. Będziemy mieć same przyjemności, bo w niebie nikt nie jest w stanie zrobić nic złego, bo nawet się o tym nie da pomyśleć. Jest tam taki stan nieważkości, w którym można się rozpływać i łączyć w różne i całkiem nowe dusze, dlatego nigdy nie ma nudy. Jak będziemy mieli ochotę, to się będziemy kąpać w rajskim jeziorze, gdzie będzie się można zmienić w wodę, a innym razem będziemy się bzykać jak pszczoły... i to całkiem na golasa.

BOŻONARODZENIOWE FERIE

Afera to czy nie afera. Pewne jest to, że czujemy się wolnymi aferzystami, bo oto stoimy w kółku za kioskiem Ruchu przy szkole i już ponad godzinę gadamy, opowiadamy o Fantomasach, żółtych panterach i innych komediach, śmiejemy się z sytuacji nie tylko filmowych, ale i naszych z życia wziętych, których często sami byliśmy sprawcami, no i do tego jeszcze obficie przy tym spluwamy. Wszystko to na okoliczność dzisiejszego popołudnia i rozpoczynających się świątecznych ferii.

– *Żene papua, a mi, mi, mi* – komentuje Wacek czyjąś zagadkę, naśladując de Funès'a.

– No i tak, Papuasie – dodaje śmiejący się wciąż ze swojego dowcipu Jogi, no i jak wszyscy potrząsa „piórami".

– Lecą samolotem: Amerykanin, Rosjanin, Niemiec i Polak. W pewnym momencie pilot mówi, że muszą skakać, bo awaria maszyny i sam się będzie katapultował. Ale ci mają tylko trzy spadochrony, dlatego Polak proponuje losowanie: kto wyciągnie zapałkę bez główki, zostaje. No i wypada na Polaka. Wszyscy skaczą, tylko on jeden nie. Wreszcie pilot mówi do niego: „No cóż, taki twój los, ale sam zaproponowałeś to losowanie. Teraz tylko się przeżegnaj i pomarz sobie o szczęśliwym lądowaniu w niebie, bo ja się katapultuję". „Chwileczkę – mówi Polak – tylko dopnę spadochron". „Jak to? – dziwi się pilot – przecież były tylko trzy". „Wszystko się zgadza, Ruski wyskoczył z gaśnicą".

– Ha!..., ha..., ha..., ha... Dobre.

– Walisz w dechę. Mowa! Walisz w dechę. Co rutyna, to rutyna.

– Ha!... Ha..., ha...

– Pod koniec wojny Niemcy demaskują Stirlitza i Klossa, po czym ich przesłuchują. Z początku żaden nic nie mówi, dlatego zaczynają się tortury. Po trzech dniach przypiekania ogniem, wbijania igieł pod paznokcie i tak dalej, Kloss wygadał, co wiedział, a Stirlitz nic. Wreszcie po kolejnym dniu tortur wrzucają do celi ledwie żywego Stirlitza, a Kloss go pyta: „Jak ty to robisz, że potrafisz tyle wytrzymać i nie puszczasz farby? Stirlitz na to, płacząc: „Bo ja, kurwa, o wszystkim zapomniałem!"

– Ha..., ha..., ha..., ha... Ale jaja! – mówi Długi, zacierając dłonie.

– Poszlibyście sobie gdzie indziej, bo plujecie, klniecie i sterczycie tu już pół dnia – odzywa się kobieta w średnim wieku, sprzedawczyni w kiosku o dużym tyłku, która właśnie wyszła i przyczepiła się do nas.

– A co my takiego robimy? Ulica jest wspólna i co to, stać nie wolno?... – stawia się Długi

– Spytaj się o to milicjanta.

– Niech nikogo pani milicją nie straszy – włącza się Jogi.

– To stańcie sobie gdzie indziej...

– Chodźcie, chodźcie... Chodźmy stąd! – wchodzi tamtej w słowo Wacek i rusza w stronę szkoły, pociągając za sobą Muchomora i Diakona, którzy najczęściej spluwali.

No i poszliśmy wszyscy, choć Jogi i Długi mruczeli wciąż coś pod nosem, by wreszcie ten pierwszy, na moje słowa, by dał spokój, odrzekł z agresją:

– Odpierdol się, francowaty Papuasie. Co się jej działo, że darła tak mordę ta stara kurwa.

– Cicho i spokój, bo przecież więcej niż dwóch to banda – dodaje z ironią Diakon.

– Wszystko musi popsuć, taka głupia cipa – kończy sprawę Długi.

Od tej chwili stoimy jacyś podekscytowani. Wszyscy oprócz mnie palą fajki i nawet skierowaliśmy się dalej, na pusty plac zabaw za czteropiętrowym budynkiem, w którym mieszkało kilku kolegów Wacka, no i moi ze szkoły: Cholewka, Małgosia i Renata. Tutaj zaczynamy chodzić po równoważni, a że jest to proste i łatwe, to staramy się sprawę utrudnić, przechodząc tak, by się minąć i z niej nie spaść.

Mnie się udaje to tylko raz, bo Długi mnie lekko za każdym razem potrąca. Jestem na niego zły, no, ale on jest Długi, dlatego udaję, że wcale mi na tym nie zależy.

Kiedy Jogi z Wackiem wygłupiali się, huśtając na podwójnej huśtawce, a Długiego obracał Muchomor, Diakon zaczął skakać po ławeczce dla małych dzieci przy piaskownicy, po czym złamał deskę.

– Spadajmy, kurwa, bo tutaj jest taka głupia dozorczyni, która szczuje swoim psem. Ja spieprzam, bo chcę mieć całą dupę – oznajmia Długi na widok złamanej ławeczki.

– Psa się boisz? Należy walić takiego w nos i gotowy. Ale jak idziemy, to idziemy – odpowiada tamtemu Muchomor i wszyscy poszliśmy przez dziurę w ogrodzeniu za szkołę. Robi się już ciemno. Ponosi nas za salę gimnastyczną, w której trwa chyba jedna z ostatnich lekcji WF-u. Przylepiamy czoła do szyb i przez chwilę komentujemy widok ćwiczących dziewczyn z siódmej klasy.

– Jedynie ta z warkoczykiem jest dobra – ze znawstwem mówi Długi.

– E, tam, ta czarna ma zadatki na laskę. Będzie z niej kiedyś niezła dupcia, jak jej podskoczą cycki.

– A..., ha, ha! Ale się wypierniczyła – krzyczy Diakon na widok szczuplutkiej blondynki, która się wywróciła pod uderzeniem puszczonej w jej stronę lekarskiej piłki.

– Nie ma na co patrzeć, wszystkie to małolaty. Chodźmy stąd, bo chyba nie tęsknicie za budą – kończy nasze podglądanie Jogi w chwili, kiedy tamte nas dostrzegają, a kilka z nich, te, które się wstydziły, doniosły o tym nauczycielowi.

No to idziemy podwórkiem szkolnym, a ja spoglądam na ciemne okna mojej klasy na drugim piętrze. Powiew chłodnego wiatru. Włosy z grzywki przysłaniają mi oczy i czuję piękno widoku odbijających się w szybach dalekich świateł, które wraz z nami wędrują kolejno wzdłuż budynku. Muchomor kopie jakąś metalową puszkę chyba po farbie, która tocząc się po szkolnym podwórku, wraz z echem zatrzymuje się na kępie traw przy ogrodzeniu. Dochodzimy do bramki.

– Kurwa. Zamknięte – mówi Diakon.

– Trzeba być chyba pieprzniętym, żeby zamykać tutaj bramkę, kiedy za salą jest rozpieprzone ogrodzenie – mówi przemądrzale Wacek.

– To nasz stary woźny taki gorliwy – dodaję.

– No, ten stary dupek. Kiedyś dostał po mordzie od chłopaków z osiedla, jak się do nich przystawił, że grają w piłkę na boisku szkolnym – z przekąsem wtajemniczonego oznajmia pewny swego Jogi. – W takim razie skaczemy – mówi Muchomor, po czym wspina się pierwszy na bramkę.

No i kolejno robimy to samo. Wydaje się nawet lepiej, że ta bramka została zamknięta, bo mieliśmy przynajmniej jakąś przeszkodę. Idziemy w poprzek szkoły, tuż pod ścianą od bramy wjazdowej, do której prowadzi wąska jezdnia wyłożona trylinką.

– Ta też zamknięta – mówi z satysfakcją Wacek.

– Dziadek się boi, że go okradną – oznajmia Długi, mając na uwadze woźnego, którego służbowy jednopiętrowy domek mamy trzydzieści metrów za sobą.

– Traktuj ją z góry – przywódczo oznajmia Jogi, po czym sprawnie wdrapuje się na przeszkodę.

Choć to wszystko takie zwyczajne, to czujemy się jakimiś zdobywcami, idąc tak wydeptaną ścieżką wzdłuż Białuchy w stronę mostu. Słychać cichy szum rzeczki pośród odgłosu przejeżdżających samochodów. I właśnie w świetle ulicznej latarni pojawiają się płatki śniegu. W październiku był już śnieżny dzień, ale po tamtym śniegu nie zostało ani śladu. Czujemy, że teraz właśnie przychodzi czas na jakąś zmianę. Będzie prawdziwa zima. Wychodząc z cienia, Długi pierwszy dostrzega Grześka Wargałę.

– Warga! – woła Diakon, a Wacek gwiżdże przeraźliwie.

Odruchowo odwracam głowę i również dostrzegam szczupłą, niską postać Grześka w ubrudzonych u dołu jasnych dzwonach i w biodrowej kurtce w czerwono-czarną kratę. Odwraca się i idziemy ku sobie. Widok jego staje się coraz wyraźniejszy, dlatego szczegóły tylko potwierdzają to, o czym wiedziałem wcześniej. Głowa schowana pod kaptur i zapalony papieros, trzymany w kąciku ust, to coś nowego w zwykłym widoku mojego rówieśnika. Do drugiej klasy chodziliśmy nawet razem, ale później on się gdzieś wyprowadził, by pewnego razu znów powrócić w nasze okolice, choć już bez dawnego miejsca zamieszkania. Teraz w ogóle się nie uczy, tylko pracuje w piekarni. Tam też pozwalali mu się przespać, choć od pewnego czasu już i tam nie może. Znalazłem mu więc z Wackiem miejsce na strychu. W tym samym domu na naszym osiedlu, gdzie znajduje się kotłownia. Przy kominie jest dość ciepło, by przezimować, jak sam Grzesiek mówi o swoim lokatorstwie pośród kilku gołębi dozorcy. Na tego też musi uważać, żeby nie być wykrytym. Na razie dobrze mu się udaje tamtego omijać, najpewniej dlatego, że wstaje wcześnie nad ranem, by iść do swej pracy jako pomocnik piekarza. Poza tym jest jakiś inny, jakby smutniejszy od reszty, ale zarazem przez ten smutek wydaje mi się doroślejszy od naszej paczki. Choć przecież Tur i Jogi są od nas o trzy lata starsi, a Długi i Wacek o dwa, to żaden z nas nie ma takiego błysku w spojrzeniu, które by mówiło: „ja to znam świetnie i mnie to wcale tak nie obchodzi". Wacek kiedyś powiedział, że Grzesiek jest biednym chłopakiem, dlatego że rozwiedzeni rodzice nic się nim nie interesują, a nawet jak zarobi jakieś pieniądze, to kilku z nas zaprasza do kina, do którego jedziemy przez niego ufundowaną taksówką, żeby tylko on mógł się popisać.

– Kończę robotę po siódmej, to mogę ci podrzucić ze dwa chleby, a ty mi odpalisz trzy paczki sportów – mówi Grzesiek Muchomorowi, który na nim robi interes, mamie zwijając papierosy i biorąc forsę za chleb, który ten ma za darmo.

– Ale jutro jeszcze nie będę miał, bo stara przyniesie dopiero w sobotę.

– A ty nie możesz podskoczyć do niej do roboty?

– Jutro nie dam rady. Mam trening.

– Nie znudziły ci się jeszcze te cumulusy i stratusy.

– Coś ty. W przyszłym roku oddam pierwszy skok.

– Nie dotrwasz. Ja ci to mówię.

– Spokojnie, już teraz mógłbym skakać, ale trzeba mieć 16 lat i pozwolenie od starych.

– Będzie tak jak ze strzelaniem.

– To była inna sprawa.

– Do tamtego skierowałeś pistolet i wyleciałeś, a obecnemu pewnie skoczysz na głowę.

– Ha..., ha..., ha.

– Lepiej na kutasa.

– Ty skurwielu – po tych słowach Muchomor doskoczył do Diakona i zaczął go na żarty boksować.

– No dobra, chłopy. Trzeba już iść do chałupy trochę pomieszkać – mówi Długi.

– Bo spółdzielnia bierze czynsz za pustostan – dodaje Jogi.

– Ja nie mieszkam w spółdzielni, tylko w kamienicy prywatnej.

– No tak, jak burżuj – zauważa Grzesiek

– Tacy pójdą do pieca, razem z Żydami.

– I z Muchomorami – wyrywa mi się.

– Ty się nie odzywaj, bo Papuasów nie dopuszczono jeszcze do głosu.

– No to rozchodzimy się, bo manewry na dziś skończone – oznajmia zdecydowanie Wacek, po czym idziemy każdy w swoją stronę.

Jak zwykle do domu wracam z Wackiem. W ciemnej oddali nadjeżdża pociąg towarowy, którego cienie węglarek niczym wąż snują się po wiadukcie. Śnieg zaczyna sypać gęściej, a może ja tylko teraz to zauważyłem. Nie wiem, ale i tak nie ma to większego znaczenia. Jest pięknie w tym żółtym świetle ledwie świecących żarówek ulicznych latarni, co zaglądają na jezdnię, jakby włoskiem będąc przyczepionymi do drewnianych grubych zapałek słupów z betonowymi cokołami.

– Jakby tak wskoczyć do jednego z wagonów, ciekawe, gdzie by się zajechało – przerywam chwilę milczenia.

– Do huty. Przy odrobinie szczęścia trafiłbyś nawet do martena jako paliwo – odpowiada przemądrzale Wacek.

– Nie wiem dlaczego, ale tędy nigdy nie jeżdżą pociągi osobowe.

– Gadanie, bo są niepotrzebne. W hucie niepotrzebni są ludzie, ale węgiel i ruda.

– Ciekawe, czy my się też tam przeprowadzimy.

– Mnie jest tutaj dobrze i nie będziemy się nigdzie przenosić

– Ja też tak uważam, ale tam będę miał własny pokój. Tak mówi mama.

– Pożyjemy, zobaczymy. Wpadnij jutro do pakamery.

I tak żeśmy się rozstali. Zaraz zobaczymy, co się w domu święci.

– Gdzie tyle czasu siedzisz. Włóczysz się po ciemku.

– Przecież mamy ferie. Byliśmy z Wackiem i kumplami pod „budą". Trochę żeśmy się powygłupiali i tyle.

– Znowu ten Muchomor coś nabroi i będą mówić, że ty też brałeś w tym udział. Wolałabym, żebyś miał innego kolegę.

– Nie było żadnego Muchomora. Przecież mówię ci, że byliśmy z Wackiem.

No i chyba się na tym skończy, bo mama wyciska na specjalnej salaterce cytryny, a tata siedzi w „kiblu" i naprawia rezerwuar, który urwał się wczoraj, a woda lała się ciurkiem, dlatego trzeba było ją zakręcić i same z tym kłopoty.

– Cie... licho! – dobiega stamtąd wraz z hukiem czegoś metalowego, co upadło na posadzkę – Chodź i podaj mi ramię, bo nie będę schodził co chwila.

– Ja mam swoje zajęcie i nie mam pomocników.

– Bo rzucę to wszystko w diabły i na tym się skończy!

– Idźże i podaj ojcu... – zwraca się mama do mnie szukającego talii kart.

Biegnę i podnoszę z posadzki ramię z łańcuchem i fajansową rączką, by je podać tacie stojącemu jedną nogą na taborecie, a drugą na opuszczonej na muszlę sedesowej desce.

– No wreszcie, ciężko się w tym domu o cokolwiek doprosić.

Ale ja wracam do pokoju, bo tamto mnie mało obchodzi. Chciałbym odnaleźć karty i postawić sobie pasjansa. Ciekawe, czy wyjdzie mi tym razem, że mnie Marysia kocha, czy też jak wczoraj znów, że nie.

– Tak dużo tych cytryn. Co ty będziesz robić z tym sokiem?

– Rzucili dzisiaj do naszego jarzyniaka, to kupiłam. Zasypiemy cukrem i będzie sok na całą zimę. Możesz popijać co dzień po łyżce, bo to zdrowe. Witamina C jest potrzebna w zimie – mówiąc to, mama przekrawa kolejny owoc na pół, po czym ugniata go na szklanym stożku wewnątrz salaterki z grubego szkła.

– Nie widziałaś moich kart do gry? – pytam zrezygnowany szukaniem u siebie za drzwiami, stojąc bezradnie pośrodku pokoju.

– No, jeszcze by tego trzeba było, żebym sobie głowę zaprzątała twoimi kartami.

– Staszek! – dobiega wołanie ojca.

– Co się znowu stało?

– Podaj mi młotek z mojej skrzynki. Jest tam w szufladzie.

Biegnę do skrzyni, która jest pod stołem kuchennym, odsłaniam zasłonę na żyłce i wynajduję młotek w szufladzie. Wyjmuję go i zanoszę tacie.

– Nie ten młotek. Tam jest zwykły młotek.

– A co, to nie jest młotek?

– Jezus kochany, mnie jest potrzebny zwykły, a nie szewski młotek. Zwykły jest kwadratowy, a szewski okrągły. Przynieś mi zwykły młotek.

Biegnę po kwadratowy młotek, choć mi się wydaje, że jak bym przyniósł kwadratowy, to wtedy lepszy byłby okrągły.

– No wreszcie, tak trudno się w tym domu o cokolwiek doprosić – zrzędzi jak zwykle tata, któremu najwidoczniej się nie chce tego rezerwuaru teraz naprawiać. Nie ma natchnienia, dlatego się tak męczy, żeby i mama nie zrzędziła.

– Ty tylko tam narzekasz i narzekasz, jakby ci się coś działo.

– Diabli nadali z taką robotą. Ten pływak jest jakiś kopnięty i z nim ani tak, ani siak. Najlepiej by było kupić nowy.

– Najprościej iść i kupić i wydać znowu pieniądze – odpowiada mama w sposób, który przerywa dyskusję rodziców.

Wiadomo, że jak mama nie da, to tata nie kupi i to nie tylko pływaka, a teraz będzie go naprawiał aż do skutku. A może się jednak podda? Ciekawe.

Przez ten czas poszukam moich kart. Ale gdzie? Na parapecie między doniczkami z kwiatkami ich nie ma. Och, diabli, powiem jak tata, kłują te głupie kaktusy. Ale nic to, wystarczy wyjąć kolec i po krzyku. Zajrzę pod stół na małą chłodziarkę. Nie ma. A może za maszyną do szycia albo za stołem? Żeby tam zajrzeć, trzeba wziąć małą nocną lampę z kulistym abażurem.

– Mamo,… chciałbym trochę odsunąć na chwilę stół, żeby zaglądnąć, czy tam nie spadły moje karty.

– Czy ty zawsze musisz czymś zawracać głowę wtedy, jak jest jakieś zajęcie?

– Przecież ty zawsze masz jakieś zajęcie. A ja tylko na chwilę…

– No dobrze, popatrz sobie.

Wysuwam krzesło spod okna i naciskam biały przycisk. Włączoną lampkę biorę do prawej ręki i nachyliwszy się nad szparą, opieram łokieć o… I właśnie łapie mnie jakiś skurcz, szarpnięcie. Trzask i gaśnie światło! Upadła też lampka na podłogę, rozbijając żarówkę. Mną jakoś dalej trzęsie, mimo że już puściło. Tata chyba klnie, a ja odruchowo kieruję się na sztywnych nogach gdzieś na wersalkę. Staję nad nią, po czym się odwracam i słyszę swój obcy głos wypowiadający znieczulonymi wargami jakby z dna jakiejś beczki słowa:

– Phront by mnie zabił – po czym kładę się i o niczym więcej nie chce mi się już myśleć – Jest to podobno sieciowy spadek napięcia.

„No i tak, święta, święta i po świętach" – na pewno znów w ten sposób, jak od zawsze powie tata wieczorem w drugi dzień świąt. Tymczasem same tylko do nich przygotowania. Najważniejsze, że mnie ostatnio ten prąd tylko tak lekko – jak mówi Wacek, a on jako uczeń drugiej klasy szkoły elektrycznej się na tym chyba zna – popieścił. Dowiedziałem się też przy okazji, że miałem do czynienia z napięciem około, ponieważ się to waha, 220 V, i też, że trzeba było wymienić topikowe stopki, bo fazę szlag trafił. Niektórzy watują, ale nie mój tata, który stopek ma w „jasną cholerę". Tak jest z fachowcami.

O tym sobie myślę, idąc na trzepak z chodnikiem z przedpokoju, bo wszyscy przed świętami trzepią, to i pewnie dlatego my też trzepiemy. Jedni dywany, inni chodniki i narzuty, a są i tacy, co wszystko naraz, żeby tylko się pokazać. Dobrze, że my mamy ładny parkiet i nie potrzeba nam dywanu, bo musiałbym się bardziej męczyć, a tak, to nawet mnie to mało obchodzi, że idę za garaż z drucianą trzepaczką i chodnikiem pod pachą. Idę zresztą dlatego, że tak żeśmy się z Wackiem umówili. Nawet mama była zdziwiona, że sam się garnę do przedświątecznych porządków. Tym bardziej dla niej może być to dziwne, że wcale nie mam potrzeby się podlizywać grzecznością, bo przecież św. Mikołaj już był i dał mi jak zwykle trochę czekolady, pomarańcze i „Eroicę" Beethovena, co na pewno było pomysłem mojej matki chrzestnej. Moja mama lubi Irenę Santor, a nie takie rzępolenie, jak mówi tata. Ja tej płyty już kilka razy słuchałem i choć za pierwszym razem niezbyt mi się podobała, to jednak za każdym następnym razem muzyka jakoś mnie wciągała, choć nie potrafiłbym zanucić jej dłuższego fragmentu. Ciekawe też jest to, że poświęcona była Napoleonowi, a później kompozytor zmienił zamiar i nazwał ją „Eroica", o czym przeczytałem na okładce. Ale to wszystko starożytność, teraz ważne jest trzepanie. Tomek Płatek z siostrą już się tłuką za blokiem, trzepiąc dywan na śniegu. Ja chodnik też mogę trzepać na śniegu, żeby się odświeżył, ale najpierw muszę wytrzepać go z pierwszego kurzu na trzepaku, bo tak umówiłem się z Wackiem. No to skręcam za garaż.

– Cze…ść! – mówię na widok Wacka, który ku mojemu zaskoczeniu już stoi przy trzepaku, na którym jest rozwieszony jeden z dywaników, ale w ręce zamiast trzepaczki trzyma, jakąś starą gitarę. – Skąd ją wziąłeś?

– Leżała tutaj, ale ma tylko jedną strunę. Właśnie udało mi się ją nawet naciągnąć – i brzdąkając, prezentuje swoje dzieło.

– No to zagraj sambę Santany.

Wacek brzdąka, a ja trzepaczką wymierzam rytm, tłukąc nią o metalowy trzepak.

– Na jednej strunie się nie da.

– Bo nie umiesz grać.

– Jak to nie, słuchaj wirtuoza – po czym wprawnie gra i śpiewa:

Pocałuj mnie w dupę, przez kamieni kupę,
całowałeś nieraz, pocałuj i teraz…

– Brawo maestro *koncioli pikoli wasaniente*.

– Ja lepiej gadam po francusku niż ty po włosku, bo mam świetny akcent: *Wu le wu kusze awek mła se sła. Że ne papua?*

I śmiechu jest co nie miara.

– *Lu…dzie li…sty piszą, zwy…kłe po…lecone…*

– *Kto za tobą w szkole ganiał, do piórnika żaby wkładał, kto, no powiedz kto…o? Tak bardzo się starałem, a ty teraz nie chcesz mnie…*

– E, tam. Lepiej coś z radia Luxemburg, a nie to patataj…

– Je, je, je. Je, je, je! – wywrzeszczy Wacek, po czym rąbie gitarą w górną rurę trzepaka tak, że nadziewa ją, przebijając pudło. No i tak kończy się nasze granie. Jednak w tym widoku wiszącej gitary, z której zwisa pęknięta ostatnia struna, dostrzegam coś pięknego, smutnego i z zachwytem przyglądam się temu.

– Co wy tu wyprawiacie! – rozlega się nagle głos Chojnackiej za naszymi plecami. – Inni czekają do trzepania, a wy się tutaj wygłupiacie.

Dziwne, ale wyciągam do tej gitary ręce, jakbym chciał ją od czegoś uchronić.

– Trzepiemy, trzepiemy! – odpowiada Wacek i na potwierdzenie tego, zaczyna walić trzepaczką w dywanik.

Chojnacka jeszcze coś tam mówi, ale przecież jak się trzepie, to niczego innego nie słychać. Tylko ja zastygłem jakoś głupio w swym geście, dla którego nie mogę znaleźć żadnego usprawiedliwienia. Może chciałem zdjąć tę gitarę z trzepaka, żeby uwiarygodnić Wacka, a pozostał mi tylko ten mój dla niej podziw?

Wreszcie trochę speszony porzucam jedno i drugie i spoglądam na dłonie, by je zatrzeć, jak to nieraz robią starsi ode mnie przed jakąś czekającą ich robotą. No i…, poszła sobie.

Poszła też Śmigalska po karpie na święta, choć wcale nie jest nabożna, co często wypominała mojej mamie. Ale może zamiast kilo kotletów tym razem zachciało się jej zjeść naraz dwa kilo karpia. Ciekawe, czym będzie niedługo pachnieć, bo po kotletach, kiedy się obok niej przechodziło, unosił się zapach schabowego z zasmażaną kapustą i szczyptą potu. Ale teraz przecież jest zima i nawet jej pośladki nie podskakują i nie kołyszą się jak w lecie, bo zasłania je bordowym płaszczem z futrzanym kołnierzem. Wygląda jak kula i nawet bałwan ulepiony przez Joaśkę Wronę, jej brata i Marysię Milczak jest szczuplejszy. Mnie to wszystko nie przeszkadza, niech sobie będzie jaka jest, tylko dlaczego ludzie się nas czepiają o coś, co powinno być im chyba obojętne.

Zresztą tak samo i Płatkowa, która kiedyś gadała nam coś o Leninie, a teraz biega „niczym z piórem w dupie" – według słów Adriana – żeby zdobyć na święta czekoladową mieszankę, którą właśnie rzucili do „Meteora". No i swoim dzieciom każe trzepać dywan na śniegu. Adriana nie lubię, bo jest złośliwy i wyśmiewa się z innych, tymczasem też trzepie kapę. Wygląda jeszcze głupiej niż my wszyscy, bo nad nim na piętrze stoi jego mama na ganku w kożuchu i z zapalonym papierosem i wydaje mu polecenia, jak ma trzepać, tak jakby to była jakaś filozofia. Przy tym z tym swoim czarnym kokiem spowijanym co chwila dymem z papierosa wygląda jak lafirynda – według Milczak, która tego nie mówi jej wprost, ale zawsze w takich sytuacjach powołuje się na to, co podczas jednej z awantur powiedziała Śmigalska o tamtej – o czym wie przecież całe osiedle.

No tak, nawet Zbirska pędzi do domu z choinką, a to przecież jej mąż, jakiś ważny sekretarz, kiedyś doniósł na nas, że mamy w oknie święty obrazek.

Tylko starszy syn Środy idzie jak zwykle, posuwając nogą po chodniku i mówi pod nosem:

– Cina, cina, cielęcina – ale jego wszyscy jakoś lekceważą. Oczywiście z wyjątkiem moich rodziców, którym on nie przeszkadza i nic do niego nie mają, bo nikomu nic złego nie robi, a że jemu się porobiło, to już co innego.

Patrząc na to wszystko czuję, że mimo obojętności do tego Środy, jakoś jestem za tym, co wydaje mi się, że on ma w sobie. Nie wiem, co to jest, ale pobudza to we mnie chęć dowiedzenia się. Najchętniej nieraz to bym coś za tym wysadził w powietrze.

Tymczasem Fred wciąż dłubie i dłubie pod maską swojego powojennego fiata z kołem zapasowym na bagażniku. Nawet odpina podpórkę pod klapą i z hukiem opuszcza maskę. Zwraca się o coś do przechodzącego właśnie Borowiny z siatką, w której zdaje się głupkowato rozdziawiła pysk ryba.

– Stasiu! Pomożesz popchnąć auto, bo nie mogę zapalić?

Z chęcią pomagam. Nie jest to takie łatwe, bo nogi ślizgają się na ujeżdżonym śniegu, a Borowina tylko pcha jedną ręką, jakby się o auto opierał, bo w drugiej trzyma siatkę z karpiem.

– No..., raz..., rozhuśtać go... i..., i... i idzie... – komenderuje Fred z kapeluszem na swej łysej głowie, pchając auto przy otwartych drzwiach od strony kierowcy.

No to jedziemy. Kierowca wskakuje do wewnątrz, fiatem szarpie, aż rąbię głową o oponę zapasowego koła. Raz, drugi i kolejny, ten pierdzi i ledwo jedzie, po czym z rury wydechowej bucha gęstszy dym i auto nam spod rąk umyka, by Fred zatrzymawszy się po kilku metrach na chwilę, miał nam podziękować za uprzejme pchanie. Ale nikt już go nie słucha.

Wracam do bałwana i przez chwilę przyglądam się najpierw jemu, później Wronom i Marysi, nieopodal lepiących następnego. Mówię, że wygląda jak Dziadek Mróz. Ni stąd, ni zowąd łapię za jakąś deskę i walę w czapkę z garnka Dziadka Mroza, zwalam mu głowę i kopię w brzuch tak, że strzępy z niego lecą wraz z guzikami z węgielków, a z pleców spada worek z jakimiś szpargałami, które miały udawać prezenty. Tamci widząc co się dzieje z ich dziełem, rzucają się do obrony swojego bałwana. Najzapalczywsza Marysia lepi nawet raz i drugi śnieżną kulę i z impetem wali mnie nimi gdzie popadnie. Wrony idą za jej przykładem. Nie mam wyjścia, muszę się ewakuować, bo natarcie jest nie do wytrzymania. Do tego jeszcze Joaśka drze się w niebogłosy. Uciekam do klatki schodowej i zdyszany suszę się przy kaloryferze.

Po chwili z góry schodzi mieszkająca na poddaszu starsza pani, którą nazywamy Ślamazara, i zwraca się do mnie:

– Dlaczego zniszczyłeś koleżankom tak ładnego bałwanka?

– Bo to są głupoty. Jest św. Mikołaj, a nie żaden jakiś Mróz. Mróz to przecież mróz.

– Ale przecież to tylko taka zabawa.

– Ja lubię się bawić naprawdę, a nie na niby.

– Hm, ale bądź chociaż grzecznym chłopcem – powiada jakoś bardzo życzliwie i odchodzi sobie.

Przez chwilę patrzę za nią oniemiały, bo mi się wydała sympatyczna, i jakbym to jej zrobił przykrość. I też idę, tyle że już do domu.

Z tym wigilijnym dniem to jest dziwna sprawa. Mimo że od samego rana panuje jakaś tajemnicza i przejmująca cisza, podczas której innym razem zanudziłbym się na śmierć, to jakoś w ten dzień przedświątecznie świąteczny ogarnia mnie nastrój niepokoju i oczekiwania na coś, co mimo że dobrze znane, to wciąż spowite aureolą uświęconej prostoty odległego, zwyczajnego, z czymś co całkiem blisko niezwykłe. Właśnie tak sobie wymyślam to, co nastąpi w swej jałowości, a przecież to tylko jest postne oczekiwanie na zwykły groch z kapustą, uszka z grzybami i kiszony barszcz czerwony czy na chrupiącego karpia z niechcianymi ośćmi.

Ale zanim zasiądziemy przy stole, kiedy się już trochę ściemni, ubierzemy z mamą choinkę w bombki z gwiaździstymi otworami i śnieżnymi czubkami, szpicami, mieniące się odcieniami tęczy kolorowe kule, a także w owinięte w złotka orzechy, w które tata wbija zapałki, żeby było do czego zawiązać nitkę. Łańcuchy tylko te same. Zrobiony kiedyś przez nas ze słomek przeplatanych harmonijkami kolorowych bibułek czy też ten jako dawne plastyczne zajęcie w szkole, gdzie sklejałem paski kolorowego papieru w ogniwa tego, co ma zostać na samym końcu zawieszone na drzewku wraz ze śnieżynkami z plastiku, mieniącymi się niczym gwiazdki pośród kolorowego światła lampek, które właśnie tata podłączył do kontaktu.

No i wreszcie ta najważniejsza gwiazdka rozbłyska.

Wśród nocnej ciszy głos się rozchodzi
Wstańcie pasterze, Bóg się wam rodzi,
Czem prędzej się wybierajcie,
Do Betlejem pośpieszajcie
...

– Najpierw się pomodlimy. Lepiej wyłącz teraz tę kolędę – zwraca się mama do taty, kładąc na stole talerzyk z jednym dużym i drugim małym opłatkiem.

– Nic nie szkodzi, na ten czas wyciszymy... – odpowiada i klękamy do głośnej modlitwy, którą prowadzi mama. Pokój tonie w półcieniach, bo nad wszystkim panuje rozświetlona jodełka, która jest ciut wyższa ode mnie. Bezmyślnie klepię za mamą słowa modlitwy, bo największą moją uwagę zajmuje burczenie w brzuchu. Tata jak zwykle mówi po cichu swoje, wspierając się o tapczan i chowając nos w splecione dłonie. Wiem to wszystko, choć jestem odwrócony do niego bokiem.

Amen!

I wreszcie coś przekąsimy. Choć to tylko opłatek, to zawsze coś znajdzie się na żołądku. No i korzystam z tej sytuacji, winszując sobie z przegryzaniem opłatka i Marysi, podczas gdy mama z tatą życzą sobie dużo zdrówka, szczęścia i pomyślności, no i żeby było jak najmniej powodów do zmartwień, a także do zrzędzenia... no i żeby mama miała dużo radości z życia. Po czym kolejny suchy trzask łamanego kruchego ciasta z aniołkami wokół żłóbka i Jezusowych rodziców.

– Żeby ci się w życiu powiodło. Żebyś był mądrym, uczciwym człowiekiem i wyuczył się w takim zawodzie, który będzie ci dawał dużo satysfakcji. Żebyś znalazł w sobie taki talent, któremu się poświęcisz i będzie twoją drogą życiową – mimo że pojedynczo, to jednak słyszę rodzaj chóru ze strony rodziców, którego tak naprawdę nie rozumiem. To takie „jedno i to samo". Za chwilę któreś powie:

– Żebyś w szkole był grzeczny i dobrze się uczył, bo wiesz, że bez nauki człowiek nie ma przyszłości. Jest jak cielątko, za które trzeba myśleć i decydować...

No i powiedziane zostało: „Ucz się ucz, bo nauka to potęgi klucz". Wreszcie to, co najważniejsze, kolacja. Szkoda tylko, że wszystko takie jałowe. Ale mama nie popuści w tym swoim porządku. Nie wiem, może to i dobrze? Na pewno lekko żywiczny zapach drzewka, mdły grzybów – za którymi nie przepadam – wyłaniają się z rozgryzanych uszek i surowo brzmiącej kapusty z grochem. To mi pomaga pochłaniać wszystko tak, „jakbym nigdy nic nie jadł", jak mawia mama, albo jakby mi „żołądek przyrósł do kręgosłupa", jak z kolei mawia Borowina.

Przybieżeli do Betlejem pasterze,
Grając skocznie Dzieciąteczku na lirze.
Chwała na wysokości...

– A może byśmy tak sami zaśpiewali bez tego adapteru – niespodziewanie proponuje mama.

Poprawiła sobie włosy, które przed samymi świętami obcięła, no i zrobiła trwałą, bo przecież „nie będzie chodzić cały rok jak straszydło". Zresztą i tak niewiele na siebie wydaje w odróżnieniu od innych bab, które co miesiąc przesiadują i bajczą u cycatej Stefki.

No to śpiewamy, mimo że tata tylko uprawia mruczando.

Pójdźmy wszyscy do stajenki / Do Jezusa i Panienki!
Powitajmy Maleńkiego / I Maryję, Matkę Jego.
Witaj, Jezu ukochany, / Od Patryarchów czekany,
Od Proroków ogłoszony, / Od narodów upragniony.

I świat się stopił w jedno, niczym ten wosk spływający ze świecy, postawionej na stole mamy ręką tak, jakby w swej konieczności chwila ta nastąpić musiała. A w tym momencie na piętrze zaczyna grać pianino Agnieszki Gajcy, która jakby słysząc nasze śpiewanie, zaczyna nam przygrywać do następnej zwrotki. I teraz nawet tacie się udaje:

Witaj, Dziecineczko w żłobie / Wyznajemy Boga w Tobie
Coś się narodził tej nocy, / Byś nas wyrwał z czarta mocy.
Witaj, Jezu nam zjawiony; / Witaj dwakroć narodzony,
Raz z Ojca sprzed wieków wiekiem, / A teraz z Matki człowiekiem.

Mamy też i przekładańca. Zjem kawałek, mimo że jakoś już prędko mi żołądek wypełniło. Ale popiję kompotem z suszonych śliwek, jabłek, gruszek i czegoś tam jeszcze, by zmieścić się miał sernik, nie wspominając o makowcu. Szkoda tylko, że w tym roku mama nie pozwoliła mi iść z chłopakami na pasterkę. W tamtym roku byliśmy u Pijarów i mama skądś się dowiedziała, że staliśmy pod „Francuzem", a pod „Czartoryskimi" popijaliśmy wino. Tłumaczyłem jej, że to Muchomor z Jogim i nikt więcej, ale mama i tak wie swoje. Za to się wyśpię, a pojutrze przyjdzie do nas wujek z ciotką i może da się namówić na grę w remika. Zobaczy się! Dobrze, że mam dużo czasu na napisanie tylko jednego wypracowania.

Tegoroczne ferie świąteczne spędziłem miło i bardzo przyjemnie, bo wyjechałem w góry, gdzie jest pełno śniegu, nawet góry i zaspy śniegu, a chodzi się wysokimi tunelami i można się zgubić, jeśli się nie jest obeznanym w okolicy. Mieszkałem u ciotki, która ma pełno pierzyn i pali drewnem w kaflowym piecu, do którego jak trzeba, wujek wrzuca rozszczepione latem świerkowe klocki. Ja też próbowałem kiedyś rąbać drewno, no ale jak mnie raz mama na tym przyłapała, to nic jej nie pozostało, jak opieprzyć mnie jak święty Michał diabła i tyle. Ale to nic i tak piękne są Gronie i Wygony, z których wprawdzie nie da się zjeżdżać na sankach, ale górek tam pełno i nawet próbowałem chodzić na nartach, które mi dał na chwilę Stefan, kiedy poszedłem z nim na drugą stronę potoku, gdzie on zjeżdżał na sam dół aż do rzeki, która jest cała zamarznięta. Nie trwało to długo, bo wystarczyło, że dwa razy wyszedł do góry i zjeżdżać mu się odechciało, bo jak powiedział, to nie jest jazda bez kolejki, tak jak w Zakopanem, gdzie człowiek może sobie pozjeżdżać do woli. Mnie jakoś to zjeżdżanie niezbyt pociąga, bo tak zjeżdżać i zjeżdżać to przecież nudne zajęcie, choć zjeżdżaliśmy „kupą" do Sikory. Polegało to na tym, że siadało się albo kładło na siedzących osobach i rozpędzało, ile wlezie, i zjeżdżało na dół. Oczywiście tylko kilka metrów na sankach, bo pierwszy spychał pozostałych, zapierając się o płozy nogami. Były to zawody punktowane, chodziło o to, żeby dojechać do końca na sankach, za co otrzymywało się punkty zależne od tego, jak daleko ktoś siedział czy leżał od miejsca z przodu. Gdyby pierwszy spadł z sanek, wtedy zostałby nazwany palantem i wypadał z gry. Poza tym mieliśmy kulig i ja nawet przez chwilę siedziałem na koźle i powoziłem, ale przestałem, jak niedużo brakowało, żebym wywrócił konia razem z saniami. Na szczęście wujek był ze mną na koźle i załatwił sprawę, biorąc ode mnie lejce……

Odkładam na chwilę pisanie wypracowania z polskiego na temat spędzonych przeze mnie ferii świątecznych i spoglądam na łysinę taty. Łysinę, bo przecież on wcale nie jest łysy. Wszystko zależy od tego, jak się spojrzy na sprawę. Jeśli z tyłu, to można nawet sobie wyobrazić, że ma bujną czuprynę. Tyle że jej tak na prawdę nie ma. Jeśli natomiast spojrzymy z ukosa, od przodu, to z pewnością i najwidoczniej jest łysawy. Byłby bardziej, gdyby nie miał włosów na środku od czoła głowy, które zaczesuje do góry, jakoś tak na „koguta". O, i nawet mu się teraz trzęsą jak grzebień kogutowi. Śmieszy mnie to, dlatego zaczynam się chichrać jak głupi. Ja się śmieję, a tata schylony przy otwartych drzwiach szafy szamocze się z jakimiś ciuchami na dolnej półce. Przy tym trzęsie mu się ten „grzebień", a ja się śmieję, aż mnie zaczyna boleć brzuch. Mama patrzy na mnie, a tata nie może sobie poradzić ze stertą poukładanych w piramidkę majtek, halek i czegoś tam jeszcze. On je próbuje utrzymać w porządku, a te mu zjeżdżają, co sprawia, że próbuje je pochwycić. Jedne przechwyci, to następne mu się wysuwają i tak już dłuższą chwilę, bo brakuje mu za każdym razem ręki, co wprawia go najpierw w bezradność, a następnie w złość. Tylko ja, nie wiedzieć z czego, śmieję się do rozpuku, bo przecież jak tu się nie śmiać, kiedy nie dość że gacie, to jeszcze ten grzebień na głowie nie jest właścicielowi posłuszny, tylko się wraz z nim trzęsie.

– Cie... licho z tymi szmatami – poirytowany tata wydaje się coraz bardziej bezradny, aż mama wreszcie wkracza do akcji, mówiąc:

– Co ty tak w tej szafie grzebiesz, jak kura w sianie.

– Nie!..., – krzyczę. – Ja już nie mogę... Nie..., nie..., – chyba za chwilę ze śmiechu nawet zwariuję. Skąd mama wiedziała, o czym ja myślę?

– Gdzie się znowu podziały te kalesony – rzuca wszystko w diabły tata – A ten się śmieje jak głupi do sera... Diabli wzięli moje białe kalesony.

– Niech się śmieje, bo to zdrowie – mówi mama. – A ty nie musisz robić bałaganu w szafie.

– No to gdzie są moje kalesony? Zawsze mi gdzieś wtrynisz tak, żebym nie mógł znaleźć, a potem mówisz o bałaganie.

– Przecież tutaj, pod ręką masz pełno kalesonów, a szukasz jakby wczorajszego dnia.

– Gdzie, no gdzie?

– A to co jest? Polazłeś tam, gdzie nie potrzeba.

– Tu nie ma niebieskich kalesonów.

Ja chyba naprawdę umrę ze śmiechu.

– A dlaczego ci akurat przyszły do głowy niebieskie, chciałeś białe. Cożeś sobie znowu niebieskie ubzdurał, masz białych, beżowych pełno, a ty akurat wymyśliłeś niebieskie. Wszystko po to, żebym musiała układać, bo ty zgrzebiesz i zostawisz wszystko, bo przecież ważne są tylko kalesony i więcej cię nic nie obchodzi.

– To po co mi gdzieś wtryniasz kalesony. Jakby były na swoim miejscu, to bym nie musiał szukać.

– Dla ciebie byłoby najwygodniej, jakby wszystko, co ci przyjdzie akurat do głowy, znalazło się pod ręką i to pośrodku pokoju – mówi mama i energicznie wkłada z powrotem do szafy układane przez siebie rzeczy. – Masz tutaj za to różowe kalesonki i nie dręcz mnie o niebieskie, bo nie wiem gdzie są i nie będę dzisiaj szukać. Nawet w święto nie mam spokoju…

Dobrze, że dzwonek dzwoni do drzwi, bo już nawet nie mam siły, by znieść dalej swoje śmianie. Ktoś nadchodzi, by mnie wybawić z najgorszego.

Okazuje się, że to nie wujek Józek, ale Kabatowie z Podgórza wpadli na chwilę, bo im było po drodze.

– Ach, Basieńka ty moja.

– Haneczka rumiana jak pączuszek.

– Jedziemy do brata Wacka do Huty, dlatego postanowiliśmy wpaść po drodze na chwilę.

– Dobrze żeście zrobili.

– Cześć Ignacy… A jak ty się masz, urwisie.

– Wejdźcie dalej, siadajcie, rozgoście się.

– Mają dzisiaj wpaść również Czajnikowie.

– Ach tak, a Gienia nadal pracuje w szpitalu…

– Co tam słychać? – Wszystko po staremu. Praca, praca, i dom, i praca.

– No tak, jak u każdego. Dalej tłuczesz w tę blachę?

– Tłucze człowiek, ale jakby nie fuchy, to wiele by nie wytłukł. Tak jak firma płaci, to pożal się, Boże.

– Dobrze, że masz możliwość dorobić na fuchach. Samochodów coraz więcej, wypadków przybywa, to i blacharze mają zajęcie.

Tak, ten Kabat to jest dopiero łysy. Choć jest młodszy od naszego taty, to na wierzchu głowy nie ma wcale włosów. Uważam, że lepszy jest nasz kogut, niż tamtego łysa pała. Za to jego żona jest niczym kurka wodna, której grzebień przechylił się na prawą stronę. Nawet porusza się jak kokoszka z kuperkiem pozostawionym w tyle.

– No wiesz, pełno tego załatwiania przed świętami. Jak nie kolejka do rzeźnika, to sprzątanie. Prałam też, choć myślałam, że po świętach to zrobię, ale wiesz jak to jest, gdy ma się trójkę dzieci. Ty masz jednego… Nawet do fryzjera nie miałam czasu iść, dobrze że Matlakowa umie, to mnie trochę przystrzygła i uczesała, no i tak mi czasu zabrakło, żebym nawet na cmentarz na grób tatusia poszła i zapaliła mu świeczkę.

– Napijecie się herbaty, może coś przekąsicie?

– Nic nam nie rób, bo jesteśmy po obiedzie i wpadliśmy po drodze, żeby was odwiedzić i zobaczyć, co się u was dzieje.

Nudne gadanie. Spróbuję z choinki zerwać nadziewaną czekoladkę w kształcie półksiężyca tak, żeby nikt tego nie zauważył. Ciekawe, czy mi się uda. Wstaję z krzesła i podchodzę do szafki, która skrywa w sobie maszynę do szycia. Ja też skrywam swój zamiar, biorąc w dłoń z bieliźniarki flakonik, w którym trzymam dwa spinacze, trzy guziki, jedną gałkę, która odpadła od adapteru, i trochę szpargałów. Wysypuję ich część na blat bieliźniarki obok radia, po czym udaję, że coś mi spadło na maszynę, pod stojącą na niej choinkę, ale tuż przy bieliźniarce. Patrzę, patrzę, ale nic nie widzę. Już wczoraj zerwałem z tej gałązki owiniętą w czerwono-niebiesko-żółte sreberko czekoladkę nadziewaną masą kakaową. Przysiągłbym, że była druga na tym rozgałęzieniu jodełki, a tu nagle jej nie ma. Nawet się nie schowała gdzieś za bombką czy wplotła w łańcuch albo anielskie włosy, lecz zwyczajnie zniknęła. Muszę się zabrać w takim razie za tę wyżej, ale już udawanie, że mi coś spadło, nie będzie mieć sensu. Poprawiam w zamian żarówkę lampki.

– Nie odkręcaj żarówki byle gdzie, bo później będzie trzeba szukać, jak się będzie chciało zapalić choinkę. Ta fioletowa z przodu jest już odkręcona.

– Wiem jak działa połączenie szeregowe, ale się zastanawiam czy inna żaróweczka będzie się nadawać... jakby co...

– Musi być taki sam gwint. O czym my to, Sylwek, mówili?

Dobrze, że się znów zajęli sobą. Niby niechcąco pociągam za koniec nitki i głośno kaszlę, żeby nie było słychać, jak spada skarb z drzewka.

– Co ty tam wyprawiasz przy tej choince. Zostaw te światła, jak są dobre, bo będziesz majstrował jak, to raz było, aż choinka się przewróci i bombki potłuką.

– Dobrze, już dobrze, zapalę tylko światło i nawet usiądę jak człowiek przy stole – jedną rękę sięgam do lampki z fioletową żarówką, by po zapaleniu się światła drugą schwytać półksiężyc.

– O... jak ładnie się świeci drzewko.

– Mówiłem ci, że prawidłowo należy jedną ręką przytrzymać lampkę, a drugą przykręcać żarówkę.

– Wiem już, że nie robi się tego jedną ręką, ale nie mogłem robić tego oboma, bo... – nagle urwałem, bo bym się wygadał. Schowałem tylko do kieszeni dłoń z moją tajemnicą. Nie będę przecież opowiadał za wiele wszystkim, wtajemniczając każdego w moje sprawy.

– Nie mówi się oboma, tylko obiema.

– A właśnie że mnie chce się oboma i tyle – powiedziawszy to podszedłem do okna i zacząłem się przygląda nudnemu, dobrze znanemu sobie mrocznemu obrazkowi.

– No i tak moja droga, na wiosnę, jak Sylwek będzie miał sprawne auto, to się wybierzemy w góry.

E tam, takie góry. W te wakacje byliśmy z Kabatami w ich górach i nawet jeden raz nie byłem w lesie. Cały czas leżeliśmy tylko nad rzeką przepływającą obok domu i albo się pluskaliśmy w wodzie, albo graliśmy w remika i kanastę z Kaśką, Iwoną i o kilka lat od nas młodszą Magdą z Huty. Było to o tyle przyjemne, że chodziły i opalały się w strojach kąpielowych i mogłem im się z bliska przyglądać i oceniać, która ma co lepsze. Magda miała ładną buzię, włosy i piękne oczy, Kaśka nogi, a Iwona cycki. Ale i tak mi się szybko znudziły. Wtedy się zastanawiałem jak to jest, że nie ma takiej dziewczyny, która miałaby wszystko to naraz. Oczywiście z wyjątkiem Marysi Śląskiej, ale ona jest jakaś całkiem inna, nieporównywalna i wyjątkowa, a ja nawet nigdy nie widziałem jej na wakacjach, choć domyślam się, jak wygląda i to nawet całkiem naga. Ona jest kochana, choć jak pomyślę o innych, to jakby i jej czegoś brakowało.

– Co ty się tak chowasz za tą zasłoną. Chodź, usiądź z nami przy stole...

– On potrzebuje rówieśników, a nie nas.

– To mogłaś przyprowadzić córki.

– Iwona się trochę przeziębiła, bo byli wczoraj na sankach na kopcu i przyszli tacy umęczeni, przemoczeni, jakby Bóg wie co robili.

– Ale się wyhasali i będziesz na chwilę miała spokój.

– A może jednak zrobiłabym wam choć herbaty...

– No chyba, że z prądem. Ha..., ha..., ha..., ha.– Podłączę ci do kontaktu, będziesz miał z prądem. A wiecie, że Stasia kopnęło?

– Kopnęło, ale żyje. No to wyciąg, Haneczko, tę świąteczną gorzałkę, wypijemy po jednym na szczęśliwe narodzenie, bo zaraz będziemy musieli jechać do tej Huty. Tam przecież czekają na nas.

– Tobie Sylwek tylko jedno w głowie.

– A co to jej się dzieje. Nie stać jej? Daj, Haneczko, po kielichu. Ignacy przepłucze gardło, będzie ładniej ci śpiewał, a sam lepiej trawił. Same korzyści.

– Wpadniesz jak po ogień, zamiast przyjść na dłużej...

– No właśnie, przy okazji przyszliśmy was zaprosić na sylwestra.

– Oczywiście nie na Sylwka imieniny, ale na sylwestra. Ha..., ha...,

– Hi…, hi…, hi.

– Posiedzimy, potańczymy, przywitamy Nowy Rok, pogadamy i będzie przyjemnie.

– No to za sylwestra!

– To przepalanka?

– Tak, na spirytusie.

– To, na zdrowie.

– Ciach, niech się darzy.

Znowu będzie sylwester jak w tamtym roku. Tuż po północy wrócimy nocną dwójką do domu, bo tata się nie zgodzi pozostać do rana. Ale on mało tańczy, mało pije z powodu woreczka żółciowego, a mama nie chce się z nim kłócić, choć sama też nie uprawia jakiegoś sylwestrowego szaleństwa. Wydaje się tylko, że jest bardziej towarzyska od taty, który w pewnych chwilach powtarza, że on się w pracy dość nagimnastykuje, a jeść i pić musi z większym umiarem niż inni, bo ma jedno tylko zdrowie. Uważam, że chyba ma trochę racji, bo jak się tutaj bawić przy tych Kunickich, Stępowskich, Santorach i innych walczykach. Ja wprawdzie tego wszystkiego nie tańczyłem, ale trochę żeśmy się powygłupiali z Iwoną i Kaśką, choć ich pokój jest taki mały, że najwygodniej jest w nim grać w karty.

– No to na drugą nogę Ignacy, bo my już będziemy uciekać. W Hucie na nas czekają. Ha… ha!

– Jak będziesz chciała, to ja ci dam trochę, bo mamy w piwnicy całą beczułkę zakiszonej kapusty. W tym roku jakoś wyjątkowo jest smaczna. Dałabym wam skosztować bigosu, ale jak żeście wpadli niczym po ogień…

– Musimy jechać, bo by się obrazili. Przyjdziecie przecież na koniec roku, to mi przyniesiesz trochę w słoiczku na skosztowanie.

– Będzie jak znalazł w Nowym Roku na kaca.

– No to ciach… na drugą nogę.

– Wiwat! Raz się żyje!

– Chodźmy już, bo żeśmy się zasiedzieli, a za nim dojedziemy…

– No i też nie możemy przyjść za późno, bo będą obrażeni.

Kabatowa wstaje i dodaje:

– To…, to…, to!

– E, tam, ale skoro żeśmy obiecali.

– Basiu, Basiu…

– Tak, tak, Ignasiu. To…, to…, to!

– Nasmaruj sobie dobrze buty, bo ci, Haneczko, taki dam „wyćwik" na sylwestra, że będziesz pamiętać cały 1974 rok, jak Boga kocham. W tym roku ci już nie popuszczę – popisuje się łysy Kabat, aż mu bąbel na szyi pod uchem podskakuje. Podskakuje też idąc do przedpokoju Barbara Kabat:

– To..., to..., to!... Zobaczy się.

– Dobrze żeście choć na chwilę wpadli. O! Widzę, że masz nowe futerko.

– To? Stare jak świat, to..., to! – i blond grzywka jej się zakołysze, aż spojrzy na mnie swoimi niebieskimi oczyma i poruszywszy kurzym dziobem i doda: – Ty, Staszek, jesteś taki... – grożąc mi przy tym palcem – to..., to..., to, łobuziak!

I pożegnawszy się, poszli sobie. A ja włożywszy dłoń do kieszeni spodni stwierdzam, że moja czekoladka stała się całkiem miękka i jeśli jej nie zjem natychmiast, to za chwilę nieuchronnie zmieni się w płynną masę, choć wcale tego nie musiałem pamiętać z lekcji fizyki.

Pędzę więc do okna, za zasłonę, niby popatrzeć za odchodzącymi gośćmi. Zabieram się za lepiące już złotko. Hm..., smaczne, i nikt nie widzi. Wiem, że mama nie lubi, abym jadł po kryjomu, ale jej wcale ani nie częstuję, ani też o tym nie mówię. I tak przecież poza mną nikt nie wie, o co chodzi. Ten roztapiający się kawałek czekoladowej masy w tej chwili jest mój i przez to lepiej smakuje. Jest niczym zdobycz przechwycona przez drapieżne jak ja zwierzę.

Tymczasem na korytarzu jest jakiś harmider, a raczej ja uważam tamto coś za harmider. Wszystko za sprawą tych zwierząt: łysego bawołu, blond kurki wodnej i wielu innych, które nie przemówiły w wigilijny wieczór. Nigdy nie słyszałem przemawiających zwierząt w wigilijny wieczór, nawet gdy byłem na wsi i podsłuchiwałem wujka krowę i stadko królików. Ich mowa musi przerażać ludzi, którzy ją wymyślają po to, by udawać, że sami nie są zwierzętami. Ale mi się ta myśl powiodła.

A jeśli chodzi o te myśli, które zapomnę za chwilę i znów będę myślał całkiem coś innego, są dla mnie jakimś objawieniem, bo jest tak, jakby to one mnie przez swe zaistnienie wymyślały. One mnie nadchodzą i odchodzą. Ale ja ich nie żałuję, bo jakoś mam ogromne poczucie, że ten świat nie ma ani początku, ani końca. Mógłbym miliony lat wymyślać podobne rzeczy i wszystkie byłyby prawdą, gdybym tylko przez te miliony lat mógł zwędzać z drzewka czekoladki i za zasłoną objadać się tą jedyną.

– Wi…taj, bratówko – rozlega się w przedpokoju głos ciotki Gieni, która następnie opowiada o tym, jakie to niezwykłe, że w korytarzu spotkali Kabatów.

Dziwię się sobie, skąd ja to wszystko wiedziałem, choć mnie tam nie było.

Niskiego wzrostu ciocia, którą przerosłem w lecie zeszłego roku, ściska za szyję mojego tatę, jakby całe lata się nie widzieli, a szczupła sylwetka wujka Olka pochyla się do ucha mojej mamy.

– A ty nie przywitasz się z wujkiem i ciocią?

– Przecież dopiero dzisiaj rano żeśmy się widzieli.

– No chodź do cioci, złożę ci życzenia wszystkiego najlepszego, żebyś wyrósł na mądrego, szlachetnego…

– …kangura?

– Co ty pleciesz, nie wiesz, że u nas nie ma kangurów? Na mężczyznę, mój chłopcze, na przystojnego mężczyznę, dobrego człowieka.

– A kto to taki?

– Stasiu, jakie ty… głupie pytania… pytania dziwne zadajesz. Przecież twój tato jest taki szlachetny, taki… jak dorośniesz, to się dowiesz.

– Chodźcie, rozgoście się. Do stołu, do stołu…

– Jak się masz Staszku – mówi wujek, ściskając mi dłoń.

– Dobrze, no dobrze chłopie marchwiany – odpowiadam, próbując się zmierzyć z jego uściskiem

– Ach…, ha…, ha…, ha…

– Jak ty się odzywasz do starszej od siebie osoby.

– Stasiu to dobry chłopak i taka z niego… kalarepa.

– Siadaj, Olku, tutaj i uważaj, nie ściągnij ze stołu obrusa, bo tak się zamaszyście panoszysz… – mówi ciotka.

– Siadam, siadam. Już siadam i siedzę. Dasz mi Ignacy popielniczkę?

– Ledwie żeś przyszedł i już ci palenie w głowie?

– Najpierw coś zjemy, żadne palenie – zarządza mama stanowczo i wujkowi już się palić odechciewa.

– Ale ty, Stasiu, masz takie długie włosy – ciotka Gienka parska z zachwytu jakby pierwszy raz mnie widziała w życiu i dodaje: – jak dziew… czynka.

– Ja nieraz na ulicy nie potrafię odróżnić chłopaka od dziewczyny, bo jakby to samo. Tak dziwaczą. Ale przecież nie może być to samo. Co się już na tym świecie dzieje – zauważa wujek i uśmiecha się tajemniczo.

– Chciałam, żeby poszedł przed świętami do fryzjera, a nie chodził z taką szopą, ale jak się uparł, to jak osioł.

– Na razie ma tylko zasłonięte uszka. Inni mają po ramiona.

– A..., niech tam by mieli nawet po tyłek, jak jakie Samsony, ale żeby tylko takie wariactwa – macha ręką wujek.

– Ale jak im się chce znosić takie niewygody – dodaje tata. – Staszek to jeszcze nic w porównaniu do niektórych, którzy noszą na głowie całe szopy. Jakby im kazał, to by się sprzeciwiali i pewnie golili na łyso.

– Niektórzy nawet wszy i pchły w nich hodują – z rozbawieniem zauważa ciotka, która uważa, że się na tym zna, bo przecież pracuje w szpitalu jako siostra salowa.

Widzę, że wcale nie mają o tych długich włosach pojęcia. Przecież to nie chodzi tylko o włosy. Mama nawet się nie zgodziła, żebym za drzwiami na ścianie miał wymalowanego Hendrixa, jak ma Włodek Siedlak. Nie będę się upierał, bo wielu innych i to lepszych kolegów też nie ma go na ścianie. Trzeba wiedzieć, że to nie tylko włosy, bo i muzyka, i naklejki, i inne rzeczy. Ale to jest tajemnica.

Tymczasem zaczyna się obżarstwo, ponieważ mama już na stół wystawiła wszystko, co trzeba. Zabieramy się ochoczo, choć każdy udaje, że wcale o to mu nie chodzi. Ciotka tylko próbuje jarzynowej sałatki, której całą kopę nałożyła sobie na talerzyk. Ja wprawdzie nie mam apetytu po czekoladce, ale jak tu nie zjeść kiełbasy wiejskiej, co jest tylko od święta. Tylko wujek nie udaje, bo ma chory żołądek od czasu swojej młodości, którą spędził za Niemców w obozie pracy. Ale jednego pod plasterek szynki to i on sobie golnie z chęcią. Wszystko byleby z umiarem. Zatem umiar to dla mnie jakaś dziwna sprawa, bo albo się coś chce, albo nie i tyle.

– Ty masz zawsze taką dobrą tę sałatkę. Ten majonez...

– Tyle się go naucieram... Dobrze, że choć mi się udał.

– Ale że ci się nie rozkręci.

– Trzeba dać odrobinę soli i zawsze ucierać w jedną stronę.

Przy każdej okazji ciotka Gienka podziwia sałatkę mamy, a ta mówi jej jak utrzeć majonez, żeby się nie rozkręcił. Co za nuda!

– No to wiwat, Olek.

– Wiwat do wiwatu, do dna, a babki po ćwiartce na łebka.

– Ha..., ha..., ha! Ja po pół ćwiartki bym się już upiła.

– Pij, babo pij, a będziesz łatwiejsza.

– Ha..., ha..., ha!

– Tylko mi nie świntusz przy dziecku.

– Ty nawet nie masz pojęcia, o czym dzieci dzisiaj wiedzą i mówią.

– Młodzież – wtrącam.

– Niech ci będzie, bo ci ani nie przybędzie, ani nie ubędzie.

– Może włączyć jakąś kolędę? – pytam, by zmienić temat i stać się ważnieszy, a do tego myślę jakby tutaj sprawić, żeby to jedzenie się skończyło. Może wtedy udałoby mi się namówić wujka i tatę na grę w karty.

– Zaraz, zaraz, Stasiu, lepiej zaśpiewamy kolędę. Masz rację chłopcze, jak to święta bez kolędy.

O Jezu, ale nie o tym myślałem, żeby ciotka popisywała się śpiewaniem kolęd.

– A co z Joaśką i Marianem – zagadnął tata, najwidoczniej chcąc zbić z tropu swoją siostrzyczkę, bo sam nie przepada za jej zawodzeniem.

– Joasia…, no cóż, uczy się malować. Ma do tego smykałkę, a Marian na Śląsku, bo chce się zatrudnić na dole w kopalni. Mówi, że tam można zarobić.

– A, tam. Szkoda gadać – macha ręką wujek ze zniechęceniem, a kosmyk włosów opada mu na czoło.

– Córeczka na razie pomaga w malowaniu obrazów do Cepelii, a w przyszłości będzie je wykonywać sama. Będzie zarabiać duże pieniądze – przechwala się ciotka

– Lepiej już zaśpiewajmy tę kolędę – najwidoczniej temat nie jest w smak wujkowi.

– No to śpiewamy – pasuje to również ciotce. – Trzy cztery:

Wśród nocnej ciszy, głos się rozchodzi
wstańcie pasterze, Bóg się wam rodzi

– Stasiu, śpiewaj, a nie udawaj, ruszając tylko buzią.

Czem prędzej więc przybywajcie,
do Betlejem pospieszajcie
Przywitać
Pana……

Jak tu z ciotką śpiewać, jak ona tak strasznie zaciąga, że aż coś dziwnego z tej kolędy wychodzi. Ale niech im będzie, śpiewam, choć mnie to wszystko nic a nic nie obchodzi.

Po odśpiewaniu kolejnej kolędy mama stawia na stole talerz z ciastem i orzechowy tort z biszkoptów na obracającym się talerzu. Ja zajmuję się sernikiem, wujek makowczykiem, a ciotce smakuje lukier na pierniku. Wydaje się, że wszyscy jesteśmy coraz bardziej zmęczeni tym jedzeniem, aż tu nagle wujek oznajmia:

– Ignacy, może po jednym dla kurażu, żeby się co nieco na duszy zelżyło, bo jak się zelży na żołądku...

No i się zelżyło, ale nie mnie, bo się przekonałem, że nici z grania w cokolwiek, nawet w chińczyka. Zaczyna się bowiem polityka.

– Tak, bracie Polaku. Te szubrawcy nie popuszczą.

– Ale przecież co my możemy, tak między Ruskimi a Niemcami.

– Takie rządy? Zamknąć ludziom gęby i paść ich jak zwierzęta w zagrodzie?

– Olek, daj spokój przy święcie.

– Spokój, wszyscy tylko chcą mieć święty spokój, a reżim robi swoje.

– Ale co zrobisz, pójdziesz na Ruska czy też bić Niemca. Mało żeśmy już poniewierki mieli w czasie wojny. Najpiękniejsze lata w strachu, często w głodzie i w chłodzie. Co tam człowiek użył.

– Ale już mamy prawie trzydzieści lat po wojnie, a ten sowiecki skurwysyn nas ciągle gnębi i gnębi, a do tego ci zdradzieccy czerwoni. Wszystko tam idzie, bo marnotrawstwo u nich jak u nikogo na świecie. Jakby tak nie było, to by całymi kilometrami nie zasłaniali tej kołchozowej biedy za ogrodzeniami z żywopłotów. Jedziesz i nic nie widzisz. Co chwila tylko milicja cię sprawdza, jak jakiego przestępcę, kryminalistę. Ale czerwoni to lubią.– Co zrobić, kiedy nas zachodni przyjaciele tak urządzili. Poza tym jest spokój z Niemcami.

– Ja ci powiem, Ignacy, że Niemcy się kiedyś połączą. Wspomnisz moje słowo, bo przecież to jeden naród i wtedy może z Ruskim wejść po naszym trupie w koalicję. Oni sobie dadzą radę, ale co będzie z nami, z naszym narodem, bracie Polaku.

– Co Bóg da, to będzie – wtrąca mama.

– Tylko ludzi na lata stłamszą, otumanią, bo na kłamstwie niczego dobrego się nie zbuduje. Niczego dobrego...

– Nigdy raju na ziemi nie było i nie będzie. Żeby tylko człowiek miał spokój i co do garnka włożyć.

– Nasłuchasz się tej Wolnej Europy i później masz tylko jedno w głowie.

– Bo człowiek niepewny dnia ani godziny. Propaganda głosi to, co im odpowiada, kłamie jak najęta, a ludzie gdzieś znikają, nie wiadomo, kto swój, a kto wróg.

– Jakby aż tak źle było, to byś tego wszystkiego u nas nie mówił przy stole. Poza tym Wolna Europa też ma swoich mocodawców, swoje interesy. Stamtąd można być prawdomównym, szlachetnym w słowach, jak się jeszcze na tym zarabia, a jakby musieli tutaj przechodzić przez wszystko jak my, to nie byliby tacy odważni. Ja muszę myśleć, co do garnka włożyć i żeby święta były jak trzeba, a co politycy robią, to już nie na moją głowę. Ja mam Pana Boga, nie polityków w poważaniu.

– To, że mamy Boga w sercu, to niech się dzieje, co chce? Nie wszyscy możemy przecież zapomnieć ani Katynia, ani Gdańska.

– A co z Poznaniem...

– A jak kardynała więzili to było wszystko w porządku? W Nowym Mieście kościoła zbudować nie dadzą. Ludzi za krzyż tłuką jak psów.

– Nie wiem, jak to będzie, jak my się tam przeprowadzimy.

– A, już się robi późno, mężu. Jutro znowu wracamy do dnia powszedniego – zauważa ciotka.

– No i tak, święta, święta i po świętach – oznajmia przemądrzale tata, tak jak to zawsze robi, kiedy się jakieś święta kończą.

– No tak, trzeba się zbierać.

Dobrze, że już sobie pójdą, bo jak nie możemy pograć w karty, to już wystarczy tego ględzenia od zawsze tego samego. Włączę sobie telewizor i obejrzę świąteczny program na dwójce. Lubię to czasami, bo nieraz przy tym o niczym się nie myśli i nawet o całym świecie zapomina.

– No to trzymaj się, Stasiu... i bądź grzeczny.

– Do widzenia. Zobaczymy się w niedzielę, po mszy, chyba żebym miała dyżur, to się jeszcze zobaczy.

– No to pa, do widzenia.

Jeszcze nie zdążyli otworzyć drzwi, a tutaj rozlega się do nich dzwonek.

– Kto to może być o tej porze – dziwi się mama.

Okazuje się, że to „awaria". Przyszli po tatę, żeby się ubierał, bo jadą za pół godziny do Miechowa usunąć awarię kabla.

Myślę sobie, że on musiał skądś wiedzieć, że tak będzie, bo po co by się awanturował o te kalesony. Teraz ma jak zwykle wszystko pod ręką. Mama tylko wydaje się niezadowolona, mówiąc:

– Nawet w święta ci nie dadzą spokoju. A co by było gdybyśmy wyjechali albo jakbyś się upił.

– Ale nigdzie żeśmy nie wyjechali, a kilka kieliszków mi nie zaszkodzi. Lepiej przygotuj termos z herbatą i coś do jedzenia – mówi tata i idzie po swoją starą teczkę z klamerkami, by jak zwykle w tych samych odruchach przygotować się do wyprawy.

Mnie by się nie chciało, ale on wydaje się lubić te awarie.

Ja też awaryjnie, zamiast oglądać telewizję, rozłożyłem zeszyt, by dokończyć wypracowanie na temat spędzonych Świąt Bożego Narodzenia tymi słowami:

Wreszcie postanowiłem pozjeżdżać z górki na nartach, ale za drugim razem tak się wyłożyłem w zaspie, że aż skręciłem nogę w kostce i resztę ferii przesiedziałem w domu, grając od czasu do czasu z wujkiem w remika. Poza tym wypadkiem świąteczne ferie spędziłem przyjemnie, radośnie i miło.

W ten sposób kończąc wypadkiem, ale przecież optymistycznie, zakończyłem udręki opowiadania rzeczy, które wszyscy i tak zmyślają, byleby tylko się pochwalić, jakie przyjemności mieli podczas tej zimy i jeszcze to wszystko za dobrą ocenę. Poza tym mnie brzuch zaczyna boleć, dlatego pędzę już do kibla.

LODOWISKO

Dear Sir I am 16 years old... – zaczynam pisać kolejny list do jakiegoś producenta, tym razem w Austrii, i choć tym razem nie wiem, co on wytwarza, to i tak obiecuję sobie, że i ten przyśle mi naklejki albo jakieś niezwykłe prospekty, którymi będę mógł zadziwić kolegów, a nawet kilka sprzedać po odpowiedniej cenie. Muszę przy tym uważać, żeby się nie pomylić, bo mam jakieś dziwne uczucie, że gdyby się domyślił ten Sir, że ja nie znam angielskiego, a tylko ściągam, to mógłby z miejsca wyrzucić ten list do kosza. Dlatego też uważam nawet bardziej niż przy klasówce z polskiego.

Materiały reklamowe dostałem dotychczas z wielu firm. Najłatwiej i najwięcej otrzymuje się ze szwajcarskiego Marlboro, dlatego te naklejki już słabo idą. Najdroższe teraz są z Heshunga, Championa i „pirelki". Zrobiłem świetny interes, choć udało mi się dostać tylko jedną dużą nalepkę z Dachsteina, którą sprzedałem za dwie dychy Romkowi. Po tygodniu znów do nich wysłałem list, ale już nic nie dostałem. Ale i tak 10 zł jestem do przodu, bo znaczek lotniczy kosztuje piątkę. Ale jakby tak policzyć naklejki ze wszystkich firm, czyli „michelinki", „dunlopki", „limsy", a także prospekty Volvo czy Chryslera, to mi świetnie idzie. Sprzedałem nawet Sławkowi dwa pudełka japońskich zapałek z trójwymiarowymi gołymi babami i mam jeszcze jedno dwustronne zdjęcie, które wyrwaliśmy z Leszkiem Chojnackim Waldkowi ze „świerszczyka" jako najlepsze. Ale on nie zauważył, bo ma ich pełno od ojca, który ze Stanów ciągle coś nowego mu przysyła.

– Aaaa… – ziewa siedzący na krześle pod oknem z wyciągniętymi przed siebie gołymi białymi nogami i z dłońmi splecionymi na karku tata.

Co on sobie myśli, patrząc tak na mamę robiącą mu przy stole na drutach pulower z granatowej włóczki. Zawsze po sprzeczce jest spokój i cisza, jakby wszyscy odpoczywali po wyczerpującym zajęciu. Tylko od czasu do czasu pociągnięty przez mamę kłębek podskakuje w metalowej puszce po paście do podłogi. Ale tym razem poszło o mnie, bo umówiłem się z Wackiem na ósmą wieczór, że będziemy pilnować do dziewiątej wylewania wody na lodowisko, a potem zwiniemy wąż i wpuścimy go do kotłowni, bo taka była umowa z Milczakiem. Teraz tam swój dyżur ma Adrian. Mama nie chciała się zgodzić na to, bo że mróz i późno, choć wydaje się, że tacie było wszystko jedno. Najpierw ja byłem pod ostrzałem, a kiedy dla świętego spokoju ujął się za mną tata, to i jemu się oberwało. Ostatecznie pójdę, ale przyrzekłem, że będę punktualnie o dziewiątej dwadzieścia. Teraz siedzę cicho, żeby przypadkiem nic mamie się nie odmieniło.

– Cóż tak ziewasz… Nie wyspałeś się?

– Tak mi się jakoś ziewa. Dziś już czwartek, jutro piątek, potem sobota i niedziela. No i tak w kółko. Może się wyśpię.

– Poszedłbyś kiedy do Kasi naprawić jej ten wieszak w przedpokoju, bo już niedługo będzie dwa tygodnie, jak prosiła.

– W środę pójdę, jak nic nie wypadnie.

– Włączże radio, może będzie coś ciekawego.

– O tej porze zawsze tylko rzępolą. Włączymy na dziennik – oznajmił tata, zsunął z nogi pantofel i zaczyna poruszać dużym palcem. Przy tym uważnie mu się przygląda.

Zapada milczenie i każde z nas robi swoje. Mama przerzuca prawe i lewe oczka, tata rusza palcem u nogi, a ja adresując kopertę do General Motors, zerkam na budzik stojący na kredensie, bo z chęcią bym wyskoczył polać to lodowisko.

Jutro, jak wrócę ze szkoły, to pojeżdżę na łyżwach, które mama odkupiła od mamy Wacka, a który teraz ma panczeny i często chodzi na sztuczne lodowisko na Cracovię. Ale na moich też da się pojeździć, a idzie mi to coraz lepiej. W zeszłym roku zaczynałem nawet jeździć tyłem i myślę, że tej zimy będzie jeszcze lepiej. Tej zimy będę też miał nowe buty. Tata mi już wywiercił w ich podeszwie dziurę i przybił blaszki. Mam również hokejkę, której klepkę owinąłem taśmą izolacyjną, żeby mi za szybko nie pękła, bo mama już następnej mi nie kupi, a ja mam za mało, by jeszcze na takie rzeczy wydawać.

– Nastaw wodę na herbatę. Zjemy kolację i ja się dzisiaj wcześniej rąbnę do łóżka, bo coś mi się spać chce.

– A...ch! – jak zwykle w takich okolicznościach stęka tata i idzie nastawić tę wodę.

Ja się nic nie odzywam, tylko starannie piszę następny list na białym listowym papierze, choć nie wiem jeszcze, do kogo go wyślę.

– Cie... licho z tymi zapałkami. Albo się łamie, albo mało siarki i wystarczy, że gaz dmuchnie, a ta gaśnie – narzeka tato, stojąc nad kuchnią gazową z zapałkami i kręcąc pokrętłem.

Ja mam szturmówki, ale się nie przyznaję.

– Tobie byłoby najlepiej, jakbyś palił w piecu węglem. Wtedy gaz by ci nie dmuchał... zapałki nie gasły...

– Aleś ty przemądrzała, a nieraz sama kilka zapałek zniszczysz, zanim zapalisz.

– Ale tyle się przy tym nie nagadam.

– Takie robią dziadostwo. A niedługo to nic nie będzie można powiedzieć.

– Tak, wprowadzimy dyktaturę proletariatu.

Po tych słowach tata nic nie mówi, tylko średnio głośno mu się odbija. Mama tymczasem odkłada robótkę i zaczyna się krzątać przy kolacji.

– A ty co chcesz... Jest chleb z masłem i żółtym serem.

– Znowu? No niech będzie jedna kromka i drożdżówka z masłem i mleko. Tylko daj mi zimne.

– Trzeba podgrzać, bo jest z lodówki.

– Ale tylko trochę.

– No i składaj już to pisanie, bo jeszcze ci się koperty poplamią masłem.

Bez sprzeciwu składam koperty, papier i notes z adresami, by umieścić wszystko w dużej szarej kopercie, a następnie włożyć ją do mojej szuflady za szafą, gdzie mam oprócz kilku naklejek i prospektu renault 4, ukryte jeszcze zdjęcie ze „świerszczyka". Na pewno nie chciałbym, żeby mama się o nim dowiedziała, bo nie wiem, co by zrobiła. A poza tym, to jest moja tajemnica.

Do dzisiaj nie zwracałem uwagi na to, co się dzieje podczas kolacji. Wszyscy zawsze jedli swoje i na co mieli ochotę, choć bez wyboru, ale tym razem doznałem jakiegoś rozpoznania. Nie dlatego, by stało się coś szczególnego, ale dlatego właśnie, że poprzez ten brak wyjątkowości ujawniła się istota tej naszej kolacji. Czyli mama jadła niby tak sobie, jakby od niechcenia i przy okazji podnosiła do ust fajansowy garnuszek z herbatą i mlekiem, a przy tym się uśmiechała tajemniczo. Jej błękitne spojrzenie jakby mimochodem kierowało się w moją stronę, kontrolując, czy aby robię wszystko tak jak należy. Natomiast tata, ze swą fryzurą zaczesaną do góry i zakolami na czole, zdawał się pochłaniać każdy kęs tak, jakby nie było niczego obok niego teraz na świecie. Trzymał kromkę w dłoni lewej ręki, którą wspierał na łokciu i jakby unosił coś bardzo ciężkiego, a do tego od czasu do czasu zdawał się wkładać całą twarz do garnuszka ze zbożową kawą. Jadł, jakby nie jadł wcześniej obiadu i przez to był bardzo głodny. Dzięki niemu zauważyłem, że ja też sam pijąc mleko z garnuszka, wkładam do niego swój nos i nie jestem w stanie tego uniknąć. To jest jakieś śmieszne. Ale dlaczego jak mama pije, to czym innym zwraca moją uwagę, a nie tym nosem? Jest to dziwne zjawisko, ponieważ u jednych jest bardziej widoczne, a u innych jakoś ukryte, choć u jednych i drugich konieczne.

Ale co tam kolacja i nosy w herbacie, teraz najważniejsze jest lodowisko.

– Tylko masz ubrać czapkę i rękawiczki.

– Pewnie, nie ma sprawy – chyba nigdy dotąd nie byłem taki ugodowy. Z chęcią włożyłbym nawet mech do butów z foki, żeby tylko mamę zadowolić. Nie wspomnę o spodniach z białego niedźwiedzia i kurtce z renifera. No, ale jeśli się bywa Eskimosem i jak Odarpi wyrusza na polowanie na karibu, to trzeba być dobrze przygotowanym do takiej wyprawy.

Tak w pełni wyposażony wybiegam wreszcie z domowego igloo i faktycznie stwierdzam, że mocno mrozi. Tym lepiej, i jeszcze uważam, że przede mną jest ważniejsze zadanie niż zabawa w dziecinnego Odarpiego, tym bardziej że to była lektura dla dzieci, a lodowisko to nie jest lodowiec.

Naprzeciw naszego domu, gdzie w lecie jest boisko do siatkówki, teraz widnieje czarna prostokątna plama rozlewającej się wody, którą ze wszystkich stron ogranicza utworzona przez nas ze śniegu banda. Od strony domu Milczka widać rozciągnięty czarny wąż. Jest ciemno, pusto i jakoś pięknie. Refleksy świateł ze stacji wtórują iskierkom w śniegu po cholewki sznurowanego trzewika, po czym niczym szpileczki dotykają policzków i nosa.

Przeskakuję przez stertę odgarniętego z chodnika śniegu i po kilku susach, ale tak, by nie nasypało mi się do butów, wchodzę w koleinę na jezdni utworzoną przez koła samochodów. Powoli idę rozgarniając puch, którego nieliczna część utrzymuje się na czubku buta i tak dochodzę do miejsca, gdzie z końcówki węża wylewa się po deseczce woda, a to dlatego, by rozpływała się równomiernie i nie robiła dziur strumieniem, bo wtedy robią się bąble z powietrza.

– Nie przekładaj węża, bo właśnie to zrobiłem – słyszę za sobą głos Wacka.

– Patrzę, czy równomiernie się leje. Żeby tylko nie zrobiły się takie puste dziury.

– Dlatego lejemy po desce. Dobrze byłoby jutro wieczór powtórzyć to lanie tam, gdzie podejdzie powietrze.

– Wiem. Dadzą nam jeszcze węża?

– Milczak by dał, choć coś mówił, że jutro w kotłowni będzie palił Teść, a nie wiadomo, czy ten się zgodzi na pożyczenie węża, bo to kutwa.

Wacek Białek jest starszy ode mnie o dwa lata i teraz chodzi do Technikum Elektrycznego. Kiedyś nawet byłem w tej jego budzie, gdzie w pracowni naprawiali w puszce światło. I naprawili, ale u nich jest tak, że oni psują sobie nawzajem po to, by inni mieli co naprawiać. Palą przy tym fajki. Pokazał mi przy okazji, jakie mają w szkole sracze. Na podłodze pełno wody i leżą zdjęte z kabin drzwi po to, żeby było na czym stanąć podczas palenia skręta. Mają też kilku śmiesznych nauczycieli, o których mi od czasu do czasu opowiada, ale jakoś nie miałbym ochoty tam się uczyć.

– Dostałeś jakieś naklejki? – pytam z ciekawości, bo to właśnie od Wacka dostałem kiedyś pierwsze adresy i tekst listu po angielsku, który mu tata ułożył.

– Tak. Sześć i prospekt Yamahy.

– O, to ci się udało – mówię z zazdrością. – Ja wysłałem dwa listy do Japonii i nic mi nie przysłali.

– Japończycy nie przysyłają. Ja napisałem do europejskiej filii i dostałem.

– Ja nie mam tego adresu. Nie dałbyś mi.

– Dobrych adresów się nie rozdaje, bo jak wszyscy będą pisać, to mało kto dostanie.

– Ja nikomu nie dam, a jedna osoba więcej przecież nie zaszkodzi.

– Zobaczymy. Najwyżej może ci odsprzedam.

– A nie lepiej jakbym ci dał połowę naklejek jak mi przyślą?

– Będzie tak jak z Marlboro. Nie chciałeś się przyznać, że dostałeś, a ja nie będę się prosił.

– Ale przecież dostałeś swoje.

– Pożyjemy, zobaczymy. Jutro przyjdź na pakamerę, to pogadamy.

Wydaje się, że jest już wystarczająco dużo wylanej wody, by skończyć to zadanie, tym bardziej że zmarznięci coraz częściej drepczemy w miejscu i chowamy się w klatce przy kaloryferze. No to i interes zwijamy.

– Tylko nie tak na... byle jak, ale macie zwinąć węża porządnie – wymądrza się Milczak, wrzucając przy tym koks przez otwarte drzwiczki pieca – bo jak nie!... – odrzuca nagle łopatę i dopadłszy mnie, chwyta od tyłu i ściskając, kieruje w stronę żaru.

– Dobra, dobra, z takimi żartami! – krzyczę urażony, próbując się uwolnić z żelaznego uścisku.

Odruchowo zapieram się też nogą o piec i z całych sił odpycham od niego, choć przecież wiem, że się tylko żartuje. Ale jeśli nie żartuje? No i zostawia mnie wreszcie, by poczochrać mi żartobliwie włosy na głowie. Teraz podchodzi do kontaktu na białobrudnej ścianie, po czym go przekręca, czym uruchamia buczenie wentylatora wbudowanego obok okienka.

Wacek zakręca zawór pośród wielu, od wielkich po mniejsze, znajdujący się na ścianie przy schodach, po czym Milczak demonstruje nam, jak należy prawidłowo zwijać wąż. Ja biegnę, jakby na wszelki wypadek, od zewnątrz przyciągać go do okienka tak, by zawsze wyprzedzać czynność Wacka. Idzie nam to sprawnie i po kilku minutach wreszcie kończymy dzisiejsze zadanie. Milczak jednak jeszcze nie daje za wygraną i wymyśla dodatkowe zajęcie z zawieszaniem węża na haku. Wracam więc do kotłowni i cicho mówię do Wacka:

– To co, nie umiał od razu powiedzieć, że trzeba zawiesić na ścianie? Głupi pedał.

– Dobra, podawaj mi, będę zakładał.

I znowu idzie nam całkiem sprawnie. Zauważam nawet, że jest coś pociągającego w tym, jak się coś robi wspólnie, no i tak mechanicznie. Podnieść – wyprost – podać. Podnieść – wyprost – podać. Podnieść – wyprost – podać. Podnieść – wyprost – podać. Podnieść – wyprost – podać. Podnieść – wyprost – podać. Podnieść – wyprost – podać. Jeden wymusza na drugim zachowanie i ten drugi na pierwszym także. I wreszcie koniec. Teraz wcale nie jestem pewien, czy mi się to podoba, ale robota skończona. Pewne jest to, że jestem zadowolony z akcji, którą żeśmy tak sprawnie wykonali z Wackiem.

Po rozstaniu się, wracając już do domu, przestraszam się jeszcze na wyobrażenie tego, co by też było, gdybym tak znalazł się za sprawą Milczaka w piecu.

To dobrze, że mamy zimę. Inaczej jednak uważa nasza wychowawczyni, pani od geografii, która kiedyś, stojąc przed mapą Polski powiedziała, że przez te cholerne Karpaty jest u nas zimniej niż by mogło być, gdyby ich nie było. Ci dorośli wcale nie są tacy mądrzy, jak im się wydaje, bo jakby cały rok był u nas ukrop, to wtedy dopiero by narzekali, że nie ma chłodu. Poza tym ja lubię góry i zróżnicowaną pogodę pór roku. Lubię też deszcz, ponieważ wtedy nie ciągnie mnie na pole i mogę słuchać gry Małcużyńskiego na fortepianie, ale i też inną płytę, którą dostałem od mojej matki chrzestnej. Jest to inna muzyka niż Christie czy Czerwonych Gitar. Tacie nie podoba się nie tylko I koncert Czajkowskiego, ale i bigbitowy, bo pierwsze to „plimpkanie" a drugie „wariactwo". On lubi Irenę Santor, Kunicką i „Wesoły Autobus", oraz sołtysa Kierdziołka w „Podwieczorku przy mikrofonie". Mnie się wydaje, że najgorsza jest nuda i jak wszystko jest bez sensu. Wtedy najchętniej „wyszedłbym z siebie i stanął obok" – jak to od kogoś usłyszałem – i to bez względu na to, czy jest lato, czy zima. W zimie można z nudów ulepić bałwana, choć my z Bolkiem i Jankiem, jeśli tylko spadnie wystarczająco dużo śniegu, zaraz lepimy fortecę, a nieraz nawet dwie. Bałwany też są ważne, bo służą nam za tarcze naśladujące wroga. W zeszłym roku ulepiliśmy tak mocne mury obronne, że jeszcze przez jakiś czas na wiosnę stały i nie mogły się roztopić. Ale to właśnie jest fizyka. Jak je budowaliśmy, to była odwilż, a następnie silny mróz i znów odwilż, a my znowu coś dobudowywaliśmy, aż przyszedł taki kolejny mróz, że mury stały się twardsze niż skała. Wtedy Bolek, kiedyśmy siedzieli w fortecy ze spluwami, a on z pepeszą na baterię, której wszyscy mu zazdrościliśmy, powiedział, że jest jak pod Stalingradem. Ja tam nie byłem, ale on ma świra na punkcie wojny i historii, to mu wierzę. Próbowaliśmy nawet zapalić polaną rozpuszczalnikiem oponę samochodową, ale przyłapała nas na tym mama Janka i musieliśmy zmarznięci iść walczyć ze szwabami „na zimno". Ale wtedy nie było jeszcze tak dużego śniegu, jak później, kiedy wszystko było zasypane i to ponad moją głowę. Wtedy przez kilka dni nawet żadne auto nie przyjechało na nasze podwórko, a ja woziłem sankami Marka Matejskiego między klatkami pośród wielkich wałów. Ale wtedy były ferie i było to dawno i – jak tata mówi – nieprawda.

Za to dzisiaj mamy ładny, słoneczny i mroźny dzień. Po obiedzie idę na łyżwy. Najlepiej je założyć jeszcze w domu. Dobrze, kiedy buty są długo suche, bo po nasiąknięciu wodą szczęki łyżew coraz częściej zsuwają się z krawędzi podeszew i trzeba na nowo przykręcać. Gorzej jest, jeśli do otworu napcha się pełno jakichś śmieci, bo wtedy trzeba je usunąć odwróconym końcem klucza. Dlatego zakręcam je w domu z całej siły, po czym już tylko mogę pójść na lodowisko i co najwyżej dokręcać.

– Tylko nie szalej tam, nie ściągaj czapki i się nie rozpinaj, jak ci będzie gorąco, bo jest mroźno i łatwo się przeziębić.

– Dobra, wiem. Wciąż to samo.

– A ty za każdym razem nie słuchasz, co do ciebie mówię i przychodzisz do domu przemoknięty, jakbyś się tarzał w śniegu.

– E tam, przesadzasz.

Zamykam za sobą drzwi i schodzę po schodach, stukając ochoczo po posadzce łyżwami. Ciekaw jestem, jak mi się będzie jeździć po tym, jak ostatnio tata mi je naostrzył. Zobaczymy.

Na lodowisku jest Wacek, Leszek i Basia Milczak, której zawsze pełno tam, gdzie my jesteśmy, jakby chciała tym samym udowodnić, że ona nie jest w czymś gorsza. Jakieś dziwne te baby! Tyle tylko, że nas to nic nie obchodzi. Jest, to jest i tyle. Kiedy tylko wszedłem na lód, dołączył do nas mały Jacek Zbir. No i dobrze, bo jest ktoś, kto ma gorsze łyżwy ode mnie. Jacek ledwo ustoi na podwójnych łyżwach dla dzieci, przypinanych do butów paskami. Jeden tylko Marek ślizga się na butach, a my go przeganiamy z miejsca na miejsce, bo jesteśmy przecież ważniejsi. Wszędzie tak jest, że jedni są ważniejsi od drugich, choć według mnie jest to jakieś głupie, bo tak naprawdę to mi nie przeszkadza, że on się ślizga, a nie jeździ. Może dlatego tak uważam, bo sam nie jeżdżę najlepiej i nawet skręcanie naprzemienne lepiej wychodzi mi w lewo niż w prawo. Najlepiej wywija Wacek, ale znów najładniej Baśka, która nie dość że dobrze jeździ tyłem, to jeszcze unosi nogę, a nawet potrafi skoczyć i zrobić piruet. Ja raz spróbowałem, niby tak żartując, no i wyłożyłem się jak długi, czym rozbawiłem wszystkich, a nawet siebie samego.

– Kto się ściga na długość lodowiska? – pyta Leszek, stając przy bandzie.

– Ja się ścigam, ale o co? Co dostanę, jak przegrasz? – naprzeciw staje Wacek.

– Jak przegram, to daję odznakę Wzorowego Żołnierza.

– Srebrną czy złotą?

– Srebrną. A co ty dajesz?

– E, tam. Dasz złotą, to się ścigam.–Ale co ty dajesz?

– Prospekt BMW, ale tylko jak ty dasz złotą.

– No dobra. Złoty żołnierz za prospekt BMW.

– Ja was wystartuję – zgłaszam się na ochotnika.

– No dobra, niech będzie.

– Na miejsca. Gotowi… start!

Poszli… no i… pierwszy jest Wacek. Ale jak zwykle nie mogło się na tym zakończyć, bo Leszek zażądał rewanżu, dlatego że za wcześnie powiedziałem start, a on się nie zdążył jeszcze dobrze przygotować i też nie ustalili, że można to robić, odbijając się z wbitej w twarde podłoże łyżwy. On uważa, że to nie sztuka i należy startować, stojąc równo i prosto bez zapierania się. W ten sposób na dłuższy czas znaleźli sobie zajęcie, przy okazji wymieniając moje startowanie na Baśki, aż zjawia się Adrian z hokejką i namawia nas na grę.

– Bule, bule – ni to śpiewając, ni wykrzykując zaczyna szaleć na lodzie chudy, o twarzy Jacka z programu dla dzieci „Jacek i Agatka" i do tego jeszcze z odstającymi uszami Adrian, który popisuje się swoimi niedoszłymi trikami.

A my zanim zdążyliśmy przynieść swoje kije z domów, on już sprowadził Andrzeja Trębalskiego, nazywanego przez Baśkę Niezapominalskim, i Tomka. Swoje drużyny jako najlepsi wybierali Wacek i Andrzej.

Ja gram na bramce albo na obronie, zmieniając się pozycjami z Bosym, jak go nazwał z powodu braku łyżew Andrzej, czyli Markiem. Choć mamy krążek, to jednak gramy piłeczką, bo nie mamy prawdziwego sprzętu i nie jesteśmy przecież na sztucznym lodzie. Jakby ktoś dostał krążkiem, to nie ma nawet o czym gadać.

– Podaj!…

– No i co? Spartoliłeś sytuację sam na sam.

– Bo mi podałeś za późno i do tyłu – po czym przeciwna drużyna przejmuje piłeczkę.

– Zientara, Migacz, Zientara i gooool! – wpadając na mnie i zarazem do bramki z piłeczką wrzeszczy Adrian.

Po wygramoleniu się ze śnieżnej zaspy za bandą zaczynam protestować, że bramka strzelona została nogą, ale jakoś nikt nie chce mnie słuchać. Wydaje się jakbym był niesłyszalny. A może ja jestem nieobecny? Ale przecież gramy dalej.

Stojąc tak na tej bramce wyznaczonej przez dwa kawałki desek wbitych w śnieżną bandę, podczas gdy akcja jest po stronie przeciwnika, coś jakby się we mnie dzieje. Zaczynam być mniej obecny w grze, a wszystko wokół teraz oglądam tak, jakbym patrzył na film. Wprawdzie uderzam hokejką, ale bardziej mogę o tej czynności powiedzieć, że uderzyłem, niż w tym zdarzeniu uczestniczyć. Coś dzieje się z czasem, któremu przygrywa jakaś piękna, uwodząca mnie muzyka dokonujących się właśnie zjawisk. Dla niej nieistotne jest to granie, te ponaglające okrzyki kolegów przemieszczających się za piłeczką i omijających Baśkę, która ciągle wykonuje swe figury, ale dzianie się czegokolwiek, co mogłoby ją spełniać. Puszczam kolejną bramkę, demonstracyjnie, nie przykładając się do obrony.

– Kwi, kwi, kwi! Ty śpisz?

– Przez ciebie przegramy, Kwiczole.

– Kwi, kwi, szwajne Kwiczoł!

Nie odgryzam się im, ponieważ nie mam takiej potrzeby i wcale mi na tym nie zależy. Gram tak, jak mi się chce i bez zacięcia na wygraną. Oni się przyzwyczaili, a ja przechwyconą piłeczkę podaję „na wyjście" tak idealnie partnerowi, że ten zaskoczony do niej nie dochodzi. Bronię też w sytuacji dwóch na jednego i nawet strzelam bramkę, widząc, że bramka rywala została na chwilę pusta. Nie robię nic więcej niż wcześniej, tyle tylko, że w rytm mojej muzyki. Ale ta ucicha. Wszyscy zauważyli to moje przeistoczenie i najpierw to ich zdziwiło, a kiedy puszczam kolejną „szmatę", gniewa to kolegów tak, że nawet moi partnerzy wystawiają mnie na szczególną próbę, pozostawiając sam na sam z kilkoma rywalami.

– Wracać obiboki, bo nie będę już więcej za was harował – oznajmiam tryumfująco mimo puszczonego gola.

Od tej chwili niby wszyscy grają, a ja tylko oglądałam obce, a przecież zarazem tak bliskie, bo osobiste widowisko. I nawet śpiewa ono we mnie:

Unieść tyle świata z sobą
wspinając się na szczyt wysoki
ile się unieść nie potrafi
w obłoku chwil głębokich

– Nie ze mną te numery, Bruner,
– Kloss, Kwiczoł, ty świnio.
– Szwajne! Szwajne! Szwajne!

TO WSZYSTKO PRZECIEŻ ROBI SIĘ SAMO

Mamy dzisiaj rocznicową akademię, dlatego idę do szkoły dopiero na dziesiątą. To dobrze, bo mogę sobie jak nigdy posiedzieć o tej porze na ławce przy naszym basenie z Borowiną, który w oczekiwaniu na brata, a przed pójściem na uczelnię, też sobie usiadł tutaj na chwilę i nawet przegląda jakiś podręcznik z mechaniki, bo on studiuje na drugim roku na AGH. Ja już mu opowiedziałem o generatorze prądu, ale to wszystko jest dla niego za proste, a jego podręczniki dla mnie za trudne, dlatego uzgodniliśmy, że sprawy nauki odłożymy na bok i zajmiemy się czymś innym. Nie mamy kart, no i dobrze, bo pewnie jak w większości przypadków ograłby mnie w 66. Za to z pomocą wspólnego zajęcia przychodzi nam popołudniowa (ze względu na zajęcia w szkole) małolata Agata w bananówie. Borowina z miejsca zwraca się do niej, mówiąc jak zwykle, że ma krzywe nogi.

– Wcale nie mam krzywych …

– Jak to, Agatko, widać to gołym okiem.

– Ty jesteś goły.

– Co ty wymyślasz – potwierdzam ochoczo – przecież wszyscy wiedzą, że masz iksy.

– Nie mam żadnych iksów, a ty, Papuasie, jak mi będziesz dokuczał, to wszystko powiem mamie.

– Co?… – dziwi się Borowina i uśmiecha, po czym spoglądając na mnie, zakłada prawe ramię na oparcie ławki – Papuas? Skąd się to wzięło?

– To przez te iksy coś się jej ubrdało – odpowiadam niezadowolony z Papuasa. – Lepiej posiedź na beczce, to nogi ci się odkrzywią w drugą stronę i będziesz mieć je w sam raz.

– No tak, tylko musisz uważać, żebyś się nie przyssała – śmieje się Borowina.

– Ty się odessaj ode mnie.

– I pamiętaj, żeby nie nosić mini jak masz grypę, bo przeziębisz sobie gardło. Albo najlepszy jest wywar z lipy na wyleczenie mięśni nogi – recytuje Borowina i śmiejemy się do rozpuku, choć ten jakoś inaczej.

– Gadacie takie głupoty – niepewnie odgryza się Agata.

– To są mądrości wypisane na uczelnianych ławach, moja ty Agatko.

– Nie jestem twoja, ani… twoja.

– Nie możesz być, bo jesteś za mała i do tego jeszcze masz krzywe nogi – aż mi się podskoczyło na ławce z radości, że oto udało mi się powiedzieć coś trafnego.

– Ale się popisuje.

– Lepiej idź do domu i zobacz, czy cię tam nie ma – dodaję jakoś pewny siebie.

– Jesteś głupi cymbał.

– A ty Aguszka krzywonóżka.

– Ja wcale nie mam krzywych nóg – Agata mówi załamującym się głosem, po czym tupie nóżką.

– Krzywe nogi to jeszcze nic – dodaję tryumfująco. – Takim dziewczynom podobno nigdy nie urastają cycki. Będziesz jak Tereska, z przodu i z tyłu deska.

To już było dla Agaty za wiele. Becząc pod nosem, uciekła do domu, a po dłuższej chwili jej mama wygląda przez okno i zaczyna mnie upominać i nawet głośno rugać, że znęcam się nad jej dzieckiem. Tymczasem Borowinie nic się nie dostało, bo już poszedł do sąsiadów zostawić dla brata klucz od mieszkania. Poza tym śpieszyło mu się na wykład.

– Ale, proszę panią, przecież nikt Agatce niczego złego tutaj nie robił, niech się pani spyta Borowiny, który cały czas przecież tutaj siedział. Trochę żeśmy się tylko pośmiali i tyle.

– Na drugi raz śmiejcie się z siebie, a nie dogadujcie dziewczynie. Żeby mi to było po raz ostatni, zrozumiano?!

– No dobrze, niech tak będzie. Ja nie mam czasu, bo już idę do szkoły… – powiedziało mi się jakoś bez sensu, po czym wstaję i idę obmurowaną krawędzią pustego basenu pięć na pięć i metr głębokości, by zejść na znaną mi, kostką po kostce wybrukowaną jezdnię. Prowadzi ona na stację ze swym strażnikiem, którego dostrzegam kątem oka, przechadzającego się leniwie tam i z powrotem. Nuda!

Choć jeszcze za wcześnie, to chyba pójdę pod „budę", zobaczyć, co się tam dzieje.

Na chwilę zatrzymuję się przed naszymi oknami, by przejść za rabatkę, a następnie uchwyciwszy się parapetu i wsparłszy nogą o wystający wąski odstęp ściany, wspiąć się do uchylonego okna, które podpiera jak zwykle 1,5-kilogramowy ciężarek.

– Huu... hu... hu... Jest tam kto? – dudnię zmienionym głosem.

– Co ty się znowu wygłupiasz. Zapomniałeś gdzie są drzwi?

– Po co mi drzwi. Idę do szkoły na akademię ku czci i chwale i jeszcze czemuś tam jeszcze, ale nie pamiętam, za wszystkie grzechy żałuję i postanawiam się nie poprawiać.

– Po co się wydurniasz. Idź i zachowuj się jak człowiek – upomina mama i zakłada fartuszek, pewnie będzie robić jak zwykle pierogi ruskie (a może z mięsem) i makaron, bo na stole jest już stolnica, a obok pudło z mąką i jajka od gospodyni z Kleparza.

– Na pewno zachowam się jak hipopotam – oznajmiam i nie czekając na więcej, powracam na chodnik, po czym przychodzi mi do głowy, żeby jeszcze po drodze pójść do Pańpucha.

Jest za wcześnie, by poszedł już na akademię, dlatego powinienem go zastać w domu. Ale przecież nie chce mi się iść normalnie, ulicami wokoło, ani nawet na skróty, przez stację. Chciałoby się całkiem inaczej. No to pójdę jeszcze inaczej i to tak, jak nigdy dotąd nie szedłem. Hm, muszę się zastanowić, żeby było ciekawiej.

Za ogrodzeniową bramą naszego osiedla podchodzę do ogrodzeniowej siatki przy słupku, za którą jest ogródek. Zaczepiwszy stopą o drut pośrodku, podnoszę się na rękach i przekładam drugą nogę na przeciwną stronę, ale pod moim ciężarem siatka zaczyna się kołysać w tę i we w tę, co powoduje, że nie mogę się sensownie ruszyć, tylko się kołyszę wraz z nią. Czuję przy tym na udzie ostrość końcówek drutów i nawet myśleć mi się nie chce, co by to było. Ale i tak nie nachodzi mnie obawa o spodnie, bo przecież idę tylko na akademię. Przez chwilę ogarnia mnie jednak strach, a przez sekundę nawet się sam z siebie śmieję, bo wyobrażam sobie siebie niczym pająka rozkołysanego w pajęczynie. Ale to wiszenie staje się męczące i już po chwili mi nie do śmiechu, bo jak mnie przyłapią albo zjawi się właściciel, to będą mnie mieć jak na widelcu.

– Jezus, Maria święta... – wyrywa mi się, po czym naprężam wszelkie moce woli i siłę ramion, by ustabilizować na tej przeklętej siatce swoją pozycję. W obawie przed dziurą w spodniach unoszę tyłek najwyżej jak tylko to jest możliwe, zaczepiam stopę w oku siatki, przerzucam się z wykorzystaniem prawej nogi i ruchem zamachowym ześlizguję się również nosem po ogrodzeniu.

Trochę piecze, ale to nie jest teraz ważne. Wpadam między krzewy czerwonej porzeczki i agrestu, przemykam pod jabłonią i znalazłszy się na podwórku ze studnią zakrytą drewnianą budką przywiązaną łańcuchem do blaszanego wiadra, albo odwrotnie, staję na twardym gruncie betonowych płyt przed wejściową tylną bramą do domu.

Żeby się z nikim nie spotkać, czym prędzej skręcam za róg domu. Udaję sam przed sobą, że szukając znajomego i go nie zastawszy, wracam na ulicę całkiem zwyczajną przecież drogą. Czuję się zwycięsko, bo wszystko przecież mi się udało. Rozsadza mnie nawet duma. Jestem jak Godzilla.

Ulica Pańpucha jest niewyasfaltowana, a to dlatego, że przy niej nikt ważny nie mieszka, przynajmniej tak słyszałem. Za to lubię po niej jeździć na rowerze, bo pełno dziur, kałuż, części żwirowych i błotnych, a nawet w jednym miejscu jest piaszczysta górka, choć nikomu o tym nie mówię, bo wszyscy lubią jeździć po równym i lekceważą taką jakąś „wiochę". Dlatego ciekawiej jest niż na głupkowatym asfalcie. Najgorzej jednak jeździ się po kostce, bo trzęsie.

Widzę w oknie Kazka Barańskiego.

– Cześć, co porabiasz? – zaczepia mnie.

– Idę do Romka, bo mamy labę. Dziś jakaś tam głupkowata akademia w szkole.

– Do Romusia mamusinego synusia. Idziesz na mecz?

– Nie wiem jeszcze.

– My idziemy zobaczyć Wisełkę. Powinieneś iść z nami.

– Nie mam w tej chwili szmalu.

– Wpadnij po trzeciej, to ci załatwię wejście.

– Nie chrzanisz?

– Przyjdź, to zobaczysz. Pójdziemy całą paką.

– No dobra, przecież nic nie stracę.

– Przy okazji mi się odwdzięczysz.

– Nie ma sprawy. To na razie.

– Tylko pamiętaj, że wychodzimy o wpół do czwartej.

– W porządku, na pewno będę – skinąłem porozumiewawczo ręką, odchodząc, a Kazek również porozumiewawczo potrząsnął swoimi blond piórami i mrugnął okiem.

Dobrze by było przejść się na mecz. Zawsze to coś nowego. Wprawdzie dwa lata temu byłem z tatą i Kabatem na Cracovii, ale Wisła to przecież pierwsza liga. Pożyjemy, zobaczymy.

Pańpuch mieszka w kącie ogrodu, jakby przylepiony do właściwego, dość okazałego, dwupiętrowego domu. Wchodzi się do niego drewnianą, zabudowaną werandą z drzwiami, do których trzeba dzwonić albo pukać w szybę okna. Nie ma u nich nawet toalety, dlatego muszą chodzić dwadzieścia metrów do wychodka. Poza tym jest tu jakoś wilgotnie i betonowo, choć przecież w ogrodzie. Płyty chodnika obrasta mech tuż przy krawężnikach odgradzających część ogrodową od pieszej i nie dość tego, to jeszcze są przy nich postawione małe płotki, jakby one miały chronić kwiatki przed wydeptywaniem, no chyba tylko przez Romka.

Wyskakuję na trzeci z czterech stopni schodków i kukam przez okno do wewnątrz, po czym stukam w szybę. Stuk, puk, stuk! Po chwili widzę poruszenie za firanką, a za moment pyzatą gębę Pańpucha. Słychać jak otwiera drzwi od pokoju z kuchnią na werandę, po czym i przede mną drzwi zostają otwarte.

– Cześć gruby, co robisz.

– Wchodź, bo stara wyszła i będzie można swobodnie pogadać.

Wchodzę za nim do pomieszczenia pełnego najróżnorodniejszych kwiatów w doniczkach, jakichś mebli, krzeseł i ogrodowych narzędzi, by następnie znaleźć się w dużym pokoju, w którego kącie stoi piec kaflowy.

Coś mi z Pańpuchem nie tak. Jest jakiś podekscytowany. Mówię więc jeszcze na progu:

– Idziemy dziś z Kosą na Wisełkę.

Kiedy się do mnie odwraca przodem, teraz widzę podkasane rękawy i pokrwawione przedramiona obu rąk.

– Co ci się stało? – pytam, kiedy zamyka za mną drzwi.

– Co ty nie widzisz? – odpowiada zniecierpliwionym nosowym głosem.

– A co niby miałbym widzieć? – pytam zdziwiony.

– To są sznyty. Zrobiłem sobie sznyty. Jeśli jest się facetem, to trzeba być wytrzymałym na ból. No chyba, chyba że jesteś babą albo ciotą.

– Co ty pieprzysz? Co ci odbiło? Palma?

– Ty, kurwa, nie znasz się na rzeczy. Ale jak ci nie stoi, to jak się masz znać.

– Komu nie stoi?
– Tobie nie stoi. Jakby ci stał, to nie zadawałbyś głupich pytań.
– To jakaś głupota.
– Głupota? Ja przynajmniej walę „rączkowską”, a ty masz tylko do sikania.
– Opowiadasz pierdoły – czuję się tak wzburzony, że muszę się powstrzymywać, żeby nie rzucić się na niego z pięściami.
– Pierdoły?... To pokaż, na co cię stać – i wyjął z podręcznika od matmy świerszczyk. – No powiedz, którą byś jebnął.
Oglądamy dziewczynki, a ja staram się bagatelizować te wszystkie cycki i cipki, bo przecież jestem zakochany w Marysi. Mimo to mnie podniecają.
– Patrz, ta ma owłosioną szparę. Mnie już stoi, a tobie?
Czułem, że mi członek stwardniał, ale przecież to nie po raz pierwszy, no i co to kogo obchodzi. Tymczasem Pańpuch wyjął z rozporka swojego i zaczyna się nim chwalić.
– Patrz, ja to mam chuja. A ty co?
Targany wściekłością i poczuciem urażonej dumy, rozpinam zamek teksasów z kowbojem wymachującym lassem na tylnej kieszeni i wyjmuję swoją pałę, mówiąc:
– A to dopiero kutas, ty dupku.
– Masz krótszego od mojego.
– Ale za to grubszego.
– No to patrz na te cipki i walmy „rączkowskie”. Tutaj są amerykańskie chusteczki, to je bierz, jak się będziesz spuszczał, żebyś nie nachlapał na podłogę.
Tamten facet jest z nią połączony, a ta czarnulka tak pięknie rozkłada nogi, że mi twardość kompletnie uderza do głowy. Przyjemne jest to używanie ręki jako pochwy. Wyobrażam sobie, że jestem z jedną z tych dwóch dziewczyn nad morzem, no i że jest nią Marysia. Całkiem jest słodka, aż mi mgłą oczy zachodzą i nagle zatrzymuję się. Zapinam spodnie i zaciskam pięści.
– Co ci się stało, ja już za chwilę... – nie kończy, bo nagle od okna kładzie się cień. Jak się szybko okazuje, wróciła jego matka.
Teraz wszystko dzieje się błyskawicznie.
– O, kurwa, stara wróciła – tamten chowa swój instrument do spodni, a ja bojąc się panicznie wsypy, wkładam „świerszczyk” czym prędzej do podręcznika z matmy i biorę go pod pachę niczym swój.

Matka otwiera drzwi i stając w progu, najpierw po nas spogląda, a następnie dziwnie się pyta:

– Co wy wyprawiacie?

Romek gdzieś spod stołu:

– Wybieramy się do szkoły, bo mamy przecież dzisiaj akademię.

O Boże, czuję płynące ciepło w majtkach, które z jednej strony przynosi mi ulgę, a z drugiej sprawia, że wydaje mi się, jakby cały świat się właśnie zwalił na mnie i przygniatał jakimś ciężarem nieznanego dotąd upokorzenia. Żeby tylko czegoś nie zauważyła. Żebym zdołał udać, że wszystko jest najzwyczajniej w świecie. Muszę się przemóc.

– Czego ty pod tym stołem szukasz? – pyta się Pańpuchowa, patrząc na mnie.

– Pewnie piłki – mówię nieprzytomnie, aż nos mi z gorąca rośnie.

– A ty coś taki rozpalony.

– Ja?... Ja... bo żeśmy się... piłką wygłupiali.

– Jak to, w mieszkaniu i z podręcznikiem pod pachą?

– Bo, widzi pani, książką świetnie się odbija.

– Lepiej zostaw ten podręcznik, bo jeszcze go zniszczysz.

– Ale to moja książka i właśnie będę już szedł, żeby się nie spóźnić do szkoły.

– To nie poczekasz na Romka?

– Jeśli potrzeba, to poczekam na polu, niech się przygotuje, bo dziś mamy ważną akademię.

– No dobrze, to poczekaj na zewnątrz, tylko nie chodź po ogrodzie, bo kto inny zdepta, a jak zwykle będzie na Romka.

– Na pewno, niech się pani nie obawia – mówię to z euforią w głosie i wypadam z domu jak ptak uwolniony z klatki i czym prędzej pędzę do bramki.

O, Jezu, co by to było, jakby tak nas nakryła. A w ogóle, to żałuję, że się dałem podpuścić tym gadaniem. Lepiej wyjmę świerszczyk i schowam go za paskiem spodni, pod koszulę, a podręcznik oddam i powiem, że się pomyliłem. I tak robię. A może nawet pochwalę się w szkole Marysi i to jej zaimponuje? Co, że wiem, o co w tym wszystkim biega? Nie, nie, lepiej na razie o tym nie myśleć, bo znowu mi się podnosi. Taka zwykła broszurka, a niemal grzeje mnie w brzuch, niczym czerwony termofor mamy.

Wracam do Pańpuchów i kładę podręcznik na parapecie okna z myślą, że jak Romek będzie wychodził z domu, to mu dam znać, że załatwiłem sprawę ze świerszczykiem, po czym kieruję się z powrotem do furtki, żeby być z dala od kwiatków i Pańpuchowej. Przez chwilę bezrozumnie stoję, po czym zaczynam być z siebie dumny, że to ja stanąłem na wysokości zadania. Pańpuszka było stać tylko na schowanie się pod stół. Taki pajac będzie mi mówił o byciu facetem. Takie kutasisko wstrętne.

O, ale już idzie, i nawet zauważył książkę. Patrzy, ja daję znaki, a ten cymbał zdaje się nic nie rozumie. Stoi i patrzy jak cielę. Wreszcie pokapował i zanosi matmę do domu. Spluwam z satysfakcją na schody głównego wejścia i opuszczam ogród, zostawiając otwartą furtkę z drewnianych sztachet.

Idę wolno wzdłuż płotu, za którym krzewy i drzewa pokrywa świeża, niedorozwinięta jeszcze zieleń. A tamto drzewo to co? Albo nie czas na nie, by puściło już liście, albo może uschło? Umarło? Jeśli umarło, to dlaczego? Dlaczego wszystko musi umierać? Po co się rodzić, jeśli trzeba umrzeć. To wszystko jakieś jest niedorzeczne.

– Staszek, kurwa, co zrobiłeś ze świerszczykiem?

Obejrzałem się, by spojrzeć na Pańpucha śpieszącego za mną w chałacie i z workiem z pantoflami. Poczułem jakiś niesmak na widok jego pucołowatej i szorstkiej gęby.

– Jest bezpieczny, trafił w dobre ręce – mówię pewny siebie z przekąsem, rozchylając na dowód nieco koszulę.

– To dobrze, bo będziesz mi musiał oddać. To kosztuje…

– Ale pożyczysz mi na kilka dni, dobra?

– Nie, bo będziesz walił „rączkowską".

– Aleś ty jest głupie prosię, chciałem pokazać jednej dziewczynie, bo może mnie za to polubi. One podobno lubią takich, co znają się na rzeczy.

– A… Maryśce, Marysieńce chcesz się podlizać. Zalecasz się do niej jak dupek, a ona ma cię w nosie.

– Nie ma mnie, ale ostatnio po lekcji o człowieku, po tym filmie kiedyśmy oglądali te sprawy bez dziewczyn, a one swój bez nas, to mnie spytała co było na naszym. Nic jej nie odpowiedziałem…

– Aleś ty zakuta pała, trzeba było jej powiedzieć, że chodzi o „rączkowską" i umówić się, dać jej do buzi i tyle.

– Ty jesteś jednak głupi kutas.

I nagle znany głos z tyłu:

– Jak wy się zachowujecie. Jakich ty Kwik słów używasz – dociera do mnie, że to głos nauczycielki.

Jezu, to ruda od polaka.

– Nie..., nie..., to tylko tak... – bełkoczę pod nosem, ledwie się do niej odwróciwszy, po czym ze wstydu nie wiedząc, co zrobić, podchodzę do studni na rogu ulicy i łapiąc za ramię pompy, zwracam się do Romka: – Puszczę cienko, a ty pij.

– Zachowujcie się przyzwoicie na ulicy, bo doniosę wychowawczyni i obniży wam oceny ze sprawowania. Żeby mi się to więcej nie powtórzyło – powiedziawszy to, poszła sobie.

Romek z pompy wodę laną cienkim strumieniem pije, ja go zmieniam, choć mi się wcale pić nie chce.

– Wszystko przez ciebie, ty pajacu – ze złością rzucam mu w twarz syczącym głosem, kiedy nauczycielka wystarczająco daleko od nas odchodzi.

– Idze, idze, bajoku, czym ty się przejmujesz. Popatrz tylko jak ona idzie i kręci tą małą dupką jak rondelkiem. Do tego jeszcze obciera nogami, aż szumi, bo jej czegoś brakuje. Nawet słychać jak trze pończochami. I te jej okularki na końcu nosa, i koczek rudawy – i w tym momencie unosi przed siebie przedramiona z opadłymi dłońmi i robi gębę w ciup, naśladując tamtej mowę i gesty: – Jak ty Kwik się zachowujesz, dlaczego nie kwiczysz tylko się hamujesz...

Z tą chwilą złość mi przechodzi i robi się śmiesznie.

– Ja się wcale nie przejmuję, ale tak jakoś głupio wyszło...

Ale to nic, idziemy dalej, a Romek zaczyna pogwizdywać i wywijać workiem z pantoflami. Słychać też gdzieś klik–klaka.

– O, Cholewka na moście. Oddawaj mi „świerszczyk", bo jeszcze się będziesz chwalił, że to twój.

– A masz, jak ci tak zależy – zdegustowany i poruszony wyjmuję broszurkę zza paska i rzucam na Pańpucha tak, że nie zdołał nawet złapać.

– Co ty robisz, jeszcze się zniszczy! – czym prędzej przechwytuje książeczkę-skarb i spogląda na przechodzącą panią z siatką z zakupami, która udaje, a może nic nie dostrzega czy nic ją to nie obchodzi. Z pewnością golizny były dobrze widoczne.

– A w ogóle, to skąd ty masz takie amerykańskie chusteczki? – pytam zaskakująco również dla samego siebie.

– Co?... A?... chus...teczki?... Powiem ci, jak nikomu nie powiesz.

– To tajemnica?... No dobra, nie powiem.

– Stara dostała z przechwyconego przemytu.

– Ale skąd ona...

– Nie wiem, tak jest i tyle. ORMO czuwa. Tylko ani mru-mru, bo kaplica.

– Co to jest ORMO?

– Rezerwa. To tak jak ty, jak gramy w piłkę, to grasz na rezerwie i tyle.

– Rozumiem – odpowiadam porozumiewawczo, udając, że mam o sprawie pojęcie.

Przechodzimy na moście na drugą stronę do klikającego Marka Cholewki, z którym wciąż siedzę w jednej ławce, pierwszej od okna, a który jest od nas starszy, bo powtarzał siódmą klasę. Ale jakoś dobrymi kolegami nie jesteśmy.

– Idziesz na akademię?

– Olewam akademię – i klika.

– Cycata będzie przepytywać na nauce o społeczeństwie.

– Olewam naukę o społeczeństwie – odpowiada wciąż tłukąc się swoim klikaniem. – Mogę zagrać w oczko, ale nie na niby, tylko o forsę.

– Nie mam szmalu. Palce sobie poobijasz tym klikaniem – dorzuca Romek.

– Spokojna głowa, mistrz to mistrz. Wszyscy klikają, to ja też klikam.

Zostawiwszy Cholewkę, wchodzimy na chodnik prowadzący do drzwi szkoły, mieszając się z innymi uczniami w tłumie. Odruchowo się rozglądam za Marysią, ale jej nigdzie nie widzę. Dostrzegam natomiast woźnego z kluczami i dyscyplinką w drzwiach szkoły.

– Romek!... Poczekaj!

– O co biega?

– Nie mam pantofli, zapomniałem, a ten cieć stoi i sprawdza na bramce.

– Hm..., to co robisz?

– Musimy zrobić akcję. Wiesz co, przejdź dołem i wyjdź na parter z drugiej strony „budy". Wyrzuć pusty worek przez okno, a ja tam będę czekał.

– A jak mnie Wąsata przyłapie w butach?

– Dlatego mówię pusty worek. A jeśli nawet, to powiesz, że zostawiłeś w szatni, bo ci się chce do ubikacji. Tylko nie nawal.

– Dobra, dobra, tylko się patrz, jak działają spece od rolowania cieci – po czym ochoczo kieruje się do drzwi i nad wyraz stanowczo i wyprostowany znika wewnątrz szkoły.

Ja również pełen zapału skręcam na dziedziniec przedszkolny i idę w kierunku wejścia głównego, które jest przeznaczone dla nauczycieli. Cieszę się na myśl o przechytrzeniu woźnego i czuję podniecenie, a zarazem niepewność, czy aby Pańpuch nie nawali. Podchodzę pod umówione okno i nie dostrzegłszy w nim jeszcze wspólnika, odwracam się w stronę strumienia uczniów zdążających na akademię.

O, jest i Marysia. Idzie jak zwykle z Grażyną Podrawską. Od jakiegoś czasu są z nich jakieś dziwne papużki nierozłączki. Tylko dlaczego one ciągle wchodzą razem do jednej ubikacji przed lekcjami religii? Muchomor kiedyś powiedział, że robią sobie palcówkę, ale ten to jest zawsze kopnięty. Marysia jest taka śliczna, zawsze świeżutka i wyprostowana. Ma najzgrabniejsze nogi. Wydaje mi się, że jest też bardzo dumna z tego, że urosły jej cycki.

– Kwiczoł, łap! – rozlega się głos Romka i przez uchylone przedostatnie okno wypada jednak worek z pantoflami. Prędko podnoszę je z chodnika i kieruję się w stronę drzwi wejściowych, wywijając z satysfakcją na długim sznurku workiem. Teraz już wszystko idzie gładko: schody, szatnia, worek z pantoflami na powrót u Romka i znowu schody, korytarz prowadzący na salę gimnastyczną, tłum, gwar i już blisko będą drzwi dwuskrzydłowe otwarte na oścież i kilka głów nauczycielek za nimi. Wpycham się tam, gdzie najciaśniej i przekraczam z euforią próg czegoś, co niby niedostępne, a jednak dla mnie za progiem tak, i stąpam na parkiet, by postawić następny pewny siebie krok w adidasie, a tu nagle wszyscy przede mną się nie wiedzieć dlaczego rozstępują, a ja chcąc nie chcąc, staję twarzą, czy raczej twarzą w szyję mojej wychowawczyni, która z zadowoleniem w głosie, najspokojniej w świecie oznajmia:

– Ale ty, Kwik, w buciorach na akademię nie wejdziesz. W tył zwrot i do szatni.

Całkowicie zbity z tropu robię zwrot w tył niczym na lekcji WF-u i próbuję iść pod prąd, co jest uciążliwe, ale po chwili zaczyna mi się nawet podobać i też mnie śmieszy, a następnie i sprawia przyjemność. Po drodze natykam się na Władka Lipkę, któremu daję polecenie, by siadł przy oknie w środku sali, tam, gdzie najtłoczniej i uchylił mi okno, a ja się wtedy wślizgnę, bo przecież mnie nie chcą wpuścić bez pantofli. On pokołysawszy swoją szczupłą sylwetką, potrącaną przez idących, przechyla się ze zrozumieniem na swą lewą, sobie naturalną stronę ze względu na jakiś tik w lewej nodze, po czym zapewnia, że to zrobi, aż mu chude policzki się zapadają z tego zapewnienia, by tłum miał go ponieść.

Kieruję się do drzwi prowadzących na szkolne podwórko i po chwili już jestem przy jednym z okien sali gimnastycznej, gdzie się też z innych klas kilku chłopaków kręci. Wśród nich jest i Cholewka, który stojąc z boku przygląda się wszystkiemu z rękami w kieszeniach. Ja wybieram swoje okno, którego uchylenia spodziewam się od Lipki. Tak, tutaj, przy tym jest wewnątrz tłoczno, a zarazem trochę wolnego miejsca, bo jeszcze uczniowie nie zdążyli usiąść na gimnastycznych ławkach. A i Lipka przeciska się do parapetu. O, diabli, wychowawczyni znowu rządzi i co niektórych po swojemu ustawia. Czy uda mu się dojść do okna?

– Władek! Tutaj!... – prawie krzyczę, ale tak, by tylko on mnie usłyszał. Macham przy tym ręką. Żeby tylko zdążył przed tym, jak wszyscy usiądą, bo wtedy już nic z tego nie wyjdzie. Wtedy wszyscy będziemy na oku.

Co ta ruda kita chce znowu od niego, i to od tak spokojnego Lipki, który stara się pomóc koledze.

– Teraz, dawaj! – ponaglam Lipkę, widząc, że Wąsata odwróciła się tyłem.

Choć Lipka pewnie mnie nie słyszy, to wreszcie przekręca klamkę i uchyla okno, a ja wspiąwszy się na parapet, kładę się na nim brzuchem, by wpełznąć do środka na dół głową. Ocieram się o jakieś nogi w rajtkach dziewczyny, a ta piszczy i przyciska rękoma spódnicę do uda.

– Ucisz się, głupia. Mam w dupie twoje majtki – syczę ze złości i siadam na podłodze, opierając się o kratę, za którą jeszcze grzeje kaloryfer, po czym rzucam Władkowi: – Dzięki, stary.

– Wszyscy uczniowie siadają!... Również pod oknami. Nikt nie stoi... Lipka, co ty się tak kręcisz. Raz tu, raz tam. Albo zajmiesz natychmiast miejsce, albo będziesz siedział przy mnie – grzmi głos Wąsatej, a mnie się chce śmiać z tego zamieszania, no to się po cichu śmieję.

Jeszcze kilka głosów nauczycieli nakazujących ciszę i spokój uczniom, po czym na tle przyozdobionej ściany pod tablicą do koszykówki, z której również zwisają biało-czerwone wstążki, pojawia się szkolny chór, który pod dyrekcją Bemola zaczyna po krótkich przygotowaniach swój chóralny śpiew:

Bój to jest nasz ostatni
Krwawy skończy się trud,
Gdy związek nasz bratni
Ogarnie ludzki ród.
Bój to jest nasz ostatni...

I w tym to momencie pośród siedzących podskoczyłem, ponieważ poczułem na ramieniu jakby znaną, mimo że nigdy mnie tak nie trącającą, a jednak w domyśle znanej mi osoby dłoń, bo i w powietrzu doznaję zapachu perfum Wąsatej.

– Kwik, proszę ze mną – brzmi szept rozkazem.

No i od tej chwili wszystko dzieje się już automatycznie i całkowicie dla mnie bezmyślnie, bo i po co za maszynę myśleć. Wiem tylko, że oto wpadłem w tryby nauczycielskiej machiny, stąd na nie swoich nogach wstaję i idę nie w moim celu, a jednak nie byle gdzie. Teraz już mnie nic nie uratuje, chyba tylko mogę liczyć na dobre serce obcego mi ciała pedagogicznego. Ale nic, idę tam, gdzie mnie niesie. Idę i idę, po czym rozglądam się wokół i zdaję sobie wreszcie sprawę, że oto znajduję się za szkołą. Uradowany, że to tylko tyle, że nie wylądowałem w jakimś piekle pokoju nauczycielskiego, spotykam oto znów Cholewkę i podszedłszy do niego, oznajmiam jak on z przekąsem:

– Olałem akademię.

– To chodź na fajkę.

Już mam powiedzieć, że ostatni raz paliłem w drugiej klasie, ale wtedy też olałbym i jego, a w tej chwili to już byłoby dla mnie za wiele. Więc mówię:

– Dobra, jakie palisz?

– Najlepsze. Tylko popatrz, kenty… – i wyjmuje pudełko z kieszeni chałatu, kiedy znajdujemy się za rogiem.

– Fiu…, fiu…, fiu, to przecież zagraniczne.

– A coś ty myślał, że ja słomki palę?

No to palimy.

– Można go nawet tak trzymać. O… Cały się chowa w ręce – dzielę się swym odkryciem. – A skąd masz takie?…

– Ciotka z Ameryki nam przysłała.

– Ja też będę miał pieniądze. W lecie pojadę na OHP z kumplami nad morze, którzy już byli w tamtym roku. No i zarobię.

Ciemna twarz Cholewki pozostaje niewzruszona tym wyznaniem, a ja chciałbym mu czymś zaimponować, więc kontynuuję:

– Później pojadę w góry, tam będę chciał zaliczyć jakąś dziewczynę.

Ten dalej stoi beznamiętny i zerka tylko na mnie, jak pykam swojego peta.

– Lepiej nie marnuj fajki.

– Jak to?

– Tak to, że taką fają należy się zaciągać, a nie puszczać dymki. Zrób tak jak ja. Patrz. Pociągasz fajkę i wciągasz do siebie dym… a następnie wypuszczasz. Możesz również się nauczyć puszczać kółka, ale to na razie za trudna dla ciebie sprawa.

No i robię, czego mnie Cholewka uczył, by nagle zacząć się krztusić i widzieć gwiazdki przed oczami.

– Nie przejmuj się, ja po pierwszym razie też tak miałem. Od tej chwili masz zadatki na „gościa".

I oczom nie wierzę. Nie wiem, czy to dym z papierosa, czy coś jeszcze gorszego sprawia, że naprzeciw siebie widzę wyłaniającą się zza rogu niczym duch z papierosowego obłoku moją ukochaną panią wychowawczynię. Ta, po pełnym napięcia momencie, podnosi prawą dłoń i skinąwszy raz i następny na mnie wskazującym palcem, przywołuje mnie do siebie. Ja tymczasem porzuciwszy jako nie swojego kenta, całkowicie zdruzgotany idę posłusznie w jej stronę, by wreszcie usłyszeć to, na co z pewnością nie zasłużyłem:

– Masz natychmiast pójść do domu po któregoś z rodziców i do czterdziestu pięciu minut stawić się w pokoju nauczycielskim. W przeciwnym razie nie masz po co jutro pokazywać się w szkole.

Odwracam się do Cholewki, którego nawet nie tknęła, i nie wiem co jest grane. Ten stoi jak stał, tylko papierosa schował za siebie, z którego się ciągle przecież dymi. Po tym oświadczeniu wychowawczyni znika.

– Co ona się tak mnie uczepiła. Jak ja mam iść do domu, przecież idę na mecz.

– To dlatego, że ona wie, że twoja stara nie pracuje. Ze mną byłoby to niemożliwe. A jakby mi tak powiedziała jak tobie, to miałaby więcej kłopotów, bo jutro nie zobaczyłaby mnie w budzie. Ja ją złamałem i po sprawie.

– Ale przecież też trzeba... przynajmniej „det" trochę nazbierać.

– Aleś ty jest głupi. Przecież buda jest obowiązkowa i to jej zmartwienie, żeby się z niej nas nie pozbyć. Ty nic nie kapujesz?

– Kapuję, ale co ja mam teraz zrobić? Mama będzie wściekła.

– Nie iść jutro do szkoły, a jak przyjdą po ciebie, to powiesz, że wychowawczyni ci zabroniła. Słyszałem, to powiem. No chyba żeś mamusin laluś, to inna sprawa.

– Dobra, muszę się nad tym zastanowić – powiedziawszy to, jakoś wlokę się z palącą goryczą w gębie i szumem w głowie w stronę szkolnego podwórka.

Nic mi się nie chce i niech od tej chwili wszystko robi się samo. W atmosferze kenta same nogi niosą mnie do domu, czym jestem inaczej niż zwykle podekscytowany i przejęty na równi z niewyobrażalnymi skutkami tego, co się stanie w najbliższej przyszłości. Coś mi mówi, bym teraz jak najmniej myślał i przeczekał następne zdarzenia niczym burzę.

Ale przecież nie schowam się pod jakimś drzewem, bo przed piorunami nie wolno. Pragnienie mam jedno: żeby na mecz dziś pójść za wszelką cenę. Nie wiem, dlaczego, ale ta propozycja Kozy wciągnęła mnie niczym planeta w swoją orbitę meteorytu. Nie, chyba wolę być Księżycem, bo ma większe w kosmosie znaczenie. No i z tego Księżyca jestem nawet z siebie dumny, że mam taką w kosmosie rolę. Przynajmniej tak wyczytałem, bo przecież nie jestem jakimś tam Gagarinem. Myśli skaczą mi jak pchły, choć przecież pchły też jeszcze w życiu nie widziałem, choć kiedyś ciotka na wsi złapała kilka i zmiażdżyła palcami. A co tam miażdżenie pcheł, jak się muchy miażdży, to dopiero trzaskają. Za to jak raz Andrzej Trąbalski kroił żyletką akwaryjne rybki na desce, to słychać było tylko jego dyszącą satysfakcję. Ale on ma wujków w Ameryce, to może sobie pozwolić nawet na granie całymi dniami na gitarze i udawanie tremelousa. Ktoś mówił, że jego kamienica tak czy siak go utrzyma i nie musi się uczyć, a kiedy indziej przyjechał do niego nawet tak wielki amerykański samochód, że z trudem nawrócił na końcu ulicy. Na naszym podwórku nie miałby problemów, ale akurat zamknąłem mu bramę. Później wszyscy zatrzymywali się pod Trąbalskim i podziwiali to auto. Ktoś mówił, że to jest dopiero wóz i nawet naciskał: kufer, żeby sprawdzić, jakie ma resory. Ktoś inny, że jesteśmy sto lat za Murzynami. Dla mnie to nie była żadna atrakcja, a nawet byłem na nich wszystkich wściekły. W mojej ojczyźnie też tak będzie, a nawet lepiej, bo tam jest wciąż Dziki Zachód i zabijają się co chwila.

– Mamo, musisz się zaraz ubrać i iść do szkoły, bo cię wychowawczyni wzywa i to natychmiast. Jeśli nie pójdziesz, to jutro wypiszą mnie ze szkoły – wyrecytowałem mamie przez okno, bo nie mogłem przecież wchodzić do domu drzwiami, ze względu na konieczność pójścia na mecz. A nuż by mnie zamknęła i nie puściła.

– Jezus Maria, coś ty narozrabiał!?

– Nic takiego, nie wziąłem pantofli do szkoły, a za szkołą Cholewka palił, a mnie przyłapała.

– Do domu!!! Przez głupie pantofle nie wzywają rodziców. Coś sobie umyślił gadać ze mną przez okno.

– Bo nie ma czasu, ona na ciebie czeka. Ja już idę, będę czekał pod szkołą.

– Diabli nadali, żeby człowiek nie miał spokoju… Teraz mam wszystko rzucać…

Więcej nie słyszę i dobrze, bo właśnie przed słyszeniem czegokolwiek uciekam z powrotem do swoich myśli. Wyobrażam sobie, że idę z chłopakami na wojnę. Tym razem nie Bolek jest dowódcą, ale ja. W mojej drużynie nie tylko jest Marek z Jankiem i Tomek, ale nawet Romek, Adrian i łysy Fred, a i niech będzie Teść i Śmigalska. Oj nie, z tą babą to chyba przesadziłem. Nie będę w swojej armii trzymał grubych bab, które jedzą kilo kotletów na raz, a do tego są nieruchawe. Potrzebne mi są sanitariuszki, gdybym był ranny. Dlatego wezmę z sobą Marysię. Z takim składem już niczego się nie boję.

Stając przed szkołą i czekając na mamę, nagle dostaję czymś w ucho, by za ułamek sekundy skojarzyć to z poprzedzającym zdarzenie odgłosem. Wycofawszy się, zaczynam szukać wzrokiem otwartego okna i sprawców strzelania z lufek plasteliną. No i jest, chowa się w ubikacji na pierwszym piętrze i udaje snajpera. Tylko kto to? Jest i drugi. O, właśnie przeskoczył między oknami. To Muchomor! Mimo że w pantoflach, to nie jest na akademii? Ale się będzie miał, jak go stamtąd zwiną. Drugi to Cholewka? Jak on się tam znalazł? Trzeci pozostaje nierozpoznany. Może ich być więcej, ale mnie to już nie obchodzi, bo i mama nadchodzi. Zaczyna mnie boleć przy tym brzuch. Chciałbym, żeby to się już jak najszybciej skończyło i żebym był już na meczu. O niczym już więcej nie myślę, jak tylko o ponownym wyjściu z tej budy. Na niczym mi nie zależy, niech sobie nie myślą!

No i co, wreszcie staję przed obliczem wychowawczyni w holu i to w towarzystwie mamy, a nawet palmy i małego stolika z kilkoma krzesłami oraz popielniczką z jednym ustnikiem śmierdzącego peta w popiele. Wszystko coś mówi, a najwięcej pani, która oznajmia w pewnym momencie:

– Pani Kwik, nie dość tego, on dokucza dziewczętom. Wierci się na lekcjach, jakby miał owsiki. Do tego jeszcze stał się jakiś dziwny. Z jednej strony wydaje się poważny, a z innej mu się uczyć nie chce. Postępuje tak, jakby chciał swoim zachowaniem zaskakiwać innych i zwracać na siebie uwagę, przez co stwarza problemy wychowawcze. Raz się uczy matematyki, by za chwilę nałapać dwój i uczyć się polskiego. Za chwilę polonistka mówi, że dała mu kilka dwój, bo nie napisał sprawozdania, po czym pisze je na czwórkę z plusem i tak w koło Macieju. Nie ma systematyczności, a do tego jest z niego śmierdzący leń i nawet nie wybrał jeszcze szkoły, choć nie wiem, czy jak tak będzie sobie bimbał, to przejdzie.

– Nie... bo... – próbuję coś wybełkotać na swoje usprawiedliwienie.

– Jakie niebo, żadne niebo, tylko szkoła i nauka. Kim ty będziesz?

– Mogę być tramwajarzem, strażakiem, malarzem pokojowym, a nawet kosmonautą. Kim będę chciał, to będę, ale…

– No tak, z taką nauką to będziesz śmieciarzem.

– Tata powiedział, że najważniejsze, żebym był uczciwym człowiekiem.

– Uczciwość uczciwością, ale trzeba się nauczyć poczucia obowiązku, bo jak skorupka za młodu i tak dalej. O, jest koleżanka. Madziu, pozwól na chwilę – zwróciła się do przechodzącej właśnie obok polonistki, wychowawczyni, która aż podskoczyła z radości. – Powiedz pani Kwikowej, co też wyczynia jej synalek.

– Nie uważa na lekcjach. Nie chce czytać lektur. Nawet zaaranżowałam mu pomoc przez pilniejszą uczennicę, by go zaangażować w przeczytanie „Balladyny", to dopiero wtedy wyuczył się jej wypracowania na pamięć.

Czuję, że czerwienieję ze złości, wstydu i bezradności za taką nieprawdę. Demonstracyjnie nawet odwracam głowę od właścicielki… tyłka jak rondelek.

– O proszę, to są jego gesty. Jak tylko mu się coś nie podoba, to się dąsa. I nie dość tego, on z Pańpuchem dzisiaj przeklinali na ulicy jak szewcy. To niegodne, idą z tarczami i klną, dając świadectwo o własnej szkole.

– A właśnie że nie! – protestuję, bo poczułem, że mamie jest przykro słuchać tego wszystkiego. Dlatego przecież muszę ją bronić – To są same kłamstwa.

– Zaprzeczysz, że cię pani z Pańpuchem przyłapała dzisiaj na ulicy?

– Nie, mój tata umie naprawiać buty i wcale nie klnie.

– Co?… Co ty znowu… Tak się mówi. Nieraz zachowujesz się jak głupi.

– Ja wiem.

– Co wiesz?

– Że jestem głupi… – i podniósłszy wzrok wyzywająco, spoglądam na obie nauczycielki. Czuję teraz, że tryumfuję i nawet już mama się za mnie nie wstydzi.

– Ty za mało jeszcze wiesz i do tego ci się nie chce uczyć – oznajmia wychowawczyni, najwyraźniej udając, że nic nie zbiło jej z tropu i nic się w ogóle nie stało.

– Mogę być głupi, ale ja i tak wiem, czego inni nie wiedzą – dodaję.

– A cóż to takiego, jakaś wiedza tajemna? Może byś się nią z nami podzielił?

Tymczasem polonistka sobie już idzie.

– Na wszystko przyjdzie pora.

– Dość tych tajemnic i żeby pani wiedziała, że postanowiłam, by za karę nie pojechał na wycieczkę Szlakiem Orlich Gniazd, ponieważ ja przez trzy dni nie będę się za nim uganiać. Zresztą nie tylko on. Są i inni. Musi pani na niego wpłynąć.

– No, ale jak, kiedyś pani dawała mu listy pochwalne, a teraz tak jest źle?

– To było w piątej klasie, teraz mamy ósmą. Wtedy miał piątkę z rosyjskiego, nienaganne zachowanie, to i przyznam, podciągnęłam go nawet na pięć z geografii.

– Może nie trzeba było.

– I tak też mnie się teraz wydaje, ale trzeba z tym fantem coś zrobić, bo on nie chce się uczyć.

– Jeśli nie umie, no to cóż, niech mu pani postawi tę dwóję i niech powtarza rok.

– Jakbym jemu miała postawić dwóję, to musiałabym postawić też większości w klasie.

No i w tym momencie wreszcie przez chwilę zapanowało milczenie, a mnie się wydaje, że wcale nie jest jeszcze tak źle. Tylko jak to jest z tym sprawozdaniem. Jeśli ja tak sobie to wszystko tylko myślę, to co? To tak, jakbym składał sprawozdanie? Ale komu? Nic z tego na razie nie rozumiem.

– I tak, proszę panią, na lekcji historii potrafił nawet powiedzieć, że Związek Radziecki napadł na Polskę, jakby to żył wtedy, a na nauce o społeczeństwie puszczał sobie lusterkiem w najlepsze z Cholewką zajączki. O innych sprawach już nie wspomnę, bo można by było spisać tego całą litanię.

– Ale co ja mam zrobić?

– Niech pani go przypilnuje w domu, a ja mam dla niego jeszcze jedną karę. Ponieważ nie pojedzie na wycieczkę, to w zamian będzie malował ławki z Pańpuchem, Cholewką i jeszcze jakimś jednym kolegą, którego mu dokooptuję do towarzystwa.

Zapewne z powodu tego trudnego słowa mama nie miała już nic do powiedzenia. Nie wiem, co ona zrobi z tym kimś, ale pewnie będę malował ławki, no i dobrze. Zobaczy się, jak się to maluje. Na wycieczki będę kiedyś jeździł jeszcze lepsze i ciekawsze, albo lepiej, jak Fiedler zostanę podróżnikiem.

– Niech tylko ja tacie powiem, coś ty narozrabiał. Żebym ja musiała świecić oczami ze wstydu, jakbyśmy byli najgorszą rodziną – lamentuje mama w drodze do szkolnego wyjścia po rozstaniu z wychowawczynią, którą z chęcią bym znienawidził, ale jakoś dziwnie nie mogę, bo mi się też i nie chce. Mam ważniejsze sprawy na głowie niż te głupstwa, które nauczycielka naopowiadała o mnie. Jak tu przed tym wszystkim czmychnąć, co tamtej się z kimś innym pomyliło? A ja się wcale nie dziwię, sama mówiła, że ma tak dużo uczniów na uwadze i że to się wzięło z jakiegoś wyżu... Pogoda widocznie przyniosła takie jej gadanie, jak tacie strzykanie w kolanie. Mam tylko nadzieję, że podczas meczu nie poleje.

– Mamo?

– Co chcesz? – odburknęła szorstko mama, kiedy znaleźliśmy się na moście.

– Ja cię nie odprowadzę do domu, bo muszę iść..., bo widzisz, jest ważna sprawa. Nauczyciel od WF-u nam kazał przyjść po akademii na dodatkowe lekcje, a właśnie się akademia skończyła.

– Czyś ty czegoś nie wymyślił? Ja się wrócę z tobą.

– Jak Boga kocham, muszę zagrać w tym meczu, bo wszyscy wychodzą ze szkoły i nie rób mi wstydu.

– To dziwne, akurat teraz.

– Teraz, bo znowu będą mieć pretensję. Świąteczna gra – mówię tak, jakbym w ten sposób miał zakląć cały świat.

– No idź, jak musisz... Tylko żebyś mi od razu po lekcjach przyszedł do domu. Ja się już z tobą rozprawię.

– Nie przejmuj się, przecież ja umiem już wiersz:

Słońce wschodzi i zachodzi,
drzewa kwitną, liście ronią
my strumień rzeczywistości
kształtujemy własną dłonią
Jesteś cząstką w zespole

– No ładnie, ładnie. Lepiej już idź i nie wygłupiaj się na ulicy.

– No to lecę.

Biegnę i strasznie mi głupio, że musiałem mamę okłamać. Czuję, że może od tego ucieknę, bo i cóż, przecież na pewno by mnie na mecz nie puściła. Dlatego wszystko to zrobiłem dla sprawy. Nagle czuję, a może mam wrażenie, albo może i też rozumiem, że dzisiejszy dzień mnie tak mocno wciągnął w siebie, że mimo wszystko, a nawet wbrew tym wojennym manewrom z wychowawczynią, to i on sprawia mi taką wielką radość. Poza tym ja nic więcej nie rozumiem i nic nie chcę teraz wiedzieć, a tylko umknąć w szkolne krzaki i przeczekać do trzeciej. A właśnie, która teraz może być godzina?

– Te, mały, nie wiesz, która jest godzina? – zwracam się do małolata.

– Te, duży, jest piętnaście po pierwszej. Kup se zegarek – odpowiada tamten i trąca łokciem porozumiewawczo kolegę.

– Nie podskakuj mały, bo ci zaraz na wierzch wyjdą gały – mówię zniżonym groźnie głosem i idę za salę gimnastyczną.

Na boisku grają w piłkę jacyś obcy, dużo starsi ode mnie chłopacy, wśród których dostrzegam kolegę Wacka, z którym to ten kończył naszą budę dwa lata temu. Za bramką stoi kilku obserwatorów komentujących granie, ale ja ich omijam i idę dalej, tak jakbym miał swój cel gdzie indziej, choć oprócz przeczekania nie mam żadnego. Czuję rodzaj przygody w tym, że nogi mnie gdzieś niosą. Za chwilę może coś mi przyjdzie do głowy innego. Postępuję tak pewnie dlatego, żeby pokazać tamtym, że dziś w graniu na mnie nie mogą liczyć, bo ja się śpieszę i nie mam na to czasu, choć oni pewnie nawet by mi tego nie zaproponowali, a nawet i z boiska przepędzili. Ale jednak po mojej stronie jest ostateczne o tym postanowienie, bo przecież ich ignoruję.

No ale w pewnej chwili dochodzę do dziury w ogrodzeniu, no i co dalej. Rozglądam się i w tej chwili zza krzaków wyskakuje jakichś dwóch chłopaków i rozkazują mi podejść do siebie. Obydwaj są mi jakoś znajomi, ale ich przecież nie znam na tyle, by mieli być moimi kolegami.

– O co chodzi?

– Chono, chono tutaj.

– Taka sama droga – czepiam się siatki, zostawiając sobie możliwość ucieczki przez dziurę w ogrodzeniu.

– Ty jesteś kumplem Nagietka?

– Nawet go nie znam – odpowiadam, choć go znam, ale nie jestem jego kumplem.

Wtem przy dziurze w płocie pojawia się jeszcze jeden z ich kolegów, zagradzając mi drogę ewentualnej ucieczki.

– Ściągaj pasek, jak nie chcesz dostać po mordzie.

– Dlaczego? Przecież to jest mój pasek.

– A mnie właśnie taki pasuje. Ściągaj, bo cię zaraz lutnę... – mówi tamten groźnie, podchodząc do mnie. Wykonuje ruch głową jakby chciał mi pokazać, że w ten sposób załatwi mnie z byka.

Czuję, że z nimi nie wygram, bo nawet nie ucieknę, a krzyczeć przecież nie będę, bo ze mnie nie jest jakaś baba. Trochę się boję, ale staram się nie dać poznać tego po sobie. Powoli odpinam swój brązowy pasek z dwoma bolcami, a na myśl mi przychodzi mama i jej pytania, co też zrobiłem z paskiem. Nie mam pojęcia, co jej powiem, ale wyczuwam, że ktoś się zbliża, idąc żwirową drogą, stąd spowalniam wyciąganie paska ze spodni.

– Co jest, Kwiecień, urwałeś się z poprawczaka? – słyszę znajomy głos. – Co od niego chcecie?

– Nic takiego. Pasek mi pasuje.

– Zostaw go, a jak ci pasuje, to załatw mu inny.

– Dobra. Dawaj... – Kwiecień znów mi rozkazuje, którego sobie przypominam, jak w młodszej klasie spięliśmy się raz na korytarzu w zapaśniczej walce.

Spoglądam na Ziółkę, kumpla Wacka, który nie zwracając uwagi na mnie, idzie w stronę boiska. Rozumiem, że dzięki mojej znajomości z Wackiem, ten się ujął za mną.

– W sam raz, kurwa, jest na mnie – zapinając, oznajmia Kwiecień, wsunąwszy pasek w szlufki swoich spodni, by następnie zwrócić się do kumpla. – Idź przed szkołę i przyprowadź jakiegoś frajera z paskiem dla niego.

No i tamten idzie. Ja mam ochotę zaprotestować, że innego paska nie chcę, bo ten ktoś jak go straci, to będzie miał pretensje tylko do mnie, jako tego, który jego pasek nosi, a nie do Kwietnia, którego pewnie i tak za chwilę tutaj nie będzie. Ale przecież spodni też nie mogę bez przerwy podciągać, bo idę na mecz. Nie protestuję też, bo wiem, że ja tutaj nie rządzę i nawet dobrze, że tak wypadło z Ziółkiem. Muszę nawet być dumny z takiego kumpla.

– A masz jakąś forsę? Pewnie masz, to wyskocz z piątki.

– Nie mam ani grosza – odpowiadam i na dowód wywracam podszewki kieszeni spodni. – Sam bym pożyczył, bo idę z kumplami dziś na mecz.

– Na jaki?

– Wisła gra z Legią.

– Same kurwy – mówiąc to, spluwa. – Masz szczęście, że pisnął za tobą Ziółko.

Nie odpowiadam, bo uważam, że ten mówi tak tylko dlatego, że sam nie może iść na mecz. Przecież uciekł z poprawczaka i musi się ukrywać.

Ale co to, kumpel Kwietnia idzie z Pańpuchem. Mam ochotę mu dać znać, żeby się tamtemu wywinął, ale nie mam jak. Ten tuman idzie jak prosię na rzeź, coś tam jeszcze tłumacząc i wymądrzając się. Nie dość, że stracę swój pasek, jak obaj tu nie przyjdą, to jeszcze nie dostanę żadnego w zastępstwie.

No i są.

– Wyskakuj z paska, gruba świnio.

– Co?...

– Nie słyszałeś pajacu?

– On mówił, że...

– Nieważne co mówił, teraz ja mówię.

Szkoda mi Pańpucha, ale i też przyda się jego pasek. Przecież to nie ja zacząłem tę awanturę, a poza tym, dlaczego właśnie ja mam być stratny. Przecież jakby Romek miał mój pasek i akurat przechodził tędy wtedy co ja, to byłoby już po sprawie. Tak czy siak, to i tak on straciłby pasek a nie ja. Nie wiem tylko, po co te wszystkie myśli mi przychodzą akurat teraz do głowy, jakbym się czego bał.

– Ale?...

– Dawaj ten pasek, bo jak ci przypierdolę... to będziesz miał „ale" – Kwiecień łapie Pańpucha za koszulę.

– Dobra, już dobra, przecież już zdejmuję.

A co by było, jakbym tego teraz kopnął w jaja. Ale ich jest trzech, poza tym Kwiecień ma kilku starszych braci, nie daliby mi spokoju.

– Daj mu go – rozkazał, wskazując na mnie. – I jak słówko piśniesz, to lepiej nie pokazuj się na polu, bo z gęby ci kapcia zrobimy.

Po tym ostrzeżeniu Kwiecień idzie w stronę grających w piłkę na boisku, a jego kumpel na odchodne złapał Pańpucha za tył głowy i potrząsnął nim za włosy.

– Spadaj...

– Coś ty powiedział? Chcesz kopa w dupę?

Pytanie pozostało bez odpowiedzi, a ja wreszcie zostaję z Romkiem twarzą w twarz i dobrze nie wiem, co mam teraz zrobić i jak się zachować. Przez chwilę milczymy, aż nagle wyobrażam sobie, że jestem agentem, co zawsze wychodzi na swoje. Odczuwam nawet z tego powodu pewien rodzaj przyjemności, że oto właśnie Pańpuchowi mogę zaprezentować się po stronie nieznanej mi dotąd siły i to nie dlatego, że położę go na łopatki, bo to jestem w stanie zrobić w każdej chwili, ale dlatego, że mam jakąś władzę nad nim. Daje mi to pewność siebie większą niż kiedykolwiek.

Przez chwilę idziemy w milczeniu.

– Gnoje francowate – przemówił nagle Pańpuch i splunął z pogardą.

Ja milczę, bo milcząc, panuję nad tym, że ciągle mam pasek i nie muszę się opowiadać, usprawiedliwiać z jego posiadania. Milczenie daje mi prawo do utrzymania tej sytuacji w pozycji bezpiecznej. Więcej, ja się nawet obawiam odezwać, żeby przypadkiem nie postawić się w sytuacji, w której nie pozostałoby mi nic innego, jak tylko zwrócić to, co przecież nie moje, choć w moim posiadaniu, bo mnie ofiarowane w zamian mojego. Poza tym i tak jestem stratny, bo ten pasek jest już przyniszczony, a mój tak nie wyglądał.

– Mów coś! – stawia się nagle do mnie Pańpuch.

– Co mam mówić, ja idę na mecz. Ty będziesz siedział w domu, boś cycuś mamusin – powiada mi się, choć wcale tego nie chcę, ale też i nie chcę, abyśmy mówili o pasku.

Na moście dołącza do nas Leszek Chojnacki i po kilku chwilach rozmowa schodzi na paski do spodni. Okazuje się, że ten może sprzedać czarny szeroki za dychę. Co za okazja i tak jakbyśmy się umówili. No to się umawiamy na dzień następny, że Pańpuch zapłaci za czarny nowy pasek dla mnie, a ja mu zwrócę ten stary. Muszę przyznać, że nie mogę być niezadowolony.

Do boju Wisełka, do boju marsz
marsz, marsz, marsz, do boju marsz
zwycięstwo czeka was
………………

Z Kosą idzie Zdzisiek Kudłaty, Wacek i ja, a także jakichś dwóch chłopaków z drugiej ulicy, których znam tylko z widzenia. My nie śpiewamy, ale śpiewa nadjeżdżająca siedemnastka do przystanku na 1 maja.

– Wpychamy się, chłopaki! – rzuca jeden z nas, po czym biegniemy do drzwi.

Ktoś wysiada, ktoś się przeciska, a ktoś inny jeszcze próbuje przeciwstawić się naporowi, ale wskórać nic nie może, bo siła jest z nami. Tłumem wchodzimy do środka, choć nie wszyscy. Słysząc rozpaczliwy głos jakiejś kobiety, odwlekam wejście na stopień, przez co zostaję wypchnięty na sam koniec.

– Gdzie się pani przesunę, jak nie mam gdzie. W suficie nie ma lufcika – żartuje sobie Kudłaty, a wszyscy w tramwaju ryczą ze śmiechu.

Wisełka
Wisełka … Wisełka…

Nie wiem, co się tam dalej dzieje, bo dzwonek dzwoni, a ja nerwowo próbuję dopchać się do uchwytu przy stopniach. Udaje mi się ledwo znaleźć miejsce na stopę, bym mógł się jakoś uwiesić. No to wiszę. Jedziemy. Wiszę i jedziemy. Nie jest mi wygodnie, ale najważniejsze jest, że jedziemy. Tramwaj podskakuje na skrzyżowaniu z Karmelicką, po czym wjeżdżamy w Podwale.

Babcia jedzie z nami
najlepszymi w Polsce kibicami

– Wypuście mnie!… Łobuzy!

Babcia jedzie z nami
krakowskimi łobuzami

Nagle zdaję sobie sprawę, że w mojej pokracznej pozycji trudno mi będzie dojechać do następnego przystanku na Manifestu Lipcowego. Zaciskam zęby i liczę do ilu się da. Żebym chociaż mógł złapać się jeszcze drugą ręką uchwytu, to z pewnością wiszące ciało bym utrzymał, ale nie na jednej ręce. Ręka mi coraz bardziej cierpnie i zaczynam się bać, że nie wytrzymam. Albo żebym choć mógł przenieść ciężar ciała na stopę, którą się wyłącznie wspieram o stopień, i choćbym na chwilę mógł dać odpocząć drętwiejącej ręce. Coraz bardziej się zaczynam bać tego, czego nawet wyobrażać sobie nie chcę. Żebym chociaż wisiał w tylnych drzwiach ostatniego wagonu! Jezus Maria! Dlaczego powiedziałem mamie przez okno, że idę na mecz i uciekłem, przecież może i tak by mnie puściła. Może jeszcze nie, ale chyba najlepiej będzie jak z całych sił się nogą odbiję do tyłu, w momencie, jak żadne auto nie będzie jechać. Ale czy potrafię, drętwieję. Jeszcze moment, jeszcze małą chwileczkę. Ja już nie dam rady, nie mogę…! I staje się coś, czego nie oczekiwałbym w najlepszych marzeniach. Tramwaj się zatrzymuje, a ja nieprzytomnie stawiam wiszącą nogę na asfalcie, by będąc pociągnięty pędem hamującego wagonu, zrobić jeszcze kilka przymusowych kroków, prawie się wywracając. Pot szczęścia spływa mi z czoła. Jesteśmy na skrzyżowaniu, a tramwajarz wychodzi z wajchą ustawić zwrotnicę, która nie zdążyła przestawić się samoczynnie. Jezu, zwrotnica mi uratowała życie?!

Po chwili, kiedy motorniczy wraca już do wagonu, czym prędzej korzystam z rozluźnienia po opuszczeniu tramwaju przez przymusową pasażerkę. Jestem szczęśliwy, stojąc wygodnie na stopniu i teraz głośno już śpiewam:

Hej, Wiselka, hej, Wiselka
heja, heja, hej Wiselka
……

Dojeżdżamy na przystadionowy przystanek, po czym z Kosą nie idziemy jak wszyscy w stronę kas biletowych, ale z zamiarem okrążenia stadionu, ponieważ ma nam załatwić wejście od strony kortów. Czujemy się jak drużyna, która gra w swoją grę i nawet żartujemy z Kudłatego, który nas wzrostem przewyższa i jest jak widoczna z daleka tyczka. Na stadionie pełno milicji, a na wewnętrznych placach stoją szpalery starów i „suk". Docieramy wreszcie do naszej bramy, a pan Felek nas wszystkich wpuszcza dzięki „Kozie". Cieszę się jak dziecko. Udało się. Wchodzimy w tłum i czujemy się jakbyśmy byli teraz najważniejsi na świecie. Ja idę za kumplami do „dziesiątki", która już cała śpiewa:

Jak długo na Wawelu Zygmunta bije dzwon
tak długo nasza Wisła do Gdańska płynie stąd
Zwyciężył orzeł biały, zwyciężył polski ród
zwycięży nasza Wisła, bo to krakowski klub
...

Zajmujemy miejsca na ławce pośrodku trybuny, po czym wszyscy palą „fajki", ale mnie się nie chce, bo się wydaje, że się zaraz porzygam. Poza tym jestem głodny. – Muchomor! Jogi! – krzyczy Wacek na widok kumpli.

Po chwili nasza paczka jest już większa. Dołącza jeszcze Tur, który daje mi jednego bajgla. Jem i jestem szczęśliwy, jakby mi ktoś napluł do kieszeni. No i śpiewamy, a nawet przy tym z ukrycia pstrykamy się w uszy.

Jest! Mecz się rozpoczyna. I grają, i kopią, ale po kwadransie zaczynam się nudzić. Gdybym sam grał, to co innego. Wreszcie faulują Szymanowskiego, ale bez reakcji sędziego. Wacek gwiżdże, aż mnie boli ucho. No i śpiewamy:

Kupił se sędzia kozę, trzy piątki za nią dał
przywiązał ją do słupa i nos do dupy pchał
Przywiązał ją do słupa i nos do dupy pchał
do dupy pchał

Po chwili jednak podrywamy się, bo ładna nasza centra i do główki wychodził Kazimierz Kmiecik, ale tylko pozostało nam westchnienie zawodu. Znowu nuda, takie nasze krakowskie granie, jak mówi Koza, tysiąc i jedno podanie. W pewnej chwili, kiedy na trybunie zapadła dziwna cisza, piskliwym i trochę rozpaczliwym głosem wyje Zdzisiek:

– Szaj…bu!… – co wywołuje sektorowy śmiech rozbawienia.

Patrzę na milicjanta, który stoi na dole pod ogrodzeniem i ciągle nieruchomo wpatruje się we mnie. Nagle nie wiem skąd, wpada dla nas gol, którego nie zauważyłem przez tamtego we mnie się wpatrywanie. Wyskakuję jednak w górę i z radości rzucam pustym pudełkiem zapałek w geście tryumfu, którym się bawiłem od czasu jak Tur zapalając papierosa, zużył ostatnią zapałkę.

Wisła, Wisła, Wisła
……

– Pozwolisz ze mną! – dobiega do mnie rozkazujący głos kogoś starszego, którego postać widzę w wyobraźni, a połowę twarzy dostrzegam kątem oka.

Nie przyznaję się do bycia adresatem tego polecenia i udaję normalność w zachowaniu. Ostatecznie nie jestem pewien, a i nikt nie wymienił mnie z nazwiska. Ale znów ktoś mnie trąca. Odwracam głowę.

– Ty,… ty…, tak, o ciebie chodzi!

Nie ma wątpliwości, że chodzi o mnie. Spoglądam w oczy milicjantowi i stojącemu obok niego facetowi. Przeciskam się do przejścia niezdarnie, bo nogi jakoś mnie nosić nie chcą. Do tego jeszcze jakieś połączenie złości i rozpaczy ściska mnie za gardło.

Ci wyprowadzają mnie na koronę stadionu, po czym nieznajomy facet oznajmia:

– Powtórzę, on rzuca podczas meczu kamieniami.

– Jakimi kamieniami? To było puste pudełko po zapałkach.

– Milczeć, jak starszy mówi – rozkazuje milicjant z paskiem czapki na brodzie.

Teraz już się go nie boję, bo wiem, że jemu nie chodzi o prawdę. Facet znika.

– Okazać legitymację i bilet! – rozkazuje.

Udaję, że szukam, bo przecież wiem, że nie znajdę.

– Musiał mi gdzieś wylecieć.

– Wiesz po co przyszedłeś na mecz? – tamten zadaje pytanie.

– Żeby go obejrzeć.

– No właśnie, a nie rzucać kamieniami czy innymi przedmiotami w publiczność. Do tego jeszcze nie masz ani legitymacji szkolnej, ani biletu.

– Dlaczego żeście się wszyscy na mnie uwzięli – wyrywa mi się.

– Koniec dyskusji, bo cię zawiozę, gdzie trzeba. Opuścisz teraz stadion.

– Ale…

– Żadne, ale, natychmiast opuścicie stadion – tamten powtarza tak dobitnie, że aż się boję.

Czym prędzej kieruję się do wyjścia od strony Błoń. Mijam, robię slalom między stojącymi widzami. Jednakże pod wieżą sprawozdawczą przychodzi mi na myśl, że skoro tamten mnie nie odprowadził, to tylko tak sobie gadał o wyjściu, bo mu kazano. Tamci na dole też są jak słupy soli i stoją przywiązani do swego miejsca. Najwięcej poruszają się tylko faceci cywilni. Ale cywilny przecież nie wie, że ten mi kazał opuścić stadion, bo żadnego przy tym nie było. Spróbuję im zginąć w tłumie, a potem wrócić do kumpli. Czuję, że dokonanie tego byłoby wyczynem, dzięki któremu zdobyłbym sobie uznanie i sławę paczki. Już wyobrażam siebie siedzącego na powrót między Turem i Wackiem pełnych dla mnie podziwu, że nie dałem się glinom. Sytuacja wydaje mi się sprzyjać, bo właśnie rozpoczęła się przerwa i panuje bałagan. Szukam stojących najwyższych widzów i wchodzę między nich udając, że kogoś wypatruję. A przecież i udawać nie muszę, bo naprawdę wypatruję tych w niebieskich mundurkach, którzy uparcie wlepiają wzrok w widownię. Mam nadzieję, że się żaden nie zmieni z tym na górze, bo łatwiej mógłby mnie dostrzec z dołu niż z korony. Nigdy nic nie wiadomo, a jak któremu się na przykład do ubikacji zachce albo coś podobnego? Jak na razie tamci wydają się niezłomni i ciągle patrzą w swoje i patrzą. Jak ich karki nie bolą od takiego filowania. Schodzę schodkami nieco w dół między sektorami, szukając możliwości przejścia do następnego przejścia. Nie mogę się jednakże przepychać na chama, bo mnie znów o coś posądzą.

Szukając możliwości łagodnego przejścia, docieram nawet na sam dół i idę wprost na milicjanta, bo ten i tak patrzy się do góry. Przechodzę obok niego jakby nigdy nic, choć przez chwilę mam duszę na ramieniu, po czym docieram do następnego przejścia, a po chwili i do naszego obok stojącej władzy, po czym schodkami pnę się do góry, pnę, by wreszcie znaleźć się tak jak chciałem między kolegami. Jednak ten fakt nie wzbudza niczyjego zainteresowania, co mnie nieco irytuje, ale w końcu daję za wygraną i ciesząc się po cichu, staję się najpilniejszym obserwatorem wszystkiego, co się wokół mnie dzieje. Niczym jak ten pan z telewizji prowadzący „Zwierzyniec", siedzę zaczajony gdzieś za drzewem, by podejrzeć, a zarazem nie spłoszyć jakiegoś drapieżnika. Jak na razie mnie też nikt się nie czepia. Tylko lodziarz nosi w jakimś białym kufrze na pasku lody i przepychając się między stojącymi kibicami, powtarza:

– Lo...dy, lody, lody!

No i też przerwa się kończy, a po zmianie stron znów gramy. Wisła atakuje w stronę ul. Reymonta, ale przez dłuższy czas nic z tego nie wychodzi, a nawet się wydaje, że to Legia za chwilę bramkę strzeli. Aż tu ni stąd, ni zowąd jest podanie do Marka Kusty tuż za linią środkową, a ten włącza takie przyśpieszenie, że mija obrońcę i pędzi przez pół boiska, a na końcu strzela obok zdezorientowanego bramkarza.

– Je......!

Tym razem cieszę się umiarkowanie i nawet nie podnoszę rąk do góry. No i dobrze, bo może przynajmniej uniknąłem uderzenia w dłoń kołatką, którą za mną wywija jakiś chwalący się kibic, że ją kupił od jakiegoś Anglika po meczu naszej reprezentacji w Chorzowie, kiedyśmy przeciwnikowi załadowali dwa gole. Ale tamto to historia. Teraz liczy się Szymanowski i Musiał, który jak tnie rywala – według Borowiny – to równo i na wysokości trawy.

Udało się, wygraliśmy! Teraz tylko czym prędzej trzeba wydostać się ze stadionu, żeby nie być na szarym końcu. Wprawdzie nie rozumiem, po co ten pośpiech, ale wszyscy się śpieszą, to i ja nie będę gorszy. No to lecimy, a raczej zjeżdżamy na tyłkach po skarpie obrośniętej trawą.

Hej, hej, Wisełka
hej, hej, Wisełka
...

Po opuszczeniu stadionu okazuje się, że nie wsiadamy do tramwaju, ale przechodzimy „pod płachtę" i stąd po chwili ruszamy promenadą całą bandą, śpiewając:

Wisełka Kraków
jest dumą wszystkich Polaków
Wisełka Kraków
jest dumą wszystkich Polaków
......

Wydzieram się w niebogłosy, a kilku kibiców dudni ogłuszająco w trąbki. Mamy poczucie siły i dumy, bo to my żeśmy przecież wygraliśmy. Jesteśmy zwycięzcami i nie ma o czym gadać. Niech tylko kto nam podskoczy.

Przy alejach wchodzimy na skrzyżowanie na czerwonym świetle, wymuszając na autach pierwszeństwo. A na 22 Lipca ktoś nawet robi bam o dach jakiegoś auta. Następni robią to samo, no to i ja też robię bam, nic więcej ani mniej niż pozostali. Przy Podwalu zaczynają się już inne śpiewy i jakby nas było więcej.

Nie oddamy Lwowa, nie oddamy Lwowa,
nie oddamy miasta Lwowa
jedna atomowa, druga atomowa
powrócimy znów do Lwowa

Nie oddamy Wilna, nie oddamy Wilna
nie oddamy miasta Wilna
nasza armia silna, nasza armia silna
powrócimy znów do Wilna

Ktoś krzyczy:

– Gliny! Spadać!

Biegnę w krzaki na Plantach, by pod uniwersytetem dostrzec kumpli. Szybko się do nich dołączam. Zostajemy sami, tłum się jakoś dziwnie rozprasza, choć nie zauważamy żadnych milicjantów. Ktoś mówi, że to była tylko prowokacja. Głodny, zmęczony i zachrypnięty powracam do domu i niewiele mnie cała reszta obchodzi, bo też się do mnie mówi, a ja odpowiadać z powodów „gardłowych" – jak to niekiedy tato mówi – nie mogę, a i też właśnie gardło mi nie pozwala.

No właśnie, i kto się tak naprawdę awanturuje? Przecież nie ja, bo nawet nie dam rady. Zawsze było na mnie, że to ja jestem powodem. Teraz nawet nie odpyskowuję. No i co, kończy się na tym, że od jutra zaczynamy inne ze mną postępowanie. Myślę sobie, że jutro to będzie futro. I tak jesteśmy wygrani.

Przed zaśnięciem jestem nawet dumny z siebie, ale do głowy przychodzi mi myśl o wychowawczyni, według której polonistka mnie przycisnęła i dlatego nauczyłem się pisać sprawozdanie. To są jakieś dziwne rzeczy, bo niby co: te wszystkie moje dzisiejsze myśli to też jakieś sprawozdanie? Komu, po co i dlaczego? Choć chwilami mi się wydaje, jakby one będąc moje, wcale moimi nie były, i tak jakby to ktoś mówił przeze mnie, bym sam miał mieć z tym trudności.

No to czym prędzej chowam się cały pod kołdrę przed tym ktosiem, tak by nic spod niej nie wyglądało, a sam kurczę się w euforystycznej, znanej mi od zawsze ucieczce do najbezpieczniejszego na świecie mojego własnego siebie samego. Mam tutaj poczucie bezpieczeństwa i radości, że jestem właśnie tutaj, w tej swojej podkołdernej ciepłej ciemności i w ten sposób chronię się przed wielkim świata potworem, który tylko czyha na mnie, bym się spod swej osłony wynurzył. Dlatego trzeba bardzo uważać na to, by żaden nawet najmniejszy palec nie wystawał spod kołdry, a nawet czubek głowy czy włosa.

E, tam. Dość tego chowania. To wszystko robi się samo! Pewnie tak jak z Marysią, która naga zjawi się w naszym ogrodzie i podejdzie do mnie leżącego z zamkniętymi oczami. Przytula się do mnie i jesteśmy takie nasze jedno, dzięki któremu możemy zasnąć jak Romeo i Julia z telewizyjnego teatru.

TO JEST TAKIE, ŻE TEGO PRZECIEŻ NIE MA

Idąc do swojego kąta po karty do gry, by sobie z ciekawości powrórzyć, jak to mnie wczoraj nauczyła Basia Milczak, odkrywam za drzwiami pajęczynę. Staję nad nią i przez chwilę zastanawiam się, co z tym fantem zrobić. Przecież jeszcze wczoraj jej tutaj nie było, a z pewnością po następnym sprzątaniu w sobotę, dzięki mamie z pewnością i tak stąd zniknie. Nagle dziwnie i dla samego siebie niezrozumiale chciałbym zachować tę sieć w kącie, choć kompletnie nie wiem, dlaczego i po co. Spoglądam, czy ktoś nie widzi mnie z moim pragnieniem, ale mama leży sobie jak leżała, odpoczywając po obiedzie, a tata ogląda telewizor, jak zwykle nie oglądając, a jedynie zerkając na ekran podczas drzemki. W pokoju za wszystkich i wszystko zaczyna mówić głos z telewizora:

... składa powoli słowo po słowie
pieśń o nowym trudzie i czasach zwycięstwa
gdzie praca jest sprawą męstwa
sprawą godności, sprawą honoru...

Co to wszystko ma ze sobą wspólnego?

...
my komuniści umiemy każdą normę przekroczyć
i patrzyć prosto towarzyszom w oczy...

– Wyłączyłbyś te głupoty i położył się, a nie drzemał na krześle – ni stąd, ni zowąd odzywa się mama, wcale się nie odwracając do taty.

– No, nawet telewizji pooglądać nie można. Dla ciebie wszystko są głupoty – automatycznie, tak jakby nawet nie wiedząc, o co naprawdę chodzi, odpowiada tata, ocknąwszy się z drzemki.

– Rozumiem, jeśli byłoby coś ciekawego, ale nie te nudziarstwa. Jedno i to samo.

– To w takim razie, po co kupiłaś ten telewizor. Wydałaś pieniądze, żeby tylko stał i miejsce zajmował?

– Jakbyś się miał z tego powodu rozchorować, to oglądaj.

– A ty śpij.

Po tym krótkim dialogu wszystko wraca do stanu poprzedniego, a ja znów do swojej pajęczyny, teraz już pewien, że nikt się mną nie zajmie.

Nachylam się nad nią w poszukiwaniu pająka, ale go nie widzę. Pewnie się schował? Ale przed czym, przecież nie przed pajęczyną. Chyba z lekcji przyrody przypominam sobie, że niektóre pająki pokazują się tylko wtedy, jak im mucha wpadnie do sieci. Świetnie, będę musiał złapać jakąś muchę, bo ten uważa, że do tego kąta jakaś mu sama zawita. Rozglądam się po pokoju, ale żadnej nie ma. Wszystko przez tatę, który w wolnych chwilach strzela do much z gumki od majtek i w ten sposób wytłukł wszystkie. To nic, do jutra przecież jakaś wpadnie. Żeby tylko w tym czasie nie zdechł z głodu ten pająk w swojej kryjówce, bo jak wtedy zaobserwuję pożeranie przez niego muchy. Dobrze, że jutro nie jest sobota, bo dzięki temu pajęczyna się zachowa i będę miał większą szansę przyłapania go na tym uczynku, a wtedy go osądzę i za ten czyn nawet postawię przed sądem. Niech się nie obawia, będę go sądził sprawiedliwie.

Więc biorę z szufladki karty, a więc dlatego „więc" tylko, że pani od polskiego mnie upomina, że od „więc" się zdania nie zaczyna, po czym idę do stołu kuchennego, by postawić sobie tego pasjansa według sposobu Basi. Podobno się całkowicie spełnia. Należy pomyśleć tylko życzenie, potasować tyle razy karty, ile jest liter w imieniu tej osoby, a następnie przełożyć je trzy razy lewą ręką do serca i ułożyć odpowiednio na stole. Wszystko takie proste, żeby tylko było szczęśliwe.

Tata jak zwykle drzemie na krześle z wyciągniętymi nogami bez skarpetek i z rękami założonymi na kark. Nawet pochrapuje.

No to zobaczymy, czy karty powiedzą prawdę i ułożą się w porządek, zgodnie z figurami i kolorami, a dziewiątki im w tym nie przeszkodzą. Króle pierwsze wychodzą na jaw, po czym dziesiątki się odkrywają, asy, damy i… dziewiątki. Niech to diabli, zawiodły mnie „dupki". Spróbuję jeszcze raz, bo choć to tylko pasjans, to jednak z kochania Marysinego nie chce mi się rezygnować tylko przez głupie karty. Znów je tasuję i przekładam. Zobaczymy, jaka jest ta prawda.

Nagle w telewizji dzwonią, ale nie tak jak w szkole. Patrzę na ekran, ale ciemno i nic nie widać, tylko coś huczy i się przetacza. Aha, to kopalnia i ktoś opowiada jak to było. Zajmuję się tym tylko dlatego, żeby się nie nastawiać, że mi pasjans wyjdzie na pewno, ale dlatego, że jak mi zależeć nie będzie, to prędzej mi wyjdzie. I… znowu nie wychodzi. Durne są te karty i ten pasjans razem z nimi. Czym prędzej to odkładam, odrzucając karty w kąt, aż się rozsypują na zeszyty i książki.

Lepiej rozejrzę się za muchą, może jakaś wreszcie wpadła. Mucha nie wpadła, za to w telewizorze górnik ciągle się chwali medalami wiszącymi na mundurze, który też wisi na wieszaku. Chciałbym iść na pole, ale mimo iż wiem, że mama nic by na to nie powiedziała, to jednak nie chcę iść tak, jakby tego ona nie chciała. Dlatego chciałbym być pewien, że zaśnie, zanim wyjdę, bo jak nie, to może mnie zawrócić z powodu, o którym nie chcę nawet myśleć. A dlatego nie chcę, żeby tym samym tego nie wywoływać. Chciałbym, żeby wszyscy na podwórku widzieli mnie zwyczajnego, a nie robili ze mnie sensacji. Może zaśnie, bo tata to i tak drzemie. Wtedy się wymknę po swojemu, bo i tak przecież nikt nie ma powodu, żeby mnie zatrzymywać.

Wszystkie rybki śpią w jeziorze
ciurala ciurala ciurala la
Moja miła spać nie może
ciurala ciurala ciurala la

Zaraz pójdę na pole, ale zanim pójdę, muszę to wszystko jakoś załatwić.

Tatuś mi powiedział, że mi kupi wyścigówkę jaguara

No właśnie!

– Au… – ugryzłem się w język, bo oto miałem tacie powiedzieć, że tamten przodownik obiecał synowi kupić wyścigówkę, a mnie to on niczego nie obiecuje. Powinien wreszcie mi coś obiecać. Ale gdybym ja nie szedł na to pole…

Pamiętam, jak chodziłam do szkoły, wszyscy na nas palcami wskazywali...

To może lepiej, że tata nie jest przodownikiem, bo po co mnie mieliby wskazywać palcami? A może i tak wskazują, a ja tego nie widzę, bo dzieje się to za moimi plecami. Lepiej przygotuję sobie trampki, tak bym mógł je jak najszybciej włożyć, kiedy się będę ulatniał z domu.

O! Mucha wpadła. Teraz nie mogę zwracać na siebie uwagi. Udaję się na polowanie. Jednak film o przodowniku pracy socjalistycznej mnie rozprasza.

Taki nadszedł już czas,że górnik od partii się uczy a partia u nas słucha górnika

Godzina jest po trzeciej dwadzieścia. Staram się nie poruszać, byleby tylko wszyscy przysnęli.

Tysiące rąk, miliony rąk, a serce bije jedno
...
Po domie dom, a serce bije jedno
...
Budować świat, promienny świat
Bo zadanie to zaszczytne...

Patrząc, czuję jakby coś mnie przytłaczało, uciskało. Coś, co wyraźne wydaje się dobre, ale i jest jakieś niedobre, a czego nie rozumiem, dlatego chcę od tego uciec. I uciekam. Najpierw skradam się do przedpokoju, wkładam na stopy w trampki i pośpiesznie staram się zawiązać sznurowadła. Nawet jak nie zawiążę, to też nic się nie stanie wielkiego.

– Dałbyś wreszcie spokój z tymi przodownikami.

– Przecież tak było.

– Ja wiem jak było i jak jest, a teraz chciałam się przespać, a ci plotą te swoje bzdury i plotą z normami bez końca.

Ja wcale nie myślę. Kompletnie o niczym nawet myśleć nie zamierzam.

– A ty, Staszek, jak się wybierasz na pole, to nie zapomnij okularów.

– A ty zamiast spać, to mnie podglądasz – aż podskoczyłem ze złości.

Niech diabli to wszystko wezmą. Do wszystkiego się musi wtrącić.

– Nie złość się, tylko zakładaj te okulary. Słyszałeś, co ci doktór powiedział. Okulary trzeba nosić i żadnego dźwigania ciężarów. Ciężarowcami niech będą inni.

– Akurat od dzisiaj. Właśnie teraz przyszło ci to do głowy.

– A od kiedy? Wczoraj odebraliśmy okulary, to trzeba nosić i tyle. Przecież już nosiłeś w drugiej klasie...

– Ale już nie chodzę do drugiej, ale do ósmej. – Tym bardziej się przydadzą. Nie będziesz musiał odpisywać od Cholewki to, co jest na tablicy. Cholewka bzdury w zeszycie wypisuje, a ty to przepisujesz...

Porywam z kredensu okulary i w szalonej złości wypadam z domu, byleby więcej już niczego nie musieć słyszeć. Te wszystkie ich dziwaczne racje! Wszyscy mają jakieś racje, tylko jakoś dziwnie wciąż beze mnie. Wypadłszy przed klatkę schodową z okularami w dłoni, nagle się zatrzymuję, ponieważ doznaję uczucia głupkowatości sytuacji, w jakiej się znalazłem. Okulary w dłoni są przecież głupsze niż na nosie. Do tego mogę je upuścić i jeszcze się stłuką. Patrzę, czy mnie ktoś nie widzi, po czym wkładam je na nos. Świat staje się nawet wyraźny, choć wcale bardziej mi się nie podoba z tego powodu. Mama tylko wydała na to pieniądze. Robię niepewnie kilka kroków, po czym przejęty niepewnością, jak też mnie innego podwórko przyjmie, wyobrażam sobie Bolka, co zawsze nosi okulary i teraz gdybym go zobaczył bez, to wydałoby mi się to dziwne. Myśl ta wcale jednak mnie nie satysfakcjonuje, bo ja to nie Bolek, ale mimo to idę na plac, gdzie stoi właśnie Bolek z Basią, Jankiem i Tomkiem. Dobrze, że nie ma Adriana, bo ten na pewno z miejsca by się ze mnie wyśmiewał.

– O, mamy nowego okularnika – oznajmia Baśka na dzień dobry.

– Co robicie? – bagatelizuję jej spostrzeżenie.

– Idziemy palić ognisko i piec ziemniaki.

– Zaraz Jacek przyniesie zapałki. Skoczył do domu.

– Chodźcie na działkę, on przecież wie, że tam będziemy – powiedział Bolek, jak zwykle poszedł przodem.

Idę obok Baśki i czuję, że znów pachnie jak dwa dni temu owocową gumą do żucia, kiedyśmy oglądali „Perspektywy" na półpiętrze. Wtedy też żuła, a ja nie mogłem się doczekać, kiedy przewróci kartkę na stronę z krzyżówką i fotografią z półnagą dziewczyną. Wtedy mówiłem trochę oszołomiony, jakby to jej półnagością, że te fotografie są po to, żeby się łatwiej rozwiązywało krzyżówkę. Ona to bagatelizowała, a ja wolałbym, żeby czuła coś podobnego, choć przecież nie to samo co ja, bo jest przecież dziewczyną. Ale wolałbym Marysię.

– Będziemy znów oglądać „Perspektywy"? – wyrywa mi się ni stąd, ni zowąd.

– Nic ciekawego, to stare numery.

– W piątek kupię nowy.

Na to Baśka robi wielki balon z gumy.

Okazuje się, że Bolek wyciął z tatą uschnięte drzewko i nawet je pocięli piłką.

– Upieczemy ziemniaki na ognisku – cieszy się z pomysłu Tomek.

– No co, a przyniesiesz z domu?
– Ale ja nie mam w domu ziemniaków.
– Nie ma u ciebie ziemniaków?
– Są, ale w piwnicy i to tylko kartofle – po tych słowach śmiejemy się wszyscy.
– No to idź do piwnicy, nie wiesz, że to jest to samo.
– To ty idź, masz bliżej.
– Można wejść przez okienko.
– W mojej piwnicy nie ma okienka – mówię zadowolony, że mam wystarczający powód, by nie iść po ziemniaki.
– No, ale przecież jakoś musimy skombinować te ziemniaki, bo co będziemy piekli.
– O, Jacek z zapałkami już leci – zauważa Janek
– Jacek! – krzyczy Tomek. – Załatw jeszcze ziemniaki, to upieczemy.
– E..., nie mogłeś wcześniej mówić?– Ale to przecież mój pomysł, a Bolka drzewo.
– Załatw, bo tylko ty potrafisz – dodaje przywódczo Bolek. – A my za ten czas skombinujemy papiery i rozpalimy ognisko – mówię, nie chcąc być gorszy od Bolka w przewodzeniu.
– No, dobra... – mruknął niezbyt chętnie najmłodszy z nas Zbirski, po czym podawszy Bolkowi szturmowe zapałki, pobiegł z powrotem do domu.
– Idziemy przynieść coś do palenia, a ty Baśka zbieraj na kupkę drewno, które Bolek właśnie łamie.
– Dobra, dobra... Idźcie już.
– Kto przyniesie więcej, ten dostanie najwięcej upieczonych ziemniaków – zarządza Bolek z kolejnym patykiem na kolanie, po czym wszyscy, oprócz niego i Baśki, która w dalszym ciągu się tylko przygląda i robi balony, biegniemy tam, gdzie spodziewamy się znaleźć najwięcej przydatnych do spalenia rzeczy.

Mnie przyszło do głowy, że jakieś papiery znajdę na śmietniku i tam też biegnę, zanim mnie ktoś wyprzedzi. Trawa, rozkruszona kołami śmieciarki cegła, ściana garażu, siatka i wrośnięte w jej ogniwa gałązki wysokiego krzewu zza ogrodzenia, a tuż obok zamknięte i inne rozwarte kubły na śmieci stoją w szeregu aż do schodków, na które wyskakuje Janek, a ja przeskakuję odwrócone do góry dnem dziurawe wiadro, by pierwszy znaleźć się za betonową komorą na śmieci z dwoma włazami i wraz z tamtym pochwycić oburącz kartonowe pudło, do którego wepchnięto następne. Szarpiemy się o panowanie nad rwącą się kartonową zdobyczą tylko dlatego, żeby to nie on, a ja miałbym zapanować nad znaleziskiem. Wreszcie, spojrzawszy groźnie rywalowi w oczy, stanowczo i pełen determinacji cedzę, robiąc najstraszniejszą jak tylko potrafię na świecie minę:

– Ja byłem pierwszy i to są moje pudła… – próbuję wyszarpnąć je tamtemu z dłoni, ale on uczepił się ich kurczowo. – Puść, bo kopnę w jaja, aż się nogami nakryjesz – dodaję, czując, że będę o te pudła walczył jak o coś najcenniejszego pod słońcem.

– To są moje pudła, wczoraj je tu wyrzuciłem.

– Gówno mnie to obchodzi. To mogłeś nie wyrzucać. Dzisiaj ja je znalazłem i są moje – szarpię po raz kolejny, a Janek puszcza, wyrzucając z siebie:

– Dobrze, że się wreszcie wyprowadzasz. Najlepiej jakbyś wyjechał od razu i znalazł się na Księżycu – mówi, idąc w stronę trzepaka.

Patrzę przez chwilę za nim i jest mi trochę głupio, bo nie mam pojęcia, co się stało. A zresztą, co mnie on obchodzi, najważniejsze, że mam te głupie pudła i tyle. To ja wygrałem. Wracam na działkę, gdzie dołączył do grona Wacek. Wokół pełno połamanych patyków, papieru, zeschłej trawy i perzu wyrwanych z kilku grządek i to nie tylko z działki Bolka. Wszystko się kręci. Czuję z tego powodu podniecenie, bo wszyscy coś mówią, coś robią, a dzieje się to w jakimś przyjemnym napięciu, które jest każdego, a zarazem wspólne.

– Usiądź Basia na kolanie, a coś ci opowiem ciekawego – proponuje w pewnym momencie Wacek.

– Nie siadaj, bo będziesz mieć bachora – ze znawstwem twierdzi Jacek, który co dopiero nadbiegł z siatką ziemniaków i tryumfalnie rzuca je obok sterty układanego przez Bolka drewna.

– Ale ziemniarów… – mówię .

– Same kartofle.

– Byłeś w sklepie?

– Nie, zwędziłem z kuchni, jak mama poszła do łazienki.

Śmiejemy się wszyscy, a Jacek się popisuje jak bohater, robiąc przy tym miny. Za to Baśka robi wielką banię i umyka przed próbą przebicia jej przez Tomka, który też skądś się zjawił z jakimś zdezelowanym krzesłem bez siedzenia.

– To może być kibel, jak kogoś sraczka złapie – znów wymądrza się Jacek, a reszta się śmieje.

Janek przynosi jakieś postrzępione deseczki i mnie ignoruje. Wszyscy coś próbują robić, a Baśka zadaje zagadkę:

– Idą kaczki jedna za drugą, ile idzie kaczek?

– Dwie, wszyscy wiedzą.

– Jedna za drugą, to idą trzy – mówię, bo już słyszałem tę zagadkę – przecież przed tą drugą idzie pierwsza.

– Staszek zgadł.

– A właśnie, że nie – nagle sprzeciwia się Bolek – bo mówi się tak dlatego, żeby pokazać, że idzie wiele kaczek gęsiego.

– To nie kaczki idą, ale gęsi. Kaczki nie chodzą jedna za drugą, tylko gęsi – dodaje Wacek.

– Rozpalamy – władczo oznajmia Bolek, po czym rytualnie zapala zapałkę.

– Ale mi sztuka, szturmówką – wymądrza się Marek.

– Kaczki i gęsi. Dzieci i ryby nie mają głosu.

– Ja jestem harcerz, a nie dziecko.

– A co to jest: siedzi na skale i płacze?

– Kozica.

– Kozica płacze?

– Ale goni po skale.

– Daj teraz ten grubszy, żeby się rozpalił na węgle.

– Dupa Jaś.

– Nie dupa Jaś, ale dupa nie taternik.

– Ale jaja, niedużo się pomyliłem, a tylko tak sobie palnąłem.

– A co to jest...

– Nie kładź tej trawy, bo będzie tylko pełno dymu.

– Też się spali.

– Nie, bo ja tutaj rządzę i tyle. To jest moja działka.

– Nie bądź taki ważniak.

– Nie kłóćcie się. Co to jest: kierowca fiata ma brata, ale brat nie ma brata?

– Ja wiem. Brat nie ma fiata i dlatego nie ma brata.

– Jakaś głupia ta zagadka. Co to jest za zagadka, dwie kulki i armatka.

– To co masz... w majtkach.

– Ja nie mam majtek, tylko slipki.

– Slipki, pipki. No i nikt nie wie, jak to jest z tym bratem.

– No to powiedz.

– Zgaduj zgadula.

– Brat ma fiata, a nie ma brata, coś to jest popieprzone.
– Nie, bo kierowcą fiata jest kobieta.
– Jak to kobieta? Po co do tego baba.
– Przecież, ty tumanie, kierowcą może być kobieta.
– On i tak nic nie rozumie.
– Podobno rozumienie to jest takie zgadywanie, co komu przyjdzie do głowy.
– Nawet największe głupoty. Baby się nadają do kierowania. Nie kapuję.
– No, nie rozumiem. A powiedz, jak żeś taki mądry, dlaczego fortepian da się zasłonić, a słonia nie da się zafortepianić.
– To wszyscy znają.
– Tak, na całym świecie.
– O, teraz to się fajnie hajczy, aż parzy…
– Nawet na drugiej kuli.
.– Ha, ha, ha… Na drugiej półkuli.
– Wszyscy wiedzą, że oni tam chodzą do góry nogami.
– Chodzą tak samo jak my, a nie do góry nogami.
– Baśka, zagramy jutro w okręty?
– Puknij się w pałę, jak można chodzić do góry nogami.
– Ty się puknij w pałę, jak ziemia jest okrągła… to się chodzi.
– Ziemia jest kulą, a nie okrągła i wszędzie jest grawitacja.
– Co? Wszyscy przecież wiedzą, że ziemia to nie kula, ale jajo.
– Przyciąganie ziemskie trzyma ludzi na swoim miejscu, mały.
– Wszyscy to wiedzą, ale oni muszą chodzić do góry nogami, bo jak inaczej mogliby chodzić po ziemi, na głowie.

Doznaję dziwnego uczucia niechęci do mówienia o czymkolwiek, bo jak się czegoś nie powie, to wszystko wydaje się proste, a jak tylko o czymś zaczyna się mówić, to od razu trzeba wyjaśniać, co się właśnie powiedziało, a i tak się wydaje, że nic się nie wyjaśnia. Uważam, że to jest obrzydliwe i niesprawiedliwe. Dlatego mówię:

– Trzeba wykopać dołek na węgle i pochować ziemniaki.
– Ja wykopię, bo ty nie masz saperki – powiedziawszy Tomek, kopie.
– Jak trupy. Pochowamy trupy ziemniaków – mówi Tomek, a wszyscy się śmieją. – Dołóż jeszcze do ognia, to się upieką ziemniaczane truposze.
– Daj więcej, żeby był duży ogień, to poskaczemy.
– Przez takie, to każdy głupi potrafi.

– Zaraz się bardziej rozpali – mówiąc to, po raz kolejny staram się uniknąć biało-szarego dymu, który raz w tę, raz znów wewtę się kręci, drażniąc i dusząc utrudniając oddychanie.

– No to hop siup!

– Teraz skacze Harnaś. Hopa siupa!

– E tam, taki Harnaś. Patrz jak to robi Janosik.

– A teraz Kmiecic.

– Jaki tam Kmiecic, przecież Kmicic.

– Skąd wiesz, Kwiczoł?

– Byłem na filmie w „Kijowie". Oglądaliśmy chyba pięć godzin.

– Ja czytałem książkę.

Wiem, że to głupie skakanie, ale jeszcze raz przeskoczę, bo przynajmniej skacząc, coś się dzieje ze wszystkimi i nic innego się w tym momencie dziać nie może. Każdy sobie, ale i wspólnie dzieje się skakanie. Kolejno, oprócz Wacka i Baśki rozbiegamy się na prawo i lewo, by powrócić do miejsca, z którego bierze się rozpęd do skoku. I tak aż do znudzenia.

– Wystarczy. Głupie to skakanie – wyłamuje się z szyku Tomek, a ja żałuję, że nie ja to zrobiłem pierwszy. Przecież mi się wcześniej to znudziło niż jemu.

– No to co, Baśka, zagramy jutro w okręty albo w państwa miasta? Jak wolisz?

– Zagracie w bambuko.

– Nie odzywaj się, Mały.

– Duży, a łeb kurzy.

– Zaraz ci dam kopa.

– Tere fere kuku. Wacuś zakochał się w Basiuni... – krzycząc, ucieka przed uchwyceniem go Jacek, po czym wciąż się śmiejąc, wyśpiewuje:

– *Kto za tobą w szkole ganiał..., do piórnika żaby wkładał,... kto?... no powiedz, kto? Kto na ławce wyciął serce i podpisał głupiej... Baśce, kto?... no powiedz, kto? Tak bardzo się starałem a ty teraz nie chcesz mnie... Dla ciebie tak cierpiałem,... że aż śmieję sieeeeeee.*

– Nie gońcie się już po grządkach, teraz pieczemy te... kartofle.

– Ziemniaki, a nie kartofle. Kartofle to po szwabsku.

– Jak byś chciała, Basiu, to w następnym tygodniu wziąłbym cię na przejażdżkę naszą škodą – mówi Wacek nieco zdyszany pogonią za Małym.

– Jak to waszą.

– Kumple się złożyli i kupiliśmy auto na Imbramowskim.

– Ale hece. Baje…

– Ja jeżdżę trabantem z tatą.

– Taką mydelniczką?

– Poczekaj, trzeba przykryć całe ziemniaki węglami, bo się nie upieką.

W ten sposób pod żarzącym się węglem, piaszczystą ziemią one nikną tak, jakby ich wcale wcześniej nie było.

– Dobra, wiem. Lepiej byś skombinował trochę soli – po raz pierwszy od zdarzenia z pudłami odzywa się do mnie Janek, a ja jakoś bezwiednie, zaskoczony tą ugodą, wstaję z murka przy siatce i jakby nigdy nic też idę na ugodę słowami:

– Dobra, przyniosę trochę w solniczce z domu – kieruję się na ścieżkę.

No i co by mieli z ziemniaków bez mojej soli? Niesłone i niesmaczne. Fe…, jakie niedobre. Zaczynam biec, udając, że pędzę na sygnale do magazynu z lekami ratującymi ludzkie życie. Przecież mogę na chwilę nie być dorosłym i zabawić się w ważną osobę. I tak nikt o tym wiedzieć nie będzie. Cieszę się przy tym, że też mam swoją tajemnicę. Wpadam na chodnik niczym na motorze wyścigowym. Pędzę i pędzę. Mijam Śmigalską i Milczakową, stojące i uprawiające bajczarstwo z torbami przy klatce środkowego bloku. Jeszcze kilka chyżych skoków i dopadłszy mojego domu, wskakuję od razu na kolejny stopień, by dopaść drzwi i prawie wpaść… na Freda ze swoim usmarowanym pomocnikiem, którzy właśnie taszczą z piwnicy jakąś ciężką część samochodowego silnika. Przytrzymuję im drzwi, by ich przepuścić, po czym biegnę do siebie.

– Pieczemy ziemniaki na ognisku u Bolka i potrzebujemy trochę soli – recytuję wszystko to, co mam w tej chwili do powiedzenia. – Po co tyle hałasu… Tylko my mamy sól? – pyta mama.

– Ale każdy coś przyniósł. Jeden ziemniaki, Janek opał, a na mnie wypadła sól – dopadam górnych drzwiczek kredensu, a następnie jajka-solniczki.

– Tylko przynieś z powrotem do domu, nie tak jak piłkę – napomina mnie tata.

– Przyniosę. Piłka to co innego…

– … i nie zawierusz się, bo wiesz, że jutro czeka cię malowanie w szkole ławek.

– Wiem, wszystko wiem – odpowiadam i wybiegam z pokoju, słysząc jeszcze za sobą:

– Masz przyjść na kolację, żebym nie musiała… – urywam słyszenie zamknięciem drzwi, bo przecież jak tu zostawić za sobą drzwi otwarte.

Sprzed bramy odjeżdża Fred swoim przedwojennym garbatym fiatem. Teraz już nie pędzę, ale zwyczajnie idę, bo po co mają widzieć, że tak znowu pędzę, jakbym nigdy pieczonych ziemniaków na oczy nie widział. Sól to co innego. Widzę, myślę, że te okulary to znowu nic takiego strasznego, ale wolałbym niczego nie mieć na nosie.

– O, idzie sól! – krzyczy na mój widok Marek.

– A co to ja jestem, sól? – mówię z oburzeniem w głosie.

– Z ciebie może być najwyżej słup soli – dodaje Wacek, śmiejąc się.

– Ale tylko wtedy, jak staniesz jak słup – wyjaśnia Bolek.

– Nie upiekły się jeszcze? – staram się zmienić temat.

– To nie tak od razu, na pewno są jeszcze trochę surowe.

– Dla mnie co najmniej trzy i to te, które zaznaczyłem.

– I tak się w pieczeniu odznaczą. Ja w ogóle nie chcę. Nie będę się babrać ziemniakami – oznajmia dumnie, potrząsając ciemnymi włosami Baśka i robi się jej mały dołeczek na śniadej cerze pod dolną wargą.

Podoba mi się ten dołeczek, ale zaraz znika, to mi się podobać przestaje. Wyobrażam za to sobie, że on tam jest, dlatego też się do niego uśmiechnę, choć przecież go tam wcale nie widzę. Ale mam jego wyobrażenie.

Wacek próbuje ją wziąć za kolano, ale ona mu rękę odsuwa.

– Trzymaj łapy przy sobie.

Jestem zadowolony, że go odrzuciła, a przecież Wacek jest starszy ode mnie o dwa, a od niej o trzy lata, i do tego chodzi już do drugiej technikum. Ciągle się dziwię, jak ona robi tak duże te balony, bo mnie nigdy się nie udają takie ogromne. Może dlatego, że mama rzadko daje mi na gumę i przez to nie trenuję?

– Tomek!… Nie siedź na trawie, bo ziemia jest jeszcze mokra i się przeziębisz – wyłoniwszy się zza rogu woła jego mama, a my automatycznie zwracamy się w jej stronę. Marek się nawet zrywa na równe nogi ze swym: Dzień dobry, pani Płatkowa.

Czuję się ważny, bo ja o tym, co ona mówi, dobrze wiem i dlatego siedzę na murku ogrodzenia obok Baśki i dalej Wacka. Bolek się tylko gdzieś bez przerwy kręci, by znów coś przynieść, tym razem procę.

– Patrzcie, co znalazłem.

– To proca Adriana. Widziałem, jak strzelał z niej do wróbli – donosi jak zwykle blondas Marek.

– Ale ja znalazłem, to teraz jest moja. Takie jest prawo… podwórka. Spalimy ją na stosie, żeby się nie dostała w niepowołane ręce – zadecydował Bolek, a ja patrzyłem na niego z uznaniem. Pewnie dlatego, że on nie przejmował się Adrianem, który z pewnością o zniszczonej procy dowie się od Mareczka.

– Odkopmy wreszcie te ziemniary, bo ileż można czekać. Już mi się nudzi to czekanie – z grymasem i wywieszonym językiem przekrzywia się, garbiąc, Janek i opuszcza przed siebie bezwładnie ramiona, a wicherek mu się na czubku głowy przy tym kołysze.

– Chwila, moment, trzeba przygotować kij, którym się będzie wygrzebywać pieczonki – wtrąca Basia i zaczyna huśtać nogą założoną na tę lewą tak, że musi przytrzymywać palcami stopy paski bezpiętnego pantofelka. Przy tym co chwila oburącz naciąga krótką spódniczkę, która ta przez ruchy nogą i tak opuszcza się na tyle, żebym zerkając, mógł oglądać śniade uda. Ona znów je zasłania. Wydaje się, że wie o tym, choć nic jej nie mówię. Coś w nich jest takiego, co trudno zrozumieć, ale przyciągają niczym magnes. Gdybym nie był zakochany w Marysi, to z pewnością poderwałbym Basię.

– Co robisz?

– Odkopuję, bo się spalą na węgle – oznajmia Wacek wziąwszy się ochoczo do odsypywania ziemi z miejsca, w którym zakopaliśmy ziemniaki.

– Uważaj, żebyś ich przy okazji nie pokroił – trochę urażony utratą swojej przewodniej roli i to na własnej działce mówi Bolek, który też ziemię rozgarnia patykiem.

– W sam raz będą na plasterki – śmiejąc się, podskakuje Mały.

Po chwili już każdy z nas przerzuca z ręki do ręki zwęglonego i gorącego ziemniaczka, a co niektórzy nawet swojego studzą dmuchaniem.

– Jacek! W tej chwili do mnie! – wyrywa nas nagle z siebie krzyk matki Jacka.

– Co chcesz? – pyta się Mały.

– Masz tu siatkę i w podskokach do sklepu po ziemniaki.

Wybuchamy wszyscy jednocześnie śmiechem, oczywiście z wyjątkiem Jacka.

– Znowu?… Co to ja od… Ja muszę zjeść właśnie ziemniaka.

– Chodź w tej chwili, bo nie będzie obiadu.

– Niech to diabli… – podskakuje w złości Jacek i ciska w siatkę swoją pieczonką, po czym idzie w stronę matki przyglądającej się wszystkiemu z chodnika.

Odłupuję czarną skorupę i w oparach sięgam po jajko–solniczkę. Kątem oka patrzę na innych, bo przecież teraz ode mnie zależy, czy będą jeść smaczne ziemniaczki, czy nie. Ostentacyjnie posypuję białożółtą postrzępioną masę i podaję sól Wackowi. Ten posoliwszy podaje dalej, aż solniczka dociera do Bolka, który ku mojemu zaskoczeniu w tym momencie wyjmuje z kieszeni własną. I też z własnej soli korzysta. Czuję się zawiedziony, jakbym nagle został oszukany.

Staram się jednak niczego nie dać po sobie poznać, ale zjadam co swoje, po czym oznajmiam, że chyba pójdę już do domu.

– W domu ludzie umierają – żartuje Wacek.

– Jutro mam ważne sprawy.

– Ty i sprawa. Co to takiego?

– My o 7.30 jedziemy na wycieczkę, a on z kolesiami ławki w klasie maluje – wsypuje mnie Tomek, a ja czuję, że palę się ze wstydu.

– No to cześć – rzucam i kieruję się w swoją stronę, by ukryć zażenowanie. Wacek też odchodzi i mówi za mną:

– Wpadnij jutro o 5 do pakamery, a w sobotę może trochę porajdujemy.

Ale nic mnie już nie obchodzi, mam to wszystko w nosie i może nawet dobrze, że się stąd wyprowadzimy.

Po wejściu do mieszkania spoglądam w ekran telewizora. Nadają dziennik telewizyjny, który z uwagą ogląda tata. Mówią coś o 38-letnich rządach Antonio Salazara i Rewolucji Czerwonych Goździków w Portugalii…

Przywódcy Ruchu Sił Zbrojnych, wojskowej junty proponują zawieszenie broni w koloniach: Angoli i Mozambiku…

Patrzę na mamę, która się krząta przy kredensie, przygotowując kolację. Krojąc kromkę chleba od Baranki, mówi:

– Jeszcze diabli coś tutaj przyniosą.

– Daleko stąd przecież, na końcu Europy.

– Jeszcze się wyklują jakieś nowe hitleryzmy…

– Co ty mówisz, teraz to nie takie proste, są układy.

– Dość się człowiek naponiewierał, to by i na zimne dmuchał.

– Naponiewierał, ale kto dzisiaj ma o tym jakiekolwiek pojęcie.

Jakoś mnie takie gadanie denerwuje, dlatego wolę nie słuchać i idę do swojego kąta spojrzeć na majowy rozkład zajęć przyklejony bezbarwnym przylepcem do szafy, no i pajęczynę. Bez sensu. Jutro nie mam lekcji, bo idę do pracy malować szkolne ławki. Będę jak tata, dorosły. Szkoda tylko, że nie przyniosę do domu pieniędzy. No chyba, gdyby listonosz przyniósł mi jakieś prospekty czy naklejki... Ale te też idą gorzej, bo coraz więcej listów wszyscy wysyłają, a tamci coraz mniej reklam odsyłają. Poza tym wszędzie wszystko wydaje się pooklejane. Ja sam nawet kiedyś Lipce przykleiłem za darmo Michelina na plecach, jak szliśmy do kina na „Potop" i było trochę śmiechu, aż się zorientował, spojrzawszy w wystawowe lustro co jest na jego plecach.

No, a pajęczyna w dalszym ciągu jest pusta. I tak na noc zostanie. Niech sobie pająk trochę pogłoduje. Jutro jak przyjdę z pracy, to zobaczę, co się z muchą da zrobić. Teraz dobranoc.

Na kolację mam chleb z masłem, serem żółtym i garnuszek mleka. Tata pochlipuje herbatę. Mama jak zwykle je jakoś tak, że się wydaje, jakby niewiele potrzebowała do zjedzenia i jakby tylko nas ciągle karmiła. Poza tym wyłączyła przed Wicherkiem telewizor, bo i tak nie wiadomo, jaka jutro będzie pogoda. Na pewno wszystkiego po trochu, a resztę i tak się zobaczy.

Po kolacji znowu to samo: mycie się, ścielenie łóżek i potem spanie.

– A ty co, zapomniałeś o pacierzu, tylko kładziesz się od razu do łóżka?

– A, jakoś mi wyleciało, że jutro idę te ławki malować – powiedziawszy to zsuwam się z powrotem z wersalki i klęcząc, bezmyślnie dochodzę do „Aniele, Boże...". Przy „Dziesięciu przykazaniach" jest mi jakoś głupio i wcale o nich nie myśląc, przypomina mi się incydent z Jankiem. To było głupie, co zrobiłem, i proszę cię, Panie Boże, żebyś mi wybaczył. Ale nie mogłem już tego wszystkiego znieść, a najbardziej tego, że w szkole dostałem pięścią w szczękę od garbusa Niedzieli. Przecież mogłem mu oddać, ale on jest nieszczęśliwy i zamiast rosnąć, to jemu tylko ten garb rośnie i rośnie. Jakbym go palnął, to by się przecież rozleciał. A ja zrobiłem to, czego się uczyłem na religii, a mimo to Ty mnie nie uchroniłeś od awantury z Jankiem. Uważam, że to wszystko jest niesprawiedliwe. To, że się ze mnie śmieją, a ja przecież będę robił coś pożytecznego, malując te ławki. No i te okulary, po co mi takie utrudnienia. Akurat mnie to musiało spotkać i nawet będę musiał uważać, żeby mi się nie stłukły. Amen i dobranoc. I niech przynajmniej mi się coś dobrego przyśni.

– Wstawaj, Staś, bo już po siódmej piętnaście – głos mamy wyrywa mnie z czegoś, co mi się wydaje, że trwało krótką chwilę.

Odwracam się do niej i zaspany mówię:

– Dlaczego mnie obudziłaś w tak ważnej chwili.

– Co ty pleciesz, wstawaj, bo trzeba jeść śniadanie, ubierać się i iść do pracy.

– Do pracy? – usiadłem zdumiony na wersalce.

– Przecież malujecie dzisiaj w szkole ławki. Zapomniałeś?

– A... Nie zapomniałem, ale tu chodzi o babcię.

– Co, jaka babcia. Babcia ci się przyśniła? To sen, teraz trzeba się brać do roboty.

Wstaję ociężale z łóżka i myślę sobie, że jak człowiekowi się śni coś ważnego, to nic nikogo nie obchodzi. Przecież babcia umarła, a ciotka poszła nadać telegram na pocztę, który nie wiadomo dlaczego, do nas nie doszedł. Jakby mnie mama nie obudziła, to bym wiedział co się później stało, a tak to nic z tego nie wiem. Ale jak tu mówić takie rzeczy, skoro wiadomo, że mi to się tylko przyśniło. Lepiej pójdę się umyć, chociaż mi szkoda babci. Kto będzie karmił króliki? Wujek?

Jeśli chodzi o malowanie w szkole ławek, to opowiem drugiemu o tym wujkowi Czajnikowi w ten sposób: „Oczywiście nie mieliśmy malować całych ławek, a tylko ich blaty, ponieważ one właśnie zostały przyniszczone przez bezmyślne rysowanie, malowanie i rzeźbienie uczniów znudzonych niektórymi lekcjami. Sprawa była załatwiona tak, że rano stawiamy się u woźnego, który otwiera nam klasę. W klasie są już przygotowane puszki z zieloną farbą, pędzle, papier ścierny, a tylko szmaty, gazety do położenia na podłogę, mydło, ręczniki, drugie śniadania i picie przynosimy z domu. Jak się okazuje, ja i Romek mamy wszystko, ale co się dzieje... Nie dość że Cholewka i Muchomor przychodzą dopiero w południe, to przynoszą z sobą tylko fajki. My z Pańpuchem żeśmy już rząd ławek zdążyli wyczyścić papierem ściernym, bo tak Złota Rączka od zajęć praktycznych polecił, a ja nawet zabrałem się za pierwsze malowanie po otworzeniu puszki z farbą, bo nie mogę się doczekać, tak mnie wciągnęło to zajęcie. Romek od razu tamtych opieprzył, po czym oni oznajmili, że mają dla nas wino i żebyśmy zrobili to bez nich. Ja się z miejsca zgodziłem, bo malowanie całkiem mi się podoba, a Romek z miejsca schował wino za szafą, żeby nas jakaś nauczycielka nie nakryła. No i tamci sobie poszli. Wtedy sobie przypomniałem, jak tata malował drzwi na wsi i wtedy powiedział, że nie należy brać dużo farby na pędzel, bo się jej mieć więcej będzie na rękach i ubraniu niż na tym, co się maluje. Stąd pierwsza z Pańpuchem kłótnia, bo ten mi paćka po blacie. Znajduję jednak szybko rozwiązanie i polecam mu malować rząd od ściany i niech każdy maluje swoje. On na początku protestuje, że sam będzie musiał czyścić papierem, choć rząd od okna czyściliśmy obaj, ale jakoś go przekonuję oświadczeniem, że odstąpię mu z wina swoją działkę. Nie powiem mu przecież, że ja w życiu jeszcze wina nie piłem, dlatego nie wiem, jak smakuje. Poza tym mamy na to trzy dni, ale postanawiamy, że zrobimy wszystko w ciągu dwóch i trzeci będziemy mieć wolny. Wszędzie się uczą, ale dzwonki nie dla nas dzwonią i jest to w szkole bardzo przyjemne. Jesteśmy teraz jakby po stronie nauczycieli. Czujemy się jak w prawdziwej robocie. Romek nawet zamyka na klucz klasę i podśpiewuje:

Do roboty, do roboty...

a ja:

Hej ho, hej ho, do pracy by się szło...

aż tu następuje, jak to powiada Pańpuch, fajrant.

Szybko się umyliśmy, a następnie po powrocie do klasy Romek mówi, że najlepiej byłoby sobie „rąbnąć" tę flaszkę wina, bo jak z nią wychodzić ze szkoły. Jeszcze ktoś nas nakryje i awantura gotowa. Sama myśl o tym obydwu nas podnieca, choć żaden się do tego nie przyzna za żadne skarby. On się pyta, czy kiedykolwiek piłem wino, a ja mówię, że oczywiście, ale raz czy dwa razy tylko pospijałem reszki wódki z kieliszków gości po przyjęciu. No to najwyższy czas zacząć i Pańpuch w poczuciu swojego mistrzostwa zdradza sekret uczniowi. Próbuje przy tym wybić dłonią z butelki korek, bo nie mamy przy sobie innego do tego narzędzia. Sprawa nie jest prosta i mimo jego wysiłków, korek jak tkwił, tak tkwi uparcie w butelce. Jak Pańpuchowi zaczyna już puchnąć ręka, wpadam na genialny pomysł, żeby lepiej wepchnąć korek do środka. Mistrz ceremonii wprawdzie niepocieszony, bo nie potrafił potwierdzić swojej fachowości, ale się godzi na taką propozycję i wkrótce znalezioną granatową kredką załatwiamy sprawę, aż wino nam po rękach sika. Za mój pomysł Romek postanawia nie pozbawiać mnie obiecanej mu „działki" za dodatkowe ścieranie papierem ławek, lecz hojnie stara się nalać mi sprawiedliwą porcję do termosowego kubka. Okazuje się szybko, że wciąż niezbędna będzie granatowa kredka, tym razem do podtrzymania wewnątrz butelki korka, który szyjkę uparcie zatyka. Po kilku kolejkach rozsiadamy się na niewymalowanych jeszcze ławkach jak prawdziwi robole. Tak to określa nas sam Pańpuch, by po skończeniu flaszki umówić się ze mną tak, że ja z pustą butelką wyjdę ze szkoły, a Romek w tym czasie odda klucze woźnemu. Wszystko udaje się jak należy, jesteśmy wesołymi zwycięzcami. W dniu następnym dokończymy swoje dzieło, a teraz cieszymy się i śmiejemy jak dwa głupki. Pańpuch mówi, że musimy trochę poleżeć za szkołą, żeby nam „kukułka" przeszła i starzy się nie pokapowali.

Jak się okazuje w niedzielę po mszy, wujkowi o moim malowaniu szkolnych ławek udaje mi się opowiedzieć tylko tyle, że dokonałem tego z kolegą i malowanie to wcale nie takie trudne zajęcie. No i po co ja tyle się nawymyślałem, żeby później zapomnieć wszystko, choć przecież nie zapomniałem, a nawet miałem w głowie, ale jakoś powiedzieć nie udało mi się tego, co naprawdę zamierzałem. To jest dziwne, ale jakoś tak się dzieje i to nie wiem dlaczego.

Tymczasem to już nie jest teraz ważne, bo jedziemy z Wackiem i Jogim na stację benzynową pod „Olimpijkę", gdzie się umówiliśmy z Żyrandolem, który właśnie tam od kolegi z Kazimierza podjedzie z Muchomorem skodą garbuską.

Wysiadłszy z dwójki pod Pocztą Główną na myśl mi przychodzi winda, którą jechałem pierwszy raz w życiu. Przecież ja wcale nie pamiętam tej windy ani nie przypominam sobie nią jazdy, a jednak budynek tej poczty kojarzy mi się z windą, którą kiedyś podobno jechałem pierwszy raz w życiu. Inaczej jest z zabawą mikołajkową, podczas której pierwszy rozbiłem balon drewnianą szabelką i wygrałem miśka.

– To jest „krążownik". Jest w nim redakcja „Tempa" – przemądrzale oznajmia Wacek, kiedy kolejny raz przechodzimy na światłach na przeciwległą stronę, by wreszcie znaleźć się na ulicy Bohaterów Stalingradu.

On czyta „Tempo", to wie, a i ja też czytam o sporcie, dlatego „Krakowską" zaczynam zawsze od drugiej strony, a „Echo Krakowa" od ostatniej.

Moglibyśmy iść Wielopolem, ale właśnie pośrodku Bohaterów Jogi ma wstąpić najpierw do ciotki i dać jej coś zawiniętego, które to coś z sobą niesie, ale o nim nic więcej nie mówi. Ja wcale nie jestem ciekawski, ale jakoś dlatego, że coś jest zawinięte, to korci. Interesuje mnie za to co grają w „Uciesze", pod którą umawiamy się z Wackiem poczekać na Jogiego.

W niewielkim zgiełku ulicznym czujemy się trochę leniwie, dlatego szkoda, że dzisiaj jest sobota i nawet tramwaje jadą jakby wolniej niż zwykle. Ale to przecież jest Wielka Sobota.

– Pójdźmy na drugą stronę zobaczyć co w sportowym.

– No to pod „Uciechą" – rzuca za nami Jogi, który pozostaje na swojej stronie ze swoją ciotką.

Na wystawie jest jedna gumowa piłka, druga biedronka, a inne są do ręki i siatki, a poza tym owerole, trampki, adidasy i szachy pomiędzy skarpetami.

– Chciałem zobaczyć, czy są i ile kosztują hantle piątki, miałbym oryginały, ale widać, że jeszcze nie przywieźli. Kumpel mówił, że będą w tym tygodniu – mówi Wacek, szpanując i przechodząc do drugiego wystawowego okna, za którym jest wszystko tak samo.

– Może mają pod ladą.

– E..., takie rzeczy? Mało kto pakuje.

Ja wiem, że i tak mama nie kupi mi biedronki, dlatego bez żalu odchodzę od sportowego i znów przechodzimy na drugą stronę ulicy, gdzie nam jakiś niski i gruby facet zwraca uwagę, że należy przechodzić na zebrach.

– Wiemy, wiemy – odpowiada Wacek i kieruje się do „Uciechy".

Nawet ja idę za nim i lekceważę grubego. Spluwam też na krawężnik. W „Uciesze" rano grają „Potop", a po południu „Króla, damę i waleta".

– Na tym filmie pewnie będą momenty – mówię ze znawstwem kinowego bywalca, przeciskając się do Wacka stojącego obok jakiejś parki.

– I tak cię nie wpuszczą, bo to od 16.

– Wpuszczą, bo ja mam 16 – czuję, że rumienię ze złości – co by mieli nie wpuścić, jak ja wyglądam na 17 i pół – mówiąc to, prężę się w sobie.

– Ta..., to pewnie ta dama – pokazuje palcem chyba krzyczącą coś kobietę na czarno-białym fotosie.

– Można by się było przejść.

– Nic ciekawego, w „Wandzie" grają lepszy film... – oznajmia podchodzący do nas Jogi już bez zawiniątka dla ciotki.

– Już jesteś?

– Jaki?

– „Powrót rewolwerowca".

– To się pójdzie, prosto z budy.

Idąc wzdłuż wielkich okien z siedzącymi za nimi licznymi klientami „Olimpijki", Jogi odwraca się do nas i przelotnie rzuca z niesmakiem:

– Ta...kie to akwarium jak dla rybek – i macha przy tym ręką.

Domyślam się, że chodzi o kawiarnię i zdaje mi się, że mam podobne zdanie.

– Jeszcze ich nie ma – mówi Wacek, kiedy dochodzimy do stacji benzynowej, na której jakiś facet właśnie tankuje czerwonego malucha.

– Może nie mogą zapalić.

– Nie..., mechanik miał wyregulować zapłon.

– Chodźcie tam – Jogi ruchem ręki wskazuje wąski chodnik za obszernym trawnikiem za jezdnią i sam udaje się na drugą stronę. – Lepiej widać...

Z tego miejsca lepiej jest nam obserwować jednokierunkowe jezdnie na Dietla z drzewami i linią tramwajową pośrodku. Nikt tędy nie chodzi i nie musimy się trącać, a oczekiwani kumple mają nadjechać od Krakowskiej, dlatego będą musieli się zatrzymać przed torowiskiem na światłach, które są nam teraz dobrze widoczne.

Tu miejsce na labirynt i na głowę kamień
...
nikt nie krzyknie nawet...

– Czujesz zapach benzyny?

– Cicho! Słyszycie?

– To jest uczucie. Co?

– Ktoś śpiewa piosenkę.

...
obcego człowieka podniosą

zbiegną się nagle wszystkie strony
i pory roku będą równocześnie

Wszystkie chwile uderzą naraz do serca
i spór będą wiodły o to, do której z nich należę.
I niech to będzie spowiedź, ale bez rozgrzeszenia
Nie chcę, by okradziono mnie z mojego życia

– To grucha Grechuta, jak mówi mój stary – komentuje Jogi, przerywając słuchanie muzyki płynącej z któregoś z okien na piętrze.

– Szkoda na to czasu – dodaje Wacek, co mnie utwierdza, że tak jest naprawdę.

Ale mimo to, coś mnie w tej piosence pociąga.

– Najlepiej jak żeśmy jeździli z Antkiem Porębskim garbuską. Ten to daje jaja.

– Kumpel?

– Tak, z klasy. Ma dzianych starych. Ten to jest dopiero aparat. Na łuku w Cichym Kąciku jechaliśmy nawet na dwóch kołach, a potem spadamy na cztery łapy, a tu wszystko w aucie fruwa. Nie miał deski za tylnym siedzeniem i latały jakieś lampy, oleje, co miał w bagażniku. Mówię wam, kurwa, co to jest za jajcarz. Kiedyś by nas pozabijał, ledwo wywinął się od słupa.

– ?!…

– O, jadą!

– Nie, to nie oni. Żyrandola škoda jest szaroniebieska, a ta niebieska. Kiedyś był numer pod Barbakanem, bo jechało nas sześciu. Skręcamy w lewo z placu Grunwaldzkiego w stronę dworca, a tu auto gaśnie. Wiesz, tam zawsze stoi glina i kieruje ruchem. Porębski próbuje zapalić, a tu nic. Tramwajki dzwonią, a milicjant gwiżdże. Wypadamy z grata i we czwórkę wpychamy auto na chodnik. Glina podchodzi i pyta, czy auto sprawne. Antek, że sprawne, i wyjmuje z bagażnika korbę, by zakorbować. Korbuje, korbuje i wreszcie zapala. Wraca do auta, a milicjant: „Proszę zgasić silnik, dowód rejestracyjny i prawko". Wreszcie stanęło na tym, że garbuska jest zarejestrowana na cztery osoby, a nas jest sześciu. Porębski zaczyna płakać, że nie ma forsy na mandat i że nie zauważył, jak mu dwóch więcej do auta wskoczyło. Wyrzuca Krasnala i Podeszwę, no i glina się zlitował, bo przecież z niego świeży kierowca.

– O…, teraz Żyrandol, to pewne.

– Teraz to oni. Wreszcie jadą te paparuchy. Czekaliśmy na nich pewnie z piętnaście minut.

– Mają czerwone.

– O zgasł mu.

– Patrz, Muchomor wyskakuje z korbą.

– Jak kręci, aż mu dupą zawija.

– Zapalił, no ale znów mają czerwone. Jakiś facet w syrence chyba gardłuje.

– Cicho…, stary capie. Nie widzisz, że im zgasł. To jakiś tuman.

– Kupił se serenkę i szpanuje.

– No, jadą. Chodźmy, bo zaraz będzie tankowanie.

Przyjechali. Wysiadając z auta, Żyrandol zawinął pokręcone włosy za prawe ucho i jak zwykle trochę pałąkowaty podszedł do stacyjnej budki. Muchomor tymczasem otwiera drzwi z klamką z przodu, jak u starej syrenki i potrząsając głową, co raz to dmucha tak, żeby z czoła odfrunął kosmyk prostej czarnej grzywki.

– Co tak długo?

– Mechanik robił coś jeszcze z rozrusznikiem.

– Silnik ma dwusuwowy, czy cztero – zagadnąłem, by zaimponować znawstwem.

– Pewnie, że cztero. Przecież to nie „mydelniczka".

– Lepsza nowa niż ta stara – powiedziało mi się. – Mnie się podoba „baracuda".

– Co?...

– Prospekt mu przysłali z Chryslera i się popisuje – zganił mnie Wacek.

– Ten to zawsze coś wymyśli – dodaje zdegustowany Jogi, jakbym mu coś odebrał.

– Żeby tylko całkiem nie ostygł, bo wtedy w ogóle nie zapali.

No i przez chwilę opadło z nas podniecenie, ale tylko do czasu, aż Żyrandol dał znać, żebyśmy już wsiadali, bo tankowanie zakończone.

No to wsiadamy, choć nie bez konfliktu, bo Wacek i Muchomor, a także Jogi chcą siedzieć na jednym przednim fotelu. Ja od razu idę do tyłu jako pierwszy, korzystam z tego, że przednie siedzenie jest odchylone. Ta škoda ma tylko dwoje drzwi jak u trabanta i syrenki, a nawet jak u malucha. Wreszcie się pogodzili, ale pewnie tylko dlatego, że facet w niebieskim kombinezonie całym w oleiste plamy zaczyna nas ponaglać, bo właśnie nadjechała biała wołga. Wacek zatrzaskuje drzwi, a Żyrandol dostojnie próbuje uruchomić maszynę. Raz, drugi, trzeci i nic z tego. Siedzę jak na tureckim kazaniu i śmiać mi się chce.

– Pchnijcie go dalej, bo tarasujecie stację – rozlega się stanowcze polecenie benzyniarza.

– Nie ma co, no to pchamy – oznajmia kierowca i wszyscy z powrotem wyskakujemy z auta, by popchnąć go na tyle, żeby inni mogli przejechać.

– No to, Muchomor, korbujemy – mówi rozkazująco Żyrandol i sam zajmuje miejsce za kierownicą. Reszta się przygląda.

Wacka próby i nie będzie ich więcej, była nadzieja i po niej, stąd najpewniej za chwilę Jogi da mu zmianę, w pocie swego czoła korbować będzie i tak w koło korby Macieju, a auto jak stało, tak stać w cieniu wysokiego krzewu sobie będzie. Przy wolnym obracaniu korbą coś raz po raz zasysa albo mi się tylko zdaje. I raz jeszcze. Próbuję siłą woli z tamtym, by i zamach był mocniejszy, a o warkocie silnika nam się tylko marzy. Tu trzask i turkot autem kołysze, a Żyrandol za kierownicą dyszy i dyszy, bo coraz śmielej wstyd zagląda mu w oczy, że po raz kolejny znów auto nie zaskoczy. Raz, drugi, kolejny zmieniają się na korbie dłonie, tym razem już dwie

– Spróbujmy go na popych – decyduje się na zmianę sposobu na upartego grata Żyrandol, a ja stoję przed tym wszystkim jakiś oniemiały, bo od dłuższej chwili jakże mi się miło zdaje. Cały ten świat jest wspaniały, aż niczego rozumieć ni też robić by się nie chciało, byle to wszystko na zawsze sobie tak zostało.

– Łap się Staszek za błotnik. Pchamy... – mówi Wacek – nie gap się jak ciele.

– Teraz jak zatankował, będzie łatwiej – zauważam z drwiną.

Spoglądam na auto, co mi się coraz mniej podoba, i na moje nowe eksportowe jasne teksasy, które wyglądają jak dżinsy, a którymi przecież szpanuję i nie chciałbym ich pobrudzić. Chcąc jednak pokazać swoją przydatność dla sprawy, zatarłszy dłonie, opieram się o škodę i na trzy cztery ją pchamy. Starając się iść do przodu, trzymam przed sobą samochód, co wydaje mi się zabawne i śmieszne, zwłaszcza jak prawie biegniemy, a Żyrandol wciska pedał, a wtedy konwulsyjnie rzuca nami wraz z autem niczym na wertepach.

Za kolejnym nawrotem dostrzegam pełno ludzi, którzy wyszli właśnie z kina. Wielu z nich nas obserwuje, a jak znów zaczynamy biec za naszą limuzyną, to co niektórzy zaczynają nas dopingowa i podają nam rytm dla sprawnego pchania.

No i zapalił. Wreszcie udało się! Łapiemy głębokie oddechy zwycięzców. Szczęśliwi w aurze oklasków wywieszamy języki na znak wyczerpania i zadowolenia z powodu dobrze przeprowadzonej akcji. Škoda tymczasem pyr, pyr, a my wskakujemy do wewnątrz.

– No to jadziem, panie Zielonka! Żyrandol próbuje zawrócić, skręca kierownicą do oporu przed krawężnikiem. Przód tył i...

– Kur...wa mać! Ja już stąd się nie ruszę! – ryczy obok mnie Muchomor. – Ale nie będziemy przecież stać w poprzek jezdni.

– Jeszcze gliny się napatoczą.

Wszyscy gadają i się wymądrzają, a mnie to jakoś nie obchodzi. Obserwuję. Wydaje mi się tylko, że jeśli się tak na autach znają, to dlaczego nikt nie powie, że to nie samochód, tylko skorupa. Jednak nic nie mówię, bo fachowcy by mnie zjedli.

– Przed chwilą przecież był na chodzie – przypomina Żyrandol.

Na to wspomnienie już mi się nawet zdaje, że mogłem być niesprawiedliwy, mając o tej garbusce złe zdanie. Grat to grat, i tyle.

I znów to samo: pchamy i pchamy, ale już bez kinowej publiczności, a tylko wychodzące z „Olimpijki" pary zatrzymują się i spoglądają, jakby w tym pchaniu chciały być razem z nami, a może tylko tak mi się wydaje. Po kolejnej próbie przez nas wożenia wewnątrz Żyrandola, ten daje znać do postoju, po czym wysiadłszy, mówi:

– Trzeba do kogoś podskoczyć i skombinować wiadro gorącej wody, żeby nalać do chłodnicy. Wtedy auto się rozgrzeje i na pewno zapali. Po co się mamy męczyć. Kto pójdzie?... Zapałki?... Ciągniemy... Idzie bez łebka.

Jak zawsze w takim momencie, oczywiście musiało wypaść na mnie.

– Idź, Stasiu, w tobie nasza nadzieja i siła – klepią mnie przyjaźnie po plecach wierzący we mnie koledzy.

– A my... powiedziała palma do palmy?

– Tymczasem zapalmy! Dawaj, bo najlepiej smakują cudzesy.

No cóż, niechętnie, ale idę, bo nie korbowałem i przecież też nie na jakieś skazanie mnie los wysyła, ale tylko po pół wiadra gorącej wody. Kieruję się w stronę przejściówki, skąd wyszli widzowie z „Uciechy", by wszedłszy w nią, wyjść następnie na podwórko z uchylonymi drzwiami wyjściowymi kina.

Zmagam się sam z sobą, w miejscu się kręcąc, bo jakoś nic mi nie przychodzi do głowy, co i jak powiedzieć, kiedy zadzwonię i ktoś do drzwi wyjdzie. Jak to, w sobotę po wiadro wody? Po co? Dlaczego? Iść trzeba, żeby nie zawieść kumpli. Ale kto mi uwierzy, że do chłodnicy jest potrzebna gorąca woda. Wyjdę na durnia. Najlepiej chyba, żeby nikogo w mieszkaniach nie było. Ale gdzie i jak szukać drzwi, za którymi nikogo nie ma, bo to, że dzwonić do kilku muszę, to przecież pewne, by nie zawieść kolegów i sprawy. Ale do ilu?... Może trzech? Nie, to za mało. Może do pięciu? Ale jak do pięciu, to zmniejszam sobie szansę, że nikogo nie zastanę w domu. Czuję, że jestem w beznadziejnej sytuacji. Tak czy inaczej, wyjdę na wariata. Zanim jednak pójdę szukać kogoś, kogo nie ma, to wejdę za wyjściowe drzwi kina, które jakoś mnie nęcą swoją uchylnością i zobaczę, czy nie ma hydrantu. O Chryste, przecież z hydrantu gorąca woda się nie poleje. Wstydzę się tego głupiego pomysłu. Może i przed nim uciekam do kina.

Na korytarzu nikogo nie ma, a za następnymi skrzydłami drzwi słychać lecącą kronikę filmową. Uchylam je delikatnie i widzę na ekranie dwoje niby jeżdżących na motorach, choć nie jeżdżą po ulicy, a po scenie, i do tego udają. Przy tym słyszę oznajmiający głos lektora:

...odbyło się właśnie przedstawienie „Balladyny" Juliusza Słowackiego, w którym reżyser Adam Hanuszkiewiecz przedstawia bohaterów na hondach...

– A ty czego tutaj podglądasz? Masz bilet?

– Ja?... – zdziwiony spoglądam w niebieskie oczy kobiety i czuję, że chętnie popatrzyłbym jej też za dekolt, bo jakoś niezwykle starają mi się rzucić w oczy te jej cycki. Nie mam jednak śmiałości, więc onieśmielony bełkoczę – Chcia...łem tylko zobaczyć co grają.

– To trzeba iść od strony wejścia, tam jest kasa. Kupić bilet... – tymi słowy tamta załatwia wszystko, a ja mimo że wyszedłem posłusznie, to i tak dalej mam jej niezwykły biust przed oczyma, choć ani razu go nie obejrzałem dokładnie. Myślę, że te rzeczy należą do takich, co to działają na wyobraźnię.

Będąc już na zewnątrz, sam się zdziwiłem, bo ja ciągle nie wiem, co tak naprawdę w tych kobietach siedzi. To jest tajemnica, którą kiedyś poznam. Ale przecież teraz to nie jest najważniejsze, muszę pójść po tę gorącą wodę do chłodnicy, bo przecież kumple czekają na mnie. Nikt też tak od razu nie zagotuje mi pół wiadra wody. Poza tym niech sobie nie myślą, że taka z tą wodą łatwa sprawa.

Znalazłszy się na klatce schodowej, próbuję nasłuchiwać pod drzwiami, czy ktoś jest w pierwszym lepszym mieszkaniu, ale nie przykładam ucha, bo co będzie, jak ktoś nagle drzwi otworzy? Wtedy prośba o wodę mogłaby zabrzmieć jak wymówka i skończyć się klapą całkowitą już na wstępie. O, te drzwi wyglądają na lokatora, który pomoże, albo go też nie ma, dlatego pewnie dzwonię, licząc na jedno lub drugie.

Źle chyba trafiłem, bo ktoś do drzwi drepta, a ja odchrząkuję, po czym staje przede mną zdziwiona na mój widok starsza kobieta z lokówkami w siwych włosach na głowie okrytej siatką.

– Dzień dobry pani, ja bardzo przepraszam, ale samochód nam się zepsuł i stoimy tam na dole. – A co mnie to obchodzi? Przecież ja wam go nie naprawię – rozlega się skrzeczący i hałaśliwy głos kobiety tak odstraszająco, że aż się boję, że usłyszą go w klatce wszyscy i jeśli od niej wody nie dostanę, to nie będę miał czego szukać i u pozostałych.

– Tak, proszę panią – ściszam głos, jak to tylko możliwe – ale gdyby nam pani dała pół wiadra gorącej wody, to byśmy zapalili i sobie stąd pojechali.

– Wodą naprawić samochód? Mnie to nie przeszkadza. Stójcie sobie nawet do sądnego dnia – i wyskrzeczawszy to, zamknęła przede mną drzwi.

Idę dwa piętra wyżej i pewnie pukam, aż echo po klatce niesie.

– Czy mógłby pan mi dać pół wiadra gorącej wody, bo potrzebujemy do auta, żeby ruszyło. Na ulicy stoimy, no i ruch tamujemy…

– Chłopcze, kto cię do mnie przysłał? Maciuś z Olusią? Ja nie mam czasu na takie bzdury. Jeśli zamierzasz dzwonić, to najpierw spójrz na wizytówkę, z kim masz do czynienia. Z takimi sprawami to należy się udać do dozorczyni, a nie do mnie – powiedziawszy to szpakowaty pan w okularach na końcu nosa zamknął drzwi przed moim perkatym, jak go nazywa mama, i to na zamek. Zerknąłem na wizytówkę. Faktycznie. „Prof." Szkoda, że wcześniej nie spojrzałem. Ważniak. No to idę wyżej. Jeszcze do dwóch mieszkań i niech sobie kolesie sami chodzą po piętrach, przecież to ich auto, a nie moje.

Zatrzymuję się przed jednymi z drzwi akurat dlatego, że moją uwagę zwraca osmolona ściana nad ich futryną, jakby ktoś chciał w ten sposób zaznaczyć to mieszkanie, niczym kiedyś ja w piwnicy znaczyłem sufit palącą się świeczką. Krzyżyk, to krzyżyk.

Naciskam na dzwonek tak, jak to robię, alarmując u siebie w domu. Mam bowiem przeczucie, a może i pewność, że nikogo w nim nie będzie. A raczej tylko tak przed samym sobą udaję. Chwilę postawszy już wiem, że tylko jedno mieszkanie mi pozostało do załatwienia, aż tu nagle bez dreptania i innych odgłosów za drzwiami te się uchylają i ku mojemu osłupieniu twarz z brodą i długimi, ciemnymi, kręconymi włosami wychyla się zza skrzydła. Zmieszany chwilę stoję, bo przecież to tylko pomyłka. Przecież miało nikogo nie być w mieszkaniu. Już chcę to oznajmić, ale uważne spojrzenie jakichś szarych oczu i jego słowa wytrącają mnie z zamiaru:

– Co?… Co się stało?

– No…n, chyba…, jak tak… za wodą chodzę…

– Za… wodę? – tamten powtarza i wzbudza to jego zainteresowanie na tyle, że otwiera drzwi szerzej, ukazując sylwetkę jakby o pięć lat starszego ode mnie kumpla, który dodaje: – Chwileczkę, gdzie ta woda?… A… po co?

Robię krok w stronę progu, ośmielony przyjaznym wyrazem tamtego powierzchowności, po czym opowiadam wszystko, co się zdarzyło z autem, a robię to tak, jakbym tego nie robił, bo całkiem w zapamiętaniu i od niechcenia zarazem.

– No, dobrze, zagrzeję ci tej wody, żebyś kumpli nie zawiódł, ale najpierw będziesz mi musiał wyrzucić śmieci i umyć wiaderko, bo w gazetę przecież ci wody nie zawinę, prawda?

– Prawda, no…, jasne – mówię tym razem niepewnie, bo nie wiem znów, co za tym zobowiązaniem może się kryć. Mam jakieś dziwne przeczucie, jakby za tym stało następne i następne…

Tamten znika, by po chwili pojawić się z granatowym, poobijanym blaszanym wiaderkiem, z którego śmieci się nieomal wysypują.

– Uważaj tylko, żebyś nie pogubił jakiś papierków, bo jak cię dozorczyni dopadnie, to ratunek tylko w niebie.

– Ale gdzie jest śmietnik?

– Na dole, tak sprytnie w zaułku schowany, że nie widać na pierwszy rzut oka, ale w kącie po prawej stronie znajdziesz na pewno.

– No to lecę.

Biorę od niego wiaderko i idę na dół schodami, tak by nie uronić nawet najmniejszego śmiecia, bo przecież za którymiś drzwiami ten nieznajomy dozorca tylko czyha na moje potknięcie.

Śmietnik udaje mi się odnaleść niezwykle łatwo, choć jakby mnie nie uprzedził, to mogłoby być inaczej. No i załatwiwszy sprawę, pędzę po schodach do góry, jakby mnie dozorca ścigał, choć i tak nie dałem mu przecież ku temu powodu. Na miejscu dzwonić nie muszę, bo drzwi są uchylone, dlatego tylko pukaniem w nie oznajmiam mój powrót.

– Już?… Wejdź, wejdź i zamknij drzwi. Łazienkę masz po lewej ręce. Tylko brudną wodę z wiadra lej do kibla, żeby nie zasyfić wanny. Ja już w garze nastawiłem wodę – słyszę łagodnie płynący głos gdzieś z kuchni.

Trafiam do łazienki, choć nie mogę z początku natrafić na kontakt, ale i to się wreszcie udaje. Jestem z siebie zadowolony.

Ale naraz czuję, że się wyrzygam na widok brudnego wiadra, które mi teraz myć przychodzi. Odwracam głowę i nalewam z kranu wody. Da się wytrzymać, będę tak płukał do skutku, aż się wypłucze.

…
Kto pierwszy szedł przed siebie?
Kto pierwszy cel wyznaczył?
Kto pierwszy w nas rozpoznał, kto wrogów, kto przyjaciół?
Kto pierwszy sławę wszelką…

I kolejny raz chlust do kibla wszelkie brudy, a z pokoju ten sam co na ulicy głos śpiewa:

Kto pierwszy w noc bezsenną wymyślił wielką armię
Kto został bohaterem? Kto żył i umarł marnie?
Kto pierwszy został panem? Kto pierwszy został sługą?
Kto musiał wstawać wcześnie, a kto mógł spać za długo?

Zapatrzeni w tańcu, zapatrzeni w siebie
Zapatrzeni w słońcu, zapatrzeni w niebie
Wciąż niepewni siebie, siebie niewiadomi
Pytać wciąż będziemy, pytać po kryjomu

Kto pierwszy...

– No i co, umyłeś już? O, coś tak nachlapał? – dziwi się brodacz, stając w drzwiach łazienki. – Chcesz mi dodatkowy syf zostawić. Tu nie ma kto sprzątać.

– Ja nie... to chyba z wiadra się leje.

– A, tak, dziurawe.

Zrozpaczony spoglądam na niego.

– No to nic, wiadro jak wiadro. Na korytarzu z garnka ci do niego naleję wody, a ty prędko skoczysz na dół. I tak wszystko ci nie wycieknie. Potem wrzuć je do śmieci. Poczekaj na wycieraczce, może już woda jest w miarę ciepła.

Wyszedłszy na korytarz, stawiam wiaderko na wycieraczce i przygotowuję się do sprintu.

...
Kto pierwszy w noc bezsenną wymyślił wielką armię?
Kto został bohaterem? Kto żył i umarł marnie?
Kto pierwszy został panem? Kto pierwszy został sługą?
Kto musiał wstawać wcześnie, a kto mógł spać za długo?
...

Coś we mnie się odzywa, jak kiedyś, kiedyś,... choć tego „kiedy" nie pamiętam, a co czuję od czasu do czasu jako coś najważniejszego na świecie, choć ciągle nie wiem, co to jest naprawdę. Wiem tylko tyle, że chce się i mam być temu wierny. Rozumiem tylko tyle i to poprzez to teraz i jemu podobne śpiewanie.

Nadchodzi brodacz z dymiącym garnkiem.

– No dawaj to wiadro,... tylko się postaraj, żeby jak najmniej nalało się po korytarzu, bo dozorca się będzie żołądkował. Nie mów, że wodę masz ode mnie.

Skinieniem głowy daję znać, że rozumiem. Sprężam się w sobie i tylko jak garnek zostaje opróżniony, startuję, łapiąc się poręczy, po czym zbiegam po schodach na dół, modląc się bez modlitwy, żeby umknąć przed nieznanym dozorcą.

– Puste wiadro zostaw na śmietniku, nie będzie potrzebne – słyszę za sobą.

– Wiem i dzięki.

Wiem na pewno tylko tyle, że w ten sposób ja jeszcze nigdy po schodach nie schodziłem. Niby na palcach, ale niekoniecznie. Zwłaszcza na zakrętach, gdzie woda już po raz kolejny na spodnie mi chlusta. Do tego cienką strużką z wiadra cieknie mi raz na raz na but na kolejnym stopniu. Przy tym wiadro skrzypi, kiedy porusza się je za uchwyt, a do tego jeszcze ten potworny dozorca zdaje się wisieć nade mną niczym wróżba złej wyroczni. A może nawet za kolejnymi drzwiami ona czeka już, by mnie przyłapać na gorącym uczynku. Ale nie, nie ma i nie było. Udało się. Już jestem na podwórku. Co za szczęście, choć nawet słońce nie świeci i zrobiło się chyba pochmurno.

– Gdzie ty, kurwa, chodzisz. Tyle czasu za głupim wiadrem wody? – rozlega się za mną głos Muchomora.

Ja nie odwracając się, biegnę do auta.

– Trzeba szybko, bo się leje.

Nie doszedłszy jeszcze do auta, daję znak i mówię w rozgorączkowaniu:

– Otwieraj maskę! Nie widzisz, że wodę niosę, a wiadro dziurawe?

Na te słowa i mój widok Żyrandol wkłada dłoń pod maskę i coś tam nacisnąwszy, drugą ręką unosi do góry jej blachę, by następnie podeprzeć ją metalowym prętem. Jest przy tym taki dostojny i dumny z siebie, jakiego nigdy nie widziałem jeszcze.

– A co to za farfocle pływają – zauważa Wacek.

– Jak ci się nie podoba, to przynieś sobie z domu sitko – odgryzam się za wszystko naraz.

Czuję chłód na nodze. Patrzę, a tu mam mokrą nogawkę.

– No, dawaj – zwraca się do mnie po odkręceniu wlewu do chłodnicy pan szofer i ujmuje wiadro, by je nad nią ustawiwszy, przechylić na tyle, by woda do wewnątrz polała się ciurkiem.

– Nie jest znowu za gorąca.

– Jest jak jest. Dobrze, że jakoś jest, bo nikt nawet nie chciał słuchać o wodzie.

No to milczymy i delektujemy się odgłosem wypełniającej chłodnicę wody.

– Wszyscy się dziwili, że gorącą wodę do chłodnicy i to na wiosnę – dodaję.

– Ten tak ma. A ćwoki nie wiedzą, o co chodzi.

– No masz... – zwraca się do mnie kierowca, oddając mi wiadro, a ja idę z nim tam, gdzie umówiłem się je zostawić.

Tym razem sobie nim skrzypię do woli, by wejść na znane sobie podwórko i zatrzymać się nagle z powodu widoku jakiegoś faceta kręcącego się w głębi tam, gdzie właśnie się śmietnik zaczyna. Wiedziony jakimś przeczuciem, czy aby to nie dozorca, cicho i ze sztywną ręką skradam się pod ścianę, przy której delikatnie stawiam wiadro i obróciwszy się na pięcie i jednym palcu, chyżo umykam nieznanemu.

A tutaj znowu to samo i aż do znudzenia. Najchętniej ponudziłbym się już w domu, ale jak zwykle nie mogę zawieść kolegów.

– No to chłopaki, pchamy. Teraz pojedziemy na pewno.

I w tej to chwili zaczyna się doping kilku byłych klientów „Olimpijki", którzy nieco na rauszu stojąc wzdłuż krawężnika, wołają rytmicznie, skandując:

Raz, dwa, tempo, trzy, cztery... lewa... Raz, dwa, mocniej! Prawa..., żywiej raz, dwa...lewa...

Raz i drugi, w przód i tył, gratem czkawka rzuca, aż ja czuję pył jezdni. Samochód nawet chodzi sam, wtedy, wtedy tylko jest ten stan, kiedy mu swe nogi dam.

– Dość! Koniec, to jest, kurwa, zwyczajny trup – oznajmia Wacek po kolejnej nieudanej próbie, co jest równoznaczne z tym, że więcej nie będziemy próbować go uruchamiać.

Zaczynam się za kolegę wstydzić, bo „Olimpijczycy" pokrzykują, niby to dla zachęty: dawaj... ostro, a tutaj takie zniechęcenie. Pierwszy raz widzę dzisiaj Żyrandola nieco zbitego z tropu, który jednak dalej próbuje trzymać fason, stojąc w otwartych drzwiach z lewą dłonią na kierownicy.

– Trzeba go będzie odstawić na parking – zauważa Muchomor.

– Nie da rady.
– Dlaczego?
– Bo się nie zamyka. Jeszcze mi go zapieprzą, a to wspólne.
– A jak do tej pory?
– Nie trzeba było, bo stał w garażu.
– Kilka lat.
– No to co?
– Jak to co. Ludzie zejdźcie z drogi, bo octavia jedzie i tyle – śpiewnie oznajmia Muchomor, na co wszyscy wybuchamy śmiechem.
– Panowie – nagle niezwykle poważnie zwraca się do reszty Żyrandol. – Nie róbmy jaj, ale sprawa się komplikuje, bo trzeba zapchać auto pod mój dom. Naprawi się, to porajdujemy, a teraz jest kiepsko. Pomożecie?
– Coś ty, z choinki żeś się urwał?
– Przyjaciół poznaje się w biedzie.– A jak ty chcesz na most Warszawski wypchać tego strupa.
– No właśnie, to jest problem. Ale można przecież jechać inną trasą.
– Którędy, przez Olszę?
– Nie,... można przecież przez Rakowicką, skręcić w Prandoty i koło cmentarza do 29 listopada. Trzeba tylko omijać najruchliwsze ulice.
– No, Rakowicka i 29 listopada są nieruchliwe...
– Mówię, że jak się da ominąć, kurwa! Przecież nie przefruniemy.
– To pojedźmy przez Librowszczyznę do Lenina, później, żeby się nie pchać pod dworzec...
– Kopernika i do Rakowickiej. Jest sprawa prosta.
– Ale na Lubicz masz Biały Domek. Nie możemy się pchać pod gliny.
– Spokojnie, przeskoczymy pod parkiem w stronę Muzeum Lenina, a później w prawo do Rakowickiej.
– No to co?
– No..., ludzie, zejdźcie z drogi.
– Skald się znalazł. – Chodźmy stąd szybciej, bo się te palanty nabijają.
– No to jedziemy.
Oczywiście Żyrandol kieruje, ale jeśli jest to tylko możliwe, to wyskakuje i pcha auto z nami prawie na równi. Czuję się jak pchający koń, którego ma nic nie obchodzić, bo on tylko zajmuje się pchaniem. Wcale mi się to nie podoba, kiedy sobie wyobrażę tę naszą drogę do domu. Do tego uda się czy nie z tymi milicjantami. To jest jedyna ciekawostka w tym

galimatiasie. Zobaczy się. Dlatego od następnej chwili już nic a nic nie myślę, tylko jadę autobusem w góry na wakacje. Tam będę chodził nad wodę, grał w piłkę, pójdę nawet raz czy dwa na borówki, poziomki, no i będą fajne dziewczynki, które wszystkie „przelecę". Do tego nikomu nie będę pchał auta.

– Kwiczoł! Nie opieraj się o auto, tylko pchaj.

– Pcham.

– Jogi, ty też się nie obijaj, bo obydwaj się trzymacie tylko blachy.

– Takie auto? Przecież to złom.

– Pchaj, nie gadaj. Każde auto, nawet najlepsze kiedyś nawala.

– Ale najpierw jeździ.

– Nie widziałeś, jak żeśmy jechali?

– No, jedną ulicę...

– On ma 200 tys. na liczniku.

– Popchane.

– Rozpędźmy się przed zjazdem pod wiadukt, to trochę pojedziemy.

– Dobra, dawać.

– Chłopaki, z jajami.

– Raz, dwa trzy, cztery...– Żyrandol, wskakuj i kieruj!

I my teraz naprawdę jedziemy. To znaczy jedzie Żyrandol za kierownicą i Jogi z Muchomorem na tylnym zderzaku, a ja i Wacek sobie za autem z górki biegniemy. To zawsze lepiej niż pchanie grata.

– Żeby choć z połowę drogi do domu tak było – przelotnie rzucam w stronę Wacka.

– Ale i tak jest dobrze, coś się dzieje.

– Żeby nas tylko gliniarze nie capnęli.

Nagle dociera do mnie, że to jest niesprawiedliwe, że tamci jadą na zderzaku, a my biegniemy, ponieważ oni odpoczywają, tymczasem my nie. Mówię o tym Wackowi, a on na to, że lepiej biec, bo ten zderzak może się urwać.

Za wiaduktem pojawia się „drogówka".

– No to już ich mamy – oznajmia Wacek, dając mi porozumiewawczy znak ręką.

Ledwie co się oparłem o auto, a tu już coś nowego się dzieje i Jogi mnie trąca, a reszta chłopaków od pchania odstępuje. Żyrandol rozmawia z milicjantem z lizakiem w dłoni, by po chwili podać mu dokumenty. Jeden przegląda, pyta po co, na co, gdzie i temu podobne, a drugi tłumaczy, wyjaśnia i potakuje.

Kończy się na tym, że mamy zaparkować wóz na najbliższym parkingu, ale oczywiście nie na tej ulicy, gdzie byłby utrudnieniem w ruchu drogowym.

– No tak, tutaj oprócz kilku kościołów, ogrodu botanicznego, to same szpitale – mówię przemądrzale, kiedy milicjant załatwiwszy z Żyrandolem, wsiada do warszawy.

– No to pchamy – mówi głośno odwrócony tyłem do tamtych nasz kierowca i porozumiewawczo mruga do nas okiem.

– No to jedziemy ze złomem – śmiejąc się, bierze się do swej roboty Muchomor, a ja tak sobie myślę, jak to jest, że dopiero poprzez to gadanie o parkowaniu zdałem sobie sprawę, że na Kopernika są same szpitale.

– Kto pierwszy cel wyznaczył, kto komu nie wybaczył. Kto jechał sobie w aucie, a kto je pchał po asfalcie… – wyrwało mi się, kiedy dodaliśmy gazu, żeby jak najszybciej przejechać przez Lubicz.

– Kwiczoł całkiem już zwariował! – krzyczy z dzikim śmiechem Jogi, po czym zamilkliśmy jak rakowickie groby. Wszyscy wiemy, dlaczego. Nasz parking to w dalszym ciągu miejsce przed oknami Żyrandola. Sprawę pogarsza to, że się już nieco ściemnia i ktoś mógł nam „z tyłków nawet garaż" zrobić, jak to fachowo Wacek przed chwilą określił.

W pocie czoła, bez słów i całkiem znudzeni, ale do celu wytrwale wspólnie dążący i nim zjednoczeni, idziemy i idziemy, by opadłszy z sił i na duchu wreszcie znaleźć się przed domem Żyrandola.

Z obrzydzeniem odwracam się od całej tej brudnej sprawy i przed sobą widzę przejeżdżającą ulicą białą wołgę.

– No, to auto już stoi – mówi za mną Jogi.

– Nie, nie stoi, ja widzę, że jedzie.

Ciemność już zapadła, kiedy powracam do domu, gdzie zastaję ciotkę Zośkę. W mieszkaniu jest jakoś mroczno i bardzo smutno. Nie wiem dlaczego.

– Babcia umarła, a ciotka ma do nas pretensje, że nikogo nie było na pogrzebie.

Ja przecież już wiem, że telegram wysłano, ale bez odbioru. Jak to jest możliwe, że coś jest i tego zarazem nie ma. Czuję, jakby cały świat nagle się zwalił na mnie, bym niczego nie czując, czym prędzej miał umknąć w pościel łóżka i schować się w niej wraz z czubkiem głowy, pozostawiając samą sobie całą świata resztę.

COŚ SIĘ DZIEJE

Tego nigdy u nas jeszcze nie było, ale oto właśnie jest. Mama mówi, że tak wygląda przygotowywanie się do przeprowadzki. Najpierw z mieszkania zniknął tapczan rodziców, dlatego oni zajęli moją wersalkę, a mnie przenieśli na łóżko polowe, bo przecież w moim wieku i tak wszystko jedno. Jak mi się tylko spać zechce, to na pewno się wyśpię. Spania natomiast nie dotyczy okrągły stół z krzesłami, po które ktoś dzisiaj przyjechał i załadował na pakę samochodu ciężarowego, byśmy zostali z maszyną do szycia na środku pokoju. Teraz mieszkanie wydaje się jakże inne i jest więcej w nim miejsca. Powiedziałem nawet o tym mamie, że po co się przeprowadzać, jeśli już więcej miejsca znalazło się tutaj, w starym mieszkaniu. Ale ona się tylko zdziwiła, że nie „ciągnie" mnie do nowego własnego pokoju. Dlatego ciekawe, co wyniosą następne.

Dobrze, że szkoła się wreszcie skończyła, mieszkanie się kończy, a nawet „Mitologię starożytnych Greków" odniosłem już do biblioteki, z której się wprawdzie nie wypisałem – jak mi mówił tata – ale pewnie już do niej nie przyjdę. Jest mi z tego powodu przykro, choć mama mówi, że biblioteki są wszędzie. Dlatego udaję, że się tym nie przejmuję. Ale to przecież dzięki bibliotekarzowi jeszcze choć kilka książek mogłem z niej wypożyczyć, takich, które mnie, a nie komuś by się podobały. Wydaję się, że w moich lekturach jest prawdy więcej niż w tych, które musiałem czytać w tej podstawowej szkole, choć przyznaję, że tam od czasu do czasu są rzeczy ciekawe, ale wcale nie wydają się najważniejsze. A to moje o tym wszystkim uważanie trzymam w tajemnicy, bo w szkole by mnie wyśmiali, w domu rodzice zganili, a koledzy na podwórku zlekceważyli. Kto by się zajmował takimi bzdurami. I właśnie tego wszystkiego nie rozumiem, bo wielu z nich jest starszych i mają lepsze oceny ode mnie, a jednak postępują tak, jakby lekceważyli czyjeś poglądy i poznanie, a może tylko udają? Nie mam pojęcia, po co i dlaczego, dlatego to wszystko jest dla mnie dziwne i fałszywe. Nawet dobrze, że już do tej podstawowej szkoły nie wrócę.

Może i dlatego też będzie lepiej, jeśli stąd wyjadę w daleką podróż i nieznane, w poszukiwaniu szczęśliwej krainy, by tam założyć swoją osadę. Póki co muszę uwolnić się od tej oblężonej twierdzy, od widoku okien stacji, z której celują armaty w moje okno, a ci oblegający ogrodzili nas wysoką siatką z drutami kolczastymi. Ale oni o tym nie wiedzą, że ja znam przejście, nie tylko tę oficjalną dziurę w ogrodzeniu, którą kiedyś nie Adrian, ale ja zrobiłem dlatego, by mieć ją na wszelki wypadek, jak oblegający znów przyjdą.

– W szafie została jeszcze jakaś płyta – głos mamy odrywa mnie od pakowania pocztówek dźwiękowych do kartonowego pudełka.

– Gdzie? – pytam odruchowo i podchodzę do uchylonego skrzydła trójdrzwiowej szafy.

– Na półce. Tam gdzie kapelusze ojca – wyjaśnia mama, przecierając ściereczką szyby kuchennego kredensu, bo jak to brudny mebel przewozić na nowe mieszkanie i co w ogóle by ludzie o tym powiedzieli.

– A... – podczas brania z półki małego krążka „Czerwonych Gitar", który dostałem kiedyś od kuzynki, spada mi na głowę ojca kapelusz, by poturlać się do drzwi pokoju.

– Nie poniewieraj kapelusza ojca – z uśmiechem mówi mama.

Odstawiwszy płytę, ujmuję szaropopielaty kapelusz i stanąwszy przed lustrem szafy, nakładam go sobie na głowę.

– No i jak? – zwracam się do mamy. – Belmondo?

– Wyglądasz jak Podolski z Łodzi.

– Kto to jest Podolski z Łodzi?

– Nie wiadomo, czy w ogóle był, ale jak się nie wie, co powiedzieć, to tak się mówi. Do kapelusza by się jeszcze jasiek zmieścił, wtedy byłby na ciebie jak ulał.

Odwracam się do lustra i próbuję ułożyć kapelusz na głowie tak, żeby wyglądało, że całkiem na mnie pasuje. Raz przód do góry, nieco na bok, do tyłu, a ten ciągle przykrywa mi uszy. Robię przy tym minę groźnego złoczyńcy, obojętnego dorosłego skurczybyka, małpę i wreszcie roześmianego od ucha do ucha klowna.

– Nie wygłupiaj się, tylko skończ pakować te płyty.

Nic z tego nie będzie. Odkładam kapelusz tam, gdzie leżą inne i „to coś" w rodzaju „rondelka" z kokardką z boku na głowę mamy, które ubiera od czasu do czasu w niedzielę albo w jakieś ważne święto.

Co my tu mamy z tych pocztówek?

– A czy w ogóle warto to wszystko wozić? – mówię, wskazując na stertę z „Kazaczokiem" i „Graj czardasza" na wierzchu.

– Przecież są tam piosenki, które sam lubisz.

– No, jakie?... „dwanaście aniołków", „Kawalera szczęśliwy los"?

– Przecież jest też Santorka, Kunicka...

– No, jest… „Orkiestry dęte" i „Kamienne schodki"…

– Są też inne. Przecież się kiedyś kupiło. Inne dostałeś, to pamiątka.

– No masz – mówiąc to, przekładam kolorowe „plastiki", patrząc pod światło, by odczytać tytuły – „Romantyczność", „Franio lodziarz", „Świeci się Warszawa", to chyba wywalę… „Daj mi świat"…

– To przecież Stenia Kozłowska.

– *Powiedz stary, gdzieś ty był?* – śpiewam tytuł, by następnie czynić tak i z kolejnymi, raczej je przedrzeźniając – *Tych lat nie odda nikt, tych lat nie odda nikt, straconych nocy ani dni… Panowie, z Cyganką wy ślubu nie bierzcie, tam da… ram da ram da… da dam. Tango notturno… Wszystko mi mówi, że mnie ktoś pokochał dziś, woda i ogień… Jestem młoda wdowa, za mąż wyjść gotowa, za młodego męża…*

– Uspokój się! Spakuj te wszystkie płyty do pudła i przestań się wygłupiać.

– Przecież ja… *Jestem młoda wdowa, za mąż wyjść gotowa, za młodego męża…* – nie kończę, bo mama wyrywa mi jedną z pocztówek, a ta sobie frunie, by łagodnie opaść na podłogę przy taborecie.

Jednakże to wystarcza, bym rzucił się do przedpokoju, złapał trampki i wybiegł z nimi boso na korytarz, nie zwracając uwagi na przywołania mamy. Usiadłszy na ostatnim stopniu, nakładam czym prędzej buty na gołe stopy i powtarzam sobie, że ja to wszystko mam w dupie, a nawet to pieprzę, po czym wybiegam na podwórko, a włosy mi fruną niczym rozwiana grzywa.

Patrzę, rozglądam się i nikogo nie widzę. No tak, schowali się, bo przecież jest oblężenie. Tchórze, francowate gnoje boją się i to takich dupków, którzy potrafią tylko strzelać zza winkla.

– Sta…szek! Gdzie idziesz?

– Do wujka.

– Wracaj natychmiast do domu zrobić porządek, bo ja nie będę za tobą sprzątać – rozlega się głos mamy, a ja obróciwszy się na pięcie, oznajmiam krótko:

– Jak przyjdę, to będę. Koniec pieśni – po czym szybkim krokiem zwracam się w kierunku dziury w płocie, a mama coś mówi jeszcze pod nosem albo tak mi się tylko wydaje.

Przy środkowym bloku, tutaj, gdzie chodnik pokryto asfaltem, muszę zejść na kostkę jezdni, by ominąć przywiezioną dopiero co hałdę koksu. Za nią Milczak zagarnia go do pomieszczenia kotłowni dużą szuflą, by nagle przejechać nią tak po asfalcie, że aż mnie pokrywa milion mrówek.

Drugi przeciągły szuflą o asfalt zgrzyt, by we mnie skurczył się mój byt, a gębę mi rozdziawił jakiś niemy krzyk. I tamten do wewnątrz wrzuca zawartość szufli w mig, bym miał tym razem poderwać nogi do biegu, uciekając zza krawędzi zgrzytów brzeg.

– Hej, Kwiczoł, gdzie tak pędzisz?

– Artyleria nasze pozycje ostrzeliwuje – mówię to tylko dlatego, że usłyszałem głos Bolka, na którego widok jednak zatrzymuję się za rogiem, wpadłszy właśnie w nieasfaltowaną uliczkę prowadzącą do „Brogów".

Ten spogląda na mnie przez swe okulary o dużych grubych oprawach i potrząsnąwszy swą ulizaną grzywką, zadaje pytanie:

– Kiedy się wyprowadzacie?

– Jak damy wrogowi łupnia. A teraz się śpieszę – powiedziawszy to, zrywam się jak wariat i biegnę.

Nie wiem co, ale coś mnie za gardło ściska tak mocno, że aż mi łzy lecą z oczu. Im bardziej mnie ściska, tym bardziej biegnę, by mi nie leciały. Wpadam między przechodniów na chodniku i za wózkiem wskakuję za stojące na ulicy auto, aż wypadłszy zza jego kufra, wpadam wprost na jakiegoś faceta z czarną aktówką, by odbiwszy się od niego, miały spotkać się nasze spojrzenia.

Jego wzrok jest surowy, wrogi, jak i chropawy głos nieprzyjaciela:

– Coś ty, zgłupiał? Zdurniałeś do reszty?... – przy czym uderza mnie dłonią w czoło.

Zerwawszy się niespodziewanie dla siebie i dla niego, znów gnam Miechowity w stronę przystanku autobusowego. Wiem, że mnie widzą, obserwują, a może i ścigają, a ja im i tak ucieknę do mojego pięknego kraju, gdzie nie będzie takich wieżowców dla milicjantów, jaki stoi przy „Meteorze".

Nagle się zatrzymuję u bramy wejściowej klatki prowadzącej do mieszkania wujka i sam się dziwię, nie mogąc pojąć, że to wszystko ma miejsce.

Idę po schodach na czwarte piętro jakoś dziwnie spokojny, zadowolony z siebie i z tego, że to akurat tak, no i tak niespodziewanie, tajemniczo, nie wiedzieć skąd się we mnie wzięło.

Łapię oddech na czwartym piętrze i alarmowo naciskam guzik dzwonka, żeby wiedzieli, że to właśnie ja przychodzę.

Po chwili słychać trzask otwieranego zamka i w uchylonych drzwiach pojawia się wujek w kalesonach z siatką na głowie i jego zmarszczona twarz.

– A, Stasiu, wejdź – jakoś cedzi, po czym otwiera drzwi bardziej niż zazwyczaj przygarbiona szczupła postać, bym czym prędzej miał wśliznąć się do środka.

– Co słychać u wujka.

– Stara bieda pójdzie, nowa przyjdzie. Chodź dalej… – człapie przede mną były kościelny do kuchni, w której już od wejścia szumiące radio zwraca na siebie moją uwagę.

– Pakujemy się, mama robi porządki.

– Poczkaj,… poczkaj. Wyłączę tylko radio. Przez tych bolszewików już prawie nic nie słychać. Może wieczorem będzie lepiej.

– Wolna Europa.

– Ta…k, przecież nie będę słuchał, co reżim kłamie – siada na taborecie obok mnie wciśniętego między stół a szafkę obudowy zlewozmywaka, który od nowości nie jest czynny dlatego, że administracja nie zdążyła przyjść zmienić jakichś kolanek i kranu z wodą, a stolarz od obudowy nie mógł czekać i wszystko zabudował, bo przecież wziął za to pieniądze. No i tak od kilku miesięcy zostało, do czego się już wszyscy zdążyli przyzwyczaić.

– Ciotki nie ma? W szpitalu?

– Ta…, jest w pracy, a mamusia?

– Układa.

– To jest mądra kobieta, zaradna, wszystko umie jak należy – wujek wepchnął sporta do zbrązowiałej od nikotyny lufki, po czym przechyliwszy nieco głowę, bierze ją między zęby. Ja tymczasem podaję mu ogień zapaloną zapałką.

– I tak bracie Polaku – westchnął, pyknąwszy pierwszego dymka, a ja go nagle widzę jako jakąś postać z komiksu, którą oglądałem u mojej chrzestnej matki. No i słowa rozpływają się z kolejnym dymkiem.

– Masz, poczęstuj się herbatnikiem. To dobre ciasteczko… – podsuwa mi podłużne kartonowe pudełko po śliskiej ceracie w jasnoniebieskie wzorki na kuchennym stole. – A co?… co ty tak mówisz niewiele?… Hę… Zawsze trochę pyskaty, a dzisiaj poważny jak grobowa stela.

– Co to jest stela?

– A, taka płyta na cmentarzu. Tak się tylko mówi, bo stoi i milczy.

– Ma rację.

– Co?, Dlaczego?

– Bo i tak się nic nie powie. Nawet gdyby się furę nagadało.

– Hm…, mądry chłopczyk? Ma główkę nie od parady. Z ciebie będą ludzie.

– Jak to?

– No..., tak to. A powiedz ty mi, kochany, co też mamusia, no i jak z meblami sprawa, bo to przecież przeprowadzka.

– Wywożą.

– No to i przywieźć muszą.

– Na razie nie...

– A szafa? Co z szafą?

– Nic, stoi jak stała.

– Ale czy mama sprzedawać będzie, czy nie?

– Ja nic nie wiem i w ogóle się nie orientuję.

– No właśnie. Pewnie też nie wiesz, że ja stałem w 57 roku w kolejce od wpół do szóstej rano na rynku, żebyście szafę tę dostali. Mama przyszła o piątej po południu i tak się sprawę załatwiło.

– To prawie tak jak po wersalkę. W poniedziałek mama pojechała na 18 stycznia, żeby dostać jakąś, ale była piąta, a przywieźli tylko cztery. Takiego miała pecha. Stała cztery godziny i nic z tego.

– Ta...k, to wszystko te szubrawcy. Trzydzieści lat po wojnie, a oni tylko ludzi męczą. A spróbuj coś powiedzieć, to wyślą na Sybir i kropka.

– W telewizji mówili, że to są trudności przejściowe.

– Nie wierz tym bandytom, bo to wszystko bolszewicka zgraja. Tylko nie mów tego nikomu, bo oni, nie daj Bóg, jeszcze ci coś zrobią. Mamusia by płakała.

– E..., tam – jedząc herbatnika, trochę tak bagatelizuję ni to ostrzeżenie, ni to wujka gadanie, bo on nieraz sobie tylko tak plecie i plecie, jak mawia tata.

– To ja już pójdę.

– Wpadłeś jak po ogień, ale ja rozumiem, przeprowadzka to przeprowadzka. Sam się przeprowadzałem nie tak dawno. Ale czy ci się nowe mieszkanie podoba?

– Nie wiem, nigdy tam nie byłem.

– Jak to?

– No, tak to. Pojadę dopiero sam, jak już tutaj mieszkać się nie da.

– A co, przecież tam dwa pokoje...

– Bo tak postanowiłem. Muszę załatwić swoje sprawy i tyle – wstaję stanowczo od stołu i do drzwi się kieruję.

– A..., pewno... sprawy to sprawy. Pewno, że jak trza, to trza – powtarza wujek, śpiesząc za mną z dymiącym sportem.

– No to do widzenia, wujku – mówię tak, jakbym miał już go nigdy nie spotkać.

– Trzymaj się. I pozdrów rodziców.

– Nie zapomnę. Dziękuję! – odpowiedziawszy rzucam się w rytm schodowego biegu.

– Pomału, pomału!... – słyszę za sobą upomnienia, po czym pozostaje tylko echo dudniących po stopniach stóp.

A może był i ktoś inny, kto biegł za mną? Na ulicy nie jest to już ważne, bo echa nie ma, a może jest ono tylko inne, mniej słyszalne.

No i w ten sposób wracam do oblężonej twierdzy, by wyzwolić „swoich" z rąk „wroga". Tym razem na moje podwórko postanawiam dostać się przez stację, bo dziura może być obstawiona szpiegami.

Przechodzę niewygodną, ale krótką uliczką Wygody od strony Brogów, przy której na rogu znajduje się kolumna. Jest to miejsce pracy mojego taty, składające się z dużych garaży z przybudówkami i magazynem oraz z bliźniaczego naszemu domu, w którym, tak jak i u nas, mieszkają za ogrodzeniem ci, którzy zajmują się łącznością.

Idę tędy też tylko dlatego, że nie mam pewności, czy strażnik otworzy mi bramkę, kiedy zadzwonię na jego wartownię. Intryguje mnie ta loteria. Raz jeden otwiera, by innym razem tego nie zrobić. Kiedyś wydłubaliśmy dziurę w murze na wysokości rygla, że można było samemu sobie go odblokować palcem, ale później zamieniono słupy z betonowych na metalowe i teraz się już tak nie da.

Dzwonię. Widzę poruszającą się postać w wartowni. Czekam. Rozlega się dźwięk odblokowanego zamka. Jest, czyli swój. Popycham bramkę i wchodzę na „stację". Jest. Mamy swojego człowieka, bo część tego osiedla to agenci wrogów. Jest. Przechodzę bezpiecznie. Jestem.

Na podwórku zastaję siedzących na ławce: Wacka, starszego Borowinę i brata Bolka. Oparty o siatkę stoi obok Leszek i rozprawiający ktoś, który siedzi tyłem na krawędzi basenu i gestykuluje. Z tyłu, na pewno na pierwszym piętrze u Zbirskich jest włączony telewizor i to tak głośno, że słychać go tutaj. Chwali się, że ma kolorowego ruskiego rubina. Właśnie nadają dziennik telewizyjny.

O, to Trąbalski. Podchodzę do nich. Trąbalski mówi jakby bardziej rozochocony tym, że przybył mu jeszcze jeden słuchający i nawet poprawia się na siedzeniu. Ubrany jest w jakąś kwiecistą koszulę i prawdziwe dżinsy. Twarz i włosy ma upodobnione do tremelousa, ale o tym nikomu nie mówię, bo tego tremelousa by wyśmiali. On mógłby się już golić, ale jak widać zapuszcza jeszcze rzadką brodę. Mnie by się choć taka przydała. Mówi przez nos, z grymasem skrzywionych ust i tak jakby od niechcenia, na luzie. Krzyżuje przy tym stopy i od czasu do czasu klepie się po kolanach, jakby chciał zwrócić uwagę na swoje spodnie. Przy tym pali niedbale amerykana, trzymając go schowanego w dłoni.

–... i tak Olo w pewnej chwili mówi, że do trasy można by dołożyć pewną mieścinę, bo ostatniej nocy popijał z kierownikiem jakiegoś tam domu kultury, no i ten się zobowiązał wyłożyć szmal, jeśli damy u nich granie. No wiesz, dodatkowy koncert. Jest zboczenie z trasy, no, ale pytanie... za ile. Olo mówi, że jak będzie mało, to i tak facet dołoży pieczeniem barana w parku. Niechętnie, ale jedziemy. Przede wszystkim na tego barana. Przyjeżdżamy ci tam,... nie pamiętam, jaka to mieścina, dziesięć szałasów na krzyż, bo żeśmy nieco powalczyli poprzedniej nocy i dopiero kumplo mnie zbudził, jak żeśmy już byli na miejscu. No wiesz, tak to bywa w trasie. Wszystko pięknie ładnie, gadka szmatka, przychodzi czas na rozpakowanie sprzętu, goście przecież muszą złapać akustykę, spirit itd. Wołamy kierownika tego domu kultury, żeby nas zaprowadził na tę salę. A ten nam mówi, że już w niej jesteśmy. Waldi z Bębnem z mety gruntują i zwijają się ze śmiechu przez pół godziny. Staliśmy w pomieszczeniu wielkości kaplicy rakowickiej. Ja wziąłem swoją tarkę i poszedłem w kimono do auta. Śpię. Po pół godzinie nadchodzi Olo i mnie budzi. Opierdalam go, że wpuścił nas w taki kanał i jeszcze mi się wyspać nie da. Ten zalewa, że wszystko będzie w porząsiu, że kierownik doda po tauzenie i takie ćmoje boje. Ja mu nawijam, że gdzie w tym kurniku rozłożyć sprzęt, nagłośnienie itd. On na to, że tego nie trzeba, nie chodzi o wysokie czady, ale żeby zagrać dla miejscowej ludności jakieś tam „Po ten kwiat czerwony", „Żołnierz drogą maszerował" „... dziewczynie nie skłamie" i takie tam sobie „jeziorany", bo jakiś „sekretorz" ma właśnie urodziny. No i że kumple się zgodzą, jak ja sprawę zafiksuję. No to gramy, choć nikt z nas nie zna tego chłamu. Ale artysta musi sobie radzić w trasie. Olo z miejsca kazał kierownikowi skoczyć po flaszkę dla mnie i Sorano, bo Waldi i Bęben to „inoziemcy" . Przychodzi czas na akcję, a tu na widowni zjawia się trochę wieśniaczej młodzieży w czerwonych krawatach i jakieś prosto z pola „ziemniaki". Chcemy polać się z zachwytu, ale żeśmy przecież obiecali, no to gramy. Dla jaj na początek zagraliśmy „Głęboką studzienkę" w mojej wersji bigbitowej. Pierwszy raz w życiu na tarki i bęben. Fałsz i apatia, ale co się dzieje, oni szaleją ze szczęścia, bo Olo zapowiedział, że to interpretacja w duchu „Kingów". Ja już leję, Waldi przy następnym kawałku wskoczył na szafę w kącie i stamtąd zasuwa. Tamci ręce w górę i szał… nawet się huśtają.

– A co z tym sekretarzem.

– Nie przyszedł, bo w parku obchodził urodziny. My po tej chałturze żeśmy do niego dołączyli. Nawet równy gość jak na taką mieścinę. Kwiczoł, która godzina.

– Nie mam zegarka.

– Ósma za piętnaście.

– No to jeszcze pięć minut, bo kumplo na mnie czeka. Skończyło się na tym, że szafa się wywróciła, Waldi wpadł za nią. Robi się kompletna cisza w kurniku. My już myślimy, że kumpla przekręciło, bo na „inoziemcowym" haju, no i stamtąd nie wychodzi, a tutaj nagle w kompletnej ciszy on trąca dźwięki w prawie ciemnej sali. Wyobraźcie sobie, ja Hendrix, ten efekt. „Pocałuj mnie w dupę"…

Ha..., ha..., ha...,

Ja też z innymi się śmieję, choć nie wiem dlaczego, bo całkiem mi nie do śmiechu. Ale udaję, że mi wesoło.

– … i na koniec, wyobraź sobie, że cała sala ryczy ze szczęścia, jakby dostała kij w dupę –Trąbalski pstryknięciem odrzuca daleko w trawę peta i ze swoją manierą puszcza dym, po czym wstaje, dalej sztucznie i nosowo pokasłuje, robiąc minę tryumfatora.

– … Ta…, te „ziemnioki" były tak zadowolone, że posypały na nas polne „kwiotki", a wieśniary szły za nami i każda się pchała, by tylko ją wyrypać. Bęben się załapał na jedną, ale my mieliśmy później lepsze sztuki na ognisku. No to gnam, bo kumplo czeka, a trzeba się umówić na jakąś halę, bo się nowa trasa szykuje. Trzymajcie się.

– No, cześć, cześć!

Poszedł sobie, trochę podbiegając jakoś dziwacznie, ale po swojemu, a między pozostałymi zapadła przez moment kompletna cisza, jakby ktoś z grona wychodząc, zabrał ze sobą kawałek przestrzeni, która teraz przez chwilę zieje pustką.

– Ale gaduła – pierwszy, trochę nieśmiało i przyciszonym głosem, tak, by nie został usłyszany przez Trąbalskiego, odzywa się Wacek. – Opowiadał przez prawie godzinę.

Jak to godzinę? Przecież jak ja szedłem do wujka, to nikogo tutaj nie było. Przecież ja tam byłem tylko chwilę, a tutaj też jestem chwilę. Biegłem przecież też chwilę, a i wracałem chwilę. Skąd ta godzina, nie rozumiem.

– Trzeba przyznać, że ma chłopak fantazję – skwitował wszystko najstarszy Borowina. – Prawda, Staszek?

– Pewno. Bajerant.

– No to ja idę powkuwać trochę wiedzy, mam kolokwium – powiedział brat Bolka i odrzucając proste blond włosy z czoła do tyłu, wstał, przeciągnął się i ruszył w stronę swojego domu.

– Ja też idę – niemal od razu powstał z ławki Borowina i poszli razem.

Teraz już wiadomo, że pozostali zrobią to samo.

– No to idziemy pomieszkać. Dziennik się kończy, może jakiś film będzie.

– Słychać Chmurkę. Dzisiaj czwartek, jest „Arsen Lupin"?

– Nie, chyba „Kobra".

– No to trzeba iść sprawdzić.

– No to cześć.

– Cześć.

– Do jutra.

Rozstajemy się w gwiżdżących dźwiękach sygnału kończącego u Zbirskich dziennik telewizyjny.

Dlaczego brat Bolka powiedział, że idzie się uczyć? Przecież są wakacje. Może dlatego, że nie chciał powiedzieć, że idzie oglądać „Kobrę". Jakieś to głupie jest i dziwne, że niektórzy mówią coś tylko po to, by nie powiedzieć czegoś innego, choć i tak czegokolwiek przecież mówić nie muszą.

Wracam do domu i coraz bardziej czuję swoją rację w walce z oblegającym nas wrogiem. Jutro będę już musiał wyruszyć w moją podróż do „lepszej krainy", która i tak dla mnie będzie pustynią. Tylko dla mamy opuszcza się to mieszkanie, aby jej było lepiej. Szkoda, że będę tutaj musiał zostawić Marysię, którą mogę sobie wyobrazić, jako porwaną przez wroga i na razie na to nic poradzić nie mogę. Ale kiedyś wrócę i ją uwolnię, i będziemy mieć same dobrze kończące się przygody. Tutaj wróg niszczy krajobrazy, parki i nawet moją wierzbę, która nie płakała, kiedy ją ścinali. Tam, gdzie były ścieżki, teraz są wykopy i hałdy ziemi, skąd pewnie wróg będzie ostrzeliwał nie nasze już pozycje. Dlatego muszę opuścić to miejsce, nie dlatego, że stchórzyłem czy coś w tym rodzaju, ale dlatego, że tak mi jest przepowiedziane i że w Nowym mieście" czeka na mnie ważne zadanie. Ja założę inne „nowe miasto", a będzie się ono nazywać Kwikawa. Nie, lepiej i ładniej będzie brzmieć Kwików. Choć też jakoś brzmi to dziwnie... Później się nad tą nazwą zastanowię. Na pewno kiedy będę to miasto dniami budował, utrudzony będę wieczorem wracał do swego domu. A jak drzwi nawet będą zamknięte, to nacisnę dzwonek i Marysia mi je otworzy. Nie będę się przejmował, że zrzędzi i krzyczy na mnie, że znów zostawiłem bałagan i nie spakowałem pudełka z płytami. A nawet dlatego, że nie pozwoli mi obejrzeć „Kobry". To wszystko nic, ja przecież jestem wytrwały i nie zajmuję się głupstwami. Ale nie musiałaby mi już mówić, bym mył przed jedzeniem ręce, bo ja o tym wiem doskonale. Na kolację znów chleb z masłem i pomidorem, które popijam przegotowanym mlekiem ze spółdzielni. Nie tak jak kiedyś od wiejskiej baby. Ale to nic, jak się coś nowego tworzy, to nie jest wtedy łatwo, no i wtedy warto być w sobie mocnym, jak to nieraz mawia tata. Ale przecież to jest oczywiste i ja wiedziałem o tym zawsze i od samego początku, choć nie wiem, od kiedy to było. Dlatego po kolacji pomogę Marysi i spakuję wszystkie swoje rzeczy: książki, zeszyty, ubrania i inne potrzebne szpargały, bo taka jest przepowiednia wyroczni. A ja niczym mnich, kiedy nikogo w domu nie będzie, krzyżem na podłodze leżeć będę i tak leżeć będę, by Bóg wiedział, że wytrwałego we mnie ma rycerza, który choć umrzeć nie chce, to dla niego chce poświęcić swe życie, by wróg świętego zabrać nie zdołał. A wtedy nawet bożkowie zanucą:

O, my sami, bogowie, oddalmy śmierć od niego,
Bo bardzo rozgniewałby się Kronida, gdyby Achilles
Zdołał zabić go. Przeznaczone mu jest ocaleć,
Aby się nie stał beznasienny i niewidzialny
Ród Dardanosa, którego Kronida ukochał dla innych
Synów, jakich mu urodziły kobiety śmiertelne.
Ponieważ znienawidził Kronida ród Priama,
Teraz Trojanami zawładnie moc Eneasza
i dzieci jego dzieci, jakie będą w przyszłości.

– O..., przyjechali już. Staszek, wkładaj te resztę książek, bo pakujemy się do auta i jedziemy.

– Nigdzie nie jadę.

– Co ty, do diabła, znowu wymyślasz? Jedziesz i koniec gadania – mówi ojciec, zdejmując obraz Matki Boskiej ze ściany.

– Jeszcze teraz sobą nam rób problemy – dodaje mama, upychając coś gorączkowo do podróżnej torby.

– Ja tam przyjadę, ale sam, po południu.

– Co ja mam z tym chłopakiem! Przecież nawet ani razu nie poszedłeś zobaczyć na nowe mieszkanie, a teraz jeszcze chcesz mnie całkiem wyprowadzić z równowagi?

– Pani Kwik!... Co tam jest jeszcze do zabrania – słychać zza okna ludzi z taty „kolumny", którzy obudowanym starem przyjechali po resztę mebli.

Korzystając z wolnej chwili, kiedy tamci idą schodami, zwracam się szybko i gorączkowo do mamy:

– Znam adres i na pewno przyjadę na obiad – po czym niby zamierzając otworzyć tamtym drzwi, rzucam się do wyjścia, by po ich wpuszczeniu uciec z miejsca, które i tak przecież już moim nie będzie. Wyszedłem na pole i szybko umknąłem przed ewentualnym bliższym spotkaniem z którymś z kolegów taty, znajdujących się wewnątrz otwartego na oścież samochodu, prawie biegiem podążając w stronę przeciwną, by nagle skręcić za róg domu, gdzie na końcu bloku stoi od zawsze wrak przedwojennego kolejnego Fredowego fiata. Podchodzę do ogrodzenia z siatki i naciągam ją w znanym sobie miejscu tak, by dokonać próby przejścia pod nią na drugą stronę. To nie jest takie łatwe, jak się komuś wydaje, a to dlatego, że trudno jest trzymać jednocześnie odchyloną siatkę i przechodzić pod nią. Ale ja sobie radzę, podpierając ją kawałkiem listewki o słup. Teraz wystarczy podtrzymać ją jedną ręką, ubezpieczając się przed podarciem i wczołgać pod ostrymi końcami złączonymi drutem. Po chwili jestem już uwolniony na drugiej stronie. Patrzę przed siebie w gąszcz działkowych fasoli, kwiatków, łubinów, groszków na konstrukcjach z patyków i gęsto porośniętych grządek z marchewkami, burakami czy przyszłym koperkiem. Muszę uważać, żeby mnie nie zauważono i nie uznano za tego, który przyszedł na grandę czy nawet za dezertera. Ja przecież nie chcę ani pomidora ani kalarepy, które rosną sobie na wyciągnięcie ręki. Przemykam tylko schylony ścieżkami, aby znów dopaść kolejne miejsce schronienia za krzewami czarnej porzeczki czy pośród gałązek małej jabłonki. I tak kolejno, jak to robiliśmy podczas walk z Bolkiem i innymi kolegami, przedzieram się pod ostrzałem wroga.

Wreszcie znalazłem się na ścieżce poza działkami, sprawdzam czy wciąż tkwi miedziane pięć złotych w kieszeni, które mam przeznaczone na bilet autobusowy do nowego miasta, czyli „pustyni". Zdarza się tak, że i pustynia jest na drodze do nowej krainy. Mam również karteczkę z adresem. Wziąłem ją tylko na wszelki wypadek, gdyby mi się zapomniało, choć wyuczyłem się adresu na pamięć. Zna się te sprawy w konspiracji.

Zanim jednak tam pojadę, pochodzę jeszcze sobie ścieżkami, którymi jeździłem tyle razy na rowerze, a który został sprzedany komuś ze wsi za „stówę", bo był przecież w dobrym stanie. Nie pójdę tylko tam, gdzie rosła kiedyś wierzba i koparki teraz kopią wielkie doły. Teraz tutaj mi jest najlepiej na świecie, kiedy tak sam ddalony od wszystkich stoję i przyglądam się dachom, oknom piaskowego koloru domów, w jednym z nich i ja jeszcze przed chwilą mieszkałem. Stąd też widać połowę korony klonu, drzewa, na które kiedyś wszedłem jako na pierwsze w swoim życiu. Teraz wydaje się machać mi na pożegnanie kołysane lekko wiatrem, który nas łącząc, rozwiewa mi włosy. Jak bardzo teraz chciałbym zostać takim drzewem, bliźniaczym tamtemu, któremu liście na jesieni robią się żółto-czerwone. Tak, drzewa są najpiękniejsze na świecie dlatego, że swoim życiem nikomu nie robią żadnej krzywdy, a na wietrze szumią najpiękniejsze melodie. Dlatego chciałbym być drzewem. A jak chcę, to jestem drzewem, a wiatr moje gałązki dotyka i czuję się uwolniony z pustynnej jałowości. Przecież najpiękniejsze drzewa wyrastają tam, gdzie mogą rosnąć same i na uboczu wszystkiego, również dróg i ludzi, którzy nie przechodząc tamtędy, nie niszczą ich bez żadnej przyczyny. Gdzieś czytałem, że niektóre nasiona nawet tysiącami lat oczekują na odpowiednie warunki, aby mogły zakiełkować. Takie jest życie?

I tu przychodzi mi nagle na myśl, że przecież w pudle z płytami brakuje małego krążka z muzyką Czesława Niemena, który pożyczyłem Adrianowi, a ten mi do tej pory go nie oddał. Iść?... Nie, nie pójdę do niego, nie upomnę się, mimo że to moje. Chyba dlatego, że nie chcę tam wracać. Poza tym ja go nie lubię, a jedną z piosenek jako tako pamiętam.

Czas iść do nowego miasta, które jest pustynią. Idąc, śpiewam sobie, wyobrażając śpiew na płycie. To dziwne, ale w takiej chwili się wydaje, jakby ktoś śpiewał we mnie. Jeśli tak, to kto wtedy naprawdę śpiewa?

Dziwny jest te...n świat,
gdzie jeszcze wciąż
mieści się tyle zła.
i...i...i dziwne jest to,
że... od tylu lat
człowiekiem... gardzi człowiek.

Dziwny ten świa...at,
świat ludzkich spraw,
czasem aż wstyd przyznać się.
A...a... jednak często jest...

Tak, pojadę do tego nowego miasta i rozpoznam teren. A może i będę przed rodzicami? Przecież zanim się spakują, wszystko załadują na auto... Niech to będzie pustynia.

Pełen zapału kieruję się ścieżką na Olszę 2, gdzie mam przystanek autobusu nr 132.

Lecz ludzi dobrej woli..., jest więcej
i mocno wierzę w to,
że ten świa...a...at
......
Nadszedł już czas,
najwyższy czas,
nienawiść zniszczyć w sobie...

CZĘŚĆ DRUGA

ABY JĘZYK GIĘTKI POWIEDZIAŁ TO, CZEGO NAWET NIE POMYŚLI GŁOWA

Dla Stanisława Aleksandra Kwika czasy to może były i dziwne, albo też i nie całkiem takie, lecz z pewnością w taki sposób stanowione, że i on wydawał się zmuszony do gorączkowego szukania siebie nie tylko względem „pustynnego" i obcego sobie świata, ale i nawet swego na powrót na ten świat narodzenia – czy to nie jest dziwne? Dokonując bowiem swej wędrówki życia, zdarzyło mu się nawet i umrzeć, a także powrócić do symbolicznych znaczeń łona. Stąd może i opowieść o nim oraz owym czasie dziwną być musi. Pewnie dlatego i on sam miał wątpliwości, czy na to nowe przyjście na świat jest właśnie już czas i czy to właściwa pora, by na nowo miało się spełnić to jedyne i najważniejsze przedstawienie. A może jeszcze zaczekać, opóźnić swe na ten surowy świat przyjście, na którym to, niczym w operetkowym teatrze, powstałym w miejscu ujeżdżalni koni, wciąż wyraźnie brzmią tylko pierwsze takty „Ptasznika z Tyrolu", w których melodii wieśniacy idą polować na dzika, który i tak już ostatni został odstrzelony, by większość spektaklu miała tonąć w odgłosach ruchu ulicznego. Polowanie bez dzika pośród nielicznej, abonamentowo zorganizowanej widowni samo w sobie zadziwia, ale zamiast śmiechu, widownia jakoś niecierpliwie gra własną melodię, skrzypiąc sobie drewnianymi siedzeniami we wtórze odgłosów zdających się co chwila przejeżdżać między rzędami tramwajów. Dlatego też i właściwa melodia gdzieś się gubi w tumulcie nijakości, aby każdy miał nie tylko dosłuchiwać się w tej operetce, co mu się podoba, ale i według popularnej na ów czas piosenki, również z zapałem miał „robić, co swoje". Tymczasem narodziny! No i cóż dopiero ma czynić ta pędzona koniecznością niepojęta Matka Natura, co krzycząc prze i prze…

„Wyłaź ze mnie, ty niesforne dziecko! Ty nadwyżko znaczenia!"

„Jak będę chciał, to wyjdę" – oto odpowiada ten sobie swawolnie, wychyliwszy głowę spomiędzy kleszczy rozwartych ud, by czym prędzej na powrót schować się w ciemnościach świata jej łona. Cóż bowiem milszego być może od czynienia fikołków, wywijania salt i niepojętych figur, pławiąc się bezpiecznie w wodach życia i będąc w nich bezpiecznym, bo połączonym pępowiną z „jednym" i tym samym bez jakiegokolwiek na świecie innego. Jednakże ta niepojęta Matka nie daje za wygraną i ostatecznie wyrzuca onego z siebie niczym udrękę.

No i oto tak stało się zdziwienie, taki wrzeszczący kochanieńki synalek, który za ten okrutny sobie fakt postanowił być w zastanym świecie surowym i wymagającym jego uczestnikiem.

„Jeszcze raz, jeszcze raz, jeszcze raz, ptaszku mój..." – przelotnie dało się nawet słyszeć próbę śpiewnego wyjścia z mechanicznych szumów nie tylko ulicznego tumultu, ale i przede wszystkim maszynerii w toku produkującej co popadnie, po czym nastąpiło przerażenie.

Jednakże przy tym należy też pamiętać, że zanim niejaki Stanisław Kwik otrzyma bilet na to operetkowe przedstawienie, musi wykazać się odpowiednim stanem świadomości, w tym celu bowiem powierzono mu nawet posadę administracyjnego referenta w Instytucie Kształtowania Świadomości właśnie. Przy tym musi przestać się dziwić, a pracować lub nawet się „obijać" dla dobra socjalistycznej ojczyzny i wspólnej pomyślności narodów. Z pewnością musi się też resocjalizować, by stać się szczęśliwym, a w ten sposób i zapomnieć o sobie, a tym samym o dociekaniu rzeczy, których dociec niepodobna. Nie wolno mu przede wszystkim niekonstruktywnie krytykować władzy, bo cóż jemu o władzy może być wiadomym, skoro nad sobą samym władzy się nie dorobił. Musi zaakceptować ciężki trud człowieka pracy, a nie głosić opinii, że wszędzie jest tak brudno i siermiężnie dlatego, że sprzątaczka tak wysoko została wyniesiona w społecznej hierarchii. Cóż on chciałby od tej prostej kobiety, kiedy tak właśnie wyraził się cztery lata dwa miesiące i jeden dzień temu na lekcji wychowania obywatelskiego. A te święte obrazki w oknie lat sześćdziesiątych, a to wyzywające oświadczenie względem nauczyciela propedeutyki, że oto „Bóg istnieje"? I to tak podważyć autorytet pedagoga na forum oniemiałej z oburzenia klasy? Oczywiście władza nie jest pamiętliwa i wszystkich mu postępków wciąż wypominać nie zamierza, bo i człowiek z niego młody, a do młodych przyszłość świata należy. Jednakże też i dobrze by było, żeby przez niego to pokolenie nie stało się „straconym". Natomiast władza socjalistyczną władzą być musi, bo władzy właśnie władanie jest przynależne i władza o władzy stanowi. No cóż, takie są prawa i tej władzy czasy.

– Staszek, ty lepiej nie „filozuj", tylko weź się do roboty – brzmi po nagłym otwarciu się drzwi do pokoju Biura Obsługi Badań, w których staje wysoki postawny facet, pełniący w instytucie funkcję technicznego dyrektora. – Jutro przecież, stary, mamy imieniny.

„Ach tak, jutro mamy imieniny. Ach, ach, ależ to będą imieniny... No i co? Znów są imieniny. Nie masz to jak imieniny". Rozlegają się tu i ówdzie wigilijne imienin głosy, które tuż tuż, bo już jutro. Ileż to zachwytu w oczekiwanej niespodziance tego, co zdarzy się i tak na pewno. I choć imienin mnóstwo w roku, to przecież niezwykłość każdego dnia imieninowego jest ogromna, niepowtarzalna i w samej swej rzeczy oryginalna. Instytutowa społeczność jakże wtedy zjednoczona w swej wspólnocie, bez oznak podejrzeń, uprzedzeń, świętuje indywidualny dzień i to jakby na przekór częstemu publicznemu wspólnotowemu świętowaniu. Gdzież tam innym świętom 1 Maja, 22 Lipca czy rocznicy Październikowej Rewolucji do uroczystości imienin. Ten dzień jest nawet ponad instytutowe poziomy i piony, a dwa takie przecież nasz instytut w swej strukturze ma. Nad tymi to, niczym nowoczesnymi plemionami, pieczę swą sprawuje skromna postać szczupłej kobiecinki, maszynistki, a szczególnie i I sekretarz partii. Plemionami tymi są: pierwsze plemię *Wtajemniczonych*, na którego czele stoi Wacław Znamienity w randze sekretarza naukowego w szóstym pokoleniu *Leniwych*, oraz plemię *Posługaczy* ze swym przywódcą Jerzym Plebanem, który był spłodził w 27 roku życia córkę Jolę, aby następnie obcując z przypadkowymi nałożnicami, miał mu się urodzić z prawego łoża syn Stanisław z Brygidy. Jest tutaj również i *Pater* w osobie Zygmunta Kolejnego, który wiedzie prym pośród gromadki ojców założycieli, aby nad kasą miał czuwać skarbnik niski i łysawy z brzuszkiem, Kazimierz Pentelka, ostatni z rodu bronowickich Pentelków (ci co znają, to wiedzą), bo nie udało mu się, mimo usilnych starań otoczenia zostawić jakiegokolwiek, choćby najmniejszego potomka. Więc rekompensuje sobie plemienne braki biurokratyczną płodnością, wpisując się tym samym na trwałe w rozwój kazuistyki prawa biurowego. W ten również sposób po kilkunastu latach swej służby pozostawił był 1 tonę i 122 kilogramy 78 dekagramów opracowanych własną ręką i w swej ogromnej części sporządzonych dokumentów, które następnie był w specjalnie na ten cel zbudowanym archiwum składał, by wreszcie przejść na zasłużony odpoczynek. Chcąc nie chcąc, nasz główny księgowy umknął wszelkim swoim statystykom i nie miał pojęcia, że w okresie swojej szczytnej działalności, składając swój podpis, zużył 1171 wkładów do długopisów, a przy tym złamał 2 wieczne pióra. Oczywiście nasz główny księgowy należał do grona przedstawicieli służb plemiennych, które w każdy poniedziałek miały spotkania operacyjne, zwane też posiadówkami lub nasiadówkami – według indywidualnego gustu i uznania. Na tych zebraniach omawiano najistotniejsze dla instytutu sprawy na linii *Wtajemniczeni – Posługacze*. Miały one charakter narzekań na administrację za niedobory magazynowe w obszarze artykułów biurowych (zwłaszcza przed rozpoczęciem roku szkolnego) czy też oceną wielu akcji związanych z jesiennym hurtowym zakupem ziemniaków pastewnych zamiast jadalnych (jedne lepsze na placki, drugie na frytki), śledzi solonych przed świętami Wielkiej Nocy czy permanentną niedrożnością rur kanalizacyjnych na ostatnim piętrze zajmowanego przez instytut biurowca. Problemy natomiast badań naukowych podnoszono na specjalnym „sympozjonie".

Po owocnych obradach wszyscy rozchodzili się do swoich zajęć: *Wtajemniczeni* do prac naukowo-badawczych, a *Posługacze* do administracyjnych. Wszyscy tak samo w poczuciu dobrze spełnionego obowiązku i głębokich swoich racji, w gotowości czuwali nad odwiecznym porządkiem i ładem plemiennym, a wszystko w atmosferze zrozumienia obiektywnych trudności, co pozwalało im w bezpieczeństwie socjalnym spokojnie udać się nawet na imieniny.

No i stąd mamy znów dzisiaj imieniny.

Oto do pokoju 1001 radośnie zmierza delegacja księgowości z Cycatą Alicją na czele i w towarzystwie Puszystej Madzi, oraz dziwnie ostatnio wychudłej Jadzi. A w biurze już czeka solenizant, wyposażony w trzy połączone z sobą biurka i inne biurowe sprzęty, a dyżurująca Helenka rozkłada na talerzykach delicyjne ciasteczka z „Cracovii", a pośród nich również ptysie i kremówki, by nalawszy wody do porcelitowego czajnika, miał Garbaty Krzyś wziąć się pod boki w oczekiwaniu na rozpruwającego paczkę z kawą Bokobrodego Rysia. Obok nich zawsze dopingujący czyjejś robocie Gruby Tadzio z czołową łysiną na krągłym wspomnieniu bujnej czupryny, który w antrakcie swoich dla kolegów dopingów, namiętnie pochrząkuje i palcami oburącz do wewnątrz brwi rozczesuje, czy też z lubością gładzi się po wydatnym brzuszku.

Wreszcie drzwi od korytarza się otwierają i niby to zabawnie do pokoju wkracza wydekoltowany biust Alicji wraz z chóralnym głosami: „Wszystkiego najlepszego, najlepszego, naszemu solenizantowi naszemu... najlepszego wszystkiego". „Szczęścia i radości, 100 lat życia, wszelkiej słodyczy i pomyślności". „Pomyślności w pracy i życiu osobistym. Zadowolenia i szczęścia co najmniej raz w tygodniu, w sobotę po kąpieli". Hi, hi..., ha, ha..., he, he,he, he,... ho, ho. Ależ miło i przyjemnie na tych imieninach nam".

W imieniu chwilowo nieobecnego ciałem solenizanta goździki, róże i gerbery we flakon ze świeżą wodą wkłada niezastąpiona dzisiaj Helenka, gdy tymczasem Bokobrody w imieniu tegoż, jakże serdecznie dziękuje za tak szczere i przede wszystkim czarowne życzenia Alicji, ściskając i lubieżnie obcałowując jej cielesność, by wreszcie z zachwytem wleźć jej ciut-ciut za dekolt. Ta z wielką wstydliwością, zrobiwszy uprzednio „cyganeczkę", wyrywa się tamtemu z okrzykiem niekłamanego oburzenia, by zaraz szeroko uśmiechnąć się do tego oto „świntuszka". Pozostali też się bawią przednio, śmiejąc się i rozsiadając, bo Helenka już podaje do stołu zdobytą po znajomości w Społem kawę. Towarzystwo do stołu więc siada i nawet się przesiada, bo i w drzwiach pojawia się następna delegacja, tym razem w pełnej okazałości dział planowania i organizacji badań, który zaszczycił swą obecnością naszego imiennika. Ceremonia życzeniowa się powtarza wraz z kwiatami, bo jakże mogłoby być inaczej, przecież fundusz socjalny na kwiaty musi być planowo wydany. Tym razem zamiast Bokobrodego tylko Gruby Tadzio w pełni zachwytu nad Myszką wygina się i wypręża, jakby kij nagle miał połknąć, ale przecież wszyscy wiedzą, że on tym samym swą tożsamością usiłuje być bliższy Jaruzelskiemu. Generał to jest przecież zawsze generał. Panie siadają, a Urszulka pyta, czy aby tamto ciastko z kremem nie od „Janasa", bo i ona na tę cukiernię jest uczulona. Nie, akurat nie, bo ono jest od „Wintera". Na to zjawia się jeszcze kadrowa Zdzisia i wszystko w ten oto sposób ceremonialnie się dopełnia, a obfitość rozmów zlewa się w szklaneczki, socjalne literatki i obficie kruszy się ciasteczkami w najrozmaitsze smaczki. A zatem gwarem biuro tętni. „Ależ ta Jadzia się zestarzała. Jakże przy tym wychudła". „Ach, wiesz, czy Stasiu ciągle cię przepytuje w sobotę po kąpieli?". „Pewnie oddała kartki na mięso Olkowi, a mnie obiecała." „On jest od miecza“. „Jedno i wszystko". „W tym roku na działce powinnam mieć mnóstwo malinek". „Już na jesieni jedziesz do tego Smoleńska i wciąż nie boisz się niedźwiedzi?" „Ale skąd, mała miała biegunkę". „Akumulator sprawdziłem i był w porządku". „Do przyjaciół Moskali". „Tak jej dziwnie twarz wysuszyło". „W piątek odbieramy paczki z odzieżą od karmelitów bosych." „Wymieniłam sobie kartki na cukier na tandecie na jakże wygodne czółenka i dopłaciłam tylko kilka stówek". „Bo ja swoją Andzię przepytuję... z gramatyki uczuć, he..., he..., he..." „Mnie powinny obrodzić za to truskawki. Ach, tyle jest zielonych". „Takie jest życie". „Biedna ta dziewczyna. I to wszystko przez takiego potwora". „W takim razie jak będziesz wracał na rozłąkę, to przywieź mi pralkę automatyczną i młynek do kawy i... i ładę." „Skądże, tamta łąka nie jest już moja". „Najlepszy to zwykły gaźnik, a nie z tymi tam elektronicznymi zapłonami". „Ale przecież tobie już w ogóle... nie stoi". „Jak Madzia była malutka, zawsze w takich sytuacjach dawałam jej utartą marchewkę". „No i papieża mamy w kraju". „Po tych zachodnich pastach wypadają tylko plomby". „Kazek już w zeszłym miesiącu wrócił z Iraku i to z amebą". „Tego lata powinniśmy wreszcie mieć postawione te altanki". „Ja mam gumy po regeneracji i jestem z nich zadowolony". „To skandal, taka zachłanność?" „Bo szwagier załatwił na wsi ćwiartkę cielęcia i ratki". „Ja ją spotkałam w Peweksie z jakimś wysokim fagasem, a nie z Władkiem". „Tę bluzkę przysłała mi siostra z Francji". „Ale mogła byś się choć raz puścić..." „Godność człowieka, krzyże, a człowiek musi wiązać koniec z końcem". „Mogę ci odstąpić taką tortownicę, a ty mi załatw telewizorek turystyczny". „Żeby choć nie było jakiegoś zamachu, bo ja się boję". „Wiesz, to tylko bara-bara". „Mam na głowie pieluchy... i dom cały, a do tego..." „Zapowiedział się o godzinie zero". „Ach to życie". „Odbijesz mi na ksero medycynę naturalną"? „Ja bym ci tak te cycuszki..." „Mnie się lepiej podobają beemki niż merce, choć daj mi Panie Boże takie auto". „Pojadła sobie grysiku i spała przez cztery pełne godziny". „Szpan byłby pełny". „Tak, dostałam sokowirówkę za makulaturę i do tego wiruje, a chciałabym ją wymienić na robota". „Ktoś inny 13 grudnia położył kwiaty pod miejscem, gdzie wisiała tablica Solidarności". „Ależ to cudaczne stworzenie". „O upokorzeniu i cierpieniu powiedział generałowi prosto w oczy". „A..., dostałeś te okolicznościowe karty do gry na rocznicę odsieczy wiedeńskiej". „Tylko spokojnie, a pójdą sobie wreszcie te ciotki". „Tam by się przydał ślimak w prawo, bo często dochodzi do wypadków, ale to za sto lat". „Papież to nie Przemyk czy Włosik". „Też bym chciał". „Te chłopy to myślą tylko jak się wepchnąć z tą swoją nadwyżką znaczenia". Ha..., ha, hi..., hi... „Następnym razem zawiadom mnie wcześniej, a nie jak już będą tylko stare skarpetki". „No czy nie takie jest życie"? „To idź już do tego źródełka, bo wyschnie". „Ja zaczynałem prawdziwą jazdę od wuefemki, a Junak, to była dopiero maszynka". „Mógłbym się nawet zamienić w motylka, żebym tylko mógł sobie usiąść i czułkiem i podrażnić twoje suteczki". „Wybacz, ale ja z darów nie wezmę żadnej bielizny". „Świntuszek". „Weź po drodze ze dwa pershingi, co Jasiek trzyma pod ladą, tylko nie mów babci". „Moja jest często używana i wcale nie dostrzegam, by cokolwiek się zużywała". „Dobrze sobie mówić zło dobrem zwyciężaj, jak się ma co do garnka włożyć". „Sam sobie olej wymieniam". „Używaj zwykłego mydła toaletowego, to ona nie będzie mieć uczuleń". „Ale całkiem dobry ten bimberek". „Ale na Błonia iść trzeba". „Cokolwiek by nie powiedzieć, to na nas już czas, stanowisko pracy czeka. Słyszeliście, co mówił papież o pracy w Katowicach"? „Odstąpię ci te kołpaki za dwie i pół paki, a w zamian przynieś mi jutro pióra". „Ale nie w komunie za jałmużnę". „No i my też już się zbieramy". „Miło było". „Ale było miło i się już skończyło"? „Nie zapomnij dodać deczko roztopionego tłuszczu, bo się nie uda". „Do następnego razu ani razu". „Och, takie jest życie".

Wtem drzwi się otwierają, w progu staje niska, krępa postać znanego wszystkim Antka zwanego Złota Rączka, będącego również postrachem kobiet w chwilach alkoholowego upojenia, kiedy, jak i teraz postanawia wszystkim się przypomnieć, przyjmując swą kanoniczną postawę z podniesioną lewą dłonią o obciętych przez piłę czterech palcach, że ojciec dał mu w owym czasie trzy talenta: palić, pić i kochać najbrzydsze dziewczęta. Po tym oświadczeniu panie się rozpierzchają do swoich pokoi w komplecie, co z kolei pozwala puste po nich miejsca zająć trzem Krzysztofom i Sławkowi Białemu, którzy to złożywszy do flakonu po kwiatku i wpisowej flaszce wódki, zaczynają kolejno udawać się „do szafy", gdzie za segregatorem pod nazwą „Inwestycje i środki trwałe" mogą się nieco orzeźwić ognistą wodą ze „źródełka", którą dostarczono po godzinie zero, a więc pierwszej po południu czasu dla środkowowschodniej Europy.

Po uwadze Rysia, że oto najwidoczniej nasz konserwator ZłotaRączka już się zdążył zakonserwować, ten wyszczerza niewiarygodnie krótkie ząbki w błazeńskim uśmiechu, po czym podchodzi do biurka z ciastkami, by połknąć dorodnego ptysia i następnie ująć w bezpalcą dłoń szklankę, której odgryza kawałek, jakby ta była co najwyżej z lodu. Przestraszony Rysio, czy aby nie ma do czynienia z jakąś deliryczną desperacją, zaczyna prosić go o litość i żeby tylko krzywdy sobie nie zrobił tą swoistą zakąską. Przecież lepiej nawet nie myśleć, co by było gdyby, a przecież niedrożne kanały są do przetkania, a i kto skoczy do źródełka, jeśliby zabrakło mistrza.

W efekcie Złota Rączka zajął się w kącie żuciem swojego przysmaku, a reszta udając, że jej to nic nie obchodzi, zaczęła opowiadać dowcipy o babie u lekarza i Jasiu, a pośród nich krzątała się niezastąpiona Helenka, która dziś dorabiając sobie na umowę-zlecenie, oficjalnie obsługiwała sympozjon na temat: „Ekologiczne życie «obsługi» w jednostce naukowo-badawczej na poziomie stosunków społecznych w czasie wytężonych prac pionu naukowego". Nawiasem mówiąc, temat był resortowy, dlatego środki były ograniczone, lecz pewne. Stąd też i dyskusja: „Jakby nie było, to każdy z nas, pijąc ze szklanego naczynia, też upija go nieco, choć rzadko kto sobie z tego zdaje sprawę" – filozoficznie wygłasza swą kwestię Krzysio Korzonek, po czym i reszta sili się na oryginalność zawartych w swych twierdzeniach myśli wobec tak wysoko postawionego zagadnienia. Od czasu do czasu też na salę obrad wpadnie jeden z przywódców plemienia, okazały Pleban, i dorzuciwszy swoje techniczne uwagi, następnie po „wizycie w szafie" znika, zapowiadając rychły powrót w celu nadzorowania porządku dziennego. Tymczasem skrupulatny Gruby Tadzio chowa pod kluczem w szafie pozostałość z nadgryzionej szklanki, bo się w sam raz przyda wraz z innymi rupieciami dla przedstawienia komisji likwidacyjnej, przy okazji powołania której można to i owo podmienić, bo i to i owo niekiedy może przydać się w domu. Tymczasem ledwie wyszedł, a tu szybciej niż się ktokolwiek spodziewał, dyrektor – przywódca powraca i zaczyna recytować „Pana Tadeusza" we fragmencie z *Litwo, ojczyzno moja... ty jesteś jak zdrowie...* Tak to się zazwyczaj dzieje do godz. 15, kiedy zostaje odśpiewane kolejne *Sto lat*, *Gwiazdka pomyślności*, *Góralu czy ci nie żal, Con sordino* i na koniec *Niech się pod stół skryje*, po czym zjawia się dyżurujący kierowca, by rozwieźć zmęczone trudnymi obradami towarzystwo żukiem do domów.

Pokój zostaje pusty z charakterystyczną zawiesiną, pamiętającą zaistniałą w nim już niepamiętną z kolei imprezę z jednym na talerzyku ptysiem pośrodku biurka, dużą porcją kawy i życzeniową karteczką do pani Oli z Liszek, sprzątającej na tym piętrze od niepamiętnych już czasów.

No i wreszcie pani Ola, córka Józefa i Zofii, praktykująca u salezjanów katoliczka, obcująca w swoim życiu wyłącznie ze swoim własnym mężem Felkiem, dzięki czemu poczęła wraz z nim dwóch synów i córkę Agnieszkę, wszedłszy do biura o godz. 16.15 bez trudu znalazła na biurku adresowany do siebie liścik, po czym prędzej niż później spojrzała na wiszący na ścianie kalendarz, by odnaleźć imieninowego darmoczyńcę. Jednakże po usilnych staraniach nie udało jej się ustalić, czyje to tak na prawdę są dziś imieniny. Wprawdzie na kartce było napisane, żeby wzięła do domu kwiaty, bo się w biurze zmarnują, no i też kawy niech sobie nie żałuje wraz z ptysiem, a przy tym życzono jej też „na zdrowie". Ale mimo tych serdeczności jakoś trudno było jej uwierzyć, że to wszystko akurat dla niej, bo przecież ona ani nie partyjna, ani też nie uczona, ani też jej nie Klementyna. Aby się jednak pozbyć tego dylematu, sprzątaczka pod nosem mruknęła: „Darmozjady, czerwone szuje", po czym do stołu zasiadła i wszystko było już jasne.

Najsamprzód też kawę w zapiętej spinaczem torebce do kieszeni chałatu schowała, bo najlepiej w domu sobie zaparzyć z rodziną, a następnie na biurka Grubego Rysia spojrzała i ptysia spożywając, trochę się nawet wzruszyła. Patrząc na te wszystkie kwiaty: róże, goździki, gerbery i konwalie z narcyzami, jęła się odruchowo modlić do Bogny i Florentyny, których imieniny w kalendarzu widniały, choć najmniejszego pojęcia nie miała, czy też obie aby świętymi były. Ale to nic – ona je oto uznaje – tak na wszelki wypadek, bo lepiej ze wszystkimi żyć w zgodzie, a i przecież wszyscy świętymi się stać mogą. Kto to wie, a zwłaszcza teraz, podczas wizyty w kraju ojczystym papieża.

Jeśli przyjąć, że Stanisław Kwik w jakiś sposób i w swoistym sensie na nowo oto się narodził, to z pewnością akt ten nie był mu zbyt radosny. Nie idzie tu o jakieś szczególne powitanie jego osoby na łonie życia czy podziw i uznanie otaczającego go świata dla niezwykłości wyczynu, ale o zwyczajny i najprostszy z możliwych gest sympatii jako dla człowieka. On sam przecież nie chciał powracać do tego co przeszłe, sam też gotów był do wybaczenia i pragnął zacząć swoje życie od nowa, a i z pewnością jakoś inaczej. Pragnął nawet zdobyć się na jakiś rodzaj naiwności, by jakoś bez uprzedzeń i obciążeń zdarzeniami minionego czasu na nowo móc spojrzeć na świat, ludzi i wreszcie siebie samego. Nie chciał być dłużej nieufnym, nie mówiąc o podejrzliwości względem innych i samego siebie, ale aby taki stan rzeczy mógł zaistnieć, musiałoby stać się coś, czego sam nawet nie mógł sobie wyobrazić. Tak więc pozostało mu tylko słabo tlące się pragnienie. W takich oto okolicznościach i stanie nasz bohater stoi oparty o metalowy słupek podpierający zadaszenie wiaty przystanku autobusowego. Stoi pośród niemałego tłumu oczekujących na spóźniający się środek komunikacji miejskiej, a że wszystkie środki są opóźnione względem rozkładu jazdy, stąd już nikt nie zwraca na niego uwagi, a i każdy ma swój sposób, by się dostać do swego celu. Kwik na tę okoliczność ma nawet pragnienie, żeby przypadkiem nie trafić na jelcza–berlieta, bo te się tak często psują, że z pewnością będzie musiał się przesiadać, a nawet iść na spacer między przystankami, jeśli taki „rozkraczy" się pod wpływem szczelnie „upakowanych" w nim pasażerów. No i pragnąc, tak sobie nawet wygląda na osobę spokojną, zrównoważoną i pełnego wewnętrznej harmonii, a że ubiorem się nie wyróżnia, bo i na sobie ma tandetne brązowe spodnie sztruksowe, skóropodobną czarną kurtkę z darów i czarne mokasyny, to i wydaje się nikogo nie obchodzić, drażnić innością czy budzić sensację. Może tylko ta trzymana pod pachą większa niż tradycyjne saszetka, w której mogło się pomieścić wiele niepospolitych, ale i niepotrzebnych rzeczy, mogła przyciągnąć uwagę ciekawskiego czy też owładniętego pragnieniem posiadania cudzej własności przechodnia.

Ależ i oto marzenie Staszka się spełnia, bo do przystanku wreszcie się zbliża przegubowy odpowiadającej mu linii ikarus. Na ten widok wszyscy zainteresowani niby to mimochodem i ot tak sobie zajmują przy krawężniku pozycje, jednak każdy w ten sposób poluje na drzwi, które powinny się znaleźć w przewidywanym przez siebie miejscu, co też jest rodzajem loterii. Staszek jak zwykle stawia sobie poważniejsze zadanie, bo nie dość, że on też do pojazdu zamierza się dostać nie na samym końcu, co i byłoby ryzykowne, że oto zostanie pośród niezabranych, ale także zamierza jechać w odpowiednim towarzystwie. Z pewnością niezbyt przyjemna byłaby podróż w przytulnym uścisku z jakimś przesiąkniętym potem, nikotyną i trawiącym się alkoholem pasażerem czy obleśną łysiejącą babą, dlatego ten przy okazji poluje na cielesność zgrabnych dziewcząt.

„No to, bracia i siostry, wsiadamy". „Ależ dajcie wysiąść tym, co tego chcą, bo i w ten sposób wewnątrz będzie więcej miejsca". Wszyscy to wiedzą, a mimo wszystko zwarci wykorzystują każdą lukę, żeby tylko znaleźć się bliżej drzwi, bo każdy widzi, że już wewnątrz wcale nie jest mało tych, których najlepiej, żeby tam nie było. Tłum więc w tę i we w tę się kołysze, a nawet posuwa do upragnionego przodu, tak by się znów o krok cofnąć. Stach, który upatrzył sobie o dwie osoby dalej, jakieś trzy i pół kroku przed sobą po lewej ręce godną swego towarzystwa w podróży blondynkę, udaje, że oto mocniej napierają na niego, dlatego sam też stara się cichcem napierać w jej kierunku. Tłum wciąż na prawo i lewo się w sobie kołysząc, ochoczo wpełza do autobusu niczym do jakiejś konserwy. No i już są drzwi otworem, schodki i ta przeklęta poręcz, która w ostatniej chwili rozdziela blondynkę od dążącego ku niej wielbiciela. Jeszcze kilka przymusowych kroków, układnych ruchów i już szczęśliwi czasu wewnątrz autobusu liczyć nie będą musieli, a niech ci na zewnątrz się martwią, by nagle zmysły zaczęła łechtać jakaś kobita, czymś twardym i tępym w płóciennej torbie, przeciągając po goleni. Raz tym czymś w górę i potem w dół. Baba, może Matka Polka, też się wierci, a ci co przy drzwiach towarzystwo dopychają, by się te mogły zamknąć. No i szczęśliwie jedziemy. Jadą i jadzie kobita wlepiona swą tłustością w Stacha i sam też Stach, który nie chcąc zadławić się jej obfitym włosem, kręci głową i dmucha na wszelkie sposoby, by on jak wszyscy inni usłyszeć miał:

– Zboczony, czy co?

– Co zboczone, to zboczone – oburza się.

Wstydliwie chowa się za wieloznaczną odpowiedzią, po czym zlany potem milcząco już do końca, do swojego przystanku cierpi i cierpi, a baba wydaje mu się nawet jakoś znajoma. No i też sobie przypomina, że to właśnie tę babę z kością wystającą z torby miał był spotkać podczas jakiegoś już tłoku.

Jako że ktoś cierpi, może i nie muszą cierpieć inni, stąd we wspólnocie wtajemniczonych w miejskie podróżowanie jakoś się już jedzie raźniej, solidarniej i znośniej. I pewnie by się dalej tak podróżowało, lecz pora już na tym przystanku wysiadać. No i pełna ulga, a na wprost, tuż naprzeciw jakież to zaskoczenie, które przejawia się w od lat niewidzianym szkolnym koledze, by ten to jakby od zawsze czekał na tym oto przystanku i to właśnie na Stacha spotkanie. Rozkłada przy tym ramiona w ekumenicznym geście i entuzjastycznym głosem oznajmia:

– Kwiczoł?... Kopę lat, stary!

– Wallenrod, co ty tu robisz?

– Ryby sobie łowię. Ha..., ha!

– Co u ciebie?... Czym się zajmujesz? Co z ciebie wyrosło?

– Ja?... Dostałem tu engagement...

– Co?

– Taką mam umowę na okoliczność występów cyrkowych.

– Nic nie słyszałem, żeby...

– Nie przejmuj się, mam być u krawcowej, ale to spotkanie... Chodź do knajpy na mój rachunek, bo człowiek jeść też coś musi, a też po maluchu by się golnęło... – sięga do kieszeni spodni, po czym coś wyjmuje, by oto założyć sobie nos klowna. – Ha... ha! Pamiętasz? Przypominasz sobie te kwestie?

– To nie ze mną ten numer…

– Chodź, pójdźmy do knajpy pod Lenina, niech chamy patrzą, że nas stać.

No i skręcili w Aleję Róż dwaj byli koledzy szkolni, choć nigdy w swym kumplostwie się za bardzo nie zżyli, to raczej zawsze ze sobą po koleżeńsku grali.

– A ty czym się zajmujesz? – jakoś formalnie i bez zainteresowania zadał pytanie Konrad Wedelman, zwany też Wallenrodem.

– Ryb tutaj nie łowię, … są lepsze miejsca, ale mam taką sobie fuchę w pewnej instytucji…

– Skończysz jako podrzędny urzędniczyna, jeśli nie przyjmiesz odpowiedniej opcji.

– Co opcji?

Odpowiedź nie padła, bo oto weszli do restauracji, w której przy ladzie szatni stało dwóch mundurowych milicjantów. Stach z Konradem bezpośrednio skierowali się na oszkloną salę z rzędami stolików, barem w głębi i tanecznym parkietem w zaciemnionej jej części po lewo.

Siadając Wallenrod od razu podjął kartę menu i przeglądając, powiedział:

– Co my tutaj mamy… Kotlet mielony…, a może tak jak za dawnych lat na początek „japończyka"? Chcesz śledzia?

– Może być – odpowiedział Kwik, spoglądając na nadchodzącą kelnerkę.

– W takim razie jeden śledź po japońsku, …dla mnie wędzony węgorz, cztery żytnie wódki i herbatę… A ty co do picia?

– Też herbatę.

W ten sposób zamówienie zostało złożone, a dwaj klienci zapalili marlboro wyjęte przez Konrada z kieszeni ciemnobrązowej miękko połyskującej marynarki. Do tego dżinsy levisy z pewnością nie świadczyły o tym, że oto ma się do czynienia z jakąś mizerią czasu stanu wojennego. Może i też dlatego Staszek patrzył na kolegę niczym na kogoś nietutejszego, choć przecież jego pustynia na tle całego miasta wcale nie miała się najgorzej.

– Skąd żeś się tutaj wziął i co z tą krawcową?

– Krawcowa, to krawcowa, szyje mi kostium pierrota. Tobie też coś uszyje, bo przecież liczy się tylko forma.

– A gdzie macie te swoje występy.

– Arenę? Przecież wszystko to co nas otacza, to cyrk. Ha... ha! Czyżbyś się jeszcze nie zdążył zorientować?... No tak, ten wasz „pokrakówek" to był i będzie grajdoł. Stolica to co innego.

– To po coś tu przyjechał?

– Zagrać pierrota. Wiesz, takiego niby to bezskrzydłego anioła z łezką. Raz gram klowna, a teraz pierrota.

– No tak, do tego to ty miałeś zdolności, nie wspominając o małpie. Tyle się wokół teraz dzieje, a tobie szyją kostium klowna.

– Nie klowna, tylko pierrota. Żeby, mój drogi, można było sobie na to pozwolić, trzeba być w układzie, bo na układy nie ma rady. Uszycie takiego kostiumu to wcale nie jest taka prosta sprawa. Ja dopiero tu przyjechałem do pierwszej przymiarki, a szycie może nawet potrwać kilka lat, tym bardziej że krawcowa Sobótka jest bardzo robotą obłożona. Ona szyje dla wszystkich z układu, a wiesz ilu to ludzi?... Widzę, że ty jak zwykle o niczym nie masz pojęcia. Ale ty jesteś poza układami, dlatego pod specjalnym nadzorem. Będziesz musiał się w końcu opowiedzieć po którejś ze stron, a nie udawać niezależnego. W czasie wojny nie ma niezależnych. Albo idziesz do podziemia i grasz przydzieloną ci rolę, choć teraz miałbyś z tym trudności, bo jesteś tutaj ze mną, no i tamci cię nie uznają za swojego, albo ich pałujesz i idziesz z nami. Chodźcie z nami!

– Pałuję? Co ty pieprzysz?

– To jest taka metafora, nas liberałów, bo wiesz, my jesteśmy sobie, a ci twardogłowi i partyjna konserwa to tylko zderzaki. Kapujesz?

– Nie rozumiem.

– Oż, ty, że westchnę spod znaku wizyty baraniej papy. Uwolnij się, stary. Spójrz na mnie, bo to ja mogę sobie pozwolić na bycie *enfant terrible*, a ty?... Chcesz wraz z całym tym motłochem na zawsze utonąć w nijakości?

– No tak, umiesz sobie radzić... – beznamiętnie zauważył Stach, a swą twarz przysłonił maską pobudzonego w sobie „specjalnego" agenta.

– Ale co my tam... nie było to jak gościnne występy w Podgórzu, czy akcje z panienkami... Ha... ha... A jak tam ta „makowa panienka". Widujesz się z nim?

– Podobno wylądował w Garwolinie.

Do stolika podchodzi kelnerka z zamówionymi przez Konrada potrawami i resztą.

– A cukier tylko ten w kostkach? Ja słodzę o jedną kostkę więcej.

– Nic nie poradzę, ale taka jest norma. Ściśle się z niej musimy rozliczać – odpowiedziała Wallenrodowi kelnerka, by postawić przed Stachem „japończyka".

– No tak, to przecież prowincja. Ale do rzeczy, a raczej do wódeczki. No to bach na dobry początek.

– No, hej… – od niechcenia rzucił Stach, po czym obaj unieśli kieliszki.

– A…, pierwszy zawsze najgorszy. A co ty, tylko w tym instytucie… no, udajesz, że coś robisz i co poza tym? Zaliczasz jakieś panienki, czy szukasz jednej jedynej, tej miłości na całe życie i jeszcze kilka lat po śmierci… – mówiącemu to Konradowi pojawił się na twarzy ironiczny grymas.

– Jedno nie wyklucza drugiego.

– A…, to z ciebie spryciarz. Pamiętasz Gośkę i Wandę, te to miały ciąg na penisa. Gośkę to kiedyś spotkałem i nawet wpadłem do niej na tę facjatkę. Mieszka tam z jakimś nawiedzonym fagasem. Przeleciałem ją i jego, i po sprawie.

– A co ty tu tak naprawdę robisz, oprócz tej wizyty do przymiarki – zapytał Stach, opierając widelec o talerzyk, by ująć z koszyczka z pieczywem połowę kromki chleba.

– Chcesz wiedzieć? Naprawdę cię to obchodzi? – na jasnej pociągłej twarz o nordyckiej urodzie Konrada pojawił się grymas zniecierpliwienia.

– Skoro pytam?

– Nie wszystko jest do opowiedzenia. Słowa, słowa…

– No, ale niech giętki język powie wszystko to, co pomyśli głowa.

– Znam lepszą wersję: niech giętki język powie to, czego nawet nie jest w stanie pomyśleć głowa. Ha…, ha…, ha! Ale tak serio, to przyjechałem również na cementownię. Tam jest taki ośrodek dla tych, którzy odrabiają swoje wyroki. Jak wiesz, ja kiedyś… jak lutnąłem tego frajera, to też miałem ten kłopot. Teraz mam interes. Jak widzisz, gdybyś nawet i ty narozrabiał, to przy odrobinie szczęścia miałbyś we mnie wsparcie… nawet w puszce.

– Dzięki, postaram się nie nadwerężać znajomości z tobą.

– Poza tym jak tu zawitam w przebraniu pierrota, to wtedy poznasz prawdziwe moje oblicze. No to po maluchu, za to spotkanie i za tych co na morzu.

– Niech i tak będzie.

Po czym Wedelman upił łyk herbaty, by następnie u kelnerki zamówić tym razem już większą ilość wódki, dając jej migowe znaki.

– To... mówisz, że masz szerokie znajomości – zagadnął Stach, z przyjemnością kontynuując udawanie przed samym sobą „specjalnego agenta".

– Będąc w układzie, zna się tego i owego.

– A opowiadającego historię narratora też znasz?

– Wielu, pewnie i tego też... a którego masz na myśli?

– To dziwne, ale twoja osoba...

– Co twoja osoba? Nie pasuje ci coś? Tak, boś wszedł w manię ogłupienia, pamiętasz? Życie to nie delektowanie się swoimi słabościami, a gwałt, przemoc i jebanie. Tak, stary, w przeciwnym razie tak naprawdę cię nie ma. No chyba, że chcesz być papieżem, ale tobie raczej już to nie grozi.

Kwik w tym momencie chciał powiedzieć, że przede wszystkim chciałby być przyzwoitym człowiekiem, ale ugryzł się w język, bo przecież oto był agentem, a ten nie mógł sobie pozwolić na tak ostentacyjnie ujawnioną słabość, która byłaby czymś więcej niż tylko zdemaskowaniem.

– A może boisz się porażki, niepowodzenia? – kontynuował tamten. – Musisz wobec tego pamiętać, że sukces czy też porażka nie dotyczą tych, którzy są martwi. Zastanów się nad tym, zanim będzie za późno.

– Co proponujesz?

– Wziąć się z nami. Krawcowa ci też odpowiednie wdzianko skroi. Pewnie w sam raz na twoje uzdolnienia i możliwości, no i wtedy będziesz mógł brać byka za rogi, a nie wyłącznie biernie przyglądać się rzeczywistości. Przecież prawdę mówiąc, to ty robisz już za błazna, tylko że za friko, bo nic z tego nie masz. Ta twoja gra w tym instytucie z niektórymi frajerami, względem których się wygłupiasz, mówiąc o sobie, że z ciebie jakiś komunista francuski, to przecież żenada. Co ty myślisz, że te palanty kapują, że dostrzegają twój sarkazm? Przecież to intelektualne prostaki.

– A skąd ty o tym wszystkim wiesz?

– Ba, to ci nie wiadomo, że jestem w układzie?

W tym momencie Kwik miał się spytać o ten tajemniczy układ, ale znów się ugryzł w język i fakt ten przepił kolejną wódką.

– Kiedyś próbowałeś handlować walutą. Pamiętam cię na Krupówkach ze swoim *change money,* co...

– W stanie jest inaczej z turystami. Ja przez ten czas zrobiłem przy okazji też magistra prawa administracyjnego. Jak widzisz, idę szerokim frontem i mógłbym ci nawet pomóc. Wziąłbyś się przy okazji za tę Gośkę, odsprzedam ci ją za pół darmo, no jak dla starego kumpla… bo marnuje się przy tym pedale.

– Nie…, nic z tego nie będzie, nie jestem zainteresowany tymi panienkami.

– To może chcesz chłopczyka?

– Odpierdol się z takimi tekstami.

– Dobra, w porządku, *amigo*. Nie ma tematu. Chcę ci tylko pomóc, bo jakoś nie widzę w tobie jaj, życia. Nie mam racji?

– Życie dla mnie to nie ciągłe na jego temat projekty, o których się zapomina po ich przedstawieniu…

– A co jeszcze? – spytał Konrad Stacha, spoglądając nieco przymglonym spojrzeniem w jego błękitne oczy.

– Życie to też kontemplacja świata i samego życia.

– A… jakiś budda cię wziął, a pamiętasz jeszcze *amigo*: *łelkam maj son, łelkam tu de meszin, łer haw ju bin…*

– *… end ju didint lajk skul, end jo nou noubodys ful Sou łelkam tu de meszin.*

– Pamiętasz, to Hanys tłumaczył nam Pink Floyd, Led Zeppelin, Deep Purple… Ta… A ty?… urzędniczyna.

– Urzędniczyna… Mnie wciąż nie po drodze z tymi wszelkimi skurwionymi filistrami. Byłem i jestem, i pozostanę… antyakademicki. Nauka dla mnie jest bezinteresownym poznawaniem, a nie metodą na władzę, panowanie nad kimkolwiek. Te pierdolone miernoty na każdym kroku usiłują…

– Co to stary kogo obchodzi. Za to nasz rock u nas wydaje się powoli rodzić.

– Mnie obchodzi, bo to jest moje życie! Rozumiesz?…Tak… ha… ha… ha! Gnojków puszczają, żeby mogli trzymać… inaczej. Wysłużą się nimi jak starymi kurwami…

– Chyba się trochę upiłeś, *amigo*. Zawsze miałeś słabą głowę, a tu trzeba dystansu… jaj.

– I ty, administracyjny magister, cinkciarz, zwykły jebus, a do tego jeszcze przyszły pierrot, mnie to mówisz?

– Uspokój się, *amigo*, jutro też jest dzień… – mówiąc to Wallenrod spojrzał gdzieś za plecy Kwika, jakby tam oto działo się coś istotnego, po czym szybko dodał: – Będziemy w kontakcie. Pierrot zawita i łezką swą zmyje prawdę i nawet chęci do jej dążenia. Na mnie już teraz czas... – wstając jeszcze przelotnie nachylił się do Stacha, by zanim miał zniknąć, tajemniczo szepnąć mu do ucha: – Narrator mnie wzywa.

Już dawno „w narodzie" nie było takiego poruszenia. Ludzie jakby nagle zbudzili się z jakiegoś letargu, by w owym dniu tłumnie zmierzać do wszystkim dobrze znanego miejsca zgromadzenia. Wydawało się, że nie można było być nieobecnym i to nie tylko ze względu na konieczność dania świadectwa wyznawanej wiary czy też dlatego, że ktoś pozwolił się zgromadzić w okresie stanu wojennego, lecz i dla zamanifestowania niezgody na warunki, w jakich oto żyć przyszło. A i zdarzali też się tacy, którzy inwigilując uczestników tego zgromadzenia, spełniali swój obowiązek względem władzy, dzięki której mogli mieć poczucie własnego nad resztą świata panowania. Wśród pątników był też i ten oto Stanisław Kwik, od trzech lat niepraktykujący katolik, a może nawet i ateista, któremu na tę okoliczność przyszło przedstawić się samemu sobie w roli jakiegoś agenta, który po dłuższym czasie nieuobecnienia, po spotkaniu z Wallenrodem na nowo się w nim wyzwala. Ta jego rola była wyjątkowa i specyficzna, a jej źródłem był totalny brak zaufania do otaczającego go świata, co przejawiało się skrupulatnym jego obserwowaniem, ale i niekiedy nerwową, bardziej wewnętrzną demonstracją swojej względem niego odrębności, szczególnie przejawiającej się w potrzebie niezależnego o rzeczach sądzenia i o nich myślenia. A że dla takiej postawy nie było w pokojowym sensie społecznej możliwości spełnienia, to i Kwiczoł wciąż spełniał się w odosobnieniu. Natomiast to jego obecne wmieszanie się w tłum, to przede wszystkim opuszczenie swojej „pustynnej jaskini", które miało przede wszystkim poznawczy charakter i zdawało się być nawet w niezgodzie z jego upodobaniami. Kwik bowiem nienawidził przecież tłumu, a kiedyś nim nawet i pogardzał. Tak więc czyżby zaistniała tutaj jakaś przemiana? Kolejne narodziny? A może to akurat za sprawą uświęcenia takich postaci jak Józef Kalinowski czy Adam Chmielowski, które ma oto beatyfikować Jan Paweł II, wyrwały z „siebie" Kwika? Może i tak, ale z pewnością nie wyłącznie. On przecież słowom nie ufał i też dobrze zdawał sobie sprawę, że jak kogoś zamierza się przedstawić w krystalicznym świetle, to zrobić to można równie „zręcznie", jak i przedstawić odwrotnie. Tak więc jego świadomość przepełniało zwykłe nie tylko w słowo, ale przede wszystkim na stałe w człowieka wątpienie.

Ten jednostajny szmer kroków, podniecone rozmowy i nawoływania sprawiły, że zaniepokojony spontanicznością Kwik z głównej arterii, na której ruch samochodowy na okoliczność święta został wyłączony, oto skręca w boczną uliczkę i idzie tak, jakby chciał zgubić kogoś go śledzącego. Potwierdza to, bo w sposób nagły wchodzi do bramy, by po chwili z niej wyjść, rozglądając się na obie strony. W ten oto sposób dziwnie się zachowując i obserwując, sam zaczyna przez kogoś być obserwowany. A może właśnie mu o to chodzi? Z takimi nic nie wiadomo. Idzie teraz ulicą, którą z obu stron wypełniają szeregi pustych wozów milicyjnych. Idzie tak, jakby zrezygnował ze świętowania, choć znów skręca w uliczkę, którą będzie mógł dojść do opuszczonej przez siebie arterii. Tutaj niespodziewanie napotyka dwóch ludzi niosących konfesjonał i krzesło. Stach nagle rozpoznaje w jednym z nich Konrada Wedelmana. Przystaje zaskoczony, ale by nie być przez tamtych zauważonym, idzie za nimi jakby nigdy dotąd nie widział polowego konfesjonału i zwykłego krzesła thonet. A może on zamierza podejść do kolegi i w ten sposób nawet pochwalić się z nim znajomością? Jednak nic z tego, on ich wyraźnie podgląda. Cóż to można wyszpiegować w takich okolicznościach. Tamci dochodzą do głównej ulicy i przy skwerze spotykają księdza. Stawiają „otwarty" konfesjonał na skraju chodnika i przy nim krzesło, na którym siada ów ksiądz i na wspartym o podpórkę konfesjonału ramieniu opiera głowę, by w ten sposób nadstawić ucho do konfesyjnej kratki. Tymczasem dwaj od konfesjonału się ulatniają, a Kwik klucząc między zaparkowanymi samochodami, zatacza nad konfesjonałem krąg tak, by wreszcie znaleźć się twarzą w twarz ze spowiednikiem. Patrzy na tamtego, a tamten po chwili też i spogląda na niego, po czym Kwik doznaje szoku olśnienia. To ten sam człowiek, którego kiedyś widział w kantynie na Pstrowskiego i na komisariacie milicji. Tak więc coś chciałby zrobić i czuje, że coś powinien, ale nie ma pojęcia co. Przecież nie rzuci się na fałszywego, pewnie i „bezpiecznego" księdza, bo i zaraz go zwiną, a na dodatek przez innych będzie uznany wyłącznie za prowokatora. Widzi, że ktoś się zatrzymuje i coś mówi do kogoś innego tak, jakby właśnie mieli zamiar skorzystać z możliwości spowiedzi. Stąd ten czym prędzej do konfesjonału niemal podbiega, by tym samym wyprzedzić zamiar tamtych, co udaje mu się i też klęka. Zapada milczenie.

– Słucham, synu, czym obraziłeś Pana Boga i bliźniego swego – odzywa się spokojny beznamiętny głos spowiednika.

– W imię Ojca i Syna…

– Ducha Świętego, amen.

PUSTYNNE WĘDROWANIE

Dobrze wiedziałem, że po naszej przeprowadzce na „pustynię" wszystko się musiało zmienić. Nic już nawet nie mogło być podobne do mojego utraconego raju dzieciństwa. Ja też nie miałem ochoty do czegokolwiek wracać, nie tęskniłem za „przeszłym", ale mimo że według mamy w nowym miejscu od tej pory zawsze czekać na mnie będzie wygodny pokój, żebym się mógł w nim panoszyć, to po chwilowej z niego uciesze, stał mi się wkrótce jakimś balastem. Coś dziwnego było w tym miejscu, co często zamiast spokoju i wytchnienia, niosło mi z sobą niepokój i napięcie. Może też dlatego albo starałem się daleko uciec z tego „od siebie", chowając się w starym Krakowie, albo też podejmowałem wyzwanie zapanowania nad otaczającą mnie rzeczywistością. Z pewnością z miejscem zamieszkania nie czułem żadnej więzi, a nawet „w mieście" nie przyznawałem się skąd jestem, żeby nie odczuć lekceważącego stosunku, a często i nawet czegoś więcej. Pewnie też dlatego „pustynia" szybko stała mi się przede wszystkim „sypialnią" i „jaskinią", w której prowadziłem swoje tajne studia, czytając książki przede wszystkim wypożyczone czy to na Łobzowskiej, Filareckiej, a przede wszystkim w Naukowej Bibliotece na Franciszkańskiej, gdzie niekiedy udawało mi się natrafić na wyjątkowe rzeczy. Szkoła w takich okolicznościach była mi nieciekawą koniecznością, bo jak już kiedyś odkryłem, większość nauczycieli zwyczajnie kłamała. Ale „pustynia" faktycznie była pustynna, grasowali na niej rywalizujący z sobą miłośnicy maksym „gulasz człowiek" i „kopsnij szluga". Ale oprócz tego, że od czasu do czasu na tym terenie panowały też pochodzące z kombinatu metalurgicznego burze pyłowe, to jakoś wciąż daje się wytrzymać, a ja nawet przyzwyczaiłem się do surowego klimatu, a i też po kilku incydentach ze „szlugami", nauczyłem się zarówno tych omijać, jak i zauważać korzyści płynące z braku luksusów. Doświadczyłem przy tym i tego, czemu się zresztą wciąż dziwię, że jakoś czym innym jest nawet tego wszystkiego rozumienie, a czym innym względem tego rozumienia postępowanie, zwłaszcza kiedy człowieka dotyczy to wewnętrzne napięcie. W pewnym momencie nawet mi się wydawało, że wszystko najlepiej wyjaśni mi fizyka. Nauczyciel, który kiedyś wpadł do klasy i z uśmieszkiem cwaniaczka, tak oto oznajmił:

– Bo musicie wiedzieć, i musi być wam wiadomym, że najważniejsza jest..., oczywiście fi...zy...ka i tylko fi...zy...ka! Jeśli już wszyscy to wiedzą, to zanim przejdziemy do równania Maxwella, kolejny raz przypomnę, że zasada zachowania energii jest jedną z głównych zasad, bez których fizyki nie ma. Masa bowiem jest jedną z dostępnych form energii, która może być z niej uwolniona. Zrozumieć to musi każdy, kto nie jest bezmózgowiec pospolity włochaty, a to dlatego, że nie ma żadnej dyskusji z $E=mc^2$. A co to jest? Czy może pamięta Bazylia? A może zapomniała?

– Energia równa się masa razy prędkość do kwadratu.

– No tak, niby dzwonią w podobnym kościele. Powtarzałem x razy, że należy wyrażać się precyzyjnie, a mianowicie: energia ujawniana podczas utraty masy równa się *m* razy prędkość światła do kwadratu i... kropka. Jak stąd wiemy, energia kinetyczna nie jest zachowana, ale przy jej wyzwoleniu co się to wydziela?... Mikulski.

– Energia potencjalna przechodzi w kinetyczną i odwrotnie.

– Mikulski, ja się pytałem, co się wydziela.

– Dowiesz się, jak zastosujesz prawo łoma – ni stąd, ni zowąd wtrąca Wedelman, po czym po klasie przebiegł szmer zadowolenia.

– Co?... Wedelman, co się wydziela?

– Ciepło.

– No, właśnie. Natomiast przypomnij nam jeszcze przy okazji to prawo Ohma.

– Ciało uderzone łomem nie ma prawa wstać... – i tutaj klasa śmiechem ryczy, a po chwili Konrad dodaje: – a jeśli wstało, to było za mało. – I znów zabawa była przednia.

– Prawo godne łomiarza, czyli w naszym języku bezmózgowca pospolitego włochatego. Widzę, że Wedelman nie z jednego pieca chleb je, stąd niech nam przypomni prawo Ohma, albo też dostanie pałę. Słuchamy.

– ...

– No dalej, śmiało.

– Napięcie równa się iloczynowi natężenia i oporu.

– Czego natężenia, może głupoty?

– Oczywiście, że prądu. Mowa... – wtrącam mimo woli.

– A..., mamy podpowiadacza. Pewnie czesał swoją włochatość i w ten sposób wyzwalając ładunki elektryczne, pobudził swój mózg do myślenia. W ten oto sposób wraz z Wedelmanem przygotujecie na następną lekcję referat na temat równania Maxwella. A my tymczasem zrobimy klasówkę, która nam pokaże, co też nam zostało w mózgownicach z dotychczasowego materiału.

– Uuuuuu!

I tak dla wielu lekcja fizyki już się skończyła.

Może i od tego zdarzenia moja znajomość z Konradem nabrała większego znaczenia, choć to ja przede wszystkim przygotowałem referat, a on tylko w jednej z bibliotek pisał pod moje dyktando, co też mi się nawet i spodobało. Przecież to właśnie ja wybrałem odpowiednie książki, no i ja dyktowałem zebrany materiał, za co później obaj otrzymaliśmy oceny „bardzo dobre". Stąd też mogliśmy przez jakiś czas sobie pofolgować przynajmniej na lekcjach fizyki. Wtedy też odniosłem wrażenie, że przedmiot ten choć jest interesujący, to poprzez niego człowiek jakoś się uprzedmiotawia, ale nie potrafiłem tego dookreślić, dlatego uznałem sprawę za przedmiot do przyszłego odkrycia w moim „pustynnym wędrowaniu". Moje to wtedy wędrowanie polegało także na uczestnictwie w „kółku teatralnym" czy też DKF-ie, ale z pierwszego po pół roku zrezygnowałem, bo jakoś przeraziłem się takim ostentacyjnym udawaniem, poza tym nie potrafiłem odpowiednio zadeklamować „Ody do rewolucji" Majakowskiego, a tylko ją recytowałem. Natomiast na DKF pewnego razu namówiłem nawet „Wallenroda", a w programie właśnie był wtedy „Lucky man". Przesiedzieliśmy na tym filmie około trzech godzin i nawet się nam podobało. Czułem się potem ważny, że oto kogoś do klubu wprowadzam, ale głos wtedy zabrał prelegent, no i wszystko się wyrównało. Ten oprócz przedstawienia na wstępie interesujących rzeczy, że oto Lindsay Anderson wywodzi się z „młodych gniewnych" kina brytyjskiego, do którego należał i Tony Richardson ze swoimi sztandarowymi filmami jak „Samotność długodystansowca" czy „Przygody Toma Jones'a", „pieprzył" też coś o czyjejś walce z imperializmem i z kapitalistycznym modelem człowieka, czemu to miał dawać wyraz reżyser poprzez swą niezależną twórczość dla realizmu w sztuce zaangażowanej. Gdzieś w kącie sali przebiegł głos, że coś tam wycięli i resztę wieczoru zajęła nam postać Travisa. Po filmie nie zostaliśmy na dyskusji, bo ja nie zamierzałem się silić na jakieś oryginalne opinie, czym się co niektórzy lubują popisywać. Pewnie od tygodnia przygotowywali się do kilku zdań „najtrafniejszych" interpretacji. Poza tym czułem niechęć do rodzaju zmanierowanej formy bycia tego oto „wtajemniczonego towarzystwa", które film, jakby to moja mama powiedziała, złapało niczym „Pana Boga za nogi". Ja chciałem oglądać i byłem ciekaw spojrzenia na świat poprzez dzieło sztuki, no i nawet udało mi się kilka razy to bez patosów zobaczyć, z czego zapamiętałem szczególnie „Osiem i pół" czy „Powiększenie". Później o nich zapomniałem i pewnie nie mógłbym na ich temat powiedzieć wiele, ale z pewnością wpisały się w moją świadomość i w moje poznanie. Poza tym wszystko było w porządku, zobaczyło się i z Domu Kultury wyszło nieco oszołomionym i jakoś „trawiącym" wciąż obecne, a jednak minione, filmu obrazy i treści.

– No to co? Chodź do mnie na partyjkę cymbergaja.

– Nie za późno?

– Przecież żeś nie panienka, a z Kazimierza do mnie jest tylko kawałek, na Podgórz... – oznajmił Konrad, jakbym nic już w tej sprawie nie mógł mieć do powiedzenia.

Pewnie dlatego też nic więcej na ten temat nie mówiłem, za to zdarzenie na rogu Krakowskiej i Józefa zdawało się mówić za nas obu. Mowa nawet okazała się krzykiem małego dziecka, najwyraźniej uspokajanego chyba przez jego babcię, która nagle postanowiła wykorzystać naszą obecność, grożąc malcowi, że oto zostanie zabrany przez tych nieznajomych panów.

– Odpieprz się babo, co to ja diabłem jestem? – niewybrednie wybuchnął Konrad, by po kilku krokach odezwać się do mnie: – To jest właśnie ten pierdolony pokrakówek... Dzieci będzie sobie mną straszyć, stara klępa.

No i następnie „podskoczyliśmy" do niego kilka przystanków „tramwajką" na gapę, by wkrótce znaleźć się w pokoju na piętrze, gdzie mieszkał z babcią. Tutaj nawet podzielił się ze mną kolacją – szprotkami w oleju – które jadłem po raz pierwszy w życiu i nawet mi posmakowały. Zaskoczył mnie też zachodnim magnetofonem kasetowym, którego wcześniej nie widziałem, bo były tylko szpulowe. A na koniec pochwalił się pożyczoną wędką. Pewnie dlatego zacząłem mu opowiadać o pozostawionym domu na Olszy pośród pięknego zagajnika, gdzie żyło mi się jak w raju, w którym musiałem pozostawić piękną Marysię, z którą kochaliśmy się na łące pod gruszą. Wspomniałem także, że na tym terenie zaplanowano wybudować osiedle mieszkaniowe i w ten sposób zrównano z ziemią moje rajskie szczęście. Wierzył nie wierzył, ale powiedzianym zostało, stąd przyszło nam tylko rozegrać umówioną partyjkę cymbergaja. Stół był do tego odpowiedni, dlatego wystarczyło ustawić bramki z pudełek z zapałkami, wysupłać odpowiednie monety, a i kilka starych groszy Wedelman miał w jakimś ozdobnym puzderku, nie wspominając już o kolekcji grzebieni.

No to i gramy do sześciu z umową na natychmiastowy rewanż. A też, żeby nam się przyjemniej walczyło, gospodarz nastawił muzykę, która już od pierwszych taktów zrobiła na mnie wrażenie i zaczęła działać niemal magicznie. Nigdy wcześniej nie słyszałem czegoś podobnego. Tymczasem rywal intonuje:

– Poldik strzela…, poldik strzela…

– Za bardzo przyciąłeś.

– Pierwsze koty za płoty.

– Gol.

– Chyba degol, bramka była ruszona.

– Niech ci będzie… masz u mnie fory.

...Now there's a look in your eyes, like black holes in the sky
Shine on you a crazy dimond
You were caught in the cross-fire of childhood and
stardom, blown on the steel breeze...

– Coś ty jesteś słabiutki.

– …

... stranger, you legend, you martyr, and shine!
You reached for the seacret too soon,
You cried for the moon
Shine on a crazy diamond......

– No, no, teraz to żeś pięknie przypierdolił, ale to już za późno wziąłeś się do roboty bratku.

– …

– Masz oto do czynienia z mistrzostwem świata.

– A…, co to za muzyka?

– Nie znasz?

– Jakieś brzmienie mi się po uszach pląta… ale…

– Czyli wiesz, że dzwonią, ale nie masz pojęcia, w którym kościele. To „flojdzi".

– Nie znam. Słyszałem u kumpla ich „Czas" i „Pieniądz", ale to grali Pink Floyd.

– To ci sami, mówię „flojdzi"… Jest, gol! Mamy sześć do trzech. No to zmiana stron i rewanż.

– Niech będzie, ale co to za muzyka…

– Ta gitara?… A co ty słuchasz, jezioran? W najlepszym razie pewnie te „słity" i „slajdy".

– Niekoniecznie. Od czasu Lennona, choć nie przepadałem za Bitelsami. Słucham Budki Suflera, Deep Purple, „Eroikę" Beethovena, Procol Harum, a zdarza się też, że Chopina czy Czajkowskiego.

– Czy ci się coś nie porypało? Chopin i Deep Purple?

Nie zdążyłem mu odpowiedzieć, bo w tej oto chwili zadzwonił do wejściowych drzwi dzwonek.

– O…, chwila. To chyba Hanys idzie – oznajmił Konrad, po czym pokój opuścił.

Po chwili nad stołem z cymbergajem staliśmy już we trzech, choć zdawało się już pewne, że ta gra się skończyła. A może właśnie wtedy byłem nieświadomym świadkiem, a może i uczestnikiem już całkiem jej odmiennej, w innej odmianie.

– Poznaj Hanys „Kwiczoła", kumpla z budy.

– Cześć.

– Hej – odpowiedział oto aksamitnym głosem tamten o jakimś wydelikatniałym niczym na wpół dziewczęcym wyglądzie, a także długich złocistych włosach i błękitnych oczach.

– „Flojdów" słuchacie?

– Wyobraź sobie, że on nie zna tej płyty.

– Ale za to znam inne kawałki. Na przykład Uriah Heep – wtrąciłem czym prędzej, czując się nieco urażony.

– „Radio Luksemburg" to nie wszystko, Hanys sam gra na gitarze.

– Ach…, tak sobie tylko brzdąkam. Najważniejsze, że mnie mój nauczyciel kocha i nawet wziął mnie ostatnio do piwnicy „Pod Baranami". Ach, jaka tam jest artystyczna atmosfera.

– Chcesz w dziób? – niespodziewanie do Hanysa zwraca się Konrad.

– Nie mam dzioba, a wpadłem do ciebie byś pożyczył Kaśce te… no, kwarcówkę, bo nie daje mi spokoju.

– A… buźki się jej ładnej zachciało.

– Dziś byliśmy na „Lucky manie" – wyskoczyłem z wyjaśnieniem, jakbym chciał usprawiedliwić Konrada.

– Nie znam.

– Na nim koleś dostał w dziób i zaczął być szczęśliwy. On mnie namówił na ten DKF.

– A…, mój nauczyciel nic mi o tym nie wspominał.

– Niezły filmik, a ty powiadasz, że chciałbyś kwarcówkę, co?

– Dla siostry, to ona cię prosi, byś pożyczył na dwa, trzy dni.

– To dlaczego sama nie przyjdzie, boi się o swoją cnotę?

– Uczy się, a poza tym wiesz, że ona jest nieśmiała.

– Wiesz?... On ma teksty i polskie tłumaczenia tej płyty „flojdów" – Konrad tymi słowami zwraca się do mnie.

– Tak?... Ciekawe.

– Jak chcecie to wam podrzucę te teksty jak będę oddawał kwarcówkę. Mam też kawałki Genesis i coś tam jeszcze... Jetro...

– Ale skąd wiesz, że ja ci pożyczę kwarcówkę?

– Dam ci na dodatek zgrać „Zepelinów".

– On ma ojca szwagra brata w Ameryce, który przysyła mu płyty, którymi handluje pod „muzyczną" w rynku.

– Świetnie. No to bawcie się, ja już do chaty popędzę.

– A rewanż?

– Przy okazji.

– To może wpadniesz w sobotę. Hanys podrzuci te teksty i coś się wymyśli.

– A, czyli pożyczasz kwarcówkę, w porządku – wtrącił Hanys.

– No to ci pa!

– Ci pa też.

– Hej.

Po opuszczeniu mieszkania Konrada miałem poczucie totalnego rozproszenia myśli, a nawet więcej, szedłem przez ulicę Pstrowskiego do przystanku naprzeciw „Samanty" niczym „bezmózgowiec pospolity włochaty". Mimo to przedziwnie czułem przy tym swą jakąś bezgraniczną moc, której nie jest w stanie oprzeć się żadna przestrzeń ni czas, a i wreszcie też ja sam. Myślę, że jeśli szczęściem jest taki właśnie stan, to z pewnością ja w tym bezinteresownym momencie byłem szczęśliwy i to może właśnie przede wszystkim dlatego, że cokolwiek do szczęścia nie było mi potrzeba.

Ulica o tej porze była ciemna i prawie pusta. Dziwne, ale ja lubię pustość ulic. Może dlatego, że ta jakoś domaga się wypełnienia. A przecież też dlatego mieszkam na „pustyni"? Nie, ja w gruncie rzeczy jej nie lubię, ale właśnie tam jest moja „jaskinia". Do tej „jaskini" mam dojechać i w niej we śnie umrzeć, by znów jutro zmartwychwstać i udawać syna, ucznia i kogoś, na kogo będzie odpowiednia pora. Kim jestem teraz, jeśli mam być kimś innym. Wydaje mi się, że to przez niektórych innych nie mogę być sobą. No ale zanim o tym pomyślę, muszę wsiąść do 125, która właśnie podjechała na przystanek w Rynku Podgórskim. Wracam do domu jako ten, który podjął się wędrowania. Nic to szczególnego, bo zawsze coś z sobą robić trzeba, ale chciałoby się mieć tego „siebie" wędrówkę szczególną i wcale niepodobną do wędrówek tych, którymi się szczycą ci inni, według których tacy jak ja nie powinni być sobą. Niby to proste, a jednak jakoś obawiam się pochopnego wyjaśnienia, co mógłbym nazwać „swoim przez życie wędrowaniem". Z pewnością dobrze jest wrócić do domu. Ten powrót wprawdzie niczego nie wyjaśni, natomiast pozwoli mi ułożyć sobie plan na dni następne, choć go nie potrzebuję. A może by nie planować, a wyłącznie postawić na improwizację. Może ta okaże się i „wielką improwizacją". Nic z tego, takich rzeczy w mojej „jaskini" obecnie nie dokonam, a zwłaszcza z powodu pilnujących odpowiedniego stanu rzeczy współlokatorów, których nieobecną obecność wciąż muszę przezwyciężać. Przez nich to moje spontaniczne bycie sobą wciąż wydaje się dławione. Nic dziwnego, że jest tak pustynnie. Mimo tej „pustyni" wracam do labiryntu bloków z licznymi „przejściówkami", podwórkami, którymi codziennie pełzną czyniący same ważne i niecierpiące zwłoki mieszkańcy „blokowiska". Wszyscy ci są obserwowani przez „trębacza" z pierwszego piętra naprzeciwko, który wciąż sterczy za zasłoną i spomiędzy niej a firanki podobno bezinteresownie sobie otoczenie podgląda. Ten podgląda, a inni podsłuchują i przepytują okolicznych mieszkańców. Wśród nich jest i Pańpuchowa, która ze swoją rodziną ni stąd, ni zowąd po naszej przeprowadzce pół roku później zjawiła się też na mojej „pustyni", a ta z powodu licznych mieszkańców okazała się dla niej prawdziwym rajem. Nie tylko dla niej zresztą, bo i kilka rodzin „łącznościowej" społeczności też w niej zamieszkało. Wśród nich była i niejaka Buława, która posiadała szczególną dyspozycję do pretensji dla bycia kimś wyjątkowym, ponieważ partyjne znajomości pozwoliły jej załatwić sobie dyplom magistra prawa administracyjnego tak szacownej uczelni, jaką niewątpliwie był Uniwersytet Jagielloński. Poza tym była wtajemniczona w światłą „kulturę Honorè de Balzac", a szczególnie jego koncepcyjną hierarchię gatunków ludzi w społeczeństwie na wzór zoologicznego prawa gatunków przedstawionego w „Ludzkiej komedii". Stąd też szczyciła się tym, że jej mieszkanie znajduje się na „wysokim" drugim piętrze społecznej hierarchii. Wprawdzie dziwne to było przeniesienie i jakoś niezgodne z marksistowsko-leninowską filozoficzną podstawą, jednak czymże w takim razie byłaby tej mieszanki tajemnica, która specyficznie spajała tożsamość tych, którzy dla dobra ludu musieli w tym kraju sprawować władzę. Jej też i inne dzieło tegoż pisarza okazało się być objawieniem prawdy o dziewiętnastowiecznej nędzy ludzkiej podług samego Marksa. No i tak z zasobów dla okolicznych potrzeb czerpie się to, co komu się podoba. Podobać się też mogła gorliwa pobożność Nęckich, którzy od czasu zbudowania „Arki" z zapałem udzielali się w środowisku wierzących i praktykujących katolików, a że dzieci mieli pięcioro, to i było komu i za czym się uganiać.

Jak się może wydawać, tak więc wszyscy byli u siebie, a tylko ja znajdowałem się na tym swoim pustynnym wygnaniu. Ale zawsze jednak mogę powiedzieć, że mam tutaj swoją i dla siebie „jaskinię". W „przejściówkę" wszedłem pośpiesznie sam sobie się dziwiąc, że tak łatwo od czasu do czasu i tak wiele ciekawych rzeczy niespodziewanie przychodzi mi do głowy, których za chwilę nie potrafiłbym za nic ponownie pomyśleć, a co dopiero powtórzyć.

– O której się to wraca do domu, Kwiczoł – skądś od śmietnika w cieniu rozległ się znajomy głos Pańpucha, kiedy do połowy przemierzyłem podwórko.

– A..., co ty, szczury łowisz? – powiedziało mi się i zatrzymałem się, odwracając w tamtego stronę.

– Zostawię to Bodziowi. Skąd pędzisz?

– A..., byłem z kumplem na „tandecie", sprzedawaliśmy takie koszyczki do szklanek z metalowymi podstawkami – powiedziałem ni stąd, ni zowąd, czemu znów się zdziwiłem, że akurat to, a nie co innego przyszło mi do głowy.

– To pożycz trochę szmalu.

– Na razie cały utarg ma kumpel, bo on się z kimś z rodziny rozlicza z tego... A co u ciebie?

– Wszystko po staremu. Spotkałem kiedyś Cholewkę. Klasa się skrzykuje na spotkanie, nawet podobno Marysia będzie.

– No i co z tego? Cóż mnie...

– Mamy się spotkać w starej szkole z wychowawczynią i w ogóle.

– Raczej mnie to nie interesuje. O czym ja mam z nimi gadać.

– Zobaczy się. Ja chyba się kopnę.

– Ja nie mam ochoty ani czasu, ale możesz ich pozdrowić ode mnie. Teraz już pójdę, bo jutro mam na pierwszą lekcję.

– Jak chcesz. Wpadnij kiedy, zagramy w karty i pogadamy...

– Pewnie, zgadamy się przy okazji, choć ty chyba masz jakieś lekcje po południu.

– Tylko w czwartki, warsztaty.

– To na razie.

– Do następnego, cześć.

Sobotni dzień już od pewnej rannej chwili w naszym mieszkaniu niósł z sobą jakieś dziwne napięcie. Nikt o tym nie mówił ani się też szczególnie tym nie zachwycał, stąd mogłem uważać, że chyba tylko mnie ta przypadłość dotyczyć może, dlatego po przyjściu ze szkoły nawet zamknąłem się we własnym pokoju, by oswoić to dręczące mnie uczucie. Powróciłem nawet do „Dziejów Grecji" Hammonda, książki, którą polubiłem od pierwszych stron, ale tym razem po przeczytaniu kilku zdań zauważyłem, że kompletnie nie wiem, o czym one mówią, bo i mój wewnętrzny niemy głos zagłuszał wszystko. Do tego jeszcze za ścianą, w mieszkaniu dozorców w klatce obok, gdzie znajdowała się też melina, dało się coraz częściej słyszeć jakiś pomruk i odgłosy najwyraźniej rozpoczynającej się libacji. Pewnie dlatego też włączyłem „Trójkę", by wszystko zagłuszyć. Leciał skecz w dobrze rozpoznawalnym początkowym dialogu:

– *Fajny wczoraj film widziałem.*

– *A momenty były?*

– *No masz, najlepiej jak ta ruda...*

Po tych słowach poczułem, że chyba z powodu „60. minut na godzinę" do „drugiej" będę miał relaksujące zajęcie. Dlatego też wygodnie wyłożyłem się na wersalce z wyszytym mamy ręką jaśkiem w kwieciste wzory pod głową. Za moment nawet stałem się tym, co z radia słyszałem, aż dialog między Zaorskim a Kociniakiem dobiegł końca i zastąpiła go jakaś nieznana mi muzyka. Powróciła też świadomość dyskomfortu, tak jakby w tym oto pokoju krzyżował się gdzieś ogień walki dobra ze złem, a ja musiałem być koniecznym jej doświadczającym świadkiem.

Wtem drzwi do pokoju się otworzyły, a w nich stanęła matka, mówiąc:

– Chodź na obiad.

– Nie chce mi się – odburknąłem.

– Chodź zjeść, bo ja nie będę odgrzewać ani sterczeć w kuchni przez cały dzień – zniecierpliwionym tonem oznajmiła nieco przygarbiona kobieta w uszytym przez siebie kolorowym fartuszku.

– Człowiek nie jest wyłącznie materią.

– Gadania bez jedzenia nie będzie, a ciebie nic nie obchodzi. Jakbyś miał więcej obowiązków, to nie myślałbyś o głupotach – daje się słyszeć już z kuchni.

– O, Jezu! Znowu zrzędzenie.

– Człowiek przez cały tydzień się ugania, żeby jakoś powiązać koniec z końcem…

– A tu nadchodzi sobota i nikt tego nie docenia – wtrącam po wejściu do kuchni.

– …bo masz pełno w tyłku. Jakbyś doznał trochę biedy, to byś nauczył się szanować czyjąś pracę i trud.

– No tak, wszyscy wokół ciężko pracują w pocie czoła, a tylko ja nic nie robię.

– Bimbasz sobie.

– Przecież już jem tę zupę – ostentacyjnie siadam na taborecie do kuchennego stołu, przy którym siedzi też ojciec zajęty ogryzaniem kości, kosteczek i innych znanych sobie przysmaków, by nabrać z talerza na łyżkę parującego krupniku.

– Nie dość że człowiek się naugania, to jeszcze łaskę się robi, że się w ogóle je…

– Ale o co ci chodzi, … przecież o to ci chodziło, żebym jadł obiad, to jem – po tych słowach jem jak automat, siorbiąc.

– No i co się wydurniasz. Nie umiesz jeść jak człowiek?! – wtrąca się ojciec z ziemniakiem z marchewką w ustach.

– Przecież on zawsze musi człowiekowi zagrać na nerwach, bo by nie żył…

– A jak ty mlaskasz, pochłaniając te swoje szpiki z kości, to się nic nie dzieje.

– No popatrz, jeszcze człowiekowi nie da zjeść spokojnie…

– Wszyscy wszystko robią źle, tylko tyś jest ideał. Szkoda, że tylko w ukryciu, bo jak dotąd, to niewiele pokazujesz – przemądrzale oznajmia ojciec znad swojego prawie już pustego talerza.

– Za to wy budujecie już dziesiątą Polskę i wciąż końca tego nie widać.

– A co ty o tym możesz powiedzieć. Wiesz jak człowiek żył?

– Tak, dobrze się mówi, jak wszystko ma się podstawione pod nos.

– Ty wiesz, co to jest głód, ciężka praca?

– Ile człowiek się nauganiał, naponiewierał po świecie…

No i w ten oto sposób rodzice weszli na najbardziej odpowiadającą im tematyczną ścieżkę, bym albo wyszedł z siebie, albo z domu, a nawet przetrzymał atak i dokończywszy obiad, dokonał bez dodatkowych awantur zarówno pierwszego, jak i drugiego. Dobrze mi się tak wewnętrznie powiedziało, ale napięcie ogarnia mnie tak mocno, iż wydaje się, że za chwilę zwyczajnie się rozpadnę albo wybuchnę, jeśli nie zdarzy się cud.

– Jemy, wszystko zjemy, pożeramy, aż to szczęście wyrzygamy... Dziękuję, zjadłem. Bóg zapłać i niech będzie pochwalony... Wynoszę się z domu. Amen! – po tych słowach zrywam się od stołu i biegnę do swojego pokoju.

Tutaj zatrzymuję się nad tym „o co mi tak naprawdę chodzi" i nawet szybko znajduję. Trzeba czym prędzej opuścić „pustynię" i uciec do tego co się lubi, czyli do kumpli. Dopadam szafy, z której wyjmuję potrzebne mi w tym celu skarpetki i koszulkę polo. Sztruksowe spodnie mogą być takie, jakie mam już na sobie, bo i tak przecież nie szedłbym w „kościółkowych" na miasto. Jeszcze tylko sprawdzenie, czy się ma wszystko potrzebne przy sobie i już opuszczamy „jaskinię", by w przedpokoju czym prędzej założyć welury, z których jestem wciąż dumny i wdzięczny mamie, że udało jej się załatwić te buty w PDT.

– Gdzie ty się znowu wybierasz?

– Do kumpla.

– Ale chyba nie będziesz się włóczył po nocach, bo człowiek po całym tygodniu choć w sobotę chciałby mieć trochę spokoju. Poza tym te kolesiów igraszki nic dobrego nie przyniosą, tylko same kłopoty. Znów się pobili nie dalej niż przedwczoraj i to o co? O jakieś kołatki, czy jak się to tam nazywa. Przecież to...

Uciekam od źródła tego słownego potoku, by z ulgą znaleźć się wreszcie na podwórku, na którym ugania się za sobą kilkoro małolatów, a Ćma spod 13 właśnie wiesza pranie na sznurkach zawieszonych na drzewach. Ktoś też siedzi na ławce, ale staram się nie patrzeć w tamtą stronę, by przypadkiem nie przedłużyła się moja obecność w tym miejscu. No i udało się, skręcam w przejściówkę, gdzie przy filarach stoi trzech znanych mi z widzenia „tubylców", jak ich nazywam. Na mój widok jeden z nich mi zastępuje drogę, mówiąc nosowym głosem ze znaną powszechnie lumpiarską manierą:

– Te, wyskocz no z piątki, bo dziś sobota.

– Sam bym pożyczył na kino.

– Kino bambino, a nie chciałbyś takiej dużej zielonej bańki z nosa?

– Dzięki, ale się śpieszę. Może innym razem – mówiąc to omijam człowieka, który najlepiej wie co to frajer, by kątem oka dostrzec stojącą przy filarze butelkę jabola.

– Jak się tak będziesz migał, to ci kiedyś zrobimy bramę i zamieszkasz na wałach wiślanych – usłyszałem za sobą ni to żart, ni ostrzeżenie, by czym prędzej pójść w stronę tramwajowego przystanku. Odjeżdżam, opuszczam obojętny sobie świat, którego nie chcę nazywać, bo wcale nie potrzebuję używać słów, które coraz bardziej brzmią mi fałszywie i zawsze w końcowym efekcie zawodzą, ale jak się okazuje, nie tylko uczucia, ale i każde czegokolwiek czynienie, a nawet wolę bycia tym lub tamtym. Wszystko to jakoś nie ma sensu, dlatego jedynym wyjściem z tej słownej matni wydaje się być oddanie podróżowaniu, bycie uwiezionym przez tramwaj ze zmieniającymi się obrazami za oknem. To uwodzi tak, jak obserwowanie rybek w akwarium. Mama na akwarium z rybkami się nie godzi, no i dobrze, bo wcale nie chciałoby mi się ich karmić i zmieniać wody wraz z tymi wszystkimi piaskami i muszelkami, stąd pozostała mi tylko jazda tramwajem i obserwowanie tego filmowego seansu. A może w ten sposób ja oczekuję na jakąś przygodę? Może właśnie w ten sposób wciąż wyruszam na jej spotkanie? Ale jeśli chodzi o przygodę, to o jaką i co w ogóle miałoby się nią nazywać? Czy przygoda ma coś wspólnego z przygodnością, o której kiedyś czytałem w jakiejś książce? Jak sobie przypominam, to przygodność nie była czymś wartościowym dla autora, a wręcz przeciwnie: uważał ją za przyczynę wszelkiego zła. Jest mi to niepojęte, ale może to właśnie jest wynikiem posiadania przez niego jakiejś tajemnicy, którą osiąga się z czasem. A jeśli nie? Jeśli to tylko pozerstwo i udawanie, to co powinno się zrobić z takim autorem?... Może i nawet zastrzelić skurwysyna. W zamian może i lepiej wysiąść z tego tramwaju i resztę drogi do mieszkania Konrada przejść piechotą, zawsze to odmienny rodzaj podróżowania.

– Hej, Kwiczoł!

Zaskoczenie i natychmiastowa reakcja w poszukiwaniu sylwetki Sopla.

– A... Sopel, skąd ty tutaj... – mówię bez cienia zdziwienia.

– Jadę do Huty, na Kolorowe.

– Co, będziesz meliorował osiedle? – powiadam, siląc się na dowcip z racji kończenia Technikum Melioracyjnego przez Jarka.

– No, zmelioruję was wszystkich, że po wodę będziecie chodzić do Wisły.

– E..., tam. Będziemy wtedy pić piwo z Martena.

– Jak dowiozą. Ale tak na poważnie, to wpadnij jutro do mnie, bo szykuje się fucha. Jak będziesz chciał, to moja matka ma coś z totolotka.

– A co, nie pracuje już na poczcie?

– Pracuje, ale też w Totolotku na pół etatu. No to ja lecę, bo mam światło, a dawno jechała już 4.

– Wpadnę po południu.

– No, wpadnij tak po trzeciej. Na razie.

– No to ci pa, hej.

Jarka znam od półtora roku, kiedyśmy byli na obozie w Czorsztynie. To był pamiętny obóz i dlatego też udało nam się później zaliczyć i to też z całą paczką zimowisko w Krynicy. Znany wtedy był z gry na gitarze i picia piwa. Kilka razy nawet dałem się uwieść tym upodobaniom, w efekcie czego zamiast brnąć w śniegu na kuligowej wycieczce w Tyliczu, my popijaliśmy sobie grzańca w knajpie w rynku, mając najmocniejsze i jedyne na świecie poczucie bycia spadkobiercami „Konfederatów Barskich", których dworek zdążyliśmy już odwiedzić po drodze. W efekcie nawet żeśmy się wtedy pokłócili o wyższość wojennej walki jego ojca w szeregach AK i rzekomej mojego w Armii Ludowej, co wymyśliłem sobie ot tak z ciekawości temu, w jaki to sposób w takich okolicznościach potoczy się dialog, bowiem mojego taty w czasie wojny nie dotyczyła żadna walka zbrojna, a raczej o cywilne przeżycie. Ale idąc tak ulicami miasta od Reja po Halę Targową, za którą było i wciąż jest lodowisko Cracovii, dostrzegam ślady znajomości z Soplem, bo i on mnie wyciągnął kiedyś na mecz hokejowy, podczas którego zlał mnie deszcz. Od tego czasu nawet co jakiś czas w gazecie piszą, że wybudują zadaszenie, ale wciąż w tej okolicy jest smętnie. Podobno nawet Migacz już przestał grać w hokeja, ale ze mnie kibic jest od święta. Wolę udawać, że gdzieś się śpieszę, choć „mam chodzone" po mieście dlatego, żeby za wcześnie nie być u Konrada, bo po co miałoby mu przyjść do głowy, że z niego jest tak ważna osoba. Zresztą od wiaduktu przy Miodowej do Podgórza już jest niedaleko, a ja lubię chodzić wzdłuż nasypu kolejowego, bo i podoba mi się odgłos jadących pociągów. Dobrze że to jest dzień, bo po zmroku są takie miejsca w mieście, do których lepiej nie zaglądać. Tak jest na Kazimierzu, ale nie tylko, bo i w Hucie czy na Zwierzyńcu. Mnie raczej to nic nie obchodzi, bo do lumpów nie należę. Za to ten na przeciwległym brzegu Wisły komin wciąż dymi, a Wasyl kiedyś powiedział, że w czasie wojny tam palono Żydów, ale to bzdura, bo to przecież nawet nie Płaszów, a tylko Zabłocie. Ciekawe, czy tata też tamtędy chodził w czasie wojny. Z tego co mi opowiadał, to przez pewien nawet czas musiał codziennie iść z Borku Fałęckiego na plac Serkowskiego do pracowni szewskiej, gdzie naprawiał buty. Później nawet w niej spał i ugryzł go szczur. Wtedy pełno było szczurów, bo to było w pobliżu getta. Ojca też kiedyś zatrzymała czarna policja i później dostał nakaz pracy przy szyciu butów na Rakowickiej, chyba to tam, gdzie jeszcze niedawno mama chodziła do wojskowego sklepu po wędlinę i pasztetową. Oni mają najlepszą, ale trzeba na nią długo czekać w kolejce. Poza tym to uważam, że mnie Żydzi szczególnie obchodzić nie będą, bo i wśród nich drani też nie brakuje. Ale oto się zapomniałem podczas tego rozmyślania, a tu już jest nie tylko docelowa ulica, ale i nawet brama. Wprawdzie drzwi na ganek są zamknięte, ale za to okno u Wedelmana jest uchylone. No tak Koniu siedzi w domu i zbija bąki. No to dzyń, dzyń.

– A..., to ty? Wskakuj. Myślałem, że znajoma dupa idzie na numerek. Dziś po budzie ją spotkałem i się wprosiła – na dzień dobry nazmyślał Konrad, o czym obaj doskonale wiemy.

– Taka blondyna z warkoczem do dupy? Spotkałem ją po drodze i nad Wisłą zrobiliśmy, co trzeba. Będziesz się musiał obejść smakiem.

– Jaka blondyna, brunetka z całkiem sporym cycem, choć ja tylko w takich wysokich blondynach o niebieskich oczach gustuję, a nie w jakiś kurduplach.

– Dobra, dobra, przestań się popisywać, bo wszyscy wiedzą, że krowy co dużo ryczą mało mleka dają.

– Ty, Pawlak się znalazł. E, Gargul podejdź no do płota, jak i ja podchodzę.

– Co, biologię wkuwasz? – zmieniam temat, widząc rozłożony z tego przedmiotu zeszyt na stole.

– Nie, musiałem przepisać lekcję o pieprzonym pączkowaniu od Kaśki. Wiesz, może skoczymy do niej, bo muszę jej go dzisiaj oddać.

– Już, teraz?

– Nie... Później, potem. Podobno w Krzysztoforach od 8 gra jakiś Japończyk. Jest jam... z tym jazzmanem z Krakowa... Zapomniałem. Może skoczymy, ale czy ty w ogóle śmierdzisz jakimś groszem?

– Nie czuć?

– Kwiczoł, bida kwiczy – mówiąc to, Konrad wyjął z paczki marlboro i ująwszy papierosa wargami à la James Dean, jął się zapewne rozglądać za zapałkami.

– Już niedługo zgarnę trochę forsy. Właśnie jutro mam być u kumpla ogadać sprawę i to z totolotkiem, gdzie jego stara pracuje – po czym ja też sięgnąłem po papierosa, niejako dla podtrzymania ognia, który oto ma w ręku kolega.

– No, przynajmniej nie będziesz palił cudzesów – oznajmił tamten, siadając na krześle z popielniczką w ręku, którą opiera na wyciągniętych nogach wspartych na oparciu łóżka.

– Może wygram jakiś milion i założę szklarnię jak twój stary.

– Ha..., ha! Na to trzeba „chłopa". Ale jak byś miał trochę szmalu, to można by było się wybrać. Do Burgas, Starej Zagory...

– Ja bym pojechał nad Balaton i do Tokaju, tam podobno robią jakieś wino, po którym ci bez przerwy stoi, a panienki wciąż dają i dają.

– Co ty, pieprzysz, przecież byś się wykończył od takiego ciągłego pieprzenia.

– No chyba ty, ale nie ja – oznajmiłem dumnie i nawet postarałem się o puszczenie z dymu kółka.

– To jest w ogóle bez sensu. Te pierdolone baby, tylko z nimi kłopot. Ładnie to wygląda, ale z wierzchu, na obrazku. Do tego się muszą tak często myć i pacykować, bo z natury są nudne.

– Nie wszystkie – odpowiedziałem pewny siebie i popatrzyłem na niego z góry.

– No tak, ty Kwiczoł wiesz najlepiej. Przez cały czas trzymałeś z tą pokurczoną częścią klasy... Z lalusiami robiliście prywatki i pewnie Baśkę całymi wieczorami trzymałeś za rączkę. No i co, sielanka się skończyła. Przeleciałeś chociaż te cizie?

– Moja sprawa, a do Tokaju i tak się wybiorę i będę pił Aszu.

– Tokaj Tokajem, a idziemy na ten jam session? Oczywista pod warunkiem, że szmal mi zwrócisz jak dostaniesz od tego totolotka.

– Pewnie, ale jak zapomnę?

– No to się obudzisz z ręką w nocniku.

– Dobra, ale co z tą Kaśką?

– Wpadniemy oddać jej zeszyt, ale wcześniej skoczymy obok do „Żyda", bo mnie mamusia nie podstawia obiadku pod nos jak tobie. Tam bywa ciemne też piwo... Tyle tylko, że muszę skończyć to przepisywanie o tym pieprzonym pączkowaniu. W poniedziałek pewnie „Gameta" zaczepi o mnie.

– Ja z biologią mam spokój, bo zaliczyłem już dobry z plusem, dwie dety z przedziałem na laskę. Za to muszę mieć czuja na polaka.

– Mnie Garncowa lubi, bo padam pod stół jak zaczyna piać w stylu:

najwięksi pisarze, jak Szi...le..., no i oczywiście Ge...te...

– Ale lepiej pieprzyć to, jak mamy iść gdziekolwiek. Przepisuj te pączkowania i przy okazji wrzuć w magnet jakąś kasetę.

– Aha, bo bym zapomniał. Tam na etażerce leżą teksty z „floydów". Trzy i fragment czwartego kawałka Hanys mi wczoraj podrzucił. Jest tak jak się czyta i polskie tłumaczenie. Mogę ci pożyczyć na tydzień do odpisania, ale jak mi zgubisz, to ręka noga mózg na ścianie.

– Dobra, włącz ten magnet i pisz, bo dziś sobota, szkoda czasu – mówiąc to wstałem, by sięgnąć po kartki maszynopisu.

– Za pół godziny będzie po ptokach, jak mówił pradziadek Błażej z Cichego. Ty tymczasem zwróć uwagę... zobaczymy czy złapiesz bluesa z jednym kawałkiem. Ten, co go masz dwie linijki. Oczywiście biega o utwór z „Ciemnej strony księżyca". Mam z tej płyty tylko kilka kawałków. Zobaczymy czy złapiesz króliczka. Chodzi o celową zmyłkę, która pasuje jak ulał do nas. Więcej nie powiem, czytaj i słuchaj... – po czym Konrad nastawił kasetę z mieszanką kawałów różnych zespołów, a rozpoczął Black Sabbath utworem „Changes". – Poczekaj jeszcze... – mówiąc to ten nagle wybiega z pokoju, by po chwili wrócić z butelką pepsi i dwiema szklaneczkami. – Przepłuczemy przy okazji nieco gardło, bo mi zaschło po fajkach – po czym wypełnia je musującym napojem.

Z miejsca wypijam połowę zawartości tzw. literatki, by z zapałem oddać się słuchaniu i przeglądaniu tekstów oraz ich tłumaczeniom. Koniu tymczasem przepisuje lekcję biologii. Po kilku utworach, których nie znałem, odzywam się:

– Buuuueee – co powszechnie uznawanym jest za bekanie i dobre trawienie.

– Zachowuj się, kurwa, nie jesteś u siebie w domu. Babcia wprawdzie rozkłada się na żywca, ale jeszcze jest w stanie donieść starym, że z jakimiś chamami mam do czynienia – wyskoczył na mnie Koniu.

– Pardon Mr. Kowalski, to tylko bąbelki, pardon – mówię i wszystko wraca do normy.

Wreszcie po kawałku Uriah Heep, o tytule którego nie znam, następuje to, na co czekałem. Przy okazji mogę wreszcie się zmierzyć z zadanym mi rozpoznaniem. Poza tym, a może przede wszystkim to brzmienie jakże koiło moją duszę.

Breathe, breathe in the air

Don't be afraid to care
Leave but don't leave me
Look around and choose your own ground
For long you live and high you fly
And smiles you'll give and tears you'll cry
And all you touch and all you see
Is all your life will ever be
Run rubbit run
……
You race towards an early give

Podczas słuchania tej muzyki jednego byłem pewien, że trafia do mnie jakby poprzez wszystkie zmysły i wcale nie potrzebna jest mi znajomość tekstów. Nawet przeciwnie, ich nierozumienie pozwala mi przypisywać większych znaczeń temu, co one mogą znaczyć. A ja przecież słyszę.

And you run and you run to catch up with the sun, but it's sinking
And racing around to come up behind you again
The sun is the same in the relative way, but you'r older
Shorter of breath and one day closer to death
…
The time is gonethe song is over, thought I'd something more to say

– No i co? – znad zeszytu uniósł się Konrad. – Coś słabo słuchasz, Kwiczoł. Wszyscy wiedzą, że słoń ci nadepnął nie tylko na kutasa, ale i na ucho.

– Odpieprz się i spójrz na to swoje niewyparzone ryło. Co miałem niby zauważyć?

– Powtórz ostatnie kawałki.

– Dobra, Sipińska i tak z ciebie nie będzie.

– No, a z ciebie Kiepura.

– Przecież ci mówiłem, żebyś zwrócił uwagę na te cztery linijki. W przedostatniej Czasu „floydzi" śpiewają *desperation is the English way*, a Hanys podłożył *Polish* i dlatego to nam się właśnie zgadza. Kapujesz?

– Rozumiem… Skąd ja miałem nawet przypuszczać… że jakieś czasowe plany zawieszone są, a desperacja polskim sposobem, żeby czas przemijał, piosenka się skończyła... i pomyśleć, że mogłoby być powiedziane więcej.

– Coś w tym rodzaju. Ja mam z głowy już te pączki... To się zbierajmy.

– Ale zanim pójdziemy, to włączyłbyś te dwa kawałki, które mam tutaj rozpisane.

– No tak, ty nie masz sprzętu... to cię złapało...

– Mam adapter.

– Na polskich płytach to tylko *łodi ridi rach ciach...*

– Niekoniecznie. Słucham od czasu do czasu Chopina, Beethovena, ale i...

– Coś ty ocipiał, tych przedpotopowych ramoli?

– Ja w ogóle lubię muzykę. Pewnie, że nie każdą, ale też posłucham „Trzy kwadranse jazzu" Ptaszyna-Wróblewskiego. Ten facet to ma wiedzę.

– Ale nie słuchaj ramoli.

– Dobra już, włączże tych „floydów" wreszcie.

– Nie poganiaj mnie, kurwa, bo się przez ciebie poparzyłem – po czym z palcem w ustach i zarazem z papierosem Konrad zaczyna przewijać taśmę, sprawdzając co chwila czy aby nie jest już w miejscu pożądanego „kawałka".

No i wreszcie zaczyna się od efektów dźwiękowych, by miała w nie wejść gitara z jakąś perspektywą słyszanego w tle radia, a następnie już całkiem bliskie sercu jej powtórzenie w tej samej, jakże prostej i zarazem urzekającej frazie, aby po kolejnym jej wybrzmieniu wyłonił się niczym Wenus z morskiej piany przejmujący głos wokalu:

So, so you think you can tell heaven from hell, blue skies from pain
Can you tell a green field from a cold steel rail? A smile from a veil
Do you think you can tell?
And did they get you to trade you heroes for ghost? Hot ashes for trees?
Hot air for cool breeze? Cold comfort for change?
And did you exchange a walk on part in the war for a lead–role in a cage?
How I wish, How I wish you were here
We're just two lost souls, swimming in a fish boal, year after year
Running over the same old ground. What have we found? The same old fears
Wish you were here

I znów zaczęła dominować gitara, podsumowując w ten sposób przesłanie utworu, które w tym momencie odebrałem jako tęsknotę za bratem, choć w tłumaczeniu nie było o tym słowa.

– Zaczyna się robić chłodno – odezwał się Konrad w chwili, jak z głośników dało się słyszeć odgłos wiatru, łączący czwarty z następnym utworem tej płyty.

– Ten wiatr mi coś przypomina.

– „Floydzi" robią te numery z efektami dźwiękowymi. Ja nie mam, ale u Hanysa słyszałem ich Śniadanie, gdzie kawałek jest skomponowany na tle smażonej jajecznicy.

– Ale nie to, ale ten wiatr... O, przypominam sobie. Słyszałem go w „Powiększeniu". Film widziałem w DKF–ie.

– O czym to?

– Zapomniałem... nie pamiętam reżysera, ale tam takie powiewy są w scenach w parku, gdzie fotograf szuka trupa.

– Jakieś duperele.

– Nie, to świetny film. Tam też w jakimś klubie gitarzysta w pewnym momencie na koncercie rozwala gitarę.

– A, to stary numer. A wiesz o co w tym kawałku biega?

– Tutaj w tłumaczeniu jest napisane, że chodzi o to, no... że *Chciałbym, żebyś był tutaj...*

– No, a wiesz o kogo chodzi?

– Skąd mam wiedzieć?

– No właśnie, słuchaj młody i ucz się. On się chyba nazywał Baret i był w zespole. Nie dał się złamać, to go wykończyli.

– Kto niby?

– Jak to kto, skurwysyny. Tak samo zrobili jak z Jimmym Hendrixem, Morrisonem czy tą... Janis Joplin. Ciekawe, że tych troje, wszystkich szlag trafił w tym samym czasie. Wiesz... przedawkowali.

– Ale kto to są... te...

– Jak to... i ty nawet tego nie wiesz, kto to są skurwysyny?

Wprawdzie autentycznie do tej chwili nie miałem pojęcia, ale choć i teraz się tego nie dowiedziałem, to przecież nie mogłem wyjść na idiotę i dlatego też mówię:

– W porządku, dowiedziałeś się od Hanysa i udajesz mądralę.

– Ty dupku, ja to wiem całe życie.

– Słuchaj, Koniu, mógłbyś mi przegrać tę kasetę?

– Mógłbym, ale ty nie masz nic w zamian. Ja nie słucham Czajkowskich i Fryderyków.

– Ale możemy coś wymienić od kumpla. On ma Procol Harum i wiele ciekawych kawałków.

– No dobra, masz szczęście, że czuję do ciebie sympatię, zwłaszcza po tym, jak zerwałeś z gogusiami. Ale trzeba spadać, bo już piąta.

– No to spadajmy.

Gdzieś przeczytałem, że propedeutyką są wiadomości wprowadzające w jakąś dziedzinę wiedzy, stąd od tej pory może nie mogłem zrozumieć nazwy propedeutyka, jaką posługiwano się w szkole, a dotyczyła ona przedmiotu wychowania społecznego. Do czego niby miałoby mnie ono wprowadzić? Nikomu jednak o tej rozterce nie wspominałem, bo nie chciałem wyjść na durnia, a przecież takie milczenie spowijało tajemniczością nie tylko ten przedmiot, ale i przysposobienie do życia w rodzinie, a przede wszystkim może historię. Pewnie też dlatego pozostałem pilnym i wiernym tych przedmiotów obserwatorem, intuicyjnie spodziewając się właśnie w nich osiągnąć poznanie sugerowanej mi przez świat tej tajemnicy. No i nadszedł czas na znamienne zdarzenie podczas wychowania obywatelskiego właśnie:

Oto w trzydziestej piątej minucie lekcji, po rozpisaniu kredą na tablicy tabeli zatytułowanej „Przewaga cech gospodarki socjalistycznej nad kapitalistyczną", Łysy odwrócił się do rozgadanej klasy i oznajmił:

– Spokój i cisza, bo bez wiedzy o tym co teraz powiem, nikt nie ukończy tej szkoły. Jest to bowiem podstawą nauczania wychowania obywatelskiego. Krzysztofik, ciebie też to się tyczy, dlatego radzę uważać, bo spytam na następnej lekcji. Otóż, jak pamiętamy, teza, antyteza i synteza są dialektyczną podstawą myśli marksistowskiej, opartej na twardym gruncie materializmu. Stąd nie żadne tam spekulacje i idealizmy, a realizm życia społeczno-politycznego stanowią o sile materializmu historycznego. Jak wszyscy dobrze wiedzą, nie ma sytuacji niespołecznych, nawet, gdyby się ktoś dostał na Marsa czy inną planetę.

– A pan Twardowski... – żartem zagadnął Wojtek Mucha.

– Jeśli by na księżyc go mucha a nie diabeł wyniósł, to byśmy tę sprawę nie włożyli pomiędzy bajki... – i klasa ryknęła śmiechem. – Cisza... Do rzeczy. Myśl marksistowska uznaje konkrety a nie lanie wody, dlatego ma silne podstawy w tym, co nazywamy bazą, jak pewnie dobrze to pamiętacie. Ponieważ to byt określa świadomość, a nie odwrotnie. Oprócz bazy, co jeszcze mamy, Trepeczyńska?

– Nadbudowę.

– Dobrze. Ażeby o niej móc mówić, trzeba najpierw wytwarzać, by mieć środki do życia. Wiemy już, że o sposobie produkcji stanowią siły wytwórcze i stosunki... nie płciowe..., nie płciowe, Waligóra, ale jakie?...

– Tak jest Trepeczyńska, ...właśnie społeczne, czyli inaczej mówiąc, stosunki produkcji. Dzisiaj nie interesuje nas ani ich typ niewolniczy czy feudalny, lecz za zadanie mamy porównać socjalistyczny z kapitalistycznym na podstawie cech tych gospodarek, jakimi się te kierują. Te cechy, które należy skrupulatnie przepisać do zeszytów, z tablicy, dokładniej zinterpretujemy na następnej lekcji, a dzisiaj chciałbym tylko usłyszeć wasze zdanie na temat tego, co tutaj jest widoczne. Może Kwik podejdzie tu na środek i powie nam, które cechy według niego są sprawiedliwe społecznie i jaka z gospodarek jest bardziej wydajna. A więc mamy dwa kryteria i należy wybrać optymalne cechy. Dlatego Kwik zaznacz krzyżykiem tę z cech, która jest z podanych wcześniej powodów najkorzystniejsza. Zastanów się... no i maluj.

Nie pozostało mi nic innego jak podejść do tablicy i zaznaczyć to, co wydawało mi się słuszne. No i zaznaczyłem.

– Co żeś ty Kwik tam wymalował? Przecież i pion był wyraźnie zaznaczony, a ty coś tam pomieszałeś... poplątałeś... Mógłbyś to wyjaśnić?

– Myślę, panie profesorze, że w tym przypadku nie można się trzymać tego pionu, jeśli ma być osiągnięty postęp społeczny, bo jak się wydaje, nie da się wymagać od każdego względem jego możliwości, nie wykorzystując jego zdolności.

– Ho, ho ho. I co nam ty jeszcze tu powiesz?

– Poza tym powinna być gospodarka planowana tak, żeby mogła być i konkurencyjna, bo wtedy jest i wymiana, i motywacja, no i dlatego, jak widzę po sobie, bylejakość wyzwala we mnie tylko lenistwo – i tu klasa wybucha śmiechem.

– No tak, z lenistwa masz jak dotąd dobre i bardzo dobre stopnie, a więc z zasady będę ci obniżał o jeden, bo przecież ciebie stać na więcej. No i co dalej?

– Nie wiem jak to jest z tym rozrachunkiem ekonomicznym i zyskiem, bo mi się wydaje, że wytwarzanie powinno być opłacalne i zyskowne, bo inaczej, to byłoby chyba niemoralne.

– Coś podobnego? Teraz zaczynam żałować, że dawałem ci tak wysokie oceny. Ty chciałbyś zyskiem wspierać kapitalistów i burżujów?

– Nie, chciałbym, żeby było moralnie.

– Pomieszanie z poplątaniem. Jak Marks powiedział, że tak jak filozofia w proletariacie ma broń materialną, tak proletariat w filozofii ma broń duchową...

– No właśnie, skąd ten duch, panie profesorze, jeśli to nic nie ma wspólnego z moralnością.

– W marksizmie-leninizmie nie ma miejsca na moralność absolutną. Istnieje bowiem konkretny człowiek, konkretne społeczeństwo, a więc i konkretna etyka. Moralność ma charakter klasowy i wynika z walki klas. Jakby Kwik nie miał co do garnka włożyć i był wykorzystywany w pracy od 12. roku życia przez dziesięć godzin dziennie, z pewnością inaczej by „myślał moralnie". Dlatego duch ma tutaj inne, nie Heglowskie znaczenie. Z tego chyba Kwik dostałeś nawet piątkę? Dlatego przestań się absolutnie wydurniać i przypomnij nam, że absolutów nie ma, a więc i żadnego Boga.

– Nie, wtedy... wtedy przecież nie o tym...

– Tak, czy nie. Bóg jest, czy go nie ma?

– Jest! – rzekłem, by w tym momencie w klasie zapanowała konsternacja.

– I to ty Kwik właśnie mówisz? Ty sam?... Z takim podejściem w tym przedmiocie nie masz co szukać na maturze.

I oto zapanowało przenikliwe i nieznośne milczenie, a ja stałem na środku kompletnie oszołomiony. Stałem teraz przed tą tablicą jako oskarżony, aby po chwili, niczym wybawienie, miał zadzwonić dzwonek kończący wychowanie obywatelskie. Na tym zwiastunie piętnastominutowej przerwy uwolnieni pośpieszyliśmy na pierwsze piętro do ubikacji na fajkę. Znaleźli się tutaj wcale nie tylko notoryczni palacze, bo tych było dwóch w osobie Konia i Wani, ale i Dratewka, Wilczyński, a także i Dziadek z Leszkiem, nie wspominając już o mnie. Byliśmy wszyscy z pewnością pod wpływem marksistowskiego ducha wspólnoty, o którym niedawno mówił nam Łysy, a nawet cali unosiliśmy się od jego wpływu. Pewnie stąd i oto spośród nas ni stąd, ni zowąd wyłonił się przywódca, który tym razem nie udawał westernowego szeryfa, ale w całkiem odmienny sposób nas wszystkich zaskoczył, gardłowym, à la Gomułka głosem, mówiąc:

– Drodzy towarzysze i towarzyszki, szanowni rodacy, zbóje i pijacy, oto otwieram posiedzenie biura politycznego Polskich Złodziei Przemysłu Rozrywkowego, na którego rzecz dacie po dwie dyszki, a reszta hołoty po sto złotych. Zebraliśmy się dzisiaj na tym oto posiedzeniu plenarnym, aby omówić ważkie problemy naszej socjalistycznej ojczyzny, która równym i pewnym krokiem kroczy u boku Związku Radzieckiego, i Związku Radzieckiego wraz ze wszystkimi państwami bratnimi do upragnionego komunizmu. A sprawa to nie jest łatwa, bo…

– Towarzysze, musimy się też zająć sprawą Łysego – szybko podchwycił Wania – bo ten przecież jest jednym z najlepszych towarzyszów i też ma ogromne zasługi na polu walki z Bezmózgowcami pospolitymi. Dlatego w ramach przyjaźni i dobrosąsiedzkich stosunków proponuję przesłać mu jakąś świnię.

– Cisza!… Ja mówię. Tak więc Związek Radziecki i tylko Związek Radziecki jest gwarantem poprawy nastrojów społecznych, zwiększenia pogłowia bydła i trzody chlewnej. A ponieważ obecnie mamy trudności w tym zakresie, z uwagi na imperialistyczne działania wrogich sił Zachodu, musimy przedsiębr… przedsięwr… kur… jak to z tym jest Wania.

– Dziękuję, dziękuję za oddanie mi głosu w tak ważnej sprawie, jaką niewątpliwie jest aktywizacja sił wytwórczych zarówno na wsi, jak i w mieście, co tylko może wzmocnić sojusz robotniczo-chłopski i dać zarówno mleko jak i miód Łysemu. Pragnę przy tym wyraźnie zaznaczyć, że w żaden sposób nie będą tolerowani wichrzyciele ani podszywające się pod obrońców nielegalne organizacje, co mają obronę robotników w nazwie. Mówię, że bez względu na kogokolwiek i protesty, pogłowie trzody chlewnej i tak wzrośnie, i tak wzrośnie. Bo my głęboko wierzymy, a nawet jesteśmy przekonani, że wy nam w tym pomożecie, i pomożecie!… – a dalsze słowa Wani zaczynają zagłuszać nasze owacje. – Teraz niech zabierze głos Marek Bydlak.

– Dziękuję towarzyszu. Ja tylko chciałbym podkreślić ważkość sprawy naszych dobrych stosunków z Łysym i deklaruję dołożyć wszelkich starań, by stały się one milowym krokiem. Dlatego jedna świnia w całym pogłowiu musi mu przypaść…

– Uwaga, bo Dyro… – nagle rzuca w uchylone na tę okoliczność drzwi jeden z naszych lojalistów z niższej klasy.

– Panowie, …a więc sikamy! – niczym komenda padło wezwanie z ust Konia, który wskoczył to najbliższej sobie kabiny, a niedopałka wrzucił do pisuaru.

W momencie otwieranych drzwi, które przeraźliwie na tę okoliczność zaskrzypiały, wszystkie kabiny były już zamknięte i przepełnione, a jak zwykle niepalący Dratewka stał pośrodku zdezorientowany.

– A… znów nakopcili ci „bezmózgowcy pospolici włochaci”.

– Ja tu przyszedłem tylko się załatwić i z tym nie mam nic wspólnego – dał się słyszeć speszony głos Dratewki.

– A, wszyscy święci, pochowali się po kabinach, jak szczury. Wychodzić palacze, wyślemy was do kotłowni, tam będziecie przynajmniej użyteczni.

– Przepraszam, ale ja nie palę.

– Skoro się tak tłumaczymy, to pewnie też coś mamy na sumieniu. Jak to się nazywamy?

– Dratewka, przecież brałem udział w uroczystościach rocznicowych naszej szkoły.

– No, ale w kajeciku zapis nie zaszkodzi. Zmykaj już Dratewka do klasy – oznajmia dyrektor, by z kabiny obok dał się słyszeć niewybredny odgłos, który do usłyszenia jest możliwy w klozecie, choć wcale niekoniecznie.

– Widać, widać wasze stópki… Wyłazić łapserdaki i nie chować się, bo i tak ostatni poniesie największe konsekwencje.

W co jak w co, ale w dotrzymanie słowa w tej sprawie przez Dyra i dotrzymanie obietnicy żadnego z nas przekonywać nie musiano. Pewnie też stąd po chwili zaczęliśmy się kruszyć, w czym i własne stopy miały udział nie mały. I tak na pierwszy ogień poszedł Wania z rudym z innej klasy, potem Koniu z Wilkowskim, aby czas i kolei nadeszła na „moją" kabinę. Tylko w niej było nas trzech, a ja stałem na palcach, kryjąc się za drzwiami, które doskonale musiał widzieć Dyro, stąd po „wyłowieniu" Dziadka, powiedział:

– Następny, następny… Nie udawaj, że cię tam nie ma.

No i zmuszony był wyjść, jako ten przede mną, Leszek, bym ja się jakoś w głąb zdołał zza drzwi wywinąć i przy uchylonych drzwiach pozostać niezauważonym.

– O, tak, Waniak, Wedelman, Chruścielewski, stara gwardia – kontynuował wicedyrektor, a ja mając duszę na ramieniu, nawet nie usłyszałem dzwonka na lekcję.

Sprawa naszego posiedzenia biura politycznego skończyła się tym, że przyłapane na gorącym uczynku grono dostało za karę wysprzątanie z wszelkich petów toalety na piętrze pierwszym i powiadomienie o tym Dyra, który miał odebrać wykonanie pracy. W ten sposób wszyscy, z moim wyjątkiem, poczuli się zwolnieni z lekcji historii, co szczególnie Dziadkowi było na rękę, bo o powstaniu wielkopolskim wiedział tylko tyle, że było długie, wybuchło w Poznaniu i okazało się krwawe i zarazem szczęśliwe, co z pewnością nie mogło zadowolić Łani, bardzo zresztą sympatycznej pani profesor Łaniewskiej. W niej też chyba co nieco podkochiwał się Koniu, który zmuszony ulec konsekwencjom swojego partyjnego przywództwa, tym samym nie mógł uczestniczyć w lekcji do czasu, jak z kolegami nie dokona ubikacyjnego partyjnego czynu. Za to ja mogłem tryumfować, ze wszech miar jako zwycięzca dumnie udałem się na lekcję, na której oprócz obowiązkowego notowania nie trudziłem się jakimkolwiek myśleniem. Za to całą uwagę skupiałem na tym, by bezpiecznie i niepostrzeżenie zjeść spod stolika kanapkę, co też mi się udało. Dlatego też spokojny i posilony mogłem oczekiwać na WF, który miał w tym dniu zająć nam dwie ostatnie lekcje.

I oto w pewnej chwili doznałem wrażenia, że wreszcie wpadłem na trop poszukiwanej od zawsze tajemnicy, jaką się świat ludzi kieruje, a stało się to za sprawą wypożyczonego w bibliotece „Traktatu o dobrej robocie". Studiowałem go z wielkim zainteresowaniem i nawet nie zwracałem uwagi na lumpiarskie pokrzykiwania za oknem i ścianą mojej domowej jaskini. Zdawało się nawet, że poprzez tę lekturę rozumiem coś więcej niż tylko wynikałoby to z teoretycznych rozważań o sprawnie i dobrze wykonanej pracy, którą z pewnością czynić należy dla osiągnięcia pożądanego celu i traktować ją jako zadanie. Doszedłem oto do odkrycia, że stosować odpowiednie dyrektywy należy także i wtedy, aby być sobą i to tak, jak się to miało czynić do osiągania innego niż ten celu. Stąd aby być sobą, trzeba zarazem być kimś innym, który wciąż dążąc do perfekcji i będąc dalece pogrążonym w tym swoim ideale, może tylko zapomnieć o sobie samym. Właśnie to zapomnienie jest byciem sobą właśnie, bo jeśli nie ono, to cóż innego jeszcze... Wprawdzie już za chwilę przeraziłem się trochę tak jednoznacznie i stanowczo sformułowanym sądem, bo też i co miałoby mi pozostać do dalszego wędrowania, jakbym był oto zjadł wszelkie rozumy. Fakt ten i też to sprawił, że postanowiłem trzymać go w tajemnicy i na ten czas udawać kogoś innego. W ten sposób tajemnica spotkała się sama z sobą, co mi się wydało prakseologicznym szczytem doszukania się jedności. Nie było przecież to nic zdrożnego, bo jak świat obserwuję, to wszyscy udają innych w tajemnicy, że oto są sobą, a tylko my młodzi udajemy dla celów poznania, a nie tak jak reszta, dla władzy. Dlatego postanowiłem wypróbować stosowanie dyrektywy w praktyce: jeśli chcesz uczestniczyć w umówionym spotkaniu z kumplami, to musisz o odpowiedniej porze udać się w odpowiednie miejsce. No i się udałem.

I tak jadąc na spotkanie z kolegami tramwajką, już nic poza sprawą dyrektywy nie mogę sobie przypomnieć, co tak genialnie mi się w domu ułożyło. Mam też w pamięci pojęcie prakseologii, której definicji jako ważnej nauczyłem się na pamięć i też szczególnie dlatego, że w szkole nikt wiedzy o niej nie wymaga. Tak więc jakież to szczęście być choć przez chwilę u siebie, zwłaszcza po tym szczególnym 1-majowym dniu, kiedy to spędzono nas na przedpołudniowy marsz w pochodzie pod groźbą kary obniżenia nie tylko oceny ze sprawowania, ale i z mojego ulubionego przedmiotu, jakim wciąż było wychowanie obywatelskie. A wtedy i tak wybuchła afera, a my „aferzyści" umówiliśmy się na spotkanie w „Śnieżce", żeby wypracować na nim wspólną i skuteczną linię obrony przed czekającą nas jutro godziną wychowawczą, na której już z pewnością wychowawczyni nie będzie nam proponować składki na imieninowe kwiatki dla dyrektorki i to nie tylko dlatego, żeby sama się jej podlizać, bo przecież nas i tak nic to nie obchodzi, czy też sama przyjmować pomarańcze od „Trepy", której matka pracuje w hurtowni ogrodniczej, a nawet przymierzać z „ciziami" jakieś tandetne bluzki, ale na tapetę z pewnością weźmie nas jako sprawców wybryków, które przysporzyły jej pedagogicznego wstydu. Wprawdzie ja niczego nie wszczynałem, bo to Wania zaczął skandować *ale jaja, ale jaja, he...e...ej, pierwszy maja*, a wtedy z miejsca nasza „Tłusta" przywołała do siebie nie tylko jego, ale i mnie z „Koniem". To chyba najbardziej ją wkurzyło, jak poruszony niesprawiedliwością powiedziałem do kumpli, że ten na portrecie wygląda jak palant. Wtedy to mnie nawet jak gęś uszczypnęła i z zaciśniętymi zębami wycedziła, rozglądając się na wszystkie strony:

– To Bierut, ...to jest tow. Bierut, Kwik – a przecież nawet „Trepa" wie, że ten już dawno wykitował w Moskwie i nawet przywieźli go w trumnie, choć z „Obywatelskiego" ma same „dety na szynach" a nawet „laskę".

Ja naprawdę nie mam pojęcia o co temu „ciału pedagogicznemu" tak w gruncie rzeczy idzie. Może zdołamy to ustalić i uzgodnić na kumplowskim spotkaniu?

No i mamy „Śnieżkę". Jest to niczym niewyróżniająca się kawiarnia na Jana, którą odwiedzamy co najmniej raz w tygodniu. W pierwszej salce „lustrzanej" są przymocowane do lastrikowej posadzki same stoły barowe, a w następnej, wyłożonej zieloną wykładziną, kilka stolików przy chłodniczej ladzie pozwala na przesiadywanie bez sensu przy kawie, a nawet pustym stoliku. Od czasu do czasu, kiedy kogoś stać na więcej, ktoś z nas zamawia galaretkę owocową z bitą śmietaną. Jest to jednak już coraz rzadsze zamówienie, bo nie wiedzieć dlaczego galaretek od pewnego czasu często brakuje. Nikt nie ma pojęcia czy spożycie rośnie czy jakieś inne czynniki obiektywne sprawiają, że musimy obchodzić się smakiem, choć akurat dzisiaj rzucili i niczego nam nie brakuje. Nie brakuje też kumpli, którzy z jakichś powodów przyszli wcześniej i już siedzą w kącie przy drewnianym wieszaku na ubrania, pijąc uroczyście kawę. Może się namawiają, bo z jakiegoś powodu na mój widok Wania podnieconym głosem woła:

– O, to ten, ...idzie reakcjonista! – po czym wszyscy się śmieją zadowoleni, że oto zaczyna się nasze panowanie w lokalu.

Ja niby nic podchodzę do lady, by zamówić sobie filiżankę kawy z ekspresu ze śmietanką, do której otrzymuję dwie kostki cukru.

– Jutro będziesz się nieźle Tłustej tłumaczył za tego Bieruta.

– Ani trochę, wsypię ciebie... z tymi „jajami" – odpowiadam, kładąc filiżankę ze spodkiem na stoliku i siadam na krześle obok Konia o zblazowanej minie i z nogami wyciągniętymi gdzieś pod krzesło stolika obok.

– Proponuję, żeby Koniu wziął wszystko na siebie, bo ma u Tłustej względy.

– No pewnie, babcię mi wezwie, a ta jeszcze gotowa wykitować na serce. Starzy by mnie za jaja powiesili...

– Nie ma się co pieprzyć, tylko powiedzieć, że to jakiś prowokator schował się za nami, a później uciekł gdzieś w stronę dworca.

– Sam widziałem, jak ktoś biegł Zaciszem.

– Nie, tam stała kurwa, a to było na Basztowej.

– Ona będzie pamiętać, gdzie kto krzyczał. Zrobi się mętlik i tyle. O to chodzi.

– Jaki mętlik?

– Hans tu go nie widział.

– Co?

– Miszigen jest tu kto... – mówi Koniu, robiąc błazeńską minę.

– Ty się dobrze czujesz? – pytam zdezorientowany, a Wania pokłada się ze śmiechu.

– On nie kapuje. W ten sposób ją załatwimy. Wytrącimy ją z każdego sensu.

– Po co z każdego, wystarczy, żeby dała spokój...

– No, „ciało pedagogiczne" da ci spokój, ty żeś chyba ocipiał.

– Koniu ma rację, po co ich tylu. Każdy się po kolei wymądrza, a ty musisz być alfą i omegą, żeby każdemu dogodzić.

– Ja nie zamierzam być ani alfą, ani omegą, ale Staszkiem Kwikiem i tyle.

– Co to kogo obchodzi. Nie przyznajemy się do niczego, a ty sobie wymyśl bajkę z tym Bierutem. Każdy niech broni swojej dupy i tyle.

– Przecież to jest bez sensu. Jak będzie chciała nas upierdolić, to i tak to zrobi. Widziałem znów Poljak jak szła Sławkowską za rączkę z tą... cizią od „chemiczek". – Niebrzydka dziewczyna, a zadaje się z tą... W szkole udają kogoś innego.

– Pieprzone lesbije.

– No, ale może dałoby się to wykorzystać, przecież ona uczy „przysposobienia do rodziny", a to dziwka palczasta.

– Daj stary spokój, nie wygrasz z tymi kurwami.

– To wszystko jest bez sensu.

– No właśnie, trzeba ich bezsensem, bo sensem się nie da, oni mają władzę.

– Ja słyszałem, że ty jesteś porządny katolik, dlatego nie imasz się bezsensu.

– Co ty, Wańka, pieprzysz. Co to ma wspólnego. A do karmelitów też chodzę porzępolić na fisharmonii. Mają tam istne labirynty i inku...

– Co inku?... Inka to wstrętna kawa zbożowa ze Skawiny.

– Pieprzysz jak potłuczony. Chodzi o te... ink ... nabuły, stare księgi.

– Wyście obydwaj są porypani. O co wam biega? O słówka?

– To on pieprzy farmazony o jakiś bułach u karmelitów.

– Przecież to są stare księgi. Tam był Sobieski.

– W księdze się schował przed Turkami. Historyk się, kurwa, znalazł. A co mnie to teraz obchodzi.

– Nie kłóćcie się kutasy, bo nie dam wam kiełbasy.

– No ten znowu wyskoczył, jak Filip z konopi.

– Bo ja mam rację, sens jest w bezsensie. Spróbuj osiągnąć szczyt bezsensu. Nie popisuj się czymś, co dopiero przeczytałeś, bo to każdy akademicki kutas potrafi. Nawet otępieniec umysłowy może... i to być byle jakim profesorkiem, a ilu masz wybitnych gości? Pieprzyć ich, wyzywam wszystkich i was na bezsens, bo kto zostanie jego mistrzem i uda mu się przeżyć, to ten będzie wielki...

Po tych słowach Konia nagle zapada milczenie. Przez chwilę spoglądamy po sobie, jakby każdy z nas spodziewał się od kogoś dania odpowiedniego znaku, by rozpocząć te dziwne i pewnie przez to pociągające zawody.

– Wczoraj widziałem w telewizji tę Zawadzką, czy jak ona się nazywa... aktorkę, jak mówiła o szufladkowaniu.

– Nie lubię jej, ... nawet by mi się jej przelecieć nie chciało, a co dopiero słuchać ... te wypociny.

– Ale ona mówiła o potrzebie wyjścia z jakichś ram...

– A co do tego ma gra bezsensem? Żeby to powiedziała Catherine Deneuve... – wszedł Wani w słowo Koniu.

– Ja wolę czarnule... – oznajmiłem ze znawstwem. – Ale jak można grać bezsensem, przecież gra musi mieć jakąś regułę.

– Reguła... Wysiada ten, kto pierwszy powie coś sensownego.

– No to trzeba po kolei, bo nie mogą wszyscy naraz gadać. Ktoś w gwarze mógłby udawać bezsensowne gadanie, mówiąc z sensem.

– Dobrze prawi... Na początek... po minucie. Ten, który przegra, stawia reszcie kawę. Niekoniecznie dzisiaj... – ochoczo proponuję, mając wizję wygranej.

– Ale fajki się skończyły, kto ma forsę?

– ...

– No tak, znowu muszę ratować sprawę... – zadowolony z siebie i z braku reakcji pozostałych, wyjmuje Wania jakiś portfel z kieszeni czarnej sztruksowej koszuli – Dobrze, że mi się wczoraj pijaczek napatoczył...

– Kurwa, ten znowu obrobił jakiegoś frajera.

– To tylko pijaczek, jakiś robol z Podgórza. Po co takiemu forsa – powiedziawszy to tamten wstał, by udać się do bufetu.

– Ja bym tak nie potrafił – mówię do Konia. – Pewnie w chlebaku ma kolekcję takich portfeli.

– Nie rozczulaj się, chyba żeś jakaś baba. Na Kazimierzu norma. W chlebaku... ma kompot.

– Jak to kompot? Po co nosić z sobą kompot? Ma kaca?

– Ciszej, kurwa, bo może jakiś kapuś podsłuchiwać, a wy na cały lokal... – napominającym tonem zaczyna nas karcić Wania, który właśnie powrócił z paczką papierosów.

– On nie wie, co to jest kompot – szybko pośpieszył z wyjaśnieniem Koniu.

– Ćwok nie musi – z wyższością wtajemniczonego odezwał się Wania i zapalił papierosa.

– Znasz z autopsji. Lepiej zagrajmy już w ten bezsens – powiadam ot tak sobie, by zmienić temat.

– Dobra, nalej mi, bo bufetowa zniknęła… – nagle powiada Koniu, ujmując w dłoń pustą filiżankę, a Wania rozglądając się wokół, sięga do chlebaka, by z niego wyjąć pod stołem słoik, który sprawnie odkręca, a następnie wypełnia obie filiżanki płynem w kolorze świątecznego kompotu z suszonych śliwek.

– Kompociarze, to ci kwadratowe jaja – powiedziałem rozbawiony widokiem.

– Ciszej, kutafonie, bo się spalimy jak w „Mocce" i będzie trzeba szukać nowego lokalu – zganił mnie Wania, powracając do zwykłej sobie kawiarnianej pozycji.

– …

Tamci bezceremonialnie wypijają swoje „kompoty", po czym Koniu oznajmia:

– No to gramy. Przez trzy minuty mówię pierwszy, później Kwiczoł, a na koniec Wańka Wstańka…

– Licz się ze słowami, kobyło.

– … a następnie będzie zmiana.

– No to wal śmiało za kolejkę kawy – mówię ciekaw co też ten wymyśli.

– No to dawaj zegarek i mów „start".

– Chwila, zaczynamy od zera. Przygotować się… zaczynaj.

– Widział widelec oczny obłęd trabanta siedzącego na plecach wieży ratusza. Dupa Jasia pyta o brzoskwinkę, włos jeżący się na trawniku. Psi ząb sikał dymionem do skarpetki Wańki Wstańki, zamiast bitą śmietaną pisać dzieło swojej śmierci wisielca pływającego w lodzie. Tramwaj wsiadł do torebki za karę, że pies się posmarkał podczas latania balonem w eterze…

– Przecież to jest idiotyzm, ja w tym kretyństwie nie biorę udziału – przerwał Wania bezsensowną wypowiedź Konradowi.

– Nie łapiesz?… Ja słyszałem, że ty podobno jesteś całkiem normalny – zauważył, robiąc głupią minę Koniu.

– A ja słyszałem, że ty podobno jesteś podobny do swojego podobieństwa.

– Jak można być podobnym do podobieństwa?

– Podobając się, podobnym.

– W takim razie ja słyszałem, że ty jako Friko udajesz Koko.

– Jakbyś dobrze słyszał, to byś się zapytywał, a ty tylko ćpasz i udajesz Greka.

– Gadu-gadu do obiadu, a po obiedzie gadu-gadu.

Powoli faktycznie podczas prowadzenia coraz bardziej bełkotliwych wywodów, bezsens zaczynał nas opanowywać bez reszty, aż i opanował całkiem. Aby jeszcze tylko nie zwariować, wypiliśmy całą zawartość litrowego słoika kompotu, by wreszcie dostać też „kopa", wytrwale wspomaganego wypalanymi w dużej ilości papierosami. Nic już naprawdę nie miało sensu, nawet cokolwiek czynienie, nie wspominając o mówieniu, dlatego milczeliśmy, kołysząc się na krzesłach i niekiedy przysypiając. Sami przecież już nie wiedzieliśmy, choć musieliśmy przed sobą udawać, że te nasze majaczenia były najpiękniejsze w świecie. Ale nadszedł i czas na zamknięcie lokalu, dlatego bufetowa wysłała nas do domów. Było nam wszystko jedno, dlatego każdy poszedł w swoją stronę. Poczucie wolności i niezależności napawało mnie dumą, kiedy tak z rękoma w kieszeniach szedłem plantami od Komitetu Wojewódzkiego PZPR do dworca i chłonąłem każdy powiew wieczornego wiatru, nie zwracając na nic i nikogo najmniejszej uwagi. Po drodze szczerze rozmawiałem sam z sobą i nawet się siebie spytałem, czy słyszę ten ujmujący dźwięk gitary. Czy czuję to uwodzicielskie brzmienie tej muzyki, którą od pewnego czasu słuchałbym bez końca. Odpowiedziałem sobie, że tak, słyszę i daję się zauroczyć tym niepowtarzalnym i jakże prostym kilku dźwiękom, które jakże mocno dotykają mojej tęsknoty, mojej gotowej miłości, którą bez ograniczeń dałbym światu, jeśli tylko przydałaby się komuś. Śniłem oto uwolniony o samym sobie, by miał we mnie zabrzmieć jakoś w odcieniu żałośnie brzmiącą melodią głos, którego nigdy nie mógłbym odtworzyć w pojedynkę, a jednak oto nim śpiewałem:

You reached for the secret too soon
you cried for the moon
Shine on you crazy diamond
Threateby shadows at night, and exposed to the light
Shine on you crazy diamond
Well you wore out your welcome with random precision
Rode on the steel breeze
Come on you raver, you seer of visions, come on you
painter, you piper, you prisoner, you shine!

Nie wiedzieć jak dostałem się na Lubicz, a przecież jechałem nie w tym kierunku, dlatego widząc zmieniające się czerwone światło, a zarazem mój tramwaj gotujący się do odjazdu na przystanku, zerwałem się jak szalony, by rzucić się między samochodami na przeciwległą stronę ulicy i popędzić do drzwi pojazdu. Udało mi się wskoczyć w ostatniej chwili, a za sobą gdzieś usłyszałem dźwięk milicyjnego gwizdka. Motorniczy jednak ruszył, a ja opadłem na pierwsze lepsze pod oknem siedzenie. Jakże byłem oszołomiony szczęściem, że oto mi się udało. Ktoś coś do mnie powiedział, chyba zwracając mi uwagę, ale tylko mruknąłem „spadaj" pod nosem, by po chwili znów trio zaśpiewało we mnie:

Nobody knows where you are, how near or how far
Shine on you crazy diamond
Pile on many more layers and I'll be joining you there
Shine on you crazy diamond
And we'll bask in the shadow of yesterday's triumph
and sail on the steel breeze.
Come on you boy–child, you winner and loser,
Come on you miner for truth and delusion, and shine!

W pewnym momencie pod wpływem swoich prakseologicznych dociekań zdobyłem się na dyrektywę, że „jeśli chcesz mieć dziewczynę, to musisz ją sobie poderwać". Wprawdzie moje dotychczasowe doświadczenia z dziewczynami spowodowały u mnie opinię, że te są albo przerażająco głupie, albo też brzydkie, dlatego nie pozostało mi nic innego, aby poprzez odnalezienie odpowiedniej, pozbyć się tego dwoistego stosunku do płci odmiennej. Na tę okoliczność nawet przeczytałem *savoir-vivre* ze szczególnym naciskiem na zawieranie znajomości w miejscach publicznych. No i spróbowałem raz i drugi, by nawet przy szarmanckich gestach zostać przez jakieś nieobyte „płotki" spławionym, aż tu wreszcie natrafiłem w tramwaju na tę, która z dobrym wychowaniem najwidoczniej miała coś wspólnego, no i na moje kolejne uśmiechy odpowiedziała uśmiechając się i to nawet dyskretnie tak, jak było w podręczniku. To mnie też usatysfakcjonowało z powodu przydatności przeczytanej lektury i zachęciło, bym wysiadł na tym co i ona przystanku. Następnie ją przepraszając, przedstawiłem się z imienia, ale i zmyślonego nazwiska, na dodatek chwaląc się prawdziwym pseudonimem, który nawet ją rozbawił. Odprowadziłem ją nawet do jakiegoś „wieżowca" i umówiliśmy się na spotkanie w „Fafiku" na Siennej, bo tam można było być bliżej siebie, a ja przecież miałem tę z nią bliskość na celu, czemu nawet podporządkowałem swoje intelektualne możliwości. Wszystko dla sprawnego działania. Biorąc następnie pod uwagę, że ta czarnowłosa Marylka o ciemnych oczach może nie przyjść, na wszelki wypadek wymieniłem książki w bibliotece na „Historię filozofii" Tatarkiewicza, bo i zamierzałem się zmierzyć z czymś naprawdę istotnym, a nie tylko z analizą czynienia tak, by okazywało się sprawne i zgodne z zawartym celem w dyrektywie. Oprócz tego wiedziałem, że jeśli ta nierozpoznana czarnuszka przyjdzie, to zobaczywszy z kim ma do czynienia, od razu będzie mieć co do myślenia, a ja tymczasem będę mógł załatwiać swoje względem jej płci odwieczne sprawy, w tej kwestii bowiem wydaje mi się nawet całkiem ponętna. No i przyszła, ale jak wiadomo pierwsze spotkanie nie mogło trwać długo, tym bardziej, że ta się siły filozofów najwidoczniej przestraszyła, bo w pewnym momencie nawet spontanicznie wyznała, że ktoś w rodzinie też się tym zajął, po czym stał się dziwnym i nie do wytrzymania. Wprawdzie okoliczność ta z pewnością mnie do niej nie przybliżyła, ale za to mi pochlebiła, czymże bowiem może być świadomość najładniejszej nawet dziewczynki względem myśli Cycerona, Tomasza z Akwinu czy Husserla. No, chyba że ta ukaże swe wdzięki, da przyjemność z nią obcowania, to i tamtych można odłożyć na kilkugodzinną wieczność, nawet aż do znudzenia. No i właśnie, tego z nią znudzenia pragnąłem najbardziej, dlatego też drążyłem do niego ścieżkę przez całych miesięcy kilka, aż wreszcie nastało lato i oto spotkaliśmy się na stawach, by nie tylko popływać i opalać się, ale także od dłuższego czasu pobyć wreszcie razem i bez obecności przede wszystkim moich do „znudzenia" kręcących się obok konkurentów. Na tę okoliczność zabrałem z sobą nawet tranzystorowe radio, by w atmosferze audycji „Radia z Radiem", której osobiście nie cierpiałem i nie cierpię, sprawdzić moc realizującej się tajemnicy w obliczu zaklęć, których musiałem używać, by sprawić sobie spolegliwą tę żeńską materię. Z pewnością baza była wystarczająca, by odwieczny swój naturalny cel osiągnąć, choć z nadbudową wydawał się pewien problem. Oboje chodziliśmy do kościoła i jej się wydawało, że najintymniejsze spełnienie dwojga powinno się dokonać dopiero po ślubie, choć ja w tej sprawie miałem raczej „rozdarte" pojęcie, bo jako idea, to całkiem mi się to podobało i nawet było piękne, natomiast ze względów naturalnych dość mnie uwierało i męczyło, co nijak i żadnym mądrym sądzeniem ukoić się nie dało. Dlatego leżąc na brzuchu przy rozgrzanej słońcem Marylce, umęczony mówię:

– Skóra ci będzie złazić, bo już jesteś czerwona jak rak.

– Tak? Mnie nie schodzi skóra... ale ty jesteś wciąż jak bielinek.

– E... już mnie nieźle przecież strzaskało, niczym nad Morzem Czarnym.

– Ja jadę do Ustki.

– Wiem, mówiłaś. Szkoda, że nie pojedziesz do Czorsztyna, tam jest genialnie.

– Podobno tam ma być wybudowana zapora. Wszystko zaleje.

– To chyba bajka, ...to jest wspaniałe miejsce. My obozujemy na polu namiotowym przy skale, nad samym Dunajcem. Moglibyśmy razem iść na Niedzicę i potańczyć wieczorem w szałasie. Sopel też gra niezłe kawałki. Nawet ułożyliśmy słowa do „Hej Joe" Hendrixa.

– Poczekaj chwilę, posłuchajmy tego kawałka – powiedziała i kładąc się na plecach, uniosła bliższe mnie udo, a z radia na życzenie jakiejś Oli z Dziwnowa zaczęło brzmieć „Imagine".

„Przynajmniej to jest do strawienia, a nie tylko *sweety* i *slajdy*" – pomyślałem i spojrzałem przez ramię na linię jej delikatnych, nieco rozwartych warg, zadarty nos i zmierzwione włosy, które w kilku miejscach niczym pajęczyną przysłaniały jej szyję. Oczy miała przymknięte, rzęsy wydawały się poruszać w niewielkich podmuchach wietrzyka od zachodniej strony, gdzie na rozlewisku gromadnie pławiono się w wodzie. Nasz koc był nieco na uboczu, a do najbliższych leżakujących, jakiejś pary z dzieckiem, mieliśmy około dziesięciu kroków. To i tak było dla mnie za blisko. Miałem ochotę być z nią niczym Adam i Ewa sam na sam, jedyni na świecie. Może wtedy i bym się w niej nawet zakochał? Tymczasem Lennon przestał śpiewać, a ja chcąc jej zaimponować, mówię:

– Wolę inny..., ten... nie pamiętam..., ale leci jakoś tak... *majnd geims tugewe...*

– Chyba łapię o co ci chodzi.

– A słyszałaś kawałki Pink Floyd?

– Coś tam słyszałam, ale chyba nic specjalnego.

– Co?... Nic specjalnego? Musiałaś nie słyszeć, to jest genialna muzyka.

– Jeden lubi to, drugi tamto.

„Jezu, gdyby ona mnie sobą tak w tej chwili nie pociągała, to bym się na nią z pewnością śmiertelnie obraził" – pomyślałem sobie i spojrzałem na nią z wyrzutem.

– Chodźmy lepiej popływać – powiedziała ni stąd, ni zowąd, po czym jak automaty zerwaliśmy się ze swych miejsc i pobiegliśmy do wody.

Taki stan akwenu zwykliśmy nazywać „zupą", bo i taka w nim była woda po długo już trwających upałach. Ale ta „zupa" już lepsza od całkowitego wyschnięcia w „kosmicznym pyle" przylegających do stawów piaskowo-glinianych wzniesień. Mnie to nawet odpowiadało, bo i przecież byłem przystosowany do pustynnego życia, żyjąc na co dzień w jaskini. Jako też swoisty pustelnik łatwo dostrzegłem miejsce, gdzie mógłbym się z „Ewą" schować przed innymi, a było to kilka krzaków, które wypatrzyłem, stając wcześniej na szczycie wzniesienia. Leżąc na powierzchni wody też o tym myślałem i postanowiłem nawet jakoś namówić Marylkę do zwiedzenia tego „dziewiczego" obszaru.

– Nurkowałaś?

– Tak trochę, wynurzyłam się prawie na tego faceta… na rowerku.

– Tego grubasa w ciemnych okularach?

– Tak, nawet zażartował czy nie potrzebuję pomocy, bo może mi użyczyć pokładu.

– Jakiś stary bajerant… Zupa.

– Co?… A, zupa. Tak mają te stawy.

Tak sobie odpowiadając, znów znaleźliśmy się na naszym kocu w czarno-czerwono-żółtą kratę.

– Teraz to cię już tak złapie, że w tej Ustce wezmą cię za mulatkę – mówię, kładąc się na plecach.

– Ty za to w Czorsztynie będziesz uchodził za Indianina ze szczepu Siuksów.

– Mareczkowi podobają się Murzynki.

– Tak? Naprawdę? Myślałam, że Eskimoski.

– Ruszyło cię, jak o tym powiedziałem.

– Mnie ruszyło? Też coś!

– To nie jedzie z wami do Ustrzyk.

– Nie… Ja jadę do Ustki

Pewnie, że ją ruszyło, ale dlaczego udaje, że jest inaczej.

– To może Krzysiek jedzie z wami. Kiedyś cię tak adorował…

– Kiedy?

– No jak z siostrą przerabiali anatomię.

– A… to jego stare numery, ale jest całkowicie nie w moim typie i też nie jedzie. Nad morze jedziemy z babcią, do jej koleżanki i tylko na dwa tygodnie…

– Z tą, co graliśmy kiedyś w remika?

– Z tą samą.

– Marek też grał…

– Ale Marek to chyba nie babcia.

– Nie, ale podróżować może.

– No i co Marek? – jakoś wybrzmiało wzburzenie w jej głosie.

– Nic. Myślałem tylko, że jest w twoim typie. Jak…

– Po co tyle myślisz. Lepiej posmaruj mi kremem plecy, skoro mnie przypiekło.

– A… a gdzie masz ten krem? – spytałem ochoczo.

– W torbie. Otwórz zamek… w tej bocznej kieszeni.

Drżącymi rękoma uczyniłem jak powiedziała, by po chwili otworzyć metalowe pudełko z napisem Nivea i nabrać na wskazujący palec trochę kremu, którym zacząłem jej robić na plecach jego ślady.

– Rozsmaruj, a nie rób mnie w cętki – powiedziała z udawanym śmiechem dziewczynki.

– To tylko Picasso.

– No tak, razem z Rafaelem z Krakowa.

– Może być z Olszy. Tam to kiedyś było rajsko. Pełno zieleni i w ogóle, jak jeszcze był drewniany most na Białusze. Wszystko co najgorsze zaczęło się jak zbudowano osiedle Wiśniowa, a potem szkołę. Zburzono też mój dom, który był w wielkim ogrodzie, pełnym grządek i zarośli. Tam moglibyśmy nawet się opalać „na waleta". Chciałabyś się tak poopalać?

– Co cię tak wzięło… Lepiej sobie nie wyobrażaj gruszek na wierzbie.

Po tych słowach zacząłem w milczeniu szczególnie starannie rozsmarowywać krem na jej skórze. Pragnąłem teraz bym nie musiał odpowiadać na jakieś jej nawet przypadkowe pytanie, bo mój głos zdradziłby podniecenie. Dobrze, że i jej nie było „na gadanie". Jej ciało pod moimi palcami stawało się jakby coraz elastyczniejsze i bardziej delikatne, a ja je chłonąłem niczym wody jej spragniony, który wreszcie dotarł do zbawiennego źródełka. Różnica jednak polegała na tym, że im dłużej na nią patrzyłem, tym więcej jej pragnąłem i tym bardziej byłem wiązany z jej łopatką, szyją czy plecami. Mogłem ją sobie pooglądać jak nigdy, a mój „mały" wydawał się wyskakiwać z kąpielówek. Jakże ja chciałem go wyzwolić, ale wszelkie sposobności wydawało się zagłuszać jej pożądanie, które było na wszystko głuche i ślepe. W pewnym momencie w całkowitej jakiejś desperacji, lecz też i przypadkiem, delikatnie na jej plecach pociągnąłem za sznurek wiążący to, co one nazywają „trójkami" czy też innymi jakimiś numerkami.

– O!...

– Już, już... Zaraz cię zwiążę, ...ale to niechcąco. Poza tym lepiej cię wysmaruję.

– Tylko nie bądź bezczelny i niech ci się nie wydaje...

– Marylko, ja cię tylko porządnie wysmaruję, bo widzę, że może ci skóra schodzić, a wtedy będzie niеładnie...

– Ale mi zawiążesz, kiedy ci każę?

– Pewnie, tylko skończę, a poza tym... jeszcze chwilę.

– ... – nic nie powiedziała i jakaż to ulga.

– Moment, jeszcze tylko uda, bo te się lepiej złapią...

Równie ochoczo i jakby bardziej sprawnie niż namiętnie zabrałem się za jej uda i łydki, chłonąc aromat i natury żar jej słodkiego ciała. Ja, niczym erotyczny kanibal, pożerałem każde zagłębienie, każdą powabną formę pragnącego na nią wejrzenia.

– Czy już tego nie za wiele? – spytała, ale jakimś tonem odmienionym.

– Nie, będę to robił do wieczora – odpowiadam z jakąś pewnością w głosie, którą potwierdza widok rozwiązanych sznurków.

– A jak ci każę?

– To i tak cię pragnął będę. My się przecież pragniemy... nawzajem.

– Mów za siebie.

– Marylko, proszę, pozwól mi się wysmarować też z przodu.

– Tyś chyba ocipiał, tutaj...

– Tam, za wzniesieniem są zarośla, a pomiędzy nimi piękna polanka z trawą jak dywan i niczym w rajskim ogrodzie.

– Pleciesz bzdury – ona mówi wciąż do koca. – Lepiej mi zwiąż stanik.

– Nie mogę, wiesz co się ze mną stało?

– Wskocz do wody dla ochłody albo wezwij straż pożarną.

– Marylko, gdzie masz tutaj straż pożarną na stawach. Pójdźmy na chwilę na tę polankę. Tam naprawdę jest uroczo i nikt jej nie zna, bo to ja ją odkryłem... dla nas.

– Zwiąż mnie.

– Ale pójdziesz?

– Może, ale nie pod szantażem.

– Ja cię nie szantażuję, ale pragnę. Wiesz co ty zrobiłaś ze mnie?

– Wiąż mnie – wiąż mnie zabrzmiało, jakby o coś innego niż stanik chodziło.

Nie mogłem jej odmówić, choć najchętniej związałbym ją tak, by moje pożądanie zostało zaspokojone. Ale i tuż zaraz, myśl się rodzi, że cóż ja bym to miał zrobić, jakby potem ona miała mieć jakieś tam dziecko. I już trochę nawet mi przeszło, choć „mały" domagał się całkiem czegoś innego. Stałem więc na polu bitwy sam z sobą.

– No wreszcie, jakbym wiedziała, że taki będziesz, to nie przyszłabym tutaj z tobą.

– A cóż się takiego stało?

– Chciałeś mnie wykorzystać.

– Marylko, mieliśmy iść na polankę. Obiecałaś...

– Nie obiecywałam, a ty sobie nie myśl Bóg wie co. Przecież ci mówiłam, że ja takie sprawy to dopiero po ślubie.

– No dobrze, ale...

– Co ale, chciałbyś narobić bachorów?

– Ale ja o tym nie myślałem. Przecież można też inaczej. Czy nam nie było miło?

– Może tobie było. No to pójdziemy zobaczyć tę polankę, ale musisz mi przyrzec, że niczego nie zrobisz bez mojej zgody. Nie będziesz nawet myślał o jakimś świntuszeniu, bo inaczej nie dość że powiem ojcu, a wiesz jaki on potrafi być furiat, to jeszcze nie odezwę się do ciebie więcej w życiu.

– Marylko, przecież znasz mnie dobrze – mówię, by zaraz pomyśleć: żeby tylko znalazła się ta polanka, a ona stała mi się najmilszą „suczką" na świecie.

No i po nałożeniu klapek idziemy w poszukiwaniu miłego nam miejsca, a przy tym ja na wszelki wypadek koszulą i spodniami przesłaniam wielkość swojego męstwa.

– W ruchu można nawet się lepiej opalić niż leżąc – mówię pośpiesznie, by utwierdzić grunt naszego porozumienia.

– Tylko tu jakieś chaszcze, ...o, a popatrz tam... jest śmietnisko.

– Ktoś wysypał jakiś tylko gruz, ale my chodźmy w tę stronę.

– Chyba zrezygnuję z tej rajskiej polanki.

– To już niedaleko, wystarczy przejść za ten pagórek.

– Ale zanim tam dojdziemy, to ja klapki pogubię. Poza tym tutaj są osty.

– To są te chronione, tylko ich nie deptać.

– Takie… Jakie chronione, przecież to chwasty.

– Jakbym wiedział, że nie lubisz naturalnego środowiska, to bym kazał posiać tu trawę i kosić ją dwa razy dziennie.

– Tak, i zbudowałbyś basen i posadził palmy… Jezu, jakie tu dziury.

– Jeszcze kilka kroków i będzie piękny widok.

– Tak, wstąpimy do raju… O!… zgubiłam klapka.

– Jest, jest. Daj mi rękę… – mówię prawie nieprzytomnie, a nogi nie dość, że mi drżą, to jeszcze jakoś uginają się w kolanach. Czuję się niczym królik na wygnaniu, ale do celu prę bez pamięci i konsekwentnie, czego nie oddałbym za nic na świecie.

– Ale mnie wywlokłeś, całe nogi sobie rysuję.

– Zaraz wysmaruję ci kremem. O jeszcze kilka kroków i…

– No i co?… Bagno! A to ci raj.

Faktycznie, wokół jakiejś niecki z wodą widniały gliniane hałdy, co trudno by uznać za krajobraz rajski. I już bym się całkiem załamał, gdyby nie kilka krzewów, które jakąś gęstwiną obrastało nieopodal nas następne zbocze.

– Tam jest to miejsce. W sam raz do słońca. Za tym krzakiem. To jest chroniony krzew róży. Podejdźmy ten kawałeczek… można się też tam kąpać w letniej wodzie.

– Znów to samo? Ty chyba zwariowałeś. Słyszałam, że się topili w takich lepiankach.

– Chyba w gliniankach. O, zobacz, jak tu miło, wystarczy rozłożyć koc na tym piasku i nawet plażować.

– Tu ktoś był, jest butelka z wódki.

– Skąd, to dziewicze miejsce. Jest czysto. Już rozkładamy koc.

– Ale ja do wody tutaj nie wejdę, bo tam można ugrząźć.

– O, widzisz, jak tu zgrabnie. Jest nawet takie specjalne wgłębienie na dupcię – wygładzam koc i ugniatam na jakiejś jednej i drugiej kępie trawy.

– Dupcię? Niezbyt mi się to podoba, a miała być polanka.

– Była, ale pewnie zmyły ją deszcze – daję dobry przykład i kładę się na brzuchu kątem oka obserwując Marylkę.

– Ja się napiję – mówi jakby trochę zapomniała o obiecanej łące, po czym siada na kocu i sięga do foliowej torby z plastikową butelką herbaty i pudełkiem kokosanek wziętych na tę okoliczność z domu.

Teraz brakuje mi już całkowicie jakiegokolwiek konceptu. Oddycham tylko ciężko, jakby przede mną było jakieś nieznane mi wyzwanie, z którym mi się zmierzyć niepodobna. Może ona coś zrobi, co stanie mi się jakimś pretekstem.

– Tutaj możesz opalić sobie piersi – mówię załamującym się głosem.

– Nie, bo po co masz się podniecać.

– Marylko, zrób coś, bo ja oszaleję i to przez ciebie – mówiąc to, odwracam się na plecy i z zamkniętymi oczyma czekam na cud.

– Jakbyś miał zwariować, to byś już dawno zwariował. Jak się nie będziesz patrzył, to ja na chwilę sobie poopalam górę, żeby nie było takiego kontrastu, ale…

– Przecież tego chciałaś. Ja i tak tylko chmurki na niebie oglądam. To *cirrus*.

– A jak są tutaj podglądacze? Ja nie znoszę podglądaczy.

– Nie ma, nawet tu za krzakiem.

– Choćby może tu za krzakiem… Trzymam cię za słowo.

– Trzymaj…

Zapanowała jakaś błoga cisza, a tylko lekkie powiewy znikały w chaosie szmerów gałązek o drobnych listkach krzewów.

– Posmarować cię już kremem, czy za chwilę?

– Miałeś nie patrzeć.

– Przecież nie patrzę, ale mi obiecałaś.

– Ale tylko uda.

– No pewnie, Marylko, i to bez jakiegokolwiek patrzenia. Wiesz, ja mam wyobraźnię. Nieraz widzę więcej niż bym widział naprawdę.

– No dobrze, to nie patrz, smaruj i mów co widzisz, ale musi to być coś innego niż smarowanie.

– No dobrze, będę jak niewidomy. Podaj mi krem.

– Sam sobie znajdź. Tylko nie podglądaj.

Moje ciało drży, a ruchy są chaotyczne. Wiem, że ona patrzy, a moje oczy z powodu przyrzeczenia patrzyć nie mogą. Jestem pożądaniem, a zarazem czuję lęk przed wstydem, bo jeśli ona się mną zabawi i przerwie ten akt w miejscu, w którym ja wyjdę na kogoś, kto nie stanął na wysokości zadania… to co wtedy. A przecież ja tego pragnę i w swej naturze potrafię. Tymczasem przychodzi mi na klęczkach szukać pudełeczka z kremem. Odzyskawszy orientację, i to nie patrząc, nawet łatwo docieram do jej torby, by ze znanego już sobie miejsca…

– Ciepło, ciepło, a nawet gorąco – zachęca ona jakimś aksamitno-miękkim tonem.

Po chwili już szukam jej ud, by natrafić na biodro.

– Zimno.

Jest znów. Lube dotykanie od zewnątrz natrafia na niewielką szorstkość i nawet jakąś krostę, ale od wewnątrz mamy już doskonałą gładkość jakże w swej prostocie zaokrąglonego naturą kształtu.

– No to jak widzisz, nie czując nawet tego co czujesz?

– Muszelkę. Widzę muszelkę.

– Muszelkę? Jaką muszelkę.

– Taką jaką masz w swoim pokoju na segmencie. Widzę też wulkaniczne wzniesienia, z których wypiję lawę mocy dla siły, która mnie przed niczym nie powstrzyma. Da mi siłę Boga.

– E... takie widzenia?

– Poczekaj, tylko przejdę w inne miejsce i to przecież bez patrzenia – powiedziawszy to układam swe zdrętwiałe ciało wzdłuż niej. Wsparty na łokciu i nieco jednak podglądający, dotykam jej brzucha, aby następnie obejmując ją wpół, delikatnie zbliżyć się ustami do piersi, którą pieszczę językiem. Nieoczekiwanie moja wciąż odziana w kąpielówki przeogromna „samczość" napotyka na wyciągniętą wzdłuż ciała jej rękę.

– Co widzisz... teraz. – ona szepcze.

Odpowiadam kolejnym delikatnym przygryzieniem jej sutka i urabianiem w dłoni jej przeciwległej piersi. Jestem nieprzytomnie bliski szczęścia, wciąż będąc w oszałamiającej do niego drodze. Stąd wędruję do jej szyi, a spragniony ust, próbuję do nich sięgnąć ustami swoimi, ale ona w tym momencie odwraca głowę, unosi się i oto nieoczekiwanie napiera na mnie.

– Kładź się i nie podglądaj, bo... – rozkazuje, po czym jej ciało zawisa nade mną.

Po chwili czuję jej dłoń, która jakby przejęła jakąś bambusową laskę. Poprzez nią czuję ją drżącą i równie jak ja rozpaloną.

– Taki on dziwny... – ona mówi sobie i dokonuje cudotwórczych prób na tym, co nie tylko na lekcjach przysposobienia do życia w rodzinie nazywane jest męskim członkiem, a tu „palącym moim instrumentem".

– Nie tak mocno... – zwracam jej uwagę na brak doświadczenia w podstawowej pieszczot sprawie, po czym sam dobieram się do jej majtek.

– Nie, zostaw, ja ci zrobię... i tak dobrze, dobrze ci będzie – mówi to tak proszącym głosem, że trudno mi odmówić jej pragnienia, choć przecież wcale nie mam pojęcia, czy tak czyniąc, czynię odpowiednio właśnie. Tymczasem moje wyobrażenie przenosi się gdzieś obok, jakby nad tym wszystkim co się wokół dzieje, a i ona nie jest tylko Marylką, ale jakąś nimfą, którą chłonę i wypełniam zarazem bez reszty, aby zespolony w harmonii ze światem, stopić się z nim w jedno tchnienie, poprzez które to „jedno" i „wszystko" zarazem w sobie płyną i płyną, by wreszcie utonąć w błogim zapomnieniu o samym sobie.

I może bywałoby jeszcze tak pięknie razy więcej, a nawet i piękniej, gdybym pewnego dnia, kiedym się o nią pytał jej matki do domu przyszedłszy, oto się nie dowiedział, że wyszła do parku, gdzie szukać pośród alejek ją poszedłem. Patrząc tu i ówdzie, a nawet między znanymi nam obojgu miejscowymi zaroślami, dostrzegłem nagle dwie postaci stojące przy schowanej w krzewach ławce, w których to rozpoznałem nie tylko szukaną Marylkę, ale i też obojętnego mi Marka, któremu ona robiła oto podobną jak i mnie podczas opalania błogość. Pot mnie wtedy oblał i nawet równie oszołomiony, choć jakże z innego powodu, wycofałem się na bezpieczną odległość, by ostatecznie umknąć do mojej domowej jaskini, gdzie po ochłonięciu nawet zrozumieć mi się udało, co też to jest naprawdę ta „rączkowska", choć przecież Maryla nazywała się z pewnością Bocianem.

Wakacje mogłyby dla mnie być dużo dłuższe i to nie dlatego, że miałem jeszcze ochotę gdzieś pojechać czy też wałęsać się bez celu, ale wyłącznie dlatego, że podczas tej pory roku szczególnie mogłem sam sobie organizować czas i to przede wszystkim ze względu na poznawanie tego, co właśnie mnie się wydawało interesujące czy też w życiu potrzebne, a nawet z powodu, dla którego innym mogłoby się wydawać całkiem nieużyteczne. Tymczasem dla mnie było wyjątkowo konieczne. No i wszystko to, wraz ze sprzyjającym mi ochładzaniem się dni zdawało się służyć realizacji wyzwań, aż w pewnej chwili poczułem się nawet znudzony swoją „jaskinią", bym miał opuścić ją i udać się do Podgórza na kumplowskie rozeznanie.

No i cóż się okazuje? Miałem nosa, bo oto wczoraj Konrad wrócił z Zakopanego i nawet miał zamiar wybrać się do mnie, by mnie wyciągnąć za tydzień do Dobczyc na ryby, gdzie mieli się wybrać z Dziadkiem i Wanią, którzy są przyszłymi mistrzami wędki. Wprawdzie ja ryb nie łowię i łowić nie zamierzam, ale coś niecoś złapanego na haczyk, a następnie upieczonego w ogniu leśnego ogniska i to w towarzystwie posmakować mogę. Może i pojadę. Zobaczy się, przecież przed nami ponad tydzień do ewentualnego wyjazdu.

– Ale wiesz co, ryby lubią pływać. Weź i skocz na Cekiery po flaszkę. Babcia wyjechała ze swym rozkładającym się na żywca psem, to i chata wolna. Jakby tak jakieś panienki jeszcze skołować… Zabawić się… – nagle proponuje Koniu.

– Znasz tu jakieś… dostępne? – pytam bez entuzjazmu, ale i w konwencji.

– W Zakopcu to ich jest na pęczki, ale może i tu coś się skombinuje. Przyjechałem dopiero co, …nie mam jeszcze orientacji co jest grane. Masz tu na flaszkę i skocz, …się zobaczy. Może coś… na mieście.

No i skoczyłem na Cekiery, by po kilku minutach wracać z butelką żytniówki. Szedłem nawet przez Serkowskiego, gdzie w parku na ławce mieli swą libację jacyś okoliczni kolesie. Przypomniało mi się nawet, że tędy też kiedyś chodził i mój ojciec, a i obecnie na rogu jest jakiś sklep, choć z jakimiś innymi szpargałami, a nie tylko obuwiem. No i dobrze, bo to jest mój czas, a nie jakiś tam ze szkopami i innymi skurwysynami, jak to mówi Koniu. Nie mam ochoty, żeby mi ktoś układał moje życie. Wydaje się, że nawet więcej: zamierzam bronić tego swojego, mimo że choć wciąż dobrze nie wiem, co to tak naprawdę jest, ale w końcu się przecież dowiem, no a do tego czasu bronić się z pewnością nie przestanę. Te myśli też sprawiają mi radość i satysfakcję, a to co się zdarzy dzisiejszego popołudnia budzi ciekawość, jakbym udawał się w pełną przygód podróż. Wiem, że Konrada czymś zaskoczę, że nie pozwolę mu się bezkarnie popisywać i tym mieć, jak przecież on sam często mówi, nad otoczeniem swą władzę.

Ochoczo i z fantazją wbiegłszy po schodach na piętro, wpadam do znanego sobie mieszkania wypełnionego na ten czas zapachem jakiejś pieczeni i muzyką Led Zeppelin.

– No… wreszcie jesteś… Myślałem…

– Ale jaja, ktoś powiesił kota na klamce drzwi do piwnicy.

– E… pieprzysz! Dajno ten „spirit".

– Autentycznie, jak wychodziłem to go jeszcze nie było. Musi być jeszcze ciepły.

– Pieprzyć kota. A… przypomniało mi się z Zakopca, jak wracamy z kumplem z Kasprowego i spotykamy jego kolegę z jakimś frajerem, który pieprzył kury.

– Jakie kury? Jaja sobie robisz.

– No… autentycznie, facet mówił, że najlepsze mu są kury. Kumpel na to mówi, że przecież wtedy pierza lecą, a ten: no trochę lecą…

– Ha..., ha. Taki sobie kawał... z kurą, czego te sukinsyny nie wymyślą.

– Ja za to przywiozłem pieprzoną, to znaczy dziką kaczkę z rożna. Jadłeś kiedyś coś podobnego?

– Co ty, w życiu. Skąd ty masz taką „dziką”? A może ona wcale nie dzika...

– Teraz to już nie dzika. Ale ci dam ugryźć. Została złowiona przez mojego ojczyma. Jest przecież myśliwym... – i ujmuje w dłonie dwa talerzyki z kawałkami odgrzanego mięsa, po czym dodaje: – Idziemy do pokoju.

– Czyli wziąłeś udział w zbrodni na dzikiej kaczce – oznajmiam prowokacyjnie, zajmując miejsce przy stole.

– Dzięki temu możemy spożyć tego trupa. Zrobimy sobie podkład pod wódkę. A... jeszcze skoczę po widelce – po czym na chwilę znika, by wrócić z widelcami i dwoma kieliszkami, mówiąc: – Herbaty robić nie będę, bo mi się nie chce, a poza tym toś nie panienka, żebym skakał wokół ciebie.

– Skakał na jednej nodze. W Zakopcu żeś skakał?

– Tak, przed skurwysynami... Wiesz co na Podhalu wymyślili? Ludziom domy nowe burzą, bo niby to bez zezwolenia.

– E... tam. Jacy tam...

– Nie e... tam, tylko taka jest prawda, nie pierdolą się, tylko wjeżdżają buldożerami, a gliny pilnują wykonania i tyle – mówi Koniu, jedząc dziką kaczkę, którą ja próbuję jako coś, co mi niepewne w smaku.

– Mają władzę, to... takie jest życie. Ten co ma władzę, ten sobie może pozwolić. Czytałem ostatnio Mario Puzo „Ojca chrzestnego”. Będziemy musieli założyć mafię, to im utrudnimy życie. Kumpel nawet mówił, że są z wojny zakopane steny na Zakrzówku – mówię, by zaimponować Wedelmanowi.

– Do tego trzeba chłopa, a nie kaleson – mówi pewien siebie Koniu z miną wtajemniczonego w sprawę. – Ja oglądałem film. Ten Luca Brazi to był sobie skurwiel, dopiero ich dwóch musiało...

– W filmie pokazali bzdury. W powieści nikt mu nie przybija ręki do blatu. Ale ten Michael to gościówa, załatwił tych z...

– ...z tym gliną? To była dobra sprawa. Święci garnków nie lepią.

– Wie się... przecież, że ci co mają władzę chcą nas zmiękczyć, byśmy byli im podlegli i posłuszni. Ja się nie dam. Liczy się wolna i niezależna wiedza, a nie to, co ci wtłaczają. Trzeba mieć w sobie takiego bakcyla, który będzie człowieka trzymał przy swoim bez względu na całe to pierdolenie o przyzwoitym życiu i budowaniu szczęśliwej przyszłości w kwitnącym komunistycznym raju.

– Ja też nie wierzę w Boga i jakieś tam dyrdymały, choć raz żeś wystąpił na lekcji jak ten… Luter King.

– Nie w tym rzecz. Ja chcę umieć wybierać, a nie postępować zgodnie z czyimś widzimisię, stary – po czym przełykam całkiem smaczny kęs kaczki.

– Inaczej byś śpiewał, mając buta na gardle.

– A ty, kurwa, miałeś już dwa buty… Dlatego najważniejsza jest samoobrona.

– Ja zawsze to mówiłem, nawet… może być kung-fu.

– Żeby być Bruce'em Lee, to trzeba się temu poświęcić. To podobno wywodzi się od mnichów.

– Przecież klasztor Shaolin… Ale tobie od razu w głowie jakieś tam filozofie, a tu trzeba mieć spryt i umiejętności. O patrz się, chłopcze, możemy zacząć od tego… – mówi Koniu i wstaje od stołu, by przyjąć „postawę" na środku pokoju. – Słyszysz ten kawałek… Wyobraź sobie, że mamy do czynienia z kilkoma frajerami. Nas jest tylko dwóch i wcale nie chcemy uciekać. Nie ma wyjścia. Bierzemy dystans i patrz, zwracamy ich uwagę na nasze kroczki, bo w nas gra ta muzyka. Kapujesz? Musisz mieć w pamięci ten rytm i to brzmienie, a wtedy będziemy mieć nad nimi przewagę. Ale tylko wtedy, jak będziesz czujny, będziesz widział każdy najmniejszy gest najbliższego frajera. Przy tym jesteś elastyczny, a jak będziesz mistrzem, to będziesz się nawet umiał gibać… o tak, kapujesz? I patrz, gra nam w pamięci muzyka, a ty i ja robimy kroczki razem w rytm… raz… dwa… raz, dwa, trzy! Raz… dwa… raz, dwa, trzy! I widzisz co się dzieje, masz nawet oczy w dupie, bo czujesz frajera. Gramy to samo, aż ty lutujesz w ten sam rytm jednego, a ja następnego i znów spadamy na dystans dla orientacji, a później na…

– Nie popisuj się, bo mi jeszcze zęba wybijesz.

– To się, kurwa, rusz, a nie siedź jak dupa wołowa.

No i się ruszyliśmy, wychodząc na miasto. Będąc tak dłuższy czas w drodze, włóczyliśmy się bez zasadniczego celu. Raz wspięliśmy się na Wzgórze Lasoty, by przejść parkiem Bednarskiego do Telewizji i stamtąd mieć miasto pod sobą, mierząc się tylko z niewidocznym na horyzoncie Kopcem Kościuszki, by następnie zawitać nad Wilgę, gdzie na „kamiennym moście" pozwoliliśmy sobie na poćwiczenie kilku chwytów i postaw walki do czasu, jak się zaczęli ujawniać chłopcy na Ludwinowie. Wtedy też czym prędzej ruszyliśmy wzdłuż śmierdzącej garbarni, a następnie ogrodzenia na miejscu dawnego piłkarskiego boiska. Rozprawialiśmy przy tym o faktach dokonanych i kunktatorstwie jako formach prowadzenia tego, co się nazywa „kooperacją negatywną" – według pojęcia, którym się popisałem przed nieznającym się na prakseologii Konradzie. Za to on wydawał się bardziej skuteczny i sprytny, bo jak opowiadał, wygrał nawet w Zakopanem zakład, że w knajpie pociągnie nieznanego faceta bez konsekwencji za brodę. No i podobno pociągnął jakiegoś turystę nawet dwa razy, po czym umknął do „Pstrąga", gdzie później grał do upadłego z kumplami w piłkarzy i pokładał się ze śmiechu. Trochę mi takie dowcipy nie są w smak, ale przecież i nie tylko takie, które robią kumple, ale i te, które robi się na co dzień, udając przy tym czynienie czegoś ważnego i niezbędnego. Ale cóż, tylko pośród nas młodych nie ma w świecie tyle zakłamania i fałszu. Im potrzebne są tylko dyrektywy, dzięki którym będą udawać, że nad wszystkim mają panowanie. Wszystko to powiedziałem i Wedelmanowi, co mu się nawet spodobało i był dla mnie pełen uznania. Spytał nawet, czy mógłbym to wszystko jeszcze raz powtórzyć Hanysowi, ale tego nie byłem już taki pewien, bo wiele razy tak było, jakby wydawało mi się, że dochodzę do rzeczy genialnych, by później wszystko nagle mi jakoś bezpowrotnie uciekło, utonęło w niepamięci. Za to z Wedelmanem mogliśmy sobie przez chwilę poobserwować grających w „Pod Skałką" w szachy, ale szybko i to nam się znudziło, stąd powlekliśmy się pod Wawel. Po drodze przyrzekliśmy sobie nawet, że wkrótce weźmiemy jakieś panienki i popłyniemy statkiem do Tyńca. Aby się też nieco wczuć w te role, odwiedziliśmy bar na przycumowanym rzecznym statku, w którym też sprzedawano bilety przed rejsami. Tutaj też nuda, tylko na Wiśle rybitwy szalały w promieniach chylącego się ku zachodowi słońca. Koniu nawet wpadł na pomysł, żebyśmy wpadli do „Lajkonika", gdzie nigdy nie byliśmy, a ja nie protestowałem, bo i tak nie śmierdziałem groszem. A może jakaś zdarzy się przygoda?

– Chodź dalej, bo tu hołota… – przyciszonym głosem rzucił Konrad po naszym wejściu do sali z bufetem i kilkoma stolikami, byśmy mieli się wspiąć po kilku stopniach do sali obok. Nie musieliśmy się przekonywać, że oto jest tzw. mordownia.

Wybraliśmy stolik pod oknem i szybko przeszliśmy do rzeczy.

– Wypijemy po setce i herbatce – mówi Wedelman.

– W domu zostawiliśmy prawie pełną flaszkę, a tutaj... – zauważam chcąc nie chcąc i jakby z troską o jego forsę.

– Mogę na razie sobie na to pozwolić – mówi Konrad, przekrzywiając usta w grymasie okolicznego cwaniaczka.

– Słyszałem, że jesteś czerwonym burżujem, jak syn Jaroszewicza.

– Ę... zarobiłem w Zakopcu kilka groszy na walucie, ale... morda w kubeł.

No to milczymy. Za to przy sąsiednim stoliku słychać jak nieźle wstawieni faceci około pięćdziesiątki przekomarzają się na temat konia, którego jeden chce sprzedać drugiemu, dodając szczeniaka, bo w przeciwnym razie utopi go w Wiśle, a przecież szkoda, bo po suce będzie to pewnie czujne i wierne bydlę. W przeciwległym kącie jacyś kolesie popijając „Barbakan" grają w zapałki, by niemal na przejściu obok siedzący samotny „rudzielec" po trzydziestce miał za każdym razem coś mówić do przechodzącej kelnerki. Ta nas ominęła raz i drugi, a kiedy Koniu wstał do niej, oznajmiła, że nieletnich nie obsługuje się w tym lokalu, czym nas wprawiła w osłupienie i we wściekłość, bo obaj mieliśmy już osiemnaście lat skończone. Postanowiliśmy jednak przeczekać, zamiast udowadniać „swoje". Tymczasem ostatni ze stolików na tej sali został właśnie zajęty przez jakichś trzech roboli, którym z miejsca „Szefowa Halinka" podała popitkę, by ci mieli spod stolika do niej sobie dolać przyniesioną w chlebaku wódkę. Ten fakt sprawił, że nasza sprawa zaczynała nam się wydawać ambicjonalnym wyzwaniem, dlateg spoglądaliśmy po sobie coraz bardziej zniecierpliwieni. Przy okazji dowiedzieliśmy się, że ci obok mieszkają w okolicznych Piekarach i Liszkach, a ojcem szczeniaka jest rasowy owczarek górski, natomiast kelnerka córką rzeźnika z tej samej wioski.

– Moment... – wyrywa się nagle Konradowi, który następnie zerwawszy się z miejsca, stanowczym krokiem kieruje się do bufetu, gdzie poprzez wejściowy otwór w ścianie widzę nie tylko rozpoznawalną nam przy chłodniczej ladzie obrzydliwą kelnerkę, ale i bufetową, która na ten czas coś przestawia w jarzynowych sałatkach, korkach i śledziach w śmietanie.

Po chwili Konrad wraca do stolika, oznajmiając:

– No, za chwilę ta pinda przyniesie... Niech wiedzą, że z nas nie będą sobie robić jaj. One wymuszają napiwki.

– Napiwki? – pytam mimowolnie, co zabrzmiało jakbym nie miał o tym pojęcia.

– Stare numery. Do tego jeszcze korki jej w głowie, które pewnie wzięła wcześniej z jakiegoś stolika, bo wiadomo, że nikt ich nie je.

W ten oto sposób stałem się pełen podziwu dla obycia Konrada, choć jednocześnie śmieszyło mnie w duchu wyobrażenie, że oto jeśli dojdzie do transakcji przy stoliku obok, to jego jako Konia z pewnością zaprzęgną do jakiegoś wozu w Liszkach albo Piekarach. No i na widok tego obrazu wybuchnąłem jakimś nieoczekiwanym śmiechem, aż się sam sobie dziwiłem, że oto tak mocno może działać zwykła wyobraźnia. Ale i tego mało, bo oto nie mogę się powstrzymać od spazmu, a słowne próby wyjścia z impasu nie inaczej jak tylko wzmacniają we mnie śmieszną histerię.

– Z czego rżysz?... – pyta siedzący obok Koniu, a i inni spoglądają w moją stronę.

– ... o nie, e... e... z rozpuku... ech... he... he... – aż popadam w całkowitą niemoc radości z głupawego szczęścia, by i inni zaczęli się też uśmiechać, zwłaszcza po tym, jak Konrad powtarza po mnie:

– Do rozpuku, mówisz? – i sam wybucha zaraźliwym śmiechem.

– Ale wam wesoło. Co, żeście sera nie widzieli?... – mówi ni stąd, ni zowąd kelnerka, która może i na tę okoliczność do naszego stolika podeszła, by postawić kolejno zamówione herbaty i talerzyk z napełnionymi wódką kieliszkami.

– Koniu... Ha... ha... ha, zrób coś, ...bo za chwilę umrę ze śmiechu – mówiąc to nawet nad jego głową dostrzegam zawieszony obraz i łapię się za to, co chyba zwie się przeponą, która też się śmieje, choć nikt na to jej nie pozwolił.

– No dobra, dość wygłupów, wypijmy za zdrowie niezdrowych... – mówi Konrad, po czym wypijamy po kieliszku, abym ja się miał skrzywić z powodu niesmaku, na widok czego on dodaje: – Trenuj, trenuj...

– Ta u ciebie była jakaś lepsza...

– Co tego żeśmy wypili... po kieliszku? Ja w Zakopcu kiedyś wypiłem całą flaszkę „Soplicy" i nic.

– Tylko chodziłeś po ścianie.

– Ani trochę, choć tak, byłem na rauszu.

– Pardon, koledzy, gratuluję poczucia humoru, ...a ja tylko na moment, bo mam do ciebie sprawę – powiada nie wiedzieć skąd zjawiwszy się rudzielec, by zwrócić się do Konia.

– My się przecież znamy.

– Niby skąd... – wcale niezdziwiony mówi Konrad, by sięgnąć po papierosa.

– Jak to skąd, nie pamiętasz?
– Kompletnie, ale nawijaj, bo nie mam czasu.
– Po co się denerwujesz, przecież sami swoi.
– O co biega, bo ci stolik stygnie – nieco groźnie mówi Koniu, czym mi imponuje ze względu na zastosowany ten słowny strategiczny chwyt, na który nie wiem czy byłoby mnie stać, gdyby mnie bezpośrednio to zagranie „rudego" dotyczyło.
– Chcesz, to ci przypomnę. Proszę bardzo. Znasz „Antyczną" i to świetnie.
– Te... na „AB" w Rynku?
– Dobrze kapujesz, ale tu jeszcze o inny antyk biega.
– Jaki antyk?
– Antyczne panie. He... he... Pamiętasz jedną, co to lubiła chłopców wyglądających jak ten... Din? No ten aktor... Din czy Dym.
– Nie znam faceta – znudzonym tonem Koniu odpiera.
– Ale jesteś do niego podobny, co i ta „antyczka" zauważyła. Pewnie tęskni...
– Co ty facet mi...
– Pal sześć, na tę sprawę i znajomość pożyczyłbyś piątkę, bo mi zbrakło, a ta flinta się upomina i gliną straszy jak nie zapłacę.
– Nie będę pożyczał, bo sam bym się pożyczył, a teraz spadaj już do swojego stolika – oznajmił tak stanowczo Konrad, że aż mnie skóra ścierpła.
– „Antyczki" dają zarobić, a wspomóc się nie chce? Co to rżnąć gościa. To ja w... tutaj z kumplami rządzę. Poza tym Zwierzyniec to my trzymamy i niech tylko nam i Kępom kto podskoczy, to...
– Spadaj facet, ja do knajpy... nie do ciebie... Raz więcej mówić nie będę...
– Zobaczy się, co się da zrobić... w tej sprawie – po tych słowach rudy wstaje od stolika i wraca do swojego, po czym krzyczy: – Szefowa!... Szefowa, daj no mi „lajkonika" na kreskę.
– Będzie chyba trzeba stąd spadać – zauważam.
– Spokojnie, nie chodź tylko bez ubezpieczenia do kibla, a zwłaszcza do kabiny, bo przy wyjściu można w dziób dostać.
– Mnie nie bawi ta awantura i to nie wiadomo, o co chodzi.
– Trzęsiesz gaciami? Wypijemy powoli i pójdziemy, ale nie będziemy mu dawać radochy, bo... patrz, ta pinda podała mu tę wódkę.
– Na zewnątrz mogą być te Kępy.
– Spokojnie. Wypalamy po fajce, wypijamy co nasze i spadniemy do Podgórza, ale jak się da, to Podzamczem, a później tramwajką... – przed-

stawił oto Koniu plan ewakuacyjny. – Pamiętaj w razie czego: raz... dwa... raz, dwa, trzy. Raz... dwa... raz, dwa, trzy.

– Według kawałka... ale czy to potrzebne? – wątpię w te strategiczne układanki, które niemal wymagałyby wojny.

Jednak Wedelman miał odmienne zdanie, a i może na tych sprawach lepiej się znał ode mnie, choć jak sobie przypomnę, to już raz kogoś prowokował w „Krzysztoforach", mimo że weszliśmy tam dzięki jego znajomości z bramkarzem. Ale „Krzysztofory" to nie „Lajkonik", choć z pewnością Koniu po tym tekście rudego wydaje mi się jakoś podejrzany. Jak to możliwe, żeby tamten sobie to wszystko wymyślił, a i sam Konrad przecież zachowywał się przy tym jakoś inaczej niż zwykle i wydawał się dotknięty tamtymi wiadomościami.

– Kończymy, tak... powoli kończymy. – przechadzając się i zbierając ze stolików puste naczynia, oznajmia kelnerka.

Spoglądamy z „Koniem" po sobie, po czym słyszymy komentarz od stolika obok: – Z nią zawsze tak jest, bo się śpieszy na autobus do Kryspinowa. Do swojego fagasa. Człowiek przy takiej nawet interesu ubić nie może.

Tymczasem w salce obok jakiś gwar się rozlega, by po chwili zaczęła grać jakaś ni stąd ni zowąd podwórkowa kapela.

Jak długo na Wawelu
Zygmunta bije dzwon
Tak długo nasza Wisła
Do Gdańska płynie stąd
...

– Teraz... spadamy – przywódczym tonem oznajmia Konrad, po czym wstajemy, bo skierować się do wyjścia.

Chcąc nie chcąc, idę za nim, bo cóż też innego miałbym sam robić w tej spelunie. Po drodze trzeba się jeszcze przecisnąć przez tłok przy bufecie, który spowodowali grajkowie wraz z chłopakiem zbierającym drobne do czapki, a jak się już osiągnęło wyjście, trudno było nie usłyszeć jakiejś wyraźnej i z pewnością dobrze zaadresowanej zaczepki.

My jednak nie zważając na nic, kierujemy się na Podzamcze, by w pewnej chwili Konrad miał powiedzieć:

– Sukinsyny... ciągną się za nami.

– ...? – spojrzałem tylko w głębię ciemności tam, gdzie zazwyczaj znajdowało się Wawelskie Wzgórze, po czym zszedłem za Koniem na jezdnię, by po chwili znaleźć się na przeciwległej stronie. Miało być inaczej, dlatego spytałem:

– Mieliśmy iść do tramwaju na Stradom.

– Mogli słyszeć, a pod „Podzamczem" na pewno mają swoich, lepiej... wałem.

No to idziemy, aż ja w pewnej chwili zrywam się przed schodami i wybiegając nimi na górę, staję na czymś w rodzaju cokołu i z efektem zaskakującym nawet dla samego siebie, „ryczę":

– *Łelkam maj son, łelkam tu maszin*
Łer haw ju bin?
Yts olrait łi nou Łer juw bin...

– Co ty Kwiczoł!... pojebało cie...

– *Juw bin in de pajplajn , fylin in tajm...*
Łelkam... tu maszin... – przy tym zwilgotniały mi oczy, a serce wypełniało się jakąś pełnią dramatycznego szczęścia, podczas gdy Koniu przeklinając, złapał mnie za ramię i wrzasnął:

– Spieprzamy!... Gliny...

No i ruszyliśmy niczym dwa spłoszone rumaki, bo i faktycznie jakiś samochód tak wjechał na okoliczny parking, że w pewnej chwili padło na nas od tego, co zazwyczaj nazywamy „suką", jej reflektorów światło, jakby w próbie wyłowienia nas. Lecz też to światło jakże teraz nas niesie wraz z tym, co wydaje się naszym żywiołem, nas pędzących naturą. Nie ma nic piękniejszego niż ten zwykły bieg, jego każdy odczuwany w całym ciele krok, co przepełnia istnienie. O nie, teraz jakże łatwiej, a i świadomość barier zostawia się za sobą niczym o sobie sprzed chwili wspomnienie.

– Kurwa... oni jadą za nami chodnikiem... Spadamy do Wisły. Po schodach nie zjadą... – rzuca rozkazująco Koniu po obejrzeniu się za siebie i automatycznie ruszamy schodami w dół, gdzie jakby czekał nam na wybawienie zacumowany w mroku statek. Ale nie dajemy się uwieść temu złudzeniu, ale biegniemy w stronę przęseł mostu Grunwaldzkiego, jakby tam miało znajdować się dla nas od strony ścigającego nas wroga wybawienie.

– Jak coś, to jesteśmy biegaczami – dysząc mówię do siebie bez sensu.

– Ty lepiej już nic nie gadaj, bo to przez ciebie... Jak mnie spiszą, a stara się dowie, to... to po góralskich zawodach będę miał prze... przechlapane.

No to i od tej chwili uciekamy w milczeniu.

Przebiegłszy pod mostem, zatrzymuję się, bo mi zaczyna brakować nieco tchu, co też wydaje się dotyczyć Konrada.

– Niech ich szlag... chodźmy po... już wolniej... może już... może już zostali... – próbuję wyjaśnić przerwanie szaleńczego biegu.

– Zgubili trop?... Czekaj, zobaczę... – Koniu zaczyna wspinać się na wał i będąc już na górze, mówi stłumionym głosem: – Są przy moście... skręcają na... jadą ... pojechali Dietla – i po tych słowach powraca na asfaltową ścieżkę.

Po tym wyjaśnieniu w milczeniu powlekliśmy się wzdłuż Wisły w stronę podgórskiego mostu, a przy nim zagadnąłem:

– Widziałeś film „Samotność długodystansowca"?

– Nie... pewnie to znów z tego twojego DKF-u.

– Z mojego, nie z mojego, tam przychodzi pełno takich analitycznych palantów, którzy pieprzą pod prowadzącego, ale nie o to biega, a o film. To jest o chłopaku, który się nie dał zmielić i choć był najlepszy, to nie wygrywał wtedy, jak tego od niego wymagano.

– Jakiś palant?

– Nie, nie dał się udupić władzy. Wiesz, oni cię wypuszczają niczym charta, żebyś im wybiegał, złapał co trzeba, prestiż i tak dalej... traktują cię jak instrument.

– ... no wiem, fujarę. Dlatego my się nie damy.

– Pewnie, na to konto im tylko zaśpiewamy, co?...

– No to trzy cztery...

Łelkam maj son, łelkam tu maszin
Łot did ju drim?
Yts olrajt łi told ju łot tu drim
Ju drimd of e big star, hi plejd e min gita
Hi olłejz et in de stek ba
Hi lowd tu drajw in hyz Trabant
So łelkam tu maszin

– Łapa za tych, co na morzu!

– Łapa – mocno ściskamy sobie dłonie, ale żeby nie było rozczulająco, czym prędzej dodaję: – I tak to ja wykiwałem tych sukinsynów.

– Ty?... bajka – bagatelizując moją zaczepkę, Koniu splunął do rzeki. Po przejściu przez most kierujemy się przeciwległym wałem w stronę Mostowej, tam, gdzie podobno za dawnych lat był most na Wiśle. Wydaje się dziwnie ciemniej niż by się tego oczekiwało, ale to może tylko takie złudzenie? Wiemy, że nadchodzi już pora końca dzisiejszej „miejskiej akcji", jaką od czasu do czasu lubiliśmy sobie sprawić. Poza tym materia chyba zaczyna czuć zmęczenie, stąd i duch nie taki już u nas lotny. Wyraz temu nastrojowi daje nawet i Koniu, w pewnym momencie kierując się pod mur dla oddania moczu, jak to sam nazywa. Ja tymczasem zbiegam w stronę Józefińskiej, gdzie nagle zza załomu słyszę głos, który swoim niespodziewanym zabrzmieniem jakoś mnie przeraża. Po chwili zaczynam rozumieć to, co brzmi przez powtórzenie:

– E..., frajer!

Dźwięk ten wzdrygnąwszy moim ciałem, staje się równocześnie impulsem, który rzuca mnie kilka kroków z okrzykiem:

– No to Koniu... – po tym wezwaniu zastępuję w sobie strach wyznaczeniem znanego mi rytmu, co też i czynię. Raz... dwa... raz, dwa, trzy.

Dostrzegam ich dwóch, którzy na mój widok jakby się zawahali, ale zarazem i Konrada nie widzę.

– Powiedziałem chodź no tutaj – powtarza pierwszy.

– Kopsniesz szluga dla pasera, bo cię paser sponiewiera – dodaje ochoczo drugi, bym ja znów odskoczywszy kilka kroków, kontynuował „nasz" krok, skandując:

– Raz... dwa... raz, dwa trzy!

Któryś podbiega, ale dzięki „naszemu krokowi" jakoś też cudem unikam jego ciosu, by wymierzyć mu swój gdzieś w głowę z łokcia, a następnie zrywam się do panicznej ucieczki. Ktoś rzuca się w pogoń za mną, ale tylko z kopa udaje mu się potraktować mój tyłek, co mi tylko dodaje napędu. Bez pamięci pędzę. Pędzę przez jedną, później przez następną równie ciemną ulicę, aż przytomność odzyskuję na Węgierskiej, niemal nie taranując jakiejś kobiety, która ze zdziwieniem i przerażeniem wydobywa z siebie tylko jakieś bełkotliwe westchnienie, bym usłyszał za sobą słowa:

– Zgłupiał?... Przecież by człowieka zmasakrował... Tak pędzić... idiota. Upewniłem się, że nie jestem już ścigany, więc zacząłem iść zwyczajnym mi krokiem i nawet udaję, że nic się nie stało. Kieruję się w stronę tramwajowego przystanku, jednak roztrzęsiony wewnętrznie niczym galareta za nic nie mogę powstrzymać tych wszystkich zbędnych odruchów. Przychodzi mi na myśli Konrad, który w dziwny sposób się „rozpłynął", ale wracać tam już nie zamierzam. Nie wiem czy go dopadną, ale też nie wiem czy on specjalnie się nie ulotnił, słysząc właśnie moje skandowanie. Nie, byle już nie myśleć, byle z tego „getta" się wydostać i znaleźć w domu, w mojej jaskini. Więcej już na nic nie mam ochoty. Wiem tylko jedno, że wciąż niczym ścigane zwierzę muszę być czujny.

I nadjeżdża wreszcie tramwaj. Wsiadam, zajmuję miejsce przy oknie, by spoglądając w swoje odbicie, poczuć się teraz wreszcie bezpieczniej. Wagony przeraźliwie zgrzytają na zakręcie, jakby w ten sposób ujawniały moją w pojeździe obecność, stąd na wszelki wypadek wciskam się mocniej w oparcie drewnianego siedzenia i tak kolejno mijamy „Kryształ", fragment muru getta i za nim zamknięty już sklep monopolowy, by następnie dojechać do Placu Zgody. Nieliczni pasażerowie, najczęściej powracający z drugiej zmiany cuchnący swoimi warsztatami robotnicy z Zabłocia, lokują się przy oknach, a niektórzy też rozprawiają o swojej robocie.

I tak mostem Powstańców Śląskich opuszczamy Podgórze, podążając równocześnie z pociągiem, który dudni nieopodal po kolejowym moście. Zauważam, że nie wiedzieć skąd, też boli mnie „siedzenie", ale mimo że nie jest to jakieś uspokajające uczucie, to czuję ulgę. Wszystko jakoś gra we mnie, jakby cały świat zamierzał wyśpiewać we mnie, choć przecież za mnie:

So, so you think you can tell heaven from hell, blue skies from pain
Can you tell a green field from a cold steel rail? A smile from a veil,
Do you think you can tell?
And did they get you to trade your heroes for ghost? Hot ashes for trees?
Hot air for cool breeze? Cold comfort for change?
And did you exchange a walk on part in the war for a lead–role in a cage?
...
How I wish, How I wish you were here
We're just two lost souls, swimming in a fish bowl, year after year
Running over the same old ground. What have we found? The same old fears
Wish you were here

SZUKAJĄC SPEŁNIEŃ DYREKTYW ROBOLA

Oto na przekór wszystkim, a także samemu sobie, a wyłącznie ze względu na ciekawość świata, pewnego dnia stałem się robotnikiem. A że nie zamierzałem być jakimś zwykłym jego rodzajem, to i uznałem, że w ten oto sposób staję się robolem, jak zwykło się nazywać niewykwalifikowanych pracowników, wykonujących garbarską robotę. Ja wciąż bowiem uważam, że właśnie dzięki temu ciężkiemu zajęciu będę czuł na własnej skórze trud życia, a oprócz tego też będę mógł oddać się swoim „jaskiniowym dociekaniom" i na co dzień będąc kimś całkiem innym. Ta dziwaczna idea i dwoistość jest mi potrzebna z prostej przyczyny: oto bowiem zupełnie straciwszy zaufanie do świata i ludzi, razu pewnego zdobyłem się, jak mi się wciąż wydaje, na wyjątkowy heroiczny gest. Oto „Odrzucam *Siebie, Boga,* a także i *Społeczeństwo*" – co oznajmiłem wszem wobec. A w takim razie co mi pozostało po tak radykalnym wyzwaniu? No właśnie: autentyczna nicość, którą mogę koić tylko okazjonalną rodzajowością codziennego życia, a że mi tego za mało, to i wyobrażam sobie, że oto właśnie jestem tym od niej specjalnym agentem. Agentura ta jednak nie może być związana z żadną z żyjących postaci ani też jakąś historyczną, bo i przecież ze mnie żaden wyznawca idoli ani przeniewierca idei, dzięki którym to ja mam być postępem. Przecież tu i ówdzie słyszę, że to w młodych właśnie leży siła, postęp i przyszłość tego narodu. Stąd ja tylko jestem tej dyrektywy wyrazicielem i zamierzam ją egzekwować, choć „egzekutywą" przecież partyjną nie jestem. Dlatego słowności tych, którzy słowa te wypowiedzieli choćby raz jeden, a nawet pomyśleli, że użyć ich można dla obiecanki cacanki względem takiego jak ja właśnie specjalnego agenta, nie daruję i nie popuszczę, co właśnie sobie przyrzekłem. No cóż ja pocznę, że jestem już taki, a nie inny, który wcale się na ten świat nie prosił, a nawet więcej, wcale nań mu śpieszno nie było. Niech teraz świat ponosi tego aktu natury konsekwencje, a zwłaszcza swoich słów na wiatr rzucanie. Zdaję sobie przy tym sprawę, że tylko z sobą mam jakiś kłopot, ponieważ dręczy mnie wrażenie jakbym wciąż znajdował się na jakimś nieodpowiednim krańcu czy to świadomości, czy też siebie samego, poprzez to widzę z dystansu nieodpowiedni sobie stan i miejsce, co z kolei każe mi pędzić na przeciwległą stronę do spełnienia, jakby to do siebie samego, ale i jak się już tam znajdę, to z miejsca dostrzegam walory bycia po przeciwnej stronie. Stąd mi znów nic innego nie pozostaje, jak dla poznania tajemnicy tego zjawiska, udać się w kolejną wędrówkę.

I tak, aby dojechać do Zakładów Garbarskich, muszę wstać o piątej rano i w szalonym tempie zjeść śniadanie, a następnie pobiec na przystanek, żeby zdążyć na ranny tramwaj, którym dojadę na mojej roboty miejsce. W tramwaju jest robotnicza atmosfera z nieświeżym powiewem zgniłych oddechów, pomieszanych z zapachem w pośpiechu niewymienionych na czas skarpetek. Przecież jeden dzień więcej ich używania to tylko więcej „mojości" w ogólnej atmosferze. Dlatego jakże swojsko wkracza się do zakładu pracy, gdzie należy dumnie odbijać kartę, bo i się wstępuje w zaszczytne garbarskie podwoje, a że strażnik czuwa nad tego świata porządkiem, to i aż miło, że każdy wie, gdzie się jego miejsce znajduje. A jest tu i ono dla takiego jak ja, nowicjusza. W szatni też z tego powodu nawet się dla mnie opiekun i przewodnik poświęci, bym łatwiej miał się znaleźć pośród labiryntu metalowych szafek i nawet potrafił odnaleźć coś dla siebie. A kiedy ten początkowy etap wstępowania do grona wtajemniczonych w garbarską sztukę się kończy i dowiem się już, gdzie mój warsztat pracy, a zwłaszcza opanuję czynienia co do mnie należy dla oczekiwanych efektów, nastąpi dzień dla wspólnoty niezwykle ważny, a mianowicie rytualne nowicjusza do grona wtajemniczonych przyjęcie.

Na początek brygada musi się rozprawić z moim ferszalunkiem, który przecież zawdzięczam robotniczej braci, stąd i siwy mistrz obrzędu sam niepalący, reszcie przerwę na papierosa zarządza. No to i palimy Kozieła popularne, rozsiadłszy się, na razie beze mnie, na kamiennym przy wejściu do hali występie, aby na fakt mojej osobistej czystości miał uwagę zwrócić Staszek z Gdowa.

– Siadajże Kwiczoł z nami, nie udawaj czyściocha.

Po tym nieoczekiwanym wezwaniu na wskazane mi miejsce spoglądam, skąd kipi towotem, sodą, chromem i kwasem solnym, by się żachnąć z powodu jakiegoś na ten widok dyskomfortu.

– Ty, kurwa, nie udawaj elegancika, tylko klap i siedź, bo jak w robocie będziesz patrzył, żeby sobie portek nie ubabrać, to zamiast oddać się zadaniu, będziesz tylko się szwarcował.

Ja stoję jednak niemy, bo nie wiem, co on do mnie mówi, choć też trudno, bym się tego nie domyślał. Spoglądam nieśmiało na moje nowiutkie ubranie robocze i na ich jakieś nie z tego sortu łachy, po czym całkiem według mnie sensownie mówię:

– Same się przecież podczas roboty załatwią. Po co…

– Ty… filozof. Tu nie chodzi o robotę, ale do roboty podejście…

– No tak…, chyba nam się filozof trafił – dodaje Rychu z Ludwinowa.

Po tych słowach spoglądam na samego brygadzistę, w nim instynktownie szukając ratunku, ale ten tylko z zafrasowaną miną, siwą głową swą kiwa i kiwa. Zawiedziony więc robię krok w stronę wskazanego mi miejsca, a zarazem jakże mi tego mojego ubranka szkoda. Przecież są takie jak ulał, jakby na mnie szyte ogrodniczki, których nie widziałem u żadnego innego w zakładzie pracownika. To spostrzeżenie nawet mnie i nagle zdziwiło, ale nie miałem czasu na zajmowanie się tym dłużej, bo oto moja sprawa być albo nie być „swoim" się ważyła. Trochę mi było nawet szkoda, że tak muszę wchodzić bez reszty w to garbowanie, które przecież nie wydaje mi się celem, ale tylko etapem wędrówki dla „mojego" życia. Tymczasem nieoczekiwanie z odsieczą przychodzi mi postać „agenta", który bagatelizuje brudnych spodni konsekwencje i łatwo oraz przyjemnie prowadzi mnie na wyznaczone mi miejsce.

– No i jak?… Widzisz, Kwiczoł, jak to przyjemnie – z uznaniem mówiąc, Staszek z Gdowa klepie mnie w kolano i to z niekłamanym uznaniem.

– No… przyjemnie, ale… ale powiedz mi dlaczego tylko ja mam taki… no wiesz, te ogrodniczki – mówię przyciszonym głosem, jakby tylko w tajemnicy do niego, ale i Rycho usłyszał i śpieszy z odpowiedzią:

– Za szybko wszystko chciałbyś wiedzieć. W swoim czasie… Nie od razu Zabłocie zbudowano…

A więc sprawa wyjątkowości mojego ferszalunku pozostała tajemnicą, której rozwiązanie mogłem powierzyć kompetencjom „specjalnego agenta". Tymczasem usatysfakcjonowana z pozyskania nowego członka brygada promieniowała w pełni blasku i dla siebie uznania. Stąd nic mi więcej nie pozostało, jak tylko z zapałem wziąć się do roboty, bo przecież bez pracy nie ma kołaczy, choć mnie akurat nie o kołacze w niej chodzi, ale sam nie mogę wyrażać przed sobą tego głośno, bo po cóż „agentowi" ułatwiać zadanie. Poza tym i przed nim powinno się mieć jakąś tajemnicę. Dlatego też po tym zdarzeniu wszystko w harmonii biegło miesiąc po miesiącu, aż pewnego dnia zjawiłem się u wujka Czajnika, który, jak mama mówiła, popadł na zdrowiu i stąd też pewnie by się ucieszył, gdybym go odwiedził. No i w ten sposób złożem mu niezapowiedzianą wizytę w jego lokatorskim mieszkaniu na czwartym piętrze.

– Jak się masz, wujek? – zagadnąłem, kiedy ten za mną drzwi zamknął.

– A..., po staremu. Pogodę ładną mamy... Chodź, chodź, dawno cię nie było. Myślałem już, że się gdzieś wyprowadziłeś... tym razem za jaką młodą panną...

– Pracuję ciężko i tak żyję sobie... Ale wujek podobno umiera.

– Jeszcze nie nie... nie tak na zawsze. Ale jak tam mamu...sia?... – z troską w głosie zadał Czajnik pytanie, siadając na swym odwiecznym taborecie przy kuchennym stole i dziwnie zaczął mi się przyglądać.

– Mamusia jak mamusia, prowadzi tak zwane gospodarstwo domowe – odparłem, by odsunąć na kraj stołu wczorajsze „Echo Krakowa", po czym wsparłem łokcie na blacie stołu, a dłonie złożyłem tak, aby wesprzeć na nich brodę. – Ale co z wujkiem, wszystko ze zdrówkiem w porządku?

– No... no... no! Różnie to bywa, bracie Polaku. Nie zawsze człowiekowi da zjeść – Czajnik wysuwa szufladę, w której pełno poukładanych paczek sportów. – Jak kodeinę człowiek weźmie, to i lepiej się czuje.

– Ciotka przyniesie... jest w pracy?

– A... Poszła do córki... Te... córeczki ciureczki. Szkoda gadać, świat dziś jest jakiś powykręcany – oznajmił wujek z jakąś nutą żalu w głosie. – A jak tam ta twoja praca, przecież ty zasługujesz na coś lepszego. Twoja główka nie od parady.

– Ale sześć godzin się tylko pracuje i zarobię więcej niż gdzie indziej.

– Ale szkodliwe... – po czym zapala umieszczonego w poczerniałej szklanej lufce papierosa.

– Przecież nie będę tam do końca życia.

– No tak, ale to ciężka robota.

– Nie zawsze. Wczoraj na przykład nie było prądu i wyszedłem na tym lepiej aniżeli bym pracował.

– Ale wy macie chyba akord, co?...

– No tak, ale jeśli nie z mojej winy nie zrobiłem normy, to mi płacą „średniówkę", która jest wyższa niż dniówka przy normie. Ja tego nie rozumiem, ale tak to...

– Kto by się tam wyznał na tych dzisiejszych ich algebrach. Już nawet białe jest czarne i na odwrót.

– Ja też uważam, że to jest kopnięte, bo z czego niby by się płaciło, gdyby tak stać przez dłuższy czas, ale jak o tym powiedziałem majstrowi, to mi zwrócił uwagę, żebym nie filozofował, tylko robił swoje. Jak znowu chciałem nadgonić plan z wyżymaniem, bo już nie było gdzie układać wygarbowanych skór, ...i nawet uzgodniłem to z nim, że mi zapłacą za to co zrobię... Nawet po godzinach zostawałem, by odrobić zaległości, to jak przyszło do wypłaty, to i tak miałem tyle samo, co drugi, co „robił tylko swoje". Tak wygląda u nas praca akordowa. Jak poszedłem do majstra ze skargą, to uciekł przede mną i ekonomistkę wypuścił na mnie, a sam się zamknął w kantorku. I będzie dobrze? Daj wujek fajkę, bo się zdenerwowałem.

– Tak, to sowieckie metody, ten skurwysyn trzyma wszystko za mordę i gnębi ludzi. Marnotrawi zapał i bogactwa tego narodu. Wszystko tylko grabi, a pociągi na wschód jadą z tym co najlepsze, a dają za to grosze. Hmm..., spróbuj tylko im o tym powiedzieć, to cię od durniów wyzwą, a jak nie, to kark skręcą, jak temu studentowi i innym... Szubrawcy.

– Ale... lepiej niech się wujek nie denerwuje. Jak tam totolotek?... – spytałem, bo i doskonale wiedziałem od ciotki, że wciąż gra i w ten sposób się stara uzyskać brakującą kwotę na złożoną kiedyś przedpłatę na małego fiata. I choć sam zapewne tym autem, nawet gdyby go uzyskał, ze względu na stan zdrowia nie potrafiłby jeździć, to uparł się, że go w końcu zdobędzie. Tymczasem maluch, wciąż podrażany, umykał mu niczym „króliczek", którego on uparcie ścigał i ścigał, przeklinając „komunistów" za swe nieszczęście.

Ale gdyby on tylko tak właśnie sobie przedstawiał tę pogoń za cywilizacyjnym dobrem, to byłoby jeszcze pół biedy, ale ten widział w tym władz przedsięwzięciu analogię do rosyjskiej bajki, w której siedzący na saniach trzymał przed nosem zaprzęgniętego w nie psa kiełbasę na kiju, by ten był mu pociągiem. Pewnie sam ten fakt wprowadzał go we wściekłość i kładł się cieniem na zdrowiu, ale i powodował rozbawienie. Od czasu do czasu wyzwalał nawet w sobie nadzieję, kiedy udawało mu się trafić jakąś „trójkę". Dzięki niej mógł łatwiej podtrzymywać w sobie obietnicę, że następnym razem to już nie na jeden, ale nawet na kilka maluchów stać go będzie.

– A gdzie tam, ci złodzieje nie dadzą wygrać uczciwemu człowiekowi. Ostatnio ledwie miałem dwójkę.

– Może w zamian partyjkę, ...w 66 zagramy? – spytałem ot tak, by się odmieniło.

Przy tej okazji doznałem olśnienia, a to zapewne za sprawą i mojego „agenta", który oto nieoczekiwanie przebudził się we mnie, następująco myśl swą formułując: „Jeśli tak i ja miałbym się stać rodzajem tego ciągnącego czyjeś sanie psa, który na przykład próbuje odłożyć i tak na niedostępnego mu w jakiejś sensownej czasowej perspektywie grundiga, to co powinienem zrobić z tym celem? Ano uznać go za nieistotny, wtedy bowiem nie wyjdę na frajera".

– A..., jedną możemy ...nawet sobie uciąć, jak stare chłopy – powiada wujek, po czym znów otwiera szufladę, tym razem sięgając do niej głębiej, skąd wyjmuje pudełko kart, i dodaje: – No, zobaczymy komu to kurka jajko zniesie. Zaraz, tylko wybiorę te... do „zechcyka".

Ja tymczasem ze swojego osobistego agenta jestem nawet całkiem dumny.

Od czasu mojej niezapowiedzianej wizyty u wujka Czajnika, a szczególnie ze względu na wnioski, jakie za jego przykładem wyciągnąłem przeprowadziwszy też wewnętrzną samokrytykę, w końcu postanowiłem nie okłamywać się co do mojej pracy w garbarni i nie udawać przed sobą, że oto szczególnie interesuje mnie ona ciężka i to tylko dlatego, żeby trud życia intensywniej czuć na swoich barkach. Nie idzie tu wcale o jakiś słomiany zapał, ale o niechęć stania się „frajerem", który będzie harował dla uciechy tych, którzy się po partyjnych egzekutywach tylko obijają. Muszę przy tym też przyznać, że z tego powodu nawet było mi przykro, miałem bowiem coś takiego w sobie, co wydawało się być potrzebą dania z siebie otoczeniu czegoś całkiem bezinteresownie, czegoś wymagającego poświęcenia dla czystej sprawy, a nie dla jakiejś manipulacji władzy. Jak sobie przy tym zdałem sprawę, oto agent brał górę we mnie nad kimś, kogo uznawałem za kogoś swojego, a nawet więcej, za siebie samego. Lecz prawdzie jednak należało spojrzeć w oczy. Mimo że garbarnia mieściła się w bardzo ładnym architektonicznie czterokondygnacyjnym XIX-wiecznym budynku o charakterystycznej ceglanej elewacji i podłużnych kratowanych oknach, a za nim strzeliście piął się okazały komin kotłowni, to przecież ziała smrodem, a wewnątrz hal, zwłaszcza na dole, panowała wilgotna i ciężka aura, której pozbyć się za nic nie było można, mimo wciąż otwartych bram, a w domu wietrzenia ubrania. Od jednych takich drzwi, za którymi w głębi hali wciąż obracały się niczym walce ogromne beczki, prowadził dość stromy podest, którym codziennie pięcioosobowa brygada wwoziła nową partię skór na średniej wielkości kilkutonowych wózkach. Taki wózek musiał być wyhamowywany przez czterech ludzi uwieszonych z tyłu, aby trzymający za dyszel mógł nim raptownie o 90° wykręcić tuż za filarem i nie rąbnąć w metalową osłonę beczki, albo też być do niej przygniecionym. Był to z pewnością wyczyn, bo i podłoże nie tylko musiało być mokre, ale i tłuste od smarów, oraz od rozsypanych chemikaliów śliskie. Ten manewr z pewnością nie udawał się za każdym razem bohaterskim kierowcom, o czym miała świadczyć pognieciona barierka, ale czy komuś się coś przy tym stało, tego wiedzieć jeszcze nie mogłem jako i ten, który „nie zjadł zębów" na garbowaniu. Zębów z pewnością nie zjadłem, ale przy okazji najadłem się czegoś innego, co stało się powodem mojej wizyty u dermatologa, który po przeprowadzonych badaniach wydał diagnozę, że powodem swędzącej wysypki na moich rękach jest uczulenie na chrom. Dlatego też powinienem zmienić miejsce pracy, o czym powiadomiłem majstra. Wtedy moja osoba okazała się bardzo ważna, a nawet niezbędna w technologicznym procesie skór garbowania, a nawet utrzymania produkcji w toku. Na tę okoliczność nawet koledzy, w osobie Rycha, postanowili wtajemniczyć mnie w sposób pozbycia się i to nie tylko uczuleniowej wysypki, ale i wszelkich dolegliwości wynikających z uciążliwości tej roboty, którą przecież mogą wykonywać wyłącznie silni faceci. Na tę okoliczność udaliśmy się najpierw do kasy, mieszczącej się w budynku administracyjnym, gdzie znajdowały się też nasze szatnie, łaźnia, jadalnia i magazyn wyrobów gotowych, do których jednak prowadziły odrębne wejścia.

My za to mogliśmy pójść na pierwsze piętro czerwonym chodnikiem, by tam mój przewodnik załatwił mi chwilówkę, czyli na poczet najbliższej wypłaty zaliczkę. No i nawet całkiem sprawnie ją otrzymałem, po czym Rycho jako obeznany w stosunkach garbarskich i mając układy ze strażnikiem, udał się załatwić „na składzie" specjalną dla mnie odtrutkę. Skład to był węgla, a mieścił się nieopodal na ulicy Zabłocie, naprzeciw kamienicy z poczerniałej czerwonej cegły. Ulica ta była kostką brukowana z mnóstwem dziur, rozsypanego miału oraz końskiego łajna. Przyjeżdżano tu też po materiały budowlane, a i do warsztatu samochodowego. Od czasu do czasu opuszczano też rampę, by torami przecinającymi jezdnię miała przejechać spalinowa lokomotywa z kilkoma wagonami, a następnie podążyć wzdłuż muru ogradzającego garbarnię w stronę „sztreki".

Za to Rycho nie błądził z flaszką o czerwonej naklejce za paskiem starych spodni, co to przyniósł z domu wraz z koszulą, które jak się już zdążyłem zorientować, wolał od nowo obstalowanego i należnie przysługującego mu ferszalunku. Te wraz z butami rybackimi zamiast używać, spieniężył, oddając w komis na rogu placu Serkowskiego. Rycho też rzucił jeszcze okiem w stronę baru „Na rogu", a następnie na wprost, podążył w głąb ulicy Przemysłowej, gdzie jakoś od zawsze już budowano chlubę krakowskiego przemysłu kosmetycznego znaną w świecie i RWPG „Miraculum", po czym wszedł na swojską portiernię.

– Byłem w barze na śniadaniu. Dobre mają zrazy – rzucił strażnikowi, który udał, że mu wierzy, by pewnym krokiem wkroczyć na podwórko wyłożone trylinką i następnie przejść obok porzuconego akumulatorowego wózka z łopatą i czyjąś czapką na platformie.

Skąd ja to wiem? Jak widać zdążyłem się już zorientować w tych zwyczajach co niektórych towarzyszy ciężkiej pracy garbarza. Tymczasem ja w takich okolicznościach postanowiłem się poobijać i nie wykonać dziennego planu, ponieważ i tak miałem już nadrobione i do tego niezapłacone. Podjąłem się w zamian roli rekonwalescenta, który słuchając fachowców w branży, wraz z nimi się wyleczy ze wszelkich dolegliwości, jakie niesie z sobą trudne i szkodliwe skór garbowanie. Ażeby jednak nie wyglądało to na jakiś bojkot pracy czy coś, co się podobnym słowem nazwać nie ośmielę, załatwiłem tzw. manszon w wyżymaczce, który najwidoczniej zrobiony był z wadliwego filcu. Fakt ten został zgłoszony do warsztatu, a zarazem też zlecenie przez ślusarzy zostało przyjęte. Oczywiście awaria usunięta zostanie w ramach mocy przerobowych i w terminie wyznaczonym z uwzględnieniem nie tylko przepisów BHP, ale również i ppoż., co pozwoli mi z brygadą siąść wygodnie na hałdzie skór i z musztardówki powoli spożyć lekarstwo. A wszystko to dla robotniczego trudu i z dbałością o jakość pracy, którymi się aż tak przejąłem, że nawet nie zauważyłem jak z kolegami do „Apteki" na Plac Zgody dla dalszej kuracji się przeniosłem. A że w obecnym czasie była to niemiłosierna speluna, to i szybko postarałem się o otaczającym mnie świecie zapomnieć, by nazajutrz z potwornym kacem obudzić się w mojej jaskini. Mimo to udałem się jak zwykle na swoje miejsce pracy, a przy tym już się nie uskarżałem na żadne dolegliwości ani też uczulenia. Dzień też udało mi się przetrzymać, a po tygodniu dostałem nawet lepszą pracę na „wykańczalni", gdzie klimat panował już całkiem inny i zarazem mnie bliższy, poprzez temperaturę bowiem przypominał nawet i pustynny. Wypadało mi się więc tylko cieszyć, bo i moje wynagrodzenie też poszło w górę, a ja nawet w pewnym momencie zacząłem i życie uważać za poezję, wspomagając się tym i innym twórcą. Aż tu w pewnym dniu, niemal pławiąc się w swojej jaskiniowej sielance, zadzwonił do drzwi dzwonek, aby miał w nich ukazać się sam listonosz i to we własnej osobie. Miał z sobą jak zwykle dużą skórzaną czarną torbę listonosza i plik listów, spośród których wyjął dla mnie milicyjne wezwanie. Musiałem przy tym jeszcze pokwitować jego odbiór, by w ten oto sposób stać się wezwanym na przesłuchanie pełnoprawnym świadkiem.

„Jakim i czego świadkiem?" – cisnęło mi się na myśl pytanie i wciąż wpatruję się w ten świstek papieru zwany korespondencyjnym dokumentem, z którego za nic mojego przedmiotu świadczenia wyczytać nie potrafię. Jakiś paragraf, sucha niczym przepuszczona przez wyżymaczkę formułka i tylko data wpisana długopisem wraz z tajemniczym świadkiem wyrażone są wraz z adresami jasno.

A kiedy po kilku dniach już do nazwania mnie tym kimś nowym nieco się przyzwyczaiłem, przyszło mi na myśl jak też i czy w ogóle jest możliwe pogodzić go z moim agentem. Jeśli przecież miałbym być rzetelnym i po prawdzie świadczącym świadkiem, to nie mogę zarazem zachować w tajemnicy roli agenta, który swoją misję i cele przecież musi ukrywać przed świadczeniem, bo w przeciwnym razie cóż to z niego za agent. Rozterka ta i zasadnicza sprzeczność wydawały się nie do przezwyciężenia i zawładnęły mną bez reszty. Nawet nie mogłem się doczekać dnia i godziny, kiedy zacznie się wyjaśnianie tej z pewnością konfliktowej sprawy.

No i wreszcie nastąpiła pora, by stanąć twarzą w twarz względem śledczego. Jestem przy tym pełen niepokoju i napięcia, które potęguje we mnie widok metalowych dwuskrzydłowych drzwi do komisariatu, przy czym jedno okazuje się zamknięte. Nie wiem dlaczego akurat poprzez to skrzydło zamierzałem się dostać do wewnątrz, bo przecież do tego obok umocowany jest znacznej wielkości uchwyt, ale może to tylko roztargnienie. Może też instynktownie chciałem sprawdzić możliwości stąd wyjścia? Efekt okazał się taki, że kopnięciem weń spowodowałem odgłos swoistego gongu, który w ten sposób oznajmił moje do niewielkiej dyżurki wstąpienie. Chyba jednak nie zrobiło to większego wrażenia na dyżurnym milicjancie, który zza szyby spojrzał na mnie wzrokiem znudzonego urzędnika.

– Dzień dobry…, mam…, to jest wezwanie w charakterze świadka… – wycedziłem z nosem w okrągłym otworze ze szklaną obręczą przytwierdzoną do szyby trzema metalowymi uchwytami, po czym wsunąłem złożone na pół wezwanie w półkolisty otwór przy wąskiej ladzie.

– Dowód osobisty...

Gorączkowo więc szukam dowodu osobistego, by wreszcie natrafić na zieloną książeczkę w tylnej kieszeni spodni. Podaję dokument swej rzekomej mi tożsamości milicjantowi, który tymczasem przygląda się wezwaniu. Tamten jakoś od niechcenia podejmuje się sprawdzić zgodność zapisu ze stanem mojego wyglądu, po czym sucho oznajmia:

– Drugie piętro, pokój 127.

– A dowód? – instynktownie upominam się o nadaną mi tożsamość.

– Przy wyjściu.

Niechętnie rozumiejąc odpowiedź, kieruję się do następnych metalowych drzwi, tym razem z okienkiem, które na tę okoliczność odzywają się brzęczeniem. Pchnąwszy je, przekraczam próg z uczuciem obcości miejsca. Tak, niby zwyczajna klatka schodowa, a nawet i nią wspinanie, ale taka jakaś i te korytarze tchną tutaj chłodem i wydają się nieprzychylne mojej sprawie. A ta jest przecież za sprawą wezwania, nim wyzwolona, co na domiar powoduje konflikt świadka z agentem.

Znalazłszy się na drugim piętrze dzielnicowego komisariatu milicji obywatelskiej, zacząłem śledzić kolejny bieg numerów, by dotrzeć do wskazanego wezwaniem pokoju 127. Tego drzwi wyróżniają się od pozostałych granatowym obiciem i napisem: wchodzić tylko na wezwanie. Odruchowo spoglądam na zegarek, siadam na drewnianej ławce przy ścianie, by wzrok skierować w stronę odgłosu kroków podzelowanych butów. To mundurowy przeszedłszy od schodów kilka kroków, raptownie się zatrzymał, szorując przy tym zelówką o posadzkę. Otworzył drzwi i zniknął w jakimś pokoju na korytarza końcu. Zakładam nogę na nogę i bezmyślnie spoglądam na pas szarej lamperii. Słychać stukot maszyny do pisania i gdzie indziej stłumioną rozmowę, a w innym jeszcze miejscu otworzyły się drzwi, a rozmowa stała się bliższa. Z głębi wyłaniają się ze ściany dwie nad wyraz stanowczo rozprawiające o czymś postaci. Jedną z nich jest facet w cywilu, a drugi to mundurowy, który przez ten mundur właśnie wydaje się nadawać sobie pewności ponad naturalnie przynależną mu miarę. Wywołuje to u mnie spontaniczny grymas uśmiechu i uczucie jakiejś pogardy zarazem. Tamci przechodzą obok, bym spojrzał na głębokie zakola na jakiejś małpiej czaszce cywila o ciemnych włosach i piwnych oczach, których spojrzenie ten przypadkowo kieruje na mnie, aby następnie szybko je odwrócić, jakby w ten sposób chciał uniknąć weń wejrzenia. Surowy jego wyraz twarzy rzuca na mnie jakiś cień dwulicowej natury, którą stara się uporczywie utrzymać w ryzach pozoru jedności, by choć w ten sposób mieć nad nią władzę. Jakoś przestraszają mnie tego konsekwencje, bo i pewnie też nad wyraz jest skuteczny w tym co robi, jednak szybko kieruję swój niepokój na własne rozdarcie. Jakże ja chciałbym być już po tym świadczeniu, poza tą pustą rzeczywistością, którą przecież za nic nie mogę mieć w poważaniu, no chyba że to przed sobą udając, i by uniknąć konsekwencji jakiejś innej gry pozorów, w którą faktycznie mógłbym być wplątany. A może ja już jestem wciągnięty, a to wezwanie na świadka w nieznanej mi sprawie właśnie temu służy. Wstaję, by podejść do czarnego talerza metalowej popielnicy na wysokiej nodze i sięgnąć do kieszeni koszuli po klubowego. Zapalam, po czym wrzuciwszy bezużyteczną zapałkę między niedopałki, głęboko zaciągam się dymem i przez moment czuję nawet ulgę, wewnętrzną jedność. Myślę też sobie, że to jest coś nie w porządku z tym moim na korytarzu czekaniem, skoro mam to wezwanie na konkretną godzinę. Nagle słyszę jakiś obco brzmiący z tyłu szmer i odwracam się, by unieść wzrok ku sufitowi. Oto gaśnie, by zacząć lekko mrugać brzęcząca świetlówka. Może w ten sposób tamci chcą wywołać we mnie jakieś podenerwowanie, zniecierpliwienie i tym samym sprowokować mnie bym zeznał coś, dzięki czemu będę musiał się następnie tłumaczyć na dodatek ze swojego zeznania. A jeśli się dam przyłapać, że oto postępuję jako agent zamiast wyłącznie świadczyć w przedmiotowej sprawie? Ale też jeśli mam w jakiejkolwiek sprawie świadczyć, to muszę znać jej przedmiot, a tego za nic nie potrafię wyczytać z wezwania i tego co się do tej pory wokół niego dzieje. Pewnie dlatego pozostaje mi wyłącznie czekanie. Ale dlaczego ja mam tu czekać i to tylko dlatego, że jakiś gliniarz ma na to ochotę. Przecież to nie jest moja sprawa, a jego. Jeśli mnie tu wezwano… Popchnięty buntem gaszę z impetem papierosa i ruszam nawet krok i drugi z postanowieniem natychmiastowego opuszczenia komisariatu. Jednak równie szybko też się zatrzymuję na myśl, że przecież nie mam dowodu, a i też musiałbym tłumaczyć tę sytuację dyżurnemu, co raczej jest nie do wyjaśnienia. Wyjmuję w zamian znów z kieszonki koszuli papierosa i już mam go pochwycić wargami, jak słyszę:

– A wy w jakiej sprawie?! – ostro brzmiący za mną głos nagle wyrywa mnie ze stanu bezmyślnego zaskoczenia, bym zamarł na moment, po czym odwrócił się jakby nigdy nic na pięcie.

Przede mną stoi krępy facet o krągłej twarzy z sumiastym blond wąsem i przenikliwym spojrzeniu inspektora Borewicza.

– Mam... czekam, bo dostałem wezwanie – mówię, powstrzymując drżenie głosu, a papierosa trzymam w jakimś zawisłym nad całą sytuacją geście.

Inspektor jakby swoją twarz zbliża do mojej, a ja się cofam o krok.

– Czeka się?... – i tamten znów się zbliża twarzą do mojej twarzy, bym się znów cofnąć miał o krok następny, aż tu trącam dziwny mebel za mną, który niczym zwężony stolik barowy stoi przy ścianie. – A czytać się nie chce? Przecież jest jak byk napisane: że należy wchodzić tylko za wezwaniem, a skoro się takie ma, to dlaczego organom ścigania czas się marnuje?

– Po co komu taki mebel... – mówiąc to łapię się za łokieć, którym zahaczyłem o tamto coś przy ścianie.

– Słucham?

– Nic, nic... tylko takie... Myślę...

– Zaraz dacie dowód swojego myślenia, składając zeznanie – inspektor z werwą do pokoju 127 drzwi otwiera, a ja udając się za nim, jak nigdy dotąd jestem oszołomiony, nigdy dotąd bowiem w takim jeszcze nie byłem.

Tak więc moim oczom ukazuje się wąski pokój z dwoma biurkami stojącymi bokami do ścian i drewnianym taboretem o okrągłym siedzisku. Trudno mi przeoczyć przeznaczone dla mnie tutaj miejsce, stąd od wejścia wprost na nie się kieruję. Prowadzący śledztwo też bezproblemowo zajął przynależne mu krzesło za biurkiem w głębi przy oknie, po czym otwiera szufladę i wyjmuje z niej plik jakichś dokumentów. Milcząco przez chwilę je wertuje i odkłada pewnie te potrzebne.

– Odłóżcie wreszcie tego papierosa. Tutaj go nie zapalicie.

– I tak nie mam już zapałek.

– Stanisław Kwik, syn Ignacego i Anny, urodzony 28 lutego 1958 w Krakowie w szpitalu na Kopernika. Obecnie zatrudniony w Zakładzie Garbarskim w Krakowie... Zgadza się?

– Nie mam pojęcia – odpowiadam uczciwie śledczemu, bo jak mi się wydaje w ten sposób staram się mu pomóc w ustaleniu przedmiotu śledztwa.

– Jak to nie masz pojęcia, a to że żyjesz, to masz o tym pojęcie... – tamten z kamienną twarzą mówi z drwiną w głosie.

– Tak, tego na tę chwilę jestem pewien i chyba mam tego nawet pojęcie... Ale czy ja to ten sam, o którym mowa z 1958 roku i w wezwaniu, to z mojego obecnego punktu widzenia sprawa nie jest już tak całkiem pewna, a zatem...

– Strugacie głupa czy usiłujecie utrudnić śledztwo? – tamten beznamiętnie przerywa, rozpiera się na krześle, przenikliwie na mnie z jakimś szyderczym grymasem twarzy spogląda.

– Ja otrzymałem wezwanie na świadka, dlatego próbuję... A w ogóle... W jakiej ja tu jestem sprawie?

– Od zadawania pytań ja tu jestem i jeśli chcecie zakończyć tę sprawę... pójść do domu, to radzę współpracować. Jeśli natomiast będziecie utrudniać śledztwo, to się pomęczycie, a my mamy czas, ... to czy tak, czy siak, uzyskamy co nam w śledztwie potrzebne. Wiecie..., rozumiecie?

– Rozumiem i postaram się wywiązać z obowiązku bycia świadkiem, mimo że przecież jestem a... jestem synem Ignacego i Anny. Nazywam się też Kwik, choć z tym narodzeniem w szpitalu na Kopernika... pan rozumie, przecież pan jest inspektorem... że trudno mi świadczyć o czymś, o czym pojęcia mieć nie mogę.

– O..., z was filozof. To ci się nam trafił... Ale co do imienia i nazwiska się zgadzamy, jak i co do tego, że będziemy mówić wszystko, co nam wiadomo w sprawie.

– Tyle, że ja jej nie znam.

– Uwaga na początek. Żadnej mi tu filozofii i gadania. Mówimy konkretnie i odpowiadamy ściśle na zadawane pytania. Rozumiemy się?

– Tak jest, panie inspektorze.

– Czy wy się domyślacie, w jakiej sprawie żeście tutaj zostali wezwani? – mówiąc to, inspektor wstał, by podejść do biurka obok i wziąć z niego maszynę do pisania.

– Właśnie, w wezwaniu nie zostało to napisane...

– Umówiliśmy się, że bez komentarzy i zbędnych wywodów. Odpowiadamy na konkretnie zadane pytanie – stanowczo oznajmił śledczy i postawił na biurku maszynę. Jakiś druk w kilku egzemplarzach przełożonych czarną kalką jął w nią wkręcać.

– Tak, oczywiście, nie mam pojęcia i nic w tej sprawie nawet mojemu a... mnie przyjść nawet do głowy nie może.

– No dobra, napiszemy to, co już wiemy – powiedziawszy to milicjant, zaczął wystukiwać na maszynie. – Witolda Słowika znacie?

– Wanię? Pewnie, że znam, chodziliśmy do jednej klasy.

– Pytałem o Witolda Słowika.

– Tak, znam. Ale po ukończeniu szkoły kontaktu z nim nie utrzymuję. Wtedy też znałem go tyle... o ile.

– Czy jest ci coś wiadomo o produkcji środków odurzających?

– Produkcji?... Ja pracuję przy garbowaniu... ale żeby takie rzeczy produkować... to chyba trzeba mieć do tego odpowiednie środki produkcji...

– Co wiecie w takim razie o produkcji środków odurzających.

– Środków odurzających... No żeby produkować, to w warunkach naszych trzeba chyba być „badylarzem", bo państwo...

– Bez zbędnych opinii. Co wiesz na temat wytwarzania takich środków.

– Wiem tylko tyle, że kiedyś można było chemicznie uzyskać coś takiego z kropli na żołądek, ale teraz takie są na receptę. Ale ja o tym nie mam pojęcia i nigdy czegoś takiego nie próbowałem.

– A coście próbowali?

– Raz... może kilka razy rąbnąłem sobie „kompotu" i tyle. Mnie nie obchodzą jakieś tam strzykawki i wyciągi mleczka z makówek.

– No i my tyle też już wiemy. To jest rzeczowa odpowiedź, myślę, że będziesz w ten sposób dalej składał zeznanie i wszystko pójdzie nam sprawnie – po czym tamten z werwą znów zaczyna tłuc w klawisze maszyny.

Tymczasem to jego przejście z „wy" na „ty" najpierw mi nawet pochlebiło, by po chwili odezwał się we mnie ostrzegawczy głos „agenta", bym uważał na tamtego sztuczki, bo on wcale nie jest mi życzliwy, ale udaje tylko życzliwego dla odpowiednich zeznań. Zależy mu przecież, żebym wyznał i to nawet to, co „świadkowi" nie mogłoby przyjść do głowy. Takie są przecież śledczych chwyty, co mi się przypomina z jakiegoś kryminału.

– No tak, pod wpływem środków odurzających przychodzi to i owo do głowy – znów do mnie zwraca się śledczy poruszywszy wąsem. – Przecież nie ma nic piękniejszego jak wolność, tak jak wolny seks i tak dalej, prawda?

– Pewnie i tak, bo tyle tego zakłamania, zakazów... Jedni kłamią, a drudzy też kłamią i przy tym udają, że jedni drugim wierzą, albo że tylko oni mówią prawdę.

– Ach tak, z pewnością. Dlatego należy się poświęcić, zostać agentem, który będzie dochodził prawdy?

„Powiedział «agentem», czyżby... ale skąd..." – myśl ta na moment chaosem zniewoliła mój postęp myślenia, bym powiedzieć miał jakoś niechcący:

– Nie rozumiem o jakiego... tego agenta... – i poczułem jednocześnie, że ujawniłem swoje zmieszanie, które i tamtego z pewnością nie uszło uwadze.

– No, to nie takie trudne. Taki agent z innymi, którzy pragną tego co on, potrzebuje czynu. A więc załatwiają ładunek wybuchowy, który robią w piwnicy z prochu przez lata zbieranego, po części z poligonu w Węgrzcach... ktoś tam jeszcze doniesie, a potem podkładają...

– A..., to ja wiem, zostałem wezwany w sprawie... Lenina – radośnie oznajmiam w poczuciu, że oto zdemaskowałem milicję, a sam nie mam nic na sumieniu.

– Pomnik nie został wysadzony, bo wciąż stoi, ale co ci jest w takim razie wiadomo w tej sprawie. Przecież Witolda Słowika znasz i jak sam zeznałeś, razem kilka razy żeście sobie pocpali tych makowych środków.

– Ale ja się z nim nie kumpluję. Ciężko pracuję i tyle. Nawet nie mam czasu...

– Ale święty nie jesteś, prawda?

– Ni... nie rozumiem... – całkiem zbity z tropu wybełkotałem.

– Jak się będzie odpowiadać za bombowy zamach, to się wtedy zrozumie.

– Ale przecież ja nie mam z tym nic wspólnego. Mnie to nic nie obchodzi, bo ja jestem... wprawdzie przeciwko akademizmowi w nauce, bo oni tylko... tylko chcą panować nad tym, nad czym zapanować nie potrafią u siebie, a nikogo nie interesuje ani prawda, ani drugi człowiek i... i w ogóle.

– No tak, najważniejsze jest to „w ogóle". Słowika znacie, no i kogo jeszcze?

– Ja z nich nikogo nie znam. Znałem Konrada Wedelmana, ale on nie mieszka w Krakowie. Poza tym nie utrzymuję z nim kontaktu i nie wiem nic w tej sprawie. Poza tym miałem być tu świadkiem, a nie jakimś agentem.

– A..., czyli jest coś na rzeczy, marzy się być agentem, terrorystą, który wysadza ten zły świat, co?

– Nie aż tak, ale każdy nieraz ma ochotę wysadzić cały świat i sam wylecieć w powietrze, jak wszystko go wkurza.

– Pewno że każdy. Koledzy wtedy są pełni podziwu, zwłaszcza jak się robi konspirację. Przecież wszystko wkurzyło.

– Mnie to nie obchodzi. Ja mam do całego tego świata raczej filozoficzne podejście – mówiąc to, poczułem dumę.

– No tak, filozof, to ułatwia heroiczny czyn, daje mocną podstawę, żeby zrobić coś wyjątkowego. Dzięki temu będzie można przejść do historii... Czy nie tak?

– Nie całkiem tak. Bo to tak jak z milicją. Ludzie jej nie lubią, ale jest w jakimś sensie potrzebna, bo… przecież ktoś musi stać na straży prawa – niespodziewanie dla samego siebie zdobyłem się na gest, który zdawał mi się ostatecznym wyjaśnieniem mojego stosunku do zamachu na pomnik, świadectwem szczerości i prawdziwości mojego zeznania, po czym dumny z siebie spojrzałem na śledczego oczekując zakończenia przesłuchania.

– Czyli Słowika znacie, a jak Słowika, to i Roberta Maszczyka, Sławomira Dudę pseudonim Dudek i Waldemara Błaszczyka zwanego Kulawym.

Słowa tamtego tak mnie zaskoczyły, że po ich wypowiedzeniu nie mogłem się zdobyć na jakąkolwiek odpowiedź. Jedynie otworzyłem ze zdumienia tzw. gębę.

– Mam powtórzyć nazwiska?

– Nie… nie trzeba. Bo ja ich nie znam… Ten Kulawy, to mi jest znany z widzenia, bo się kręci tutaj, ale może raz z nim zamieniłem słowo. Poza tym te nazwiska… Nie mam pojęcia.

– No pewno, w konspiracji używa się nie nazwisk, a pseudonimów. „Kulawego" już znamy, a jak z resztą?

– Znam tylko Wanię, ale nie widziałem go już… co najmniej z pół roku.

– A w „Baryłce" 14 stycznia, to wino piło się ze św. Mikołajem.

– W „Baryłce"?… Ach tak, zapomniałem… Tak, spotkaliśmy się pod „Syfem", …to znaczy… na rynku i poszliśmy pogadać o dawnych czasach do „Baryłki". Nie była to ciekawa rozmowa, bo jemu było co innego w głowie. Wypiliśmy tylko „grzańca", którego ja postawiłem… i tyle. Nic ważnego.

– Ważne czy nie, to się okaże. Co Słowik miał tak ważnego do zrobienia, że uznajecie, że miał to… niż rozmowa o przeszłości w głowie.

– Zdaje się, że miał gdzieś jechać, …ale nic więcej mi na ten temat nie mówił.

– Albo w tym momencie nie chcecie sobie przypomnieć.

– Pamiętam tyle tylko, że wyjeżdżał.

– A cóż to robiliście, oprócz pracy w garbarni w dniu 19 lutego – śledczy niemal nie wychynął ponad maszyną do pisania, jakby znów chciał swą twarzą wejść na mnie.

– Nie pamiętam, co mógłbym robić – mówię zaskoczony. Nic mi nie przychodzi do głowy, bo i cóż miałby robić akurat wtedy poza czynienie rzeczy mi zwyczajnych.

– Nie pytam co moglibyście robić, ale co robiliście i to ze szczegółami, bo od tego zależy wasze być albo nie być. Albo ciepełko w domu, albo chłód i dechy w „pudle”. Wybór macie jasny.

– No... tak, ale jak ja mam wybierać, jak nie mam nic na ten temat do powiedzenia.

– W takim razie „pudło” – tamten wstaje od biurka.

Ja natomiast czym prędzej dodaję:

– O ile sobie przypominam, to pracowałem na nocnej zmianie, a do domu wróciłem około siódmej rano i jak zwykle wtedy coś zjadłem. Później spałem. To tyle.

– Pracowało się na nocną zmianę, ale wszyscy wiedzą, że w nocy nie pracuje się tak jak w dzień, prawda? Nieraz się można wcześniej zwolnić, urwać, jak się zrobi swoje. Dlatego pytam o to, co robiliście w tym dniu i nocy konkretnie – śledczy mówił to, stojąc przy biurku obok ze słuchawką telefonu w ręce.

– To co powiedziałem. Więcej nie pamiętam – zaświadczyłem z przekonaniem prawdomównego świadka.

– W takim razie damy wam możliwość przypomnienia sobie faktów i to ze szczegółami – oświadczając to, śledczy wykręcił jakiś numer i zaczął mówić do kogoś w sposób, jakby nadawał telegram: – Stanisław Kwik – pauza – zatrzymany do wyjaśnienia – pauza – nie przyznaje się nawet do swojego nazwiska – pauza – sprawa środków odurzających – pauza – działalność agenturalna – pauza – brak alibi na dzień 19 kwietnia 1979 r. – pauza – powiązania z elementem – kropka.

– Zatrzymany... Będę w prawdziwym areszcie? – pytam niby sam siebie.

– Jeśli nie pójdziecie po rozum do głowy, to pewnie i w takim się też znajdziecie.

– To, czy ja w takim razie mógłbym sobie zapalić? – mówię powodowany wzorcem skazańca, który idąc na śmierć wyraża ostatnie swoje życzenie.

– Tutaj się nie pali. To nie jest kawiarnia czy palarnia, ale komisariat – tamten oznajmia to tak dobitnie, że nie pozostawia mi możliwości wątpienia. Drzwi zostają otwarte stanowczo, mundurowy wkroczył żwawym krokiem i rzekł szorstko:

– To Kwika mamy.

– Tu są papiery i „ememka”.

– Dobra, sprawa też Uligi aktualna?
– Wyjaśni się o 11.30. Mam mieć telefon z „wojewódzkiej".

Po wymianie tych kilku zdań między funkcjonariuszem a śledczym zostaję wyprowadzony z pokoju, by na korytarzu miał do nas dołączyć jeszcze jeden mundurowy, tym razem niższy rangą starszy kapral. No i idziemy w nieznane mi przestrzenie komisariatu, a tamci po drodze rozprawiają o tym, co też było wczoraj na obiad w kantynie. Skręcamy w jakąś boczną klatkę schodową, a mnie przychodzi na myśl, by tak im teraz uciec. Choćby to niby dla żartu zatrzymać się, bo i ci idą przecież przede mną. Czy zauważą? Mógłbym później biegiem wrócić na piętro i pobiec znanym mi korytarzem do wyjścia. Ale tam dyżurny czuwa i to z moim dowodem osobistym. No cóż, sytuacja wydaje się na razie bez wyjścia. Schodzimy coraz niżej, by wreszcie znaleźć się w piwnicy. Tutaj już na nas czeka strażnik z pękiem kluczy i prowadzi mnie wąskim korytarzykiem wzdłuż kilku zamkniętych ciężkimi metalowymi drzwiami cel z zasuwkami na wziernikach. Moja celka jest szeroko otwarta i jakby od zawsze czekająca na mnie. Wstępuję więc do niej z zainteresowaniem kogoś, kto ciekawy jest życia w odmiennych jego przejawach, by oto miały się za mną zatrzasnąć więzienne drzwi z nieznanym mi dotąd hukiem, a w zamku przekręcił się klucz. Stojąc na tę okoliczność oniemiały i w bezruchu, czekam na coś, co powinno nastąpić, a przejawia się tylko odgłosami obecności strażnika celi. Po chwili następuje cisza. Wkrótce ciszę zakłóca stłumiony odgłos przejeżdżającego samochodu ulicą, na który pewnie bym uwagi w innej sytuacji nie zwrócił. Zatem to zjawisko z „uwagą" mnie dziwi tak, jak i widok tego niewielkiego pomieszczenia z zakratowanym małym okienkiem i również zamkniętą za jakąś drobną metalową siatką nad drzwiami żarówką, co w efekcie daje jakieś nieznośne choć nikłe pomieszanie światła. Spoglądam więc na coś, co okazuje się porzuconym bezładnie kocem, który w ten sposób uformowany został w jakąś przedziwną bryłę, co też przypomina mi skalną jaskinię. Uśmiecham się na tę myśl, po czym siadam na podeście z desek, który wypełnia celkę w dwóch trzecich powierzchni. Już wiem, że bez pryczy to nie jest prawdziwe więzienie, dlatego trochę mnie to śmieszy. Ale co na to mój „świadek", zwłaszcza teraz, kiedy w pewien sposób, agent został zdemaskowany. Czyżbym przestał nim być i czy też zmuszony jestem odłożyć jego działalność w czasie? Jedno w tym jest dobre: nieoczekiwanie pozbawiam się rozdarcia wynikającego z konfliktu między jednym a drugim. Dlatego też jako świadek mogę zadać sobie pytanie: czego ci gliniarze chcą ode mnie i co ja miałbym im powiedzieć, żeby zaświadczyć najlepiej jak tylko potrafię, ja bowiem nie mogę być byle jakim, pierwszym lepszym świadkiem. Tego co oni oczekują lepiej, żebym się nie domyślał, bo mógłbym dać się zwieźć pozorom, a jak widać śledczy potrafi człowieka wpuścić w maliny, jak to już zresztą zrobił, ostatecznie utrwalając we mnie agenta. Dlatego też nie mogę popełnić drugi raz podobnego błędu i dać się zwieść jego życzliwości. Cóż więc teraz ja mu opowiem? To przesłuchanie z pewnością wynika za sprawą Wani, który w jakiś pośredni sposób zmusił mnie do świadczenia, stąd mogę opowiedzieć historię, jak to dnia owego zgodziłem się pojechać z nim i Koniem do Michałowic po „towar". Na początku nie miałem pojęcia o co chodzi z tym tajemniczo brzmiącym „towarem", ale nie pytałem, by sam móc zbadać co się pod tym kryje. Domyślałem się tylko, że oni coś kombinują z „kompotem", dlatego też miałem poczucie, że nie jadę całkiem w nieznane, choć i też nigdy w Michałowicach nie byłem, chyba że tylko przejazdem. Miałem natomiast przez swych kompanów zastrzeżone, by się nie odzywać, a tylko robić swoje. No to się nie odzywałem, kiedy stanęliśmy na werandzie jakiegoś domu i Wania mówił do starszej wiekiem gospodyni, że przyjechaliśmy z akademii medycznej po susz z maku, który jest nam potrzebny do badań. Na to tamta nie będąc dociekliwa, wyznaczyła nam miejsce, gdzie mieliśmy dla uzyskania „materiału badawczego" wyłuskać nasiona do odpowiednich miseczek i w ten sposób zapracować na uzyskanie pożądanego surowca. Poszło nam sprawnie, a jak już zapełniliśmy płócienną torbę suszem, Wania wręczył zadowolonej gospodyni miseczki dorodnego maku, po czym poszliśmy sobie polną drogą w znane „badaczom" miejsce, gdzie czekało nas nowe zadanie. Jak widać, Wania miał w tym terenie dobre rozeznanie, stąd jego przewodnictwo nie podlegało w tym momencie dyskusji. Pewnie i dlatego nie zaprotestowałem, kiedy wskazał nam poletko z zielonymi jeszcze makówkami, których mieliśmy załatwić tyle, ile komu się w kieszeniach i pod koszulą zmieści. No to hop, wpadamy niczym trzy sępy i zaczynamy rwać maki jak popadnie, aż tu niebawem rozlega się krzyk jakiegoś gospodarza, że złodziej mu pole obrabia. Zrywamy się „w te pędy", by pognać w okoliczne zarośla, a następnie wzdłuż jakiegoś strumyka i w ten sposób oddalając się z miejsca zdarzenia na okoliczne wzgórze. No i udało się, mogliśmy nawet z góry spojrzeć na nasz wyczyn. A przecież było niewyraźnie, bo i w pewnej chwili nawet za nami dało się słyszeć psa szczekanie. Ale jak granda to granda. Później się bardziej przestraszyłem, kiedy Wania „wypalał" z makowego mleczka działkę, by następnie po sztuczkach wstrzyknąć ją sobie dożylnie. Wtedy Koniu nazwał go „makową panienką", a ja wolałem na to wszystko nie patrzeć, bo co też miałbym zrobić, gdyby nagle coś niespodziewanego zaczęło się dziać z tym pieprzonym ćpunem?

Czyżbym o tym właśnie miał opowiedzieć śledczemu? Co jego to obchodzi, chyba tyle, żeby mieć następny argument przeciwko jakiemuś podejrzanemu. „Podejrzanemu"?... a któż to jest w tej sytuacji podejrzanym? Wania? Dlatego tym bardziej „morda w kubeł" w tej sprawie, bo po cóż mam „sypać".

Mógłbym mu za to zaświadczyć o „nadgryzionym palcu", co może by nawet okazało się bardziej interesujące, a nawet i śmieszne. Z chęcią przecież bym go rozbawił jakąś opowieścią, której byłbym oczywiście bohaterem. Ale czy śledczy w ogóle ma poczucie humoru i potrafi nie być taki zasadniczy? Wprawdzie to nie „chodnikowiec", jak te wszystkie mundurowe uliczne przygłupy, ale to zawsze milicjant i nic poza tym. Wprawdzie mam nawet poczucie, że ta milicja powinna przecież być potrzebna, ale ona wciąż staje się tylko jakimś głupim narzędziem niczym młotek, którym wciąż się bawiąc, głupi Maniuś z Olszy tłucze o kaloryfer. Ale wracając do sprawy nadgryzionego palca, to szczęście w tym, że akurat tak się to skończyło. Mógłbym przecież zostać przyłapany na gorącym uczynku, a tak udało nam się umknąć bez konsekwencji z miejsca zdarzenia. A stało się to znów nie z mojej winy, bo jak często w tamtym czasie i dnia owego wstąpiłem do Konia, u którego posłuchaliśmy trochę „Genesis", by w końcu „wyskoczyć" z ciekawości do „mordowni" na Pstrowskiego. Było to kilka tygodni po tym, jak kilku palantów zaczepiło mnie nad Wisłą i udało mi się wyjść ze zdarzenia obronnym łokciem i zarazem dać nogę. Później długo kłóciliśmy się z Koniem na temat tego incydentu i ten się nawet przechwalał, że wtedy stoczył z nimi prawdziwą bitwę, kiedy ja zwyczajnie uciekłem i pozostawiłem go na pastwę losu. Oczywiście, że to wierutne kłamstwo, ale za nic nie byłem w stanie mu tego udowodnić, bo on na miejscu zdarzenia był, a zarazem go nie było. Pozostało na tym, że odnowiliśmy, choć z mojej strony jakoś już mniej entuzjastycznie, tę umowę z „raz... dwa... raz, dwa, trzy", po czym Wedelman zaprosił mnie do wspomnianej „mordowni", żeby przy piwie poszukać tamtych chojraków i zakpić sobie z nich naszą grą w „bezsens". Na tę grę mieliśmy przecież patent.

No i tak przysiedliśmy się do jakichś dwóch starszych od nas kolesi, zdaje się, że roboli albo też lumpów zwanych też lumpenproletariatem, w przepełnionej i gwarnej knajpie, gdzie można byłoby nawet zawiesić siekierę, jakby się postarać, by na początku beznamiętnie przyglądać się otoczeniu i spożywać lane piwo, na którym nas barmanka już na wstępie chciała wykiwać, lejąc czym prędzej i podając w kuflach prawie samą pianę. Koniu obyty w sprawie z miejsca zwrócił na ten fakt babie uwagę, a ta ze złości zażądała od nas dowodów osobistych, a następnie kupienia przechodnich „korków" ze starego żółtego sera i jajka posypanego papryką. Sprawa skończyła się nerwowym spięciem przy bufecie, bo za nami stali spragnieni i dręczeni kacem chłopcy z Rękawki, jak to sami mówili, co nie zamierzają się „pierdolić w tańcu" z jakimiś tam fanaberiami. Jakby nie było, to przecież oni są u siebie i znają się od zamierzchłych czasów i to nawet wtedy, jak niczego na świecie nie było. Jak się komu nie podoba, to niech spada, bo „kosa" i tyle będą zbierać z frajera. Skoro tak, to siedzimy sobie spokojnie i spożywamy swoje, by przy okazji oglądać obrazki tych, którzy tutaj rządzą. Pamiętamy przy tym po co tutaj przyszliśmy, na dowód czego dajemy sobie znaczące mrugnięciem oczu znaki. Pewnie sam bym w tej spelunie nie wysiedział, no ale we dwóch jest to nawet przygoda. Wiem też, że Koniu coś kombinuje, ale wolę nie wspierać go w jakiś pomysłach, żeby w razie czego nie było na mnie, bo jak widać on się lubi „wykręcać". Jakby nie było, mam już pierwsze doświadczenie, kiedy nie ruszył mi z pomocą, a potem odwrócił kota ogonem, mówiąc, że to ja uciekłem. Pewnie sam to zrobił, widząc co się święci. Ale nie mam pewności, tak więc spokojnie sobie siedzę i popijając „złocisto-mętny napój", palę klubowego, który na tę okoliczność nawet i szczególnie mi smakuje. Jeden z kolesiów przy stoliku wymienia się na innego i to w czarnym przyniszczonym kapeluszu. Na tę okoliczność Koniu zaczyna swoją „śpiewkę":

– Słyszałem, że ty podobno pijesz siki św. Weroniki – i po słowach tych zrobił głupkowatą minę. – A do tego chcesz żyć długo i szczęśliwie.

– Świętej?… mówisz.

– Tak Friko, ale ja się tylko ciebie zapytowywuję.

– Koko, a więc ci odpowiadam, że jeśli ja piję siki św. Weroniki, to ty w takim razie musisz pić chmielowy wywar z wyciągiem Błażeja Onucy.

– Friko, coś ci się popieprzyło, jaki Maurycy?

– Koko, jak widać, już na mózg ci się rzuciło, bo nie odróżniasz Maurycego od onucy – staram się grać jak najlepiej potrafię.

– Bo ja nie wiem co to jest, Friko.

– O czym ci pierdolą... – słyszę obok.

– Jaja sobie robią albo chcą nam obrzydzić piwo – odpowiada ktoś inny tamtemu.

– Ty nie wiesz co to jest, a pijesz? Kokuniu, przecież wystarczy spytać Błażeja.

– Frikuniu, ale gdzie ten Błażej, przecież Hans go tu nie widział.

– Koko, trzeba spytać Sztyrlica czy widział Hansa, który z kolei wytropi Błażeja.

– Friko, a jeśli nawet to mu się uda, to skąd on weźmie onucę, z której już zrobiono ten wyciąg. A do tego jeszcze jeśli tym wyciągiem coś już wyciągnięto, to co się stało z tym, co miało być z tą Weroniką.

– Koko, przecież zanim Weronice coś wyciągnięto, to wcześniej musiano jej włożyć, bo jak wyciągnąć co nie włożono.

W tym to momencie zwraca się do mnie ten w kapeluszu słowami:

– Te, co się tak rozglądasz... kapuś?

– Kto?... Ja?

– Nie, pytek... – dodaje tamtego kolega, a Koniu wybucha histerycznym śmiechem „Bigsa", którego wziął z jakiegoś przedstawienia „Kobry".

Nie nadążam z odpowiedzią, bo oto i nad nami zjawia się tłusta barmanka, by wziąć coś ze stolika i zagrzmieć nad biesiadnikami:

– Tu już więcej podane nie będzie.

– Hans tu go nie widział – Konrad jej na to.

– Co?

– Mówię, że i tak będziemy tu siedzieć do zamknięcia, aż nas nie wyrzucą.

– Bez wygłupów, bo się wami zajmie kto trzeba. Nie tacy cwaniacy lądowali w kiciu.

– A..., to mia...ł... – w odpowiedzi zamiauczał Wedelman, a my wybuchnęliśmy śmiechem.

Jednak w chwili następnej powraca mi na myśl uwaga „tego w kapeluszu". Uzmysławiam sobie, że ja mimo roli Frika faktycznie się rozglądałem. Kogo ja szukałem? Może sylwetek tych, z którymi to nad Wisłą miałem przeprawę. Może się obawiałem rozpoznania i nowego konfliktu? Nie wiem.

– Te, jak chcecie, to wam nalejemy spod stołu, bo jest „żyto", a my też pijemy za friko – odezwał się ten drugi w typie „świńskiego blondyna", jak to na takich mawia się i to nie tylko w Podgórzu.

– Na „te" to tramwaj staje – odpowiada Koniu. – Pewnie masz trefny towar.

– Nie chcesz, to nie… Peweksowska marka, eksportowa.

– Jak tak, to wchodzimy, ale po ile?… – kontynuuje Koniu, po czym zaczynają się dogadywać o cenę i jak będzie to „żyto" spożyte.

Mnie tymczasem jest wszystko jedno, bo na tych „tamtych" słownych grach nic nie tracę, a przy okazji czas spędzam. Wszystkiemu się przyglądam, choć trzymam się też na baczności, by tego nie robić bezwiednie i tym samym nie być posądzonym o kaperstwo. Po chwili nawet w moim kuflu ląduje „działka czystej", której jeszcze w życiu nie próbowałem zmieszanej z piwem. Ale może w ten sposób się zahartuję i będę odporny na wszelkiego rodzaju trunki, mając mocną jak nikt głowę. Wyobrażenie takiego stanu rzeczy dodaje mi pewności siebie i nawet wyzwala we mnie niespotykaną wcześniej elokwencję, na której nigdy przecież mi nie zależy, jako na tej właściwości „pseudointeligentnego bubka", którego wyobrażenie miałem od czasu do czasu przed oczyma, choć jak dotąd jakoś w swoim życiu jeszcze spotkać takiego mi się nie udało. Zapewne to sprawa przypadku, bo z nimi jest tak, jak z tymi co powszechnie zwie się „skurwysynami", którym chodzi wyłącznie o władzę i „łamanie karków" takim jak my uczciwym, szlachetnym i porządnym ludziom. Opowieść o tym przysporzyła mi nawet aplauzu pośród „stołowych" biesiadników, u których w pewnej chwili nawet wyszedłem na zdolnego myśliciela, stąd też kazałem sobie powtórzyć na ich koszt kolejkę. I w ten sposób pod moim przewodem panowała do późna sielanka, ale jak mi do głowy nie przyszło, ta wiecznie trwać nie mogła, stąd ku mojemu zdziwieniu w pewnej chwili Koniu zaczął się sprzeczać ze świńskim blondynem o wyższość Legii Warszawa nad Garbarnią Kraków ze względu na postać Gadochy. Na dodatek nic z tego nie mogłem zrozumieć, bo co jedno ma z drugim przez Gadochę, ale najwidoczniej ci znaleźli świetny powód do sprzeczki i na nic zdały się moje usilne próby mediacji. Obaj mający sto procent racji gadali na zasadzie: dziad swoje a baba swoje. Zmęczony nie podejmowałem się już rozdzielać pomiędzy nich tych pseudo płciowych ról z obawy, że zwrócą się tym samym obaj przeciwko mnie, a tego miałbym w swych wieczornych atrakcjach przecież za wiele. Za to „kapelusznik" chcąc się popisać, powtarzał mi coś o jakimś Kancie Bejzim, którego powinienem znać, skoro się mam za inteligenta i lubię muzykę. Powtórzyłem mu też raz kolejny, że pieprzę inteligentów, ale w ten sposób jak się wydaje wyzwoliłem w nim tylko większe podejrzenie.

No i stało się, lokal trzeba opuszczać, bo tłusta barmanka zaczyna kolejno budzić i wyrzucać zmęczoną klientelę. My wychodzimy bez napomnienia, ale i tak słyszymy za sobą, że kolejny raz picia spod stołu w tej knajpie z pewnością już nie będzie. No, cóż nas może obchodzić takie gadanie, a zwłaszcza wobec trwającego pryncypialnego sporu Konia z świńskim blondynem o wyższość tym razem Stali Mielec nad Kotwicą Kołobrzeg, choć ja staram się im tłumaczyć, że wcale to nie przeszkadza, żeby kotwica miała nie być ze stali i to nawet nierdzewnej. Nic z tego: mówił dziad do obrazu, a obraz ani razu. Gadamy więc w przejściówce i gadamy, a ja z pewnością przez to będę musiał do domu jechać nocnym autobusem. Ale tutaj w pewnym momencie, ni stąd, ni zowąd tamci zaczynają się szarpać za ramiona i potrząsać jeden drugiego za „manatki", a mnie wciąż chodzi tylko o to, by sami wreszcie załatwili między sobą te porachunki. Jak się jednak okazuje, nie potrafię wpłynąć na taki bieg zdarzeń, stąd się właśnie tak dzieje: Koniu ze swym rywalem wytaczają się przed witrynę sklepu rybnego, a „kapelusznik" podbiega do nich i zaczyna okładać mi kumpla, który zaskoczony nagłymi ciosami, daje się złapać za włosy. Zrywam się więc ze wszystkich uwięzi, dopadam „kapelusznika", łapię za ramię, by odwrócić go ku sobie szarpnięciem, po czym wymierzyć mu cios pięścią gdzieś w cień między czapką a szyją. Przy tym jego koleś, puściwszy włosy Konia, zaczyna jęczeć, że oto palec mu przegryziono. Kopię z wściekłością kapelusz w stronę jego właściciela, który za moją sprawą wyłożył się na jezdni, i rzucam Koniowi, prawie do ucha wściekle sycząc:

– Spadamy, durniu!

No i spadliśmy niczym dojrzałe owoce w boczną uliczkę, zostawiając za sobą zrozpaczonego kolesia z przegryzionym przez Konia palcem.

Wtedy jak i dziś nie czuję żadnej z tego powodu satysfakcji, choć Wedelman długo się chełpił, że załatwił dwóch frajerów, co mnie tylko napełniało dodatkowym obrzydzeniem. Wówczas też chyba okazało się dla mnie jasne, że czym innym są deklaracje idei, a czy innym według nich postępowanie. Przecież nieraz, słuchając naszej muzyki, wspominaliśmy o obronnej wyłącznie formie walki i to w obliczu ważnego celu, a nie głupkowatej młócce o jakieś idiotyzmy.

Ale czy aby o tym wszystkim miałbym opowiedzieć śledczemu? Przecież wtedy okazałoby się, że ja nic innego nie robię, jak tylko zadaję się z ćpunami i kanibalami gustującymi we wskazujących palcach. Ja tymczasem już z nimi nie mam nawet kontaktu. Poza tym twardo mi jest na tym cholernym podeście i ja wcale nie zapomniałem, że tym pieprzonym gliniarzom zależy tylko na tym, żeby mieć władzę nade mną. Jedyne czego mi szkoda, to tylko mojej mamy, bo z pewnością denerwuje się teraz i martwi o mnie. Reszta to pryszcz.

I po tych wszystkich przemyśleniach zaczyna we mnie wstępować jakieś poczucie najpierw żalu, a następnie złość i chęć rozbicia tego miejsca. Ale przecież to idiotyzm walić w głuche mury. Staję na podeście i słyszę jak mi burczy w brzuchu. Doznaję uczucia bezsilności, bezradności, które następnie postanawiam zmienić w wewnętrzną sobie siłę, mającą wyzwolić we mnie tak dobrze znane mi brzmienie. Mury więc grają, bym ja miał zaintonować:

Welcome my son, welcome to the machine
Where have you been?
It's alright we know where you've been
You've been in the pipeline, filling in time,
...
and you know you're nobody's fool
So welcome to the machine

Nagle za drzwiami rozlega się dźwięk kluczy potrząsanych w pęku i głos strażnika:

– Kwik, uspokój się, bo jak tam wejdę, to ci tak przypierdolę...

– *Welcome my son, welcome to the machine*... – tym razem mówię, kiedy tamten odsuwa zasuwę wziernika i łypie swym okiem do wewnątrz.

– To nie opera, tylko cela, a śpiewał też będziesz, tyle że inaczej i w swoim czasie.

– *What did you dream?*

– Powiedziałem, żebyś przestał, bo zostaniesz tutaj na dłużej.

– Chciałbym coś zjeść albo choć zapalić fajkę.

– Chcieć sobie możesz, nawet gwiazdkę z nieba – i zasunął zasuwę wziernika, a następnie odgłos dzwoniących kluczy rozpłynął się w piwnicznych labiryntach.

Pozostałem w ten sposób znów z sobą sam na sam i choć od czasu do czasu przecież lubię pustynię oraz swoją jaskinię, to jednak ta cela w tym momencie wywołuje we mnie przerażenie, nagle bowiem doznaję uczucia, jakbym miał zostać w niej na zawsze. Na zawsze – czy miałoby to znaczyć określenie czegoś, co w nijaki sposób nie jest mojemu doświadczeniu dane. Pewnie dlatego poprzez te słowa popadam jeszcze głębiej w to zniewalające mnie uczucie, bo i wyzwala ono we mnie wyobrażenie niewyobrażalnego, a więc jakąś otchłań, która wydaje się przynieść tylko jedno – unicestwienie. Nie jest ono śmiercią, bo jeśli ją rozumieć jako przeciwieństwo życia, to ja przecież jej się nie boję. W gruncie rzeczy wcale mi nie zależy na tym życiu, bo czymże ono znów jest takim wyjątkowym. Jeszcze od nikogo tego nie usłyszałem ani o tym nie przeczytałem, stąd może to tylko tyle, co jakiś czyjś żart? Ten fakt doprowadza mnie do rozpaczy, ponieważ uzmysławiam sobie, że nazywanie niektórych rzeczy nie daje spokoju poznawczego, lecz tylko przerażenie. Może i dlatego też cela ta mnie przytłacza, dusi, a nawet ściska chłodem swych murów za krtań. Odruchowo owijam się czym prędzej w dostępny mi koc, po czym zwijam się w jakiś kłębek, by zapaść się w trwanie.

Oto spośród nierozpoznawalnych wielości wyłaniam się doznany w tchnieniu siebie samego, którego postaci wyraźnie dostrzec nie potrafię, ale i potrzebnym mi to nie jest dla pewności siebie posiadania. Pewnie i stąd w tej bezsile mocy we mnie tak wiele, że z wielości czynię klucz do wyzwolenia siebie, choć przecież wcale tego nie potrzebuję, będąc w stanie i mocy tego i tamtego tworzenia. A jednak dzieje się to, co dziać się musi w swej konieczności poza mną, która tylko mą moc potwierdza, aby i klucz znalazł się w zamku, a ludzki głos oznajmił:

– Stanisławie Kwik, idziemy!... To nie hotel i czas na spanie.

– Co?... – pytam zaskoczony i oślepiony swą mocą.

– Ogłuchłeś? Idziemy na przesłuchanie – powtórne odezwanie się człowieka w milicyjnym mundurze nie daje mi już możliwości wątpić, że oto mam znów do czynienia ze strażnikiem, który oto stoi w jakiejś poświacie progu celi.

– Ach tak. Już?... A tak było miło i przyjemnie.

– Uważaj, uważaj, bo możesz znaleźć taką przyjemność na dłużej. Zobaczymy jaki kozak z ciebie będzie.

– Czy ja coś powiedziałem? – spytałem ni to siebie, ni jego, odrzucając wcale mi niemiły koc.

No i beznamiętnie oddając się okolicznościom, posłusznie powłóczyłem nogami za strażnikiem, udając się do pokoju przesłuchań na znane mi już piętro, gdzie tym razem na mnie oczekiwało już dwóch śledczych, a ten nowy jakby mi skądś znajomy. Z tego pewnie też powodu poczułem nawet lekką satysfakcję, po czym wygodnie rozsiadłem się na wcześniej całkiem niewygodnym mi taborecie.

– Imię i nazwisko?

– Stanisław Kwik – mówię wcale niezaskoczony, bo przecież powinienem być przygotowany na wszystko.

– Imiona rodziców..., wykształcenie, i... zamieszkały, pracuje!... – brzmią słowa niczym w beczce, którym na potwierdzenie wtórują uderzenia klawiszy maszyny do pisania, by wraz ze śledztwa postępem miały kartki dokumentu przewijać się z jej wałkiem, raz po razie ujawniając mi tytuł, który mimo że widoczny jest od dłuższej chwili „nogami do góry", to jednak teraz staje się jasny i w pełni czytelny.

„Protokół zeznań podejrzanego... w sprawie..." – oto widnieje tłustym drukiem.

– O ile mi wiadomo, przyszedłem tutaj w charakterze świadka – pozwalam sobie zauważyć zdziwiony widokiem nagłówka.

– A o ile mnie wiadomo, nie przyszliście tutaj ot tak sobie, niczym na wycieczkę, ale zostaliście wezwani. Chyba jest to jakaś różnica. Rozumiemy się?

– Różnica też jest między świadkiem a podejrzanym.

– Czyli dotarło do was wreszcie, że należy zeznawać jak się należy, a nie udawać Greka, bo to nie są już przelewki.

No i zaczęło się apiać od nowa. A że pytają, to i odpowiadam nawet ze szczegółami, którymi ci nieoczekiwanie wydają się znużeni, bo i te nic nie wnoszą w ich jakąś coraz bardziej podejrzaną mi sprawę. Wania pozostaje „Wanią", a Koniu tym, który za takiego uchodził, i nic więcej im nie donoszę. Zaskakują mnie jednak inne szczegóły, których nie mogli się dowiedzieć od nikogo więcej, jak tylko od Wedelmana, a o których to powiada w pewnej chwili śledczy, jakoby to wszystkim było oczywiste. Nie wyciągam jednak pochopnych wniosków, przypominam sobie bowiem o przeczytanej gdzieś metodzie dociekania prawdy, która wyrażać się powinna umiejętnością „zawieszania sądu" wtedy, kiedy istnieje wiele przesłanek ku temu, by nie być ostatecznie o słuszności tego pewnym. Poza tym nie mam czasu na rozpamiętywanie, bo śledczy wciąż tylko pyta i stuka na tej rozklekotanej maszynie. Co też tak następuje:

– W jakich okolicznościach i gdzie Słowik brał te środki. W kawiarni, na plantach, w szkole?...

– Nie wiem... Jak już powiedziałem, on przyniósł raz z sobą taki „kompot" i żeśmy się napili w „Śnieżce" i tyle. Ja przez jego towarzystwo nigdy nie byłem całkiem uznawany za swego, jak inni kumple, którzy podobno wylądowali w Garwolinie.

– Czyli przyznajesz się, że brałeś wywar z makowin i nakłaniałeś do podobnego czynu niejakiego Konrada Wedelmana.

– Ja?... Wedelmana? Nie, nie mogę się do tego przyznać, bo nikogo do niczego nie nakłaniałem. Jak już mówiłem, to Słowik przyniósł wywar, a ten wydawał się nawet oczekiwać na to.

– Wyciągnij no Stefan z szuflady odpowiedni argument, żeby wpłynąć mu na pamięć – zwraca się inspektor do tego o znajomej mi sylwetce, który siedząc z tyłu, z trzaskiem wysuwa jakąś szufladę, po czym mówi z przekąsem:

– Krótszy czy dłuższy? – i w tym momencie ten głos poznaję. To musi być ten, któremu Konrad miał niemal odgryźć palec.

Odwracam się, by przyjrzeć się „świńskiemu blondynowi" i zamieram z przerażenia. Niczego już nie rozumiem i nawet nie próbuję, bo tamten milicyjną pałką właśnie wali w biurko.

– No to co, zeznajemy całą prawdę i tylko prawdę, czy dajemy w dupę cwela.

– Ja... ja nie rozumiem, co miałbym... Ja wszystko już powiedziałem.

– Wszystko, to my o tobie wiemy. Chodzi o to, żebyś ty też o tym wiedział. Próbuj, jak ci się uda, to pójdziesz do domu i będzie po sprawie.

– ...

– Co, zatkało cię?

– Ja naprawdę niczego więcej nie wiem na ten temat. Kilka razy, dwa, trzy wziąłem te działkę, ale nikogo nie namawiałem, a samo wytwarzanie to nic... przecież to wywar. Inne się jakoś wypala, ale tego nie wiem i nie umiem. To mnie nie obchodzi... – usilnie próbuję opanować drżenie głosu.

– Mówiłeś, że nigdy cię nie uznawali za swojego, a przecież chodziliście i to prawie codziennie do „Śnieżki" i po innych kawiarniach. Nieznajomi raczej nie siedzą tak często przy jednym stoliku. Na to trzeba też mieć pieniądze, bo kawa i reszta kosztuje. Ktoś robi rozbój, ktoś skok na aptekę, a ciebie to nie obchodzi, a zarazem trzymasz się z nimi. A może ty tylko tak udajesz, bo nie mogąc być równoprawnym członkiem towarzystwa, to właśnie ty wpadałeś na oryginalne pomysły, żeby kolegom zaimponować. Może wreszcie to mnie uznają za swojego... Po co tu owijać w bawełnę. Dlatego podżegało się do awantur, rozbojów, handlu działkami środkami odurzającymi i zarazem marzyło o mafii, „Ojcu chrzestnym" i co tam jeszcze.

– ...

– Nic nie mówisz? Co, zatkało?

– Nie o to..., nie w tym rzecz...

– No to w czym, do jasnej cholery, bo wreszcie użyję tej pały!

– Do kawiarni chodziliśmy po lekcjach i gadaliśmy co tylko nam przyszło do głowy. Bo to raz się obejrzało jakiś film, ...to się tylko tym grało. Wprawdzie raz... chyba Słowik coś napomknął o obrobieniu jakiegoś pijaczka, ale ja jakoś przyjąłem to jako dalszą grę. Mnie często stawiał Wedelman, bo się dzieliłem z nim śniadaniem, jak zapomniał, a mnie mama zawsze dużo dawała. Dziwnie też się zachowywał Wedelman raz podczas jam session w Krzysztoforach, bo wciąż gdzieś znikał, jakby muzyka go nic nie obchodziła, ale nie mam pojęcia gdzie i po co. Przecież nie mogę zmyślać, żeby tylko wykazać się jakimś... efektownym zeznaniem, bo to głupie... no i... niesprawiedliwe.

– No dobra, ty lepiej nie filozofuj – oznajmił śledczy, na moment przerywając pisanie na maszynie. – Jak cię usadzą na dwa lata, to wtedy będziesz miał czas na to.

– Przecież ja tylko uczciwie zeznaję.

– W takim razie jeszcze sobie pozeznajesz. Na razie wystarczy... – oświadcza śledczy, wykręcając kartki papieru z maszyny do pisania, by pozbawiając dokument kolejnych egzemplarzy kalki, dodać: – Podpisz zeznanie – i podsuwa mi plik wraz z długopisem do podpisu. – Na końcu, ...po lewej przy dacie.

Spoglądając na te wszystkie zapisane kartki zeznania, doznaję nagle uczucia podziwu dla własnej osoby, że oto z mojego powodu powstaje tyle literatury, którą ktoś przecież znów czytał będzie. Do podpisu biorę się ochoczo, bo i perspektywa wyjścia z tej klatki jawi mi się jako uwolnienie z klatki ptaszka. Poza tym moc tych zdarzeń i przeżyć oszałamiają mnie i zastępują wszelki dostęp innych myśli jak tylko wydostania się na świeże powietrze. Bycie uwolnionym od pytań, dociekań, widoków „świńskich blondynów" i wszelkiego „po co" i „na co", a do tego jeszcze „dlaczego" i także groźby użycia milicyjnych pał jest mi najbliższym pragnieniem. Stąd ukończywszy akt podpisywania zeznania, dziarsko wstaję z niewygodnego, jak to wreszcie odczuwam, taboretu, by niespodziewanie doznać druzgocącego mój zapał uczucia. Oto napomnienie śledczego:

– Gdzie?... Gdzie się to wybieramy? Nie śpiesz się tak bratku, bo to jest dopiero kolejny etap pracy nad twoją pamięcią. Nie zapominaj, że jesteś podejrzany.

– No, przecież ja nawet podpisałem to zeznanie. Ileż można...

– Teraz pobierzemy ci odciski palców – tamten powiada to jakby nigdy nic, a na mnie spadają te słowa niczym lawina.

Po co im odciski moich palców. W co oni mnie wrabiają. Pewnie chcą mnie złamać, żeby wrobić i to może nawet nie tylko w handel ćpaniem i rozboje, ale i w to Lenina wysadzenie. Ale i to jeszcze jest nic względem tego kogoś, kim był ten w kapeluszu, którego rąbnąłem przed sklepem rybnym dnia owego.

Pytanie to pozostaje bez odpowiedzi, a dzień przesłuchań jak wszystko wreszcie też się skończył. Poprzez złożenie odcisków palców się dowiedziałem, że ten dziwny mebel na korytarzu służy właśnie do tego. Na nim to bowiem umieszczone były specjalne poduszki, które śledczy smarował jakimś tuszem, aby następnie wyginając, brudzić mi nim palce, których linii papilarnych odbicie zostawiał następnie na białych kartkach papieru. Robiono mi też zdjęcia i to nie tylko z profilu, ale i z przodu, co się nazywa *an face*, jak się później dowiedziałem z encyklopedii.

Później też wiele sobie myślałem i wyobrażałem w sprawie tego świadka i nawet podejrzanego, ale nie przyszło mi nawet do głowy, że za pewien czas stanę przed sądem i będę sądzony za działanie na własną szkodę poprzez kilkakrotne wzięcie środka odurzającego. Sprawę też miał i Wania, którego całkowicie zignorowałem przed salą sądową jako tego, który zamiast kogoś istotnego, to właśnie mnie wrobił w tę sprawę. Wydawało mi się to wszystko tak śmieszne i żałosne, że podczas rozprawy nawet nie zwracałem uwagi na to co się mówi, choć nie miałem w odróżnieniu od Słowika obrońcy. Potakiwałem tylko i powtarzałem niczym maszynka wszystko to, co już zostało powiedziane podczas śledztwa w tej sprawie. Jedyne co odczuwałem podczas tego procesu, to tak wielkie obrzydzenie, że aż przyprawiające mnie o mdłości. Pewnie dlatego nawet nie zwracając uwagi na wyrok, uciekłem z tego rzekomego przybytku prawa i zacząłem nawet zwalczać w sobie dla prawa pogardę, miałem bowiem świadomość, że w ten sposób właśnie tamci mnie złamią i zacznę uczestniczyć w tej ich perfidnej grze dla posiadania nade mną władzy. Później też się dowiedziałem, że mam wpłacić 1 tys. złotych plus koszty postępowania sądowego, bo w przeciwnym wypadku zostanie zastosowane względem mnie więzienie. Wybrałem to drugie, ale mama za nic nie chciała przystać na takie rozwiązanie i mimo mojego zabronienia jednak potajemnie udała się do sądu i wpłaciła tę forsę, co wyszło na jaw dopiero po pewnym czasie, jak zacząłem się wreszcie domyślać, że coś jest nie tak, bo nikt po mnie nie przychodził. Wtedy zrobiłem tylko awanturę, po której nie zostało mi nic innego jak bezmyślnie poświęcić się pracy, właśnie wtedy, co by nie mówić, dającej mi spokój i zapomnienie. Był to spokój wewnętrzny, wynikający z odreagowania od tych wszystkich milicyjno-sądowych zdarzeń, które spowodowały we mnie konflikt i chaos, a te nie były mi inaczej do przezwyciężenia, jak tylko w sposób mentalnego od nich odejścia. Wiedziałem przy tym, że z pewnością powróci moja zasadnicza sprawa, jaką wywołało we mnie przesłuchanie i orzeczenie sądu, które przecież raptownie przemieniły mnie z agenta i świadka w podejrzanego, a następnie obwinionego, co według mnie nie dawało już żadnych szans światu dla mojego względem niego wybaczenia. Nie potrafiłem tego wszystkiego pojąć, zrozumieć, ale byłem pewien, że oto właśnie przeszedłem w inny rodzaj siebie samego, który dając mi to doświadczenie sprawia, że im bardziej wszyscy ci co nade mną będą chcieli uskuteczniać swoje panowanie i władzę, pogrążać się będą w niewolniczej pułapce, to ja bowiem poprzez ich pewność siebie wciąż będę dokonywał samowyzwalania, które z kolei wymaga niezwykłej sztuki, a tej to ja przecież dzierżę świadomość. Nad jej udoskonalaniem też popracuję, co teraz pozostać mi musi tylko ideą. Dziwnym natomiast zbiegiem okoliczności natrafiłem na poezję, która w tym moim postanowieniu dodała mi tylko słusznej pewności, a brzmiała w sposób, którego zaistnienie nie podlega powtórzeniu. Mimo wszystko spróbuję:

1
Nad stanami jest stanów–stan,
Jako wieża nad płaskie domy
Stercząca, w chmury…
2
Wy myślicie, że i ja nie Pan,
Dlatego że dom mój ruchomy
Z wielbłądziej skóry…
3
Przecież ja – aż w nieba łonie trwam,
Gdy ono duszę mą porywa,
Jak piramidę!
4
Przecież i ja – ziemi tyle mam,
Ile jej stopa ma pokrywa,
Dokąd idę!…

No i po tak sformułowanym wyznaniu wiary, do której niedawno nie mógłbym się przyznać i to nawet przed samym sobą, by się komuś nie wygadać przypadkiem, mogłem z zapałem iść do garbarskiej roboty i w ten też sposób odzyskać samego siebie. A tutaj, przy jakiejś okazji poznałem Monikę, szczególnie pociągającą w pełni wiosny mnie dziewczynę, która pracowała w biurze jako referentka.

I tak po kilku próbach umówienia się na zwyczajową kawę, wreszcie udało nam się spędzić taki wieczór, którym bezsłownie wydawaliśmy sobie obiecać jako ten, który był nie tylko do powtórzenia, ale stał się doznaniem niepowtarzalnego w tym wszystkim, co potrafi nieść tylko spontaniczne obcowanie dwojga życzliwych sobie przyszłych kochanków. Pewnie też dlatego podczas włóczenia się po kawiarniach i w czasie spacerów krakowskimi plantami śpiewałem jej najróżniejsze piosenki, które później bez ustanku powtarzałem podczas golenia niczym zaklęcie. Oto też jest ta dziewczyna, dzięki której nawet otoczenie zaczyna mnie jakoś dostrzegać, zwracając poprzez nią na mnie uwagę. Ale też i ona sama zaczęła mi swoją obecnością uświadamiać, że moje osobiste zainteresowania są mi ważne, choć o niczym takim mi nie wspominała. Wystarczyło, że była, żebym ja jej proponował teatr lub kino, a ona to lub tamto akceptowała, mimo że wkrótce nie dało się nie dostrzec różnic nie tylko w naszych gustach, ale i zainteresowaniach. Wystarczyło nam jednak, że byliśmy z sobą i tyle. To faktycznie było piękne, to bezinteresowne odkrywanie się nawzajem i to, w co nam tak łatwo przyszło wierzyć obojgu. Byliśmy sobie nawet przez jakieś pięć tygodni nawet obietnicą. Przez ten czas też zdążyliśmy obejrzeć spektakl „Dziadów" w Starym, który jakoś nie zdążyłem obejrzeć wcześniej, a zrobił na mnie wielkie wrażenie. Ona natomiast uznała to za bujanie w obłokach, co przyjąłem tak, jakby to było powiedziane przez kogoś, kto w ten sposób chce się trochę tylko ze mną podroczyć i wcale w ten sposób nie wyraża prawdziwego swojego przekonania.

Nadszedł też ten czerwcowy dzień, kiedy stanęliśmy w jej pokoju w obecności jej matki przed telewizorem, by usłyszeć:

Jeśli jest rzeczą słuszną, by dzieje narodu rozumieć poprzez każdego człowieka w tym narodzie, to równocześnie nie sposób zrozumieć człowieka inaczej, jak w tej wspólnocie, którą jest jego naród... która też głęboko stanowi o mnie, o nas, bez Chrystusa... choćby to był człowiek bezimienny i nieznany tak, jak ten żołnierz, przy którego grobie stoimy, to wszystko, i dzieje ludów, które żyły wraz z nami i wśród nas, jak choćby ci, których setki tysięcy zginęły w murach warszawskiego getta, to wszystko, w tej eucharystii ogarniam myślą i sercem, i włączam w tę jedną, jedyną ofiarę Chrystusa najświętszą na Placu Zwycięstwa... i wołam: Ja syn polskiej ziemi, a zarazem ja, Jan Paweł II papież, ...wołam... Niech zstąpi duch twój, ...niech zstąpi duch twój... i odnowi oblicze ziemi, ...tej ziemi... Amen!

Po tych słowach pragnąłbym wszystko wyłączyć, zatrzymać, a może i nawet też własne o czymkolwiek myślenie. Są one dla nas tak zaskakujące, że nie pozostaje nam nic innego, jak tylko dziwić się sobie, że nie przyszły nam do głowy i nie potrafiliśmy dotąd w sposób jednoznaczny brać ich w swym życiu pod uwagę. Przecież to takie oczywiste!

– Ile tam ludzi... nie pokazują, choć przecież tak jest głośno... – zauważyła Monika.

Ja, wyrwany z oszołomienia tymi słowami, jednak wciąż pozostaję pośród sensu słów tamtych, które bezustannie brzmią w mojej świadomości niczym wyzwanie. Nie mogę zatrzymać tego stanu rzeczy jako przeżycia, bo i coś czynić trzeba, stąd siadam na wersalce i sięgam po papierosa, który wyjmuję z paczki leżącej na ławie. Zapalam, a matka Moniki wychodzi do kuchni, by ta usiadła na drugim końcu i założyła nogę na nogę, w milczeniu patrząc na ekran telewizora.

– Ciekawe co się będzie działo, jak będzie w Krakowie – mówię jakoś tylko po to, żeby cokolwiek powiedzieć.

– Ma zdaje się być na Skałce i na Błoniach, ale lepiej zobaczyć w telewizji. Wiesz, ile będzie ludzi? Tłok wszędzie będzie okropny, te tłumy...

– Ja też nie lubię tłumów, za to z tobą... – mówiąc to zbliżyłem się do niej, by objąć ją ramieniem.

– No tak, głodnemu zawsze chleb na myśli – szepnęła. – Daj spokój, bo mama zaraz wejdzie.

– Przecież to takie z tobą przyjemne... – odpowiadam całując ją w policzek.

– W sobotę jadą na działkę, to sami może trochę sobie pomieszkamy. Teraz zachowuj się przyzwoicie.

No i z tego wszystkiego mam w głowie taki chaos, że wydaje mi się, iż nie wiem za co się zabrać i czy aby nawet to co robić będę, będzie mi po drodze. Ale w jakim to celu? Doznaję przy tym jakiegoś niespotykanego dotąd uczucia, które ni stąd, ni zowąd wyraża się względem papieża pretensją, że oto akurat teraz wygłosił te słowa, kiedy moje dążenia wydają się mieć inny kierunek niż ten, który on tak bezceremonialnie wyznacza. Wydaje mi się przy tym zarazem tak dobrze znanym. Nie musiał przecież akurat teraz przypominać mi o tym wszystkim i to po to, żebym miał udawać przed sobą, że to nie dotyczy mnie teraz i że właśnie w tym momencie. Przecież to nie jest takie proste, żeby wszystko rzucać i nagle zajmować się bardzo mgliście i niejednoznacznie zarysowanymi celami. Tak się nie da, bo przecież człowiek nie żyje w pustynnej jamie, nawet jeśli jest się Staszkiem Kwikiem. A ja? Czyli co, to moja pustynia jest niczym innym, jak przed samym sobą udawaniem? Nie, więcej na ten temat myśleć nie będę, raczej zostawię to sobie na potem, jak i papieskie idee, a pozostanę przy tym, żeby znaleźć się wreszcie w całkiem innej jamie, tej, którą wstępnie obiecała mi Monika, choć to dopiero w sobotę. Dopiero w sobotę? No, ale lepiej już w sobotę niż w środę, zawsze to kilka dni wcześniej.

No i mimo że do obiecanej przez Monikę soboty dotrwałem dzielnie, to w przeddzień się okazało, że na okoliczność papieskiej wizyty właśnie jej rodzice nie pojechali na działkę, a do tego jeszcze zjawiła się w mieszkaniu babcia, która zapadła na jakąś zakaźną chorobę i stąd moja niedoszła kochanka musi pozostać przy niej. Ja na tę wieść oczywiście udałem, że nic się nie stało i postanowiłem powłóczyć się również i przez dzień następny po mieście, by po drodze nawet odwiedzić Sopla i rozegrać z nim dwie partie szachów przy „Elektrykach" i kilku kawałkach Procol Harum. Wreszcie udając przed samym sobą, że idę tam tylko ot tak z ciekawości, udałem się w kierunku Błoń, gdzie miała zostać odprawiona msza św. przez Jana Pawła II, a gdzie też swoje miejsce zajęła już mama z koleżanką Kabat. Obie poszły tam już z samego rana, żeby mieć dobre miejsce. Ja natomiast przed zorganizowanym pójściem na mszę wykręciłem się potrzebą skupienia i przeżywania tej wizyty indywidualnie, bo i przecież swoje życie tak właśnie uznaję, jako po Norwidzie osobiste pielgrzymowanie. Poza tym od czasu przeprowadzki na nowe mieszkanie nie czułem się związany z żadną parafią, stąd jeśli szedłem do kościoła, to raz byli to misjonarze, innym razem pijarzy czy karmelici na Piasku, aby wreszcie też lądować i u kapucynów, gdzie od dziecka chodziliśmy „na Wielkanocne groby". Poza tym podobała mi się ta przy ambonie laska.

Do tego jeszcze ostatnio zawładnął moim umysłem materializm i świadomość jako funkcja materii właśnie, a nie wyodrębnionego ni stąd, ni zowąd ducha, czego podjąłem się podczas moich studiów w tajnym uniwersytecie, który mieścił się zresztą w pustynnej mojej jamie. Oczywiście nie stałem się z tego powodu i tym samym jakimś materialistycznym dogmatykiem, ale fakt ten dał mi wiele do myślenia, choć na ten czas tak naprawdę przejawiało się raczej jakimś bezmyślnym błądzeniem. Jedności na ten czas jednak upatrywałem jedynie w obiecanym z Moniką intymnym spotkaniu, a nie jaskiniowym odkryciu supermodelu wszechświata. Tak więc się włócząc raz to wmieszany w tłum, raz inny patrząc na zdarzenia okiem specjalnego agenta czy też „cielęcia", wreszcie trafiłem na ulicę Retoryka, by oto zaświadczyć, że zastałem w tym miejscu cały szpaler na niebiesko pomalowanych aut o całkiem innym niż pokojowe przeznaczeniu. Na ten widok krew się we mnie wzburzyła i odezwał się głos, poprzez który kiedyś miałem poczucie wyraźnego określania, co słuszne, a co też nie. Patrząc na te armatki wodne, przed oczyma stanęły mi lufy wymierzone w nasze okna podczas ćwiczeń na stacji, które zapamiętałem i to wcale niechcący z dzieciństwa.

– Co, pątnik? – rozlega się nagle głos względem mnie stojącego przy pasie zieleni nieopodal skrzyżowania z ulicą Smoleńską.

– Nie, pielgrzym... – odpowiadam, mimowolnie obejrzawszy się.

Oto dostrzegam jakiegoś faceta w ciemnych okularach i po cywilu, który następnie kieruje się w stronę Manifestu Lipcowego.

Niemal na sztywnych nogach kieruję się w stronę alej. Tutaj jest coraz tłoczniej, ale przedzieram się wzdłuż „witraży", a następnie kamienicy Nikielskich do skrzyżowania, a następnie możliwie jak najbliżej miejsca, z którego mogę co nieco usłyszeć. No i słyszę:

Człowiek jest istotą rozumną i wolną, jest świadomym i odpowiedzialnym podmiotem... Może i powinien osobistym wysiłkiem myśli docierać do prawdy. Może i powinien wybierać i rozstrzygać. Człowiek jest wolny, człowiek może powiedzieć Bogu „nie". Może powiedzieć Chrystusowi „nie", ale pytanie zasadnicze: czy wolno... i w imię czego... wolny. Jaki argument rozumu, w jaką wartość woli i serca można przedłożyć sobie samemu i bliźnim, i rodakom, i narodowi, ażeby odrzucić, ażeby powiedzieć „nie" temu, czym wszyscy żyliśmy przez tysiąc lat... temu, co stworzyło podstawę naszej tożsamości i zawsze ją stanowiło.

Słowa te zaczynają mnie jakoś ranić, jakbym to ja czegoś zaniechał, jakbym to ja w czymś nie stanął na wysokości zadania. Patrzę na innych, szukając potwierdzenia i widzę jakąż to różnorodność. Twarze co niektórych są tak obojętne, że trudno mi sądzić, żeby ich te słowa szczególnie obchodziły. A jeśli są ci, co one nic nie obchodzą, to kim w takim razie ja się wobec nich stanę, a co dopiero tych, którzy przyszli tu w innym niż to nabożeństwo celu. A więc w takim razie słowa te pchają mnie ku ofierze? Bym stał się łatwym łupem dla wszystkich tych, którzy za wszelką cenę zamierzają uskuteczniać w tym świecie swą władzę? Ale nie, ja nie zamierzam być z żadnymi z nich, ja muszę znaleźć z tego swoje własne wyjście i to choćbym miał za to zapłacić wysoką cenę. Tak, jestem tego pewien, dlatego odwracam się na pięcie i jakoś pełen wewnętrznej siły idę nie przeciw tym, którzy się modlą i szukają swej drogi z kościołem, ale przeciw wszystkim tym, którzy za wszelką cenę zamierzają do niej dążyć, a następnie uskuteczniać swoją za jego pomocą władzę. Jeśli nie będę wiedział, dokąd i w jaki sposób mam gdzieś iść, to za taką władzą z pewnością nie pójdę, takiej nigdy nie uwierzę, choć będąc w tym postanowieniu sam, muszę zarazem udawać kogoś innego. Ale kogo i w jakich warunkach, przecież nie będę się wygłupiał sam przed sobą z jakimś znów następnym „agentem" czy „świadkiem", z którego tamci tak łatwo zrobili najpierw podejrzanego, a później i obwinionego. Ja muszę w tych okolicznościach być jeszcze kimś więcej. Kim?... Błaznem?

„Tak więc nie mogę i nie wierzę w Boga, społeczeństwo, no i w samego siebie. Tak, w siebie, bo muszę zachować konsekwencję" – mówię to sobie i światu szeptem, po czym robi mi się na duszy lżej. Doznaję jakiejś ulgi, jakiegoś oczyszczenia, dzięki któremu mogę mieć poczucie, że ten świat ma jeszcze jakiś sens i to dzięki temu właśnie, że ja oto mogę dzięki sobie i od teraz być wolnym pielgrzymem. Czy to nie szczęście? Tylko jak być przy tym zarazem doskonalszym w sztuce dobrej roboty i do tego skutecznym? Może i tego się kiedyś nauczę, a teraz z chęcią bym się z kimś tą wiadomością podzielił, lecz w tej chwili nie mam nikogo takiego. A może Monika? Może spróbuję z nią. Przecież ona nie musi być jak wszyscy na mój świat głucha. Może ona zrozumie, że świat może być wolny od nikczemności, zbrodni, małych i wielkich podłości wszystkich tych politycznych wydmuszek, ich zakłamania, za którego sprawą jedni mówią tak, a inni coś skrajnie przeciwnego i to wyłącznie po to, by dezorientować i w ten sposób dać sobie czas na zaistnienie faktów, które zwą dokonanymi, a poprzez nie umacniać tylko w każdym calu swą władzę.

„Chryste, czy ja to wszystko potrafię jej powtórzyć. Czy ja nawet sam sobie to powtórzę...” – podczas tych słów sformułowanych w myśli ogarnia mnie paniczny lęk, więc czym prędzej zrywam się i do swej pustynnej jamy pędzę. Chcę zasnąć, bo nieraz tak czynię jak chcę, by rano mieć na świeżo to, co wczytane w pamięć wieczorem. Zamierzam się rzucić na swą wersalkę i pogrążyć we śnie, bo i może poprzez sen zdołam zatrzymać wszystko to, co mi właśnie doznać było dane, a może i coś więcej. Dlatego do zobaczenia w dzień, a ja tymczasem sobie umrę, by zmartwychwstać i żyć pełniej.

Przez następny miesiąc i dwa tygodnie nie miałem niczego innego na głowie, jak tylko swą garbarską robotę, dzięki której czułem się niczym heros, którego Monika tylko utwierdzała w swym przekonaniu, że oto jest wyjątkowy i należą mu się wszelkie przyjemności wynikające z życia. Było nam z sobą tak dobrze, że zapomnieliśmy na ten czas o całym świecie. Widziałem jej błysk oczu i jakąś wdzięczność, że jesteśmy razem, a nawet więcej: że nic poza sobą w życiu nie jest nam potrzebne. Nieoczekiwanie zamieniłem swą pustynną jamę na wciąż rosnące pragnienie znalezienia się w niej i tak połączony mógłbym nawet umrzeć i wcale nie pobudzać więcej swej ciekawości i dziwienia się światem. Dzięki temu zapomniałem też o wcześniejszych postanowieniach, o podzieleniu się swym rozdarciem w poczuciu braku sensu, bo przecież niczego takiego już nie doznawałem, a nawet na wspomnienie o tym mówiłem sobie, że to tylko takie przypadłości, które nieraz nawiedzają człowieka po to, żeby miał się z czym zmagać, kiedy tak naprawdę nie ma autentycznego dla zmagań powodu. Poza tym rozpalała mnie duma, że oto jej dogadzam, co nawet zwróciło kiedyś jej uwagę, żebym się przy niej nie napinał aż tak mocno, bo mi guzik u koszuli pęknie. Ale nie pękł. Jednak nie to jest istotne, bo później i tak udałem się na spotkanie z Moniką w ów ciepły lipcowy wieczór i jak zwykle z niecierpliwością i nutką niepokoju czekałem na nią pod „Bagatelą”. No i zjawiła się, jak zwykle nieco spóźniona, elegancka i wyzwalająca we mnie pożądanie. Nie pozostało mi nic innego, jak oddać się wspólnemu przeżywaniu danego nam wolnego czasu, bo jutro przecież znów praca w garbarskim zakładzie. Po kilkunastominutowym spacerze ulicami miasta i przyglądaniu się wystawom, co nie wzbudzało żadnego mojego zainteresowania, wylądowaliśmy wreszcie w „Fafiku” na Siennej, bo w tej niewielkiej kawiarence wydawało się nam najprzytulniej. I tak pod słabym światłem jednego z kinkietów i przy niewielkim niskim okrągłym czarnym stoliku, na którego blacie z cieniami od szyby grały kawiarniane refleksy, mówiliśmy w zapale o wszystkim i o niczym, popijając wermut, jedyne dostępne tu wino.

– Ma się nieraz ochotę iść w jakąś nieznaną podróż.

– A co z pracą? – zadaje pytanie Monika, po czym upija wino, i robi jej się ten zabawny na policzku dołeczek.

– Ach..., nie zamierzam przecież wiecznie zajmować się tą robotą. Im dłużej patrzę na tych garbarzy, to coraz bardziej wydają mi się jacyś śmieszni z tym swoim garbowaniem.

– Zarabiają na życie. No... przecież takie jest życie.

– Pewnie co niektórzy nawet... Ciekawe kto to mógł rąbnąć te kilka beli.

– Milicja szuka, ale to musiała być umowa portiera z kierowcą.

– Ktoś mówił, że przerzucili przez mur na nocnej zmianie.

– Nie mogli, bo w nocy magazyn jest zamknięty, a stamtąd zniknęły. A... niech sobie dochodzą...

– Ciekawe, jak mi ta twoja koleżanka ten miesiąc wyliczy.

– Isia?... Ona tylko wypełnia to, co jej Franek zada. On jest brygadzistą.

– No tak, a ona „kociarką".

– To co w tym złego. Oprócz tego miła z niej dziewczyna. Przynajmniej nie fałszywa jak inne. Zresztą nie tylko ona.

– No tak, ten ślusarz... Wacek także. Ale jeśli chodzi o płace, to muszę ją pilnować, bo pamiętam w zimie, jak tramwaje nie jeździły i szedłem na piechotę w ten mróz, a potem mnie majster dał do rozładunku miału. Kilofami tłukliśmy, a inni sobie siedzieli w domu... ale ja jak i oni mieliśmy „średniówkę".

– To była zima stulecia i dlatego nie każdy mógł nawet dojść. Byli usprawiedliwieni.

– No to ja też mogłem zostać w domu.

– Mogłeś...

– Ale co tam robota, najważniejsze, że siedzimy sobie przy winie... Ale, powiedz, co miałaś na myśli mówiąc o Jadźce, że jestem „słodki". Co to znaczyło?

– My tam już wiemy swoje. Babskie sprawy. A skąd ci to przyszło do głowy?

– Przyszło, bo jakbym był za słodki, to mógłbym się postarać o jakąś goryczkę.

– Tak jak u tego kolegi, któremu spuściłeś na podłogę kwiatek?

– Kolega… kwiatek?… Skąd ty o tym wiesz?

– Wyobraź sobie, że wiem więcej.

– Od kogo i co? Przecież możesz się ode mnie dowiedzieć, co tylko cię interesuje.

– …

– No to od kogo wiesz o jakimś tam kwiatku?

– A czy to nieprawda?

– Co niby ma być prawdą – zniechęcony jej tajemniczym tonem, mimowolnie nieco podniosłem głos.

– Jeśli to nic ważnego, to po co się unosisz.

– Nie unoszę się, ale po co takie tajemnice. Ja nie mam nic przed tobą do ukrycia, a ty ukrywasz.

– Co mianowicie?

– Kto ci naopowiadał o kwiatku?

– Znasz pracującego w milicji Chojnackiego?

– Chojnackiego… Którego? Są bracia. Znam, bo byliśmy na obozach.

– Tak, milicjanta Leszka.

– Nie wiedziałem, że ten kutas… pracuje w milicji.

– Prosił, żebym ci o tym nie mówiła. Podszedł raz do mnie, przedstawił się i wypytywał. Potem opowiedział jak rozbiłeś podczas imprezy doniczkę z kwiatkiem.

– Doniczkę z kwiatkiem… A o co się dopytywał?

– Nie pamiętam, takie jakieś ćmoje boje. Do mnie się przystawiał, ale dałam mu do zrozumienia, że nie jestem zainteresowana jego osobą.

Podczas tych jej słów po raz pierwszy widziałem Monikę, która na pewno kłamie.

– Tak, to było u Cherubina, jakieś półtora roku temu. W ten sposób postanowiłem zakończyć znajomość z tymi sukinsynami. Jak widać miałem rację. Chojnacki gliną. Tak jak cała ta banda łącznościowych kapusiów. Sopel, kolega, raz mi powiedział, żebyśmy poszli na imprezę, na którą tamci nas zapraszają. Niechętnie, bo raz coś niezbyt przychylnie komuś bąknął Cherubin o moim ojcu i w ogóle o pobożności mamy… też mieli do gadania. Pamiętam aferę z obrazem i później lekceważenie co niektórych. Nawet nachodzenie… A tego wieczoru kolesie postanowili mnie upić, to dałem im z kwiatkiem nauczkę i już ich pieprzę, wraz ich fałszywymi starymi. No, ale co jeszcze mówił ten sukinsyn, o co pytał?

– Wszystko ci już powiedziałam. Był nawet miły, ale cóż mi do tego – powiedziawszy to, Monika jakoś demonstracyjnie poruszyła ramionami.

– Mnie też, najważniejsze, że nas obojga to nic nie obchodzi. Jesteś kochana, tak pociągająca, że mam ochotę cię teraz schrupać – mówiąc to, odnajduję pod stolikiem jej kolano.

– Daj spokój, ludzie patrzą.

– Niech patrzą, niech widzą i niech się uczą miłości.

– Wiesz, że tego nie lubię. Takie mizdrzenie się na pokaz.

– Ja nie zamierzam na pokaz... ja...

– Ty w ogóle jesteś...

– Co jestem, jaki jestem?

– Taki sobie... łajdak.

– Powiedz, nie krępuj się. Jakim łajdakiem, jaki ci facet w głowie.

– Zwyczajny, nieskomplikowany. Ty jesteś nieraz jakiś... taki nieodgadniony.

– Ha... ha. Chciałaś powiedzieć, tajemniczy. Nie zauważyłaś, że ja do tych garbarskich robotników nie przystaję. Jestem bowiem „specjalnym agentem", ale nikomu tego nie mów. Mam specjalną misję do spełnienia, dlatego nie mogę i tobie powiedzieć nic więcej. Na razie.

– Tak, misję księżycową – podchwyciła Monika, po czym roześmieliśmy się obydwoje, abym i też miał odruchowo sięgnąć po papierosa. – Pewnie ten też miał jakąś misję i się pożegnał z życiem – dodała po chwili, też wyjmując papierosa z paczki.

– Kto? O kim mówisz? – pytam, podając jej ognia od zapalonej zapałki.

– Mm... nie słyszałeś, że ten... jakiś poeta, Stachura, czy jak mu tam, nie żyje.

– Edward Stachura?... – ta wiadomość podziałała na mnie jakoś przygnębiająco.

– Co, znałeś go? Widzę, że cię to przejęło.

– Nie znałem i niewiele o nim wiem. Wiem tyle, że był poetą i napisał tę... „Siekierezadę". Wykończyli następnego.

– Kto i dlaczego? Kogo obchodzi jakiś pismak. Podobno jakiś wykolejony.

– Tak, wykolejony...

– Coś cię to tak ruszyło. Poza tym jeszcze cię takiego nie widziałam. Co ci?

– Jakiego?

– Zrobiła ci się nagle taka zimna..., kamienna twarz, i pojawił się jakiś przerażający grymas, niczym uśmiech kogoś...

– Uśmiech..., niczym Giocondy – nagle spróbowałem odwrócić wszystko w żart, ale w mózgu brzmiało mi tylko jedno słowo: skurwysyny.

– Nikt się takim nie przejmuje, a... – i tu zniżyła głos do szeptu: – milicja nazywa takich, jak i wszelkich podobno artystycznych błaznów... skurwysyny.

Te słowa dobiły mnie zupełnie, ale abym nie posądził jej o czytanie w moich myślach ani o bliższy kontakt z Chojnackim, spojrzałem na jej usta, które w półmroku wyglądały tak namiętnie, że same w sobie były czegokolwiek innego zaprzeczeniem. Szepnąłem:

– Chodźmy Moniczko lepiej się kochać. Zostawmy to wszystko... tak jak ostatnio, znów będzie nam jak w niebie.

– Przecież wiesz, że teraz nie mogę. Ostatnio mnie tak napompowałeś... – i dodała infantylnie: – niczym byczek. – Przerwała, a jej oczy zalśniły błogim uczuciem wywołanym wspomnieniem. – Ostatnio my tak..., prawie jak małżeństwo.

– To zostańmy nim. Wtedy świat będzie inny. My stworzymy go lepszym – wyrzuciłem z siebie półprzytomnie.

– Pożyjemy, zobaczymy – odpowiedziała, by następnie przywołać się do porządku, co też i ja uznałem jako wyzwanie dla siebie.

Otrzymałem właśnie kolejną wypłatę. Było tego dość, a nawet więcej niż zazwyczaj. Stało się tak dlatego, że zadziwiłem wszystkich moimi wyczynami podczas nocnej zmiany, na której pobiłem brygadziście plany, by ten miał podobno biegać rano z grafikiem niedowierzając, że ktoś mu zakłócił akordu porządek. Mnie tymczasem wcale nie zależało na tej forsie. Mógłbym wprawdzie ją wpłacić na książeczkę PKO, ale po co. Przecież ja niczego, co może dać mi ten świat, nie potrzebuję, a ścigać się z jakąś mrzonką o tym, co i tak może ze względu na ciągłą zmianę cen tylko pozostać jako niespełniony obiekt pożądania, obchodzić mnie nie może. Przykład wujka i jego malucha tylko mnie bawi i dziwi zarazem, że ten, przeklinając komunistów, dał się tak nabrać, a ci tylko uskuteczniają nad nim swoją władzę. Poza tym ostatnio doznałem dużego rozczarowania, na okazyjnym kiermaszu pod Wawelem bowiem zakupiłem „Logikę wielowartościową", która okazała się bublem. Brakowało w niej kilku kartek, czego nie zauważyłem na miejscu i nie mam możliwości tego i tak ostatniego egzemplarza na stoisku wymienić. Kiermasz się skończył, a tyle było gadania i popisywania się w telewizji i prasie. A tak na tej „logice" mi zależało. Teraz to mam wszystko w nosie. Wszystko się jakoś tak układa całkiem nielogicznie, żebym tylko się wkurzał i spijał piwo, którego sobie wcale nie ja nawarzyłem. Do tego kiedyś przychodzę do Moniki, a tu u niej jakiś palant, syn milicjanta, który pracuje w Hotelu Francuskim jako fryzjer. Następny murowany kapuś, dlatego dla sprawdzenia nawet się umówiłem na ekstra strzyżenie. Tam podobno dla wymodelowania chodzą „gościówy", no to i ja też raz pośród nich postanowiłem się znaleźć. Nic nie mówię, ale ten fakt mnie tylko od Moniki oddala. Zaczyna mi zależeć na niej tylko jako na bezpiecznym pieprzeniu. Poza tym jest wokół niej coś tajemniczego, co tyczy się dziecka, ale nie będę dociekał, jeśli sama nie będzie miała ochoty mi cokolwiek powiedzieć w tej sprawie. Poza tym nic mi się nie chce i dlatego też stoję tak na podwórku przed magazynem wyrobów gotowych i czekam na godzinę pierwszą, bo o tej można opuścić zakład podbijając kartę. Zazwyczaj się tak nie czeka, no ale skoro dziś mamy wypłatę, to i majstrowie się nie czepiają. Zresztą nie ja jeden tak czekam. Monika też stoi na ganku z tą „kociarą" i nawet się śmiały ze mnie, kiedy zapatrzyłem się do góry i przy okazji wszedłem w kałużę. Poza tym jak zwykle śmierdzi, para ulatnia się z nieszczelnej rury przy hali „Działu Mokrego", a „Tatuś" po swojemu przeklina kogoś, kto mu akurat przyszedł na myśl do popisującego się równie obfitą „łaciną" Felka z Dobczyc. Ja tylko na to wszystko patrzę i nawet nie mam siły się zastanowić, „co ja właściwie tutaj robię".

– Chodź młody na piwo, bo wyglądasz jak smętny ptyś, a przecież dziś „Matki Boskiej Pieniężnej", jak mawiają starzy górale – nagle zza moich pleców wraz z nosowo brzmiącym głosem wyłania się Waldek, krępy, o czarnych kręconych włosach chłopak z Łagiewnik, podobno brat jednego z dyrektorów i także Leser, co to chwilowo załapał się na fuchę. – Szarpnąłeś podobno niemało grosza.

– Nie mniej niż inni.

– Ale u nas się zapierdziela na „mokrym", a u was na „wykańczalni" to w porównaniu z nami… plaża.

– Niech będzie, ale nie będziemy gadać o robocie, bo mi już wystarczy jak przez siedem godzin o tym myślę.

– Nie obrzydzaj sobie… O, pierwsza. Spadamy, bo będzie tłok przy „kasowniku".

– No to spadamy – powtórzyłem i równym krokiem skierowaliśmy się w stronę wejścia do portierni.

Róg ulicy Przemysłowej i Zabłocia wydawał się niezmienny od co najmniej 100 lat, a jeśli nawet tak nie było, to tak wyglądać musiało. Przed barem „Na rogu", mieszczącym się w ceglanym jednopiętrowym domu narożnym z gankiem, w którego oknie często można było zauważyć znanego spośród szanowanych robotników Zabłocia, a i stało kilku z nich w ferszalunkach, aby powiew zachodniego wiatru miał wznieś kurz uliczny i sprawić, że na moment zwrócę się do niego bokiem, by mi się wiecznego pyłu nie nasypało do oczu. Po przeciwległej stronie, za fabrycznym budynkiem garbarni i za torem kolejowym, przy kiosku „Ruchu" czekało kilka żon, by jak zwykle odebrać wypłatę swym mężom, zanim ci zdążą je przepić. Tymczasem Leser pierwszy wchodzi na strome schodki, którymi następnie wspinamy się bez entuzjazmu, ale i nie z przymusu, by znaleźć się w knajpie, gdzie już w atmosferze sosu i zrazów, zasmażanej kiszonej kapusty, piwnych oddechów i papierosowego dymu biesiadują ci, którzy najlepiej znają trud ciężkiej pracy robotnika. Przy barze się okazuje, że Leser nie wziął dziś wypłaty, stąd przymilnym gestem namawia mnie na niewielką pożyczkę. Nie zależy mi na tych kilku złotych, więc płacę za dwa piwa, po czym udajemy się do kąta, by przy oknie stanąć przy jednym z wysokich stolików. Leser uzyskał „swoje", pewnie i dlatego rozmowa nam się nie klei, więc milczymy, popijając zimny napój. Przy każdej okazji przyglądam się wędrówce setek mikroskopijnych bąbelków ku górze. Pewne jest to, że mi się nic nie chce. Moja „pustynna jama" jakoś mnie na ten czas przeraża, ponieważ ostatnio zdałem sobie sprawę, że i tak nie będzie mi jakimś azylem, lecz długą drogą, która, jeśli się w nią udam, nie skończy się w żadnym możliwym do przewidzenia czasie. Jak na razie nie mogę też się schronić w innej jamie, którą przez pewien czas dawała mi Monika. Ale po zastaniu kiedyś jej z jakimś nieznanym mi „palantem", kiedy niespodziewanie ją odwiedziłem, mam coraz większe poczucie, że w tym wszystkim ma swój udział milicja. Nie mam tylko pojęcia, po co miałaby sobie zawracać mną głowę, ale skoro tego nie wiem, to ani tego nie mogę wykluczyć, ani też uznać za coś najpewniejszego na świecie. A więc w tej sprawie jestem w zawieszeniu, a konkretne i pewne w tej chwili jest tylko to piwo, które jednak przynosi mi ulgę. Leser z pewnością też docenia te właściwości złocistego napoju, bo i nawet z wdzięczności częstuje mnie marlboro. Tego to stać. Przez chwilę nawet i to mi imponuje, że palę taką fajkę i tym samym daję świadectwo mojego dystansu do „braci robotniczej", ale zaraz przychodzi mi na myśl, że ja przecież „leserem" ani być nie zamierzam, ani też nim nie jestem. A więc kim jestem? Po co mi to robotnika udawanie?

– A, piwko się po robocie pije.

– Co słychać, Magister – odpowiada Leser komuś, na kogo po tych słowach zwracam swoją uwagę.

– Stara bieda...

– To „młody" z fabryki. Odpoczywamy po pracy. Relaksujemy...

– Czołem, nie macie dołożyć pięć pięćdziesiąt, to i ja bym sobie golnął żywieckie. Świeże chociaż?

– Antek mówi, że wczoraj przywieźli. Mnie wspomógł „młody".

– No, jak Antek mówi, to tak musi być, bezwzględnie. No to co, no... – po czym Magister zwraca się do mnie: – Ja znam tu wszystkich i mnie też znają. Antek, to ten na górze, czuwa, a ja mieszkam w tym wolno stojącym domu z cegły naprzeciw składu węglowego. Często tu jestem. Trzeba trzymać ze swoimi, prawda?

– No, tak... nie mam drobnych – mówiąc to, odpinam saszetkę, by wyszperać z niej jakiegoś „waryńskiego".

– Nie ma sprawy, zaraz zwracam co do grosza. – Magister podejmuje „stówkę" i czym prędzej udaje się do baru.

– Zdolny, ale leser. Studiował jakąś tam cybernetykę. Ma łeb, ale woli luźne życie. On będzie pamiętał i na mur odda nawet dziesięć groszy. Ale może i po roku. Ma głowę do rachunków – powiedział Leser, gdy ja w tym czasie spoglądam za wysoką smukłą sylwetką Magistra.

Ten stanąwszy przy barze o czymś rozprawia elokwentnie z barmanką.

– Zna tu wszystkich, wychował się na Zabłociu.

– A ty? – spytałem znienacka.

– Ja?... ja jestem nomadem – odpowiada dumnie.

– A kto to taki?

– No widzisz, ...nie wiesz.

Postawiwszy przed nami trzy piwa i coś jeszcze, Magister mówiąc do kogoś obok, kładzie przede mną resztę pieniędzy.

– Ale ja pożyczyłem tylko na jedno... nie wiem, czy mam... – mówię gubiąc się zaskoczony sytuacją.

– To ty nie chciałeś kufelka? Gdybym wiedział... Pardon, kolego, to nieporozumienie. Ale w razie czego, to ja skonsumuję następne – donośnym głosem oznajmia Magister i wygląda na to, że on wcale nie kłamie.

– Co nie zmieścisz drugiego „żywca"? – niejako wtóruje tamtemu Leser.

– No…, niech już będzie, ale jeszcze tego nie wypiłem.

– No to w takim razie na zdrowie, patrzcie jakie świeżutkie i co za pianka. Mm… Wprawdzie trochę aluminium zalatuje, bo to przecież nie z dębowej baczki, ale smaczek swój ma, zwłaszcza po robocie – Magister znów popija, smakując, by dodać z zadyszką w głosie: – Tego mi trzeba było, jesteś mi wybawcą… Będę ci dozgonnie wdzięczny.

– A co z tą cybernetyką – zagadnąłem niespodziewanie.

– A…, ty wiesz? Studiowało się. Byłem nawet na szkoleniu we Wrocławiu, na Odrze. Taka moc obliczeniowa, że naszych kilkadziesiąt mózgów wysiada. To jest dziedzina przyszłości, która problemowo podchodzi do rzeczywistości, odrzuca wszelkie mity… etc. Jest to taka gra możliwości. Na przykład masz tylko dwa rodzaje problemów i ani deka więcej, które z kolei składają się z trzech następnych i to jest zbiór skończony. Nie ma już czegokolwiek więcej szukać… chyba że…

– Chyba że dziury w całym – dodaje Leser tonem wtajemniczonego. – Albo guza.

– No tak, albo… w moście, jak kto woli.

– Ale nie guza w moście. Lepiej pogadajmy o czym innym, bo ja i tak nie mam żadnych problemów – tym razem żartobliwie wtrąca Leser. – W sobotę „Garbarnia" gra z Nowym Sączem.

– Na Koronę nie chodzę, bo nie lubię siedzieć na kamiennych stołkach. Poza tym to tak niska klasa… Jak oddadzą boisko nad Wilgą, to może się przejdę.

– No tak, prawdziwa „Garbarnia" była na Ludwinowie.

– Mowa. Zwłaszcza jak zdobywała Mistrza Polski, ale te lata już nie wrócą. W Krakowie nie da się utrzymać tylu mocnych drużyn.

– Nie ma komu grać. Dawno nie było miejsca na Błoniach, bo tylu chłopaków kopało piłkę, a teraz tylko krowy się pasą.

– Zawsze się pasły, ale to Kraków, a nie Podgórze, to Podgórz był… odrębne miasto.

– Widzisz, „młody", z kim masz do czynienia? I to nie „jebajka", to samo życie.

– Te, Magister, powiedz Andrzejowi, żeby wpadł do Waldka na skład naprawić telewizor… – nagle w naszym towarzystwie zjawia się jakiś pociągły na twarzy o orlim nosie blondyn. – Ostatnio jakiś nieuchwytny…

– A w domu?…

– Baba jego mówi, że w robocie..., a w robocie, że w domu.
– Andrzej naprawia telewizory?
– To „ametyst", on zna ten typ. Zwęził się obraz i się zwęża. Za dwa dni nic nie będzie widać, a już teraz wszyscy jak przecinki.
– Opór wysiadł. Opornik trzeba wymienić.
– Co trzeba, to trzeba, Andrzej zna tego typa.
– Dobra, jak go zobaczę, to mu powiem – odparł tamtemu Magister i zwracając się do nas, powiedział: – O czym żeśmy to rozmawiali?... O cywilizacjach pozaziemskich?... No tak, ten film, co byłem na nim ostatnio w „Związkowcu", to ciekawa hipoteza, bo jakby nie patrzeć, to jak przy ówczesnej technice ci tubylcy mogli wykuć takie posągi na Wyspach Wielkanocnych przed tyloma laty, a do tego przetransportować na wybrzeże takie ogromne bloki...
– Jak to jak, popili sobie dobrej gorzałki i po pijaku przenieśli – komentuje z ironią w głosie Leser.
– Ty sobie jaja robisz, a tych dowodów jest więcej. Przecież idealnie wycięte kule, które dzisiaj można tylko tak dociąć najnowszą technologią laserową, to...
– Leserową, zawsze mówiłem, że roboty nie przerobisz, a ta nie zając, nie ucieknie – wyraźnie Leser postanowił podroczyć się z Magistrem.
– No dobra, i tak się nie znasz na rzeczy.
– Nie o to chodzi – po czym zwrócił się do mnie: – Pieprzy o leserach, bo film widział. Jakbyśmy widzieli, to też byśmy się popisywali.
– Przestań... chciałem tylko zagaić.
– Za..., co?
– To mogą być nieraz ciekawe rzeczy – mówię jakimś nieswoim, może spowodowanym dłuższym milczeniem głosem, by odruchowo sięgnąć po papierosa.
– Nieważne, panowie... – wtrąca Magister. – Proponuję nie wydawać więcej forsy w knajpach, a udać się na partyjkę brydża u mnie. Ty grasz w brydża?
– Co, z „dziadkiem"? Ja z „dziadkiem" nie gram.
– Trochę pogrywam, ale nie jestem jakimś zawodowcem – odpowiadam skromnie.
– Z babką zagramy. A może nawet z Felkiem... chyba widziałem go na składzie.
– Co, Felek? Tak, jest na składzie, ale on wymaga leczenia – wtrąca się ktoś obok.

– No właśnie, jest, jak tu mi mówi kolega – oznajmia zadowolony Magister. – To dobry gracz, grał kiedyś w lidze.

– No niech będzie – z grymasem godzi się Leser.

– No to chodźmy... – decyduje Magister, jakbym i ja podjął już taką decyzję.

Jednak nie chce mi się nic innego, a gra w brydża może okazać się ciekawym zajęciem na to popołudnie. Wprawdzie trochę głodny jestem, ale przecież wypite piwo czymś i tak mi żołądek wypełnia, stąd z głodu nie umrę, a poza tym tak szybko się z tego powodu też nie umiera. W takim razie idziemy do „Magistra".

– Aha, panowie... – już na ulicy zwraca się do nas pomysłodawca karcianego zajęcia, zatrzymując się nagle na skraju chodnika. – Czy bierzemy coś do popicia, czy będziemy siedzieć tak... o suchych gębach. Trzeba zdecydować póki czas, bo później nie będzie czasu na latanie.

– Karta lubi dym i przekleństwa, ale też by się przydało coś dla kurażu, prawda „młody"? Dziś tylko ty możesz uratować dobrą tradycję.

– „Waryński" potrzebny, reszta w mojej gestii – dodaje czym prędzej Magister.

Myślę sobie, że takich „stówek" u mnie przecież wiele, to nic się nie stanie, jeśli nawet jednej z nich się bezpowrotnie pozbędę. Jakby nie było, chłopaki pozostaną mi wdzięczni, a ten Magister to przecież nie głupi facet. Lepiej trzymać z takim niż prostackimi robolami. Stąd mówię:

– Ale koszty rozkładamy na trzech, po równo...

– Ja załatwiam sprawę i udzielam lokum... herbatkę też zrobię, dlatego mnie chyba wyłączycie – szczerze wyznaje Magister.

– Pewnie, nie ma sprawy, ja biorę na siebie twoją działkę – pewnie mówi Leser i zwraca się do mnie: – Robimy w jednym zakładzie, niech mu będzie.

Po tych słowach jestem pewien, że w ten oto sposób to ja stawiam tę flaszkę, ale udaję, że tamtemu wierzę, bo inaczej albo musiałbym przerwać tę zabawę, albo przyznać się do frajerstwa, czym z pewnością dałbym powód do zmiany nazywania mnie, a przecież ten „młody", to i zawsze jakoś ujdzie. Przed młodymi przecież przyszłość, ale i pozwolenie na możliwe błędy, które z racji młodości któż to w swym życiu nie popełnia. Z pliku wyjętych z kieszeni banknotów wyjmuję „stówkę" i wręczam ją „Magistrowi, mówiąc:

– To w takim razie u ciebie mam pięć dych, które oddasz mi przy wypłacie.

– Nie przy następnej, ale jutro albo pojutrze. Jutro idę do pani Marysi po chwilówkę i sprawę załatwiamy od ręki. Ja się nie lubię pieprzyć w tańcu – stanowczo kwituje sprawę Leser, a Magister podejmuje forsę, po czym mówi:

– To wy idźcie w stronę mojego domu, a ja skoczę po Felka i po ten spirit.

– No dobra, gnaj, bo szkoda czasu – rzuca za tamtym Leser.

Następnie idziemy w milczeniu obok jakiegoś stojącego bez kół na cegłach grata przy warsztacie samochodowym, przy którego szeroko otwartych drzwiach garażu nachylony mechanik dłubie coś pod uchyloną maską syrenki.

Spoglądam na brukową jezdnię, którą właśnie przejeżdża pusta węglarka zaprzęgnięta w dwa konie z klapkami przesłaniającymi im oczy i metalowym wiadrem dyndającym u boku. Siedzący wysoko na „koźle" znudzony woźnica ziewnął, niedbale przy tym trzymając bat w ręku. Nic mnie to nie obchodzi, a jednak patrzę, co wcale nie musi mi wydawać się słusznym lub niesłusznym, ale zwyczajnym zajęciem. Robię to tak, jakby nie miało być chwili potem, która i tak sobie przecież następuje i to wcale nie dlatego, że cokolwiek chciałem lub nie, coś wymyśliłem lub nie. Przecież jest tylko teraz bez jakiegokolwiek „tak" lub „nie". Świat tej chwili to jedyna pewność, a zarazem ostateczna o nim wiedza, dla której nie potrzebne mi jest pragnienie czegoś więcej niż jest ta chwila w sobie samej. Nie obchodzi mnie ani życie, ani śmierć, myśli wzniosłe czy byle jakie, pożądanie czy inercja. Jeśli jest doznanie piękna, to tylko w tym oto momencie i dlatego, że jest kompletnie mi niepotrzebne i bezinteresowne. Jest bowiem jedynością, jest świata tchnieniem, którego mi żadna myśl, żadna pretensja do trafności nawet najmędrszego sądu nie przywoła. Wydaje mi się bowiem początkiem i końcem, które nie wymaga ode mnie następnego czegokolwiek czynienia.

– Stachu!... Gdzie my są... – nagle wyrywa mnie dźwięk głosu „Magistra", który nieoczekiwanie wyrósł nade mną z jakiejś radości świata milczenia.

– Ach..., są... są! – odpowiadam odruchowo i spoglądam po zebranych, wśród których jest i Leser. Z nim przebyłem w milczeniu tę drogę, jak się tego domyślam.

– Wyglądałeś jakbyś odpłynął w zaświaty – mówi Magister, po czym śmieją się z tym „czwartym", byśmy mieli za przewodnikiem wejść na schody kamienicy, w której zostanie rozegrana następna partia, choć pewnie i mało istotna dla mego życia.

Starą klatką schodową z odrapanymi ścianami i łuszczącą się na nich farbą docieramy na pierwsze piętro. Zagracone mieszkanie z jednym pokojem i dużą kuchnią, z której prowadzą drzwi na ganek, a ten gdzieś obok do sąsiada, staje mi się miłym przystankiem.

– Nie..., lepiej będzie w pokoju, ja tylko usunę te graty, które...

– Gośka ci nie sprząta?

– Gośka?... Ona już ze mną nie mieszka. Wyprowadziła się do Waldka. Ale... baba z wozu, koniom lżej.

– Bałeś się, że będziesz za frajera? Już niejednego wykończyła.

– Mnie nie dała jak widać rady, ale napożyczała się, no to nadeszła pora...

– Przecież ją pierdoliłeś nie za darmo.

– Tak też powiedziała.

– Wszystkim tak mówi, przecież wszyscy wiedzą, że to stara kurwa przechodnia.

– A pieprzyć ją... Siadajcie – Magister upycha stertę zebranych z wersalki ubrań, które mu też pojedynczo umykają na podłogę.

– O..., jaki ci ten wygodny... Patrzcie go, jak się rzucił na fotel – zauważa „czwarty", który od pierwszego wejrzenia jakoś mi swą osobą gra na nerwach.

– Niech będzie... On ma dziś kasę – mrugając okiem, kończy w ten sposób na ten temat rozmowę Leser.

– Poczekajcie, tylko przysunę ławę. O tak..., jeszcze tu macie karty. Felek oddziel talie, a ja tymczasem skoczę po szkło i herbatę.

– Koniecznie, bo mi spadnie krążenie do zera.

Ten wredny dupek „czwarty" każdym słowem i gestem próbuje udowodnić otoczeniu, że to on jest najważniejszy. Wygląda jak wyschnięty liść, który opadł z drzewa i został ususzony między kartkami byle jakiej starej bajki przez tępego ucznia. Poza tym jak można mieć tak płaski nos przy tak pociągłej i chudej twarzy. Wygląda jakby pozbawiony był życia, a jednak to on będzie pierwszy z losowania wybierał partnera i też rozdawał karty.

– Magister grasz z „młodym" – mówi „czwarty", z furkotem tasując karty.

Ja tymczasem zwracam uwagę na jakąś pomiętą książkę leżącą obok na starej etażerce. Nachylam się, biorę w rękę i czytam tytuł „Tajny agent". Patrzę na stronę tytułową: PIW 1974... Joseph Conrad.

– Widzę, że książki cię obchodzą – mówi powracający z kuchni Magister.

– Tak, tylko patrzę.

– To jest wyjątek, mało kto zna. Czytałeś?...

– Nie, skąd, choć ja...

– To wprawdzie ocenzurowane..., ale innej nie wydano po wojnie.

– Cenzura... – mówiąc to słowo jakbym doznał odkrywczego uczucia, że oto natrafiłem na jakiś ważny trop na drodze moich tajemniczych dociekań. – Cenzura...

– Ty piszesz, czy ja?...

– Pisz pan – Leser odsunął od siebie ołówek z notesem do zapisu robra.

– Wiecie... On ugania się za Surową – wystrzelił ni stąd, ni zowąd „czwarty", a ja czuję, że się czerwienię ze złości.

– Jaką „surową"? – dopytuje się Magister, przekładając podsunięte mu karty.

– Jest taka, ta od Surowych, szwagierka małego Franka.

– A, tego co ożenił się z tą blond cycatą Kaśką z Romanowicza?

– Tego samego. A... temu cipką oczy zarosły, a tamta mizdrzy się do Bolka... magazyniera, choć ten ma babę i córkę jak się patrzy.

– Te, karty są... są jakieś znaczące – zauważam.

– Karty muszą być znaczące, bo... no bo nie byłyby kartami – klasnął w uda Leser z radości, że udało mu się tak błyskotliwie odpowiedzieć.

– No to po jednym, pod kartę...

– Może być i pod kartę.

– Znaczące karty... – powtarzam i przychodzi mi na myśl, że chodzi mi przecież o „znaczone", stąd się poprawiam: – To znaczy, znaczone.

– Jak zwał, tak zwał, kto zaczyna odzywkę?

– Pytek.

– A... ja? Trefl. To jak to było z tą „surową", nie dała się ugotować? – zagaduje Leser, a reszta wybucha śmiechem, lecz beze mnie.

– Pas. To niesprawiedliwe grać znaczonymi kartami.

– Karo, powiedziała palma do palmy.

– Bez atu. Nie ma na świecie żadnej sprawiedliwości, jest walka o byt, a nie sprawiedliwość.

– Mówiłeś karo… a tu bez atu. A nadzieja, to matka głupich. Dwa trefle.

– To takie gadanie. Trzeba być człowiekiem idei, to wtedy myślenie idzie całkiem innymi ścieżkami.

– Ścieżki ścieżkami, a ty masz głos… – zwraca mi uwagę Magister.

– A…ja pas. Bez idei nie ma tak naprawdę myślenia.

– W dupczeniu nie potrzeba ideowego myślenia. Pewnie tobie idee po głowie chodzą, stąd „surowa" szuka istoty rzeczy w magazynie, jak to kolega wspomniał – tym razem „czwarty" zdobywa się na elokwencję moim kosztem, co wprawia mnie we wściekłość, którą tłumię sięgnięciem po papierosa.

– Jak dochodzi do czego, to się nie uskarża – odgryzam się z nutą lekceważenia.

– Cztery trefle. Co tam baby.

– Pas. Baby, to baby, one tylko tymi swoimi powabami wydają się nam słodkie, a w gruncie rzeczy to brudasy. Płcie piękne, to dobre na akademie z okazji tulipanka. Potul zdziro panka. Te co najbrudniejsze, to najbardziej się pacykują, żeby udawać jakie one czyste i piękne.

– Są różne… – mówię po pasie „Lesera" w zwykłym geście z wrażeniem, że gdzieś słyszałem już takie gadanie. – Takie i inne. Pas.

– Takie i owakie. Wistuj, bo jego trefle.

– Dlatego ważne są idee.

– Jaką ty masz… te ideę, co się tak chwalisz. Da się z tego choć dzień wyżyć? A na jaką setkę starczy?

– Wydupczyć „surową" Moniczkę. Ile bierze? – wtrąca „czwarty".

– Nie będę się z tych spraw spowiadał byle komu. Podobno krowa co dużo ryczy, daje mało mleka. Są to między nami sprawy.

– O, rolnik z niego w dodatku. Krowy… Nie tą ręką, mój „dupek" jest dobry.

– Ale jak z tą ideą – docieka Magister.

– Uważam, że można połączyć jedną ideą naukowców i robotników, tych co wierzą i nie potrafią – mówię jakoś recytując i to samego siebie.

– Musisz to zapisać, napisać… – wtrąca Magister.

– Sokrates i Chrystus niczego nie napisali, a przecież mieli idee.

– No, taka baba w babie. Dajno do pika i nie pierdolcie o ideach jak potłuczeni – zwraca uwagę „czwarty", a Leser wtóruje mu, dodając:

– Kogo to obchodzi. Normalny człowiek potrzebuje zjeść, wypić, zadupczyć i coś ukraść, a nie pitolić się z farmazonami. A jak już, to ja mogę być Judaszem, ale z pewnością wieszać się za to nie będę.

– Jak tak, to ja Piłat, tylko graj.

– A niech, ja, nawet antychryst... – skwapliwie dorzuca „czwarty" i z impetem zaczyna kolejno ciskać kartami w stół. – Do wora..., do wora... i jeszcze raz do wora.

– Zdaje się, że jesteśmy bez jednej.

– Dama kier była poza impasem. Ale bez kontry... Przekładaj.

– Macie na początek pięćdziesiąt...

– Koty za płoty, no to po jednym.

– Jak widać nie będziesz miał tutaj swoich uczniów, czyli tak jakby i ciebie też nie było – z szelmowskim uśmiechem mówi do mnie Leser, rozdając karty i trzymając w kąciku ust dymiącego tym razem klubowego.

I ta wypowiedź, jak i dotychczasowe życie nagle wydają mi się objawiać prawdziwe oblicze robotnika, co z kolei nasuwa mi myśl, że z takim światem nie jest mi z pewnością po drodze. Ale czy jest jakiś inny? Czy jest jakikolwiek świat moich marzeń, celów i aspiracji? Przecież świata, do którego bym chciał dążyć, z pewnością nie ma, bo i z punktu widzenia robotnika go nie widzę, a co dopiero z jakiegokolwiek innego. Pozostaje mi jednak tylko poczucie, że coś mnie z pewnością niezwykłego czeka, na co za nic nie mogę mieć wpływu, a co wynika z jakiejś konieczności i to nie wyłącznie mojego losu. Tymczasem świadomość tego jak i zarazem wątpliwości zaczynają mnie znów przytłaczać niczym całe zło świata, które nagle skupia się na mnie. A czemu ja nie potrafię go odrzucić, przenieść na kogoś innego, jak to inni robią? Może dlatego, że nie chcę, bo i wydaje mi się, że sam jestem w stanie sobie poradzić z każdą sprawą, która tylko dotyczy mnie, a jawić mi się może jako wyzwanie. A nawet więcej, ja przecież chcę czuć ciężar moich decyzji, doświadczać ich w jakimś poczuciu możliwego dla mnie spędzania życia, które przecież tylko chwilowo dryfuje gdzieś na mieliźnie niemożności, a ta też jest tylko jego przejawem, a nie istotą. Zawsze przecież mogę tę lub inną decyzję zarówno odłożyć na przyszłość, jak i ją podjąć w odpowiedniej ku temu chwili, a nawet zawiesić niczym ferszalun na haku przy osobistej szafce w garbarskiej szatni, byleby w jej obliczu się znaleźć. A skoro i tak teraz nie widzę jakiegoś mającego mnie usatysfakcjonować celu, to i dlatego zajmuję się graniem w te znaczone karty. Byle spędzić czas i zapomnieć o dręczącym mnie ciężarze świata, o rozpraszającym bezsensie, o niespełnionych pragnieniach, które nawet niezdolne są się ujawnić i o całej wreszcie obcej mi reszcie, wywołującej we mnie dręczącą pustkę. A ta z kolei jest tak naprawdę wynikiem braku zasadniczych problemów, może z wyjątkiem tych, które dotyczą mnie okazjonalnie, wraz z przerażającą wokół mnie bylejakością, którą wszyscy normalni wokół traktują jako swoje heroiczne wyzwanie względem tego, co w niezwykłym czynie robią albo też i udają poprzez swe wyimaginowane role zawodów, co mnie przecież tylko śmieszy i nawet pozbawia chęci czynienia czegokolwiek. Stąd, gdyby nie ta gra, to najchętniej stałbym się drzewem. Przecież ja i tak jestem nasieniem, które może czekać nawet setki lat na odpowiednie dla siebie warunki wzejścia. Oczywiście drzewem jakimś mocnym i nie do ścięcia, a nawet pod ochroną. Najlepiej kilkusetletnim dębem co zadziwia, budzi uznanie i stoi na co dzień na uboczu barbarzyńskiej uwagi. Ale że nim nie jestem, to i z pewnością dlatego cierpię, daję też się naciągać leserom i innym drobnym cwaniaczkom. Oczywiście chcę tego i dzieje się to na moich warunkach. Dlatego każę sobie nalać kolejny kieliszek wódki z następnej butelki, którą, jak się okazuje, wziął już przezornie z sobą ze składu węglowego ten „czwarty", gdzie całodobowo pokątnie nią się handluje wraz z przydzielanym węglem. No i tak przy tym sobie wiszę gdzieś między kombinatorami, lumpami i niespełnionymi magistrami, którzy usilnie wynoszą ze wspólnej społecznej własności to, co wspólnie niczyje. Ale i też w szerszym kręgu istnieję między tymi, co się wymądrzają poprzez pretensjonalną, najczęściej z udziałem jakiegoś dzikusa sztukę, żeby tylko racja była wyrazistsza. Jest oto i „czwarty", który jak się okazuje, robi interes przy udziale „spełniających władzę". Tak, i to przynajmniej dzielnicową, którą to przecież wszyscy znają, a przy okazji nikt o niczym nic nie wie. Wszystko po to, żeby „żyć i dać żyć innym", bo przecież „takie jest życie". Dlatego zgodniej lub nie, ale z pewnością w potrzebie umocnienia wspólnotowej więzi można dla potwierdzenia jej jedności iść na kolejną akcję wiążącą robotniczy trud w czynie społecznym, który może tylko umocnić wspólnotę w przekonaniu, że słusznym i możliwym jest tylko taki i tylko ten jeden sposób na życie. Pograć przecież zawsze można w mniej lub bardziej okazałym gronie. I choć często jestem zmęczony tym graniem, to jednak gram, ponieważ postanowiłem upić ten sen i to nie tylko na jawie, ale i we właściwym śnie. Upić sen, oto jest zadanie! Przy okazji gram w domu, w pracy, ze swoimi i cudzymi wyobrażeniami, Moniką i milicją, agentem i do tego jeszcze z wyobrażeniem siebie jako „ja doskonały". Gram więc totalnie, lecz nie na zewnątrz, ostentacyjnie, choć bez wątpienia z zewnętrzności niezbędnym udziałem, ja gram siebie i na niby zarazem. Nie posługuję się przy tym bezpośrednio innymi, by pozostać we własnych oczach czystym moralnie. Jestem przecież przyszłą doskonałością, kimś, kto potrafił odrzucić nie tylko Boga i społeczeństwo, ale zdobył się nawet na gest odrzucenia samego siebie. Kto jest taki odważny? Ja nie jestem, bo dla mnie odwaga to za mało. Ja dla swej doskonałości muszę być dzielny, a to również mnie przyprawia o lęk. Koniecznie się boję, jak i tę bojaźń przezwyciężam. Czymże są więc heroizmy wszystkich tych, którzy poprzez swe zawody udają kogoś innego, by tylko władać nad czymkolwiek. Przy tym najczęściej w dodatku nie lubią tego co robią. Czymże są ich marne władze względem mojego tajemnego czynu, gdzie wciąż muszę dokonywać heroicznych przed sobą wyborów: czy aby mi się żyć jeszcze chce, czy aby już przestało. Przecież wszystko wokół jest wielkim rozpadem, chaosem, rozkładaniem na czynniki pierwsze. Nawet w kościele tylko albo straszą, albo też usiłują panować i to nie tylko nad abstrakcyjną duszą, przy tym klepiąc w kółko i mechanicznie to samo. Raz, dwa się żegnamy, trzy, cztery klękamy i tak w kółko. To mnie przytłacza i nie pozwala nawet swobodnie oddychać, a co dopiero żyć. Jedyna moja radość to Monika, a raczej to co robimy od czasu do czasu. Jak się z nią nie pieprzę, to tęsknię za jej widokiem, a świat jest mi pusty i mechanicznie obracający się wokół własnego obłędu. Tak więc pozostaje tylko pieprzenie. Potworne wszędzie nudziarstwo, jak i nawet to „pieprzenie". Jakiś czas temu często w wolnych chwilach chodziłem do kina i to nawet na trzy seanse dziennie. Tak, między „Sztuką" a „Apollo" razu pewnego obejrzałem w jedno popołudnie „Ostatni seans filmowy", „Grzeszną naturę" z Moniką Vitti i polski „Con amore". Z Moniką za to widzieliśmy „Narodziny gwiazdy" i Buñuela „Mroczny przedmiot pożądania". W ogóle Monika szczególnie lubi taką tematykę. Może chodzi jej o to, by poprzez moje jej pożądanie mieć większą władzę nade mną? Sen mi chyba na ten temat nie odpowie, a może... Raz nawet wypożyczyłem dla niej w bibliotece, ku zdziwieniu znającej mnie bibliotekarki, „Układ" Kazana, którego też przez nią czytanie dawało mi przyjemność, bo później bardziej zapamiętale mogliśmy zaspokajać pobudzone i to nie tylko naszą wyobraźnią namiętności. „Ale ty mnie znów napompowałeś" – wciąż mówi sennie, patrząc na mnie i ten jej głos, co mnie wprawia w autentyczną dumę jakiegoś dorodnego byka. Oczywiście byka, który jest przede wszystkim nasieniem. Jest mi oczywiste, że być w niej chciałbym bez końca, ale i nawet wtedy, kiedy mamy siebie dość. Miałem od niej nieraz spokój, a nawet z chęcią zamieniłbym ją na inną, może i nawet bardziej fascynującą przygodę, jednak tylko raz to mi się udało. Potem mogłem przynajmniej w spokoju oddawać się wyobrażeniom i swojej tajnej lekturze. Tak, to jest spokojny, coraz bardziej pijany sen. Czy możliwe naprawdę jest upić sen? Dlatego traktuję te wydarzenia w czasie przeszłym, bo cóż mnie obchodzi przyszłość inna niż z Moniką się senne kochanie. To i ona jest dla mnie przecież snem, a ja może nawet chcę, by też była moją obsesją senną, bo i nic mnie przy niej wtedy nie obchodzi. Od czasu do czasu tylko mówi, co by to było, gdyby tak zaszła w ciążę. Ale ja przecież doskonale wiem, że ona dba o to, by tak się nie stało. Poza tym ci wokół niej jacyś tajniacy jawią mi się jako wydrążone na okoliczność mojego sennego karnawału maski. Dlatego jeśli ją, tę oto Monikę mam, to już świadomość tego samego wprawia mnie w podniecenie, bo przecież ja ją właśnie oto mam. Czuję się wtedy jakbym ukradł coś i to złodziejom będącym przy władzy, nie czyniąc przy tym niczego złego, no może ponad ten zwykły i naturalnie przynależny mi grzech. Może to właśnie za jego sprawą rozpala się w nas na nowo ta nasza namiętność, a że przy tym ona jest wciąż mi tak atrakcyjnie uformowana, to i stale mnie fascynuje. Niech też i wie, że z nią gotów jestem robić to „bez końca", choć jak mi daje ostrzegawcze znaki i odmawia, to staram się odstępować od rozbudzania jej, by nie zapomniała się w sobie. Ale też i tak, by czuła, że oto nie seks jest najważniejszy na świecie, lecz o nim sen. Tym samym ciągle zapraszam ją do mojego snu, aby w nim mogły nam się jawić najróżniejsze i do tego cudowne rzeczy. Tymczasem mój sen jest też i czujny, bo i zawsze może zjawić się jakiś ktoś, kto znów zacznie jak Chojnacki wypytywać ją o mnie. A po co ona ma udawać, że o nic ją nie wypytywano. Zresztą sobie poradzę. Dlatego postanawiam coś w tym swoim śnie zmienić i dlatego kończę z „robolem". Pozostawiam go dla porządku partyjnym funkcjonariuszom. Dlatego też bez większego dla siebie trudu, choć z urzędniczymi zawiłościami, zaczynam dnia pewnego śnić w nowej rzeczywistości. Stałem się bowiem pracownikiem biura garbarskiej dyrekcji, która mieści się przy wieszczej krakowskiej alei. I w ten oto sposób odszedłem z robotniczego Podgórza na drugi brzeg Wisły, w okolice Wawelu. Ale czy ten fakt pozwoli nadać mojemu snu innej i to lepszej jakości? Pewnie i tak, ale stać się to może tylko wtedy, gdy naprawdę upiję ten przeszły sen i to w tym samym sennym mieście, w którym mam całą rzeszę konkurentów, którzy na dodatek udają trzeźwych. Nie przejmuję się jednak tym, ponieważ to ja nimi śnię i czy wcześniej, czy później to ja ten sen z ich udziałem wyśnię i to po swojemu. Nic bowiem nie może trwać bez końca. Tamci przecież co najwyżej mogą spożywać lub nie alkohol, tak czy inaczej droczyć się z materią czy też chodzić od ściany do ściany swych małych racjonalności w czasie, kiedy mój potężny sen będzie robił swoje. Dlatego na początek w tej sprawie udaję się z Soplem na Błonia „Pod płachtę", by spożyć wyrób krakowskiego browaru z plackami ziemniaczanymi w tle z solą lub na półsłodko, bo z przydzieloną „społemowską" dawką cukru. Oto uczestniczymy w czymś nowym, ponieważ od niedawna można siedzieć na bujających się krzesłach z plastiku, co tylko pobudza mój umysł do wygłoszenia tego, co z konieczności musi być powiedziane. Unoszę się więc nad stolikiem w najbardziej odpowiadającym ku temu momencie i przemawiam tymi słowami:

„Nic wam panowie z tego udawania, że ostatecznie i bezwzględnie zapanowaliście nad czymkolwiek podług tego, co się tylko władającym przyszło wydawać. Bo czymże jest to panowanie, jeśli nie wyłącznie iluzją posiadania i to nie rzeczy, lecz poprzez nie siebie samego, swoich zdolności i nieumiejętności, talentów i przypadłości. Pozostaje wam więc tylko wiara, że dzięki jakiemukolwiek posiadaniu, a szczególnie celowemu względem niego postępowania, możemy posiąść... siebie, czyli stać się sobą w sobie. Zatem wierzcie usilnie, bracia i siostry, w te wszystkie kruche i zazwyczaj nie najczystsze kufle kwaśnego piwa i przepyszne placuszki z nierzadkim blond włosem kucharki. A ta przecież to i też człowiek, i też chce żyć jak wszyscy, bo od każdego według jego zdolności, każdemu podług jego pracy..."

I oto nie dano mi ukończyć wygłoszenia mojego *credo*, a przecież zdążyłem wyznać tylko jego wstępne założenie, lecz zwyczajnie wyrzucono mnie jako mąciciela smaku piwa spod „płachty" i wysłano gdzieś w okolice Sikornika. Okazuje się jednak, że i tak mam szczęście, ponieważ towarzyszy mi Sopel ze Zwierzyńca, za którego sprawą moja sprawa nie przybrała „daleko idących konsekwencji". Ten też mi wyjaśnia, że tutaj mają już swojego „wieszcza", byłego profesora alkoholika, który w jordanowskim „okrąglaku" recytuje całe i to bardzo obszerne fragmenty nie tylko „Pana Tadeusza", ale i nawet i „Konrada Wallenroda" czy „Odprawę posłów greckich". No tak, faktycznie, uznaję swoją porażkę względem tak znakomitej osoby, ja bowiem pamiętam z tych dzieł co najwyżej po kilka wersów. Pracować więc nad sobą muszę bardziej wytrwale i stanowczo. Na domiar temu wszystkiemu, nie wiedzieć od kogo, Monika dowiedziała się o próbie mojego wystąpienia i wyraziła niechęć dla takich manifestacji. Ja wiem, że ona by chciała, żebym był w niej tak zakochany jak Tomek w Ance, tyle tylko, że sama nie wytrzymała by ciągłej adoracji i kurczowego trzymania się za rączkę. Poza tym ja widzę, że oni się kochają tak, jakby robili to we wspólnocie lękowej przed światem. Dlatego nawet wciąż się całując i nieomal publicznie kopulując, jakoś chorobliwie załatwiają swoje nieszczęście publicznie. Tak jakby chcieli powiedzieć, że w kupie siła. Zresztą takich też mają przyjaciół, którzy częściej leżą na sobie na ulicy niż w łóżku. Ja wolę odwrotnie i nie zamierzam nikogo więcej do niego wpuszczać, no chyba że kolejną miłą mi kochankę. Po tych słowach rozstaję się z moją „przygasłą miłością" na trzy miesiące. Podczas tego okresu odkrywam, że tak naprawdę nic nie jest warta ta moja elokwencja. Jest jak babskie uwodzenie, a ja przecież potrzebuję czegoś więcej. Pewnie dlatego spędzam ten czas na lekturze takich książek, w których jeśli nie dane mi będzie poznać całej tajemnicy i istoty tego świata, to przynajmniej odkryję znaczące ku niej tropy. Czuję się przy tym niemal jak Indianin wiedziony instynktem podczas polowania na grubego zwierza. Cóż bowiem może być w przygodzie piękniejszego niż walka o swoje życie. Niestety, kobietę musiałem na ten czas zostawić w domu, niech się wypielęgnuje na powitanie powracającego z łowów zwycięzcy. No i powróciłem, wprawdzie bez bawołu, jelenia czy nawet królika, ale z gotówką w kieszeni, którą sobie wybrałem na tę okoliczność z książeczki PKO. Okoliczności spotkania natomiast towarzyszy mi niemałe podniecenie, bo cóż to tak ważnego ma swoje miejsce, że Monice gotówki trzeba. No i się wyjaśnia, oto moja kochanka wyraźnie mi oznajmia, że oto zaszła w ciążę i potrzebuje forsy na zabieg, ponieważ nie zamierza być „cielną krową". Teraz jest ku temu najlepsza pora, bo jest to miesiąc drugi, a w następnych mogą już być komplikacje. Na dowód tego zostaje mi przedłożone zaświadczenie od lekarza. Tak więc chciałem kiedyś być drzewem, to i teraz zdębiałem. Po pierwsze ja chciałbym się na tę okoliczność ożenić i zadbać o dziecko, a nie pozbywać się czegoś, czemu nawet nie dałem szansy. Przecież to barbarzyństwo. Ale i mnie nagle olśniewa, bo jak to może być moje, skoro my ponad trzy miesiące nie mieliśmy z sobą ku temu kontaktu. Trzy miesiące, doskonale pamiętam, że przestaliśmy się spotykać... właśnie po wizycie milicjanta w cywilu u mnie w domu. Byłem po nocnej zmianie, a ten przyszedł, niby to przyjaźnie interesując się, jak też mi leci po tamtej starej sprawie. Przy tym sugerował mi pomoc i jakąś współpracę. Zdegustowany niemal go nie wyrzuciłem z domu, a zaraz potem Monika odsunęła się ode mnie. Przecież to jawna i całkiem dziecięca manipulacja. Na te wątpliwości mam ostateczną odpowiedź, że ona nie chce mieć mnie za życiowego partnera, a przedstawia obłudnie, że chce zachować zdrowie, a nawet życie, które mogłaby utracić, decydując się na „hodowlę w sobie tego storczyka", z którego diabli wiedzą co wyrośnie. Przecież widzę, że jej przede wszystkim o forsę idzie, a że kojarzę fakty, jak to i bywało pośród innych garbarskich panienek, stąd ostatecznie pozwalam się wygarbować z kwoty półtora tysiąca złotych. Ktoś przecież musi mieć gest. Na odchodne biorę jeszcze swoje karty do gry, którymi rozgrywaliśmy między sobą i w towarzystwie partyjki remika, wista, kierek i makao. Czyli żegnaj moja części snu, która od czasu do czasu byłaś mi jego całością i poza nim nie widziałem innego świata. Teraz, kiedy to wszystko się kumuluje we mnie, sensownym pozostaje mi tylko błądzenie, bym dzięki niemu mógł się zorientować, co się też tak naprawdę stało i gdzie ja się znajduję. Nie pozostaje mi nic innego, jak tylko poddać się konieczności następowania. A w nim przecież nie idzie tylko o to, że ktoś opuścił moje w nim marzenie wbrew mojej woli, ale zarazem złamał jakąś snu regułę, ponieważ we śnie nie ma miejsca dla kłamstwa i manipulacji. We śnie co najwyżej mogą być majaczenia. Pewnie też dlatego majaczy przede mną alejka parku, na którą wstępuję wydeptaną w trawniku ścieżką. Wstępuję i nieswojo przy tym się czuję, bo jakoś mi w tym środowisku mniej naturalnie niż poprzednio. Silna smuga słonecznego światła na tle cienia zwartych drzew na niewielkim pagórku tutaj zdaje się wypalać pożółkłą trawę, porastającą obszerną połać trawnika. Drażni też mój wzrok blask lakieru okolicznej świeżo pomalowanej ławki z przyczepionym do niej sznurkiem z białymi wstążkami i kartką z napisem: świeżo malowane. Słyszę jakiś głos, czyjeś przemówienie niby to z głośnika, jakiegoś megafonu czy jemu podobnego urządzenia. Widzę na rogu alejki matkę z wózkiem i niezdarnie drepczącym obok małym dzieckiem. Czuję się na tyle nieswojo, niby osaczony jakimś wrogim mi światłem, że zaczynam ni stąd, ni zowąd biec. Gdzie biegnę? Celem może być źródło tego głosu.

A może w tym parku, w którym w czynie społecznym jeszcze kilka dni temu na głównym rabacie dwie kobiety ubrane w szare chałaty wysadzały z drewnianych skrzynek sadzonki jakich kwiatków, a tłumy porządkowały trawniki, teraz odbywa się jakiś wiec. Tylko gdzie tłumy? Nic z tego nie rozumiem, ale biegnę. Skręcam w zadrzewioną alejkę z forsycjami i śnieguliczkami, których białe owoce zaczynają opadać z krzewów w miejsca penetrowane pod ławką przez gołębia i dalej kawkę. Ta się zrywa na mój widok, a gołębia nic nie obchodzę. On mnie też, niech mu się nie wydaje. Mógłbym przestać już biec, bo oto jestem w cieniu, ale ten fakt mnie nie uspokaja. Głos mówcy i to wyraźniejszy wciąż słyszę. Pewnie też dlatego wybieram skrót ścieżką, bo i pod klonem widzę leżącego człowieka, jakby jemu coś było wiadome, obok którego widnieje wyrwana z ziemi tabliczka: nie deptać trawników. Skręciwszy między topole w dół z niewielkiego garbu wzniesienia natykam się na zaskakującą postać w białym kaftanie i o szerokich spodniach z krótkimi nogawkami, która jakby całe życie w tym miejscu czekał właśnie na mnie. Zatrzymuję się przed nim zaskoczony i spoglądam na wyglądającą na przypudrowaną jego twarz z budzącą współczucie łzą zawisłą z rzęsy u lewego oka. Pytam: „co się stało", ale ten tylko bezradnie rozkłada ramiona. Tymczasem z powiewem wiatru przypływa dalszy ciąg wyraźnie już brzmiącego przemówienia:

[...bowiem mimo niedostatku energii oraz niektórych materiałów i surowców, nadal są one zużywane do produkcji towarów nie znajdujących popytu na rynku wewnętrznym czy w eksporcie...]

„O co chodzi" – pytam zatroskany. Przecież jeśli potrafiłbym, to chciałbym w czymś temu komuś pomóc, zaradzić, choć przecież nie jestem pewien, czy aby ten nie uciekł z domu wariatów albo też i wariata nie struga. Tymczasem widzę, że tamten na ciele drży, aż wielki guzik mu na kapocie się trzęsie. – „Naprawdę..." – tamten niezdarnie wypowiadając jakieś trudne sobie słowo, ni to pyta, ni rozedrganym tonem coś mi nakazuje. Przy tym wygląda na zżeranego jakąś wewnętrzną gorączką. Widzę, że nawet jakby płakał czy łkał bez łez. Pod jego kredową maską twarzy trudno dostrzec, czy to jej grymas, który wykrzywia mu usta, czy aby to drwina, a może nawet rodzaj śmiechu...

...Instancje i organizacje partyjne powinny z dużą wnikliwością zajmować się tymi zagadnieniami.

...

– „Ale o co chodzi?" – pytam zniecierpliwiony. – „O dzieci..." – tamten odpowiada z widoczną jakąś wielką troską w głosie. „Jak to o dzieci?" – staję się aż sam sobie nieprzyzwoicie dociekliwym. „O te, tam..." – i wykonuje ręką jakiś niezdarny gest za siebie. – „Trzeba się z nimi pobawić, ale ja już nie mam na to siły. Proszę choć przez chwilę zrobić to za mnie, bo jak nie, to przyjdzie gawron i..." „Tylko tyle?..." – odpowiadam pytaniem zadowolony, po czym mijam tego dziwnego człowieka i kieruję się dalej ścieżką, rzucając jeszcze za sobą: „Jak je spotkam, to na pewno się z nimi zabawię". W odpowiedzi mam tylko roztrzęsione milczenie.

Dyskusja przedzjazdowa będzie tym cenniejsza im mocniej osadzona będzie w realiach życia społeczno-gospodarczego, tak by jej dorobek wzbogacał w istotny sposób programy działania instancji i organizacji PZPR oraz mógł być wykorzystywany w bieżącej pracy partyjnej. Kampania przedzjazdowa powinna mobilizować siły partii i wszystkich środowisk ludzi pracy do osiągnięcia wysokich efektów... wyzwalać inicjatywy i przyczyniać się do aktywnego przezwyciężania występujących napięć i trudności... Dyskusja przedzjazdowa służyć powinna dalszemu wewnętrznemu umacnianiu partii, zespoleniu jej szeregów wokół realizacji programu budowy rozwiniętego społeczeństwa socjalistycznego. Przybliżać powinna ten program całemu narodowi, pogłębiać jego więź z partią i identyfikację z jej polityką, ugruntowywać jedność moralno-polityczną społeczeństwa.

...

No i wreszcie dostrzegam źródło tej przemowy, wychodząc na główny skwer parku. Dziwią mnie tylko jakieś wszędzie rozmieszczone figury, siedzące postaci i popiersia ustawione wokół pomnika wodza rewolucji. Wokół ani śladu „żywej duszy". Rozkwiecony rabat i z najwyższą uwagą wsłuchane w płynące z zawieszonych na oświetleniowych słupach głośników nieme postaci rzeźbionych towarzyszy, którzy wydają się twardą skałą stać za racjami mówcy. Cóż za fascynujący widok jedności, jakie olśnienie potęgą ustrojowej siły. Pełen zachwytu nad tym zjawiskiem zwarty i gotowy zmierzam pośród tych, których jest aż tak wielu w poczuciu wspólnotowej odpowiedzialności. Po drodze nawet zdobywam się na pogłaskanie po główce jednego i drugiego z nich, ale wcale nie czynię tego poufale. Robię to z miłością, współczuciem i oddaniem sprawie. Tak więc im dalej wchodzę w ich szereg, tym bardziej dotyczą mnie wszelkie wytyczne i niektóre nawet wydają mi się piękne. Jestem nawet przekonany, że ja tych moich niemych towarzyszy nigdy nie opuszczę, nie pozostawię w biedzie. Nigdy nie porzucę jednej i słusznej idei na drodze rozwoju ojczyzny i będę trwał na straży jej pomyślnego rozwoju.

Aż tu nagle przez głos przemawiającego przedziera się za mną okrzyk: „Stój bo strzelam, skurwysyni". Nie wiedzieć dlaczego, jak ścięty z nóg padam na twarz, ale i tak robię to rozmyślnie, bo czynię to na trawnik, który na tę okoliczność został w czynie społecznym nawet starannie przycięty. „Wstawaj zdrajco i ręce do góry" – rozlega się za mną ten sam co przed chwilą głos chłopca. No to i wstaję, by móc zauważyć gromadkę wpatrzonych we mnie chłopaków z wycelowanym prosto w moje serce spluwami. „Dlaczego depczecie trawnik?" – pytam ot tak sobie, by zagadnąć tych, z którymi obiecałem „pierrotowi" zabawić się przed chwilą. „Stul, no pysk, ty świnio. Zdradziłeś klasę robotniczą dla kilku groszy… Jesteś zdrajcą i zwykłą kurwą". „Ale po co takie słowa, przecież to tylko zabawa, chłopaki" – próbuję jakoś sprowadzić na łagodniejszy ton naszą rozmowę. „Dobrze, że się zjawiłeś, 'gawron', bo on… – mówi jeden – on by nam kazał się bawić w 'pomidora' albo 'chowanego'… jak smarkaczom". „Dobra, do drzewa z nim, do drzewa…" – przywódczym tonem rozkazuje młokos w ciemnych okularach na nosie zwany „gawronem". „Do którego…". „Do tamtego! O…"

Populus alba... Palma, do palmy z nim... Bo najważniejsza jest przyjaźń ze Związkiem Radzieckim... i Związkiem Radzieckim oraz innymi państwami socjalistycznymi.

„Na drzewo z nim… na drzewo!"

„Ależ to tylko sen… Ja się muszę obudzić, bo oni mnie…! To jest mi najważniejszą dyrektywą, bym już teraz się obudził!… Przecież to możliwe, bo to tylko sen! Przecież ja wiem, co to sprawne działanie!…

Ja się już naprawdę budzę!…"

ŻYJE SIĘ PRZECIEŻ TYLKO RAZ

– Ej, wstawaj draniu, bo nikt za ciebie nie pójdzie do pracy. Koniec już tego... ja muszę wreszcie coś postanowić... No i postanawiam. Tak, bo przecież ciebie nic nie obchodzi... Koledzy... a koledzy są wtedy, jak są pieniądze... Teraz nie ma kolegów. Mówię, żebyś wstawał. Zrobisz sobie sam śniadanie, bo ja już byłam za dobra. Wszystko załatwiać, zakupy, dom i pod nos wszystko podstawić, a tu tylko koledzy i chlanie... Wstawaj, mówię, bo ja ci śniadania nie przygotuję... i jak to iść taki zachlany do pracy. Co sobie ludzie pomyślą...

– Wstaję, już wstaję, tylko skończ to gderanie, bo ja przecież zwariuję... Czy też wiesz co się stało?... Czy ty w ogóle masz pojęcie... – mówiąc to na wpół przytomnie, opuszczam nagie stopy na podłogę, instynktownie szukając nimi pantofli.

– Nic mnie nie obchodzą pijackie ekscesy. Człowiek się stara, zdobywa co popadnie, wystaje po kolejkach... jak nie gotowanie, to pranie i tak w koło Macieju, a synalek sobie ze wszystkiego bimba i ma za nic, tylko po nocach włóczy się z jakimiś ochlaptusami i człowiekowi robi złą opinię. Tak się cieszyłam, że zmienił pracę, że poszedł po rozum do głowy, a tu naraz taki niewypał. Oskubali go z wypłaty, a ja będę się uganiać za wszystkim po to, żeby jakieś darmozjady paść... takie pasożyty. Ale ja mówię dość, teraz będziemy prowadzić inną gospodarkę. Koniec z lumpiarstwem i knajpianymi kolegami... bo jak nie, to ja pójdę do twojej pracy i narobię ci wstydu. Powiem, jak ty się prowadzisz i w ogóle...

– Daj mi chociaż chwilę wytchnienia. Przecież ja ledwie im umknąłem... oni tylko wyglądają tak niewinnie, a ten „gawron", to dopiero niezłe ziółko.

– Nawet mi nie opowiadaj o jakichś draniach, o tym swoim głupkowatym towarzystwie. A... przecież to nawet nie głupkowate, to wycwanione, jak widzą takiego durnia, który daje się naciągać, to cóż im zależy. Wmówić mu to albo tamto, a ten idzie niczym mucha na lep.

– Ale to przecież „gawron"... Założył sobie ciemne okulary, żeby się nie zdradzić spojrzeniem – mówiąc to ubieram się pośpiesznie, by móc jak najszybciej umknąć od tego zgiełku. – To przywódca, taki generał... przekonasz się. O nim będzie jeszcze głośno.

– Gawrony i wrony, wszystko mi jedno, łobuzy i to z takimi zadaje się mój synalek, a takie były plany... Ale teraz się skończyło moje pobłażanie, moje patrzenie przez palce, bo my z ojcem ciężko harujemy nie po to, by jakieś obwiesie miały radochę, że frajerzy dają im używkę...

– Tak, ja wiem, mamusiu, że masz rację, ale tylko trochę. Ja już do pracy biegnę, bo mam pełne ręce roboty. Ale jakbyś znała sprawę do końca, to pewnie byś co innego mówiła. Ja mam nową ideę, widzę, że świat jest pijany i to jak cholera.

Po tych słowach opuszczam mieszkanie, pozostawiając za sobą ubolewającą matkę, że oto przyszło jej dźwigać los z tak nieobliczalnym i w gruncie rzeczy „kopniętym" synalkiem.

Przed bramą, na dzień dobry słyszę „ćpun", słowo wypowiedziane prawie za moimi plecami przez nieobchodzącego mnie lokatora z trzeciej klatki, który mówiąc to niby do swojego kundla, czuje się wobec tego osądu bezkarny. Najchętniej dałbym mu w mordę, ale wiem, że tylko utwierdziłbym w tym przekonaniu tego sukinsyna. Biegnę do tramwaju a po drodze przychodzi mi na myśl, że niby skąd on wie o moich sprawach. Z pewnością nikt z domu nie chwalił się moimi upadkami. Ale nic to, bajczarze są wśród nas. Tylko dlaczego mnie inni nie interesują tak, jak ja otoczenie obchodzę. Podobno, że lepiej by mówili cokolwiek, niż nie mówili wcale. Niech więc szczekają psy, jak pan idzie. Ja mam swoje ważniejsze problemy, a mianowicie to, jak się po tym wszystkim pozbyć kaca. Dobrze, że w pracy mogę się wykręcić od przebywania z kierowniczką Topór, zaszywając się pod pretekstem robienia porządku w biurowym magazynie, do którego ostatnio dostarczyłem niemałą ilość materiałów biurowych, a te wymagają zaksięgowania i ułożenie na półkach. Topór i tak jest zadowolona ze mnie, bo załatwiłem niemałą ilość deficytowej „przebitki", dając oczywiście w zamian łapówkę kierowniczce papierniczego w postaci dwóch eleganckich długopisów w etui. Podobno „takie jest życie", a ja w zamian nabawiam się z tego powodu do swej pracy niemałego obrzydzenia, choć to przecież moja sprawa wyłącznie. Na szczęście na swoim miejscu jest konserwator, Waldek Nawalony, który ratuje mnie klinem w postaci wódki czystej z sokiem dodoni. Ten konserwator to szczególna postać, bo niby fizyczny, ale często zjawia się w pracy w eleganckim garniturze i pod krawatem, przez co Topór „nie ma sumienia" dawać mu brudniejszego zajęcia, jak wymiana żarówki w dyrektorskim gabinecie czy u I sekretarza POP. Wtedy też zazwyczaj Nawalony idzie z listem do Dzielnicowego Komitetu PZPR, by osobiście wręczyć go bezrękiemu towarzyszowi. Ja wtedy udając zapracowanego, zamknięty w magazynie odpoczywam na stercie frotowych ręczników, które będą przydzielane jako deputat wraz z węglowym dodatkiem, który z kolei, i to na szczęście nie będzie wydawany fizycznie. Za to ja umęczony swą fizycznością poddaję swoje postępowanie srogiej samokrytyce, by dojść do słusznego wniosku, że w moim kraju wszystko jest jakoś „popieprzone". Żeby nie zwariować, patrzę nawet przez okno, ukradkiem przy tym paląc kolejnego papierosa, w tym miejscu bowiem jest to surowo zabronione, i wyobrażam sobie, że wszystkie przejeżdżające ulicą syrenki, trabanty, wartburgi, zaporożce, škody i tarpany to same renaulty, porsche, chryslery i fordy. Po takiej kilkunastominutowej kontemplacyjnej kuracji przychodzę nawet do siebie. Następnie ćwicząc pisanie na maszynie, w ten sposób „płodzę" list miłosny do Moniki, który później polecę Nawalonemu nadać na poczcie, bo ten pójdzie tam jako goniec z firmową korespondencją. Przy okazji to i ja też ze znaczkiem za „friko" się podłączę. Przecież sekretarka wie o co chodzi, a że „równa" z niej kobitka, której „stary" wyjechał za chlebem do Stanów i dolary jej od czasu do czasu przysyła, to i będziemy mogli wybrać się w swym gronie w piątkowy wieczór do „Kręgielni" na Królowej Jadwigi na potańcówkę. Raz się to stało, to i „powtórka z rozrywki" mile wskazana, tym bardziej, że następnym razem nasze towarzystwo może poszerzone zostaje o samodzielną specjalistkę działu organizacyjnego, niejaką samotną Martę Krawczyk, która na dodatek jest partyjnym członkiem, co tak mnie zaciekawia i podnieca, że z chęcią wziąłbym ją i to szczególnie na jej służbowym biurku. Zanim jednak może to nastąpić, udamy się do znanego sobie ogródka, gdzie będę udawał, że podoba mi się jakiegoś zespołu gra tanecznych kawałków typu „Te czarne oczy", „Mamma Leone" czy coś w tym guście. Ale przecież coś z sobą trzeba robić, a przesiadywanie w późną noc pośród zieleni z brizolem i wódką to nic innego jak dotykanie świata, którego na co dzień próżno mi szukać w kryzysowej rzeczywistości. Przecież raz się żyje i dlatego „pij bracie pij, a na starość torba i kij". Coś tę Martę prawniczkę z sierocińca do mnie pociągnęło. Miała przecież dziewięć lat więcej ode mnie, a kiedy sobie podpiła, zwierzała mi się z jakichś spraw, których i tak nie słyszałem podczas hucznego grania zespołu. Pewnie dlatego była taka wylewna. Towarzystwo wydawało się temu sprzyjać, bo Nawalony z sekretarką namiętnie i do upadłego oddawali się tańcom, które sprowadzały ich półżywych do białego stolika pod ażurowym zadaszeniem, ku któremu po słupkach i kratkach pięły się delikatne pnącza. O ich łodygi zahaczaliśmy, siadając lub wstając od stolika i to nawet guzikiem. Ktoś w ferworze upojnej zabawy zdobywał się na gest i zamawiał zagranie jakiegoś kawałka Trojanowskiej, po czym znów spijaliśmy wódkę na cześć tego upojnego wieczoru. A kiedy już zaczynało być chłodno i prawie świtało, łapaliśmy taksówkę, która po rozwiezieniu towarzystwa do domów, na końcu obierała kurs na mieszkanie Marty. A u niej mogłem dopełnić swe wizje frywolnej nocy spędzenia, by przedpołudnie dnia następnego spędzać w miłej nam pościeli i wycieńczeniu. Fizyczne to wyczerpanie za każdym razem z siebie dawało mi satysfakcję, aż pewnego dnia po wyjściu od niej z domu zaintonowałem sobie na klatce schodowej:

Łelkam maj son, łelkam tu maszin
Łer haw ju bin?
Yts olrait łi nou Łer juw bin...
Łelkam tu maszin...

Nie wiem czy na pewno, ale magister Krawczyk zdawała się usłyszeć znudzony ton w mojej pieśni, ponieważ w dniu następnym obraziła się na mnie, a nawet na mój widok obracała się tyłem. Moja jedyna wtedy myśl, to – „ależ z tych bab bywają idiotki" – po czym zadowolony z siebie utwierdziłem się w przekonaniu, że życie bywa piękne. No i też by się wydawało, że również tylko żyć i nie umierać w takiej pracy, ale mnie ona po rocznym rozpoznaniu już dogłębnie zmęczyła i okazała mi się jakimś zbędnym zajęciem. Aż tu ni stąd, ni zowąd się dowiaduję:

– Strajk. Tu i tam klasa robotnicza w socjalistycznej ojczyźnie strajkuje.

– U nas, niemożliwe, to w Szczecinie.

– U nas pogotowie i to w hucie.

– Już myślałam, że u nas na „jedynce", a ja pożyczyłam na imieniny Mastalskiej ten młynek do kawy. Wprawdzie nie najnowszy, ale zawsze to młynek. Jeszcze by się gdzieś zawieruszył. Ale pogotowie?...

– Jezus Maria, nie dość że strajk, to komuś coś się stało? Jeszcze nam naślą wojewódzką kontrolę.

– U nas pogotowie strajkowe? Nie... Strajk na Wybrzeżu. Znowu pewnie będzie jak w 76 w Radomiu czy siedemdziesiątym w Gdańsku, albo jeszcze gorzej...

– Co to wszystko znaczy? Trzeba przecież pracować, a nie strajkować. Bez pracy nie ma kołaczy, a z próżnego i Salomon nie naleje.

– Kto leje, to leje, ale ludzie też już nie wytrzymują. Jest coraz gorzej. Ceny po cichu podnoszą. Ile dawniej można było kupić kilo cukru za wypłatę, a ile dzisiaj... I jeszcze go nie ma, bo reglamentują, to przecież nie do pomyślenia, żeby 35 lat po wojnie otwierać sklepy, gdzie za wypłatę można kupić cztery flaszki żytniówki.

– Kto chce chlać, niech płaci. To przyszedł „prikaz" z góry, bo państwu potrzebne są środki dewizowe. Na świecie niespokojnie, a Ameryka wszędzie się wtrąca, no to Związek Radziecki też musi dla obrony przed kapitalistami. Bronić się trzeba.

– Gadanie o polityce, to nie na teraz jak ludzie nie będą mieć co do garnka włożyć.

– To po co się pchali do Afganistanu...

– No tak, za to ci na Zachodzie zachowali się według zasad, bojkotując Igrzyska w Moskwie. Podobno sport ma być poza polityką. Zawsze się nami tylko chcieli wysługiwać. Co nie tak było w czasie wojny i później? Olali nas, a byliśmy czwartą siłą przed Francuzami, którzy kolaborowali z Hitlerem. Teraz będą nas pouczać przez Wolną Europę, a sami pławią się w luksusach.

– Strajkami się niczego nie osiągnie, ale ciężką pracą. Kraj podnieśliśmy z wojennej ruiny, to...

– No tak, zbudowaliśmy niepotrzebną nikomu Hutę Katowice, a ludzie się palą o prawdę... Nie można przecież żyć w zakłamaniu.

– A..., mówisz... ten, co to się przykuł do pompy i podpalił kilka miesięcy temu na rynku, to podobno chory psychicznie...

– Wszyscy tu są chorzy psychicznie. Za prawdę. Wszyscy, co nie myślą zgodnie, to są w tym kraju jakoś chorzy psychicznie. Jak jest, to każdy widzi. Ceny idą w górę, a nam się wmawia, że wszystko jest w porządku i należy tylko czekać na kolejne przejście do następnego etapu komunizmu. Przecież lepiej już nie udawać, że jeszcze ktoś w te bzdury wierzy.

– Nie można też wywracać świata do góry nogami. Niemcy tylko na to czekają. Przecież partia złożyła na ostatnim zjeździe samokrytykę i określiła dyrektywy, które mają poprawić społeczno-gospodarczą sytuację kraju. Nie potrzeba teraz wichrzycielstwa, ale fachowej roboty. Ludzi kompetentnych na swoich stanowiskach, a nie polityki. My Polacy lubimy za wiele mędrkować, zwłaszcza ty, panie Stanisławie. A czy maszyny z Bajecznej odebrane? Księgowość przecież nie będzie pracować na „kręciołkach".

– Nie mam samochodu. „Transport" nawet nie dał mi autobusu. A swoją drogą, kto to widział, żeby po mieście za kilkoma sprawami jeździć sanem, jakby nie było aut dostawczych. Przecież to marnotrawstwo.

– Jeśli jesteśmy tacy przemądrzali, to pójdziemy z Nawalonym po maszyny z torbami podróżnymi i przywieziemy z Dąbia tramwajem. „Jedynką" będzie w sam raz, panie przemądrzalski.

Ta biurowa dyskusja wydała się nieoczekiwanie przełomem w życiu biurowym, bo wprowadzała jakiś odmienny wątek w dotychczasowe wymiany zdań, w których omijano drażliwe tematy i skupiano się raczej na radościach i smutkach życia codziennego, bez angażowania się w „to", na co i tak żadna z osób nie ma i mieć nie będzie wpływu. Ta niespodziewana wymiana zdawała się być rodzajem „gestu Kozakiewicza", którego znaczenia ostatnio dość często domyślano się i to nie tylko w biurach. Stało się też przy tej okazji coś zarazem niespodziewanego, a mianowicie pojawił się w oczach rodzaj błysku obawy, jakby niepewności, co też rozmówca może przynieść z sobą, kim on jest naprawdę, wypowiadając akurat te, a nie inne słowa. Ja to świetnie rozumiem, bo od pewnego czasu, choć wcale się do tego nie przyznaję, to przecież wciąż czuję czyjąś obecność czy to obok przy sobie, czy nawet też obok za mną. Ten fakt mi nawet odpowiada, bo i dzięki niemu czuję się ważniejszą osobą niż ktoś przeciętny, którym się nikt nie interesuje. A może to właśnie jest też odpowiedzią świata na rodzaj „mojego agenta"? Najważniejsze, by nie przeceniać tej sprawy, bo wtedy łatwo się wysypać, a to jest rzecz, jakiej bym sobie najmniej życzył. Oczywiście mógłbym zaistnieć wyłącznie w chwale, której chciałbym zaznać jako swej sprawy zwycięzca. A czego zwycięstwa? Zwycięstwa wizji mojego kraju od morza do morza, w którym rządzą mądrzy ludzie i który jest wzorem i to nie tylko dla sowieckiej, ale i niemieckiej „swołoczy". Aby do tego dojść, należałoby utworzyć tajne zgromadzenie, coś w rodzaju masonerii, które będąc wykształconym, ale nie tak, jak te wszystkie pretensjonalne palanty, ale zespolone wspólnotą narodowych idei, pozwoliłoby w sposób pozytywistyczny dokonywać przemian i drążyłoby swój tunel do społeczeństwa obywateli, dla którego najważniejsza byłaby ojczyzna, prawo oraz szacunek dla jednostki bez względu na wiarę i przekonania, której indywidualne cechy i umiejętności byłyby wyzwalane, a nie tłumione względem jakiejś abstrakcyjnej społecznej masy. Masy tej bowiem ja szczególnie nienawidzę, nie lubię stąd tłumu, którym instynktownie pogardzam i tyle. Resztę się dopracuje. Dlatego też załatwiłem sobie przyciemnione okulary, dziwnym trafem na Szpitalnej mieli akurat oprawki włoskie, a do tego nabyłem w sklepie na Stradomiu marynarkę skóropodobną, która wraz z tandetnymi dżinsami pozwalała mi dawać wszystkim do zrozumienia, że ja oto noszę w sobie tę tajemniczą prawdę i zamysł wraz z idealnymi koncepcjami, które oni wszyscy powinni odszyfrować, jeśli są rozumnymi i inteligentnymi ludźmi. Ja przecież nie mogę się ostentacyjnie z moich wizji zdradzać, bo wszyscy wiedzą, że milicja ma na mnie oko i to względem nawet takich spraw, o których sam nie mam najmniejszego pojęcia choć przecież jestem specjalnym agentem.

Tymczasem: „Rząd będzie rozmawiał z «wichrzycielami»? Toż to coś nie tak, podobno ci ze stoczni mają jakieś żądania, postulaty i coraz więcej zakładów ich w tym popiera. Do tego każdy mówi na ten temat to, co mu się podoba i jak mu wygodniej. Ja natomiast żadnym bezwzględnie nie wierzę, bo nie wiem, do czego to ma prowadzić. Ja to wszystko obserwuję, by wyciągnąć odpowiednio słuszne wnioski dla takich jak ja, „specjalnych agentów", którzy przecież wejdą w sprawę w odpowiednim momencie. Póki co wyczuwa się wszędzie niespotykane dotąd napięcie, a Nawalony z listami od I sekretarza POP biega do Komitetu Dzielnicowego co chwila, jakby i temu zaimponowały jego garnitury, co mu je siostra przysyła z Ameryki. Pokazywał mi nawet zdjęcie, ją siedzącą z ogromną butelką whisky w dużym skórą obitym fotelu. Podobno takiej to jest dobrze, ale mnie to nie imponuje, a nawet wydaje się śmieszne i jakieś pospolite. Jednakże na głos tego nie mówię, bo wszyscy tak kochają tę Amerykę, że nie chcę wyjść na durnia, rzucając się z „motyką na słońce".

Ależ i Jagielski w stoczni, czyli co z tego wyniknie. Cóż można o tym sądzić, skoro niewiele się wie, co też tam się dzieje naprawdę. Dlaczego się pozamykali i cała sprawa się tak przeciąga. Komu to jest na rękę? Podobno chodzi o nowe związki zawodowe. Oni też chcą, żeby kogoś przywrócili do pracy, ale dlaczego coraz więcej w Polsce zakładów strajkuje. Przecież i tak prąd wyłączają od czasu do czasu. Nic z tego nie rozumiem i lepiej będzie, jak sam się do mojej przyszłej misji w mojej „pustynnej jamie" przygotowywać będę. Przecież mam tyle rzeczy do przeczytania i przemyślenia, że lepiej zamiast komuś kibicować, sam będę robił to, co jest w moim zasięgu i możliwościach. Reszta i tak się tylko popisuje. Przypominam też sobie niegdysiejsze słowa ojca: prawidło, pamiętaj synu, że najważniejsze jest prawidło. Bez niego ani rusz… bez prawidła.

„Podpisano porozumienia w Szczecinie i Gdańsku, które zostały zatwierdzone przez Komitet Centralny PZPR…" – usłyszałem przez radio, stąd wychodzę ze swojej jamy, aby się zorientować, co też tak naprawdę się stało.

Euforia, a więc idziemy „do roboty". No cóż, poddaję się temu nastrojowi, ale by tylko nie wyjść na durnia, bo jakoś tkwi we mnie przekonanie, że w biurze nic się przez to zmienić nie mogło, a i w przyszłości zmienić się nie może. I tak przychodzi mi jechać pociągiem do Pleszowa po kurki kątowe. W tym czasie dowiaduję się z telewizji, że:

Do radzieckiej stolicy, na zaproszenie I sekretarza KC KPZR i rządu radzieckiego, z krótką roboczą wizytą przybyli dziś I sekretarz PZPR Stanisław Kania i premier Józef Pińkowski. Towarzysz Breżniew wyraził przekonanie wszystkich radzieckich komunistów, całego radzieckiego społeczeństwa, że Polska i jej świat pracy potrafi rozwiązać obecne problemy społecznego i gospodarczego rozwoju

…

Dlatego co tam takie garbarskie zaopatrzeniowe wyjazdy przy tym, że i u nas też idzie nowe. My oto mamy nowe związki zawodowe. Wpisuję się więc do nich prawie ostentacyjnie jako jeden z pierwszych, a nawet na tę okoliczność zapraszam Nawalonego do kawiarni „Jubilat" na ostatnim piętrze, by uczcić to wydarzenie winiakiem „luksusowym", jedynym zresztą jaki jest w dyspozycji Ewelinki, znanej jemu kelnerki. Tak więc „Za wolność naszą i waszą" mówi się, a nawet zamawia za złotych pięćdziesiąt u niewidomego pianisty „Czerwone maki na Monte Casino", czym wywołuję u niektórych gości niesmak i poruszenie, a u kilku innych nawet gesty aprobaty. Mnie jednak nie interesują jedni ani drudzy, bowiem ja Staszek Kwik mam poczucie, że oto przeze mnie przemawia i wiedzie mnie jakaś konieczność, a nie tylko okazjonalne widzimisię. Koniecznym też jest po kilku miesiącach przenieść „Solidarność" z ciasnych pomieszczeń w oficynie na Karmelickiej do „naszego budynku", gdzie dyrekcja garbarni zwalnia na ten cel dwa pierwsze piętra. Ja jestem na trzecim, a więc zostaję. Po drodze na nie przy okazji słyszę:

Uczestniczyłem w trudnych rozmowach lipcowych w Lublinie i sierpniowych w Gdańsku. Realizacja porozumień sierpniowych była i jest z wielu, nie tylko gospodarczych przyczyn, zadaniem bardzo trudnym i napotyka liczne przeszkody. Jest krąg osób, które świadomie i uparcie stoją na gruncie negacji, dążą do osłabienia naszego narodowego bytu i bezpieczeństwa. Nie można nie dostrzegać tych sił, nie można ich bagatelizować. Będziemy im skutecznie przeciwdziałać i toczyć walkę polityczną.

A że to wszystko wydaje mi się jakimś nieporozumieniem, coraz częściej rano próbuję „zasięgnąć języka" w dziale informacji związku na pierwszym piętrze, skąd biorę do czytania odbite na powielaczu biuletyny informacyjne. Wniosek: jedni siak, drudzy owak. Ja nie zamierzam jednak być czyimkolwiek narzędziem, a język jednych jak i drugich staje się coraz bardziej agresywny i oskarżycielski. A zresztą i moja osoba też niewiele kogokolwiek tutaj obchodzi, choć każdy powołuje się na moje dobro, aż tu nagle otrzymuję wezwanie do Wojskowej Komisji Uzupełnień. No cóż, idę na Praską, choć przecież z przekonań jestem pacyfistą i nie bawi mnie nawet strzelanie do zrzutków. Jednak powszechna służba wojskowa jest podstawowym przywilejem i obowiązkiem obywatelskim, co mi jawi się równie śmiesznie jak i nieekonomicznie, bo cóż za żołnierz z kogoś, kto żołnierzem być nie chce. Jednak ze swych poglądów nie zwierzam się nikomu, bo przecież nie chcę wyjść na jakiegoś wywrotowego odszczepieńca, a szczególnie kogoś, kto nie jest podobno godny miana mężczyzny. Cóż to społeczeństwo nie robi z tym pierwiastkiem, jakby spraw ważniejszych na świecie nie było. No ale cóż, o określonym dniu i porze stawiam się gdzie trzeba, by znaleźć się w obszernej poczekalni dla poborowych. Tutaj szybko dostrzegam lgnące do siebie grupki czy też charakterystyczne typy, wśród których znajdują się „luzaki", którym wszystko jedno, co przyszli tutaj tylko dlatego, że ich wezwano, są też zagubieni i przejęci swoją nową rolą, którą pewnie obmyślają teraz by tylko wypaść poprawnie. Jednak najbardziej rzucają się w oczy ci, którzy już teraz są „kapralami" i zamierzają rządzić nawet na sali. Ale i też jest kilku im przeciwnych, zdeklarowanych „świrów", będących w liczbie dwóch, którzy ćwiczą i sposobią się do roli, jaką zamierzają odegrać przed czekającą ich komisją. Natomiast ja na ten czas nie wiem, do której z nich mi najbliżej, bo mógłbym to i tamto, stąd może dlatego zajmuję gdzieś w kącie miejsce „osobne" i milcząco spoglądam na otoczenie, paląc przy tym kolejnego klubowego. Wypalam jednego, po krótkiej przerwie biorę się za następnego i tak do momentu, aż wymieniają moje nazwisko. Tłumiąc ni to podenerwowanie, ni to nikotynowe pobudzenie, duszę fajkę w metalowej popielnicy i udaję się do jasnego i przestronnego pomieszczenia z wagą pośrodku i komisją siedzącą po części w mundurach i po innej w białych fartuchach przy długim stole pod szeregiem dużych okien. Jak się okazuje, wezwano mnie wraz z jednym ze „świrów", z których mam się rozebrać za parawanem i oczekiwać na wezwanie, kiedy komisja ukończy orzekanie o naszych poprzednikach. No to się rozbieramy, a „świr" zaczyna wydziwiać, wiążąc za sznurowadło buta na wieszaku, gdzie zazwyczaj wiesza się ubrania. Mnie jednak nic to nie obchodzi, przecież jeśli chce, to niech świruje. I nagle wydobywa się ze mnie okrzyk, jaki daje się słyszeć u kogoś, kto poczuł nagłe uszczypnięcie w pośladek. „Spieprzaj, palancie, co ci całkiem odbiło?" – mówię, ale i w tym samym momencie zauważam, że tamtemu właśnie o to chodziło. Zza parawanu tymczasem dochodzi głos pielęgniarki, czy kogoś w tym rodzaju, bo i bez czepka: „Co tam się dzieje. Co za krzyki?... To nie boisko". Na te słowa „świr" wyszczerzył zęby i zachichotał z zachwytu. Przygotowany i zarazem wściekły usiadłem na krześle poza parawanem w oczekiwaniu na wezwanie, by tymczasem tamten zaczął się chichrać, konwulsyjnie miotając przy parawanie, tym samym potrącając tenże i zwracając uwagę komisji. A ta wreszcie, ustami jednego ze swych członków oznajmia: „No to w takim razie wychodźcie zza tego parawanu ptaszki. Niech każdy też wie, że wariata nie warto strugać, bo w zamian można tak dostać w dupę, że się będzie pamiętać na całe życie". „Bączek Marek do badania wzroku, a Kwik Stanisław na wagę". No i tak się zaczęło, bym przy okazji miał przedłożyć komisji zaświadczenie o niemożności wykonywania ciężkich fizycznych prac ze względu na stan wzroku, ponieważ mogłoby to doprowadzić do utraty wzroku. Tymczasem słyszę jak „świr" czyta z tablicy niby to jakąś wyuczoną w szkole czytankę, czym wprawia w rozbawienie komisję. Ja natomiast ważę niecałe 70 kilo. „Świr" mówi natomiast, że na jedno z oczu nie widzi wcale. Badania trwają i trwają, a jak się już kończą stosownymi protokołami, to każe się nam ubierać i czekać w domu na decyzje, które otrzymamy w stosownym czasie pocztą. I tak po tej kolejnej próbie wybadania we mnie kandydata na żołnierza, ochoczo udaję się do moich zwykłych zajęć, a przy okazji nie szukam już potwierdzenia w sobie męskości, bo i na tę okoliczność podrywam Krystynkę z Zawiercia, która zanim będzie zdawać na Akademię Ekonomiczną, popracuje na centrali telefonicznej, łącząc wszystkie te rozmowy, które nie łączą się automatycznie.

– Co byś ty chciał robić w życiu... Mówiłeś w „Fafiku" tak mądrze i inteligentnie... Przecież nie będziesz zawsze pracował w biurze i zaopatrywał – zadaje mi oto pytanie „czarnuszka", od której zamiast tego, wolałbym otrzymać coś naprawdę bardziej kobiecego. Ale że od czasu do czasu jestem wyjątkowo grzecznym chłopcem, stąd też i grzecznie jej odpowiadam tymi słowy:

– Pewnie, jak tylko zapragnę, to mogę być... globtroterem, pasterzem owiec, dyktatorem, artystą, błaznem, a może nawet i ...kaznodzieją. Jak widzisz, jestem chyba wszechstronnie uzdolnionym facetem. Z pewnością nie zamierzam być jakimś urzędasem, współczesnym fachowcem, który dzierży tajemnicę zawodową po to, żeby móc siebie odróżnić od niefachowca i przy okazji robić reszcie fachowo na złość.

– He, ha!... Jak to ciekawie powiedziałeś. Skąd ci to przyszło do głowy.

– Zapewne z głowy – po czym śmiejemy się oboje. – Ale w skrytości ci przyznam, że przy tobie chciałbym być... donżuanem. Tak działasz na mnie... na moją wyobraźnię, że...

– No to bądź sobie, na chwilę, pozwalam, ale wcześniej powiedz mi, co ty zamierzasz robić naprawdę, skoro możesz być i tym i tamtym. Przecież czasy są takie dziwne i niespokojne. Dziś jest tak, a jutro nie wiadomo co będzie. Nie mówię tu o polityce... ale tak w ogóle.

– Krystynko, słodkie jest życie, a mnie nie jest do niego potrzebne jakieś wyznaczanie sobie wyjątkowych celów, które byłyby granicą. Nie pragnę ani być bogatym, ani zrobić jakiejś kariery, zwłaszcza w kraju, gdzie wszystko dzieje się przez partię... jakieś idiotyczne układy i czyjeś widzimisię. Moja ojczyzna jest sprawiedliwa na tyle, że nie tłamsi ludzi, nie wyszydza i nie przygotowuje swoich obywateli do roli mięsa armatniego czy czegoś w tym rodzaju. Ja chyba mam wyobraźnię.

– Teraz może się coś zmienić. Mamy „Solidarność".

– Ha, ha... ja, moja droga, w takie cuda nie wierzę. Zresztą widać, co się dzieje. Ale jak tak chcesz wiedzieć, jak się widzę, to ci powiem. Mieszkamy oboje w jakiejś drewnianej chacie w górach, pasie nam się koza, krowa i owce, a ja mam ogromny pokój z najlepszymi książkami świata, czyli wszystko co zostało najlepsze przez człowieka napisane, a co zgłębiam dla mądrości i własnego w nią wkładu. Przy tym rąbię drwa wieczorem, żebyśmy mieli czym rozpalić pod kominkiem i żeby nam było ciepło, a jak przyjdzie wieczór, będziemy się kochali. Opowiadamy też sobie co widzimy w chmurach i górach. Żyjemy wyobraźnią na temat czystej i naturalnej rzeczywistości. W naturze, w której też trzeba mieć wzgląd na drapieżnika, można samemu przeżyć życie najpiękniej, bo ta się nie znudzi, wystarczy mieć w niej upodobanie, rozumieć jej prawa, jak i postępować...

– Hola, hola, czy nie zagalopowałeś się trochę ze mną. A w ogóle to skąd...

– Trochę... i może, ale czy to nie jest piękna wizja? Czuję, że jestem udomawiany jak niegdyś krowa czy koń, które mają tępo służyć jakiejś kretyńskiej władzy. Tej nie tylko ja, ale nawet ona sama siebie nie rozumie poza swym sprawowaniem.

– Czyli ty jesteś, taki jakiś... trochę dziki. A ja za to zamierzam studiować ekonomikę zarządzania.

– No tak, wtedy to będziesz zarządzać. Ale startuj, ucz się ucz, bo nauka to potęgi klucz, jak mawiają starzy Eskimosi.

– Nie wiem dlaczego akurat Eskimosi, ale powiedziałeś to jakoś smutno.

– Bo mnie z tym nie po drodze. Ja mam poczucie albo gór, albo misji..., ja wiem, że to słowa górnolotne, ale to... to mi jest prawdziwe. Ja tę cywilizację uważam za konieczne zło. Widzisz, na gównie urośnie chleb, jak mawiał stary ziemianin, a z techonogicznego odpadu prawie zawsze trucizna. Dlatego może przede mną misja. Co dopiero mnie czeka i do niej muszę się przygotować, by wtedy stanąć na wysokości zadania. A czy zwyciężę...

– Na co i po co. Ty jesteś jakiś szalony.

– To tylko takie żarty... – mówię, aby zmienić temat, a zarazem przemienić autentyczne tylko w udawane pragnienie. Żal mi tylko tego, że jestem świadom i mam pewność, że ja już więcej i nikomu tego nie powtórzę. Wiem też, że moja znajomość z Krystyną się pewnie wkrótce skończy. Czuję się nawet za to odpowiedzialny, by nie stanąć przypadkiem na drodze jej pragnienia. Muszę się wykazać mądrością. Dlatego pragnę od niej tylko jednego. Jednej nocy, podczas której moglibyśmy być razem, tak jak sobie to wyobrażałem, mówiąc o tej górskiej chacie i to nawet jeśli miałoby się tylko spełnić w moim niewielkim mieszkaniu, w mojej pustynnej jamie. – Pewnie cię nudzę... Cóż ciebie to może obchodzić?

– Ale skądże znowu, to co mówisz jest takie ciekawe. Kto teraz mówi o takich rzeczach... Żarty żartami, a ja będę musiała na tę niedzielę jechać do domu.

– Chcesz mi powiedzieć, że się nie spotkamy?

– Ale przecież możemy w tygodniu. Po pracy... Moglibyśmy iść do kina, czy...

– Do kina, bo nic się ciekawego nie dzieje. W tej mizerii może tylko się popisywać „Piwnica pod Bałwochwalcami".

– Nie lubisz „Piwnicy..."? Wydawało mi się, że w tym mieście nie ma osoby, która nie zachwycałaby się Koniecznym, Grechutą czy Skrzyneckim.

– Zygmunt Konieczny to rzeczywiście świetny kompozytor. Ta jego muzyka do „Dziadów"... czy dla Demarczyk. Zawsze lubiłem tę czarnuszkę, ale już Grechuta jawi mi się jako taki pokojowy piesek poprzez tę... panią. Ale to już też nudzi, bo ileż można. Ale co do reszty, to wolę być na ten temat... milczący.

– Dlaczego?

– No nie... nie zmuszaj mnie.

– Ale co przeszkadza...

– Nienawidzę kurewstwa ubieranego w złotka i miałkich kokietów, kabotynów i pedalskich maniaków. To...

– Skąd ty to wszystko... Znasz?...

– To nie tylko moje zdanie. Tak uważa Roman i inni kumple ze Zwierzyńca, a on ma przecież dziewczynę, która została „najmilszą na wysrolu".

– Co to takiego?

– Ach ty nie wiesz... Wyższa Szkoła Rolnicza.

– Bez sensu.

– I ja też tak uważam. Może załatwić bilety na coś ciekawego? Może do teatru? Ale teatr to najlepiej pięć dni przed spektaklem, bo później są gorsze miejsca.

– Poszłabym do operetki. A... wiesz co, to chodźmy teraz do Muzycznego. Kupimy bilety na „Ptasznika z Tyrolu". Widziałam na mieście afisze, może to być ciekawe... No..., ta operetka.

– Wprawdzie, Krystynko, operetki i opery uważam za banalne i pretensjonalne nudziarstwo, choć fakt, tu i ówdzie mogą uwieść pojedynczymi ariami... ale może ta, ...może to co innego. Dobra, chodźmy, ale czy mi wystarczy forsy... A jak nie, to dołożysz. Kasa jest... spektakle są o 7, to może zdążymy. Podjedziemy tramwajką.

– Śpiewa podobno ta, znana w Krakowie „prima"... zapomniałam. A... stąd chyba jedynką.

– No to pośpieszmy się, bo szkoda czasu.

– No to pędzimy.

I oto przejęty i pełen niepokoju odbieram książeczkę wojskową. Podpisuję w okienku jej odbiór i już jestem w posiadaniu ciemnozielonej i całkiem zgrabnej legitymacji mojej nieprzydatności, w której czarno na białym oto widnieje wpis kategorii, według której trwale nie nadaję się do służby wojskowej i kropka. Mam więc kategorię generała. No i wreszcie jestem oto uwolniony od groźby stania się „armatnim mięsem" i to jeszcze dla kogo?... Dla bolszewika? Oszołomiony sukcesem wypadam z budynku Komisji Wojskowej, by zbiegłszy po schodkach niemal wpaść w objęcia kędzierzawej postaci, która w tym celu rozkłada ramiona. Nagle w osobie tamtego rozpoznaję nikogo innego, jak oczywiście znanego mi z komisyjnych badań „świra".

– Co jest, odbiło ci chłopie? – pytam i z miejsca robi mi się z tego powodu głupio, bo zdaję sobie sprawę, że nie można „świrowi" zadawać tak kretyńskiego pytania.

– Ta...k, odbiło! – tamten niemal wyje z radości – Dostałem..., ja dostałem, ja, Marek Bączek jestem..., ja jestem gościówa. Mam „B" kategorię i będę zmechanizowany.

– Jak to, zmechanizowany – mówię pełen zaskoczenia, ale i satysfakcji, że tamtemu nie udało się granie na „świra".

– Tak to!... – tamten unosi twarz i robi minę pysznego idioty – Zmechanizowana. Ja, jestem, ja będę zmechanizowana milicja. O..., to jest moje powołanie... – i na dowód tego tamten „bilet" do wojska z książeczki wyjmuje.

– Chryste... co to za jaja?

– Te, uważaj, kurwa, lepiej trzymaj ze mną, bo..., bo jak cię swoją maszyną pierdolnę... – po czym tamten łapie mnie za koszulę.

– Spadaj ty... ode mnie – mówię, odpychając go i nieprzytomnie w kierunku przystanku autobusowego uchodzę. – Co za sukinsyn świr... do tego z „B" kategorią.

Całą drogę do nowego biura garbarskiej administracji przy rondzie za nic do siebie przyjść nie mogę, bo przecież to jakaś obelga, że ja mam „D" kategorię, a tymczasem taki pokurcz dostał „B". Nie idzie tu oczywiście o pożądany przeze mnie cel i korzystną dla mnie konsekwencję, dzięki czemu do wojska nie pójdę, ale o zwykłą logikę i minimum sensu, względem którego mógłbym o tym świecie powiedzieć, że nie jest postawiony na głowie.

„A może to specjalnie zostały papiery zamienione przez jakąś życzliwą mi osobę, która potrafiła dostrzec we mnie właśnie tego, który przed sobą ma tę przyszłą i nieznaną mi jeszcze do spełnienia misję?" – niby coś właśnie tak powiedziało we mnie, bym miał uznać tę myśl za absurdalną tych zdarzeń wersję. Ale jeśli nie o nią, to jak ja mam zaczepić w tej rzeczywistości choć cienką nić sensu, względem tego wszystkiego co się wokół mnie dzieje?

Jestem na miejscu, a teraz najważniejsza jest przeprawa z Toporową. Ciekawe co ta znów wymyśli, bym też miał nieustające zajęcie.

– O..., mamy już poborowego – słyszę skrzeczący głos po wejściu do pokoju na czwartym piętrze biurowca.

– No i co, do woja ojczyzno moja? – dodaje radośnie referentka do spraw socjalnych.

– Generałów nie biorą – odpowiadam mruknięciem pod nosem i czym prędzej zajmuję miejsce przy moim biurku.

– Generałów też, ale i „sietniaków", jak mówią górale nizinni, również... – dodaje złośliwie maszynistka, która przyszła jak zwykle do pokoju kierowniczki na kawę i rozsiadła się niczym kwoka w fotelu między biurkami.

– Chyba w świecie kopniętych urzędników, którzy uwielbiają świrów.

– Oj, wam młodym się wydaje, żeście wszystkie rozumy pozjadali. Zuchwalstwo, krnąbrność to to, w czym celujecie najchętniej. Ale solidnie pracować, to się nie chce.

– Kogo to obchodzi, tutaj choćby człowiek sobie flaki wypruł, to i tak ma się to w nosie, chyba że partyjny się zdobędzie na jakiś wyczyn pod publiczkę, to wtedy oczywiście same honory, odznaki i mnóstwo propagandy – wyrzucam z siebie niczym niepotrzebną „nadwyżkę znaczenia".

– A cóż ty sobie myślisz, że na piękne oczy pomnik ci wybudują? Ludzie na wojnie ginęli, żebyście mieli teraz możliwości...

– No i właśnie mamy. Sama pani wczoraj mówiła, że to wszystko wkrótce będzie nie do wytrzymania. Wszystko drożeje z dnia na dzień, a do tego jeszcze coraz mniej jest w sklepach. To właśnie są osiągnięcia wytężonej pracy klasy robotniczej w Peerelu. Tutaj człowiek się liczy tylko na partyjnym plakacie, a nie w życiu.

– Jesteście młode pokolenie, to do roboty… My starzy potrzebujemy tylko uznania tego, co za naszą sprawą zostało zrobione. Harowaliśmy nie w takich warunkach. Dzisiaj dać wam tylko pieniędzy, a wy byście chcieli trwonić na dyskoteki i ciuchy z Peweksu. A starszym szacunek się należy. Tyle że wśród was nie widać tych, którzy mogliby wnieść coś nowego do kraju, bo nawet ten elektryk z Gdańska to chyba nie potrafi. To za mały mózg na wielkie sprawy. Nie ma co się rzucać z motyką na słońce.

– Nie jest on sam, może się coś zmieni… – wtrąca referentka.

– Najgorsze jest to, że nie ma wyjścia, że tu wszystko zaczyna nie mieć sensu. Ja to wszystko…

– W takim razie ja ci zaraz dam zajęcie – po czym kierowniczka Topór bierze za słuchawkę telefonu i odpowiedni numer wykręca.

– To jaką masz w końcu tę kategorię? – pyta referentka. – „CDD"?

– Panie Olku, ten odbiór kabla z Bytomia jest aktualny?

– ABC – odpowiadam, mruknąwszy pod nosem.

– Dobrze, to w takim razie Stanisława Kwika jutro w tę delegację wyślę. To, na razie – i Topór topornie odkłada słuchawkę.

– To pokolenie według mnie będzie stracone – przemądrzale oznajmia maszynistka, baba o spasionym tyłku, której mąż jest brygadzistą i partyjnym aktywistą w Telosie. – Oni nie mają przecież żadnych aspiracji.

– Bo staraliście się nas stłamsić waszymi wojnami. Chcieliście byśmy pośrednio odpowiadali za wasze nieudane życie. Ale o czym ja mówię, pani kierowniczko, proszę mi dać delegację. Pójdę do Zaopatrzenia po papiery i chciałbym pojechać na aleje po potwierdzenia przyjęć zamówień na druki akcydensowe – mówiąc to, wstaję z krzesła i podchodzę do Toporowej, która mi się badawczo przygląda.

– A kiedy się weźmiesz za te szablony. Trzeba będzie opisać cały sprzęt.

– Wszystkiego naraz się nie da. Jak wrócę z tego Bytomia…

– No dobrze, to idź do pana Olka, a ja tymczasem ci tę delegację wypiszę.

Wreszcie udało mi się tym oraz następnymi razami umknąć w ten sposób od tych beznadziejnych bab wraz z ich nic nieznaczącymi problemami, a zarazem od ich żenującego wymądrzania się czyimś kosztem. Takie to nigdy nie mają sobie nic do zarzucenia, tylko całe zło widzą u innych. Pewnie taka jest tego typu bab natura. Oczywiście, że te druki akcydensowe, na których punkcie uczulona jest Topór, są wyłącznie pretekstem, by udać się do magazynu na aleje, bo tam przecież spotkać w centrali telefonicznej mogę Krystynkę albo i miłego faceta z administracji „Solidarności", który jest ciekawą osobą. Starszy człowiek na emeryturze, pracujący tam całkowicie za darmo, który organizował administrację związkową, ma wiele ciekawych rzeczy do powiedzenia, a nie wyłącznie sili się na uszczypliwe dyrdymały, na jakie stać te wszystkie urzędnicze miernoty. Poza tym w tym magazynie czuję się swobodnie, bo mam telefon a i mogę nawet podłubać w nosie, jak tylko na to będę miał ochotę.

Tymczasem dowiaduję się, że sprawy mają się gorzej niż to wygląda. Na granicy bowiem Polski stoją czołgi radzieckie. Stąd też w każdej chwil może być u nas to, co w 1968 r. w Czechosłowacji albo wcześniej w Budapeszcie. Podobno rząd nie skupuje świń, żeby przetworów z nich nie było w sklepach, a zapałki można dostać tylko w kilku kioskach Nowej Huty. Należy też się przygotowywać na wypadek interwencji obcych wojsk. Będzie potrzebne przestawianie znaków drogowych, tablic z nazwami miejscowości i tworzenie zawalidróg, a także walka za pomocą butelek z benzyną, no i oczywiście broni, jeśli komuś się uda taką zdobyć. Tak więc czeka nas strzelanie czym się da „zza winkla". Ktoś mówi, że to tylko straszenie i propaganda reżimu, ale ja to przecież czytałem w biuletynie informacyjnym małopolskiej „Solidarności". Wstąpiłem też do znanego mi związkowego administratora, który potwierdził mi tylko to wszystko. Dlatego też udaję, że się tym wszystkim nie przejmuję, ale jeśli będzie trzeba zginąć, to przedtem przynajmniej też choć raz umrzeć w ramionach ładnej dziewczyny. Dlatego też śpieszę do centrali z Krystynką i wydaję się względem niej wyjątkowo namiętny i czuły, byleby nawet w tej centrali zrobić to, co do tej pory wypełniało tylko moją względem niej wyobraźnię. Nic z tego, odmawia, ale nie na zawsze, ale na jakąś niesprecyzowaną bliżej mi w przyszłości chwilę. Nie pokazuję tego po sobie, ale jestem zawiedziony i wściekły. W drodze do domu myślę, że najchętniej chciałbym być kimś innym. Oczywiście przy tym świetnie wyszkolonym „głupim sukinsynem" z karabinem maszynowym u boku. Ale wtedy nie jechałbym do domu, ale z pewnością w stronę granicy. „Co ja pieprzę, przecież nic się jeszcze nie dzieje" – mówię sobie, by z wściekłości kopnąć na swojej drodze to, co się nazywa gołębiem. Po co ten pałętał mi się pod nogą. Wzbudzam tym postępkiem zdziwienie i przerażenie starszej kobiety przechodzącej obok ulicą, której wyrywa się słowo „potwór". Nic to mnie nie obchodzi, bo przecież muszę nauczyć się zabijać, a jak mam to inaczej zrobić niż nie ćwicząc na głupim gołębiu? „Chryste, przecież to jest jakieś kretyńskie..." – odzywa się we mnie głos, jakby obok mojego „ja", bym miał się za chwilę dowiedzieć, że w Nowym Jorku zastrzelono Johna Lennona. I znów nasuwa się słowo „skurwysyny". Po tym zaszywam się w mojej pustynnej jaskini, by przetrawić wszystko to, czym mnie ostatnio nakarmiono, i tym, co za sprawą samego siebie też się najadłem.

– Może byś tak choć obrał ziemniaków do obiadu, bo ja nie wiem do czego mam ręce włożyć, a ty po pracy się wykładasz z „gazetką" – dopada mnie matka i to nawet w mojej jaskini.

– Ręce można włożyć... na przykład do kieszeni – mówię ni stąd, ni zowąd.

– Co?... Tym się najesz?

– Idę już, nie ważne... – mówiąc to, wchodzę do kuchni, by zasiąść nad przygotowanym kubłem na śmieci i pojemnikiem z warzywami.

– Tak... Ciebie nic nie obchodzi. Żyjesz sobie beztrosko – zauważa matka, po czym zwraca się do ojca, który zagląda właśnie do kuchni. Jest bowiem inaczej niż zazwyczaj, kiedy to o tej porze już bywamy po obiedzie. – Poszedłbyś do piwnicy po cebulę i wziął słoik konfitur z truskawek. Muszę upiec przekładaniec jak mamy jechać na wieś po to cielę. Zawiozę Zosi kawałek, bo tak lubi.

– Jakie cielę? – pytam ot tak sobie.

– Ile tej cebuli?...

– No przecież nie worek, a kilka główek.

– To muszę wziąć klucze.

– Wybieracie się gdzieś po cielę?...

– Na niedziele. Jedziemy po kawałek cielaka, bo mają u wujka ubijać. Będzie..., to by się zamroziło i byłoby na jakiś czas. Wciąż tylko po tych kolejkach się poluje, a tak, to by było na jakąś pieczeń czy krokiety, a nawet do chleba...

– A na ile zamierzacie jechać? W niedziele? – pytam zwietrzywszy jakąś szansę, choć jednak nie mam nic konkretnego jeszcze na myśli.

– A co ty się tak wypytujesz? Żebyś mi z kolesiami nie robił tu imprez w domu.

– Z jakimi kolesiami i kiedy ja robię jakie imprezy – mówię urażony.

– Wiadomo co ci do głowy wpadnie? W klatce obok u dozorców wciąż robią imprezy, aż nie do wytrzymania. Takim darmozjadom to dobrze, ledwie to posprząta, albo i nie, a balanga za balangą leci. Ci się niczym nie martwią... i z czego to tak imprezują. Kradną chyba.

– A co ty mnie porównujesz do jakichś tam lumpów.

– Ja już dzisiaj nikomu nic nie wierzę, bo raz tak, raz inny na odwrót. Koledzy jak się dowiedzą, że chata wolna, to taki Sopel nie popuści, zwłaszcza że sam cię przyjmował u siebie na „jubelkach". Będzie chciał kiedyś rewanżu.

– Tak, już dzisiaj polecę do niego z tą wiadomością – mówię z przekąsem i wrzucam ostentacyjnie obrany ziemniak do garnka stojącego w zlewozmywaku.

– W piwnicy jest, ale mysz – mówi powracający ojciec.

– Tyle czasu cię nie ma.

– Jak to tyle czasu. Papier toaletowy postrzępiła i za...

– Mysz?... To założyć przecież trzeba pułapkę, bo wszystko zgryzie. Jeszcze tego brakowało. Kto wpuścił mysz do naszej piwnicy?

– Sama przyszła. Nikt nie musiał wpuszczać... Dziur pełno albo i wygryzła. Trzeba trochę sera. Gdzie dałaś tę „łapkę".

– Akurat nasza jej posmakowała, a nie na przykład Mastalskich. O wszystko się mnie pytasz. A do tego przecież ty przyniosłeś kompot z truskawek, a nie konfiturę. Jezus Maria, nikt człowieka nie jest w stanie w tym domu wyręczyć. Jak można kompot... Do przekładańca dam kompot?

– A skąd ja mogę wiedzieć, co tam w środku. Słoik jak słoik.

– Co za tumaństwo... słoik jak słoik. Żeby nie odróżnić kompotu od konfitury?...

– To najlepiej sobie idź sama, a nie miej wciąż o wszystko pretensje.

– Jak mogę iść sama, skoro tam pełno myszy, na które nie masz nawet pułapki – mówi mama, energicznie krzątając się przy kuchni. – A obiad?

– Wciąż tylko o byle co pretensje i pretensje, jakbym ja nic nie robił…

– Kto przyjdzie z pracy, to ma wszystko w nosie, a człowiek ugania się przez cały dzień i wciąż końca nie widać. A tu jeszcze zamiast konfitur z piwnicy mi kompot przyniesie. Do tego jeszcze myszy w piwnicy. Idź i złap te mysz, bo nam cały ten papier toaletowy zgryzie, a o papier przecież niełatwo. Kto będzie stał w kolejce.

– To akurat ja załatwiłem – oznajmiam, żeby zaznaczyć swoją zasługę.

– Przecież nie będę się uganiał za myszą po całej piwnicy. Nawet nie wiem, gdzie się schowała… i czy w ogóle sobie nie poszła.

– Do sąsiada. A ty jeden raz papier załatwiłeś i będziesz tym się chwalił przez całe życie, a jak człowiek dzień w dzień wszystko zdobywa, to każdemu normalka.

– Głupie gadanie, „u sąsiada".

– No to trzeba poszukać tej „łapki", a nie ze wszystkim czekać tylko na mnie. O… głowę mi zawracasz, a zupa kipi.

– No znowu będzie tak gorąca, że aż nie do zjedzenia.

– No to w takim razie nie łapiemy myszy, bo nie ma „łapki".

– Na starym mieszkaniu pożyczyliśmy od sąsiadów kota. Kto tu ma kota?

– Ale też nie złapał… Taki kot. Kto będzie teraz szukał kota, jak żeśmy nawet nie zjedli zupy, a co dopiero mówić o reszcie obiadu.

– Kończ obieranie tych ziemniaków, bo się guzdrzesz, a zanim się ugotują, to z pół godziny upłynie.

– Dziś będzie obiad prawie na kolację. Same oszczędności.

– Dobrze się mówi, jak się odbębni w pracy swoje i po trzeciej do domu…

– No, ale jak się ma zakładać tę pułapkę, to musi się mieć „łapkę". Przecież nie da się wszystkiego zrobić naraz, zwłaszcza jak się obiadu nie zjadło.

– Wam tylko jedzenie w głowach, bo jak się pięć minut później zje, to już jest tragedia i powód, żeby nie szukać „łapki". Do tego jeszcze kompot mi do „przekładańca" przyniesie zamiast konfitur… Co za naród!

– Będziesz o tym gadać całe życie? Żeby szukać, to trzeba wiedzieć gdzie.

– Wybrany naród. A może ta mysz zjadła co miała zjeść... też „łapkę" i sobie poszła..., na zawsze.

– To musiałaby nie być zwykła mysz. Chyba, że przez ciebie tresowana.

– Z wami można zwariować, co żeście się uwzięli przy obiedzie z tymi myszami.

– Jakim obiedzie, przecież jeszcze ziemniaków nie nastawiłaś!

– Bo się guzdrzesz z obieraniem. Wyjmij talerze, to zaraz wam naleję zupy.

– I tak się nie da jeść, bo wściekle ta zupa gorąca. Przecież się zagotowała, dopiero co...

– Z wami to gorzej niż w stołówce z małymi dziećmi. Wystarczy raz, żeby obiad był później, i co wy wyprawiacie. Gorzej niż te maluchy z przedszkola.

– Kto wyprawia, to wyprawia. Co ty opowiadasz, przecież samej ci się zachciało, żebym łapał myszy. Kto to widział, żeby za myszą uganiać się po piwnicy w porze obiadu i do tego mieć do kogoś o to pretensje. Ja tego nie rozumiem, jak można tak schować tę mysz..., to znaczy tę „łapkę", żeby nie wiedzieć, gdzie jest. Ja, jak coś kładę, to wiem gdzie, bo zawsze kładę w jednym miejscu, a nie raz tu, raz tam, żeby później nie wiedzieć gdzie i opowiadać głodne kawałki o tym, żebym ja się uganiał za głupią myszą i to po piwnicy.

– Dość może już tego, bo jak rąbnę tym wszystkim i zabiorę się gdzieś w czorty...

– No..., ho, ho! To wszyscy się zabierzemy... w czorty.

– Ale kto widział, żeby tak gderać i gderać, jak stara przekupka na Kleparzu. Przecież to nie do wytrzymania.

– Kto gdera?...

– Ziemniaki się skończyły.

– Jak to się skończyły? Nie skończyły się, ale są w piwnicy. Zaraz ja już może przyniosę.

– Ale przecież tych wystarczy, a nawet..., to się zje z chlebem.

– Ale w domu muszą być ziemniaki... Diabli jakieś znowu weszły do tego domu – powiedziawszy to, matka wybiegła z pojemnikiem po ziemniaki ogarnięta jakby jakimś lękiem, może że oto grasująca mysz i za ziemniaki się weźmie, choć przecież dostarczono nam na zimę dwa pełne ich worki.

Jednakże to spostrzeżenie, że jakieś „diabli" weszli do naszego domu, wydaje mi się całkiem trafne. Że też ja na to wcześniej nie wpadłem. Przecież to ono nie dość że nieproszone tu przyszło, to jeszcze próbuje zawładnąć umysłami domowników, siejąc pośród nich niezdrową atmosferę. Tak, teraz ja już wiem skąd ta moja potrzeba bycia agentem. To przez to „diabli" mnie po milicjach i sądach ciąganie. Ktoś gdzieś i za sprawą swoich niecnych celów wniósł do tego domu jakąś obawę, lęk, łatwość irytacji i wzajemną pośród domowników niezgodę. I to nie wiedzieć właściwie o co te wszystkie pretensje. Ten wyganiający mnie z mojej jaskini niepokój, to uliczne przezywanie mnie i wykorzystywanie w celach wychowawczych jako diabła, to z pewnością za sprawą właśnie jego chwytów. Ale tylko spokojnie, nie dać się zwariować i zachować jakąś zwykłą tej rzeczy miarę. Poza tym jak się ma mieć to diabelskie zjawisko do mojego wcześniejszego odrzucenia nie dość że społeczeństwa i siebie samego, ale i jeszcze Boga. Jeśli nie ma Boga, to jak to możliwe, że oto i u mnie w domu sam diabeł zaistniał? Do wyjaśnienia tego zjawiska z pewnością trzeba specjalnego i to z dużym doświadczeniem agenta. Tak więc nie można tracić czasu i nie zważając na czołgi sojuszniczego wroga u granic państwa, należy wybrać się w kolejną wędrówkę dla ustalenia niezbitych faktów, które nie tylko zjawisko wytłumaczą, to jeszcze wszystkie te problemy rozwiążą. Muszę jednak pamiętać, żeby żadnych decyzji nie podejmować pochopnie.

No i ledwo to sobie powiedziałem, jak tu przy planowym następnym już rodziców na wieś po mięso wyjeździe, taki mnie szał na punkcie Krystynki ogarnął, że mocno sobie postanowiłem, iż tym razem okazji przepuścić nie zamierzam i posiądę to, co tylko posiąść za jej sprawą mogę i okaże mi się dane.

Tak więc na początek zaprosiłem ją do „Fafika", a następnie na wieczorny seans filmowy. Dobrze się akurat złożyło, bo o 20.15 w „Wandzie" wyświetlano „Dzieje grzechu", stąd mogliśmy połączyć pójście „do kina" z pójściem „na film", co jak się wkrótce okazało, bardzo nam i odpowiadało. Przez cały bowiem seans ze znawstwem oglądaliśmy nie tylko słabe sceny erotyczne, ale też pokątnie tworzyliśmy własne, czy to wymieniając pocałunki, czy też obejmując się w czułych miejscach. Pragnęliśmy przy tym dotykać się i odkrywać tak usilnie, żeby stać się odkrytymi dotknięciem, które przesłoni nam wszystko inne, nawet widok czegoś odkrytego. A że w mrokach kinowych niezbyt z tym poręcznie i łatwo, to po skończonym seansie tym więcej pragnęliśmy przede wszystkim opuścić kino, by czym prędzej udać się do mnie „na chatę", gdzie jak się wkrótce okazać miało, centralne ogrzewanie wysiadło, stąd wpadliśmy na pomysł, by jak najszybciej coś zjeść, wspólnie wziąć gorącą kąpiel i zamienić się „w jedno". Zapomniałem przy tym nawet o pożyczonym na tę okoliczność od Sopla magnetofonie i kilku szpulach z muzyką. Jak sobie już o tym przypomniałem, to moje zainteresowanie Krystynką nieco zmalało, wykonałem bowiem więcej niż maszynową robotę, aby wreszcie doznać trochę ulgi i to z obietnicą rychłego jej powtórzenia. Wyskoczyłem więc spod kołdry do wyziębniętego pokoju i nastawiłem wreszcie ten magnetofon.

– To jest to.

– Co to jest?

– Nie znam, ale niezłe.

– Za szybkie, jak przy wylegiwaniu.

– Co, chciałabyś jakąś pościelówę... Nie mam... a może... nie pamiętam.

– Nie wiesz co masz nagrane?

– Tyle tego, że trudno spamiętać. Pełno świetnych kawałków. Szkoda mi Pink Floydów, bo miałem piękną rzecz, ale pożyczyłem takiemu jednemu, co już tu nie mieszka. Nie oddał, dupek, a to był kawał dobrego grania.

– A co się z nim stało?

– Z kim? A..., wyjechał do Łodzi i zerwaliśmy kontakt. Nieważne. Najważniejsze teraz są..., są twoje cycuszki – dotknąłem jej pierś.

– A..., nawet nie widziałeś jaką mam myszkę?

– Jaką myszkę, ...gdzie myszkę? – po czym rzuciłem się w poszukiwanie zwierzątka, a Krystynka reagowała śmiechem i obronno-zaczepnymi odruchami.

– Wariat!... Ty przecież jesteś wariat.

I tak igrając z jej „myszką", znów podjąłem naturalne sobie wyzwanie, by wypełniać Krystynkę wszelkich znaczeń nadwyżką. W ten sposób następnymi tygodniami stawałem się poprzez swą namiętną maszynerię martwym jej bocianem, dzięciołem, a także i królikiem. Lecz nagle to konsumowanie przerwanym zostaje i to przez co?... Przez następujące oto „gawronie" wezwanie:

– Apeluję o 90 dni spokoju i wytężonej pracy dla kraju.

Po tych zaskakujących słowach zdziwiony nagle się orientuję, że oto znany mi skądinąd „gawron", wybrany na premiera rządu zostaje. Stąd i niespełniony w swym natury wezwaniu, wyruszam w następną swoją życiową wędrówkę, by stanąć na baczność względem generała wezwania. No i też od tej pory dawne względem Krystynki postanowienie staje się mym celem, aż i ta mną znudzona, znajduje w nauce swego losu zbawienie. Stąd od tej pory zaczynam wieść towarzysko bardziej nieciekawe życie, tylko pracując gorliwie, przy tym studiuję me zasadnicze dziedziny nauki skrycie. Obok się dzieje wiele, bo wciąż dochodzą mnie wieści, że oto w Bydgoszczy czy w Warszawie ktoś przed kimś innym za sprawą fizycznej siły usiłuje przedstawiać moc swych argumentów. Męczy mnie to i trwoży, bo coraz trudniejsze wydaje się moje zadanie. Mimo to postanawiam na trzymiesięcznego pokoju straży stać, no i stoję. Wciąż nowych kataklizmów doznaję: ktoś mi raz to zamach na papieża czyni, potem sam „prymas tysiąclecia" umiera, aby „okartkowali" nawet mięso, którego i tak w sklepach nie ma. Aż tu mi sprawę sobie zdać przychodzi, że darmo moje trudy i znoje, bo komuś chyba bardzo właśnie o to chodzi, żebym wyszedł na idiotę, co to uwierzył w niemożliwe, a raczej fałszywe „gawronie" pianie. I na miasto wychodzę, by po kilkumiesięcznym na straży spokoju staniu i celibacie, odetchnąć nawet od samego siebie. Tutaj wtem się dowiaduję, że nie ma już w kraju ani tego, ani też innego z towarzystwa, którego wcześniej uznawałem za mych znajomych ostoję. Spotkany natomiast przypadkiem w tramwaju Muchomor mi powiada, że nawet Żyrandol wyjechał promem do Szwecji. Do tego też Małgośka Kabat, z którą kilka razy byłem na „disco" i popijałem „Zagłobę" w „Kasztelance", teraz kryje się przed emigracyjną policją w Wiedniu, niczym podczas jakiejś ulicznej na dziewczęta łapanki. Waldek gdzieś się ulotnił, a przecież w Stany mierzył mimochodem, a i inny koleś podobno na statku w drodze do Australii. Wszyscy pewnie w piękną swą przyszłość wierzą i nawet sobie obiecują na starość wrócić do kraju. Co się dzieje, gdzie w takim razie ja jestem i gdzie mnie schować się przyjdzie. Ale przecież nawet nie wiem przed czym i w imię czego miałbym to robić, a nawet co z tego w ogóle i czy aby coś potrzebnego wyjdzie. Wokół tylko chaos, strajki, protesty, słowa gonią słowa, a ja niewiele z tego już rozumiem, choć podobno wszystkim wspólna ma być ta socjalizmu „odnowa". Dlatego w pewnym momencie się i nawet przełamuję, no i postanawiam porozmawiać szczerze z „solidarnościowym" administratorem o czymś więcej, aniżeli tylko o sprawach związanych z funkcjonowaniem biura. Pójdę też do sekretarza partii, a nawet samego diabła w zakłopotanie wprawię, by się wreszcie dowiedzieć, co wokół tak naprawdę jest grane. Spotykamy się więc „u mnie" w magazynie, by po godzinach pracy przy winie odbyć jakąś konieczną rozmowę. I tak pan starszy i siwiejący, ten człowiek wydaje mi się albo tak sobie życzę, że jest jakimś rozpoznawalnym punktem, według którego mógłbym nabrać orientacji i znaleźć dla siebie wystarczające tych szaleństw znaczenie, jak i się dowiedzieć, co wokół się tak uporczywie dzieje. A jeśli nic z tego nawet nie wyjdzie, to niech już będę sobie głupcem i idiotą, z którego nikt nic i niczego swą władzą nie wyciśnie.

– No, jestem wreszcie, ale winda znów stanęła. Będzie trzeba zgłosić do Zrembu, żeby przyjechali i naprawili. A przecież dopiero co, kilka dni temu naprawiali... – oznajmia do magazynu energicznie wchodzący Karol Twardecki, po czym zajmuje miejsce obok biurka, przy którym siadam i ja, by zauważyć:

– Są tacy, którzy bawią się tą windą, ale też i Społem wozi tyle ciężkich rzeczy...

– A wszystko się w tym kraju sypie, to trudno, żeby z windą było inaczej.

– Pan rozumie to wszystko, bo ja już nie wiem o co chodzi – mówię i wyjmuję spod biurka butelkę wina i wkręcam korkociąg w jej korek.

– Mógłbyś być moim synem, ale i tak... mów mi Karol, bo łatwiej będzie gadać.

– Ach..., tak, panie Karolu... to znaczy, ja jako Staszek... co pan, znaczy sądzisz o tej sytuacji. Niedługo Wałęsa podobno przyjeżdża do Krakowa, później zjazd partii, a czy to cokolwiek zmieni? Przecież tu trzeba by było jakiegoś cudu, żeby to wszystko wyprowadzić z tego chaosu. A jak ci... wejdą i zacznie się piekło?

– Wejść nie powinni, bośmy nie Afganistan. Zachód nie pozwoli. Reagan Sowietów zagnębi sankcjami i cały ten układ wreszcie się rozsypie.

– Ale wojny wykluczyć nie można, a jak się ma wtedy kształtować jakaś odnowiona świadomość ludzi, jeśli tak będzie od zniszczenia do zniszczenia. Wszyscy chyba nie zdążą wyjechać...

– Skąd ci to przyszło do głowy. Kto dziś, kiedy sklepy są puste, zastanawia się nad takimi sprawami.

– Mnie się to wydaje ważne. Przecież jeśli ma się coś zmienić, to co będzie z robotnikami. Przecież nie da się utrzymać tych rozkrzyczanych rad pracowniczych, bo w nich każdy ciągnie w swoją stronę i nic z tego dla ekonomiki nie wynika. Gospodarować trzeba na jakichś mocnych podstawach, a nie na woli i intencjach.

– To wynika przede wszystkim z niewydolności państwa, które zostało zawłaszczone przez klikę partyjną w imię robotniczego szczęścia. Jak ona nie odejdzie, to nic się nie poprawi. Trzeba ją usunąć.

– Czyli, żeby to jakoś przeprowadzić bez ofiar, to trzeba by było to zrobić jakoś wyjątkowo inteligentnie, ...w ogóle, żeby się udało... Przecież w związku są i partyjni.

– W związku są i ubecy, którzy będą usiłowali rozłożyć związek od wewnątrz. Dlatego musi być jawność. Władza też musi znieść cenzurę, to wtedy opinia publiczna będzie informowana, a nie manipulowana. Teraz komuna próbuje represjami i inwigilowaniem ludzi powoli odwrócić to, do czego się zobowiązała. Gra na zwłokę, bo partyjny aparat nie jest skłonny oddać przywilejów i władzy.

– Jak każda władza, ale kto miałby tę władzę przejąć... Wałęsa? A przecież Zachodowi zależy też, żeby tę komunę rozbić. Ja też nie mam nic przeciwko temu, ale dlaczego kosztem kraju, który jest tak zrujnowany. Przecież my możemy stracić całkiem niepodległość, nawet gdyby to wszystko padło. A może my mamy być polem bitwy między Wschodem i Zachodem. Przecież pershingi i te radzieckie SS rakiety nie wydaje mi się, żeby tylko fruwały nad naszymi głowami. Zachód jak zawsze przecież będzie wygodny.

– Chwila, chwila, po co tyle emocji.

– ... przecież znamy to z historii. Teraz też ich stać na to, by i „Solidarność" wspomagać finansowo, ale nie będą tego robić bezinteresownie.

– Powoli, powoli... To jest władzy propaganda, że związek jest finansowany przez wrogi Zachód. Ja o tym nic nie wiem. Funkcjonujemy ze składek twoich, moich i wszystkich członków. Jesteśmy też wspierani przez Zachód, bo świat musi o nas wiedzieć poprzez opinię publiczną. W ten sposób ta konserwa partyjna będzie napiętnowana i nie będzie czuła się bezkarna. Niech wiedzą, że nie jesteśmy sami...

– Konserwa chyba pozostanie konserwą do końca, bo tak jej wygodniej. A ja wciąż wracam do tych robotników, bo wydają mi się śmieszni. Komuna się nimi wysługuje, ale i też naszym muszą być orężem i nikt im o tym nie mówi. Przecież nawet tu w małopolskiej „Solidarności" jest kilku ludzi, którym jakiś tam robotnik nawet nie w głowie, ale dziwne własne interesy.

– No tak. Widzę, żeś jest dociekliwy i jakoś nie na te czasy. No cóż, powiem ci coś, czego może nie powinienem... ale jesteś myślącym człowiekiem. Tymi ludźmi zapewne są ci, którzy w tej walce widzą możliwość odzyskania swoich rodzinnych majątków, które po wojnie zawłaszczyła im komuna.

– Czyli w pewnym sensie mam rację.

– W pewnym... tak. Przecież na dłuższą metę nie da się utrzymać tak zarządzanej gospodarki. Wystarczy teraz spojrzeć na te wszystkie molochy zjednoczenia, które są utrzymywane, a zarazem nikomu niepotrzebne. Nie ma czym handlować, a one wciąż udają, że zrzeszają i handlują. Czegokolwiek się w tym kraju dotknąć, to przecież jakieś idiotyzmy.

– Dlatego w takich okolicznościach może być łatwo o prostackie próby czegokolwiek rozwiązań.

– Słusznie. Dlatego przydałby się rząd fachowców, ale wyłoniony ze społecznego wyboru. To nie jest prosta sprawa, ale albo teraz, albo nigdy. Musimy mieć wolną prasę i minimum, przy jakim może człowiek funkcjonować i żyć normalnie. W przeciwnym razie władza wciąż będzie mówić swoje, a robić coś innego, a partyjni aparatczycy wraz ze służbami bezpieczeństwa paść swoją pychę będą i to za „różowymi firankami". Nie da się dalej utrzymywać tego stanu rzeczy, a wiadomo, że każde przemiany niosą z sobą i ofiary. Dlatego trzymaj się i bądź mądry, młody człowieku, bo kiedyś przydadzą się tacy ludzie w tym kraju – po tych słowach Karol Twardecki wychylił do dna resztę wina ze szklanki, po czym wstał i uśmiechnął się życzliwie. – Mówię do ciebie jak do syna, dlatego nie daj się zmielić przez żadną nawałnicę, bo przecież żyje się raz. Ale przecież też... przez całe własne życie.

– Tak..., przez całe własne życie – powtarzam również się śmiejąc jak on, niczym jakąś tajemną maksymę, której ani nie potrzebuję rozumieć, ani też nie wydaje się, by mi to było potrzebne. Jednak to gdzieś w pamięci szczególnie zostaje zapisane.

– Do widzenia, muszę jeszcze kilka spraw załatwić w biurze. Miło było porozmawiać z młodym człowiekiem, który ma… aspiracje.

– Do widzenia – odpowiadam, spoglądając na tego odchodzącego starszego człowieka, który jakoś wydaje się mimowolnie robić na mnie wrażenie.

No i pozostałem sam z tym jakimś wewnętrznym bagażem, który trudno mi wciąż zrozumieć, a jednak zaistniał po słowach tego solidarnościowego administratora. Co on miał na myśli, na przykład mówiąc, że obecny czas jest nie mój. Przecież nie spadłem z księżyca, czy też coś w tym znaczeniu. A może nie miał nic więcej do powiedzenia ponad to, co mu się akurat tak przy okazji wyłącznie powiedziało? Jednak Karol Twardecki to nie ktoś, komu się ot tak mówi. On przecież jest z wykształcenia też prawnikiem. No i te rozterki nie dając mi spokoju, pchają mnie w zaskakującą dla mnie samego czynność: podejmuję aparat telefoniczny i wykręcam zero, by otrzymać sygnał umożliwiający mi wybranie miejskiego numeru. Ni stąd, ni zowąd przyszła mi na myśl kuzynka Czajnik i potrzeba dowiedzenia się „co też u niej słychać", choć przecież w gruncie rzeczy akurat to mnie teraz najmniej interesuje. Sam się sobie dziwiąc, że człowiek takie rzeczy potrafi czynić niejako przekornie, wyjaśniam sobie, że przecież „dawno jej nie widziałem, stąd należy choćby spytać się o jej zdrowie". Ale tu diabli nadali z tą centralą i to po godzinie piętnastej, kiedy to można by było sądzić, że wszyscy poszli już do domu i nic nie będzie na centrali blokować wyjścia na miejskie numery. Tymczasem mam wciąż zajęte, stąd zmuszony jestem ponawiać tego „0" wykręcanie, nawet nie wyjmując palca z otworu na tarczy. Drugą ręką muszę wciskać regularnie przycisk widełek, trzymając przy tym słuchawkę między głową i ramieniem. Jakiś pobudzony wpadam na pomysł: „Pójdę do biblioteki wypożyczyć «Historię filozofii». Zapomniałem autora, ale jednak muszę swoim dociekaniom nadać jakąś systematyczną metodę, a nie pławić się tylko w okolicznych elokwencjach, jak te wszystko wiedzące krakowskie pokraki umysłowe, którym jedynie w głowie władza nad takimi jak ja osobami. Przecież przede mną jest przyszłość.

– Halo?… czy to centrala? – rozlega się nagle jakże miły i ujmujący kobiecy głos po drugiej stronie kabla, który nagle „wpadł" na wewnętrzny, co niekiedy się zdarzało w tym typie centralnych urządzeń.

– Ależ ja właśnie na panią czekam i nawet miejsce na centrali dla niej trzymam – mówię ot tak sobie żartem w nagłym przypływie rzadkiego mi ostatnio dowcipu.

– A... tak? Naprawdę dla mnie? To mogę rozmawiać z działem ekspedycji?

– Ależ oczywiście, że pani może rozmawiać, ale tymczasem jest mała trudność i to obiektywna.

– Jaka to, jeśli można wiedzieć – aksamitny głos wydaje się wyzwalać we mnie głębię niezaznanych dotąd uczuć, co się jawią obietnicą.

– Otóż pani głos... Taki głos może należeć wyłącznie do niezwykłej kobiety. Ja zostałem nim tak zauroczony, że nie... nie dam się oderwać od słuchawki.

– Miło mi to słyszeć, no ale co w takim razie będzie z tą ekspedycją?

– Gwarantuję pani, że wszystko w porządku. Na pewno wszystko będzie wyekspediowane o odpowiedniej porze. Natomiast pani... pani jest teraz najważniejsza.

– Śmieszny jest pan, ale ja nie mam czasu.

– Oboje nie mamy. Dlatego sprawmy sobie niespodziankę i umówmy się. Przecież to będzie ciekawe, bo my się przecież nie znamy i pewnie nigdy żeśmy się nie widzieli. Czy to nie intrygujące? Stanisław Kwik jestem. Mówi to coś pani?

– Nie... Pan żartuje. Hm..., no czy ciekawe... Słucham, Ewa.

– To ja wolałbym pani głosu słuchać i posłucham, jeśli spróbujemy się rozpoznać... na przykład po ubiorze w jakimś umówionym czasie i miejscu.

– No niech będzie. To kto mnie będzie oczekiwał?

– Ktoś o szaroniebieskich oczach, około 176 cm wzrostu, w przyciemnionych okularach, skóropodobnej czarnej marynarce i brązowych spodniach sztruksowych. Może... w czwartek o 17 pod „Bagatelą"?

– W czwartek?... Niemożliwe. W piątek o 15.30 pod tą „Bagatelą". Ale jak ja zobaczę te oczy, skoro będą za ciemnymi okularami.

– Zdejmę je jak się rozpoznamy po reszcie. A jak ja mam panią wyłowić z tłumu?

– Będę w białej bluzce, w kratkę bordo spódniczce. Średni wzrost, szatynka z włosami spiętymi w koczek. Do tego brązowa torebka...

– Czyli jesteśmy umówieni w piątek o 15.30 pod Bagatelą, tajemnicza Ewo?
– W takim razie do widzenia, będę musiała ponownie kręcić ten numer.
– Do zobaczenia – powiedziawszy to, niepewnie odkładam słuchawkę całkiem oszołomiony wyzwolonym przez siebie zjawiskiem.

Ostatnie moje odkrycie jest zdumiewające. Otóż widzę ludzi w jakimś przedziwnym transie, wszędzie gdzie to tylko możliwe stojących w jakiejś jednej magicznej kolejce. Pytam nawet jednego i drugiego za czym też stoją, a ci tajemniczo za każdym razem odpowiadają, że za tym „co rzucą", a mają podobno to i owo dowieźć. Dlatego też ze zrozumieniem dla sprawy idę dalej w przekonaniu i solidarnym samozadowoleniu, że oni jak i ja oczekują na szczęście. Ja jednak wolę stanąć w naszym bufecie, by raz i drugi zrealizować przydział na pasztetową czy jakąś mielonkę i w ten sposób ulżyć w zakupach mamie, ale szczęścia jakiegoś w tym nie znajduję. Robię to przede wszystkim dlatego, bo i inni w pracy tak czynią, a korzystam także z innego przywileju, jakim jest założona w kiosku z prasą teczka, do której odkładane mi są trzy gazety: „Forum", „Solidarność" i „Polityka". Dlatego właśnie te trzy, bo chcę mieć własne zdanie i nie zamierzam się dać wykorzystywać – przez jak to jest modne w sformułowaniach – obce mi siły. Pewnie by mi to i wystarczyło, jednak w pewnym momencie mama mi uświadamia, że muszę coś zrobić z tymi nielicznymi pieniędzmi, bo i tak mi nic z nich nie przyjdzie, nawet jeśli jakąś kwotę odłożę na książeczkę. No i faktycznie, udaję się po odpowiedź w tej sprawie do mojego „osobistego" ekonomisty i za własną pomocą się dowiaduję, że oto faktycznie wszystko się zgadza. Kompletna ruina finansowa i nie ma co liczyć ani na mądrość narodu, a tym bardziej rządzących, ale trzeba się jakoś przystosować do stanu rzeczy. Dlatego też na początek postanawiam sobie obstalować dwa garnitury w zakładzie krawieckim w Rynku Głównym, gdzie podobno nieźle szyją u zbiegu tegoż z Grodzką. Decyzja ta wydaje się wieść za sobą dla mnie same luksusy, bo oto i po pierwszej przymiarce, udawszy się do Domu Towarowego na Anny, ku mojemu zdziwieniu i bez żadnych kolejek zastaję brazylijskie obuwie z miękkiej skórki i to z możliwością wyboru jednego z dwóch kolorów. Te odpowiadają jak ulał na moją średniej wielkości stopę. Cena tylko szokuje, wynosi bowiem 2700 zł, co jest równowartością zwykłych pięciu par albo trzy czwarte mojej pensji. Jednak ta klamerka tak pozłacanym blaskiem kusi, iż oświadczam sobie, że przecież raz się żyje i przekornie wszystkiemu nabywam w ciemniejącym brązie parę. Po tym szaleństwie prawie całkiem spłukany, ale dumnie idę przez miasto, bo oto przecież nie ja tego zbytku chciałem.

Za to podczas następnej przymiarki garnituru nie zastałem w pracowni krawca, który „wyskoczył" na Rynek, by posłuchać w tłumie Wałęsę, który oto w Krakowie gościł. Pobiegłem też i ja, by wmieszać się w tłum oklaskujących i nawet zacząłem się przysłuchiwać wypowiedzi związkowego przywódcy, z której jakoś przez dłuższą chwilę niczego zrozumieć nie udało mi się. Mówił bowiem niczym Pytia w transie, a ja do łamania takich szyfrów nie posiadłem jeszcze tajemnicy. Po dłuższej chwili wreszcie udało mi się złapać sens w słowach:

Jeśli chodzi o minione... o miniony okres, te 12 miesięcy, był to okres konfrontacyjno-wydzieralski. W tym okresie rzeczywiście bardzo dużo na papierze uzyskaliśmy, ...aż ponad 680 porozumień, średnio po 500 postulatów. Dlatego też w tym momencie chciałem tu z państwem przedyskutować, czy ta droga w dalszym ciągu jest właściwa, czy możemy podpisać następne 680 porozumień i w sumie nigdy nic nie zrealizujemy dla was, dla załóg, dla człowieka

...

Od tej chwili mniej mnie już obchodziło przemówienie, a bardziej słuchacze, którzy też ochoczo potwierdzali słuszność tamtego wypowiedzi obfitym klaskaniem. Wśród audytorium jeden człowiek zwrócił moją szczególną uwagę. Ten tak był przejęty tym przemówieniem, że wydawał się żyć nie tylko każdym padającym w nim słowem, ale nawet, a może przede wszystkim tym, co wcale nie zostało powiedziane. Wykonywał przy tym tak sugestywne gesty, mimiką, potwierdzając słuszność każdego Wałęsy słowa, że w pewnej chwili miałem nawet wrażenie, że to on, a nie Wałęsa przemawia. W chwili jednak następnej fakt ten mnie tak przestraszył, że czym prędzej w Sukiennice uciekłem. Ze mnie przecież ktoś „inny", ja muszę to wszystko przetrzymać i ogarnąć po swojemu, bo przecież widzę, że to społeczeństwo to albo żenujące prostaki, albo nabzdyczone w swej pretensjonalności zamaskowane wydmuszki. A że mnie z jednymi ani drugimi nie po drodze, to i muszę wytyczyć tę własną drogę, choć wiem, że chyba wcale łatwo i przyjemnie z tym mi nie będzie. Ale przecież to jest moje, to ja mam to cholerne życie. O reszcie nie mam w ogóle pojęcia, stąd „mój agent" musi być czujny, gotowy i powinien rozpoznawać wszystko co się mu do tego przyda w każdych okolicznościach i miejscu. Skąd to przekonanie?... Nie jest teraz to ważne.

Może też tak mi się wydawało, ale od tego postanowienia zrobiłem pewnie wyjątek i to podczas spotkania z niedawno poznaną przeuroczą mi blondynką, zapoznaną przez błąd centrali telefonicznej. Ewa, która mi zrobiła niedawno niespodziankę pod tą „Bagatelą", podstawiając koleżankę w opisanym przez siebie ubiorze, oto zmierza na spotkanie ze mną. Nie doszło do umówienia tego spotkania łatwo, bo wtedy do tamtej jako Ewy ja też podszedłem, aby miała zaprzeczyć, że ona jest ową. Stąd też czekałem całe piętnaście minut i chyba jeszcze kilka, a i już miałem wsiadać do „czwórki", kiedy to ona właśnie do mnie podeszła, a stała przecież pod teatralnymi gablotami jak ja przez dłuższą chwilę, by pewnie oznajmić: „Dzień dobry, panie Kwik. Jam jest Ewą". No i stało się, a ja z zaskoczenia niemal nóg nie pomyliłem, kiedym się do niej przodem odwracał. Poszliśmy wtedy na chwilę do „Kopciucha", by się umówić na to dzisiejsze spotkanie w „Fafiku". No to i jestem i czekam cierpliwie, po uprzedniej wizycie w Bibliotece Naukowej na Franciszkańskiej, gdzie pożyczyłem ostatnią trzecią już część „Historii filozofii" Tatarkiewicza. Przyznam, że po pierwszych dwóch wcale nie uzyskałem jakiegoś wewnętrznego ładu i poznawczego spokoju czy zasadniczej podstawy, dla której mógłbym powiedzieć, że oto stąd a stąd zaczynam swą myślową na temat świata i siebie w nim konstrukcję. Ale co tam takie wymysły względem blondynki o tak zgrabnej sylwetce. Jeszcze żadna dziewczyna, z którą się spotykałem, nie miała tak fantastycznych proporcji. Wydaje się, że ma wszystko na swoim miejscu i to w doskonałym wymiarze. Ale żeby chociaż zechciała tym razem przyjść, choćby po raz ostatni, bym tym samym dać mi szansę zrobienia czegoś ku temu, by i stała się mi bliższa. Cóż to bowiem za bogini o niespotykanym aksamitnym głosie i elegancji ruchów. Przy tym emanuje jakąś skromnością. A ubiera się przecież też całkiem gustownie i nie jak jej koleżanka. Ale co tam ubranie, lepiej bym miał znaleźć się z nią w nagim stroju obfitości ogrodu. To byłaby dopiero rozkosz i szczęście. Byłaby, bo tymczasem jej nie ma. Nie przychodzi i coraz bardziej czuję się wystrychnięty na dudka. Zapalam więc kolejnego papierosa i otwieram wypożyczoną przez siebie książkę na byle jakiej stronie, jakbym przez ten akt chciał zarazem odczytać jakąś szczególną prawdę, jak i wywieść z niej to, co za chwilę się stanie i co tak naprawdę z nami będzie. Choć wiem, że to niemądre, to jakże wydaje mi się teraz potrzebne. No to i czytamy:

Ta pierwsza nauka, dostarczająca innym naukom założeń, musi właśnie sama nie robić założeń, bo gdyby je robiła, to potrzebowałaby sama fundamentu i nie mogłaby być fundamentem dla innych. Nauka bez założeń: była to pierwsza jej właściwość. Musiała na to wyrzec się wszelkich hipotez, konstrukcji i ograniczyć się do stwierdzenia tego, co niewątpliwe. Miała być bez konstrukcyj, tylko stwierdzającą to, co oczywiste. Drugą zaś jej właściwością był charakter ej

...

– Oj..., już jestem. A ty biedaku czekasz tak długo na mnie. Tak się śpieszyłam, że połowę rzeczy pozostawiłam tu i tam, ...a nawet w pracy. Bo widzisz, ja już zmieniam pracę. Teraz będę pracować w cukierni na Grodzkiej. Tak to już jest, nie można naraz wszystkie sroki złapać za jeden ogon. Ale niewiele się spóźniłam, prawda? Poza tym widzę, że umilasz sobie czas czytanką.

– A... tak. Witaj. Co nieco, trochę poczytuję. Może się czegoś napijesz, boś taka...

– Jaka?...

– No taka... trochę zdyszana.

– Niech będzie sok pomarańczowy albo coś w tym rodzaju... jeśli mają. Oczywiście sama sobie płacę. Co czytasz?

– Nic szczególnego, „Historię filozofii" Tatarkiewicza.

– Co?... Mój kuzyn też to czytał, a później stał się bardzo dziwny.

– Ja już i tak jestem dziwny, to po filozofii... prawie się wyrówna – mówię to widząc, że moja lektura zrobiła na niej niezbyt korzystne wrażenie.

– Będziesz..., a może już fruwasz w obłokach.

– Nie czujesz jak oboje się unosimy?

– Słucham, coś podać? – oto wtrąca się w rozmowę, a i zbawiennie kelnerka.

– Sok pomarańczowy i sok pomarańczowy – mówię z grobową powagą, ale tak, żeby zabrzmiało śmiesznie.

– Dwie butelki?... Zaraz sprawdzę, czy jeszcze mamy... – i powróciła do baru.

– Niedługo nawet wody zabraknie – oznajmia Ewa, po czym oburącz wspiera podbródek o złożone dłonie.

– Mnie, wiesz, tak naprawdę niczego nie trzeba. Ostatnio uszyłem sobie nawet dwa garnitury z kamizelkami i do tego kupiłem brazylijskie buty. Tylko gdzie ja w tym będę chodził?

– Do kościółka.

– Jest sok... Podać coś jeszcze? – oznajmia powracająca kelnerka i stawia na stoliku butelki wraz ze szklaneczkami.

– Dla mnie to tyle i może ja od razu zapłacę – w odpowiedzi mówi Ewa, by przy tym sięgnąć do torebki.

– To i ja też zapłacę. Niech będzie... ile za sok?

Kelnerka wymienia jakąś kwotę. Następnie sięga do kieszeni fartuszka po resztę, aż wreszcie się rozliczywszy, wraca na swój barowy stołek przy ladzie.

– Nie lubisz filozofii? – pytam nieco zaczepnie.

– To takie przelewanie próżnego w puste. Co komu po tym...

– Właśnie dlatego może być to ciekawe, że nie tak bezpośrednie. Uważam nawet, że filozofia ma coś z kobiety.

– Coś ty? Co to takiego?

– Może tak dalece wciągnąć, że można przez to zgłupieć... Jeśli oczywiście nie będzie się uważać.

– Ale ty jesteś śmieszny. To aż tak przyjemne? Taki żartowniś z ciebie.

– Skądże znowu, ja przecież to wszystko mówię śmiertelnie poważnie. Przecież jak się człowiek podda uwodzicielskiej kobiecie, to czy nie może się zatracić w jej odkrywaniu? Może przy tym przepaść całkowicie.

– Myślał by kto, że wy, mężczyźni, tak przepadacie.

– Ja nawet bardzo przepadam za tobą, ale chciałbym też, żeby ci zależało, żebym całkiem nie przepadł, a tylko tak troszkę.

– No tak, taki z ciebie żartowniś, a udajesz filozofa. Przy tym palisz te papierosy jeden za drugim. Później będziesz pachniał jak popielniczka.

– Jak cygarniczka. Ja pachnę jak cygarniczka. Papieros wyzwala w moim umyśle takiego lepszego ducha. Unosi w nim na wierzch to, co najlepsze. Dlatego też lubię ptysie i kremówki. Te znowu robią mi olej w głowie, dlatego jakbym ich za dużo zjadł, to by...

– To by cię zemdliło. Nie tylko zresztą ciebie, ale i każdego.

– No widzisz, czyli każdemu potrzebna jest filozofia, z której można też chyba nabyć umiejętności i nauczyć się umiaru. Ale ja ci powiem, że ja wcale nie chcę żadnych umiarów. Ja bym wolał żyć krótko a „pełną gębą". Raz tylko przecież się żyje i co mamy się przejmować czymkolwiek. Najlepiej... byśmy choć w pełni i tak jakby... raz na zawsze mieli siebie. Czy to nie byłoby piękne?

– Ja za tym nie tęsknię. A ja nie jestem tą, z tych łatwych... Źle trafiłeś, mój panie.

– No i popatrz jakie ty masz myśli. Mówią, że głodnemu chleb na myśli... No co, czy nie mają racji? Powiedz, tylko szczerze.

– Chleb chlebem, a tobie się tylko tak wydaje. Wcale z ciebie nie taki znów filozof.

– Bo ja jestem filozof chłopski, tylko nikomu tego nie mów, bo powierzyłem ci to w sekrecie. Jest to tajemnica. Mam jeszcze inną, ale nie tak od razu...

– Jesteś taki śmieszny, a raczej starasz się być. To i tak coś. Przy tym ogólnym smętku, gdzie wszyscy biadolą, a i tak nie ma się z czego cieszyć, to dobre... że tego... takiego optymizmu. Ale co ty będziesz robił w życiu, jak przez tą filozofię staniesz się już tym... takim dziwakiem.

– Będę mieszkał w górach, w drewnianej chacie, gdzie będę żywił się miodem, jajkami jaskółek i jakąś drobną zwierzyną, której na tę okoliczność łeb ukręcę. Poza tym będę patrzył w niebo i domyślał się co też tam jest i robił różne projekty, ale tak, by nic w moim otoczeniu nie zepsuć. Będę prowadził dialog z naturą, wbrew tej nikczemnej cywilizacji. Poza tym ja już tam trochę jestem. Przecież ja mieszkam w jaskini...

– Żartowniś. Wspaniałe marzenia, tyle że nie na czasie. Czy taki filozof potrafiłby zabić zwierza? On by filozofował, a w takim głuchym lesie są też drapieżniki.

– Nauczę się albo wyjadę do Indian Amazońskich po lekcje.

– No tak i cię zjedzą, bo wezmą cię za jakiś rodzaj małpy.

– A... właśnie. Zrobię tak, żeby mnie uznali za szamana. Biały pośród takich nagich Indianek, to by było ciekawe. Mogłabyś być jedną z nich.

– Jaki ty jesteś śmieszny. Całkiem zabawny. Wydajesz się, jakbyś spadł z księżyca. Ale na mnie już czas. Tylko proszę cię, żadnego odprowadzania i umawiania. Jak będzie nam dane, to się kiedyś spotkamy, dobrze?

– Nie dobrze, bo mi się podobasz. Jesteś taka subtelna i...

– No dobrze, ty też jesteś zabawny. Ja mam przecież telefon do ciebie do pracy.

– No masz... ale dlaczego?

– To w odpowiedniej chwili cię złapię, tak jak wtedy, kiedyśmy to na siebie wpadli. Nie powiem więcej, bo to... to tajemnica.

No i w takiej też atmosferze żeśmy się rozstali, bym miał jakiś obojętny wrócić tramwajem do domu. Tutaj włączony telewizor i znów jakieś „gawronie" przemówienie:

Powstaje pytanie: kto za tym wszystkim stoi? Kto zmierza ku konfrontacji, ku antysocjalistycznej awanturze. Trzeba wyraźnie oświadczyć – tak odczytałem m.in. wiele głosów w dyskusji zjazdowej – są granice, których przekroczyć nie wolno... Liczymy, że nasi towarzysze zrzeszeni w tym związku zadbają o jego rzeczywiście związkowy kurs. Natomiast nie może być i nie będzie oddana władza ludowa. Tu nie powinno być żadnych złudzeń.

...Polska jest i będzie trwałym ogniwem państw socjalistycznych. Braterska przyjaźń i sojusz ze Związkiem Radzieckim i z innymi krajami socjalistycznymi były, są i będą kamieniem węgielnym naszej polityki zagranicznej

...

Czuję nagłe mdłości, że nawet nie jedząc kolacji, zamykam się w moim pokoju, który jakże mi teraz staje się przytulną jaskinią. Niepokój? Żadnych niepokojów czy bania się o cokolwiek. Ze światem należy się zmierzyć, by nie dać się zmielić na miał, pył, który posłuży innym za tworzywo do budowania swojej władzy. A kto chce tej władzy albo trzyma się jej kurczowo? Oczywiście że jedni jej bronią, a drudzy łakną. Drudzy atakują, a ci pierwsi nie tylko się bronią w swych okopach, ale niczym „gawron" atakują, kracząc podstępnie. Jedni i drudzy dużo mówią o Polsce, ale jak widać mało kogo ona obchodzi. Mnie ona obchodzi. Widziałem w telewizji tych wszystkich pysznych o „betonowych" minach delegatów na zjazd partii, którzy zdolni są do ślepego wykonywania swoich przywódców dyrektyw bez względu na okoliczności. Powiedziałem sobie, że z tego nic nie będzie. Tak na wszelki wypadek poszedłem jeszcze do I sekretarza POP, który przyjął mnie z ostentacyjną niechęcią. Oczywiście nie należę do partii, ale skoro ci się czują tacy ważni, to przychodzę do niego porozmawiać, tym bardziej że na ostatnim zebraniu „Solidarności" znów odżyła sprawa samoobrony i przygotowań do milicyjnych pacyfikacji. No i co na to partia? Oto towarzysz Zamlany na wstępie mi oznajmia, że żadnego pobłażania dla warcholstwa nie będzie. Nie rozumiem takiego postawienia sprawy, dlaczego bowiem w ten oto sposób ustawia rozmowę i to już na samym jej wstępie. Okazuje się, że partia stoi zwarta od dołu do góry i dlatego też na moją prośbę o minimum tolerancji tamten odpowiada, że w ogóle żadnej tolerancji nie przewiduje. Nie ma też jej i nie będzie. Rozmowa w takich warunkach wydaje się bez najmniejszego sensu, a i też się kończy, bo „towarzysz" nagle przyjmuje jakąś niepasującą nawet jego osobie postawę przypominającą „gawrona". Chyba zwariowałem. No i w ten sposób, widząc swoistego sobowtóra, wycofuję się z obszernego gabinetu PZPR-u. Na wpół przytomny, omijając główne korytarze i windę, umykam z biurowca wyjściem ewakuacyjnym. Wydaje się, że wiem, dlaczego większość znajomych się ulotniła i opuściła ten kraj. Jednak nie mogę dać za wygraną i w poczuciu walki o jakąś najmniejszą choć miarę sensu, udaję się na aleje do siedziby małopolskiej „Solidarności", gdzie znajduje się jeszcze nie przeniesiony magazyn artykułów biurowych, który wkrótce zostanie zlikwidowany, by na tym piętrze mogła w pełni rozmieścić się „Solidarność Wiejska". Jak zwykle wpadam na pierwszym piętrze po „Małopolskiego Gońca", po czym jadę windą na piętro, gdzie mieści się biuro Karola Twardeckiego. Ku mojemu zaskoczeniu i zdziwieniu jakaś kobieta z francuskim warkoczem mi mówi, że pan Twardecki już nie pracuje. Wydaje się, jakbym był świadkiem jakiejś czystki, którą oto przeprowadzają na moich oczach pracownicy ubrani w granatowe chałaty, którzy wnoszą i wynoszą z pokojów meble, zamieniając stare na całkiem nowe. Podchodzę do jednego z nich i pytam: „skąd taki porządny sprzęt, skoro wszystkiego w kraju brakuje?”. Słyszę: „po linii «solidarnościowej» niczego nie brakuje”. Rażony tymi słowami i zwolnieniem pana Karola zbiegam na piętro, gdzie znajduje się sekretariat i gabinety przewodniczących. Proszę sekretarkę o widzenie z szefem. Ta się mnie pyta w jakiej sprawie. Mówię, że chodzi o pana Twardeckiego, po czym ta znika za obitymi skórą drzwiami, by za chwilę wyjść i oznajmić, że oto szef nie ma dla mnie czasu.

„Pierdolę cię, palancie” – to jedyne co mi w tej chwili przychodzi do głowy, po czym bez słowa opuszczam sekretariat. Staję na korytarzu pod oknem i rozkładam zwinięty w rulon biuletyn. Przebiegam wzrokiem po powielaczowym piśmie i nagle czuję mdłości, a następnie obrzydzenie. Dość mam tych sensacji i poczucia, że oto ktoś gra na moich emocjach. Wtem słyszę:

– O, Stachu, widzę, że się relaksujesz przy oknie – padają słowa ze strony zaopatrzeniowca z Instytutu Kształtowania Świadomości, zajmującego miejsce na najwyższej kondygnacji biurowca.

– Będę wyprowadzał magazyn.

– My też się wyprowadzamy. Dobry na przeprowadzki jest Kuzaj. Ma chłopów na schwał i specjalnego „Sana”.

– Trudno go nie zauważyć na mieście.

– No, robi facet interes. Ale lecę, bo dyro na mnie czeka.

– No to na razie.

– Czołem społem.

„Kim jest ten łysawy z głową niczym piłka zaopatrzeniowy cwaniaczek? Kto tu jest kim?” – przychodzi mi na myśl pytanie, na które wcale już nie chcę znaleźć odpowiedzi. Poza tym wydaje się, że nie ma na to i czasu. Żeby nie zwariować, biegnę na Grodzką, może Ewa da się zaprosić na kawę i przy niej jakoś odetchnę. Zastaję ją, ale z kawy nici. Wydaje się, jakby czekała na moje przyjście. Częstuje mnie nawet pączkiem, a kiedy go już zjadam, mówi, że coś ma dla mnie. Po chwili przynosi z zaplecza podręcznik do nauki języka angielskiego Andersona i mówi, żebym go wziął, bo jej już nie będzie potrzebny. Wybiera się do Austrii.

Ta wiadomość mnie ścina nieomal z nóg i to nie dlatego, że ona a nie ja wyjeżdżam w poszukiwaniu „obiecanej ziemi", lecz że i ona też opuszcza ten kraj. Może i dlatego przez Rynek przechodzę jakoś nieprzytomnie, by wreszcie tramwajem spod dworca udać się do domu. Po drodze tylko widzę jakąś manifestację i dobiegają mnie okrzyki: „Solidarność, solidarność!". Jakoś kompletnie mnie to teraz nie obchodzi.

Wydaje się, że wokół siebie widzę coraz więcej sobowtórów. Może to i dlatego, że w telewizji w przemądrzałych dyskusjach słychać ciągłe narzekania z powodu ogólnego rozprzężenia i też braku autorytetów, co ma być winą wszystkich tych, którzy z gotowej wiedzy partyjnych elit za nic nie chcą korzystać. Te wieści równocześnie sprawiają, że coraz bardziej czuję niechęć do jakiegokolwiek słuchania opinii, komentarzy i publicznych debat na tzw. społeczne tematy. Mimo to, te i tak niemiłosiernie wciskają się w moją orbitę i nawet wydają się mówić za mnie. Wszystkiemu na dodatek temu wtórują jakieś sobowtóry, które jako wyznawcy sobie jedynych słusznych dróg wyjścia z marazmu, równie słusznie przy okazji utrzymują sens racji swoich przeciwników. Tymczasem wokół ludzi w mundurach przybywa, a i też coraz więcej jest na ten fakt ślepych. Mnie natomiast prześladuje przekonanie o potrzebie większej inteligencji w tym co się robi, bo w innym przypadku jeden z oryginałów albo też i ja będę musiał się stać jakimś Stalinem. Zdobywam się nawet na taki pijacki okrzyk w Rynku Głównym, by tym samym zasłużyć sobie na nienawiść „jednych" i pogardę „drugich". Przy okazji spotykam u zbiegu Siennej i św. Krzyża niejakiego Marka, który zawadiacko i w przynależnym mu żartobliwym tonie oznajmia, że w ten oto czas kiedyśmy się nie widzieli, a było to przecież „kopę lat", on z Marylką się pobrali i w efekcie ona nawet ma już dość pokaźnego „bąbla". Przy tym pracują i nawet dostali mieszkanie na Widoku. Z pewnością będzie chłopak. Przyglądam się mu podczas tej rozmowy uważnie i próbuję rozszyfrować, którego też on ma rysy oryginała. Musi przecież do jednej lub drugiej ze stron należeć, bo albo by był jak ja agentem specjalnym, albo też musiałby wyjechać z tego kraju. Tymczasem ten wyłącznie się popisuje swoimi wyczynami z Marylką, co nic a nic obchodzić mnie przecież nie może, bo i nie to jest teraz w przestrzeni moich zainteresowań. Z grzeczności przypominam sobie nawet o babci Marylki, z którą grywaliśmy w remika, a która jak się i rzekło, przecież należała do ORMO. Pewnie też dlatego szybko temat naszej rozmowy się nam wyczerpuje i stąd rozstaliśmy się całkiem obojętni. Natomiast ciekawszymi postaciami na drodze tropienia przeze mnie sobowtórów wydają się rodzice Sopla, do którego oto się udaję, by zwyczajnie spytać go „co słychać" i spędzić jakoś czas, który moją agenturalną tożsamość dręczy. Ta jakby nie przylegając do mnie, albom się do niej jeszcze nie przyzwyczaił, wydaje się jakoś niestosownie przyszytą mi formą przez samego siebie, którą dla wewnętrznego spokoju będę musiał jakoś oswoić.

Ale i oto staję przed drzwiami Sopla, by nacisnąwszy przycisk dzwonka, z przyzwyczajenia oczekiwać szczekania Gacka, niewielkiego, ale zapalczywego kundelka. I nic z tego, za to drzwi zostają otwarte przez samego kumpla, który z zadowoleniem w głosie na mój widok oznajmia:

– O, Stasiek, dobrze, że jesteś, bo jest sprawa... – po czym robi mi miejsce dla mojego do przedpokoju wejścia.

– Co się stało, chyba nie idziesz na wojnę.

– Skąd wiesz? Tak, dostałem wezwanie... Dobra, chodź do kuchni, bo siostra się w pokoju uczy.

– Myślałem, że reszta domowników też dostała powołanie.

– Tak, matka u znajomej, a ojciec na rybach z Gackiem.

– A... to Gacek zadowolony, bo może ojciec poczęstuje go wodą ognistą...

– No, tak jak ostatnio, kiedy razem przyjechali zawaleni z jedną rybą. Napijesz się herbatki z prądem? To na tę okoliczność... bo dziś pożegnanie.

– Coś ty ocipiał albo jaja sobie robisz?

– No to patrz. Masz tu... tu jest bilet... Paniał?...

– Dobra, dobra, a ja myślałem, że idziemy na Zakrzówek. Po te steny...

– Sowieci nie wejdą, ojciec mówi, bo byśmy im nowy Afganistan zrobili. Kłócą się z matką, bo wiesz... ona partyjna, a ojciec stary wiarus. No to poszedł na ryby – mówiąc to, Sopel postawił przede mną szklankę herbaty na spodku, by wrócić do kredensu po kieliszki. – Tak to jest, Kwiczoł, nie ma lekko, ale trzeba pić i nie żałować, bida musi pofolgować.

– Mnie tam niewiele potrzeba, ja to wszystko pieprzę. Lepiej włącz jakieś granie.

– Możemy też zagrać partyjkę w szachy... Co ty na to?

– Dawaj, strzepię ci tyłek, będziesz miał zaprawę, rekrucie.

– I kto to mówi, zdechlak z kategorią całkiem do dupy. Kocie...

– Generałów nie biorą. Przed takimi jak ja są zadania specjalne. Ja nie będę służył w zgrai żołdaków z orzełkiem bez czapki.

– Ha..., ha! Znalazł się... pierwsza brygada. Jakby ci dali bilet, to byś inaczej śpiewał.

– Pewnie że tak, ale jest inaczej i cieszę się jak cholera. Będę mógł walić zza winkla, jak tylko będzie trzeba. A teraz włącz parpli albo coś równie hardego.

– To ułóż za ten czas szachy – Sopel zdjął pudełko szachów z kredensu, by następnie je otwarłszy, wysypać przede mną na wyłożonym ceratą w czerwoną kratkę stole.

Po chwili z kąta kuchni, zza lodówki zaczyna brzmieć kawałek ulubionego przez Sopla Procol Harum.

– Nie nagrałeś nic nowszego? – pytam nieco już znudzony tym brzmieniem.

– Moment, nie ta taśma... Od Jacka ostatnio przegrałem SBB, ale pożyczyłem taśmę Murzynowi. O, jest... to ten krążek. Mam teraz pełną wersję „Dziecka w czasie" z koncertu w Japonii z 74 roku.

Po tych słowach dają się słyszeć pierwsze akordy znanego utworu „Led Zeppelin", którego tytułu nie pamiętam.

– To ci „parple" – zauważam.

– Kurwa..., nie bądź namolny, to „Lotta", po niej... – Zostaw to, niech już leci i stawaj do szachowego ringu. Chyba że za wszelką cenę zwlekasz i unikasz walki. Ale ja to rozumiem...

– No myślał by kto, że z ciebie taki chojrak. No zaraz, zobaczymy chojraku, jeszcze tylko rąbniemy sobie po „maluchu" – Sopel wstrząsając fryzurą à la Lennon, otworzył butelkę „krakusa", napełnił kieliszki i mówi:

– No to ciup!

– Zdrowie na budowie. Żeby ci jaja wybrali w tej armii.

No i wychylamy kieliszki w heroicznym geście. Atmosfera wydaje się niebiańska, bo i po chwili zaczyna brzmieć Deep Purple w kawałku „Strange kind of wooman".

– Losuj… Masz białe. Zarajasz?

– Pewnie. …W porządku – nachylam się z papierosem, by odpalić od podanego mi z zapałki ognia. – No to na dzień dobry… skoczkiem na *F3*.

– Lubię to – mówi Sopel, stawiając piona na *D5*.

– Pamiętasz jak grałeś z tym Niemcem w Czorsztynie? Był ubaw.

– Niezłe to były czasy, ale minęły. Podobno Kaśka Podolak wyszła za mąż.

– Paczka się rozpadła i to przy twoim udziale.

– Jak to przy moim?

– A pijacka jatka u „Herubina”?

– Niech wie, palant, że ze mną pogrywać nie można. Zresztą oni tam wszyscy dobrzy. Większość to skurwysyny. Milicyjne i tajniackie…

– O co ci chodzi. O kim mowa?

– A Chojnacki to co?

– Młodszy czy starszy?

– Młodszy kutas, do Moniki się w pewnym czasie przystawiał i coś jej nagadał. Później jakiś kutas, fryzjer z Hotelu Francuskiego, którego ojciec był też jakimś kapusiem kilka razy był u niej w domu na wywiad… A zresztą, pieprzyć frajerów.

– Pierwsze słyszę… Nigdy nie mówiłeś mi o tym.

– Bo po co, czy tym coś zmienię. Przecież ty jesteś w nich zakochany…

– Pieprz się z takim gadaniem, jeździliśmy przecież na obozy.

– No i dobrze, było minęło i nie mówmy więcej o tym. Lepiej graj w te szachy.

– Tyle że twój ruch teraz. Autostradowa prędkość.

– Co autostradowa prędkość. Co ty pieprzysz… Odbiło ci?

– Ten kawałek. Podobno znasz Deep Purple.

– Znam, o ile znam, a ty wyskakujesz jak Filip z konopi.

– Tymczasem tobie nie jest śpieszno.

– Gdzie i po co? Poza tym u nas nie ma autostrad.

– A pod Wrocławiem?

– Ty nic nie rozumiesz. Mnie interesuje pośpiech ze względów filozoficznych. Takie sztuczne przemieszczanie się nic nie daje, jeśli nie doświadczasz go za pomocą własnych nóg. No i co z tego, że będziesz gdzieś prędzej, czy złapiesz w ten sposób szczęście? Chyba za ogon. W tym jest więcej szaleństwa niż metody.

– No tak, będziesz udowadniał to tak, jak temu kolesiowi w Czorsztynie, że lepiej być krótkowidzem niż dalekowidzem.

– Pewno, że tak. Ja pieprzę ten cały świat taki jakim on jest.

– To przenieś się do Papuasów, będziesz śmigał po buszu na waleta.

– Przynajmniej nikt nie chodziłby za mną i nie musiałbym słuchać jakichś palantów. Wszędzie tylko cisną ci politykę, Związek Radziecki i Związek Radziecki wraz z pogłowiem bydła i trzody chlewnej, a tu... A zresztą, graj, bo wódka stygnie.

– Jeszcze nie wypiłeś.

– No to za tych co na morzu i żebyś nie przepadł w tym wojsku.

– No to hej.

– A... tego u ciebie jeszcze nie słyszałem. To kawałek Lennona.

– Johna zresztą. Lubię te kawałki, a szczególnie ten... poczekaj, bo mam zapisane – Sopel wstaje od stołu i podchodzi do lodówki, z której bierze jakąś kartkę i czyta: – „Mind games"... ale też „Watching the weels" i kilka innych.

– No i „Imagine".

– Mówi się *ymedżin*.

– Anglik się znalazł. Ja nie zamierzam podchlebiać ani ruskim, ani innym. Podobno Francuzi, choć z powodów wojen z Anglikami znali wrogi język, to nigdy się do tego nie przyznawali. Ci mieli jaja i to mi się podoba.

– Tylko co to kogo obchodzi. Za to masz mata.

– Jak to się stało?... To znaczy udało ci się. Rewanż. ...Tyle co mnie nie obchodzi, że kogoś obchodzi. Za to twoja Cracovia plącze się w trzeciej lidze.

– Za to ma najwięcej widzów w Europie, jeśli chodzi o trzecią ligę.

– Pieprzy ich. Ale co twoja matka na to, że idziesz do wojska?

– A... tam. Ona wierzy w swoją partię i kierownicze stanowisko na poczcie. Według niej służba ojczyźnie to służba i tyle.

– To jak to twój stary znosi, przecież on stary wiarus.

– Jak to, zwyczajnie. Przecież ona jak z tym przodownikiem pracy socjalistycznej w „Człowieku z żelaza", dla tego plastra szynki jest w partii. A oni albo nie mówią na ten temat, albo stary jedzie na ryby...

– Zaczynaj, masz fora w białych. To knot, ten „Człowiek…", a ludzie walą…

– Podobno „powycinany". Wiadomo, cenzura.

– Dzięki tej cenzurze przynajmniej można się domyślać, że mamy dobre filmy. Wajdy to jedynie „Ziemia obiecana" jest na poziomie. Reszta to knoty.

– Mówisz jak mój stary, co uważa, że to kutas jakich mało. Wszystko za ostatnie sceny w „Popiele i diamencie". Ja pamiętam jak się przestraszyłem na „Nocy listopadowej" w „Starym", co żeśmy poszli ze szkołą, jak ci nagle wpadli drzwiami i zaczęli strzelać. Nawet mi się przysnęło.

– No, to są te mierne chwyty, ale najważniejsze, żeby mieć pretensje. Ale „Emigranci" Mrożka, to dobra sztuka, choć palant Mrożek potrafił zdobyć się na „Tango", po którym tylko mi się chce rzygać.

– Nie znam. No ale ty się lubisz odchamiać, ja wolę swoje.

– Nic nie straciłeś, ale powiedz to tym pokracznym inteligencinom w mieście.

– No, kiedyś byłem przypadkiem w „Vis à vis", same kurwy i pedały. Ale ty mnie zagadujesz, a tymczasem tutaj mi namieszałeś w szeregu.

– Zagrałem twoją bronią. Lepiej sobie golnijmy, bo wystygnie.

– No to zdrowie.

I w tym to momencie słychać jak ktoś klucz do zamku wkłada, po czym go przekręca, aby następnie miała wejść do przedpokoju matka Sopla.

Widząc ją przez otwarte drzwi, wstaję i mówię:

– Dzień dobry, pani.

– Ach, dzień dobry, Stasiu – odpowiada, lecz wstępując do kuchni raptownie zmienia ton i swego rozmówcę na „Sopola": – Oj, nie. Dość tego ochlejstwa. Dość żegnania z kolegami bez końca – a dzieje się to jakoś zgodnie i w rytmie płynącej muzyki z magnetofonu.

All we're saying
Give peace a chance
…

– No, ale co ci się stało, złotko.

– Dość pijaństwa, powiedziałam. Już się tydzień żegnasz.

Na te słowa kieruję się do wyjścia, aby matka Sopla miała zwrócić się i do mnie:

– Przepraszam cię, Stasiu, ale on ostatnio całkiem zgłupiał, dlatego ktoś musi za niego wziąć sprawy w swoje ręce.

– Ja i tak miałem już wychodzić.

– Ale Kwiczoł coś ogłupiał? Przecież ja partii jeszcze nie poddałem.

– To ja poddaję, bo i tak mam sytuację nie do pozazdroszczenia.

– Ale to ja jestem w gorszej sytuacji. To ja idę do wojska, a nie ty, mamin synku.

– Jak przyjedziesz na przepustkę, to daj znać, pogadamy. Do widzenia! – i mówiąc to, opuszczam mieszkanie Sopelskich.

All we're saying
Give peace a chance

Idąc ulicą, przychodzi mi na myśl, że nawet przecież nie wiem, do jakiego wojska Sopel dostał powołanie. A jeśli do ZOMO? Z pewnością wśród nich musi być i tamten „świr". Tak, „gawron" przejął niemal pełnię władzy w kraju, a mnie przychodzi na myśl jakieś szalone życzenie, żeby ten Jaruzelski umiał stać się mężem stanu i przestał wreszcie być idiotycznym „gawronem". Ale czy tak się stanie?

Po koleżeńskim pożegnaniu rzucam się w wir pracy i moich „jaskiniowych studiów", jakoś maniakalnie powtarzając melodię Lennona, która mnie sobą opętała:

All we're saying... Give peace a chance.

Pewnie tak bym i dłużej powtarzał, gdyby pewnego dnia nieoczekiwanie nie przyszedł do mnie do domu Pańpuch i to w wojskowym mundurze, a na dodatek z jakimś osiedlowym kurduplem, po czym wprosił się na pogawędkę. Przyniósł do tego z sobą i wódkę.

Bez entuzjazmu, ale jednak dostarczam mu żądaną szklaneczkę, bo ani – jak to on mówi – nie będziemy robić wersalu, ani też pić z gwinta – a przecież starzy szkolni kumple powinni trzymać ze sobą sztamę. No to i utwierdzamy tę sztamę, wypijając kolejkę, by przy okazji wspomnieć dawne czasy, no i poopowiadać jak to nam się „dzieje” obecnie. Ja przy tym nie mam żadnych sensacyjnych wiadomości, stąd popisuję się ostatnio przeczytanymi książkami. Przy okazji dostrzegam w tym rodzaj efekciarskiej elokwencji, nawet przyjemność, a przeciwko której przecież jestem, dlatego obiecuję sobie zająć się tym zagadnieniem w najbliższej przyszłości, by tymczasem folgować sobie w spontanicznym gadaniu. To pozwala mi zapomnieć o wszystkim innym i daje poczucie słownego zapanowania bez reszty nie tylko nad otoczeniem, ale i nad całym znanym mi światem i to w poczuciu całkowitej racji. Kolejka po kolejce... aż tu coś nagle i niespodziewanie odpływa i majacząc, zamazuje się w nieczytelnych obrazach. Z pewnością sny niekiedy są piękne, choć nie zawsze równe nim jest przebudzenie. No i oto się okazuje, że schlałem się jak prosię i nawet Pańpucha wyrzuciłem z domu. Mówię matce, że stało się coś dziwnego, że przecież to jest niemożliwe, żebym nie wiedział, co się ze mną dzieje po kilku kieliszkach. Natomiast Pańpuch z kolegą, jak sama mówi, byli całkiem trzeźwi, opuszczając mieszkanie. Słyszałem, że jak się coś dosypie do wódki, to tak się właśnie z człowiekiem dzieje, ale matka jest na te moje słowa głucha i upiera się przy swoim, że jak bym pić nie chciał, to bym się i nie opił. Wspomina przy tym, że ojciec Pańpucha dumny jest z syna, który służy w Toniach, i do tego mówi, że to właśnie z niego będą ludzie. Dzięki tym słowom przypominam sobie powód, dla którego wyrzuciłem ich z domu. Przecież Pańpuch, mimo że w wojskowym mundurze, to zwykły zomowiec, jacy stacjonują w Toniach. Nikt mnie nie słucha, bo z mamą jak zresztą ostatnio i z ojcem takie są coraz częściej rozmowy. Każdy mówi swoje i słyszy tylko siebie, aby wymiana zdań miała skończyć się awanturą. Stąd pewnie jakoś się w tym wszystkim duszę. Poza tym muszę coś zrobić, by nie pozostać w bezruchu wtedy, kiedy czynić dla własnej tożsamości coś trzeba i też odreagować swój dysonans poznawczy. Zarazem muszę też oczyścić się z natłoku informacyjnego bełkotu. Sytuacja w pracy wydaje się sprzyjać moim pragnieniom, gdzie niewiele kto pracuje, bo jak nie strajk to jego pogotowie, a jak znów nie to i tamto, to prąd wyłączyli.

Tymczasem nawet udało mi się zlikwidować magazyn na Alei, aby szukać sobie miejsce w rzeczywistości między Nawalonym, dyrektorskimi zachciankami i zrzędzeniem Topór w swoim babskim gronie.

Poza tym obserwowałem przepychanie się partyjnych ćwoków z solidarnościową gawiedzią. Poza tym nie chcę brać pieniędzy za darmo, poprzez co powiedziawszy wszem wobec wychodzę na idiotę. Jednak koniec już tej fałszywej gry, ja naprawdę tak uważam i tyle. Jeśli ma być odnowa, to zacznę ją od siebie. Na ten fakt, jakby będąc przeze mnie przywołanym, swoją wizytę składa Wałęsa w „Radoskórze", mówiąc:

Jeśli chodzi o porozumienie, decyzja jest na „nie". Nie ma porozumienia, ponieważ nie ma z kim się porozumieć. ...Konfrontacja jest nieuchroniona i konfrontacja będzie. Trzeba to ludziom już uświadamiać... przecież zdajemy sobie sprawę, że my rozkładamy ten system. Gramy tak wysoko, że zmieniamy w ogóle realia tak, że ta gra nie może się inaczej skończyć. Żadna zmiana systemu nie może obejść się bez targania po szczękach, dlatego nie ma mowy, trzeba ją tylko wygrać.

I oto już nie mam wątpliwości, składam wypowiedzenie w trybie ustawowym, czym wprowadzam biurowe otoczenie w osłupienie, a nawet przyczyniam się do drwiących uśmieszków. No ale cóż, taka jest gawiedź, która w następnych odruchach swych prób udowodnienia mi moc swoich racji i ważność, rozlicza mnie skrupulatnie z magazynowego majątku, a raczej z jego braków. I choć na te braki mam dyrektorskie kwity, za jego sprawą bowiem zostały wypożyczone niektóre rzeczy i to jeszcze nie za mojej działalności, to za sprawą mojej osoby dokonuje się wyczyszczenia sprawy. Oto jak ze mnie staje się mityczny bohater. Wydaje się to dla urzędników tylko niewygodnym ujawnieniem tego, że kiedyś przywłaszczono sobie między innymi i wałek czerwonego pluszu. Tymczasem za rzeczywisty brak ktoś odpowiedzialny przecież być musi, stąd też za niedobory zostaję obciążony kwotą należną. Fakt ten wzbudza we mnie tylko współczucie i wymusza odruch politowania, które odbierane jest niczym policzek czy też lekceważenie. A jeśli by nawet tak to wyglądało, to czy naprawdę niezasłużenie? Nie zamierzam jednak się zatrzymywać dłużej pośród „garbarskiej braci", w mojej wędrówce bowiem czas na nią skończył się definitywnie i nic na to nie poradzę, że znów iść muszę w nieznane. Mam teraz więcej czasu na przebywanie w mojej jaskini i przyglądanie się z jej perspektywy światu, a widok zdaje się być coraz żałośniejszy i wyrazistszy: to się naprawdę stanie. Aby to się stać musiało, głos Jurczyka ze Szczecina brzmi równie jasno i donośnie, nawołując by komunistami obwiesić przydrożne latarnie. Moja reakcja: albo prowokujący esbek, albo kretyński skurwysyn, żadna bowiem trzecia ewentualność w grę tu nie wchodzi. No ale cóż, może mi się tylko tak wydaje, może ta związkowa elitka na swym zlocie coś genialnego wymyśli, może nawet zachowa się inteligentniej? Lecz wnet się okazuje, że nie nadążam ze zdobywaniem na ten temat wiedzy, rodzice bowiem planują święta Bożego Narodzenia z wizytą u nas ciotki i stąd muszę wykonać to i owo w domu. Dostrzegam przy tym, że jakoś nie zauważyłem po drodze śmierci wujka. Nie żyje też i matka chrzestna. Jak się to wszystko jakoś pokątnie zmienia, by tylko moja matka była jakąś stałą w tym powszechnym chaosie. No i ta też właśnie wzięła się za robienie generalnego prania, bo nie ma co czekać „na ostatnią chwilę" i przed świętami uprawiać szaleństwo, stąd też głośna Frania uruchomioną wcześnie zostaje. No i pierze się, a przy tej okazji rzężenie pralki w mózg mi się wkręca coraz intensywniej. Może i dlatego na niczym sensownie nie mogąc skupić uwagi, już nawet nie próbuję. Spoglądam przez okno i widzę kilku mieszkańców domu rozprawiających o jakimś ni to wejściu, niczym czyimś „na nas" najeździe. Spoglądam w niebo względem ich gestów, ale niczego szczególnego nie dostrzegam. Uzmysławiam jednak sobie, że to nie wyłącznie rzęzi pralka w łazience, ale i coś jeszcze, co na podwórku wzbudza poruszenie. Staje się to dla mnie sygnałem i nawet pretekst, by uciec ze swojej jaskini, która na tę chwilę wydaje mi się nie do zniesienia pułapką. No i po wrzuceniu na siebie skórzanej kurtki i w ledwie zawiązanych bytach wypadam przed klatkę schodową, by dostrzec kilku biegnących małolatów. Ci nikną następnie w przejściówce. Podążam za nimi w kierunku dobiegających odgłosów dudnienia jakiejś całego batalionu Franii . Na ulicy wydaje się wszystko jasne: chaos. Jakieś wozy wojskowe jadą w kawalkadzie, a plac jest zajęty przez oddziały zomowców. Z przeciwległej strony rozlegają się okrzyki i gwizdy, po czym zaczynają fruwać kamienie. Odpowiadają im petardy, które wybuchają gdzieś tuż obok. Instynktownie kieruję się pod arkadę, by zastać tu jakichś chłopaków, którzy zza filaru rzuciwszy czymś w stronę oddziału, mieli umknąć, biegnąc wzdłuż sklepowych witryn. Ja w ostatniej chwili zawracam, bo i za nimi sypią się następne ognie petard, a oczy zaczynają mi łzawić. Przez moment miotam się w sobie, by instynktownie złapać cokolwiek i cisnąć tym w stronę oddziału, a następnie zrobić nagły w tył zwrot i rzucić się w ucieczkę. Lecz w tej chwili coś się z moim ciałem dzieje, bym nagle miał zdać sobie sprawę, że zostałem czymś trafiony. Jakoś się zwijam, chcąc upaść bezboleśnie, ale już w następnej chwili przed oczami robi mi się ciemno. Chcę tak bardzo widzieć, ale już coś gaśnie we mnie i ciągnie mnie w jakąś otchłań bezprzytomnie.

KTO TU JEST KIM?

Wciąż mając zamknięte oczy, wyczuwam obcość pomieszczenia. Coś się stało? Próbuję zebrać myśli, ale czuję tylko przed nimi obawę i tępy ból. Czy ja jestem cały, czy aby nie w jakiejś narkozie i stąd nie czuję jeszcze w jakim naprawdę jestem stanie. Przed chwilą mi się śniło, że jestem w jakiejś dziwnej załamującej się przestrzeni z Moniką, która sobą wciąga mnie w jakąś otchłań, czarną dziurę, trzymając w ręku znane mi zaświadczenie o jej ciąży. Z szyderczym uśmiechem ukazuje mi coś, czym we mnie to samo coś zabija. Nieistniejąca ciąża staje się nieprawdziwa, ale przerwanie jej oczywiste. Skąd ona znalazła się w moim śnie i jakie to ma wszystko w tej sytuacji znaczenie? Lęk mnie tylko ogarnia. Przecież ja nawet nie wiem, gdzie ja jestem, a jednak mam uczucie, że byłem już tutaj, w tej obcości. Teraz tylko przychodzi mi powrócić i powtórzyć tamto, co choć mi nieznane, to z pewnością miało swoje miejsce. W ten oto sposób czas zamyka moje życie jakąś nieznaną mi dotąd pętlą. Byleby się tylko nie zacisnęła, bo chyba za wcześnie. Pewnie dlatego lepiej, tak jak kiedyś zasnąć, przeczekać, zebrać się samemu w sobie, by naturalnie odzyskać siły albo i bezboleśnie umrzeć, odejść w spokoju i ciszy. Ale żeby tak było, nie mogę myśleć, nie mogę się czepiać jakichkolwiek znaków, a raczej powinienem się starać odrzucać wszelkie skaczące mi w głowie myśli niczym koniki polne. Wobec tego jestem tylko oddechem i stąd za każdym jego odpływem, odpływa i ze mnie wszelkie zło, wszelkie nieczystości mojej duszy. Ale i sama tego świadomość jest jeszcze nadwyżką znaczeń, bo chcę pozostać tylko zespolonym z własnym tchnieniem, które stanie mi się i wyzwoleniem.

Aa..., aa..., aa...

– Bohaterze... bohaterze, już pora – daje się gdzieś obok słyszeć przyciszony kobiecy głos, by za moment miały być powtórzone te słowa.

– Pora?... Na co pora? – pytam uchylając nieco powieki, przez co dostrzegam, że wokół jest już jasno.

– Na życie. Jest śniadanie... i to co trzeba – nieznany głos oznajmia nieco głośniej, lecz wciąż niezwykle łagodnie.

By się przekonać o realności istnienia tego świata, zdobywam się na pełne otwarcie oczu. I co oto widzę? Leżę sobie w pościeli w jakiejś szpitalnej izolatce, a obok na krawędzi leżanki siedzi kobieta o dużych piwnych oczach w białym chałacie. Brązowy kosmyk włosów opada jej jakoś zgrabnym strzępem na śniade czoło.

– Gdzie ja jestem i co się to stało... – zdobywam się na stanowczy ton głosu.

– Bez niepokoju, wszystko jest w porządku. Jesteś pod moją opieką i z pewnością nic ci złego nie grozi – tamta mówi już zwyczajnym sobie tonem. – Dlatego powinieneś wstać. Przed nami cały dzień...

– Ale dotąd..., do kiedy się nie dowiem co się stało, gdzie jestem... i w ogóle, ...to nie wstanę – mówię przekornie, po czym tego żałuję, bo i zabrzmiało mi jakoś dziecinnie.

– No dobrze, przecież trudno nie zauważyć, że jesteśmy w szpitalu. Straciło się przytomność po ulicznym starciu... Teraz tylko zrobimy badanie mózgu za pomocą rezonansu magnetycznego, żeby się przekonać, że nic się nic stało, i udamy się do mnie na kurację.

– Jak to, do pani. Kim pani jest?

– Twoją wybawicielką, herosie. Twoją wybawicielką.

– Wybawicielką?... Tak się pani nazywa, a jak ma na imię.

– Joanna. Joanna, ty mój Ryszardzie.

– Ryszardzie?... Ja nie jestem... Ryszardem. Ja jestem Staszkiem.

– Spokojnie, spokojnie, wszystko sobie wyjaśnimy, a teraz pora na śniadanie – nieznajoma o imieniu Joanna wstała i zniknęła z pola mojego widzenia. – Zaraz przywieziemy śniadanie, dlatego proszę się podnieść i wygodnie tymczasem ułożyć na łóżku.

„Nic z tego nie rozumiem" – zauważam, po czym próbując unieść się na łokcie, doznaję nagłego w plecach szarpnięcia, które powala mnie z powrotem na posłanie. To, że na głowie mam jakiś opatrunek, to jest mi już znane od nocnego przebudzenia, ale że coś mi się stało z kręgosłupem, to pierwsze czuję. W takim razie co jeszcze się ujawni i czy aby na tym koniec? Lecz nie powinno być ze mną tak źle, skoro ta Joanna mówiła o pójściu do niej. W takim razie muszę być w stanie gdziekolwiek się udać, bo po cóż zawracałaby mi głowę taką wiadomością. Chcąc nie chcąc, w mojej sytuacji choćby na chwilę wierzyć jej muszę. Wierzę również w to, że podnieść się jednak potrafię, stąd pewnie i dlatego choć z tępym bólem, to na łóżku prawie że siadam.

Po zjedzeniu dwóch jajek na miękko, bułki z masłem i kawą inką udaje mi się wstać wraz z plecową dolegliwością, by z pomocą Joanny nałożyć na siebie przygotowany dla mnie szlafrok. No i udajemy się na badanie.

Wysiadłszy z windy, idziemy jakimś wąskim bocznym korytarzem wzdłuż stojących wózków i jakiegoś przyrządu. Słychać rzężenie świetlówek i jakby jeszcze czegoś, co w domyśle płynie pod sufitem różnokolorowymi rurami. To dziwne, że jest tak pusto i nie spotykamy innych pacjentów ani szpitalnego personelu. Znów skręcamy raz w prawo i dwa razy w lewo, aż mi się wszystko pomyliło i doznaję wrażenia, że bezpowrotnie straciłem orientację i nie potrafiłbym łatwo już opuścić tego labiryntu. Jestem niejako zdany na swoją przewodniczkę. Wszystko wokół jest tak łudząco podobne, że mam wrażenie jakbym chodził tym korytarzem wkoło. Ale naraz jest coś innego: niski korytarz wyłożony gumowym chodnikiem. Tutaj jest już i jakiś pacjent, a także ludzie z personelu. Ten widok mnie uspokaja. Rozpoznaję znak rentgena na jednych z drzwi, ale my idziemy do następnych. Wchodzimy do obszernej sali, Joanna zwraca się do starszej siwiejącej kobiety w okularach na łańcuszku i w białym kitlu, która na nasz widok podniosła wzrok znad kartoteki:

– Oto nasz pacjent.

– Niech siada na krześle – tamta powiada szorstko, wskazując krzesło przy stoliku z jakimś urządzeniem i mnóstwem przewodów.

– Ale czy to konieczne? – pytam w poczuciu, że oto będzie na mnie robić się jakiś eksperyment.

Starsza kobieta spogląda na mnie równie pytająco, jakby się dziwiła mojemu niedorzecznemu pytaniu, po czym bagatelizującym tonem wyjaśnia:

– To się okaże po badaniu. Co miało boleć, to już bolało. Na wszelki wypadek dobrze wiedzieć, co tam się dzieje w łepetynie.

Po tych słowach zaczęto mi na głowę zakładać jakieś elektrody, wcześniej każde miejsce pomiędzy włosami nacierając wacikiem z jakimś śmierdzącym roztworem. Nie mam przy tym pojęcia, co o tym wszystkim sądzić, i najchętniej porzuciłbym tę szpitalną rzeczywistość, ale przecież interesuje mnie nie tylko wyjaśnienie, jak też w tym szpitalu się znalazłem, ale i to, kim jest ta Joanna i co znaczyć miał ten Ryszard, nie wspominając o bohaterze. Chyba ze mnie nie jest ten „szczęśliwy człowiek". Ale i z jakiegoś powodu zaczyna boleć mnie głowa, stąd znów przestaję myśleć, uważając raczej, by nie wykonywać nagłych ruchów, czym moje miejsce w górnej części kręgosłupa odpowiada wciąż tępym odzewem. Reszta, to już prawie moje nieistnienie, sielanka. W pewnym momencie i ono zostaje czymś niezwykłym zaskoczone. Otóż wokół zapanowuje dziwna atmosfera, jakby coś się stało, o czym nie mam najmniejszego pojęcia, albo też za chwilę stanie się coś, co jest nieuchronne. Mimo że w najbliższym moim otoczeniu doświadczam dziwnej ciszy i spokoju, to jednak na zewnątrz daje się słyszeć poruszenie. I to właśnie tak, jakby tam a nie tutaj dokonywało się coś w gruncie rzeczy istotnego. Pewnie dlatego też pytam o to tę kobietę, która mi robi badanie. Ta przez chwilę milczy, aby następnie powiedzieć ze zwyczajnym sobie spokojem w głosie:

– Mamy ostry dyżur. Do tego sytuacja stanu wojennego…

– Czego? – pytam z uczuciem kogoś spadłego oto „z księżyca".

– To pan nie wie, że został wprowadzony stan wojenny?

– Ach, stan… stan wojenny… jakżebym miał nie wiedzieć – mówię z udawaną pewnością w głosie dobrze poinformowanego, ale w gruncie rzeczy w mózgu mam taki mętlik, że aż się wszystko we mnie trzęsie. Dociera do mnie, że o tym słyszałem.

– Proszę się nie ruszać i wykonywać polecenia w spokoju – tamta napomina mnie, po czym włącza jakieś za mną urządzenie i zaczyna się cała badawcza procedura. Jestem pewien, że teraz nie mam co się układać z jakimkolwiek zbędnym myśleniem. Pozostanę obserwującym agentem.

Po obiedzie mamy opuścić z Joanną szpital, stąd udajemy się na portiernię, na której przepustkę wypisuje nam jakiś starszy facet w wojskowym mundurze. Moja przewodniczka wszystkie formalności załatwia za mnie. Ruch tutaj jest duży, jak w poczekalni. Jakoś wiele urazów i też noszy. Ktoś jęczy, a inny nawet krzyczy, że gdzieś obok są zbrodniarze. Pewnie też dlatego Joanna czym prędzej wyprowadza mnie na zewnątrz i jest przy tym jakoś bardzo troskliwa. Załatwiła mi nawet czapkę na uszy. Resztę wraz ze skórzaną brązową kurtką mam swoje, co też odebrałem ze szpitalnej szatni. Teraz idziemy do niej do domu, żeby wszystko miało się wyjaśnić i ona mogła spokojnie mi przedstawić jakieś czekające mnie zadanie. Mieszka niedaleko, stąd spacer nam dobrze zrobi w to wczesne niedzielne popołudnie. Brzmi to wszystko bardzo tajemniczo, a że nie wiem, co się działo po incydencie z butelką na placu, to i tak sytuację swoją uważam za w miarę korzystną. Poza tym te plecy i głowa nie pozwalają mi swobodnie myśleć, zwracając wciąż na siebie uwagę. Pewnie dlatego idąc ulicą, długimi fragmentami milczymy. Nawet szum przejeżdżającego nasypem kolejowym pociągu wydaje się najlepszym usprawiedliwieniem dla utrzymującego się milczącego stanu rzeczy. Patrzę więc bezmyślnie na oszronione szyby aut i szare płyty chodnikowe. Wszystko wokół sprawia wrażenie skutej lodem pustyni, a przecież nie jest aż tak zimno. Na rogu ulic natrafiamy na dwóch żołnierzy z karabinami, którzy bezsłownie idą dalej. Dziwię się temu wszystkiemu, ale tylko dlatego, że nie stać mnie w mojej sytuacji na coś więcej. Tymczasem skręcamy w jakąś bramę, by następnie przemierzyć sień i wyjść na niewielkie podwórko. Tutaj kierujemy się do jakichś tylnych drzwi wejściowych, do których prowadzą dwa popękane stopnie.

„Dlaczego wchodzimy od podwórka?" – nasuwa mi się pytanie, na które postanawiam sobie odpowiedzieć w najbliższej przyszłości.

Moje milczenie zdaje się odpowiadać i jej, która przecież wcale Joanną być nie musi. Mogła się tylko tak przedstawić. Nie ma to jednak żadnego wpływu na to, byśmy mieli bez przeszkód nie osiągnąć pierwszego piętra, idąc dość ciemną i pachnącą czymś skisłym klatką schodową z wymalowanym na półpiętrze wizerunkiem człowieka na szubienicy i zamazanym podpisem. Zatrzymawszy się przed jednymi z dwojga drzwi, Joanna sięga do torby po klucze. Po chwili jesteśmy już w przedpokoju, by w jednych z drzwi zza futryny miał wystawić swój brązowy pysk średniej wielkość pies.

– Tak, jesteśmy już Pikuś. Przyszła paniusia – i do mnie: – Nie przestrasz się bałaganu… i dziwnych widoków. To jest mieszkanie siostry, która wyjechała za granicę, a ja się opiekuję. Tak przy okazji…Powieś się na wieszaku, ja zaraz zaparzę herbaty… Chyba, że chcesz kawę?… Ale musiałbyś się pofatygować i zmielić młynkiem na korbkę, bo elektryczny akurat się popsuł…

– Mogę się pofatygować… – i do przyglądającego się mi psa: – Jak się wabisz?

– To Pikuś, mówiłam, z azylu. Niesamowicie spokojne psisko. Przy nim to złodziej wszystko by wyniósł z domu, a ten by się nawet nie zorientował. Wszedłem do wskazanego przez Joannę pokoju i zająłem miejsce w fotelu przy drzwiach. Panuje tutaj półmrok za sprawą przesłoniętych zasłonami okien. Jednak nie trudno mi dostrzec pianino i po drugiej stronie ścianę przesłoniętą regałami i szafą w meblościance. Kiedy się tak temu przyglądam, Joanna po chwili przemienia się z kobiety mówiącej tylko to co potrzebne, w gadatliwą rajfurkę, której się gdzieś w kuchni nie zamyka buzia. Stąd też słuchamy jej z kundlem, lecz wcale nieuważnie. Stanęła w drzwiach i oznajmiła:

– Dlaczego światła nie zaświecisz? Może byś coś zjadł, bo przecież to jedzenie szpitalne…

– Oj, nie, tylko nie to. Nic jeść nie będę. Poza tym wkrótce pojadę do domu, bo mama się pewnie denerwuje, że gdzieś się zawieruszyłem.

Na tę odpowiedź Joanna reaguje milczeniem, coś układając w szufladzie, co mnie znów w niej zaskakuje. Po dłuższej chwili, kontynuuję:

– Ryszard, skąd to imię. O ile wiem, zawsze miałem na imię Staszek. No chyba…

– Masz młynek, miel kawę… Napijemy się i wszystko sobie wyjaśnimy spokojnie. Mam też jakąś butelkę calvadosu, to się rozgrzejemy… co nieco.

No i znów mowa, te nic nieznaczące słowa, które tylko czynią pozory czegokolwiek wyjaśniania. Mam nawet poczucie, że poprzez ich natarczywą prostotę próbuje narzucić mi jakiś zestaw przyszłych celów, które zapowiedziała już, wspominając o czekającym mnie zadaniu. A może to takie tylko smętne babskie gadanie, niczym dziecka gaworzenie? Reszta to tylko moja samoobietnica? Ale cóż, jestem teraz zdany na nią, stąd pewnie ona w ten sposób delektuje się posiadaną nade mną władzą. Niech się bawi tym co pozorne, byleby choć dała mi trochę przy tym przyjemności. Choć z niej wcale nierzucająca na kolana cielesność.

– Nie wiem czy zdajesz sobie sprawę, w jakiej jesteśmy sytuacji i co tak naprawdę się stało – ni stąd, ni zowąd Joanna wkracza do pokoju, by jakoś zaczepić mnie tymi słowy, czym mi młynkowanie kawy na moment z rąk wytrąca.

– Słyszałem, że stan wojenny wprowadzono, ale nie wiem jeszcze co to znaczy.

– To znaczy tyle, że świata z dnia wczorajszego już nie ma i nigdy już nie powróci.

– Zapewne, ale tak zazwyczaj bywa... nie wyłącznie z tego powodu.

– Tyś taki filozof... to sobie posłuchaj i obejrzyj, boś przespał – mówiąc to włącza telewizor, na którego ekranie prezenter zazwyczaj dziennika telewizyjnego, tym razem w mundurze opowiada jakieś dziwne rzeczy i apele, by wreszcie zapowiedzieć miał przemówienie generała Jaruzelskiego.

Obywatelki i obywatele Polskiej Rzeczypospolitej Ludowej! Zwracam się dziś do Was jako żołnierz i jako szef rządu polskiego. Zwracam się do Was w sprawach wagi najwyższej. Ojczyzna nasza znalazła się nad przepaścią. Dorobek wielu pokoleń, wzniesiony z popiołów polski dom ulega ruinie...

– Co on pieprzy?

– Słuchaj, bo wszystkich nas to dotyczy.

– Przecież to każdy wie, że oni są niewydolni.

– Słuchaj, bo to twój dobroczyńca. Dzięki niemu nie jesteś teraz w więzieniu za wczorajszy wybryk.

...nienawiści – sieje spustoszenie psychiczne, kaleczy tradycje tolerancji ...

– Tolerancji? Czyjej, przecież oni nie znają tego pojęcia.

... Padają wezwania do fizycznej rozprawy z „czerwonymi", z ludźmi o odmiennych poglądach. Mnożą się wypadki terroru, pogróżek i samosądów moralnych, a także bezpośredniej przemocy...

– Co ten „gawron" wymyślił? I on miałby być moim dobroczyńcą? Ten?...

... Rosną milionowe fortuny rekinów podziemia gospodarczego. Chaos i demoralizacja przybrały rozmiary klęski. Naród osiągnął granice wytrzymałości psychicznej.

Wielu ludzi ogarnia rozpacz. Już nie dni, lecz godziny...

– Jaki on troskliwy, a gdzie był do tej pory?
– Nie potrafisz chwilę wysłuchać spokojnie?
– No dobrze, zamieniam się w słuch.

Historia oceni nasze działania. Nie obeszło się bez potknięć. Wyciągamy z nich wnioski. Przede wszystkim jednak minione miesiące były dla rządu czasem pracowitym, borykaniem się z ogromnymi trudnościami. Niestety – gospodarkę narodową uczyniono areną walki politycznej...

– Słowa... Słucham, ale słyszeć cię takim, jakim chcesz, z pewnością nie będę.

Słowa wypowiedziane w Radomiu, obrady w Gdańsku odsłoniły bez reszty prawdziwe zamiary jej przywódczych kręgów. Zamiary te potwierdza w skali masowej codzienna praktyka, narastająca agresywność ekstremistów, jawne dążenie do całkowitego rozbioru socjalistycznej polskiej państwowości. Jak długo można czekać na otrzeźwienie? Jak długo ręka wyciągnięta do zgody ma się spotykać z zaciśniętą pięścią? Mówię to z ciężkim sercem, z ogromną goryczą. W naszym kraju mogło być inaczej. Powinno być inaczej. Dalsze trwanie obecnego stanu prowadziłoby nieuchronnie do katastrofy, do zupełnego chaosu, do nędzy i głodu. Surowa zima mogłaby pomnożyć straty, pochłonąć liczne ofiary. Szcze-

gólnie wśród najsłabszych – tych, których chcemy chronić najbardziej. W tej sytuacji bezczynność byłaby wobec narodu przestępstwem. Trzeba powiedzieć: dość! Trzeba zapobiec, zagrodzić drogę konfrontacji, którą zapowiedzieli otwarcie przywódcy „Solidarności". Musimy to oznajmić właśnie dziś, kiedy znana jest bliska data masowych politycznych demonstracji, w tym również w centrum Warszawy, zwołanych w związku z rocznicą wydarzeń grudniowych. Tamta tragedia powtórzyć się nie może. Nie wolno, nie mamy prawa dopuścić, aby zapowiedziane demonstracje stały się iskrą, od której zapłonąć może cały kraj. Instynkt samozachowawczy narodu musi dojść do głosu. Awanturnikom trzeba skrępować ręce, zanim wtrącą ojczyznę w otchłań bratobójczej walki.

Obywatelki i obywatele!

Wielki jest ciężar odpowiedzialności, jaka spada na mnie w tym dramatycznym momencie polskiej historii. Obowiązkiem moim jest wziąć tę odpowiedzialność – chodzi o przyszłość Polski, o którą moje pokolenie walczyło na wszystkich frontach wojny i której oddało najlepsze lata swego życia. Ogłaszam, że w dniu dzisiejszym ukonstytuowała się Wojskowa Rada Ocalenia Narodowego. Rada Państwa, w zgodzie z postanowieniami Konstytucji, wprowadziła dziś o północy stan wojenny na obszarze całego kraju.

– Czy mogę uzyskać wreszcie wyjaśnienie… skorom awanturnik, to dlaczego on mi dobroczyńcą? Co tu w ogóle z tym „gawronem" jest grane?

– Wcześniej zaparzę kawy, którą zmieliłeś. Daj ten młynek, bo mielisz i mielisz…

– A… kawa?! – dostrzegam, że ja faktycznie mielę kawę i dziwię się przy tym, że o tym fakcie udało mi się nawet zapomnieć.

Zapominam również o niedyspozycji swojego kręgosłupa, który przypomina o sobie tylko w chwili, kiedy unoszę młynek, podając go Joannie, co wyrażam ni to stęknięciem, ni też westchnieniem.

– Kontuzja… Kontuzjowany jest nasz bohater – zauważa Joanna nieco żartobliwie, po czym znów opuszcza pokój, bym miał zostać z leżącym przy fotelu obok Pikusiem.

Po chwili zdaję sobie sprawę, że przecież drażni mnie ten „bohater", którym już kolejny raz jestem nazwany przez nieznaną mi starszą ode mnie kobietę. „Bohater" przecież czemuś najwyraźniej ma służyć, a spełniwszy zadanie, zazwyczaj sam kończy tragicznie. Ale czy takiego bohatera rozumienie ma i w moim przypadku uzasadnienie? Jedno jest pewne, ta Joanna łatwo weszła w kontakt ze mną i aż nieprzyzwoicie szybko zniosła między nami tę formę obcości, jaką zazwyczaj darzą siebie osoby sobie nieznane. Trudno bowiem byłoby względem niej udając, mówić, że znamy się od zawsze, jak to mógłbym wyznać względem na przykład rówieśnika, przyjmując szpanersko, że oto nie ma dla mnie żadnych z tego tytułu ograniczeń. Tymczasem ta kobieta jest chyba nawet o kilkanaście lat starsza ode mnie i z pewnością nic nie ma z głupiego i bawiącego się chwilowymi zachciankami dziewczątka. Dlatego też, jak tylko przyjdzie do pokoju z tą kawą, to z miejsca spytam ją o to i niech się już ta sprawa niedomówień raz na zawsze wyjaśni, a ja będę mógł pojechać wreszcie do domu. Tak, ale czy też nie byłoby miłe zostać z nią na noc? Zwłaszcza teraz, że chłodno na zewnątrz i jakaś tam godzina milicyjna stanu wojennego wyznaczoną została? Zatem spróbujmy połączyć jedno z drugim, bo przecież wymagam fachowej opieki, ale i też nie jestem wyłącznie rekonwalescentem. A czy też wciąż tym swoistym agentem?

– Mamy też herbatniki... Proszę się częstować, ...już przynoszę kawę – oznajmia gospodyni w przelocie, bym miał w efekcie zostać znów sam z krakersem w ręku.

Czuję się trochę zniewolony tym wokół mnie Joanny postępowaniem i nawet na ten czas poddałbym się urokowi tej roli, lecz cóż na to powiedziałby we mnie ten drugi, który domaga się wyjaśnień i czujności. Chyba żeby go trochę oszukać, a może tylko zwieść za pomocą obietnicy przyjemności, jaka nas spotkać może?

– No, jestem już, ale tak to jest, jak się nie mieszka u siebie w domu. Zawsze czegoś brakuje pod ręką, czegoś trzeba szukać... – mówiąc to rozmówczyni stawia na ławie szklanki z kawą, by usiąść w fotelu naprzeciwko, przelotnie pogłaskawszy za uchem leżącego u nóg psa.

– Tak... ale i odkrywać to i owo.

– To i owo?... Jakoś mnie to nie pociąga. Słódź sobie, u nas cukru jeszcze pod dostatkiem. I tak masz szczęście po tym co się stało, Ryszardzie.

– O, właśnie, czemu to zawdzięczam to imię. O ile pamiętam, od zawsze miałem na imię Stanisław.

– A co, nie podoba ci się Ryszard?

– To nie rzecz w podobaniu, ale skąd Ryszard, skoro…

– Bo przecież jesteś Ryszardem Franaszko? Cóż więc dziwnego, że mówię ci po imieniu. Możesz mieć upodobanie do używania drugiego imienia, ale Rysiek to…

– Żeby była jasność, nazywam się Stanisław Kwik, a nie jakiś Franaszko.

– Udajesz kogoś innego, bo zachciało ci się znów grać z ojcem.

– Ja niczego nie gram. Chyba że to też gra, ten stan wojenny, to wojsko, „gawron".

– Dlaczego mówisz o generale „gawron"? Przecież on stanął na wysokości zadania. Dał kres rozpadowi państwa, wojnie domowej.

– Ja go już wcześniej poznałem i to w parku. Jakiej wojny, przecież to zwykły tchórz, czy wy tego nie widzicie?

– Jesteś niewdzięcznikiem, a tyle mu przecież zawdzięczasz.

– Co niby ja zawdzięczam temu pokurczonemu „gawronowi". Czy możesz mi wymienić choć jeden powód?… – czuję się tak dotknięty, że żeby odreagować, zjadam herbatnik po herbatniku, a przy tym na dokładkę też zapalam papierosa.

– Spokojnie, co się z tobą dzieje? To że się buntujesz przeciw ojcu, który pełni ważną funkcję w państwie, to wcale nie znaczy, żebyś miał mu przynosić wstyd.

– Jaki ten powód? – mówię, by utrzymać wątek, przy czym mój agent zwraca mi uwagę, że przecież brany jestem za kogoś innego.

– Choćby ten, że po wczorajszym incydencie powinieneś być aresztowany i odpowiadać przed sądem za zakłócanie porządku publicznego. Generał jednak rozumie rozpaloną młodzieńczą głowę, … wierzy zarazem, że jesteś przyszłością narodu. Dlatego daje ci szansę i to niemałą. Powinieneś się czuć szczęśliwcem, bo każdy by się cieszył, gdyby dostał w kryzysie mieszkanie, pracę… do tego jeszcze mnie za kochankę i opiekunkę. W zamian generał oczekuje tylko lojalności.

„O, Chryste, mnie chyba albo w mózgu już się całkiem po wczorajszym poprzestawiało, albo ja wciąż śnię". Tymczasem agent znów mnie napomina, stąd mówię:

– Tak… chce mnie kupić? W ten sposób zamierza zacierać ślady swoich nieumiejętności, swojego ciągu do władzy. Służąc tym wszystkim…

– Nie powinieneś o nim mówić źle, to człowiek, który tak wiele przeszedł…

– Ta…k, od Lenino po Warszawę.

– A czy ty wiesz, ile on przeszedł za młodu? Pochodzi z ziemiańskiej rodziny, którą wymordowała mu zawierucha imperialnej wraz z robotniczo-chłopską rewolucji, a mimo to się nie ugiął i wciąż idzie zgodnie z ideałami, które poznał dzięki radzieckim towarzyszom. Ale trzeba mieć charakter i być niezłomnym, żeby tak trwać.

– Bzdura, to żaden żołnierz, któremu bliska jest ojczyzna i na którą się powołuje w tym… w tym „gawronim" gadaniu…

– A ciekawe co powinien zrobić w takiej sytuacji? Schować się?

– On przecież jest wypuszczony po to, żeby armią chronić władzę towarzyszy. Gdyby był tym, na którego się powołuje i zarazem prawdziwym żołnierzem-przywódcą, to nie grałby pozorami. Dlaczego nie zrobił nic, żeby się nawet wprosić na zjazd „Solidarności". Co?… ten „żołnierzy gawron" bał się, że go wygwizdają? To nieinteligentny ćwok i tyle. Zwykły aparatczyk…

– Hola, hola, dość może tych epitetów. Lepiej konkrety.

– Proszę bardzo. Ja wcale nie bronię tego odłamu „solidarnościowych" kretynów, ale nie pozwolę się też omamić pozorami i tymi patetycznymi sloganami. Dlaczego nie zaprosił szerszego grona, podczas tego spotkania ostatniej szansy, tylko Glempa i bełkoczącego Wałęsę? Bo tak mu było wygodniej. On się przygotowywał od samego początku do dnia dzisiejszego i dlatego wychodzi w moich oczach na szubrawca, jak to mówi wujek.

– Który wujek? Ja o coś prosiłam.

– Taki obcy. Dobrze, …ale dla mnie nie jest i nie będzie ojcem opatrznościowym. Poza tym, zastanów się tylko… o tym mi powiedziałaś, jakiego on musiał dokonać psychicznego przewrotu, jakiemu ulec zboczeniu, żeby nadać temu faktowi, że jego ideologiczni towarzysze popełnili na jego rodzinie takiego mordu… I jeszcze ten potrafił pójść za nimi. On z tym narodem się nie liczy, to zniewolony manekin, zwykła marionetka Moskwy i niech mi głowy nie zawraca takimi „gawronimi" przemówieniami – po tych słowach padam na oparcie fotela półprzytomny.

– No dobrze, powiedziałeś co ci leżało na żołądku, a teraz żyć trzeba dalej – i po chwili zadaje pytanie: – …Skąd ty to wiesz? Od wujka?

– Nie, od kolegów z parku.

– Tak, panie Ryszardzie Franaszko.

– Nie wiem już… Muszę jechać do domu, bo się matka pewnie denerwuje, że nie wróciłem na noc. Poza tym… nie będę się gryzł z psem czy kopał z koniem.

– Ty nie wiesz, ale ktoś wiedzieć musi. Poza tym z rodziną to się dobrze tylko wychodzi na zdjęciu. Musisz też się wykurować.

– Co to znaczy… jakie ma znaczenie ten Ryszard Franaszko… – mówię to tak, jakbym dopiero teraz usłyszał to obce mi nazwisko, które przypisuje się do mnie. – Przecież skoro wszystko jest obstawione wojskiem, to i tak… to ja…

– Nie przejmuj się, jeśli nie chcesz tu zostać, to jeszcze teraz możesz iść do siebie na ulicę Pokątną – mówi Joanna z taką zwykłością, jakby to było oczywiste.

– Pokątną?… Co za Pokątna… i niby po co?

W tej chwili tamta podejmuje z ławy obok leżące tam od samego początku etui, które podaje mi, niby to zwracając moją własność.

– Co to jest?… – zadaję pytanie, po czym otwieram książeczkę dowodu osobistego i czytam: – Ryszard Franaszko.

– Zobacz też na zameldowanie.

– Ten jest z brodą.

– Brodę zapuścisz i będzie jak ulał, …to samo.

– Pokątna 6 mieszkania 3.

– No widzisz, jak pięknie? Czynsz jest nawet opłacony za trzy miesiące z góry.

– Ja i tak nic z tej mistyfikacji nie rozumiem – mówiąc to, spojrzenie kieruję na znudzonego psa, który wylazłszy spod fotela, leniwie kieruje się do wyjścia.

– Co tu jest do rozumienia? Ktoś daje ci tożsamość, szansę nawet na pracę… Będziesz pracował w biurze Instytutu Kształtowania Świadomości i na razie w tej kawalerce… Czy ktoś z tych wszystkich „prawdziwych Polaków" byłby w stanie w taki sposób wyciągnąć do ciebie pomocną dłoń? Gdzie ta solidarność?

– Ja nie potrzebuję nianiek, a w ogóle, kim ty jesteś?

– Mogę być dla ciebie doktór internista albo psycholog, jak ci się tylko podoba. Może napijemy się na tę okoliczność calvadosu.

– Nie, dziękuję, to ja chyba sobie pójdę, bo skoro ta godzina policyjna, to jeszcze nie wiadomo co mnie dziś czeka.

– Pokątna jest niedaleko, ale jeśli chcesz się zapoznać z nowym mieszkaniem, to idź. Zaraz ci dam klucze, a resztą się nie przejmuj... Przyjdź tutaj jutro pod wieczór, gdzieś o 17, to ci powiem co i jak dalej. Do kogo się zgłosić w sprawie pracy... – podchodzi do meblościanki, skąd wyjmuje klucze z szuflady, by mi je podać.

Na tę okoliczność mój agent znów się odzywa we mnie tymi słowy: „spróbuj zagrać z nimi, przecież nie masz nic do stracenia, a skorzystać z tego co ci dają, możesz do czasu, aż się rozeznasz czego chcą naprawdę. Z wrogiem trzeba być blisko".

– No dobrze, to ja idę na tę Pokątną.

Trafić na ulicę Pokątną nie było trudno, zwłaszcza dzięki dokładnej instrukcji nieznajomej, która udzieliła mi jej podczas opuszczania mieszkania jej siostry. No i faktycznie, nigdy dotąd nie byłem na tej uliczce, bo też i po co. Jej pokątność była tak oczywista, że komu by się chciało czy też miałby potrzebę tutaj zaglądać, no oczywiście z wyjątkiem nielicznych mieszkańców kilku starych i dość już zaniedbanych kamienic, dla których była ona pewnie życiową koniecznością. Poza tym okazuje się ona sama ukrywać nie tylko przed światem, będąc schowaną między mało uczęszczanymi uliczkami, ale i sama przed sobą, wciskając się swą krzywizną spomiędzy dość okazałych narożnych kamienic w przestrzeń między jakąś ruderą a kolejowym nasypem. Trzeci z kolei dom, zamykający prawą jej stronę, wpisuje się w ciemny zaułek, by za nim miało znaleźć się tylko ogrodzenie z metalową bramą, za którą nie wiadomo było co też się znajduje, choć można się domyślać jakiegoś placu, z którego ktoś niezwykle rzadko korzysta. Dwupiętrowy dom pod szóstką wydaje się jakąś „kamienicą umarłych", lecz to z pewnością ze względu na miejsce nie dziwi, a i też nic nie może mieć wspólnego z krakowską „trumną". U mnie budzi niepokój podczas wchodzenia w otchłań jej korytarza i to przez wyjątkowo ciasne dwuskrzydłowe drzwi wejściowej bramy. Zapach starych piwnic z piskiem szczura to pierwsze doświadczenie jakiego doznaję pośród poszarzałych ścian i schodzonych stopni kamiennych schodów, które prowadzą mnie na wysoki parter. Przy nich też jakoś wciśnięte w kąt odnajduję drzwi opatrzone jedynką. Po lewo schody prowadzą zapewne na podwórko i do piwnic, a naprzeciw nich następne drzwi. Czyli już wiem, gdzie znajduje się lokum niejakiego Ryszarda Franaszki. Są to niepozorne drzwi wciśnięte w kąt i jakby już z samej tej racji miały świadczyć o wyjątkowo zdegradowanym lokatorze. Jednak ja ten fakt odbieram jako wyzwanie i całkiem pewny swego wyjmuję z kieszeni klucze, nawet nimi podzwoniwszy nieco, by dobrać odpowiedni do zamka. Bez zbędnych oporów wślizguję się do wewnątrz i przymknąwszy drzwi, staję na moment w bezruchu. Czy aby spodziewam się widoku piszczącego szczura? Ten jednak jak na razie wydaje się nieobecny, bym ja miał szukać kontaktu. Z małego przedpokoju wchodzę do obszernego pomieszczenia, które nagle okazuje się kuchnią. Stary, jakiś zapewne zabytkowy kredens, najwyraźniej zmagający się z utrzymaniem pionu z powodu drążącej go próchnicy, zdradza niepewność miejsca, ale już stół kuchenny wyłożony ceratą i obok niego taboret z ciemnymi plamami na „wysiedzianym" lakierze wydają się już okazem stabilności. Podchodzę do okna z pożółkłą i postrzępioną firanką, by wyjrzeć na oszronione i lekko przyprószone śniegiem podwórko. Cisza. Głucha cisza i zdziwienie, że nawet nie słychać pisku tego oczekiwanego szczura. Nagle przypominam sobie o wejściowych drzwiach, stąd ruszam czym prędzej do przedpokoju, by zrobić to, co w sposób oczywisty zrobić powinienem wcześniej. Znów szukam kontaktu i jakoś znów znaleźć nie mogę. Rezygnuję z elektryczności i wyczulam zmysł dotyku na tyle, bym za jego sprawą, wspomożony pamięcią, miał sobie poradzić z zadaniem. Górny rygiel udaje mi się łatwo zasunąć, a do dolnego zamka wkładam klucz i przekręcam, by pozostawić go na wszelki wypadek wewnątrz. Jest i łańcuch, który lekko trącam, by po jego założeniu czuć się prawie całkiem bezpiecznie. Mam pewność, że teraz już swobodniej i dokładniej będę się mógł rozejrzeć po tym Franaszki mieszkaniu i też spróbuję przetrwać do rana, kiedy zamierzam udać się do domu i uspokoić po tym co się stało rodziców. Pewne jest też to, że muszę być czujny i nie dać się zwieść tej pozornej ciszy. I oto natrafiam na kontakt, który umieszczony jest wraz z tym do oświetlenia łazienki, stąd też zapalam obydwa. Nagłe rozświetlenie tylu miejsc budzi we mnie niepokój, ale szybko zaglądam do toalety, w której tylko woda leniwym ciurkiem spływa z rezerwuaru. Na taborecie leżą podarte stare gazety, z „Echem" na wierzchu. Wycofuję się do przedpokoju i gaszę światło, wciąż się dziwiąc, że kontakt umieszczony jest w tym właśnie miejscu, po czym kieruję się na powrót do kuchni, a z niej następnie do uchylonych drzwi domniemanego pokoju. Tutaj zamiast kontaktu ze ściany sterczą kikuty kabli, co mi się w ostatniej chwili udaje dostrzec w resztkach światła płynącego od okna do połowy przesłoniętego zasłoną. Wydobywam z kieszeni zapalniczkę, po czym ją zapaliwszy, przyglądam się pomieszczeniu. Oto na środku stoi drabina prowadząca do lampy, a przy niej leży na krawędzi chodnika jakieś na wpół otwarte kartonowe pudło. Obok przy złożonej wersalce na etażerce widać małe tranzystorowe radio z wysuniętą w stronę okna teleskopową anteną. Robię krok i następny w kierunku pudła, po czym nachyliwszy się, odchylam jego karton. „Książki", to tylko jest pudło wypełnione jakimiś książkami. Cofam się i na moment gaszę parzącą mnie w palec zapalniczkę. Już wiem, że podejdę do rozkładanego fotela przy oknie, pod stojącą pokojową lampę i tam też usiądę. Czuję zmęczenie i ból nie tylko w plecach, ale i w tym, co mógłbym okazjonalnie nazwać duszą. Opadam wreszcie na miękkie siedzenie i wsparłszy głowę o oparcie, zamykam oczy. Czuję jakbym powoli rozpływał się w przestrzeni, stając się miarą własnego oddechu. Myśli już nie drażnią i nie narzucają się, bym musiał powoływać następne jako kolejne dla uchwycenia sensu, a może i wątpienia. Bronię się nawet przed chwytaniem jakiegoś celu. Jedynym teraz wymiarem zdaje się być przełamanie wszelkiej akcji, bym mógł stanąć twarzą w twarz z tym, co, mimo że jest niepoznawalne i niepodlegające potrzebie jakiegokolwiek wyznaczania kryterium, to istnieje w głębi mojego zmęczonego przeżywania. Nawet świadomość zniesienia chwili to też jest za wiele, stąd należy znieść słowo i wszelkie znaki, by pozostało to, co jest istotą stawania się, czyste trwanie.

Następne dni to moja ze wszystkim i ze wszystkimi gra o to, co mógłbym jeszcze w tej rzeczywistości nazwać sobą. I tak w tajemnicy przed Joanną, którą przy okazji, według jej życzenia, udaje mi się „przelecieć" w oparach calvadosu i carmenów, powiadamiam dom, że żyję i zamieszkałem na własny rachunek, choć w chwili obecnej nie mogę podać adresu, ponieważ nie jestem w ostateczny sposób pewien jego stałości. W ten oto sposób wywołałem lament u mamy i gderanie u ojca, jednak ostatecznie udaje mi się ujść z torbą podróżną, w której zabieram rzeczy osobiste i nawet coś do jedzenia. Miałem przy tym poczucie, że walczę o swoje przetrwanie. Przy okazji zauważyłem, że mam już po tygodniowym nieużywaniu maszynki do golenia nawet niezły zadatek na brodę. W ten oto sposób z dnia na dzień staję się Franaszką, co nawet zaczyna mnie bawić, bo przecież tak czy inaczej sobą przecież być nie przestanę. Przy okazji odnawiam sobie w pamięci niewspominany od dawna a zarazem wciąż ulubiony kawałek Pink Floyd, który zaczyna we mnie jakoś na nawo brzmieć i nawet z jakimś większym niż kiedyś brzmi we mnie przejęciem:

...Now there's a look in your eyes, like black holes in the sky
Shine on you a crazy diamond
You were caught in the cross–fire of childhood and
stardom, blown on the steel breeze...
... stranger, you legend, you martyr, and shine!
You reached for the seacret too soon,
You cried for the moon
Shine on a crazy diamond......

Słyszeć, wciąż słyszeć bez znudzenia to przejmujące i jakże proste brzmienie, by w nie miał wejść dźwięk trącanych strun tego, co jest tylko przypomnieniem odwiecznego ideału piękna, a co poruszywszy we mnie wszelkie tęsknoty i wizje doskonałości daje szczęście, a zarazem pozwala wierzyć, że ten świat nie jest całkowicie skurwionym rynsztokiem i pozbawioną sensu otchłanią. Ale co się stanie jak wszystko to przebrzmi, uleci wraz z nutą czasu. Czy jeszcze coś oprócz pamiętnych uniesień pozostanie? A czy i to samo wystarczy?

Czy to do drzwi pukanie? Och, chyba tak, i jakie do tego natarczywe. Mój odruch, to dotknięcie brody, czy aby już urosła i czy aby jestem już w stanie stanąć na wysokości udawania kogoś innego. Trzeba więc w tej próbie dać wyraz swojemu graniu.

„Ale czyżbym to ja aby słyszał do drzwi pukanie?..." Tak, jest i brzmi tak dosadnie, że wątpliwości mieć nie mogę, stąd w mrok przedpokoju się udaję, zwalczając w sobie nutę niepewności a i bacząc, by ma pewność roli lokatora za naturalną była wziętą. Jeszcze przed samymi drzwiami zawieszam otwierania gest, choć przecież już bez możliwości wycofania się, bez odwrotu, bo i moja obecność w tym mieszkaniu musi i temu komuś być rozpoznaną. Stąd tylko trzask rygla, drzwi skrzypnięcie i oto ukazuje się szczupła i niska postać kobiety, która rzężącym pijackim głosem agresywnie oznajmia, podając mi jednocześnie jakąś kartkę:

– Aneks podpisać!

– Tak... ale... wydaje mi się...

– Mnie administracja z podpisów... wymaga, a nie z czyjegoś wydawania. Jest zima, a palacz chory... jak nie dorzucę do pieca, to dupa zamarznie i nie będzie zlituj się...

– Chciałem się tylko zapoznać...

– Zapoznać?... Po co, i tak nie ma odwołania. Ale... ale Ryszard Franaszko, to jakiś nie Franaszko?...

– Czyżbym miał dowód pokazać?

– Ja tam nie z milicji, ja tylko sprzątam... dozorczyni to dozorczyni, ale za to na jakiegoś klina za to palenie za palacza to by się przydało. Reszta już zrobiła zrzutkę, to chyba lokator się też dorzuci, a ja o nim zapomnę.

Na te słowa zaczynam nerwowo szukać w kieszeniach pieniędzy, by znalazłszy sto złotych, wręczyć jakiejś karykaturze kobiety, która niczym wiedźma oto sterczy nad progiem mieszkania Ryszarda Franaszki.

– To tyle co mam w tej chwili do powiedzenia – mówię z nutą znudzenia.

– Jak nie ma, to nie ma. To żabę przełknę jako matka Polka, ale za to nie sypnę nikomu... bo ta broda, to przecież malowana. Od razu zgadłam... nie? Jeszcze tylko autograf... no, i już załatwione.

Biorę od niej długopis, po czym oparłszy dokument na framudze drzwi, składam niezdarnie czyjś podpis, domyślając się i wymyślając jak też mógłby to zrobić lokator Franaszko. Dozorczyni odbiera ode mnie papier i do podpisu narzędzie, po czym przygląda się złożonym inicjałom i coś mrucząc pod nosem, odchodzi sobie.

Zamykam czym prędzej drzwi i umykam do pokoju na „mój" fotel przy oknie, gdzie zwykłem już zagłębiać się w świecie pozostawionych mi lektur w kartonowym pudle. Najpierw czyniłem to w celu spędzenia wieczorów i zapoznania się ze światem lokatora, a tym razem sam już nie wiem, bo i miotam się z tym w sobie. Byle przetrwać kilka dni do dnia, na kiedy jestem umówiony z facetem z Instytutu Kształtowania Świadomości. Pewnie to dlatego nic mi nie wychodzi z pochwycenia czytanych wątków psychologicznych w koncepcjach od Łurii poprzez Pawłowa do Szewczuka, z których powodu po chwili popadam nawet w utratę wiary w swoje intelektualne możliwości. Aż tu nagle, nie wiedzieć skąd, doznaję takiego przypływu rozdrażnienia i buntu, że odkładam czym prędzej nie tylko materializm, ale samą książkę, po czym nerwowo spoglądam na „komunijny" zegarek, na którym widnieje godzina dziesiąta minut dziewiętnaście. A zatem mamy godzinę milicyjną, czyli komuś przyszło do głowy, żebym ja miał teraz zajmować się tym, a nie całkiem czymś innym. Przychodzi mi na myśl, że skorom teraz Franaszko, to dlaczego nie miałbym postąpić tak, jak sobie wyobrażam, że on teraz postąpiłby właśnie. Ja z pewnością jako Kwik mógłbym na przykład robić pompki czy wyobrażać sobie sytuacje z pięknymi panienkami w rajskim ogrodzie, ale to ja, a nie ten mi nieznany ktoś, który nie może się przecież mnie równać. Stąd też powinien za moją sprawą robić coś całkiem innego, nawet idiotycznego, byleby nie być podobny do mnie. Ale też ja zachowując się jak domniemany Franaszko, może i tak podnoszę go do wyższej rangi, a to jest w jawnej sprzeczności z prawdziwym odgrywaniem postaci. Czyli w obliczu tego rozdarcia wniosek nasuwa się niezwykle prosty i jasny: żebym nie popadł z sobą w spiralę konfliktów, jako z osobą Staszka Kwika, muszę zatem postąpić zgodnie z Ryszardem Franaszką, a stąd wbrew sobie po to, żeby też zachować siebie w osobnym i w miarę autonomicznym stosunku do tamtego. Łatwiej by mi było coś czynić, znając Franaszkę, ale też w ten sposób tylko bym go naśladował, stając się jego sobowtórem, co też naruszałoby moją tożsamość jako Staszka Kwika. Tak więc, co czynić w stanie wojennym, żeby nie popaść w obłęd, ani też nie dać się zniwelować do nieznanego sobie nazwiska i imienia, nawet jeśli dzięki wejściu w jego rolę można udawać kogoś innego, kto dostaje w tym celu kawalerkę i ma otrzymać pracę w podejrzanym instytucie. A może to tylko jakiś czyjś żart, może ktoś zapragnął zabawić się moim kosztem i to wszystko ot tak sobie powieściowo wymyślił? Oj nie, tego nie mogę przyjąć za ostateczne wytłumaczenie, bo niby co: czy ten guz na głowie i ciągle odczuwany w plecach ból to fikcja? Czy to wyłącznie opowiadanie? A jeśli nawet tak, to i ono jest czymś lepszym niż całkowity jego brak. Dzięki niemu przecież istnieję. Zatem pewien jestem tylko jednego, że aby nie zwariować, muszę natychmiast coś zrobić dziwnego i bez żadnych warunków. Ale co można zrobić w nocy stanu wojennego, kiedy na ulicach miasta panoszą się „świry" i to jako sobowtóry „gawrona"? Wiem, „Ryszard Franaszko" pragnie sobie urządzić bieg nocny po zdrowie. Musiał on chyba słyszeć, że tamci urządzali „ścieżki zdrowia", polegające na pałowaniu „klienta" wzdłuż szeregu „zbrojnych". A zatem gdyby tak lokator przebiegł jakąś trasą, by go tamci widząc, okazali się bezsilni w jego zatrzymaniu, to czy ten czyn byłby w sam raz i na miarę Franaszki, czy też nie? Wprawdzie ten pomysł jest sztubacki, a nawet idiotyczny, ale też zarazem godny sytuacji, w jakiej się oto znajduję.

W takim razie do dzieła. Należy tylko dobrze się do tej akcji przygotować, bo noc zapowiada się mroźna, co też daje się już odczuć. Wystarczy stanąć przy oknie. Do tego biegu przydać się może stara kurtka z kapturem, którą wczoraj znalazłem w przedpokojowym pawlaczu wraz z jakimiś starymi butami. Te już leżą na śmietniku, bo i za małe na mnie. Tymczasem dziwnym trafem kurtki nie wyrzuciłem. Dlaczego? Może już wczoraj wszystko wskazywało na dzisiejszy nocny wyczyn, a ja tylko teraz na to wpadłem. Ale jeśli tak, to kto tutaj jest kim i czy ja jako któraś z ewentualnych mnie możliwości ma jakikolwiek wybór? Oj nie, tylko przestać w ten sposób myśleć, a skupić się na biegu. Nie dać się przyłapać.

Oto postanowienie staje się faktem, a też i ubieranie idzie mi sprawnie. Pewnie też dlatego, że robię to z dawno niespotykanym u siebie entuzjazmem. I jakże jestem sobie i innym wdzięczny za tę chwilę, za te wełniane skarpetki zrobione przez mamę i nawet kalesony, których wkładania niejednokrotnie odmawiałem jako zbędnych takiemu gorącokrwistemu jak ja facetowi. Teraz to staje się ważnym rytualnym sprzętem. Jeszcze tylko zimowe buty starannie zasznurować, by nie wpaść we własnych sznurowadeł sidła, po czym rękawice i kurtka, no i już jesteśmy gotowi do heroicznego wyczynu.

Drzwi zamykać na klucz nie będę, bo po co, skoro w tym mieszkaniu nie ma co ukraść. Do tego i nie moje, a i łatwiej będzie po powrocie schować się przed agresorem. Żeby mi się tylko udało to przedsięwzięcie, jakże to niezwykle ważne. Spokój przy tym i koncentracja. Czy nikogo aby nie ma w korytarzu? Cisza, choć gdzieś jakby dało się słyszeć jakieś zabłąkane postękiwanie. Ale i ono cichnie, dlatego naciskamy na klamkę z uwzględnieniem wszelkiej ostrożności, po czym drzwi zostają otwarte, abym miał zza nich na korytarz wysunąć głowę. Jakże mili i spokojni są ci sąsiedzi. Pewnie dlatego, że dozorcy dołożywszy do kotłowego pieca i wypiwszy daną im na dzisiejszy dzień działkę, już sobie śpią smacznie. No i świetnie, niech ciecie odpoczywają i trzymają się z dala od bohaterskich czynów. Ostrożnie przemykam w stronę schodów i następnie po nich do bramy wyjściowej, której zapewne drzwi jak zwykle przy otwieraniu zgrzytną. I tym razem jest tak samo, ale nie zrażam się tym faktem. Mroźne powietrze uderza mnie w twarz, ale i daje ożywcze tchnienie. Czuję, że już nie ma powrotu i ta chwila jak i każda następna może być tylko pięknym wyzwaniem. Jakże ta Pokątna uliczka jest teraz piękna. Pusta i ciemna, a zarazem jakże jasna od niewielkiej warstwy skrzącego się śniegu i te okna, w których za zasłonami jednak świeci się gdzieniegdzie światło. Spoglądam tu i tam i nawet doznaję wrażenia, że w jednym z ciemnych okien coś się poruszyło, kiedym wyszedł na środek chodnika. Ileż to może sprawiać złudzeń to nocy westchnienie. Jednak ja mam wykonać biegowe zadanie, a nie kontemplować pokątne iluzje, stąd umykam pod kamienicznymi ścianami, by zachowując czujność, dotrzeć do rogu ulic i tutaj wyjrzeć zza węgła. Nikogo nie widać z jednej ani drugiej strony, stąd zrywam się biegiem w kierunku głównej ulicy, której długość równą dwóch i pół dość okazałych kamienic będę musiał przebiec, by znów skręcić w następną uliczkę boczną. Ta doprowadzi mnie do wiaduktu, za którym będę musiał skręcić i wzdłuż nasypu kolejowego dobiec do następnego wiaduktu, a tam się zobaczy. Mam nadzieję, że nie będę musiał wracać, bo to nie byłby pełen tej akcji sukces, a raczej klęska.

Raz..., dwa..., trzy..., cztery! I tak samo, kolejno, aż się zatrzymujemy za winklem, by wyjrzeć co się też dzieje w rozległej przestrzeni zazwyczaj ruchliwej ulicy z wysepką dla tramwajowych przystanków pośrodku. I oto prawie pusto, ale jeśli się spojrzy głębiej, to widać stojących ludzi w mundurach przy żarzącym się polowym piecu. W tym miejscu, gdzie i za dnia na zbiegu chodnika z trawnikiem stoi zaparkowany wóz pancerny. Prócz tego żywej duszy. A więc bieg! Zrywam się, i jak wcześniej nieco skulony pod oknami rzucam się oszalały w stronę następnej przecznicy. Gdzieś w połowie dobiega do mnie jakby donośniejszy głos, który dał się słyszeć wśród stojącej grupki, a po chwili już okrzyk. Ten brzmi mi znajomo, jakby słyszany kiedyś w dzieciństwie, kiedy z głuchoniemym kolegą wracaliśmy z „grandy". Teraz nie mam się już z czym chować, lecz z całych sił pędzę w jakże dobrze sobie określonym celu. Żeby tylko się nie potknąć, nie poślizgnąć, bo tamci dopadną, a wtedy nieszczęście. Szał ucieczki i nic więcej. Nie jest ważne nic poza pędem. Tylko dobiec do wiaduktu. Tamto miejsce osiągnąć. Przed oczyma jawi się scena z filmu „Samotność długodystansowca" – jakie to niespodziewane i piękne. Ale po co? Ileż to może nieoczekiwanych myśli przyjść do głowy w takim momencie. „Stop" przed wiaduktem, bo tu może być wróg za zakrętem. Wolałoby się gąski ujrzeć? Idiotyzm. Spoglądam za siebie. Jasny gwint, te szare skurwysyny biegną w moim kierunku. Na nic już jakakolwiek ostrożność. Odwrót odcięty, a zatem istnieje tylko jedna droga do domu. Rzucam na szalę bez zastanowienia wszelkie siły i tylko gnam, by zamienić się w pęd i biec przed siebie, i niczego więcej nie widzieć, co temu pędowi służyć nie będzie. Chryste, żeby się tylko udało. Udać się musi i za każdym krokiem się oto udaje. Teraz mamy dłuższą prostą, a tamtym będzie łatwiej. Gdzie miałbym ich zgubić? Może przez nasyp przebiec, tam gdzieś za nim jest mieszkanie Franaszki. Wspinać się, a czy nie dopadną? Nie znam aż tak dobrze tego miejsca, żeby ryzykować. Nie ma wyjścia, uchodzić na wprost, przed siebie czym prędzej. Słyszę czy też mi się zdaje, że oto ich kroki rozlegają się już tuż obok, tuż za mną. Nagle ktoś krzyknął i raptownie coś o ziemię gruchnęło. Rozlega się okrzyk jakby z podziemia: „Stać, milicja!". Ale ja nie daję się żywcem i już skręcam w znaną mi uliczkę. Tę samą, w połowie której jest ta właśnie, ta Pokątna, co teraz jawi się niczym wybawienie i jako ślepa wizja uwolnienia. Za sobą słyszę jeszcze w oddali jakieś przekleństwo, co mnie nie trafia, lecz pozostaje też bez odpowiedzi. Nie mam pojęcia co czynię, by nagle bezprzytomny znaleźć się w mieszkaniu, które jakże w tej chwili staje się moje. Teraz także wszystko czynię też automatycznie i z dokładnością perfekcjonisty. Najpierw zamykam drzwi na wszystkie możliwe zamki i zakładam łańcuch, i jak najprędzej przebieram się w piżamę w niebiesko-białe paski. Rozkładam fotel i niezwykle starannie układam na nim pościel, a następnie udaję się do kuchni i zza kredensu wyjmuję flaszkę czystej wódki. Z nią wreszcie niczym ze skarbem wskakuję do łóżka. Słychać na korytarzu najpierw zgrzyt, a następnie trzaśnięcie drzwiami bramy wejściowej, a po nich kroki. Odkręcam nakrętkę z flaszki, po czym upijam niemały haust wódki, który jawi mi się teraz niczym eliksir życia. Pali mnie w gardle, ale jestem szczęśliwy. Robi mi się ciepło. Odstawiwszy butelkę za fotel, kładę się w pościeli i nagle się sobie dziwię, że się na zakręcie nie wywróciłem i utrzymałem równowagę. Jakież to szczęście, i ogarnia mnie histeryczny śmiech, który w obawie przed zdemaskowaniem staram się zdusić w sobie, chowając twarz w poduszce, bo jeszcze usłyszą, bo przecież ktoś kręci się po korytarzu. Stale widzę tych zomowców, którzy mimo że się za mną wyłożyli na chodniku, to jednak wciąż usiłują mnie dopaść. Tak, to jest możliwe. Jakże musieli wyglądać bezradni, kiedy tak wywijali orła. No właśnie, za kim biegli? Oj nie, tego wyczynu nie oddam Franaszce, choćbym nawet miał mu być wdzięczny za tego mieszkania schronienie.

Lecz oto po dłuższej przerwie, kiedy mógłbym uważać, że jest po całej akcji nocnego agenta, nagle rozlega się czyjeś pukanie do drzwi. Skąd, dlaczego i kto? Oj, ja z pewnością wam nie otworzę. Może zauważyli jakieś ślady na posadzce, które zdradzają moją nocną eskapadę. Ale skąd wiedzieli, że akurat mają mnie szukać właśnie w tej bramie. I pomyśleć, jakże są blisko. Ja w piżamie. A może lepiej się ubrać, przygotować do zabrania mnie? Przecież na zewnątrz jest mroźno, a oni wcale nie będą musieli mi pozwolić na zabranie choćby kurtki. Co takim szkodzi. Chaos tych myśli wprawia mnie w drżenie. Wprawdzie pukanie do drzwi milknie, ale za to słyszę kogoś na podwórku. „Kurtka" – kurtka Franaszki, którą pozostawiłem na krześle z pewnością byłaby dowodem, jeśli tylko tamci dostaną się do wewnątrz. Zsuwam się z łóżka, starając się to zrobić jak najciszej, po czym podchodzę do okna i spróbuję wyjrzeć na podwórko zza zasłony. Nikogo nie widzę, ale to może za sprawą spalonej u drzwi wyjściowych żarówki, której nie wymieniła dozorczyni na nową, by tę wraz z otrzymanym od administratora proszkiem do prania zbyć pod Halą Targową. Jednak ku memu przerażeniu udaje mi się dostrzec szarą sylwetkę, która wsparłszy się o występ w ścianie, chwyciła za obręcz rynny i oto unosi się do okna, przy którym stoję. Jego twarz przylega do szyby. Zamieram za zasłoną, niejako sam zasłonę udając i tak trwamy, z tym, że ja na dodatek z duszą na ramieniu.

Chyba nigdy wcześniej ani pewnie i później nie wykażę się już taką wytrwałością w trwaniu. Przy tym czuję, że przezwyciężam ostatecznie tego zomowca, który za moją sprawą zaznał ulicznego upadku i stąd nie mogąc pewnie znieść swojej upokarzającej porażki, teraz za wszelką cenę będzie tropił tego, który się do niej przyczynił. Ale to ja jestem w mieszkaniu, a tamten niczym pies na polu. Tamten wreszcie od okna odchodzi, a ja teraz mogę wreszcie schować tę kurtkę Franaszki do pawlacza. Tutaj nieco daje się słyszeć moja obecność za sprawą skrzypiących drzwiczek, ale i po chwili znów staje się cisza, która pozwala mi wrócić do łóżka. W nim z okazji zwycięstwa i dla lepszego snu znów sięgam po butelkę wódki za fotel, po czym zapanowuje błoga cisza. Przecież i tak jutro nic się nowego nie zdarzy, a jeśli mnie nie zwiną, to będę musiał się jakoś ukrywać, żeby jako niepracującego nie zabrali do przymusowego odgarniania śniegu. I tak aż do spotkania z kimś w sprawie mojej pracy w tym tajemniczym IKŚ. Byle teraz zapaść w błogi sen. Poza tym przecież wcale jeszcze nie umieram, ciągle żyję. A jeśliby nawet, to i tak jest pięknie, że oto cierpieć w tę bajkową noc nie muszę.

Nie miałem dotąd pojęcia, że w zamieszkanej przeze mnie strefie geograficznej występuje zjawisko nocy polarnej, ale skoro już mi się to zdarzyło doznać, zacząłem się nawet cieszyć, że oto wreszcie wszystko zostało zmrożone i stał się spokój, stabilizacja i oto jest też to, co przecież przewidywałem. Nawet „gawron" stoi na czele „wrony" i spełnia się równość, jedność i braterstwo. Fikcja przybrała rzeczywisty kształt i już nikt nie powie, że raj pod przywództwem klasy robotniczej na ziemi jest niemożliwy. Bo i to ja jestem tym rajem. Pytanie tylko „co z nim dalej?" jest jakąś bolączką, z którą za nic nie może poradzić sobie mój rozum. Wprawdzie w tej sytuacji mógłbym się czuć prawdziwie i u siebie, lepiej spełniając się w moim „jaskiniowym świecie", w moim tym odosobnionym rajskim ogrodzie obiecanego sobie bycia mędrcem, któremu głównym pokarmem byłaby myśl, a tylko resztą utrzymanie ciała przy życiu, to i tak przecież wiele mi do niego brakuje, a tymczasem świat w tych murach wydaje się nie mieć za grosz sensu. Temu z pewnością służy sztuczna cisza, brak rozpraszających bodźców i wszelkiego szumu choćby tłumu, którego mógłbym doświadczać jako przypadłość. Poza tym oddany przecież muszę być swojemu wewnętrznemu wędrowaniu, by cel swój osiągnąć, a przynajmniej zbliżać się ku niemu. Ta sytuacja mogłaby trwać dłużej i może nawet udałoby mi się przystosować do tego stanu rzeczy, gdyby nieszeptane wieści, że oto do górników na Śląsku strzelają, aresztują wszystkich tych, którzy świat widzą inaczej niż po „gawroniemu", a i Reagan ogłasza względem Polski sankcje i nawet też śpiewa „Żeby Polska była Polską". Na taki stan rzeczy ja się zgodzić nie mogę. Tyle że co ja mogę zrobić w tej sytuacji. Przecież nie będę się uganiał po ulicach z zomowcami po nocach, bo to jest idiotyczne i nie moje zajęcie. Ja nie chcę być bohaterem. Poza tym jeszcze nie wiem, jaki będzie finał zdarzenia z pamiętnego przeze mnie naruszenia godziny milicyjnej, bo od tamtego wyczynu, od nazajutrz coś dziwnego zaczyna się dziać w otoczeniu Ryszarda Franaszki. Raz dozorczyni kiwa na jego widok głową znacząco, aby innym razem jakiś bęcwał z pierwszego piętra, stamtąd gdzie widziałem poruszającą się postać owej nocy za zasłoną, miał krzyczeć szczególnie wyraziście do psa i to tuż za mną, kiedy tylko mijamy się niby przypadkiem, a który też dziwnie ze swoim chodzeniem uaktywnił się ostatnio. Mógłbym tego doszukać się więcej, ale oto ktoś puka do drzwi, a mnie się nie chce udawać, że Franaszki nie ma w domu. Stąd też udaję się do przedpokoju ciekaw, kogo też niesie i to o tej wieczornej porze.

– Dobry wieczór – mówi osoba przypominająca mi Monikę czy też Joannę, stąd bez wahania zapraszam obie w jednej osobie do środka.

Ta ledwo przestąpiwszy próg, dziwnie się po mieszkaniu rozgląda i jakby nieco zdezorientowana, najpierw za guzik się łapie od futra, by następnie z impetem podejść do kuchennego okna, oznajmiając stanowczym tonem:

– Przecież tu trzeba natychmiast okno otworzyć, bo nie jedną, ale sto siekier można byłoby powiesić. Nora... syf, kiła i mogiła.

– Przepraszam..., ale z kim mam przyjemność?

– Tak... ty jesteś zabryzdyngolony, ...jak Boga kocham.

– Za... co?

– Ładne kwiatki, ...jaki bałagan w tej kuchni. Przecież za chwilę jakieś robale się tutaj zalęgną.

– Z miłą chęcią je ugoszczę, ...utuczę i będą kotlety. Przecież ja jestem całkiem sympatyczny lokator, nie prawda, aniołku?... A tak, à propos, to z kim ty chcesz mówić, bo mam kilka wersji siebie samego. Muszę wiedzieć, żeby nie pomylić roli.

– Zwariowałeś już do reszty?... Ja przyszłam do ciebie osobiście...

– Ach tak?... Czyli bywałaś też nieosobiście. ...a jeśli tak, to nic z tego nie będzie, bo ciało ludzkie bez właściciela nie istnieje. Ostatnie moje odkrycie i to wbrew całej kulturze. Do tego doszedłem po dłuższej medytacji i wcale nie chodzi tu o jakieś tam dusze. Nie ma właściwości, to nie ma i ciała, czy to nie jest genialne? Ach przepraszam, przecież to futro... och, skąd masz takie kurewskie futro? No tak, przecież to czerwona burżuazja...

– Może mnie też dasz kielicha, wtedy ci dorównam poziomem dowcipu.

– A co?... masz jeszcze kartkę na kości?

– Nie no... na kartce mi tylko mięso z kością zostało ...no chyba że pójdziesz na wymianę. Ale ty lepiej wejdź do łóżka, boś taki wyrozbierany, jeszcze się przeziębisz... jest przecież otwarte okno.

– Czyżbym ja je otworzył?

– Nie pieprz, Rysiu, tylko wskakuj do łóżka, za to ja zrobię coś na zagrychę. No właśnie, co ty jadasz?

– Dzisiaj na śniadanie miałem pyszną jajecznicę na kości, którą zostawiłem na obiad, żeby zrobić sobie jajka sadzone. Uwielbiam z ziemniaczkami i kefirkiem. Za to na kolację miałem w planie jajka na miękko, no ale skoro cię goszczę, to już... sam nie wiem, chyba nie mam pojęcia – mówiąc to padam na fotel, by sięgnąć po szklaneczkę z wódką stojącą na podłodze.

Tymczasem z kuchni dobiega głos Joanny:

– Niewiele masz do tego jedzenia. Może usmażę ten kawałek boczku i stopię z nim tę resztkę sera żółtego.

– Może być. Gdzieś tam powinna jeszcze znaleźć się konserwa rybna i mortadela. Dostałem ją w instytutowym bufecie. Wiesz, otwarli tam nawet bufet w ramach łagodzenia skutków niedoborów. Tyle, że ja mortadeli nie znoszę... dlatego, jeśli lubisz, to skonsumuj ją w moim imieniu.

– Co to znaczy, ty robisz sobie jaja. Przyszłam, żeby ci o tym powiedzieć, żebyś się wziął w garść, a nie bawił się czyimś kosztem w jakiegoś klowna – Joanna wkracza do pokoju z kieliszkiem, po czym odnalazłszy butelkę, nalewa sobie alkoholu, by wznieść go w moją stronę, mówiąc: – Zdrowie, Franaszko – i wypija jego zawartość.

– Nie rozumiem... nic z tego wszystkiego nie rozumiem. Kompletnie nie wiem, o co tu chodzi. Przecież to jakiś wielki idiotyzm, żebym ja poprzez udawanie bycia kimś innym miał w pełni być Stanisławem Kwikiem. Ten „gawron" chyba już całkiem ocipiał. Żeby coś takiego wymyślać?

– Ty go nie znasz, nie wiesz jakie on ma talenty. Na przykład bardzo ładnie maluje kredkami i do tego piękne kolory. Kaligrafuje...

– No dobrze, Joasiu, ale kim ty w takim razie... w tym wszystkim, kim ty jesteś?

– Czy ty musisz być taki dociekliwy? Spotykamy się dwa razy na miesiąc, bo na tyle mogę sobie pozwolić i co?... Źle ci jeszcze? Jeśli nie ja, to ożeń się z jakąś dziewczyną i pracujcie dla dobra swojego gniazdka. Tymczasem ty sobie robisz jaja ze wszystkich i wszystkiego, udając przy tym śmiertelnie poważnego filozofa. To przecież jest jakaś karygodna kpina. Przy tym te twoje wybryki, które nijak nie pasują nawet do anarchisty. Twoje uprawianie biegów nocami, to chyba nic poważnego. Mówię ci to z dobrego serca, bo jak cię wezmą te gbury w obroty, to dopiero wtedy poznasz wszystkich świętych. Jak Boga nie kocham...

– Joanno, kim jesteś? Chcę znać prawdę!... Ty jesteś... kurwą?

– Nie, mój drogi, nie obrażaj mnie, ja jestem prostytutką, a to jest zasadnicza różnica. Skoro chcesz znać prawdę, to powiem ci jeszcze, że jestem zamężną prostytutką, i mój mąż to nie byle kto. Lepiej, żebyś miał się o tym nie przekonać. No, wystarczy tych zwierzeń.

– Jasny gwint... kurwa mać... Przecież ja... kto ci płaci w tym kraju i czym?...

– Nie dociekaj... Mam płacone i tyle, a jak będzie trzeba, to będę też matką Polką. Idę przygotować coś do żarcia, a ty się umyj. Stoi ci jeszcze?

– Nie, no ja albo ześwirowałem do reszty albo ten świat już się całkiem przewrócił.

Tak na wszelki wypadek skoczę po „bezkartkową" flaszkę, może mi rozjaśni w tej mojej pustej głowie. Poza tym jutro niedziela, spać będę mógł sobie do woli. Nawet jako Staszek Kwik będę mógł pójść do domu i zjeść porządny rosół z grysikowymi kluseczkami. Zagram nawet z ojcem w remika. Oni myślą, że mnie jakaś baba w głowie zawróciła. Ale to nic, ja i tak robię i... – już miałem powiedzieć coś, na co „tajny agent" z pewnością by nie pozwolił, stąd się w język ugryzłem, aż mnie faktycznie zabolało. Jęknąłem przy tym na tyle głośno, by Joanna z kuchni rzekła:

– Coś chciałeś powiedzieć?

„O, jaka ciekawska" – myślę sobie, by powiedzieć głośno i wyraźnie, wsuwając przy tym nogę w spodni dżinsowych nogawkę:

– To tajne, łamane przez poufne. Co ty myślisz, że Kwik z Franaszką nie potrafią dojść do porozumienia?

– Pamiętaj tylko, że ten drugi nie jest twoją własnością, a jeśli tak, to lojalność mu nakazuje mówić prawdę i tylko prawdę względem swojego zwierzchnika.

– A któż to nim jest? – mówię, wchodząc do kuchni w poszukiwaniu prawego buta, który gdzieś mi się zapodział.

– W tej chwili jestem jego pełnomocnikiem, bo ty przecież jesteś inteligentny i będziesz z łatwością rozpoznawał go za pomocą ogólnie przyjętych znaków, które są przecież znanymi szyframi. Pewnie idziesz do dozorców?

– Skąd wiesz?

– Ja wiem wszystko co trzeba i nawet co nie trzeba. Niech ci to da do myślenia.

– To ja już sobie chyba pójdę – mówię skołowany do reszty, po czym wychodzę z mieszkania, by pod „jedynką" kupić u dozorców za podwyższoną cenę tym razem flaszkę całkiem oryginalnie pędzonego bimbru.

Wróciwszy do Ryszarda Franaszki, na stole kuchennym czeka mnie już gorący boczek z serem żółtym i nawet niejedna piętka podsuszonego chleba.

– To w takim razie mamy bal – mówię zadowolony z siebie, bo jakby nie było, to przecież zawsze jest on, ten z krwi i kości Kwik u mnie, choćby nawet tylko za sprawą jakiegoś tam Franaszki.

– No i wreszcie przestaniesz filozofować, bo wszystko jest proste jak drut.

– Zapewne... – macham ręką, sam nie wiedząc czy z niemocy, a może też i z rezygnacji, po czym wyjmuję z kredensu następne kieliszki i postawiwszy je na stole, uwalniam butelkę z zakrętki, by następnie napełnić je trunkiem.

– Jak tam w pracy?... W takim instytucie, to ludzie muszą chyba być do rzeczy. Ten Lejkowski to podobno niezły bajerant, ale też równy z niego chłop.

– A... Tadek? Jest sobie... Instytut pod nadzorem komisarza wojskowego kształtuje świadomość, tyle że nie mam pojęcia czyją. Jest pięć zakładów, a tu po kilka pracowni... Nawet nie udają, że coś sensownego robią.

– To nie jest ważne. Liczy się tylko to, czy tobie odpowiada to zajęcie.

– Odpowiada nie odpowiada, nie jest bez znaczenia czemu ma służyć moja praca. Tym bardziej, że czegóż ja mam oczekiwać w tym czasie, kiedy wszyscy wyłącznie udają, że żyją. Przecież to jest bez sensu, to jakieś życie na niby.

– Znowu filozofia. Są trudne czasy i każdy chce związać koniec z końcem, a ty wciąż dopatrujesz się rzeczy nie z tej ziemi. Przestań bujać w obłokach.

– No dobrze, będę gościnny. Opowiedz za to mi ty o swoim zajęciu. Skąd ta twoja obecność w szpitalu, opieka...

– Już wszystko ci powiedziałam w tej sprawie i nie mam nic do dodania. Wiesz już kim jestem i co robię. Nawet niezły ten boczek.

– Ale ten żółty ser smakuje za to jak mydło. Lepiej go popić gorzałką.

– O, słyszysz?... Jak poszedłeś po tę wódkę, to coś tak chrobotało. Pewnie to jakaś mysz. Żeruje?

– Nie mysz, to kredens. Zbadałem już tę sprawę. On ma pełno dziurek. Najprawdopodobniej trawią go korniki. Niekiedy w nocy to dopiero, ...ma gadanie.

– A..., kredens?... To przecież antyk, chyba Ludwik-Filip.

– Żaden Ludwik-Filip, tylko albo Ludwik, albo Filip.

– O co ci chodzi, przecież to nie da się rozdzielić.

– Musi się dać, bo ja nie mogę tak funkcjonować w zwarciu. Albo jeden, albo drugi i tyle. Co ty chcesz, żebym wylądował w Kobierzynie?

– Ale przecież to nie o ciebie chodzi. Ludwik-Filip to okres w meblarstwie. Aleś ty na swoim punkcie wyczulony.

– Ach, tak, wydawało mi się, że masz dla mnie kolejne zadanie z kolejnymi rolami, a ja nawet z tej zamierzam zrezygnować. To jest bez sensu...

– No, ale jak to sobie wyobrażasz, z czego będziesz żył? Jeśli autentycznie wybierasz Franaszkę, to dobrze, przejdziemy do następnego etapu. Tyle tylko, że jak będziesz trzeźwy. Musimy podpisać dokumenty...

– Jasny gwint, o czym ty mówisz? Jaki Franaszko, przecież ja już tego palanta udaję, choć wcale nie mam o mim pojęcia. Ja, Staszek Kwik, nie nadaję się...

– Do czego niby?... Do czego ty się w ogóle nadajesz? Stracone pokolenie. Przestań wciąż się buntować. Masz Ryszardzie Franaszko pracę, no i mnie na skinienie palcem. Przecież ci dobrze ze mną. Ja mam sposoby, żeby to wiedzieć. Jeszcze z żadną ci się tak dobrze nie pieprzyło. Byłeś przecież w siódmym niebie. Ja wiem, że ty robiłbyś to częściej, no ale cóż, świat nie stoi na twoim kutasie.

– Nie... ja chyba zwariuję. Lepiej już się napijmy – mówiąc to wychylam kieliszek bimbru, którego smak wydaje mi się jakiś duszą-co-mdlący, po czym kontynuuję: – Ta... jedni bełkoczą żeby „Polska była Polską", masło maślane, a drudzy skrzeczą o przewodniej swej roli i to nie wiedzieć względem czego i kogo, bo nawet baza znika w okamgnieniu. Przecież to obłęd. Ja w takim razie cokolwiek zrobię, to i tak jestem w domu wariatów. Wszyscy normalni już z tego kraju uciekli, a pozostały tylko jakieś Pańpuchy, „świry", klasa robotnicza bez klasy, zadymiarze, duchowni z nadmiarem albo deficytem ducha, no i...

– No i?...

– No i moja matka, która jako jedyna jest normalna i wieczorami robi kolejny wełniany sweter na drutach, bo kiedyś będzie jak znalazł. Ona jedna!

– To jest wersja Kwika. Ale można jeszcze poprzez Franaszkę dojść do czegoś. Mieć uznanie i lepsze życie. Jakieś perspektywy. Wiecznie noc nie trwa – mówi Joanna, a na jej twarzy daje się dostrzec cień chytrego uśmiechu.

– A prawo?... Powinność, sumienie? Godność człowieka i te wszystkie... duperele?

– Komunały. One dobre są wtedy, jak się ma pełno wszystkiego, a nie w tej chwili. Teraz sentymenty? Nie bądź taki pan Sercowicz, chyba że ze mną i przy alkoholu. Dziś możesz sobie pofolgować, się wygadać, a jutro...

– Wiesz... ja nie rozumiem. Ty jesteś... ty jesteś za mądra na tę dziwkę...

Te słowa wywołują u niej wybuch śmiechu, który wprawia i jej ciało w jakieś histeryczne konwulsje. Zasłania przy tym twarz dłońmi i jakby wcale się nie cieszyła z mojej uwagi, a jednak się śmieje. Ale pewnie to jej następne zagranie, by miała wyglądać tym razem na zagubioną dziewczynkę i tym znów próbować uwieść moją czujność, Staszka Kwika. Ale jeśli nie jest tak, to co zrobić, żeby ją przełamać i poznać prawdziwe jej oblicze. A czy w ogóle poza jej dupą i tą grą we Franaszkę mnie cokolwiek ona obchodzi? Kimże ona jest do diabła?

– Kim jest ten Franaszko? – zadaję ni stąd, ni zowąd pytanie. – Ty go znasz?

Po chwilowym doprowadzaniu swoich włosów do jakiegoś nieznanego mi ładu, ona sięga po kieliszek i wypija bezceremonialnie do dna, by wyjąć papierosa z paczki, a następnie z nim w ustach powiedzieć:

– Franaszko w tym kraju nie żyje. Uciekł stąd i gdzieś tam jest, nie wiedzieć gdzie, a może też zginął w jakiejś katastrofie lotniczej. Może nawet zamieszkał w Paryżu, na Kubie, w Kalifornii, a może... a może nawet na Księżycu. Nic z tego nie wynika i wynikać dla ciebie i dla nas nie może. Jesteś bardzo podobny do niego i tyle.

– Dla nas, czyli dla...

– Aleś dociekliwy dupek, jak ten cepr, co chciał wiedzieć na czym świat stoi. Czy nie zauważyłeś, że ta dociekliwość tylko ci przeszkadza!? Przez nią stawiasz się w gorszej sytuacji, ciągle jesteś od czegoś uzależniony, czyimś petentem. Zamiast dążyć do celu, brać sprawy w swoje ręce, to ty dociekasz i dociekasz. Przecież ja tutaj jestem!... Czy ty masz, do cholery, jakiś cel w swoim życiu?

– Moje życie z pewnością ma swój cel, a dlaczego pytasz?

– Bo wyglądasz jakbyś nie istniał.

– Bo ja przecież nie istnieję. Mnie nie ma. Mówisz o celach w świecie obstawionym wozami pancernymi i gdzie na każdym kroku podglądają mnie sąsiedzi, gdzie jeden to ormowiec, a drugi ubecki donosiciel. Osaczają człowieka, który ma mieć pośród takiego towarzystwa cel i to w imię kogoś innego, Franaszki?

– A jako facet? No przecież nie jesteś jeszcze ciotą. Przecież to ty dążysz do mnie, a nie ja do ciebie. Jestem tutaj tylko dlatego, że wcześniej było mi z tobą na tyle dobrze, żeby chcieć tego ponownie, ale to ty masz wykazać inicjatywę, jeśli w ogóle jesteś facetem. Ja i tak cię w każdych warunkach po swojemu zmanipuluję. Nie próbuj nawet zmagać się ze swoją przeciwnością. Czy teraz sprawy nie zostały już jasno postawione? Czy nie jestem ci nadal prostytutką? Zrobię wszystko co trzeba, ale jako od kobiety nie masz prawa wymagać ode mnie nic więcej.

Słowa te mnie drażnią, denerwują i czuję, że za chwilę wybuchnę. Ale żeby to się nie stało, wstaję od stołu i zwyczajnie uciekam do pokoju, by rzucić się na fotel.

Chwila ciszy, a wraz z nią zawieszenie wszelkich słów i domniemań, które miałyby powodować następne wikłanie mnie w kolejne tajemnice. Pozostaje tylko alkoholowy szum w głowie, który jawi się jako ostateczna rozkosz, taka, na jaką teraz stać tylko jest moje istnienie. Ale też nie mogę się poddać, a oni nie ubiorą mnie w tanią nienawiść bez zasadniczego powodu, byle bym tylko miał się stać ich tępym narzędziem. Nic z tego, moi drodzy, nic z tego nie będzie.

„Poszła sobie. Tak, do łazienki. Pewnie mizdrzy się suka przed lustrem" – znów nasuwa się myśl, której sobie nie życzę, ale jak przestać, wciąż topić się w tym ciągu fałszywego języka. Sięgam więc za fotel po flaszkę i upijam nieco „z gwinta". Jestem pewien, że ja jej nie chcę, choć ten szum wody w łazience działa na wyobraźnię i wywołuje jakże powabne obrazy, choć nie mam pewności, że akurat o jej widok w tym chodzi. Muszę to przezwyciężyć, muszę za wszelką cenę przezwyciężyć zarozumiałość tej suki, bo w przeciwnym razie całkiem się znienawidzę. Muszę zerwać z takim życiem na niby, którego potwierdzeniem ma być z nią pierdolenie. Ona przecież traktuje mnie jak przedmiot i nie wiedzieć jak dalece posuniętą igraszkę. Widzę, że moje „jaskiniowe" życie może mieć tylko sens wtedy, jeśli wokół mnie świat będzie naturalny, a nie poddany wyjałowieniu i zredukowany do przejawów obecnej nijakości. Tymczasem ja za jej sprawą czuję się jakimś ekshibicjonistą, który zarazem cokolwiek robi, robi to pod specjalnym nadzorem i niejako w zastępstwie czynienia tego tak, jak naturalnie mi byłoby to dane i w jakiś ludzki sposób konieczne.

– O..., widzę, że poszedłeś po rozum do głowy... – odzywa się nagle ona, stając z rozpuszczonymi włosami w drzwiach pokoju. – Ja się już umyłam, zrób miejsce.

– ... – moja odpowiedź jest jednoznaczna.

– Nie udawaj, że śpisz, bo ja nie będę tutaj marznąć. Chłodno w tej dziurze.

Na te słowa energicznie wstaję z fotela i udaję się do łazienki. Myjąc się mam sobie za złe, że nawet tamtej baby nie mogę wyprosić z mieszkania, bo niby jako kto. Poza tym sprawa „gawrona" i tego jego środowiska sobowtórów mnie przeraża i zniewala, bo czymże ja teraz wobec nich jestem. Pozbawili mnie nawet nazwiska i imienia, by w ten sposób przymusić do robienia czegoś na ich rzecz, choć nawet jasno nie wiem wyraźnie czego, a nawet co się ode mnie oczekuje. Szczyt zniewolenia? Z pewnością nie, a więc szukajmy tego dna. W tej sytuacji i tak cokolwiek zrobię, może być wykorzystane do celów tych, którzy posiadają nade mną władzę. Muszę wybrać wszystko, a zarazem nic. Wiem, spełnię jej życzenie i przelecę tę ździrę, by ją uspokoić, po czym jutro jako pijany wyrzucę ją z domu. Przecież jako pijanemu Ryszardowi Franaszce Stanisław Kwik ani ktokolwiek inny nie będzie miał podstaw zarzucić, że oto się sprzeniewierzył sobie, czyniąc to w niezgodzie ze swoją tożsamością. Tak więc do dzieła, a i alkoholu nie powinno zabraknąć, bo i melinę mamy przecież w kamienicy za ścianą. Byle nie robić sensacji, a zarazem tanich akcji, bo jakże ja tych podrzędnych sztuczek u siebie i u innych nienawidzę.

Płynie miesiąc po miesiącu, podczas których wszyscy jakoś okrzepli i wydają się doskonale wiedzieć, co też nastąpi za chwilę, za dzień, w niedzielę, jak i 13 każdego miesiąca, kiedy demonstracje „ku pamięci" mierzą się w nowohuckich bojach z zomowcami. W instytucie też nieznana nikomu osoba jednak kładzie o tej porze kwiaty pod tablicą informacyjną niegdyś należącą do związku „Solidarność", co dla kształtującej się w nim świadomości jest szczególnym skandalem. Poza tym dzień za dniem ustawiają się na ulicach jakieś nie wiedzieć do czego i za czym kolejki, by poza tym wszyscy mieli tylko narzekać, że gorzej być nie może i już lepiej też z pewnością nie będzie. Ja za to na ten czas śpiewam Franaszce kołysankę pt. „Welcome to the machine", i stąd może nam obu łatwiej udawać kogoś innego. Wbrew bowiem temu co się w naszym świecie dzieje, my jednak jesteśmy wcieleniem sukcesu, a to za sprawą porozumienia, do jakiego udało nam się dojść kosztem Joanny. Ta musiała zniknąć z naszego życia. Był to akt radykalny, zamierzony i wykonany z pełną premedytacją przez nas obu i to w stanie wskazującym na spożycie bimbru. Tak też zostaliśmy uwolnieni od babskich symboli, kiepskich metafor, a do tego widoku mieszkania jej siostry, gdzie kundel wylegiwał się w szafie na ślubnej sukni, a do tego lokatorka tego mieszkania czyniła dziwne rytuały z wychowaniem jakiejś dziewczynki kosztem naszych osób. Nie wiem co przez to chciała uzyskać, ale sześcioletnie dziecko wypuszczała nagie, tylko w przezroczystej koszulce, by następnie wymagać ode mnie seksu przy otwartych drzwiach pokoju, a do tego szczególnie artykułowała rozkosze tego czynienia. Jak widać zboczonych bab nie brakuje. Tak więc nie chcemy jej calvadosu, korzystania z jej wdzięków i słuchania nagrań „Toski", co lubi czynić o trzech porach dnia, jak to rzekomo miało się odbyć naprawdę, lecz chyba z wyjątkiem ostatniej sceny, kiedy to bohaterka skacze do nieistniejącego nurtu Tybru. Nie ma czego żałować, tym bardziej, że po tamtym pamiętnym naszego rozstania poranku otrzymałem anonim, według którego będę wisiał wraz z tą suką Joanną Surowy, jej ubeckim mężem, notabene pedałem, i z całą tą komunistyczną zgrają. No i pewnie gdyby nie Franaszko, to ja jako Staszek Kwik bym się na te słowa obraził, no ale skoro każdy kogoś udaje w tym życiu na niby, to my z Franaszką przynajmniej jesteśmy teraz wolni sami przed sobą. My nie mamy czego udawać, a co najwyżej się siebie domyślać. Przy tym też nie jesteśmy naiwni i nie zamierzamy bezkrytycznie patrzeć co się w otoczeniu naszym dzieje, jak i być ślepymi na zagrożenia, jakie wynikają z tego rozczepienia osoby, nie wspominając oczywiście i o jaźni. Kompletna schizofrenia i oto się objawiająca. Dlatego staramy się trzymać jeden drugiego w szachu, ale jednak częściej przebywamy u Staszka Kwika. Po pierwsze jest to korzystne ze względu na utrzymanie ciała przy życiu, bo i mama Staszka stara się w tym względzie jak może, a poza tym w jego „jaskini" Franaszko czuje się bardziej dowartościowany i nawet dumniej obnosi się ze swą brodą, pozując przy okazji na jakiegoś perypatetyka czy kogoś w tym rodzaju. Natomiast Kwik na Pokątną umyka w świat obietnicy kolejnej przygody, no i w poczuciu odpowiedzialności względem jakby nie było, to już przyjaciela, którego często też odwiedza. Muszą jednak obaj mieć się na baczności, bo zawsze mogą zostać przyłapani na podwójnym obywatelstwie. A wtedy lepiej nie myśleć, jakie by miały z tego wyniknąć konsekwencje. Mogliby być aresztowani za podszywanie się jeden pod drugiego z użyciem podwójnych dokumentów. Poza tym Kwik i tak ciągle się obawia, że ktoś z rodziny Franaszki się zjawi w jego mieszkaniu i go nakryje. Wprawdzie kiedyś Joanna zapewniała go, że nie ma takiego zagrożenia, bo jego rodzina się gdzieś albo rozproszyła, albo też po części wymarła, ale jak tu wierzyć prostytutce, która do tego jest żoną ubeckiego „pedała". No to też niezłe to towarzystwo, które wprawdzie wzbudza niechęć, a nawet wstręt, ale wtedy Rycho uspokaja argumentem, że za to ma spokojne instytutowe zajęcie i przyjaciela, co też nie czyni mu żadnych zobowiązań i dyskomfortów.

Przy tym ma czas na oddawanie się swemu poznawaniu, doskonaleniu siebie, no i na kształceniu się w udawaniu kogoś innego. Tak więc wystarczy tylko być czujnym, inteligentnym, no i pijanym wtedy, kiedy wymaga tego interes zachowania spójności osoby.

No i można byłoby snuć dalej tę piękną opowieść o symbiotycznej przyjaźni tych dwóch postaci, gdyby nie znów kolejne do drzwi pukanie, które u Staszka zawsze wywołuje odruch strachu i obawę, a u Ryśka zadowolenie i dumę, że oto do niego też ktoś przychodzi, no i w ogóle, że ma jakąś do niego sprawę.

– A..., dzień dobry, panie Ryszardzie. Jakże się ciszę, że pana wreszcie zastałem, bo przecież to nie taka prosta sprawa. Tak dawno żeśmy się nie widzieli... a może ja wejdę, bo tak... – oto w jakiś entuzjastyczny sposób wygłasza swoją kwestię „na dzień dobry" niski facet o kulistej głowie niczym „Jacka" ze starej bajki „Jacek i Agatka", by rozglądając się wokół, miał robić takie ruchy ciałem, jakby chciał oto wyskoczyć z własnego obuwia.

Zdezorientowany taką niespodzianką i brakiem znajomości „gościa", metodą Stanisławskiego oddaję się bezwzględnemu władaniu nad moim ciałem Ryszardowi Franaszce, po czym próbuję domyślić się przyczyny takiego zachowania tamtego. Otóż on z nawyku udaje wyższego niż jest, ponieważ nosi buty na podwyższonym obcasie, a przy okazji stara się z góry mierzyć swoje otoczenie.

Tymczasem tamten po chwili zawieszenia akcji w przestrzennym trwaniu, robi jakąś nie swoją minę i wykonuje okrężny gest ręką, by wreszcie wydobyć z siebie oto te słowa:

– ...to, to ja... to ja może wreszcie... wejdę do środka.

– Ależ oczywiście!... – wybucham z równym entuzjazmem temu,

którego tamten zaskoczył i szerokim gestem robię mu w drzwiach miejsce. – Pan, panie... Olku, jest zawsze mile widzianym gościem w tym domu.

Tamten czym prędzej próg przestępuje i nawet chwyta za klamkę, by równie prędko drzwi zamknąć, po czym z rozbrajającym uśmiechem i nawet nieco słodko, czy też przymilnie z palcem na ustach, oznajmia:

– Ja zawsze pana proszę, panie Ryszardzie...

– Tak, słucham – mówię z obawą i lękiem nie tylko w głosie, że oto z tym Olkiem trafiłem niczym kulą w płot i czy aby to mnie nie zdradziło, lecz tamten obawę mą przerywa wyznaniem:– Widzi pan, to moje drugie imię też zostało nadane mi wbrew mojej woli, dlatego go wyjątkowo nie lubię i nie używam, a co za tym idzie nie uznaję. O tym fakcie wiedzą nieprzychylne mi środowiska i jeśli tylko chcą mi dokuczyć, to zawsze właśnie tak wtedy pozwalają sobie na... na mnie nazywanie. W związku z powyższym proszę uprzejmie o zwracanie się do mojej osoby Oskar Zakrzeński. Będę bardzo zobowiązany... no i dzięki oczywiście z góry – by miał znów wykonać próbę wyskoku z podwyższonych butów.

– Ależ oczywiście, panie Oskarze, to z powodu tak długiej... jak to pan zauważył... tak długiego niewidzenia się, pojawiła się ta niezgrabność. Ale już zostałem przywołany... Proszę dalej, rozgościć się. Do picia mam tylko... bimber i „popularną".

– Pan pije? Zawsze pan stronił... no ale rozumiem, takie czasy. Prawdę mówiąc, to ja tylko na chwilę i bez zbędnych ceregieli. Nie zabiorę panu cennego czasu, a tylko wyłuszczę... to znaczy pewnie pan się domyśla powodu mojej wizyty... Dług. Chciałbym odzyskać, bo widzi pan, czasy ciężkie, to jakie mają być i dla mnie?

Tamtego wypowiedź nieomal zbija mnie z nóg, stąd czym prędzej podpieram się sobą, czyli w tym wypadku Stanisławem Kwikiem.

– Nie ma najmniejszego problemu. Ale ile... ile my mamy tych zobowiązań?

– No cóż, z pewnością nie wymienię tu wszystkich, bo z naszą filozofią życia i świata człowiek na padół ten przychodzi już z długiem i to nie małym... na wstępie, ale jeśli by wziąć pod uwagę, no... te czterdzieści miliardów państwa, a także dług wdzięczności za życie i kulturę, którą zawdzięczamy przodkom, bo przecież mamy możliwość z niej korzystać i ją rozwijać, to nasze dwustronne zobowiązania... wynikające tylko z tytułu zajmowania, jak i pożyczonej gotówki na deficytowe książki, to tego uzbiera się... no, ...ho, ho!...

– Ho..., ho!... Mówi pan?

– No tak. Ja rozumiem, nie musi być wszystko od razu, ale... teraz trudne czasy.

– Świetnie, jeśli pan taki wyrozumiały, to niech pan sobie weźmie... na przykład połowę tych książek i... no i ten kredens. To Ludwik-Filip jakby nie było.

– Kredens?... Książki?... A gotówka? Człowiek w dzisiejszych czasach potrzebuje gotówki, a nie książki... czy kredensy.

– Mówi pan jak stary Żyd, a przecież i tak nie ma co kupić.

– A pan jak antysemita. Ciekawe, kto na tym miałby wyjść lepiej?

– Dlatego tak ważne jest nam porozumienie. Ja, jako człowiek na dorobku, bez możliwości zmiany tego stanu rzeczy nie jestem w stanie zaspokoić pańskich roszczeń, stąd też proszę, niech bierze, co chce. Mam nawet ukrytą flaszkę bimbru i to z wiadomego pochodzenia, które jednak musi pozostać tajemnicą. Mam też i inną ważną tajemnicę, no ale... ona nie podlega spekulacyjnym wymiarom, że tak się wyrażę – powiedziawszy to niemal nie klasnąłem z zachwytu nad inteligencją Franaszki w dłonie. „To moja szkoła. Co szkoła Kwika, to Kwika" – myślę nawet sobie.

– Hm..., wciąż to samo. Ostatnio też pan oferował książki i zdezelowaną wersalkę...

– O... zapomniałbym, właśnie i też proszę zabrać tę wersalkę. Czy to mało dobrej woli z mojej strony? Niechże pan sam uczciwie przyzna.

No i tamten zaczyna się przechadzać po mieszkaniu, oglądać to i owo, ale nie robi tego jakoś ze szczególnym zapałem, a raczej bardziej formalnie.

– Hm..., abnegaci, ci abnegaci. To wszystko zdezelowane, to... Wygniecione... Jakby pan miał drugą choć jak tamta lampę...

– ... – odpowiadam tylko gestem bezradności.

– No to przejdźmy do kuchni. No i co tu mamy... No tak..., Ludwika-Filip, przyzwoity mebel, ale cóż z tego, zżarty przez korniki?

– Niewiele ich, a to tylko pojedyncze egzemplarze – mówię z dumą, że sam jako niefachowiec odkryłem ten stan rzeczy. – Można je wytruć jak w ołtarzu...

– Korniki to korniki, a nie egzemplarze. No ale… Hm… Pod pewnymi warunkami mógłbym na to nawet przystać.

– Słucham, może da się coś zrobić w tej sprawie.

– Musiałbym tu przysłać osobę konserwatora… no, takiego ebenistę, który zająłby się meblem na miejscu.

– Chyba da się to zrobić.

– W porządku. I jeszcze jedno… Dług uznamy za spłacony, ale jeśli pan dołoży do tych rzeczy jeszcze te… tę waszą tajemnicę, ma się rozumieć.

– Jaką tajemnicę?

– Wspomniał przecież pan o niej na wstępie.

„O Chryste, cóż to za Żydowski dupek" – do głowy przychodzi mi na myśl, tyle że z niewiadomą od kogo i czy aby ze strony Kwika czy Franaszki, a może ich obu? Na wszelki wypadek mówimy jednym głosem:

– To ja jestem tą tajemnicą, jak każdy zresztą z nas. Pan także. A to wiadomo co w człowieku siedzi? Samemu się przecież nie wie, a do tego często sobie się dziwi. Pan wie co w nim siedzi? Panie… panie…

– Oskarze Zakrzeński, ja wiem, że to trudne nazwisko – oznajmia tamten z dumą, by znów ponowić próbę wyskoczenia z „podwyższonego" obuwia.

– Panie Oskarze, niech więc przychodzi ten fachowiec i czyni swą powinność. Ja ze swej strony pomogę mu w tym na tyle, na ile będę oczywiście w stanie.

No i te słowa kończą moją z Oskarem Zakrzeńskim rozmowę, abym miał go już więcej nie spotkać. Za to spotykam fachowców i to na każdym kroku mojego życia. Wszystko według odgórnego wzorca rządu fachowców, fachowej „WRON-y" z „gawronem" na czele i jego specjalistycznych sobowtórów.

Tak też fachowcem od wytrucia korników w kredensie okazuje się szczupły człowiek o pociągłej twarzy, jakoś dziwnie kojarzącej się z końską, którego można byłoby na pierwszy rzut oka uznać za „chodzące nieszczęście", gdyby nie ten pokaźny wzrost i duże dłonie, którymi podobno z łatwością rzeźbi świątki dla „Cepelii", a te można nawet nabyć w Sukiennicach. Ja świątków wprawdzie kupować nie zamierzam, natomiast względem umowy z Zakrzeńskim pomagać temu fachowcowi będę, byleby tylko nie wchodzić w jakiś dalszy konflikt z „gawronem", bo mojej sytuacji służyć on już pewnie nie będzie. Mam bowiem inne preferencje. Na okazję tego odkrycia nawet rzucam palenie i w ten sposób ukazuję sobie moc kogoś, którego stać na niejedno wyzwanie.

Tymczasem Aleksander Szkatuła, fachowiec od kredensu stwierdza, że praca nad meblem nie będzie łatwa i przyjemna, a to za sprawą nie tylko zasiedziałych w nim korników, ale także mechanicznych ubytków, które tu i ówdzie uzupełnić trzeba, co potrwa nie tak krótko, jak to się laikom wydaje. I w ten oto sposób Franaszko dorabia się współlokatora, a że Szkatuła to człowiek towarzyski, to i wkrótce na Pokątnej można spotkać i jego pomocnika, niejakiego syna milicjanta „od karateków", a także tajemniczego stróża nocnego, Jacka Górnego i kogoś mi szczególnie podejrzanego, a mianowicie niejakiego Wacława Nowego, który rzekomo pochodzi z okolic mojego pierwszego miejsca zamieszkania. Wszystkie te osoby zaczynają okupować mieszkanie Franaszki, a nawet sprowadziły na tę okoliczność telewizor. Ale żeby to tylko chodziło o kredens, a tymczasem ujawnia się coś całkiem innego. Świat Franaszki przestaje być pokątny. Z tego też powodu nawet coraz częściej umykam w obręb osoby Staszka Kwika, zostawiając niejako na pastwę losu tego drugiego. Jednakże dzięki niemu też się dowiaduję, że Górny to ten, który często pełni nocną służbę na portierni Instytutu Kształtowania Świadomości i nawet zna Joannę Surowy, która jest koleżanką ze studiów jego żony, pracującej obecnie w jednym z krakowskich wydawnictw. Podobno tę można łatwo rozpoznać w mieście, bo i chodzi w chałacie oraz bereciku z antenką. Nie ma w tym nic dziwnego, większość w Krakowie przynależy bowiem do jakiejś symboliczno-literackiej grupy, dzięki której sztuka żyje i odgrywa się albo „Pod wulkanem" czy też w aurze Kafkowskiego „Zamku", w który podobno celuje nawet sama Anna Dymna ze śląskim reżyserem, nie wspominając już o pomniejszych tożsamościowych rytach grup, jak na przykład „Miasta kobiet" według Felliniego, a nawet „Moskwy Pietuszki" Jerofiejewa czy „Mistrza i Małgorzaty" Bułhakowa. Natomiast za elitę uważają się ci spod znaku „Procesu", których podobno przewodnikiem jest sam Oskar Zakrzeński. Ten też w godzinach nadliczbowych, sprawę oczywiście traktując hobbystycznie, patronuje „Ameryce, Ameryce", dlatego też rozumiem skąd u niego ten czarny neseser i nieodłączny parasol. Na początku sądziłem, że to może ma coś wspólnego z bycia sympatykiem sztuk Tadeusza Kantora, jednak jak się okazało, znów się pomyliłem, a to z prostego powodu, nie trzymam i nie aspiruję do „Piwnicy pod Baranami", w której mają niekwestionowany monopol na „awan-gardowo-ariergardową" sztukę w tym mieście.

Ale żeby się nie zatracić w tym chaosie osób i rozszyfrowywaniu kim jest kto, wystarczy schować się do bezpiecznej „jaskini" Kwika, gdzie świat nauki jawi się jakże niezależny, a wędrówka pośród meandrów sztuki nie ma znamion wyborów moralnych. Wszystko tutaj jest albo prawdziwe i godne zapamiętania dla dalszego poznawania, co jawi się jako ciekawe czy nawet śmieszne ze względu na jednoznaczną formę sądu o świecie pięknym i mimo wszystko wciąż tajemniczym, albo też jest fałszywe. Z chęcią zostałoby się w tej realności niemal na zawsze, ale przecież żyć trzeba też inaczej, co wymaga bezpośredniego z ludźmi kontaktu, a i jest jeszcze coś, co w pewnej chwili sprawia, że ta osobista „jaskinia" staje się nawet uciążliwym i nudnym balastem. Nie ma dla tego zjawiska odpowiedniego określenia, stąd wiem, że i ono w odpowiednim dla siebie czasie też przyjdzie. Pozostaje mi też tylko zdziwienie samym faktem jego istnienia i doznawanie niepokoju, który nakazuje mi nagle rzucać to wszystko, by szaleńczo gnać nie tylko do mieszkania Franaszki i jego okazjonalnych kolegów, ale przede wszystkim do swoistej gry, która od czasu wejścia tam fachowca ze swą trucicielską na kornikach robotą sprawia, że ona dokonuje się nie tylko między postaciami bezpośrednio, ale przecież względem i za sprawą „gawrona" także. Ten okazuje się tym samym być wszędzie. Samemu wierzyć mi się nawet w to nie chce, bo taka wizja już na wstępie nie tylko wydaje się ze wszech miar fałszywa i niedorzeczna, ale i też śmieszna. No i właśnie, to wydawanie się powinno być siłą, która mnie zwiąże nie tylko z potrzebą jej zaprzeczenia, ale przede wszystkim ustawi mnie w świecie w sposób nad specyficzny, a mianowicie nie pozwalający mi zawierzyć czemukolwiek i komukolwiek bez dostatecznej pewności i dla mego bezpieczeństwa. Stąd też muszę jej szukać, by wciąż nie być w heroicznym zawieszeniu. Jakby tego było mało, nie mogę się zgodzić na rolę takiego herosa, którą przydzieliła mi ta coraz bardziej mi wstrętna Joanna Surowy, by tym mnie dodatkowo zniewolić i uwięzić. Są nawet chwile, że czuję się kompletnie osaczony przez znane już sobie sobowtóry. Pewnie dlatego też nie mogę z nimi walczyć w sposób otwarty, bo ja przecież mogę sobie cenić tylko oryginalność, a nie świat z jakiejś drugiej ręki. Aby się z tego uwolnić, spróbowałem nawet po zniesieniu godziny milicyjnej urządzić bieg nocny na pamiątkę tego zwycięskiego, ale wkrótce i tak przechodnie na ulicy na mój widok zaczęli pokazywać mi symbol świra, a w przejściówce razu pewnego nawet usłyszałem, że oto widziano mnie nocną porą przemykającego pośród bloków osiedla i to całkiem nago. No i jak tu mam się sobie dziwić, że oto tak mnie do ludzi ciągnie. Przecież to się wydaje jakąś wielką kopalnią wiedzy i to o samym sobie. A że ze wszystkimi naraz spotkać się niepodobna, stąd pędzę do kolesiów i to pewnie przebywających teraz u mnie drugiego, czyli Ryszarda Franaszki przy Pokątnej.

Stając przed drzwiami osoby, w którą tak skrupulatnie próbowałem się wcielać, przez chwilę nasłuchuję, czy aby na pewno zastanę od korników ebenistę, czy będę też musiał drzwi otwierać kluczem, który został dorobiony na czas konserwatorskich prac fachowca. Nic szczególnego się nie dosłyszawszy, pukam jak to do tej pory czynili przybywający do Franaszki goście, po czym wchodzę do wewnątrz już bezceremonialnie i oto co widzę: Szkatuła siedzi w kuchni na taborecie nad spirytusowym palnikiem i usilnie coś miesza, podgrzewając w puszce. Mieszkanie przesiąkło formaliną kompletnie.

– O, lokator wraca do domu, niczym syn marnotrawny.

– A co ty tak mieszasz?

– Mieszam, bo inaczej się nie da. Jakby ktoś mógł pomieszać za mnie, a najchętniej jakaś zgrabna panienka z średnio dużym biustem, to pewnie nawet bym i popatrzył, popodziwiał, a co nieco i poczynił. Tymczasem człowiekowi przychodzi mieszać klej w obecności lokatora.

– Kolegów nie ma?

– Są... To znaczy zaraz przyjdą. Wolne dziś dałem tylko pomocnikowi, ale Górny z pewnością wpadnie, bo ten nie popuści, a jak mi wiadomo, ze swoją żoną po tym jak dostał wilczy list na uczelni, wytrzymuje tylko czterdzieści godzin pięć minut i dwadzieścia sekund na tydzień. Dlatego albo śpi, albo pędzi na służbę nocną czy też do mnie, by się napić na krzywy ryj. Wszystko jest już ustalone. Znamy porządek tego świata i nic nowego nie jest w stanie nas zaskoczyć, panie Frana... Fra–na... Franaszko? No chyba, żeby zaistniał jakiś cud z rozmnożeniem alkoholu, jak to w Kanie Galilejskiej miało owego czasu miejsce, to owszem, przystałbym, ale tylko jeśli byłaby to jakaś smaczna wódeczka... albo koniaczek.

– Co, dostałeś biegunki słownej od tego kleju?

– Nie bądź pan bezczelny i zważ z kim mówisz. Ja jestem historyk sztuki i dysponuję nie lada elokwencją, której w tym narodzie nie znajdziesz. Same „krzoki" i „kwoki", a przecież liczy się „klasa". Dlatego słuchaj i ucz się od mistrza.

– To, wiesz co?... Może ja się przejdę, a ty się przygotuj do wykładu. Jak osiągniesz pełną doskonałość... no i przyjdziesz do równowagi...

– Siadaj i nie pieprz, bo sprawa się rypła.

– Co takiego?... Z innej zaczynasz beczki?

– Wszystkiego dowiesz się w swoim czasie. Przyjdzie Jacek i Nowy", to się pogada i obgada. Co by się miało nie pogadać, jak się pogada, nieprawda?

– Niech już będzie, że to jakaś tam prawda.

– Pan żeś myślał, że nas można wpuścić w maliny? – tamten kontynuuje po tym, jak zajmuję miejsce przy stole, siadając na taborecie.

– Kogo „was"? Masz na myśli grono swoich kolegów?

– Tyż. Ale wyobraź sobie, że ja dzwonię do twojego instytutu, a tam mówią, że taki wcale nie pracuje. I czego ja się dowiaduję, że Franaszko to fikcja. Dlatego zjawi się reszta, to się podejmie w tej sprawie decyzję co z tym fantem i w tej sprawie... Żeby tak kolegów wypuszczać w maliny?... No, no...

– Jak to, ja jestem!... – jakoś głos mi się urywa i więźnie z tłumionej złości w krtani, nagle bowiem zdaję sobie sprawę, że faktycznie, przyjmując się do pracy w instytucie powołałem się wprawdzie na Joannę, ale intuicyjnie kadrowej wręczyłem swój, a nie Franaszki dowód osobisty. Cóż to za objawienie. Zrobiłem to wtedy tak naturalnie, że nawet nie zauważyłem, że można było inaczej. Tamta coś wprawdzie mruknęła pod nosem i nawet spojrzała na mnie, ale ostatecznie machnęła ręką i przyjęła mnie do pracy. I oto staje znów pytanie: kto tutaj jest kim?

W ten oto sposób wydaje się też upadać w gruzy mozolnie budowany przeze mnie gmach tajnego agenta. Czy nagle miałoby nie pozostać mi nic z tylu lat mojej pracy nad ucieleśnieniem idei kogoś, kto mógłby godnie i sensownie mierzyć się z wszystkim tym, co go w tym oto świecie spotyka?

– Tak, mój drogi przyjacielu, kim ty w takim razie jesteś, skoro nie Ryszardem Franaszką, za którego się nam tu podajesz? Oto jest pytanie.

– Jestem kim jestem i nie mam nic do wyjaśniania.

– Niczym Bóg. A jednak się obruszyłeś. Ruszyło cię to zdemaskowanie.

– Przestań mi tu im... imputować, stary...

– Impu..., co proszę?

– Nie dość że dałem ci możliwość zarobku i do tego okupujesz moje mieszkanie, to jeszcze masz jakieś do mnie pretensje?

– Denerwujesz się? Fakt, jest czym. Wystarczy sprawę oddać milicji, a oni już potrafią załatwić takiego delikwenta. Te durnie każdemu dadzą radę swoją tępotą, to pewne. Sprawdzą ci przy okazji odporność.

Nie mam jednak już możliwości odpowiedzieć na kolejną zaczepkę, bo oto drzwi się otwierają i zjawiają się oczekiwani goście. Obaj przy tym niezwykle poruszeni, co widać szczególnie po zazwyczaj nieco ociężałej sylwetce Nowego.

– Słyszeliście, że zomowcy załatwili w Lubinie kilkanaście osób? Strzelali do demonstracji ostrą amunicją – oznajmia Górny, po czym podchodzi do stołu i wyjmuje papierosa z leżącej paczki.– Kartkę masz? – reaguje Szkatuła na postępek kolegi. – Tobie tylko w głowie cudzesy. A może choć raz zdobyłbyś się na swoje.

– Dobra, załatwi mi kuzynka „wybraki" z „tytoniów" na wagę, to się z tobą podzielę.

– Ale jak ty je pokroisz, skoro ty jesteś tak ekstremalnie leniwy.

– Wy pieprzycie, kurczę, o fajkach, a ludzi znowu załatwiają – wtrąca Nowy, zajmując miejsce na taborecie przy oknie. – ZOMO ugania się za ludźmi po całej hucie. Teraz to już cały kraj ruszy. To koniec zabawy. To koniec...

– Powoli trzeba rozpatrzyć sprawę na chłodno – mówi Szkatuła przyciszonym jak zwykle głosem – Jacek, skocz no do tej „sroki" po flaszkę. Ale żeby dała koniecznie ten bimberek co ostatnio. Innego alkoholu nie przyjmuj.

– Dobra, dawaj forsę. Przecież i tak mi nie da spróbować. Po co to gadanie.

– Idź i zwróć uwagę na kolor. Ten, o który mi chodzi ma odcień laskowego orzecha.

– No dobra, dobra. Już idę – mówiąc to nocny portier pośpiesznie opuszcza mieszkanie, chowając forsę do kieszeni spodni.

– No, Wacławie, co my możemy zrobić w tej sytuacji, jak sądzisz... – fachowiec od tępienia korników zadaje pytanie, zakładając nogę na nogę.

– Trzeba zewrzeć szeregi, wytępić wszystkie męty pośród nas i zdrajców sprawy. Przecież to wszystko przez tych, co idą na jakiekolwiek układy. Nie może być tak, żebyśmy wciąż dreptali w miejscu. Wóz albo przewóz.

– No i słyszysz, pan – tymi słowy zwraca się do mnie Szkatuła.

– Nie wiem co chcesz przez to powiedzieć, zwracając się akurat do mnie.

– Żeby choć miał aspiracje, nawet bycia „czwartkiem"... – tamten do Nowego.

– On nie zna tej postaci. Wóz albo przewóz?

– Inaczej? Znajdź lepsze wyjście – wtrącam niechcąco.

– No nie... W takim razie, po raz ostatni, kim ty faktycznie jesteś? – Szkatuła znów zwraca się do mnie. – Nie da się grać z nami na wszystkie strony.

– Przecież to jakieś kretyńskie pytanie. Ja też mógłbym ciebie spytać o to samo. Ciekawe co byś odpowiedział. Kim jesteś?

– Ja nie muszę, bo oni zaświadczą o mnie. A na ciebie mamy niezłe haki. Dlatego albo jesteś z nami, albo przeciwko nam. A mówi do ciebie przecież „poniedziałek".

– Nawet gdybym chciał, to jest to niemożliwe, bo nie mam pewności, kim wy właściwie jesteście. To ja was podejrzewam i nawet haków nie potrzebuję.

– A co to nie widać? Nowy „nosi opornik w klapie, nocny portier, co go wylali z uczelni, bo brał studentów na piwo, ...nieszczęście, poszedł po wódkę, no a ja jestem historyk sztuki, ciężko pracujący swoimi „ręcami" na życie, na pomyślność mojej córusi Anusi. Ja wiem, że twoja sytuacja jest nie do pozazdroszczenia, a nawet nie do powtórzenia, bo i dostać się w trójkąt bermudzki to nie wesoła sprawa, no ale cóż, takie jest życie. Powinieneś się cieszyć, że nie wzięli cię w swoje łapki karatecy z Karmelickiej, bo wtedy miałbyś się dopiero z pyszna.

– Tamci?... Kim wszyscy jesteście? Co to za mistyfikacja z tym opornikiem, a zarazem ludźmi tej ...z bezpieki – znów mi słowa w krtani grzęzną, bo jakby przez samo ich wypowiedzenie wydaje się wszystko oczywiste i jakoś tragiczne zarazem.

Lecz ta oczywistość ma sens tylko chwilę, bo w następnym momencie nią ona już nie jest i to za sprawą dbających o to kolesiów, którzy się pobłażliwie śmieją.

Na odsiecz przychodzi mi Górny, co to właśnie powraca od dozorców z bimbrem.

– Jestem, a ta „sroka" to całkiem sympatyczna kobitka i to mimo tego nieprzyjemnego głosu.

– Ja się z plebsem nie zadaję – odpowiada na to ebenista, po czym odkręca zakrętkę butelki, by nalać alkohol do kieliszków.

– Nie jest jaka trefna?... – mruczy pod nosem Nowy.

– Wypróbowana, testowana... – uspokaja Górny.

– No to wiwat, za wolność wolnych... a niewola niewolnikom. A...ch, niezły, czuć Puszczę Niepołomicką. Tak więc panowie, należy nam zagrać rewanż, bo sprawa Franaszki się rypła – Szkatuła mówiąc to, karty do gry z szuflady wyjmuje.

– A co, nie idzie na współpracę? Może go by tak podleczyć, choćby symbolicznie – zauważaą Górny, by zrobić przy tym minę jakiegoś mędrka.

– Wszystkie sposoby zostały wyczerpane. Sprawa ma się jak z osłem oryginałem. Jak widać rola ta jest oślo zaraźliwa, dlatego należy skończyć z tą postacią, bo ona nic więcej nam w układ nie wniesie, poza zwykłymi okolicznościowymi gierkami. Próby się wyczerpały i tyle... Takie jest życie, panie Sercowicz... no nie?

Wtem zaczynam sobie zdawać sprawę, że siedzę tutaj jak na tureckim kazaniu, bo niby rozumiem co Szkatuła mówi, lecz zarazem dostrzegam szyfr, którym ten się posługuje. Na dodatek wymienia tajemnicze znaki, posługując się jakimiś gestami między tymi dziwnie dobranymi kolesiami. Stąd też nie mogę rozeznać, o czym tak naprawdę on mówi. By się nieco dowiedzieć, biorę ze stołu karty do gry z zamiarem ich potasowania.

– Ale ty przecież nie grasz. W swojej sprawie?... Poza tym jest to nasz rewanż – Szkatuła spokojnie oznajmia niby to tylko przy okazji.

– W takim razie z jakiej racji ktokolwiek ma sądzić w mojej sprawie? – zadaję pytanie z miną kogoś, kto zaczął grę na wyższym poziomie.

– Tupet on ma, to fakt, ale to i tak już musztarda po obiedzie.

– Przecież dobrze wiesz, że w każdej chwili mogę tę grę przerwać i poprosić was, byście opuścili to mieszkanie – stawiam sprawę *va banque* i tym samym próbuję walczyć o pozorny obraz panowania nad tożsamością Franaszki.

– O... kochany, ty, który odmawiasz kobiecie, ty, który po pijaku ubliżasz ludziom i uprawiasz nocne harce, naruszasz prawo, ty, który masz dług i do tego podajesz się za kogoś innego i to po to, żeby zawłaszczyć pustostanem w dobie braku bazy mieszkaniowej, ty masz jeszcze czelność straszyć czy stawiać warunki? Przecież haki na ciebie zostały założone ewidentnie i powinieneś się cieszyć, że już nie zawisłeś na nich, nie przymierzając jak, jak... jak prosię.

Słowa te ostatecznie wyprowadzają mnie już z równowagi, dlatego zrywam się z miejsca, wpadam do pokoju obok po jakąś swoją rzecz, ale że nie mam pojęcia co z sobą miałbym zabrać, porywam „Samotnika" Ionesco, a na jego miejscu pozostawiam dowód osobisty Franaszki, by po powrocie do kuchni chwycić jeszcze swoją saszetkę. Bezceremonialnie stając na środku kuchni, oznajmiam:

– Macie pięć minut na opuszczenie... – i kieruję się do wyjścia.

Docierają mnie jeszcze tylko jak zwykle stonowane słowa ebenisty:

– Ty, kochany, ty się nie obrażaj na świat. Bo takie jest życie...

Osiągnąwszy widok ulicy Pokątnej, jestem ostatecznie przekonany, że sprawa Franaszki, tego mieszkania i jej samej jest definitywnie przesądzona. Teraz tylko zgolić tę brodę, przywrócić naturalne uczesanie Staszka Kwika i w ten sposób powrócić do siebie. Ale odzyskać siebie, to niby teraz co. Udać się do swojej wyłączności w „jaskini" z niejasną przyszłością. I to jeszcze w instytucie? Co by nie pomyśleć, to moja sytuacja wymaga jednak radykalnej decyzji i to bez oglądania się na jakieś drugorzędne konsekwencje. Pewne jest przy tym to, że ja z tymi ludźmi chcę skończyć i nie zamierzam używać do tego żadnych półśrodków. A co z pracą? Mogę czekać na zwolnienie, jeśli i tamci będą chcieli to załatwić jako konsekwencję zerwania z Franaszką. Tyle tylko, że czy tak łatwo to pójdzie, czy będą chcieli odpuścić i zbagatelizować moją decyzję i ten gest samowyzwolenia. Tego nie wiem i czuję się całkowicie w tej niewiedzy osamotniony. Naraz mam uczucie pragnienia, potrzebę odnalezienia punktu zwrotnego w przeszłości, który zaważył na obecnym rzeczy stanie, a do którego wróciwszy, mógłbym nadać inną kolej rzeczy, które mnie w te, a nie w inne wtłoczyły tory. Z pewnością nie był to problem domu, który jest mi jakąś ostateczną ostoją, gdzie mogę też zjeść i mieć gdzie się przespać, choć w tej chwili nawet moja tam „jaskinia" jawi się niczym więzienie. Matka z ojcem zapewne martwią się o mnie i nie jestem im obojętny, ale jakie to może mieć znaczenie względem mojej prywatnej wojny z otaczającym mnie światem, z walką z tymi wszystkimi karykaturalnymi postaciami tego miasta, w którym życie na niby przeplata się z nikczemnością i zwykłym złodziejstwem tych, którzy za chwilę potrafią stanąć jakby nigdy nic przed ołtarzem swojego społecznościowego kościoła i uprawiać mszę świętą swoich jedynie słusznych racji. Do tego jeszcze szubrawcy rodem z ubecji, którzy grają swoją grę, by tacy jak ja mieli się bać. Grają mi na lęku, żeby mnie zniewolić i bym miał się poddać ich pokątnej władzy. Nigdy!

No i cóż mogłaby mi pomóc w tym matka, której życie obraca się między domem, kościołem i wyrywaniem ze sklepów wszystkiego tego, co tylko może się przydać w jej gospodarstwie. Poza tym niczego z tego nie rozumie, a potrafi tylko popadać w jakieś dziwne histerie, kiedy coś idzie nie tak, nie po jej myśli, ale w jej udręce.

Obrazy te z natłokiem myśli wodzą mnie po ulicach, bym oto miał się nagle zorientować, że od dłuższej chwili przemierzam miasto bez wyraźnego celu. Spoglądam tu i tam, by się dopatrzyć w znanych sobie miejscach śladów mojej obecności i to przecież w całkiem innych okolicznościach. Przypominam sobie, że spacerując, przeciwległą stroną tej ulicy szliśmy nieraz z Moniką, by ostatecznie też znaleźć sobie miejsce w „Kukułce" pod Wawelem czy też w „Marago" na Zwierzynieckiej. Na „Józefa" chodziło się do DKF–u, a teraz tu pusto, jakoś potwornie smutno i tylko dwukółka przypięta do ulicznej latarni ma świadczyć o tym, że ludzkie plemię nie wymarło, mimo że tu i ówdzie ktoś raz po raz przemknie. „Szeroka" opanowana jest jak zwykle przez milicję, choć teraz największe jej siły zaangażowane pewnie są w Hucie. „Dajworem” chodziliśmy z Wedelmanem do kina „Wisła”, kiedyśmy urywali się z lekcji nauki o życiu w rodzinie i ostatniej matmy. Gdzie się to wszystko podziało, a jednak miejsca istnieją, a czas płynie? Dziwne to odkrycie sprawia, że mimo że jest ono mi od zawsze znane, to jakoś do tej pory wcale nie jawiło mi się w sposób tak dramatycznie oczywisty. Ta oczywistość niesie z sobą niepokój, przeraża i stawia mnie na kolejnej krawędzi, na jakimś zakręcie, bym miał się znów temu przeciwstawić i dla niepopadnięcia w kolejną rozterkę powiedzieć sobie, że nie zamierzam o tym myśleć, wdawać się w kolejne rozpamiętywanie, które tylko jeszcze bardziej mnie przytłoczy i bardziej zaciemni wszystko to, co i tak już wydaje się mało czytelne i jasne.

A ten tam jest, tam właśnie wciąż widnieje ten komin na Zabłociu, gdzie pracowało się, udając garbarza. Jednak z Moniką były to przecież krótkie, ale i szczęśliwe chwile. Teraz jest już coś innego, życie toczy się dalej, choć nie mam poczucia tego wszystkiego sensu. Wszystko to przecież nie jest moje, a sam wydaję się czepiać tylko jakichś okazjonalnych rzeczy, względem których mógłbym mieć orientację, gdzie oto sam z sobą się znajduję. W tym wciąż zadziwiającym, ale jakoś coraz bardziej obcym mi świecie, ciągle ktoś za mnie decyduje, ktoś mówi za mnie i w moim imieniu. Jakby tego było mało, to jeszcze swój tekst wtłacza niczym pompą w moje o czymkolwiek myślenie. Kim zatem jest ten ktoś?

– Kim ty jesteś? – wyrywa mi się rozpaczliwie i dziko brzmiącym głosem, zrywam się w jakiś znany mi osobiście bieg.

Przez ten bieg uciec od całego tego świata, jak i może także od samego siebie. Stąd biegnę w stronę mostu na Wiśle, by po drodze dostrzec zdziwienie, a nawet usłyszeć uwagę, że oto chyba ze mnie jakiś pomyleniec. Lecz cóż mnie mogą obchodzić te komentarze, te wszystkie zaczepki małych drobnomieszczańskich pokrak. Mam choć tyle, mój własny bieg, który oto czuję z upływem każdego kolejno stawianego kroku, co brzmi we mnie jakże naturalnie i bezinteresownie. Nie biegnę do jakiegokolwiek celu. To dzięki oddechowi, co staje się jakże wyrazisty, czuję, że prawdziwie jestem i to nie dla potwierdzenia tego czy innego sądu, ale dla swej istoty, dla autentycznego bycia sobą i w sobie.

Jest i most a pod nim Wisła. Ile ja już razy przekraczałem go w tę i we w tę, a mimo to wciąż jawi się czymś na nowo odkrywanym, na co można by było patrzeć niczym na akwarium pełne rybek. Niewiele jest takich miejsc, bo i większość z nich, choć bardziej znamienitsze, to mija się już jakże obojętnie i bez wyrazu. Tak więc dziwię się i biegnę w stronę Placu Zgody, tam, skąd kiedyś inni z chęcią by się oddalili, a przecież tam też zmierzali. Jakże to wszystko jest niepojęte i wciąż zaskakuje, a przecież powinno stać się już zwyczajne. Chciałbym tej zwyczajności zaznać, by przestać odczuwać dyskomfort niespełnionego wędrowca, by może i stępić wrażliwość, ale co miałbym wtedy? Nicość? Teraz mam bieg... Raz, dwa, trzy, cztery... Jednak zmienił się ten Plac Zgody. Kilka lat temu wyglądał całkiem inaczej. Nie było podziemnego przejścia i tej szerokiej arterii. Szkoda tamtego, a zwłaszcza tych wyburzonych starych kamienic. Ci co o tym decydują, wydają mi się pozbawieni nie tylko wyobraźni i wrażliwości, ale obarczeni są jakąś pijaną racjonalnością, która każe im się przemieszczać od płotu do płotu skrywanego barbarzyństwa. Ja tymczasem zamiast płotu mam oto przed sobą ogrodzenie, które oddziela chodnik od jezdni. Przeskakuję je w miejscu, gdzie dawno przechodziłem od tramwaju. Wyczekawszy aż jakiś wartburg za żukiem jezdnią przejedzie, przebiegam na drugą stronę, by znów przeskoczyć następne ogrodzenie i tym samym znaleźć się na przystanku. Muszę przecież w końcu jechać do swej „pustynnej jaskini" i może zrobić odnowę, a może nawet zacząć nowe życie.

Wtem z podziemnego przejścia wychodzi dwóch milicjantów z paskami czapek na brodach, by stanowczym krokiem skierować się do mnie. Stając przede mną, tymi słowy zwraca się starszy rangą:

– Dokumenty!

Zaskoczony szukam dowodu osobistego i nawet natrafiam na taki w kieszeni saszetki, ale przez moment się waham, czy to aby dokument właściwy, czy to przypadkiem nie tożsamość Franaszki. Lecz plastikowe etui świadczy o tym, że trafiłem na siebie, Staszka Kwika, stąd też wyjmuję dokument pewny swego i bez słowa podaję go milicjantowi.

– Idziemy! – ten wydaje polecenie, jakbym należał do jego kompani.

– Ja czekam tutaj na tramwaj. Chcę jechać do domu.

– Idziemy, powiedziałem. Możesz już do niego nie dojechać, jak będziesz stawiał opór władzy – mówi agresywnie ten młodszy rangą, a pode mną uginają się nogi.

„Po co oni mnie ciągną do podziemnego przejścia, przecież wylegitymować mnie mogli na przystanku" – myśl ta swoją obecnością przytłacza całe moje myślenie.

Tymczasem dochodzimy do głuchej podziemnej przestrzeni, w miejscu zaślepionego zeń wyjścia, byśmy się mieli raptownie zatrzymać. Milicjanci zaczynają prowokacyjnie na przemian mnie i dokumentowi z uśmiechem się przyglądać.

– O co chodzi? – pytam zdziwiony, przejęty o siebie troską.

– Czyj to dokument? – zadaje pytanie starszy, uderzając moją książeczką tożsamości o palce lewej dłoni, a ten drugi poprawiał pałkę przy pasku.

– Na przystanku... – próbuję coś mówić, ale dostrzegam jakoś brak sensu wyjaśniania czegokolwiek, bo przecież na przystanku oni nawet nie zajrzeli do dowodu, stąd od razu musieli wiedzieć, że tutaj się ze mną znajdą.

– Co... stało się na górze! – tamten naskakuje na mnie, że zamieram w bezruchu, bo i słyszałem o prowokacjach, jakich się milicja często dopuszcza.

– Chcę powiedzieć... na przystanku mogłem być wylegitymowany...

– Nie ty będziesz pouczał, jak mamy wykonywać swoje zadania. Dowód jest kradziony.

– Nie, to mój dowód. Ja jestem Staszek Kwik. Możemy nawet pojechać do mnie do domu. Matka czeka na mnie, a ojciec...

– Z brodą?... Co to za maskarada – tamten jakoś zmienia ton, lecz wciąż przygląda mi się prowokacyjnie. – Udajemy kogoś innego. Do tego ruch tamujemy.

– Po co miałbym udawać. Brodę raz się ma, raz nie.

– No tak, w takim razie wyjaśnimy to sobie w komisariacie.

– Ale na mnie w domu czekają.

– Idziemy! – tamten rozkazuje niczym swojemu podwładnemu, bym udał się za nim, a za sobą ma jeszcze trzymającego się wciąż za pas „bezbelkowca".

Na zewnątrz przejścia podziemnego, tuż za jego zadaszeniem schodów, w okolicy kiosku z kwiatami czeka na nas zaparkowany uaz, którego tylne drzwi zostają otwarte przede mną. Lekkim trąceniem w plecy zostaję zachęcony do wejścia.

Wsiadam obojętny i całkiem przytłoczony, po czym beznamiętnie spoglądam na czynności milicjantów. Wydaje się, że już mnie teraz nawet przestaje obchodzić jak i gdzie jedziemy, czego oni chcą ode mnie. Patrzę tylko w okno na ten znany most na Wiśle i „zwywłóczone" przez siebie ulice. Przypominam sobie też tę, następną i kolejno grającą we mnie od zawsze muzykę, by następnie miały złożyć się w to coś jakże dobrze mi znanego, co wydaje się naturalnie znów śpiewać we mnie:

Welcome my son, welcome to the machine
Where have you been?
It's alright we know where you've been
You've been in the pipeline, filling in time,
provided with toys and Scouting for boys
So welcome to the machine
...
Welcome my son, welcome to the machine
What did you dream?
It's alright we told you what to dream...

„O, Jezu!" – nagle krzyczy we mnie głos przypomnienia sobie o Franaszce i wizja przyłapania mnie na posiadaniu dwóch dowodów osobistych podczas ewentualnej rewizji. Stąd też odruchowo upuszczam saszetkę na podłogę, by sięgnąwszy po nią, rozsunąć jej zamek i próbować odnaleźć tak ciążącą mi tożsamość obcej osoby. Milicjant spogląda w lusterko, a ja z ręką wewnątrz udaję, że nic się nie stało.

– Co tam Kwik ukrywasz?

– Saszetka mi wypadła... tyle...

– I rękę w niej trzymasz?... Możesz się z nią obudzić, ale w nocniku.

Oni się śmieją, a ja na te słowa milczę, bo przecież nie powiem im, że zamierzam Franaszkę schować do spodenek czy też do skarpetki. Ale i ta wyobraźnia wraz z nerwowymi próbami odnalezienia dowodu przyprawiają mnie niemal do obłędu. Przychodzi mi nawet na myśl ucieczka przy wysiadce.

– Co?… boimy się konsekwencji, boimy. Pory mamy już pełne… – tamten mówi tryumfująco i uaz skręca na jakieś podwórko.

Zaczekam aż mi drzwi otworzą i rzucę się do bramy. Może się uda.

– Wysiadaj! – rozlega się komenda „bezbelkowca", gdy ten mi drzwi otwiera.

– A, to już?… – mówię niby ot tak sobie, a to wysiadanie z samochodu nagle mnie oświeca. Przecież ja podczas opuszczania mieszkania na Pokątnej zamieniłem dowód Franaszki na „Samotnika" Ionesco. Jakże mogłem o tym zapomnieć. Świadomość tego nieomal nie „kładzie mnie trupem" i to gdzie, na parkingu komisariatu milicji obywatelskiej.

– Chyba że chcesz jechać na Kowno – coś próbuje powiedzieć „bezbelkowiec".

No to i wysiedliśmy pośród milicyjnych kilku wozów, a te jakże dobrze znane, choć w tym komisariacie na pewno nie gościłem wcześniej. – No, jako kto? – któryś z milicjantów zadaje bez sensu dla mnie pytanie.

– Może być jako „statysta" – pada odpowiedź.

Poznaję tutaj nie tylko podwórko, ale i dyżurnego, któremu po wstępie na ladę wykładam wszystko co mam w kieszeniach. Oddaję też saszetkę. Wszystko jakby miało akurat tak być w swoich szczegółach, choć wciąż nie mam pojęcia o co w tym wszystkim chodzi. Podobno o brodę i „tamowanie ulicznego ruchu", za sprawą czego zatrzymuje się mnie w dodatku jako „statystę". Może chodzi też o to, żeby milicjanci mogli poprawić sobie statystykę zatrzymań, a przez to mogli się wykazać prewencyjną skutecznością, o czym zresztą kiedyś słyszałem przypadkiem, choć pewności przecież nie mam. Pewnie jest i w moim zatrzymaniu różnica, bo nakazuje mi się oddać nawet sznurowadła, a kiedy zdziwiony pozbawiam ich swoje obuwie, dyżurny na dokładkę, przeglądnąwszy mój kalendarz „teno" w skórzanej saszetce, zadaje pytanie, trzymając w ręku biblioteczne kartki:

– Kto to ten Twardowski, jakiś Ingarden… Kto to i skąd wy ich znacie?

– Co?… A… o to chodzi. Nie poznałem ich jeszcze… Z biblioteki… ale nie było.

– Dobra, to się też wyjaśni. Wszystko wyśpiewacie.

Pewien tego być nie mogę, za to pewien jestem, że już znów idę za podzwaniającym pękiem kluczy strażnika, a raczej powłóczę nogami do celi, w której z pewnością jeszcze nie będąc, już kiedyś byłem. Dlatego temu ja już się nie dziwię.

No i faktycznie, znów to niewielkie pomieszczenie z zakratowanym okienkiem, słabo świecącą zakratowaną u drzwi żarówką i drewnianym podestem. Na tym jednak jakaś nieoczekiwana zmiana. Otóż pod kocami znajdują się dwie niejasne postaci, z którymi przychodzi mi dzielić tę rzeczywistość, choć nie wiem na jak długo. Fakt ten mnie zaczyna przerażać, ale nie pozostaje mi nic innego, jak tylko zająć swoje miejsce przy ścianie i zaszyć się w swej bezmyślności. Wiem, że w tej chwili nie wolno mi się z rzeczywistością szarpać, bo tylko się poranię niczym o druty kolczaste, a i tak mi to nic dobrego nie przyniesie. Tak więc skupiam się na najbliższym co mam, na własnym oddechu, by miarowo i całkiem naturalnie wymieniać z zewnętrznością to, co nie może mi być tutaj odebrane. W ten sposób oczyszczam swój organizm, by się powoli i konsekwentnie rozpływać w tym, co wcale nie jest określone, ujęte w racjonalny sen, a nawet mu obojętne.

– Hmm... u...

– Ja ją tylko tak... przecież poduszką przykryłem. Po co miałbym ją zabijać. Przecież... po co?... – z bezładu nagle wyłaniają się czyjeś obok słowa.

– sie... udusiła? Co ci z tego... Sie nie odstanie.

– Co ja zrobię. Ja, Józek, ją ja nawet kochał. A ją tylko poduszką przykryłem, jak żeśmy wzięli po salicylu.

– Co się łamiesz, a ten nowy to śpi albo udaje.

– Może śpi.

– E..., pewnie kapuś. Napuszczony... Żeby się mieli wywiedzieć co i jak.

– E... śpi?

– Udaje, ale jak... a zresztą, pieprzyć go.

– Tak wyszło.

– Hm... u...

I słowa znów gdzieś ulatują, rozpływają się w przestrzeni bez znaczeń, by po chwili napłynął jakiś czuwający spokój. Takie dotknięcie wiecznego zdawałoby się trwania, które nie poddaje się czasowi, woli i jakiemukolwiek o nim słowu. Trwanie.

Wtem gdzieś w głębi labiryntu zaczynają się rozlegać leniwe kroki. Co więcej, one z pewnością do tej właśnie celi zmierzają. Trwa to dłuższą chwilę wraz z powtarzającym się ich echem, aż wreszcie słychać je tuż obok na korytarzu wraz z wyraźnym kluczy pobrzękiwaniem. Wcześniej z pewnością też musiałyby być słyszane, choć pewności mieć nie można. Znany trzask klucza w zamku, po czym drzwi metalowych zgrzytnięcie i rozlega się wzywający głos strażnika:

– Kwik, wstawaj. Idziemy!

No to i zsuwam się z podestu, drepczę za swoim okazjonalnym przewodnikiem po areszcie tak, by buta nie zgubić przypadkiem.

Po wejściu na górę zdarzenia zaczynają następować jakoś automatycznie, niczym w dobrze zorganizowanym produkcyjnym zakładzie, gdzie każdy możliwie najdokładniej wykonuje „swoje" zadanie. Przechodzę więc proces mechanicznej obróbki dla statystycznego wyniku, a jedno co mnie utrzymuje przy zachowaniu resztek sensu podczas tych procedur, to nieodłączne mojemu skrywanemu lękowi pytanie: kto mówi? Kto mówi zadając mi pytania, jak i kto odpowiada za mnie?

– Czy obywatelka rozpoznaje wśród nich sprawcę? – prawdopodobnie śledczy w jakiejś nieznanej mi sprawie zadaje pytanie kobiecie około trzydziestki, abym bezradnie miał stać pośród kilku nieznanych mi ludzi w silnie oświetlonym pokoju o białych ścianach z jednym meblem w kącie.

Kobieta o wyglądzie prostytutki z Pawiej, wydaje się uwolniona milicjanta pytaniem i stąd władczo przechadza się wzdłuż stojących nas, bym miał spojrzeć jej w oczy z pogardą, jakiej sam nie byłbym sobie w stanie wyobrazić. Ta przechodzi dalej, aby ostatecznie stanąć naprzeciw wszystkim i spoglądać na nas kolejno w milczeniu. Zawieszenie trwa chwilę, aż sam milicjant domaga się wyboru, mówiąc:

– No to który z nich.

– Zdaje się, że jego tu, wśród obecnych nie widzę, ale może się znajdzie…

– Albo, albo.

– Może się dogadamy… gdzieś wspólnie.

– Rozumiem. Chodźmy w takim razie do mnie do pokoju – oznajmia śledczy, po czym oboje opuszczają pomieszczenie, aby mnie mój strażnik miał zabrać do dyżurki, co u mnie przejawia się obojętnym spokojem.

Tutaj nakazuje mi usiąść i czekać. Czekam. Nakazuje mi podejść do lady. Podchodzę. Nakazuje mi odebrać moje rzeczy. Odbieram. Podpisać. Podpisuję.

– Zasznuruj sobie dobrze buty, bo możesz z nich przy okazji wyskoczyć – mówi dyżurny, śmiejąc się z innym.

Sznuruję. Czekam i patrzę. Zjawia się następny, ten co mnie przywiózł milicjant.

– Idziemy! – rozkazuje.

Idziemy. Wychodząc z komisariatu, jeden mówi do drugiego:

– Nic się nie boi.

– To się zacznie.

Jest późno i ciemno, lecz plac przed komisariatem jest wystarczająco oświetlony, by mogły przede mną zostać na oścież otwarte tylne drzwi do nysy przypominającej rodzaj chłodni do transportu drobiu. Milicjant rozkazuje:

– Wskakuj.

Wskakuję, a drzwi zatrzaskują się za mną. W pierwszym momencie jakbym nie wiedział gdzie jestem. Po chwili czuję się już jak w beczce. Przez jedyne zakratowane tylne okno wpada na tyle światła, żebym mógł się zorientować, że nie mam się tutaj czegokolwiek uchwycić, bo i nawet klamka u drzwi jest zdemontowana. „Suka" rusza gwałtownie, bym miał wpaść na drzwi, uderzając w nie głową. Jednak zamek i założona na nie metalowa sztaba okazują się solidne. Hamowanie i prawie wszystko się wyrównuje, ale znowu „sukę" zrywa i do tego za sprawą nagłego skrętu, rzuca moim ciałem o ścianę. Coś tylko dudni, ale nie mam pojęcia czy to „beczka" czy też jej zawartość. Nie to jest ważne, bo i saszetka wypadła mi z ręki i przesunęła się gdzieś do tyłu. Klęcząc na metalowej podłodze, przesuwam się za nią i nawet ją dopadam. Owijam jej pasek wokół przegubu lewej ręki, i to nawet w chwili, kiedy „nysa" znów wpada w zakręt, a ja przewracam się na plecy. Uderzam barkiem o występ nadkola. To nic, bo jednak dopinam swego i w ten sposób już mocno dzierżę w ręku swoją własność. Znów próbuję oprzeć się o ścianę i z rozstawionymi nogami uzyskać stabilność. Podpieram się też rękoma podczas tej dziwnej jazdy w nieznane. W nieznane? To chyba nie przygoda, a z pewnością nie wycieczka, stąd zaczynam się bać, że z niej nie wrócę. Wszystko pewnie dlatego, że nie sam sobie ją wybrałem. Mogłem wprawdzie nie przeskakiwać tego ogrodzenia na Placu Zgody, ale kto wie, czy i tak dla „statystyka" milicji nie wystarczyłoby im pomysłu, żeby i tak mnie zabrać w tę przejażdżkę. Lecz dla mnie wciąż przecież najważniejsze jest pytanie: „kto mówi". Czy on jedzie ze mną i gdzie? Obrana pozycja na tej ruchomej podłodze i w kącie beczki wcale nie jest mi taka luksusowa, ale mogłoby być gorzej. Te sukinsyny robią to umyślnie. Ale przecież i to musi się kiedyś skończyć, może ta „suka" wreszcie wysiądzie. Lecz gdzie? To się dziwnie przedłuża. Jeśli nawet jechalibyśmy do innego aresztu, to nie trwałoby to tak długo. Gdzie my jesteśmy? Teraz nawet jedziemy już dłuższą chwilę bez szczególnych atrakcji, stąd przesuwam się do okna drzwi, by móc zorientować się, gdzie jesteśmy i dokąd mnie wiozą. Patrzę i niewiele widząc, domyślam się raczej widoku umykającej jezdni i zarysów budynków i plam światła z ulicznych latarni. Pewne jest już to, że wywożą mnie gdzieś za miasto. Doznaję nagłego bólu żołądka. Nic z tego nie rozumiem i bezsilność zaczyna przejawiać się lękiem, że oto stanie się coś, czemu mogę nie sprostać. Bylebym nie cierpiał. Tego jakoś najbardziej się boję, by nie poddać się w obliczu nieznanej mi siły własnego bólu. Wiem też, że nie mogę się temu co teraz może zaistnieć poddać nawet w mojej wyobraźni. Ucisk w brzuchu ulżyłem sobie głośnym pierdnięciem, byśmy nagle, kiedy doznaję ulgi, mieli raptownie zahamować i gdzieś skręcić w prawo. Znów ląduję raz to na podłodze, by następnie wpaść na ścianę „suki". Teraz już nie mam najmniejszej podstawy, by choć próbować utrzymać się w sposób kontrolowany. Moje ciało podskakuje niczym manekin, by zostać bezwładnie rzucane raz to o jedną, raz przeciwległą ścianę, a wszystko wiruje niczym w obracającej się beczce. Pewnie oto jestem na tej „specjalnej ścieżce", o której słyszałem kiedyś w dowcipie. Żeby tylko ta udręka się skończyła i stała się dowcipem właśnie. Nie mam na ten czas innego pragnienia. Otrzymując razy, próbuję zagłuszyć ból coraz to głośniejszym stęknięciem, a nawet okrzykami. Tli mi się w świadomości, że przecież ci milicjanci w kabinie też nie mogą mieć w takich okolicznościach wersalu, stąd wydobywa się ze mnie jakiś radosny okrzyk szydercy:

– Wyżymam was, buce!

I zaraz tego postępku też żałuję, bo przecież oni a nie ja kierują tą parszywą suką. Udręka staje się nie mieć końca. Nie mogę się jednak poddać w unikaniu kolejnych razów, bo nie jestem przecież w stanie nawet myśleć o ich skutkach. Instynktownie tylko się bronię, zasłaniam i saszetkę mocno w swej dłoni ściskam. Nagle mnie zadziwia i wprawia w osłupienie fakt, że zaczynamy jechać idealnie równą powierzchnią, na której wydaje się, że nie ma najmniejszej nawet nierówności. Wyczerpany kładę się na podłodze w poczuciu luksusu. Po dłuższej chwili zatrzymujemy się nawet łagodnie, słyszę szczęk i zarazem echo otwieranych kolejno drzwi auta, aby wreszcie i do „beczki" drzwi otwartymi być miały.

– Wychodź, Kwik! – ktoś krzyczy albo coś krzyczy we mnie.

Wolałbym nie opuszczać tego miejsca. Wolę to, co jest mi już znane, choćby i było udręką, niż wchodzenie w tamtą mroczną otchłań, która może mi przysporzyć znów bólu. Nie wiem czy ja to zniosę, ale przesuwam się do wyjścia.

– Dawaj, dawaj!... Teraz toś już nie taki żwawy! – wrzeszczy sylwetka kogoś mi kompletnie nieznanego.

Wydobywam swe ciało z „beczki", by dostrzec jakąś ogromną, jawiącą się niczym otchłań pustą przemysłową halę, po czym moje ciało zostaje złapane niczym w jakieś metalowe kleszcze, abym miał jednocześnie usłyszeć tępy trzask i poczuć ból na udach, który tym samym zwala mnie z nóg. Ciało staje się bezwładne i opadam na kolana, abym instynktownie zamknął oczy i zasłonił rękoma głowę, przygotowując się na coś gorszego. No i tak trwam. Jednak ku mojemu zaskoczeniu nic takiego nie następuje. Słyszę w zamian trzask drzwi od „suki", uruchamiany silnik i następnie odjazd „beczki". Pewnie mnie zwodzą, by uderzyć ze zdwojoną siłą i znienacka, stąd nie mogę się dać zaskoczyć. Trwam tak siedząc na stopach i z rękoma osłaniającymi głowę, a o twarz ociera mi się nie widzieć skąd zwisająca saszetka. Cisza, następuje potworna cisza, która w egipskich ciemnościach brzmi jak wybawienie.

Oto i jestem w ogromnej mrocznej hali, a ta moja w niej obecność jawi mi się jakże radosnym choć i potwornym bezsensem. Pewnie i stąd wydobywa się ze mnie głos, którym tę przestrzeń ku mojemu zdziwieniu rozdzieram okrzykiem:

– Kto mówi?!... Kim ty... kim jesteś, który mówisz!

W odpowiedzi słychać tylko odgłos tych słów odbijających się o betonowo-stalową konstrukcję i... cisza. Milczenie. Jednak chyba coś więcej niż milczenie i cisza.

– Kim jesteś!... że mówisz za mnie. Kim ty jesteś!...

Znów odpowiada to swoiste echo, lecz tym razem wraz z nim dają się słyszeć czyjeś i nisko, i chropawo brzmiące słowa:

– Jam narrator. Jam twój anioł stróż, „gawron".

Czy to aby możliwe, że w tej hali usłyszałem odpowiedź? Dlatego krzyczę:

– Ty głupi, tchórzliwy, gawroni skurwysynu!

I oto słyszę równie tępy i bez cienia radości oschły śmiech kogoś, kto musi wyglądać tak, niczym by przypadkiem kij połknął.

– Ty gnoju, ty mnie chciałeś zniszczyć swym fałszywym tekstem? Tą swoją mową? Ty parszywy bydlaku wiedz, że nie uda ci się to nigdy. Nig...dy!

– Historia mi przyzna rację. O to postarają się już moje sobowtóry.

– Pierdol się ze swym gadaniem, stań się wreszcie człowiekiem, a nie polityczną kurwą, boś nawet kiepski żołnierz! Ty...ty...

– I kto to mówi? Ktoś z taką kategorią?

I ten argument nagle mi rozjaśnia ten manipulacyjny system. Teraz już wiem, że wiem. Wstaję więc z klęczek obolały i brudny z kurzu, by otrzeć twarz z potu i dostrzec ku swej radości, że oto nie straciłem w tej zawierusze saszetki z bibliotecznymi karteczkami tytułów książek do przeczytania. Teraz wiem, że to dzięki nim udało mi się przetrwać w tej parszywej „suce". A swoją drogą to musiał być jakiś wyjątkowy egzemplarz, że potrafił wytrzymać tak ekstremalną milicjantów jazdę.

Ale i oto mimo ciemności następuje umysłu rozjaśnienie. Zadaję sobie pytanie:

– Gdzie ja jestem i jak się stąd wydostać?

Słyszę w zamian „gawroni" śmiech i słowa:

– I ty miałeś czelność osądzać żołnierza?

Już mam mu rzucić jakieś przekleństwo, w sam raz odpowiednią jemu nazwę z imienia, ale oto gryzę się w język, bo przecież wiem, że nie tędy droga. Wiem też i to, że jeśli już „gawron" ujawnił się przede mną z bycia moim narratorem, to teraz przede mną stoi zadanie następne, żeby przymusić go, by to samo zrobił przed światem. Ale za nim to nastąpi, muszę się wydostać z tej oto hali, a czy to mi się uda, skoro tamten taki pewny swego i nawet się ze mnie śmieje. Ale wyjścia innego nie mam, by wyjścia szukać i znaleźć z tej „pustynnej jaskini" uwolnienie. Wydaje się nawet jakbym poczuł zapach dymu, choć może to być i złudzenie.

Dostrzegam, że gdzieś chyba z tamtej strony zniknęła „suka" i choć sterczy tu mnóstwo żelbetowych płyt, to mimo mrocznego labiryntu musi się stąd wyjść, jeśli się wjechało. Ach, gdyby nie to obolałe ciało, które jakoś zaślepia nie tylko myślenie, ale też i otępia zmysły. A jeśli to tylko rodzaj próby, odpokutowania za wszystkie dotychczasowe grzechy mojego życia? Jeśli tak, to muszę się przemóc i opuścić tę rzeczywistość dla lepszego jutra i bez względu na wciąż drwiącego, choć tak poważnie się noszącego „gawrona". Tak powoli, coraz pewniej, no i dochodzę do ściany. Tutaj rozejrzawszy się, z lewej strony dostrzegam jakby majaczył się jej załom, a to za sprawą metalowej konstrukcji jakiegoś rusztowania. Tędy też z łatwością mogła przejechać „suka". Stąd też przyśpieszam kroku. No i faktycznie, wychodząc zza załomu na twarzy nie tylko czuję powiew świeżego powietrza, ale i nawet widzę w głębi pustej ogromnej hali majaczące się w prostokącie wyjścia światło. Ktoś tu jest. I w tym to momencie słyszę trzask zamykanej tam bramy.

– Nie zamykać!... Ja tu jestem!... Hej!... Zaczekaj... Dobry człowieku! – krzycząc tak, pędzę niczym opętany do obiecanego wyjścia. – Hej!... Ja już... wychodzę!

I oto staje się cud. Skrzydło metalowej bramy uchyla się przede mną, a w jasnej poświacie widać czyjąś sylwetkę, która odzywa się do mnie tymi słowy:

– I po co tyle hałasu, po nocy... – słyszę męski głos o jakimś wschodnim akcencie.

– Chciałem tylko, chciałem nie być zamknięty – mówię usprawiedliwiająco i staję przed nieznajomą sylwetką, której wciąż twarzy nie widzę ze względu na światło.

– A kto by zamykał. Przymykał tylko, żeby nie było przeciągu.

– Dziękuję. Z pana jakiś dobry człowiek.

– Jaki tam dobry, zawracanie głowy... Ja tu tylko stróż.

– A ja Kwik, Staszek Kwik – czuję wielką siłę swojego imienia i nazwiska.

– A co mi do tego. Raz taki, raz jakiś inny, mnie to nic nie obchodzi. Ja tu stróż... No nie stać w przejściu, bo mówię, że przeciągi. Przyszedł, to i idź, gdzie wola.

– Tak, pewnie... Ale ja bym z panem tylko kilka słów zamienił.

– A o czym to gadać. Czy to ja baba, żeby gadać i gadać? – powiedziawszy to, tamten dopycha z trzaskiem skrzydło bramy.

– Widzi pan... ja tylko tak... Chciałbym się dowiedzieć, gdzie w ogóle jestem. Bo...

– Ja stróż, a nie przewodnik górski. Raz jeden, raz drugi i tak się zmieniają.

– To znaczy, ja mam prośbę... to znaczy, czy ja mógłbym posiedzieć tutaj... Widzę piec... Ogrzałbym się, bo jakoś mi zimno od tego betonu.

– E... Do świtu i ani deka dłuży – tamten się godzi po chwilowym zastanowieniu, po czym drepcze w stronę jakiegoś dziwnego metalowego pieca na nóżkach, w którym żarzą się węgle, a na metalowej na osmolonej patelni coś skwierczy.

– Dziękuję panu. Jestem wdzięczny... A pan tutaj pilnuje...

– Niczego nie pilnuję. Ja powiedział już, że ja tylko stróż. Co to nie widać, że tu nie ma co pilnować?

– Tak, tu się buduje.

– Kto tam buduje. Nikt niczego nie buduje i budować nie będzie. Lepiej siadać i nic nie gadać, a ja idę po stołek – stróż kieruje się do czegoś w rodzaju kantorka, z którego płynie światło z kaganka.

Z chęcią opadam na stołek, który wydaje mi się teraz jakże wygodnym fotelem. Lecz nagle niemal na powrót nie wyskoczę z siebie, jakby sparzony ud bólem. Teraz dopiero jakże ja je czuję, jak i czoło, i bark. Tak, z pewnością żyję. Jednak stęknąwszy raz i drugi, jakoś się ze swoją dolegliwością układam, by z udawaną radością spojrzeć na rosłego, starego stróża o okrągłej czerstwej twarzy i jakimiś staromodnymi wielkimi bokobrodami.

– Niech siedzi cicho, ja pokuszam – mówiąc to, bierze z piecyka patelnię i stawia ją na dużym taborecie wyłożonym gazetą, na której też leży kilka kromek chleba.

„Milczeć?...” – no to milczę, ale nagle przychodzi mi na myśl, by sprawdzić tylną kieszeń spodni. Ku mojemu zdziwieniu, którego nie potrafią zagłuszyć nawet następujące kolejno po sobie ataki rwącego bólu w udach, zwłaszcza w lewej nodze, oto coś w niej znajduję. Wyjmuję złożonego wpół „waryńskiego”. Oto mam stówę. I choć to nie majątek, to zawsze jakiś przecież grosz, którego nawet gliniarze nie zdołali wywęszyć u mnie, odbierając mi rzeczy na komisariacie. Ten fakt taką radość wywołuje we mnie, że cieszę się niczym dziecko z otrzymanej zabawki.

– Co się tak cieszy, jakby mu napluli do kieszeni.

– Napluli?... napluli panie, stróż – pokazuję odnalezione sto złotych, by za moment dodać żartobliwie: – To niewiele, ale mam, by zapłacić za nocowanie.

– No to w takim razie insza inszość – wstaje, bierze ode mnie banknot, by go schować gdzieś pod kolejną na sobie starą kapotę i skierować się do kantorka, skąd za chwilę przynosi talerz z kaszanką, piętkę chleba i drewnianą łyżkę.

– Masz tu kiszki ze spyrką. Byś nie wykitował mi tu, bo tylko kłopot.

Wprawdzie widok czarnej papki nie budzi mojego zaufania, ale chcąc nie chcąc, i widząc, że tamten tym się zajada, przypominam sobie o głodzie. Stąd też biorę się choćby za spróbowanie tego tajemniczego jadła. Po chwili pochłaniam wszystko, co mi dano. Mało tego, wypijam nalany mi do poczerniałego blaszanego garnuszka bimber, po czym robi mi się ciepło i nawet pozwala zapomnieć o wszelkich przypadłościach tego świata. I pewnie byłoby tak sympatycznie do świtu, gdyby stróż nie zaczął natarczywie wyśpiewywać kolejno jakieś pieśni, które wyjątkowo zaczęły drażnić moją wrażliwość i z każdym następnym słowem stawały się coraz bardziej podejrzane. Ten jednak śpiewał swoje:

Yz kołymskowo biełowo ada
szli my w zonu w maroz'nam dymu
a ja zamietił akuroczik
s krasnoj pamadaj
i rwanułsja yz trojek k niemu
Bab nie widieł ja goda czjetyrie
Tolka mnie na kaniec pawiezło
Ech, akuroczik
...

– Co to jest? – pytam
Tamten tylko odpowiada śpiewaniem:

Pust na wachtie abyszcziut naznacziestwa
i w barak nadziratiel priszot
My pod zwuki harmoszki napłaczlemsja
i nakrojem nasz swadielnyj stoł
Żeniszok moj babionaczka widnaja
naliwajet mnie w krużku trajonoj...

– Tutaj... jeszcze nie tak... – próbuję wejść mu w słowo...

on pamażet pamadoj gubnoj
Sam pamadoj gubnoj on nie mażetsja
i pachodkaj mużskaju idiot
O sawsjem mnie mużczinu ukażetsa
Tolka wot barada nie rastioł.

Rezygnuję z prób nawiązania dialogu, stróż w bowiem wydaje się nad tą rzeczywistością panować niepodzielnie. Stąd przychodzi mi na myśl, by wypatrywać świtu.

Tamten pewnie dostrzegając moją rezygnację, ochoczo intonuje następną swoją pieśń, która rozlegając się echem w betonowej przestrzeni, chwilami brzmi niczym jakaś modlitwa:

Pastoj parawoz, nie stuczitie kaliosa
Konduktor nażemi na tarmaza
Kak maminkie rodnaj balnoj i gałodnyj
Spieszu pakazatsa na głaza

A jesli ja liagu w turiemnoju postielku
Ja budu stradat i umierat
a ty nie pridiosz ka mnie, Mat maja radnaja
mienia i łaskat i caławat

Wreszcie już niczego nie słyszę, a mój cały wysiłek skupia się na tym, by nie zasnąć. Powtarzam tylko wciąż jedno sobie, by przetrwać do świtu i odnaleźć drogę powrotną do domu. Tego jedynego tylko pragnę, by znów móc wyciągnąć się na wersalce w moim pokoju – w tej jedynej na świecie przyjaznej mi jaskini. To nic, że otoczona jest ona pustynią. Najważniejsze jest to, że mam dokąd wrócić i dzięki temu na nowo rozpocząć swoje wspaniałe i niepowtarzalne życie.

Ja wrócę, wszystko się odmieni i już nic nie będzie tak jak dawniej. Będę pracował nad tym wszystkim, co lubię. Pójdę z ojcem na długi spacer. Tak, będziemy chodzić na długie spacery. Teraz tylko przetrwać do świtu, mimo, a może dzięki tym właśnie pieśniom tego dziwacznego obdartego stróża. Ale żeby mogło się tak stać, muszę znienawidzić te jego pieśni, by się stąd wyrwać, a nawet to jego bycie tutaj stróżem. Ta jego obcość wraz z tym językiem nie mogą teraz świadczyć o niczym więcej, jak tylko o obcym mi świecie, którego nienawidzę. Nie dać się uwieść.

Tak więc spowiadam się z pogardy, którą się posłużyłem, by przetrwać do świtu, ale nie tylko względem tego nieznajomego mi człowieka, ale i tych wszystkich osób przed nim, które mi przyszło spotkać na drodze mojego wędrowania. Zrobiłem to przecież po to, by przetrwać. Okazałem tym samym słabość swoją i brak wewnętrznej mocy dla opuszczenia tamtego miejsca o własnych siłach, mocy rozumu i woli. Za ten grzech niedoskonałości żałuję i postaram się go już nie popełnić po raz kolejny w swym życiu. Amen.

ZAKOŃCZENIE

UWOLNIĆ SIĘ OD KWIKA

W ten oto sposób Stanisław Kwik, figurujący w aktach jako „pierrot", nie może mieć nawet pojęcia, że odbytą spowiedzią wydaje na siebie wyrok. Istnieje bowiem niepodważalna zasada, według której niedopuszczalne jest, by względem władz naszej organizacji ktoś mógł bezkarnie demaskować jednego z jej członków. Członka można co najwyżej wyeliminować. Osobiście pewnie i mógłbym przyznać figurantowi jedną czy nawet dwie racje w jego opinii na temat mnie i mojego służbowego otoczenia, ale musiałbym wtedy przestać być „narratorem". Z tej funkcji jednak nie zamierzam rezygnować i generał jak dotychczas też mnie jeszcze nie zdymisjonował. Co więcej, dotąd także nikomu nie udaje się mnie zlikwidować, dlatego to ja nadal mam o stanie przedmiotowej rzeczy decydujące zdanie, a co za tym idzie, także i rację. Tak więc, choćby nawet jako „generalski sobowtór", jakim mnie zwie ten Kwik, tylko ja pewnie na straży swego klasowego bezpieczeństwa kraju ciągle stoję, stać muszę i stać nieugięcie będę. „Pierrotowi" tymczasem niech się tylko wydaje, że z pajęczyny tekstów mojej władzy jest w stanie się uwolnić, wyrwać, bo i w ten sposób będzie musiał przecież próbować coś czynić i tym samym stawać się dla organizacji coraz doskonalszym przedmiotem eksperymentu odpowiedzialnej za los kraju władzy. No cóż, to nie ja rozpisałem narodowy program pt. „Wytrzymałość człowieka w warunkach marksistowsko-leninowskiej koncepcji budowy społecznego ładu i jego szczęścia". Robię tak więc tylko swoje i też niech każdy robi swoje, nawet gdyby miał to „swoje" tylko udawać. Tymczasem będący pod moim nadzorem wspomniany wyżej figurant nikogo nie udaje, stąd uznany został jako odpowiedni obiekt naukowo-ideologicznego eksperymentowania. Władza bowiem już nie likwiduje takich niespełnionych wrogów socjalistycznego państwa, lecz stara się ich spożytkować dla jego postępu. Jest ten bowiem figurant niespotykanym przejawem prawdziwości uczuć i postępowania przy specyficznym uwrażliwieniu, dzięki czemu obserwacja jego osoby pozwala czerpać władzy wiedzę o faktycznym stanie społecznych nastrojów. Również ta spowiedź świadczy o tym, że dla utrzymania *status quo* władzy generał będzie musiał ogłosić pewne uchylenia w obowiązującym prawie stanu wojennego, by tym samym formalnie uwolnić więcej energii u „pierrota", który przez swoją spowiedź mógłby popaść w lenistwo samozadowolenia i zaniechać prób samowyzwolenia się, a tym samym zniweczyłby nie tylko mnóstwo tak potrzebnej krajowi energii, ale i rządowy program, na który zostały przeznaczone ogromne fundusze wraz ze „wsadem dewizowym" w wysokości kilkuset dolarów, które zostały przeznaczone na specjalne mikrofony do tajnego podsłuchu figuranta. One właśnie zostały też zamontowane w konfesjonale, do którego tak gorliwie podbiegł dla spowiedzi sam Kwik. Dlatego też jego sprawa wciąż jest w toku i ma rozwojowy charakter, dzięki czemu też dokonuje się według planu, jaki został nakreślony w nadrzędnych mi jednostkach i instancjach, lecz to już jest poufne, a nawet tajne, stąd myśleć o tym nie mogę otwarcie, a jedynie tylko działać ze wszech miar skutecznie. Dlatego też zobowiązany jestem sprawić, by figurant wyszedł wreszcie ze swojego mieszkania, gdzie się ostatnio przed władzą ukrywa, a jak już wychodzi, to tylko z ojcem i to na spacer wyłącznie. W ogóle ostatnio ten Kwik staje się dziwnie porządny, i nawet rzucił palenie, co dla naszej służby jest wyjątkowo podejrzane, bo też któż zaręczyć może, co takiemu niezdefiniowanemu osobnikowi za chwilę strzelić może do głowy. W tej sprawie mamy nawet zgodne zdanie z jednym z lojalnych nam przedstawicieli kleru. A że i czuwanie nad Stanisławem Kwikiem jest jednym z głównych moich zadań, za które może i dostanę wreszcie w nagrodę jakiś zachodni sprzęt elektroniczny, który ostatnio skonfiskowano przemytnikom i spekulantom, to śpieszę donieść, co obecnie z „pierrotem" się dzieje.

Otóż wstając z klęczek od polowego konfesjonału po dokonanej spowiedzi, Kwik zamierza ucałować kapłańską stułę i nagle nad nią zawisa, dostrzega bowiem nie tylko jej brak, ale samego kapłana, po którym pozostała tylko sutanna, która ot tak pusta sobie wisi przewieszona przez oparcie krzesła. Kto normalny mógłby takiej spowiedzi wysłuchać w bezruchu, siedząc na niewygodnym krześle. Tymczasem zdumienie „pierrota" jest tak wielkie, że na chwilę go nawet sparaliżowało, lecz następna osoba do spowiedzi już klęka, stąd ten zazwyczaj nie chcąc słyszeć bliskich i sobie grzechów innych obywateli, bo i swoich ma aż nadto, robi raptowne w tył zwrot i zaczyna niepewnie iść chodnikiem pośród gromadki przechodniów. Przystępuje do niego jakiś nieznajomy, który tajemniczo brzmiącym głosem zadaje pytanie:

– Te... Pokutę zadaje ten klecha ciężką, ...czy tylko taką sobie?

– W ogóle... nie zadaje – nieprzytomnie odpowiada Stanisław Kwik, po czym łapie za łokieć nieznajomego i też się pyta: – A gdzie ci wszyscy z Błoń. Msza się już skończyła?

– Aleś musiał nagrzeszyć, tyle czasu... Poszli dawno do Huty – mówi nieznajomy, a następnie zwracając się do kolejkowiczów, wykonuje porozumiewawczy gest i oznajmia: – Ksiądz w porząsiu, nasz chłop, nie jakiś tam obcy pokutnik...

W ten oto sposób Kwik zostaje pośród tłumu samotny, jemu bowiem trudno zrozumieć co się wokół niego dzieje. Jedni poszli za papieżem do Huty, a inni stoją w znaczącej kolejce do spowiednika-sutanny.

Aby się całkowicie nie pogubił nasz figurant i zatracił w bezużytecznych nam rozterkach, postanawiam podesłać mu znajomego kiedyś Nawalonego, naszego człowieka, którego siostrę wysłaliśmy do USA, a ten dobrze się spisywał podczas pacyfikacji Huty im. Lenina jako nasz „rycerz", stąd obecnie jest na zasłużonej służbowej przepustce.

– Witaj Stachu!... Co, nie na uroczystościach ku czci w imię ojca i syna?... – niby to żartobliwie wykrzykuje Jacek Nawalony, tym samym zaczepiając Stacha.

– O, kogo ja widzę? Dawno cię nie spotkałem. Kopę lat. Gdzieś ty się ukrywał – mówi Kwik, który od półtora roku nie widział dziwnego konserwatora.

– Żyje się, żyje się dziś, bo jutro i tak przecież nigdzie nie ucieknie – Nawalony mówi ze śmiechem i gładzi swoją brodę, strojąc przy tym jakąś minę klowna.

– Mówisz jak dawniej, ale chyba już nie wyrzucasz talerzy z obiadem przez okno i nie wieszasz za szelki malucha na wieszaku w przedpokoju.

– Za duży, ale ścigają mnie o alimenty. Ty to pamiętasz? To były z Kaśką wesołe czasy, zwłaszcza jak się przepraszaliśmy. Zawsze jej tłumaczyłem, że my możemy się gniewać, bo przecież „on" i „ona" gniewać się nie potrafią.

– No i co, nie pojęła twoich lekcji.

– Ona zawsze była tępa. Ale licho z nią, co u ciebie?

– Pracuję w instytucie... w administracji, no i poza tym, jak wszyscy...

– Wegetujesz, co, wegetuje... Może byśmy się gdzieś ulokowali, bo całkiem miło się gada o starych dziejach. Podobno Topór puściła wreszcie w garbarni ten stołek i poszła na emeryturę.

– Jakoś mnie to nie obchodzi. Lepiej powiedz, co ty porabiasz.

– Teraz nic szczególnego.

– A co robiłeś podczas wprowadzenia stanu wojennego?

– O, aleś ciekawski. Skoszarowali mnie i po pół roku zwolnili ze służby. Nic ciekawego. Za to ty pewnie skryłeś się w jakiejś dziupli, trzepiąc ze strachu portkami.

– Niekoniecznie. Niekoniecznie... – mówiąc to Staszek nabrał jakiegoś względem Nawalonego podejrzenia, które wyzwoliło na powrót zapomnianego już „agenta".

– Tyle teraz tyle tego zamieszania... – tamten nagle urwał, jakby się ugryzł w język.

– Słuchaj Jezu... Jak to kiedyś śpiewałeś?... – łapie wątek Kwik, coś sobie przypominając.

– A... słuchaj Jezu jak cię błaga lud, słuchaj, słuchaj i wytężaj słuch. Widzę, że i ty masz rezerwę do tego zamieszania, co się wokół dzieje.

– Tak... może powiesz mi coś więcej na ten temat – ochoczo zaproponował Kwik, tym razem jakby wpadając na jakiś sobie ważny trop.

– Ze mną jak z dzieckiem, za rączkę i do knajpy na wódeczkę – Nawalony jak zwykle ze śmiechem ochoczo proponuje.

– Zdaje się, że teraz nie sprzedają alkoholu.

– Komu i gdzie nie sprzedają. No, może i nie sprzedają.

– Co, ty jesteś w stanie załatwić teraz po kielichu w jakiejś knajpie?

– Pewnie, jak tylko masz forsę, to proszę bardzo. Może być całkiem sympatycznie, ale musimy podjechać do Wrocławskiej.

Kwik sądząc, że jako agent specjalny rozpracuje „naszego człowieka", wpadł we własne sidła. W efekcie nie dość że o Nawalonym niczego się nie dowiedział pewnego, to jeszcze z alkoholem otrzymał dawkę „głupiego Jasia", przez co mogliśmy sprawdzić działanie specyfiku na tego typu jednostce. Tak więc ku uciesze jednych i zgorszeniu innych, nasz figurant przechadzał się po mieście pijany, opowiadając wszystkim o natrafieniu na groźną siatkę przestępczą, która swoimi mafijnymi metodami coraz bardziej opanowuje społeczeństwo, a on jako jedyny ma pomysł na ich zwalczenie. Tym, którym się chciało i zdołali go wysłuchać, udało się nawet nieźle ubawić, a ostatnią osobą wśród nich była prostytutka spod „Pollera". Ta oddana nam zdzira, notabene dobrze spisująca się w swej służbie w terenie, ostatecznie nawet zagościła u figuranta w jego mieszkaniu, zarabiając przy tym i pozostawiając mu w spadku mendy. Prócz tego niczego więcej figurant nie wniósł do swojej sprawy. Poza tym nawet zaszył się w swoim pokoju, załatwiając sobie tygodniowy urlop u swego szefa Lejkowskiego. Oczywiście instytut z tego tytułu nie poniósł żadnych strat ani też korzyści. W następnych miesiącach miały się rozstrzygnąć sprawy dość istotne dla Stanisława Kwika, ze względu bowiem na eksportowy dwuletni wyjazd do ZSRR Lejkowskiego, jego stanowisko się zwolniło. Dyrektor Pleban z I sekretarz długo zastanawiali się, kim je obsadzić i jakoś mimo kilku rekomendacji nikt na ten czas nie pasował na nie lepiej niż właśnie Kwik. Poza tym wiadomo było, że po powrocie dotychczasowego kierownika trzeba będzie z jego stanowiska ustąpić, a nikt z poważnych kandydatów nie zamierza być „zapchaj dziurą", dlatego i Stanisław Kwik został na ten czas administracyjnym szefem. Jego jedyną wadą miało się wkrótce okazać to, że niezwykle poważnie i do tego punktualnie podchodzi do swoich zadań, czym wprawia w zakłopotanie pion naukowy, który w ten sposób nie nadąża ze zdobywaniem nowych tematów dla swych prac, a i sama administracja z powodu natychmiastowego reagowania i załatwiania wszelkich życzeń naukowych pracowni, sama zaczyna się obijać i nawet nie sili się na udawanie, że oto przychodzi jej ciężko się trudzić, jak to się czyni powszechnie. Coraz częściej z tego powodu dochodzi do konfliktów i nawet zmniejszenia liczby administracyjnych etatów. Tymczasem Kwika to wcale nie wprawia w zakłopotanie, bo on każdą, nawet niesprzyjającą sytuację traktuje jako nowe wyzwanie. Z tym fantem należało więc coś zrobić. Na początek podesłaliśmy ambitnemu kierownikowi kierowcę, by ten będąc zatrudnionym w jego dziale, miał swoją wielką gorliwością wykazać figurantowi bezsens jego wysiłków. Kierowca ów będąc również ormowcem a zarazem społecznym inspektorem ruchu drogowego, miał Kwikowi też ukazać nieobojętność względem władzy, demonstrując swe względem niej konkretne przywiązanie i zaangażowanie. A że paliwo jest limitowane, a talonów z CPN–u szybko brakuje na jazdę, stąd ten sam „nasz człowiek" wciąż oddaje się pracy społecznej, pouczając przechodniów jak korzystać z przejść dla pieszych w warunkach ulicznego ruchu. W pewnej chwili nawet wręczył swemu szefowi deklarację przystąpienia do swej organizacji i zabrał go służbowym samochodem na wieś, by zapoznać go z pewną zagubioną kobietką z dzieckiem, która należała do rodziny od strony jego żony, ale nic z tego oprócz omłotów i przyjęcia biesiadnego nie wyszło. Za to na ormowskiej deklaracji przystąpienia do organizacji zyskaliśmy oryginalny podpis figuranta, który wykonał go spontanicznie, podpisując podstawiony mu w pliku dokumentów służbowych. Ten został złożony w aktach figuranta, a nuż się do czegoś przyda. Zatem „pierrot" staje się coraz bardziej kontrolowany, choć zarazem i oporny, a i do tego też rozdrażniony, podejrzliwy, porywczy i tracący co jakiś czas nad sobą panowanie. Aby jednak jego upadek nie nastąpił zbyt wcześnie, podeślemy mu dawną miłość, za pomocą której postaramy się zbadać jego fizyczną kondycję.

– Weź mnie za kolano... – mówi śmiejąc się Monika, by ująć dłoń Kwika podczas ogólnego rozbawienia w kinie „Uciecha" podczas projekcji filmu „Seksmisja".

Ten jednak nie wiedzieć czemu, nie spełnił jej życzenia, a może i nie zdążył, po czym oto film się kończy i tyle, by mieli następnie udać się do „Kukułki" pod Wawel, po drodze śmiejąc się z obejrzanych dopiero co scen.

– *Ciemność widzę, ciemność...*

– *No wiesz, nasza cywilizacja zwaliła się w gruzy, a tobie tylko dupy w głowie.*

– Tak to leciało? *Wiem, wiem! Wszystkie żeście sfiksowały, bo żeście dawno chłopa nie miały. Chłopa wam trzeba.*

– Albo to: *stoimy pewnie na gruncie uniemożliwiającym rozszerzenie zarazy, jaką jest mężczyzna. Na co jesteśmy uodpornione.*

– Jesteś odporna?

– Na co jestem odporna, to jestem. Ale nie jestem odporna na ładne rzeczy, których nie mam, a które sobie wyobrażam, że mogłabym mieć.

– A co to takiego?

– Obecnie wyobraziłam sobie akwarium w kształcie „koniakówki", taki zgrabny duży kieliszek, w którym pływają rybki pośród roślinności.

– Ciekawe. Wiesz, spytam znajomego z Instytutu Szkła i Ceramiki czy nie dałoby się coś takiego… wydmuchać.

– Wydmuchać?

– No…, zrobić.

– Naprawdę?… To byłoby piękne. Wydmuchać.

– Tak oto po raz kolejny rybka pod nazwą „pierrot" łapie przynętę. Po kilku miesiącach faktycznie udaje mu się nawet załatwić to nietypowe zamówienie, za co w tłusty czwartek otrzymuje przelotny wyraz wdzięczności, kiedy przywozi jej do domu tę akwaryjną koniakówkę. Jednak to zbliżenie wydaje się mu rozczarowaniem. Jak widać pamięć o falsyfikacie zaświadczenia o jej ciąży jest wciąż u niego żywa. Może też dlatego zdecydował się na to w okolicznościach, gdy przed domem czekał służbowy polonez z kierowcą. Może i dlaczego też wpadł do niej w godzinach pracy? Może też i dlatego następne spotkania były raczej poszukiwaniem knajp z alkoholem, którym on się namiętnie raczył, aniżeli przyjemność z nią obcowania. Czyli w ten sposób cel swój osiągnąłem. „Pierrot" zdaje się wciąż coraz bardziej w moim władaniu i nadaną mu postacią. Moje metody okazują się przy tym coraz bardziej skuteczne, bo i ten staje się coraz bardziej obcy, o czym świadczyć też może jego przypadkowe spotkanie ze stróżem nocnym Jackiem Górnym, który nawet z nim szczerze wspomina o ich wspólnych znajomych z „okresu Franaszki" i ulicy „Pokątnej", informując nawet o wyjeździe do Stanów esbeczki Aśki, która kiedyś studiowała na jednym roku z jego żoną. Ta z kolei pracuje w wydawnictwie i świetnie gra swą rolę. Wiadomości te tylko bardziej „zamykają" Kwika, który następnie umyka do „Żywca", by się zaszyć w kącie ze swoim śledziem po japońsku i setką wódki. Widać jak się męczy, domyśla swej roli „pierrota", którą przecież wcześniej już mu sugerowałem, podsyłając Wedelmana, dzięki któremu niczym w lustrze, mógł się przejrzeć swej roli. Ten jednak wciąż udawał i udaje kogoś innego, ale nie tego co trzeba, będąc zarazem tak niespotykanie prawdziwym. Nie wystarcza mu bycie bohaterem według nakreślonych przeze mnie ram, lecz on chce więcej. Kwik najwyraźniej próbuje zniszczyć mnie i to mu się jawi jako ostateczne wyzwolenie. Jeśli tak, to podeślemy mu następny tekst, tym razem z konferencji prasowej Jerzego Urbana. Ciekawe czy choć tym razem będzie świadomy, że obecny dzień jest „wtorkiem".

„...Po drugie, dziś w gazetach została ogłoszona ankieta Zakładu Badania Cen, mająca ułatwić masowe wypowiedzenie się obywateli indywidualnych, ponieważ... przecież tutaj nie chodzi o pomiar nastrojów wobec podwyżek cen... gdyż nikt nie wyrazi rozkoszy z powodu tego, że ceny mają rosnąć, lecz o rzeczowe wypowiedzi dotyczące tego segmentu polityki gospodarczej... Y... a więc... y... a więc z rezultatów konsultacji społecznych... Oczywiście rząd weźmie pod uwagę wyniki konsultacji z jednej strony... Nie oceniam stosunków państwo kościół, ani że są w impasie, ani że... a jak się jakieś ciało nie spiera, to wcale to nie musi świadczyć o impasie, ale... spraw tych 69 czy 89 księży. Ja już dementowałem, że taka lista nie istnieje... to jest dowód zacietrzewienia... chodzi o księży, którzy nadużywają miejsca kultu do wystąpień politycznych... tak ambasada Stanów Zjednoczonych zajmuje się działalnością sprzeczną... ponieważ nie chcemy tej agresywnej polityki ułatwiać, lecz utrudniać... Aktualnie toczy się jedenaście postępowań karnych przeciwko księżom w Polsce... w sprawie księdza Popiełuszki z Warszawy toczy się śledztwo... ja tu mówię o krokach prawnych, wychodzących poza prawo"...

Reakcja Kwika i tym razem jest także spontaniczna, stąd nie ma pewności czy figurant dokładnie słyszał relację akurat z tej konkretnej prasowej konferencji rzecznika rządu, czy też wyimaginował sobie na jej podstawie jakąś swoją jej wersję, wynikającą z wielu konferencji przetworzonych w jego degenerującej się wyobraźni. Jednak jak widać z relacji z tego, co Kwik sam w sobie usłyszał, sprawa wydaje się zupełnie wyjaśniona. Ta jego konferencja, o której wyżej mowa, odbyła się kilka miesięcy wcześniej, co ewidentnie wskazuje na zły stan psychiczny figuranta. Z pewnością w chwili obecnej nasz delikwent ma dużą potrzebę wspomożenia swojego organizmu odpowiednią ilością alkoholu, by znów móc widzieć rzeczy wyraziście i jasno, dzięki czemu otrzymuję następny dowód w jego sprawie, wszyscy już bowiem wiedzą, że to degenerat i alkoholik. Nam teraz tylko pozostaje poczekać na jakiś jego incydent w okolicznej knajpie, co z pewnością niezwłocznie nastąpi. No i faktycznie, według przewidywań Stanisław Kwik wychodzi z domu. Lecz cóż to, dzieje się rzecz niebywała. Figurant umyka nadaniu moich reguł i kieruje się gdzieś w nieznane. „Jasna cholera", przecież ja jestem umówiony w knajpie na rogu. Ja przecież miałem to w planie, co zresztą uzgodniłem z Szefem Dzielnicowej Prewencji Milicji Obywatelskiej, że „pierrot" zostanie tam wykorzystany w celach absorpcji agresywnych zachowań krakowskich kibiców, jest to bowiem wyśmienity materiał do tego celu, a to ze względu na przeszłość bycia kibicem raz to jednej, raz drugiej drużyny, co w środowisku miejskim jest nie do przyjęcia. Tak więc „oszołomy" będą mieć na jakiś czas swego wroga, a ludzie prewencji mocniej zapanują nad środowiskiem, bo im też coś od życia się należy. Poza tym lepiej przecież wywoływać pożar, który można mieć pod kontrolą, niż gasić niekontrolowany. Tymczasem ja zmuszany jestem uganiać się za figurantem, który w jawny sposób wyłamuje się ze swojej ważnej funkcji społecznej.

I co dalej widzę: Stanisław Kwik wchodzi do Poradni Psychiatrycznej, by następnie zająć miejsce w kolejce do lekarza od porad alkoholowych. Ależ mu śpieszno do tych czubków, wyprzedza nawet naszą kolej rzeczy. Według nas to jeszcze jest za wcześnie. Wprawdzie już na pierwszy rzut oka można uznać delikwenta za schizofrenika, ale to przecież jeszcze nie powód, by z własnej woli chciał się umieścić w tego typu zakładzie, choćby nawet od strony alkoholowej zaczynając. Dobrze choć, że pacjent wybrał doktora Wichrzyckiego, bo to nasz człowiek i na dodatek jeszcze całkiem wykrzywiony mentalnie, co zapewne udzieli się i figurantowi. A ten tymczasem wszedłszy do gabinetu, rozgląda się po nim niepewnie, jakby pierwszy raz znalazł się w przychodni w życiu. Tak też i było, lecz ta niepewność wyraża nie tylko podejście i stosunek względem choroby psychicznej w ogóle, ale również jego nastawienie do służby zdrowia.

– Dzień dobry – mówi Kwik, niepewnie stając pośrodku niewielkiego pomieszczenia.

– Dzień dobry. Proszę siadać. Jakie nazwisko?... – zapraszającym gestem Wichrzycki wskazuje pacjentowi krzesło, by na dodatek wykonać jakiś chorobliwy gest głową, który ma na celu oswoić „inność" pacjenta, w ten sposób go oswajając.

– Tak, ja z pewnością Stanisław Kwik jestem i przychodzę do pana, doktorze, bo chcę skończyć z pijaństwem. To znaczy, ja chcę i nie chcę... bo widzi pan... Ja tak naprawdę uważam, że prawie wszyscy wokół mnie są pijani, a ja trzeźwy...

– Tak, tak... ja słucham. To jest bardzo interesujące. Proszę... proszę niech pan kontynuuje – mówiąc to psychiatra znów wykonał znacząco okrężny ruch głową, która na moment wydawała się nawet jakoś owijać mu szyję, po czym wejrzał jasnym spojrzeniem głęboko w oczy pacjenta.

– Ja nie wiem czy to ma sens... – ten kontynuuje niepewnie.

– Ależ oczywiście, że ma. Proszę mówić, bo tak naprawdę, to tylko normalni ludzie tu się znajdują, bo tylko oni nie udają, że z pewnymi rzeczami sobie nie radzą.

– Widzę, że pan... ale... Tak więc, to ulega przemianom. Bo, widzi pan, raz piję po to, by innym ukazać ich prawdziwy stan. Skoro to oni są pijani, udając trzeźwych... Poprzez siebie staram się pokazać, jacy oni są pijani, udając trzeźwych. Przecież nie ma innej możliwości, by komuś pokazać jego upojenie... Przecież nie pokazując mu trzeźwości.

– Zapewne upojenie objawia się pewnymi cechami, ale również ma swoje przyczyny i skutki. Poza tym każdy przecież jest kowalem swojego losu.

– I pan, doktorze, w to wierzy?

– Muszę, bo inaczej nie potrafiłbym nawet komukolwiek pomóc.

– No właśnie, czyli przede wszystkim gra pan swoją rolę psychiatry. Ja natomiast jestem jak ten, który wciąż chodzi po linie, jednocześnie mając permanentny lęk wysokości, którego nie jestem w stanie się pozbyć, jak to zwykle się dzieje podczas oswajania z wysokościami. Widzi pan, ten stan rzeczy ma swoje dobre i złe strony. Otóż złą jest to przeżywanie lęku, które człowieka wprawia w niechciane stany, ale nie ma lepszego sposobu na jasne widzenie rzeczy.

– O..., jak to ładnie powiedziane. Muszę sobie to zapisać. Proszę..., proszę kontynuować. Ja wciąż słucham z uwagą.

– Jak to było? Aha, te niechciane stany wcale nie są takie niechciane, bo przecież człowiek myślący logicznie wcale by do nich nie wracał.

– Postępowanie ludzkie wcale nie jest logiczne. To tylko tak się wydaje. Słucham...

– Pewnie dlatego też mnie się to przydaje, bym jaśniej widział rzeczy i nie musiał przed sobą udawać, że jest całkiem inaczej, jak to widzę u siebie i innych, którzy kluczą, popisują się, by tylko wyjść na dobrych, nieskazitelnych, mających absolutne racje, jednocześnie będąc nikczemnymi, małymi, miernymi osobnikami. Aha, pan powiedział, że każdy jest kowalem swojego losu, a przecież dobrze pan wie, że to nie jest prawda. Mnie na przykład prześladuje pewien sobowtór generała, który stara mi się wyznaczać co mam czynić, jak patrzeć i co sądzić o świecie...

– Tak, widzę, że się pan trzęsie. Czy pan czuje lęk przed tą postacią?

– Przed tym skurwysynem?... Nie!

– Skąd to przezwisko?... Aż tak...

– Stąd, że oni... tak często nazywają porządnych ludzi. Dlatego ja też tak muszę mówić, żeby choć w tym względzie być zrozumianym, choć w innych ciągle też się nie poddaję. Nie mogę też zakładać, że wszyscy są po uszy ubabrani w tym bagnie. Moi rodzice na przykład są porządni, choć tak ześwirowani, bo pracowici i uczciwi, że aż nie idzie się z nimi dogadać.

– Ach tak, ale tylko pan siebie uważa za normalnego.

– Dlaczego pan ze mną rozmawia w ten sposób jak z idiotą.

– Ja tylko badam ... żeby umieć pomóc.

– No niech będzie, wiadomo że ktoś normalny nie przychodzi tutaj. Problem w tej tylko... w tych normach. Widzi pan, doktorze, mnie się śnią takie rzeczy, które następnie dzieją się w życiu, naprawdę, a te które się dzieją, później spotykam we śnie. Poza tym wszystko mnie osacza. Najchętniej, to bym wykończył tego...

– Generała. No a jak z dolegliwościami. Główka boli? Często?

– Na kacu boli. Do tego miałem podobno nerwicę żołądka, bo nic nie mogłem jeść i czułem taki skurcz, jakby mnie ktoś złapał w tym miejscu w kleszcze. Ale po mojej kuracji już mi przechodzi.

– No dobrze. Czyli rozumiem, że pan chce przestać pić, ale brakuje mu silnej woli na tyle, żeby przestać. Jeśli natomiast jest to sposób na prowadzenie dialogu z otoczeniem, ze światem, to wtedy mamy inny wymiar choroby.

– Jakiej choroby? Ja nigdy, panie doktorze, nie uznam się za chorego. Kopnięty ja jestem, to fakt, ale nie chory. Chyba po śmierci. Ja jestem zdrów, a prawdą jest, że poprzez picie mogę upaść na zdrowiu i dlatego potrzebuję pomocy, ale przede wszystkim sam siebie kurując, w pewnych warunkach mógłbym wyleczyć to społeczeństwo. Pan rozumie, w sytuacji granicznej... Nie wiem, pan nie rozumie... Może pan ma jakieś pastylki... Chodzi o to, żebym potrafił udawać pijanego, ale bez alkoholu. Żebym robił to tak sugestywnie, żeby się nie poznali.

– Z tym raczej... to do Stuhra, Radziwiłowicza czy Nowickiego...

– Do tego kabotyna?... Choć przyznać muszę, że aktor z niego przedni, to fakt.

– To zdumiewające... Taki przypadek. Przecież pan jest młodym, inteligentnym człowiekiem i dlaczego zarazem robi wszystko, żeby doświadczyć swojego upadku? Samozniszczenie? Czy przypadkiem w tym nadużywaniu alkoholu nie ma potrzeby szukania u siebie takiego „dna", od którego się nam wydaje, że jak je osiągniemy, to będziemy mieć na tyle twardy grunt, że będziemy mogli się od niego odbić i zacząć wszystko od nowa?

– Panie doktorze, ja to już ćwiczyłem. Znam też te sowieckie sztuczki o schizofrenii bezobjawowej i w ogóle. Proszę dać mi tylko jakąś pastylkę... czy przepisać kilka, a ja sobie pójdę, bo tam na korytarzu czekają prawdziwi pacjenci.

– Wszyscy tutaj są prawdziwi. Nikt tutaj nie jest urojony?

– Ręczę panu, że moja osoba to chodząca fikcja – oznajmił tajemniczo figurant przyciszonym głosem, nachylając się nad biurkiem.

– He..., he. Do tego ma pan także poczucie humoru. Dlatego chłopie weź się w garść, bo cię szkoda. Przepiszę ci anticol, po który codziennie będziesz musiał tu przychodzić do dyżurnego gabinetu. Walniesz taką pięćdziesiątkę od siódmej do ósmej, to ci się pić alkoholu odechce, ale to za ciebie myśleć nie będzie. Następna wizyta za miesiąc. Proszę z tą karteczką udać się do rejestracji.

– Szkoda, bo ja mam już dość myślenia. Ja nie chciałbym już nic więcej wiedzieć i nawet mieć racji. Ale dobrze, będę co dzień przed pracą wpadał na tego kielicha.

Stanisław Kwik chcąc demaskować innych, raz kolejny sam się zdemaskował, a wystarczyła mu do tego wyłącznie chwila słabości i zapomnienia. To tylko może ułatwić służbom neutralizację tego wroga wszelkiej władzy i to nawet tej o samym sobie sądzenia. Wiadomo bowiem, że prawo musi być przestrzegane, a jeśli nawet nie słucha się własnego ojca, który od dzieciństwa powtarzał, że w życiu „liczy się tylko prawidło i bez niego ani rusz", to nie pozostaje nic innego, jak tylko to, co spotyka figuranta. Ten oto znów ląduje w swej samotni, którą chciałby górnolotnie nazywać „jaskinią filozofa". Jakiż to bowiem z niego filozof, który nawet nie potrafi udawać agenta.

Tymczasem znowu kogoś udając, Kwik postanowił kontemplować ciszę, by dojść w ten sposób ze swoim organizmem do porozumienia. Nie było to jednak łatwe, ponieważ ten jego twór domagał się niekiedy od figuranta rzeczy, których ten za nic nawet zrozumieć nie potrafił. Dlatego będąc z nim w konflikcie, widział sens bycia ze światem w konflikcie. Wprawdzie jeśli pragnął jedzenia, ciepła czy nawet uwolnienia od pożądania pozostawienia po sobie potomka, to jakoś, choćby nawet poprzez substytuty, ale mógł i potrafił sprostać swemu potworowi, natomiast jeśli kompletnie nie było wiadomo o co temu chodzi, rozdrażniony „pierrot" wpadał w furię i uciekał się do udawania nawet nieboszczyka. Tego typu zabiegi wydawały się przynosić mu ulgę, a niekiedy kończyły się nawet rozkoszą w pięknym śnie, który następnie na jawie pozostawiał miłego wspomnienia odcienie. Jednak sytuacja była zgoła odmienna, gdy bohaterem wstrząsały koszmary, które jego „potwór" najczęściej kwitował bólem głowy. Wtedy też Kwik wydawał się szczególnie wrażliwy na to wszystko, co się wokół niego dzieje. Pewnego razu nawet dostrzegł, że ci sami lokatorzy co przy Pokątnej zamieszkują za ścianą w osobach dozorców jak i ormowskiego „bęcwała" na piętrze. Poza tym wszystko było „normalnie": sąsiad chcąc wyjechać „na eksport" stał się poprzez swoją żonę ubeckim donosicielem, by faktycznie miał wyjechać w zamian za innego łącznościowca, który przy okazji stał się mniej gorliwy w przedmiotowej sprawie. Poza tym większość mieszkańców bloku zajmowała się przede wszystkim życiem sąsiadów, bo i bardziej wolała to niż własne. Stąd też nie udawało im się dostrzec tego, że gubią śmieci na klatce schodowej czy ich dzieci niszczą wspólne dobro, za to nikomu nie mógł umknąć fakt kurzenia się z dywanu podczas trzepania tegoż przez

Natalską czy zamontowanie nowych kołpaków przy maluchu Skośteka, nie wspominając oczywiście o pijanym powrocie do domu z workiem papieru toaletowego na ramieniu samego Staszka Kwika, który jak zwykle ostatnio dziwacznie chodził też całkiem zamknięty w sobie. Ten przy tym wszystkim stawał się też coraz bardziej poważny i stąd też żałosny, bo i nie potrafił się nawet śmiać z kabaretowych skeczy Smolenia czy Laskowika, a listy przebojów Marka Niedźwieckiego wprawdzie słuchał, ale kilku idoli rocka uważał za wypuszczonych przez nasze służby, nieświadomych sługusów systemu, którzy w ten sposób dla władzy się spełniają, szukając jednocześnie swojego uwolnienia. O tych racjach nie wyrażę sądu, ponieważ to nie jest mój departament. Natomiast o Kwikowych sprawach lokatorzy bloku są świetnie poinformowani i to w ramach przyjaźni dobrosąsiedzkiej, dzięki której mogą o sobie nawzajem więcej wiedzieć niż ci, którzy są przedmiotem tej wiedzy. Dlatego też czują się zobligowani mieć nadzór szczególnie nad tego typu „potworami", bo przecież licho nie śpi i zawsze może z takiego powodu dojść do jakiegoś tragicznego w skutkach incydentu. Tak więc jedni w imię Boga, a inni ormowskiego obowiązku nadzorują teren, a i też stoją na straży klasowej solidarności raz to podsłuchując pod drzwiami, innym razem nagabując, by też przy okazji pożyczyć szklankę cukru czy wymienić kartkę z mięsem z kością na odcinek z naturalną kawą, bo przecież będzie jak znalazł na zbliżające się imieniny Władka czy innej Tereski. Jak widać dołożyliśmy wszelkich starań, by utrzymać pieczę nad dobrosąsiedzkimi stosunkami, co tylko może ułatwić naszą odpowiedzialną służbę.

Przy tej też okazji do starego Kwika z niezapowiedzianą wizytą pod pretekstem podzelowania butów wpadnie sama Pańpuchowa, a względem juniora jeden z gorliwszych „łącznościowców" wzmoże symboliczny nacisk i jak zwykle będzie oczekiwał przed bramą z psem, a kiedy ten wyjdzie, „od najgorszych" zwymyśla figuranta niby to zwierzęciu. Tak bowiem należy traktować zdrajców klasy robotniczej i trzymać ich pod ciągłą presją. A przecież w domyśle Kwik i pies to jest właśnie jedno. A jeśli mu tego mało będzie, to z regularnością maniaka będzie przechodził nasz człowiek pod „psa" oknem i powtarzał na dokładkę to samo. Dlatego też swojsko można żyć w blokowisku, by też móc być świadkiem natręctwa dozorców, którzy starają się na każdym kroku podkreślać okoliczne panowanie nad danym im obszarem, a jeśli już nie znajdują innego sposobu na spełnienie, to uciekają się do przeraźliwego nawoływania nawzajem, by tylko nikt nie miał wątpliwości, kto i gdzie na osiedlu rządzi. Aby tego było mało, to jeszcze znów ktoś do drzwi im zadzwoni, a „pierrot" nie mając już nawet sił udawać, że go nie ma w domu, szeroko je przed nieznanym przybyszem otworzy, by w progu dostrzec kobiety.

– Dzień dobry. Jesteśmy z towarzystwa, które ma na celu upowszechniać szczęśliwe życie człowieka. My właśnie w tej sprawie.

– Co?...

– W naszych ciężkich czasach można być szczęśliwym – wtrąca ta nieco młodsza. – Tak, wystarczy żyć według naszych reguł – dodaje starsza i ładniejsza. – My wyznajemy prawdziwą wiarę.

– Co?...

– Ktoś za nas potrafi znosić cierpienia, wystarczy być tylko odpowiednim tego świadkiem, a znajdzie się szczęście.

– Ja nie potrzebuję waszego szczęścia – Kwik czym prędzej zamyka drzwi i wściekle coś mruczy pod nosem.

– Kto to był? – pyta, wychodząc z pokoju matka.

– Jakieś... jakieś kretynki – ten odburknąwszy, bez celu miota się w swoim pokoju.

– Mógłbyś choć grzecznie się do mnie zwracać, bo chyba nie zasłużyłam sobie na takie traktowanie.

– Wszyscy na wszystko zasłużyli, tylko mnie można traktować jak idiotę.

– Nie krzycz, bo na tyle to ja jeszcze słyszę.

– Niczego nie słyszysz ani ty, ani ta reszta zgrai.

– Jakiej znowu zgrai – do rozmowy wtrąca się ojciec, zwabiony podnieconymi głosami. – Mówiłem, że to trzeba ukrócić.

– My jesteśmy dla niego już zgrają. Ma nas za nic – popada w histerię matka.

– Co ty znowu pieprzysz za głupoty – traci cierpliwość Staszek.

– Co ty chcesz od tej matki.

– Tak, wszystko mu źle. Nie dość że człowiek ugania się za wszystkim, to ten ma wszystko za nic.

– Mnie przecież tu jasna krew zaleje.

– No widzisz, co on wyprawia? Diabli jakieś w niego wstąpili i będzie się tu wyżywał, a nas traktował jak kolegów.

– Kto się wyżywa. Ja się dopiero mogę zacząć wyżywać!

– Najlepiej jakbyś ty mieszkał sam i zadbał o własne utrzymanie…

– Ale o co wam chodzi! Jakieś kurwy przyszły, a wy rzucacie się na mnie…

– Ładnie, sąsiedzi niech słyszą takie piękne słówka. Wyrobisz nam opinię najgorszych lumpów w okolicy, bo już wiele nie brakuje.

– Ja pieprzę tych wszystkich palantów. Mam ich głęboko w dupie!

– Ty możesz mieć, ale nie sam mieszkasz w tym domu.

– … i licz się ze słowami – dodaje ojciec.

– No popatrz się, jaki potwór. Poczekaj ty jeszcze, odpowiesz za te stargane moje nerwy. Ty mi zdrowie odbierasz i lata życia. Poczekaj tylko końca.

– Pieprzę to całe gadanie. Te wasze idiotyzmy. To zasrane życie. Pieprzę! – te słowa Staszek wypowiadał już, wciągając na stopy buty, by następnie niczym oszalały rumak miał wypaść z mieszkania Kwików.

Wybiegając z klatki schodowej, tak mocno trzasnął drzwiami bramy wejściowej, że posypało się szkło rozbitej szyby, a echo incydentu przebiegło po ostatnie piętro, co nie mogło umknąć lokatorskiej uwadze. A ta najpierw udawała brak zainteresowania, pilnie przy drzwiach nasłuchując i przy judaszu okiem zerkając, aby następnie zdobyć się na liczne i całkiem trafne komentarze. Tylko matka figuranta, chcąc jakoś pozbyć się śladów złego o rodzinie świadectwa, najpierw szkło posprzątała, by następnie czym prędzej zamówić szklarza. „Pierrot" tymczasem wygodnie sobie siedział w okolicznej knajpie, testując wpływ alkoholu na anticol. Robił to w towarzystwie nieznajomego mu faceta, który wydawał się oczekiwać na niego w tym właśnie miejscu i porze. A kim ten był, tego dokładnie nikt wiedzieć nie może, choć wszyscy z wyjątkiem Kwika, mają względem osoby jakiś naturalny respekt, bo i jawi się im jako osoba, od której nie mało zależy i też która wiele może. Pewnie też dlatego otoczenie zadowolonym było, że jakiś zwariowany Kwiczoł, który i tak nie należy do tego towarzystwa, przysiadł się właśnie do tamtego. Może coś w ten sposób się więcej dowiedzą czy też otrzymają znaki, które ich osoby wyróżnią w poznaniu tajemnic tego kogoś. Temu niech i posłuży sam Stanisław Kwik, który tak uparcie odmawia opisania się po którejś z odwiecznych stron konfliktu w wojnie dobra ze złem. Żeby choć zechciał zostać autentycznym bohaterem i skończyć spektakularnie, jakoś tragicznie, jak herosowi przystało. Natomiast ten wynosi ponad wszystkich swoje marne jestestwo i do nikogo przystać nie chce, głosząc zarazem swą przynależność do wszystkich. A to przecież jest niedorzeczne i nawet dziecku wiadomym, że nie może być możliwe ze względu na władzę, której praw na straży przychodzi bronić naszej służbie. Ta obecnie litościwie, a zarazem z cieniem pogardy i bezceremonialnie, lecz z koniecznego ukrycia spogląda na roztrzęsionego i niewiedzącego co z sobą zrobić figuranta. Sama ona wie o tym doskonale i czuje to świetnie, że mógłaby przy pierwszej lepszej okazji zrobić użytek z broni, którą i teraz ma przy sobie, by pozbawić życia tego ułomka, a nikt nawet palcem by nie kiwnął, żeby się ująć pamięcią za jego osobą. No właśnie, mogłaby, ale w pewien sposób nie może tego zrobić i to dlatego, że jej nie godzi się wykańczać kogoś takiego. Jeśli już, to tylko jakiegoś godnego siebie wroga albo w obronie własnego życia. A kimże może być ten marny „pierrot" względem niej, reprezentowanej przeze mnie, co faktycznie sprawuje tutaj władzę i to ja jestem nie tylko ramieniem generała, ale w pewnym sensie i nim samym, choćby nawet tylko w formie sobowtóra.

– Wszystko się wokół popieprzy, że... ho, ho!... – w ten oto sposób Kwik próbuje nagle coś spontanicznie niejako wyznać, a raczej wyrzuca z siebie „nieswoim" głosem.

– ... – w odpowiedzi jakiś zapraszający do rozmowy gest nieznajomego, lecz raczej formalny niż serdeczny.

– Nie ma z kim i o czym... nawet zwyczajnie pogadać, oprócz ...o dupie Maryni, którą władza wysłała w postaci Wisłockiej, by ta miała wyzwolić w społeczeństwie seksualnego maniaka, którym zastąpi mu wolność i będzie ślepe na to, co ta czyni. Wszyscy mają sto procent racji... no to o czym tu gadać. Tutaj... – mówi jakby do siebie niczym nawiedzony Kwik, co otoczeniu jawi się jako rodzaj bełkotu.

– Ciężkie te myśli, bez polotu. Trzeba pić więcej wódki, a nie gadać – z szyderczym uśmiechem mówi ktoś ten oto nieznajomy. – Od gadania..., coś się zmieni?

– Tak, lepiej szczekać, mlaskać czy pierdzieć. Wtedy się przynajmniej wyraża...

– Słowem za to można zabić, o czym wiedzą wokół, a tylko czekają na odpowiednią okazję i odpowiedniego delikwenta, którego wezmą sobie na warsztat – mówiąc to, nieznajomy zauważył poruszenie u figuranta.

– Pan coś wie na ten temat?... Ja właśnie badam tę sprawę. Wydaje mi się, że to jest robota służb bezpieczeństwa, ale i hołoty, w części tej i katolickiej... Tak, nie tylko... Te partyjne konserwy... Co niektórzy naśladują ich metody, a przecież też nie można wszystkich wsadzać do jednego worka. Tylko jak to rozdzielić? A i tak ta linia podziału nie dla mnie. Gra pozbawiona sensu. Nawet to takie bez celu.

A myśli sobie nieznajomy: „Jaki śmieszny jest ten Kwik i naiwny, a nawet żałosny. I jak tu takiego traktować niczym żołnierza. Powinien zdechnąć pod płotem i to obsikany przez sprostytuowaną sukę. Jednakże choć te jego sądy są dla władzy nie do przyjęcia, jak również i dla całego społeczeństwa, według którego jawi się niczym jakaś hybryda, to jednak coś ukazują. Stąd dopóty się go izoluje, dopóki jest tylko śmieszny i żałosny, ale też przez to coś mówi inspirującego, to i posłuchamy.

– Spiskowa teoria dziejów, co?... – mówi prowokacyjnie nieznajomy.

– Gówno prawda, nie dziejów, a raczej jej uczestników w tym oto czasie.

„Wygadany skurwiel" – samorzutnie nasuwa się nieznajomemu, który zauważa:

– Wiem, nie wiem, a ty żeś się zrobił cały czerwony od tego kłamstwa. Cyganisz bracie jak z nut.

– Ja... to nie tak. Ja... to z innego powodu.

Przecież wiadomym jest, że to z powodu anticolu, który w połączeniu z alkoholem daje tego typu efekty. Ale co dalej, ciekawe, gdyby tak figurant wypił więcej, co też w tym wypadku z nim by się podziało i co też by przy tym wymyślił?

– No to w takim razie, zdrowie – mówi nieznajomy i wychyla kieliszek wódki z cieniem uśmiechu w kącikach ust, tym razem bowiem w kieliszku zamiast niej ma wodę mineralną.

Odetchnąwszy głęboko, Staszek zapala papierosa i zaczyna badawczo przyglądać się krępemu facetowi o okrągłej twarzy i krótko ostrzyżonych blond włosach oraz przenikliwym, ostrym i nieprzyjaznym spojrzeniu szarych oczu.

– Ja cię skądś znam, choć nie przypominam sobie skąd.

– Bywa się tu i tam – odpowiada nieznajomy, uśmiechając się tajemniczo, a przy tym myśli: „Dziwne by było, gdybyśmy się nie znali".

– Mam na imię Staszek, niektórzy mówią na mnie Kwiczoł, a jak mam do ciebie mówić?

– Jak chcesz. Może być Paweł, albo... nawet Piotr.

– No tak, ja mam Ryszard na drugie. Też nieraz używam... A tobie... na pierwsze?

– Obojętne, obaj święci.

– Święty?

– He..., he!... Turecki. A co... dokąd zmierzasz?... Masz cel?

– Tak, zgubić trop, a zarazem przełamać język ich wszystkich. Sprawić, by na własnej skórze doświadczyli jego bezsens.

– Chciałbyś zabawić się w Chrystusa, ale nie skończyć jak on – nieznajomy tymi słowy wydał się wyprowadzić cios w imię tłumionej niechęci, a zarazem jakiejś miłości wobec „pierrota".

– Nie aż tak... Z pewnością nie zgadza się mój kontekst wizji zarówno świata, jak i jego możliwości z tym powszechnym – i nagle urywa, by po chwili spytać: – Słowem zabija święty?

– Kogo zabija, to zabija, ta...k, mały książę... – powiada ot tak sobie nieznajomy. – Nikt w tę twoją bajkę wierzyć nie będzie. Nikt się nie da nabrać na ten mit.

– Tak, przez te powikłania. Mimo to spróbuję... książę? Skąd książę...

– Aleś dociekliwy... Była kiedyś dawno taka piosenka. Taki malowany świat.

Twarz Kwika zmienia się nagle niemal w ognistą bryłę. Widać było jak na dłoni, że przy tym się bardzo męczy, że uporczywie szuka czegoś w pamięci, co z pewnością w niej tkwi niczym sęk w blacie ich stolika.

– Tak, książę, a w oknach święte obrazki, uporczywe szczypanie dziewczynek w tyłki... Później malowanie ławek w szkole za karę, wstawienie się za istnieniem „dziadka z brodą i laską" na lekcji propedeutyki, zabawa w aktora, uganianie się za panienką, która miała frajera i nie chciała traktować inaczej jak tylko jako rezerwowego gracza... tak dla liczby amantów – płynęło niczym leniwym strumieniem z ust Piotra zwanego Pawłem i „nieznajomym" zarazem.

– Interesujące. To jest bardzo ciekawe... i... co jeszcze?

– Udawanie kogoś innego... zagrania z milicją, a nawet spotkanie z malarzem, który wrzuca dowód osobisty do naczynia z wodą, żeby w ten sposób namalować swą wizję obecnego Polaka.

– Malarzem… – powtarza zaskoczony Kwik. – Sam o tym zapomniałem. Ta…k!

Słowa te najwyraźniej wywołują rodzaj objawienia u figuranta, który nagle zaczyna blednąć i może dzięki temu też sobie przypomina. Następnie wyznaje:

– Tak!… Tak, przypominam sobie. Właśnie, nie miałem pojęcia… Dzięki za przypomnienie… To było po tak zwanym pijaku… jak mogłem zapomnieć Adama i tę wizytę w jego mansardzie w rynku. Tak, to było jakże ciekawe spotkanie… Już go od wtedy nie widziałem, a przecież stał często przy bramie Floriańskiej z jakimś obrazkiem. O… płótnem, bo za obrazek to by się obraził. Słuchaliśmy wtedy muzyki… Marleny Dietrich i tego… no, Kaczmarskiego. On miał pełno „bibuły" i w ogóle. To była piękna noc… – po tych słowach Kwik spojrzał w twarz nieznajomego, w której rozpoznał jakąś nieprzeniknioną maskę. Ten miał wzrok wciąż tępo utkwiony gdzieś obok. – A co ty, tam robiłeś i co z nim się stało? Wiesz?…

– He… he. Jak zwykle w takich okolicznościach ustawiła go baba. Kurwa to najlepsze narzędzie dla władzy. Lepsze nawet od spiritu i sałaty, oczywiście pod warunkiem, że klientowi w miarę często stoi. Ale co ja tu mówię… trzeba będzie zapłacić.

– Jak to, zapłacić? – spytał nieco naiwnie figurant, coś niepokojącego u rozmówcy dostrzegłszy zarazem.

– Nie ma nic za darmo, a dociekliwość kosztuje i to słono.

– Nie rozumiem. Ale jak można rozumieć… kiedy… kiedy wszyscy kogoś udają.

– A ty uważasz się za dociekliwego i inteligentnego. Jak nie będziesz miał papu, to wtedy pewnie naćpasz się swoją filozofią, jak kiedyś „kompotem". Mamusia podstawi pod nos miseczkę mleczka i znów sięgnie się do biblioteczki z „Traktatem o dobrej robocie", „Pokoleniami literackimi" czy „Neurotyczną osobowością naszych czasów". No i będzie sielanka, będzie się udawać mądralę, co?

– … – zaskoczenie Kwika zdziwiło nawet samego nieznajomego, który po chwili milczenia powtórzył pytanie:

– Po co?

– Co, po co?

– Po co ci to życie, skoro cię ono tak męczy. Dałbyś sobie z nim spokój, panie Sercowicz.

– Ale ja tak naprawdę nie żyję, ja tylko udaję. Mówię ci to w tajemnicy. Przecież się tutaj tylko udaje, że pracuje, troszczy o gospodarkę i innych, a tylko, tylko... każdy każdego podsłuchuje. Zbiera haki, gra przeszłością i obiecuje lepsze jutro, w które i tak sam nie wierzy. Dlatego nienawidzę tych wszystkich kabareciarzy, klaunów, bo to tylko źle świadczy o kraju, że ich potrzeba w nim tak wielu. Przez to nie ma przyszłości. To wszystko przecież nie ma sensu. A do tego skąd ty tyle wiesz o mnie... od kogo?

– Pytasz, dobrze wiedząc. Dzięki temu uważasz się za kogoś osobnego. Wiem, bo aby nie wiedzieć mógł ktoś, ktoś wiedzieć musi. Tak, do tego chciałoby się szpanować w skórzanej kurtce z Peweksu. Ale niestety, mamy tylko z darów. Poza tym nabrało się łapówek za załatwienie tych beczek po emolaku, a cement na prywatną przybudówkę bez zezwolenia to chyba też nie gips.

Oniemiały Kwik w odpowiedzi na te słowa zdobył się tylko na odruchowe zapalenie papierosa i wypicie następnej wódki, aby czym prędzej miał zamówić następną w nadziei, że w ten sposób złagodzi swój ból istnienia.

– Tak, tak, można zrozumieć osobę, że nie może dojść do ładu z samym sobą, bo to fakt, że z tak pobożną rodzinką, to sam papież by się zgorszył, ale żeby od razu o kraju mówić, że tym burdelem rządzi mafia, to chyba coś komuś odbiło po drodze, a za takie rzeczy to i się ponosi konsekwencje, bo jak morda nie w kuble, to się tym samym prosi o to, co wcześniej lub później przytrafić się musi.

– Ale oni udając kogoś innego, oni mrugają do siebie, że... że jest jakieś drugie i następne dno tego co mówią i robią, wtórując klaunowskim kabareciarzom... Ja to widzę?

– Tyś się już chyba upił. Powiem ci tylko, że albo się gra ze wszystkimi w grupie, albo się zostaje „pierrotem". Nie ma innego wyjścia.

– Co?... Kim? Ja mam kartkę... z tym „pierrotem".

– Tak, którą dostałeś na imieniny od własnej kuzynki Czajnik.

– Od kuzynki?... – nagle Kwik stał się niczym oświecony – To ona też?...

– Kiedyś chciała być bogata i nawet związała się ze starym Żydem, który obiecał jej nie tylko zostawić mieszkanie, obrazki, ale nawet nauczyć ją także malować do „Cepelii". Ale ta była za leniwa i za głupia. Za to ma długi język i można od niej wszystko co się chce wyciągnąć, nawet to, czego w rzeczywistości tak naprawdę nie ma czy nie było – słowa te przyniosły nieznajomemu rodzaj satysfakcji i ulgi, dzięki tej rozmowie bowiem mógł załatwić nie tylko sprawę służbową, ale zarazem i osobistą, upewniając się o dobrej swej naturze. Nawet poczuł się kimś innym. Żaden z jego kolegów z pewnością nie rozmawiałby w ten sposób ze swoim figurantem. Fakt ten dawał mu poczucie rodzaju oczyszczenia i dumy.

– Ale co... co zrobić z tym „ktosiem"?... a jak się może mieć też „gdzieśtość". Przy tej bierności nawet „skądtość" jawi się jako niemożliwe wyzwanie – wybełkotał Kwik i zmarkotniał, jakby oto dostrzegając swoją klęskę.

– E..., skąd, wszystko przecież jest możliwe – z pobłażliwym uśmiechem oznajmił nieznajomy, który w ten sposób uznał, że jego zadanie jest już na ukończeniu. Po tym spotkaniu z pewnością napisze raport do swego przełożonego o ostatecznym złamaniu „pierrota", którego stan psychiczny ma się ku obłędowi. Stąd też postanawia oddać go pod opiekę „krawcowej", która skroi mu na tę okoliczność odpowiedniej miary ubranko.

– Niemożliwe jest możliwe tylko dlatego, że wywodzi się z siebie.

– Gorzej..., a może i lepiej dla ciebie – mówiąc to nieznajomy sięgnął do kieszeni marynarki, po czym wyjął z niej jakiś kartonik w formacie wizytówki i położył go przed Kwikiem.

– Co to... – jakoś bez pytającego tonu w głosie odezwał się figurant, by następnie przyjrzeć się długopisem zapisanemu kartonikowi.

– Czytaj i zgłoś się pod ten adres do tej kobitki.

– Krawcowa?... Po co?

– Trzeba sobie obstalować albo przerobić jakiś garnitur czy płaszcz. Niech ludzie mają zajęcie. Leżą takie w szafie i żeby tego nikt nie używał? Przecież nie stać nas na rozrzutność w naszym niezamożnym kraju.

– Tak, tak, to prawda, jesteśmy niezamożnym krajem – prawie nieprzytomnie odpowiada cień figuranta, a następnie równie „nieobecny" Staszek Kwik wstaje i na sztywnych nogach kieruje się do wyjścia, by „nieznajomy" mruknął pod nosem:

– Taki sobie bełkot Kwika.

„Nieznajomy" wreszcie odetchnął, bo misja wydawała się już skończona, choć jeszcze przez jakiś czas będzie musiał dla pewności obserwować „pierrota", czy aby jakaś nierozpoznana trzecia siła nie usiłuje wytrącić go z nadanego mu toru. Teraz wreszcie może liczyć na uznanie i hojność przełożonych, no i wreszcie otrzyma ten zachodni sprzęt audio, który czeka na niego w magazynie odzyskanych rzeczy z przemytniczo-spekulacyjnego procederu. Teraz także ma prawo oczekiwać na bardziej ambitne zadanie, a śni mu się opieka nad jakimś niepokornym księdzem czy „łącznikiem" ze światem podziemia. Jednakże jakiekolwiek otrzymać mu przyjdzie zadanie, co okaże się wkrótce, to już z pewnością bez udziału tej obłąkanej postaci, jaką jest osoba Stanisława Kwika.

Kolejne miesiące wydawały się utrzymywać psychiczny stan „pierrota" w swoistym impasie. Zachowywał on przy tym niespotykaną równowagę w stanach wewnętrznie skrajnie burzliwych, które zdawały się go przenosić na przeciwległe sobie emocjonalne krańce, których zwykły człowiek nie byłby w stanie znieść bez niechybnej fizycznej zapaści na zdrowiu, a może i na życiu. Ten jednak przenosił się z przestrzeni niemal całkowitego odosobnienia i amoku, gdzie pogrążał się w specyficznej sobie lekturze, studiując nawet ewidentne bzdury, o czym sam doskonale wiedział, obsesyjnie zgłębiając „kondycję człowieka", do powrotów pomiędzy ludzi niejako na własnych warunkach. Wydawał się niekiedy nawet zajmować pozycję niezależnego myśliciela, lecz objawiał to w sposób groteskowo-tragiczny, co i zadziwiało innych, bo jawił się jako kpiący i to nie tylko z siebie samego, ale i z kondycji otoczenia. Budził też niechęć jako obdarty do żywego obraz własnego sumienia, by jego kpina miała też trafić w obowiązujący model tak zwanego inteligenta, za którego sprawą narodziła się swoista w kraju praktyka. Z niej wynikała prosta zależność: jeśli coś nie jest po naszej konspiracyjnej myśli albo zgodne z obowiązującym „wzorem Urbana", to nadaje się wyłącznie do wyśmiania. Jednak aby przy tym nie można było łatwo kogoś posądzić o błazeństwo, oddano się w powszechne panowanie fachowców, również tych od szyderstwa, co skwapliwie zaakceptowała rządząca władza. Dzięki to temu ze względu na nienaruszalność jej miejsca mogła się czuć pewnie i ze wszech miar kompetentna, sama sugerując, że przecież to tylko kabaret. Chcąc nie chcąc, wzór zaczął obowiązywać powszechnie, choć nieoficjalnie, dlatego też wszędzie z łatwością można było dostrzec fachowego i ze swą wyróżniającą „kartą przywilejów" drogowca, piekarza, lekarza, zadymiarza, knajpiarza czy też nauczyciela, a nawet górnika, murarza czy linoskoczka. Jedynym nierozpoznanym, a który nie przystawał do tego towarzystwa, wydawał się nie kto inny jak sam Kwik Stanisław. Przecież to on już od dłuższego czasu nie udawał nawet Franaszki, a i same przez się wybrane role też wydawał się wyczerpywać, a nawet kilka spartaczył i to jak okropnie. Stąd ostaje nam się istny „prawdziwek", znane z tradycji ucieleśnienie „dzikusa", z którego przyszło nam w swojej służbie zrobić „pierrota".

Tak więc niech nam się wreszcie spełni ta społeczna Stanisława Kwika rola, w czym zdolne mu jest pomóc nawet jego otoczenie i to w ramach społecznego czynu. Dlatego też umawiać się nie musimy, by rozpocząć akcję na rzecz zbuntowanej jednostki i wzmóc jej obserwację. Działamy klasycznie, podsłuchując, a także podszeptując, by w ten sposób dać do zrozumienia delikwentowi, kto tutaj ma władzę o bliźnich sądzeniu. Pewnie też dlatego Staszek Kwik ciągle musi zmagać się z nagabywaniem ulicznym, uwagami na swój temat i podszeptami w rodzaju: takiś uczciwy, to stań się ofiarą i oddaj życie za nas, pięknych złoczyńców.

No i jak można było się spodziewać, figurant w końcu tej presji nie wytrzymał i pewnego dnia wyszedł z domu z zamiarem udania się do wskazanej mu na kartoniku krawcowej. Ku jego zdziwieniu, fakt ten wydawało się w pełni aprobować otoczenie, jakby świetnie znając jego postanowienie, z którego notabene nikomu się nie zwierzał. Jednak tę okoliczność należy przypisać tak zwanej intuicji społecznej. Tymczasem Kwik się dziwił, że nie tylko kompletnie nie zareagowano na jego z domu wyjście, ale i zaniechano dotychczasowych względem niego praktyk. Nawet nikt nie usiłował ubliżyć chwili, w której go zobaczył. Doznał w ten sposób na własnej osobie wielkiego skandalu, bo i do czegoś innego przecież się był przyzwyczaił. Przypadkowy przechodzień nawet powiedział mu „dzień dobry". Na tę okoliczność miał ochotę w pewnej chwili zawrócić, wcześniej bowiem też miał wątpliwości, a i cel mu się przedstawił jakoś niejasny i to nie ze względu na fach krawcowej, lecz na intencje osoby, która mu krawcową poleciła. Ciekawość jednak zwyciężyła opory, a że i znalazł się pretekst w postaci szarego garnituru, który leżał w szafie od lat i przy okazji na nim „wisiał jak na świni siodło" – jakby to jego świętej pamięci matka chrzestna orzekła – to i ostatecznie udaje się amant elegancji w poszukiwaniu wskazanego mu adresem miejsca.

I oto mamy do czynienia ze Staszkiem Kwikiem jesienną porą, podczas której chłód i szarości tłumią spontaniczność życia, aby ten czuł się jak ryba w wodzie, bo też i w takich warunkach jego mózg wydawał się pracować swobodniej i nie wymagać jakiegoś na tę okoliczność szczególnego chłodzenia, a wynikającego z wysokiego wskaźnika intensywności przepływu myśli na jednostkę komórkową. Ten też zadowolony z siebie, postanowił krawcową nie wprost odszukać, lecz klucząc osiedlowymi „przejściówkami", parkowymi alejkami i w ten sposób udawać przed ewentualnym „swoim aniołem stróżem", że oto wybrał się na spacer i wcale nie zamierza gdziekolwiek i po czyjejkolwiek nawet sugestii wstępować.

W takiej aurze po kilkudziesięciu minutach z pakunkiem pod pachą nasz niedoszły jeszcze bohater dociera do skrzyżowania osiedlowych ulic, by ku swemu zdziwieniu dostrzec płynący nimi potok wody, który na szerokości kilku metrów przy krawężniku raptownie skręca w przecznicę w prawo, by tam rozlewać się po części szeroką kałużą nie do przebycia. Widok ten w pierwszej chwili wprawił go w zakłopotanie, ponieważ nie spodziewał się takiej przeszkody na projektowanej przez siebie drodze do swej elegancji, dlatego też na moment zawahał się, stając na przeciwległym tego zjawiska krawężniku, po czym raptownie ruszył w „górę rzeki", jakoś instynktownie kierując się do jej źródła. Decyzję tę z pewnością przyśpieszyła syrenka, a i za nią przejeżdżający oliwkowy wartburg, które ku uciesze jednego z kierowców wypuściły nawet i efektowne fontanny brunatnej wody, co też przechodnia wprawiło nie tylko w zakłopotanie. A że z jego strony pas trawnika oddzielał chodnik od jezdni, a po prawej ręce szło się pośród akacji i kęp krzewów, to wycieczka ta wydawała się nawet bezpieczna i do tego całkiem ze względu na swą niezwykłość interesująca. Przecież nie zdarza się na co dzień, by ulicą rzeka płynęła, a i nie trzeba było sobie wyobrażać, że w tym miejscu miała kiedyś odnogę sama Wisła. Jednak czasy przeszłe mają swe drogi w pamięci człowieka, a współczesność podąża swoimi, stąd też przeszedłszy wzdłuż kolejnego z bloków i wciąż źródła nie widząc, Staszek Kwik zaczął czuć jakiś w tej „dekoracji" przesyt. Dlatego zaczął kombinować, jak też dostać się na przeciwległy brzeg i przestać się od swojego celu wędrówki oddalać. Na kolejnym rogu ulic nawet zdążył się dowiedzieć od fachowo rozprawiających przechodniów, że ta „rzeczna sprawa" jest za sprawą koparki, która gdzieś wyżej dokopując się do żądanej głębokości, przy okazji wyrwała rurę „wodociągom". Fakt ten nikogo jednak nie dziwił, powszechną normą bowiem było, że każdy według Młynarskiego robił „swoje" i nie oglądał się na innych, żeby oczywiście nie zwariować. Dzięki tak pojętemu wzorcowi dobrej roboty partia i rząd mogły skutecznie realizować politykę pełnego zatrudnienia, każdy z zawodów bowiem wykonując co do niego należy, przy okazji czynił podstawy dla zatrudnienia innym. Jednakże, choć zjawisko może i ciekawe, to niekoniecznie pożądane, zwłaszcza jak się chce przejść suchą stopą na drugą stronę ulicy i nic nie wychodzi z usilnych prób pozbycia się śledzącego osobę natręta.

– Panowie, wiecie czy tam się da przedostać? – pyta zagubionym tonem Kwik.

– Wiecie, rozumiecie... tam gdzie ta kobita – odpowiada jeden z przechodniów, ten krępy wskazując na korpulentną panią z dwiema pełnymi torbami.

– Dzięki – odpowiedział pośpiesznie Kwik, po czym rzucił się pędem w kierunku kobiety, jakby to ona posiadała tajemnicę przez uliczny potok przejścia.

Znalazłszy się tuż za nią w pobliżu opływającej brunatnym roztworem studzienki, Kwik raptownie zatrzymał się porażony własnym zdumieniem. Otóż widok tej korpulentnej kobiety z dwiema torbami, by z jednej miała wystawać owinięta w szary papier niewiadomego pochodzenia kość, był nieodparcie skądś mu tak znajomy, że sobą aż zniewalał. Ten jednak za nic nie potrafił sobie przypomnieć, skąd też znane jest mu tej kobiety zjawisko. Tymczasem tamta jakby intuicyjnie wyczuwając jego spojrzenie na swej obłości i męską rozterkę, również się zatrzymała, by obejrzawszy się na niego, miała rzec skrzeczącym głosem:

– Co się tak gapi, zamiast kobiecie podtrzymać... choćby ducha.

– Ducha?... a może na duchu? – wyseplenił zdziwiony Kwik i zarazem usłużnie dwa kroki ku tamtej postąpił, by rzec nieco speszony: – Ale na duchu...

– Milcz chłoptaś, wiem, co mówię. Tyś za słaby byś się nadawał na ducha. Bierz no, bym krok zrobiła, a sama przejdę – po czym nieznaczny dała mu znak do wzięcia torby z kością.

Zaskoczony tym sprawy obrotem, Kwik torbę grzecznie podjął, jednak jakoś na tę kość specjalnie uważając. Starał się ją trzymać możliwie najdalej od siebie. Tymczasem kobieta z niezwykłą swobodą i nawet gracją zrobiła najpierw jeden krok, stanąwszy na wznoszącej się nad strumieniem płycie studzienki, a następnie krokiem kolejnym niemal weszła w maź, która oto dziwnym trafem utrzymała jej znaczną posturę. Po kroku kolejnym ta zgrabnie wstąpiła i to suchą stopą na krawężnik.

– Coś niesamowitego! – mruknął do siebie Kwik, a następnie usłyszał:

– No choć, no dawaj tę torbę, bratku. I nie gap się jak... na weselu.

– Na weselu? – powtórzył Kwik i zrobił krok na studzienkę, następny w miejsce z brunatną mazią, jego stopa zapadła się w niej po cholewkę.

– Nie tu, trzeba było ciut dalej... o tam... tutaj, niezdaro. Ale to twoje buty i twoja sprawa. Dawaj ducha, bo idę do domu... Nie będę się pieprzyć z takim fajtłapą – po czym sobie i poszła, zostawiając Kwika ze swoim ubłoconym butem na trawniku. Ten nawet przypomniał sobie, że oto z całą pewnością spotkał się z powszechnie znaną, a tak eksponowaną przez partię, „Matką Polką". I w tym to momencie po raz pierwszy od lat poczuł niekłamaną dumę i poszanowanie.

Stojąc tak na trawniku, patrzył więc po sobie i zastanawiał się, co też tu zrobić, żeby pozbyć się tego błota na bucie. Wstydził się bowiem, że oto nie udało mu się przejść czystą i suchą stopą przez ten uliczny ściek, wynikający ze szczególnej awaryjności tego świata. Ale i w tym znalazł wyjście, a mianowicie pozbawił swój garnitur opakowania i jął nim wycierać buta. Jednak by i garnitur nie uległ zabrudzeniu, to najpierw musiał włożyć na siebie co najmniej marynarkę, no a spodnie umieścił pod pachą. Pocił się przy tym nie wiedzieć czy ze wstydu, czy irytacji niedoskonałością świata, by po kilku minutach nawet stwierdzić, że i but jako tako wyczyszczonym został. Zadowolony z siebie otrzepał się jeszcze i dziarskim krokiem wytrawnego piechura ruszył w głąb osiedla z postanowieniem, że już więcej kluczyć nie będzie, a krawcową odszuka możliwie jak najprędzej. Pewnie i tak też by się stało, gdyby nie patrol milicji, który oto też wyszedł na osiedlową przechadzkę, by wyrosnąć niczym spod ziemi nad Kwika podejrzanym zachowaniem.

– Ej, obywatel, dokumenty… – wezwaniem zatrzymuje dziwnie ubranego przechodnia wyższy rangą mundurowy, zwany też milicjantem.

– Dokumenty? – ten bez sensu zadaje nie wiedzieć komu pytanie.

– Tak, …dokumenty. A to ubranie komu się rąbnęło.

– Ubranie?… Moje, przecież do… – wyjmując dowód, Kwik ugryzł się w język, bo i przecież wychodząc z domu miał postanowienie nie opowiadać o celu wyjścia.

– Coś to się kręci, a do tego ten dowód taki pomięty. Nie dbamy o tożsamość – tamten kontynuuje, wertując obywatelską książeczkę Kwika.

– Po co miałbym tożsamością kręcić, przecież ja tak tylko z powodu tego wodociągu, który pękł akurat teraz, kiedy ja idę do… i to do krawcowej.

– Ale się wymyśliło… krawcowa.

– Kiedyś też się kupiło ten garnitur w Domu Towarowym, bo akurat rzucili, a że jest na mnie za duży, to trzeba go dopasować, żeby nie wisiał…

– Tak…, wisiał, powiadacie.

– Tak, tutaj mam nawet adres tej krawcowej – powiedział Kwik, wyjmując z tylnej kieszeni spodni przyniszczony kartonik podsuwając go milicjantowi.

– A…, to taka sprawa. Ma się rozumieć. To całkiem niedaleko.

– No właśnie, powinienem tam już być – Kwik skwapliwie coś władzy na tę okoliczność wymyśla.

No i oto się okazało, że przyniosło to pożądany skutek, choć z pewnością przyczyny takiej życzliwości „władzy" pozostaną Kwikowi nieznane. W jej to efekcie milicjanci nie tylko oddali mu dowód osobisty i uwolnili od wszelkich podejrzeń, lecz także wskazali blok, w którym owa krawcowa uprawiała swoje krawieckie chałupnictwo. A trafić do niej nie było wcale tak łatwo i to ze względu na bliźniaczy wygląd osiedlowych bloków, które nie dość że przypominały kolekcję identycznych sobie klocków, to i pewnie z militarnych powodów ich numeracja była tak chaotyczna, że trafienie pod żądany numer obcemu mogło się przytrafić niczym swoisty los szczęścia.

Takim szczęśliwcem mógł z pewnością się czuć i Staszek Kwik, ostatecznie stając naprzeciw drzwi, za którymi nawet zdawał się słyszeć odgłos pracującej maszyny do szycia. Z tego też powodu nasz niedoszły jeszcze bohater pewnym palcem na przycisk dzwonka nacisnął, by po dłuższej chwili wejście do krawieckiej pracowni miało stanąć przed nim szerokim otworem.

– Dzień dobry, ja w sprawie szycia... – z zapałem w głosie powiedział Kwik na widok szczupłej i o drobnej posturze brunetki, a kiedy ta zrobiła mu miejsce do przejścia, czym prędzej dodał, próg przekraczając: – Kwik, ja Stanisław Kwik jestem.

Po tym wstępnym przedstawieniu drzwi się za nim zamknęły, a gospodyni bezsłownie wskazała gościowi drzwi pokoju, w którym po chwili oboje się znaleźli. A w nim faktycznie jak na krawcową przystało, wszędzie pełno form, materiałów, walających się ścinków, no i manekin ubrany w kamizelkę ze szpilką, nie wspominając o maszynie do szycia w kącie pokoju.

– Pan Kwik, dobrze usłyszałam?

– Tak, Stanisław Kwik. Przychodzę do pani po usługę krawiecką.

– Tak, usługę... Ja już tę robotę zrobiłam i proszę mi wierzyć, że nie było łatwo, choć to przecież nic specjalnego. Zaraz panu pokażę...

– Pokażę?... Jak to, przecież ja z... garniturem.

– Najpierw załatwmy jedno. Dla porządku, po kolei, rozliczmy jedno... nie tak na łapu capu o wszystkim – mówiąc to krawcowa jęła szukać czegoś w szafie, a zdezorientowany Kwik patrzył raz na nią i raz na garnitur, stercząc pośród wszelkiej materii ścinków.

– Jednak to chyba zbyteczne... to jakaś pomyłka, bo ja... – próbował niezdarnie sprawić, by sprawy jęły iść podług jego oczekiwań, jednak krawcowa jakby się uwzięła i zagłębiona do połowy w szafie, czegoś uparcie tam szukała, coś tam przewracała i przekładała, aż wreszcie wyjąwszy w szarym papierze pakunek, uniosła go niczym cenną zdobycz i rzekła:

– Jest. Mam. Szkoda, że tak późno przychodzi się po odbiór zamówionego szycia.

– Jak to, przecież ja dopiero co przyszedłem. Jestem tutaj po raz pierwszy.

– Pan Kwik, Stanisław Kwik, prawda?

– No tak.

– A więc kilka lat temu zamówił pan to szycie. ...Och, jaki wtedy pan był uroczy, jaki elokwentny. Ale tacy są ludzie, zamawiają, zapominają, a każdy na początku mówi, że wszystko pilne i na wczoraj

– powiedziawszy to około pięćdziesięcioletnia kobieta, zaczęła z pakunku wyjmować jakiś jasny kaftan i rozłożywszy go wreszcie przed Kwikiem, zaczyna starannie go przymierzać do jego sylwetki.

– O..., pasuje. Z niego wyrosnąć się nie da. Jak tylko raz się wymiar weźmie, to na całe życie i kropka.

Kwik całkowicie skołowany stoi w bezruchu, a jego imaginacja objawia mu obrazy siebie w tym oto przebraniu, w którym z wrzaskiem gna w dół klatką schodową. Dopiero dopadłszy wyjściowej bramy udaje mu się opanować i nawet na tyle w sobie pozbierać, by realnie zadać sensowne pytanie:

– Czy pani pamięta mnie sprzed tych kilku lat? No... wtedy...

– Kiedy pan zamawiał ten strój „pierrota"? Pewnie, że co nieco pamiętam, bo takie zamówienie nie zdarza się często. Wtedy to pan był dowcipny, szarmancki, a teraz to taka... jakaś ofiara losu. Ale takie czasy, tak i widać być musi. Za to strój powinien być na tę okoliczność w sam raz i z pewnością idealnie nada się do przedstawienia.

– Tak... ja chyba tego... tego skur... to jego sprawa – patrząc przed siebie Kwik coś bełkocze, by następnie złapać się dłonią za czoło.

– To już nie moja sprawa. Ja tylko chcę mieć zapłacone za moją robotę... i tyle.

– Tyle tylko, że to nie moje zamówienie. Ktoś podał moje nazwisko. W takim razie ja niczego nie chcę i... – powiedziawszy to, Kwik zaczyna zbierać się do wyjścia.

– A zapłata za moją pracę?

– Padła pani ofiarą oszusta, który podał nie swoje nazwisko. Ja chciałem dać garnitur do poprawki, a ten strój mi nie jest potrzebny... Gdzie..., w takim kaftanie?

– Poprawiać?... Niech sobie sam poprawia, a ja nie jestem byle jaka krawcowa. Chcę tylko pieniędzy za to, co zrobiłam w pocie czoła.

– Jakbym zamówił, to bym zapłacił. Do widzenia.

– Jakiś oszust, naciągacz i do tego... do tego szabrownik i spekulant – dały się słyszeć okrzyki za plecami umykającego Kwika, który niczym spłoszony kozioł górski jął przeskakiwać po kilka stopni naraz, by czym prędzej umknąć z wrogiego sobie środowiska. No i wreszcie znalazł się na osiedlowym trotuarze i dopiero tutaj udało mu się odetchnąć z ulgą.

Minione zdarzenia nie mogły pozostać bez konsekwencji dla losów figuranta Stanisława Kwika, który za sprawą odmowy powierzonej mu bohaterskiej roli „pierrota" w istotny sposób wpłynął na kształt świadomości społecznej otoczenia. Na dodatek ten ośmielił się też poczynić jakieś stanowcze decyzje. Otóż jedną z nich było odejście za porozumieniem stron z Instytutu Kształtowania Świadomości i zaszycie się w swej jaskini bez kontaktu nawet z psychiatrą i jego anticolem. Od tej pory wychylał się z niej tylko wtedy, jeśli chciał przewietrzyć swoje myśli, albo jeśli miał już dość „spłuczkowych" rozmów blokowych lokatorów, którzy za sprawą „ryczących" zaworów spłuczek klozetowych prowadzili swoiście maniakalny dialog między łazienkami, niekiedy nawet i jego zalewając, a przy tym udając, że nic się nie stało. W pewnych chwilach wydawało się mu to nie do wytrzymania, ale to tylko z powodu jego nadwrażliwej natury. Jednak to on, a nie kto inny uchodził za niezrównoważoną osobę, która na dodatek zamawia u krawców dziwne ubranka, za które w dodatku płacić nie chce. Ktoś nawet wpadł na pomysł, żeby nazwać go na tę okoliczność „pedałem", bo któż inny pozwalałby sobie na tego typu fanaberie. Poza tym też zauważono, że dziwnie mu z oczu patrzy. Kwik tymczasem widząc tę środowiskową radosną twórczość na temat swojej osoby, najpierw nawet się tym bawił, że oto jest tak znaną i popularną postacią, czy też okoliczną gwiazdą, jednak po pewnym czasie już przestało mu być do śmiechu, a coraz częściej zaczęła się pojawiać potrzeba rewanżu. Miał bowiem poczucie ciągłego i upokarzającego wycofywania się dla uniknięcia razów, które otoczenie wydawało się mu serwować coraz bardziej zuchwale. Miał przy tym świadomość, że nie może zrobić jakiegoś głupstwa, bo choć i może sprawiedliwym by było dać nawet w przysłowiową mordę na przykład łącznościowemu pokurczowi za te wszelkie obraźliwe popisy pod jego oknem, ale tym samym, nawet po chwilowej satysfakcji, nie uzyskałby nic więcej jak tylko potwierdzający dowód dla swych wrogów. Tak oto faktycznie jest tym uznanym potworem, nie wspominając już o milicyjno-karnych konsekwencjach. Śmieszyła go przy tym rola administracyjnego personelu, który dostojnie a zarazem poufnie zbierał wszelkie informacje na temat wybranych lokatorów, opierając się na doniesieniach „swoich ludzi", i tym samym sprawiając, że miejsce to stało się wylęgarnią najrozmaitszych plotek, które można było bezkarnie analizować i przetwarzać wraz z dzielnicowym milicji funkcjonariuszem. Pewnie i dlatego też Kwik postanowił unikać tego towarzystwa i znaleźć sobie jakieś mało ambitne zarobkowe zajęcie, by w ten sposób móc przede wszystkim oddać się swojej pasji, jaką było studiowanie kondycji ludzkiej w ramach filozofii człowieka i sposobów jego istnienia w warunkach środowiskowego zagrożenia. O pracę taką nie było wcale trudno, lecz zaskoczenie i zdziwienie okazało się nie lada, kiedy się dowiedział, że miejscem jej będzie ulica Pokątna. W mieszczącym się przy niej składzie ma pełnić funkcję magazyniera, jego kierownika, a zarazem dozorcy i stróża. To ten sam tajemniczy plac za ogrodzeniem i bramą, który wypełniał przestrzeń między kamienicą mieszkania Franaszki a nasypem kolejowym. Odkrycie to wywołało u niego szok, ale przekazujący mu majątek i stan rzeczy protokołem zdawczo-odbiorczym Zakładu Surowców Wtórnych urzędnik, widząc jego rozterkę, życzliwie powtarzał, że nie ma się co zniechęcać, bo ta praca to na prawdę spokojne i społecznie potrzebne zajęcie. No i w końcu Kwik okazał się bardziej pod panowaniem zalet swojej pracy niż wspomnień związanych z tym miejscem, a po kilku dniach poczuł się nawet jak u siebie. W swym biurze, mieszczącym się w starym kiosku i pośród stert bali makulatury, które nie wiadomo dlaczego były tu przywożone, by oczekując kilka tygodni na swoją kolej, miały być znów ładowane na ciężarówki i wywożone do papierni, Stanisław Kwik wydawał się odzyskać siebie. Tutaj przychodziło mu tylko dopilnowywać zgodności ważonego surowca ze wskazaniami na wadze, jak i wypełniać odpowiednie dokumenty magazynowe związane z przychodem i rozchodem. A że działo się to nader rzadko, stąd jego zajęcie ograniczało się raczej do pilnowania, dbania o porządek, zabezpieczania poprzez zamykanie na wszelkie możliwe sposobności bramy po zakończeniu pracy, a przede wszystkim na rozmyślaniu i zgadywaniu liczby przejeżdżających wagonów w składach pociągów, które co jakiś czas pędziły nasypem do Płaszowa lub w przeciwną stronę. A więc niemal sielanka. Tyle tylko, że świat nie wydaje się istnieć pod sielanki Kwika, a zwłaszcza z perspektywy osoby nadal prowadzącej jego sprawę. Osobie tej jednak w tych warunkach nie przychodzi nic innego, jak wyłącznie czekać na kolejny przypływ destrukcyjnych nastrojów figuranta, dzięki którym może dojść do ostatecznego i definitywnego zakończenia jego sprawy, bo i wszyscy wydają się nawet już nią znużeni. Niech więc liczy te wagony, byle tylko z narastającą obsesją, co w efekcie nie pozostawi mu innego wyjścia w potrzebie od nich wyzwolenia, jak tylko wstąpienie na tor tego pociągu do szczęścia, co dobrze znanym jest w skutkach dla tego typu psychicznych stanów, a i dla Kwika nie będzie już innego wyjścia. Na dodatek tej wizji ostatecznego upadku Stanisława Kwika powinien pomóc zbieg przypadków i okoliczności, którym nieoczekiwanie zdarzyć się oto właśnie przyszło.

Otóż zachorowała mu matka, która po kilku dniach niemocy znalazła się w szpitalu. Tyle co Staszkowi z tego było wiadomym, że zapadła na jakąś kobiecą chorobę, po której można spodziewać się i wszystkiego najgorszego. Pewnie też tego się spodziewając, Kwik wydawał się popaść w jakiś stan otępienia i marazmu. Zachowywał się przy tym jak automat, przemieszczając się układnie z domu do pracy i odwrotnie, co pewnie naturalnym byłoby dla większości obywateli, ale z pewnością nie dla kogoś, kto wywinął się z przydzielonej mu roli „pierrota". Przez taką postawę wszystko wydaje się i dla „prowadzącego" trwać w zawieszeniu i doprowadzać do powszechnej uczucia niemożności, która przecież nie służy realizacji nie tylko społeczno-gospodarczych wyzwań kraju.

Lecz oto i zdarza się coś, co mogłoby zaistnieć tylko w twórczej wyobraźni złośliwego geniusza. Otóż figurant Stanisław Kwik po upływie godzin pracy zamiast jak zwykle udać się grzecznie do domu, przymyka bramę i zostaje sam ze sobą w swym baraku. Przy tym postanawia udawać, że wcale go tam nie ma. W tym celu nawet wykombinował jakąś zasłonę, by z zewnątrz nie było widać światła żarówki. Czyżby w ten sposób konspirował, bo i po cóż by siedział w mroczny późny jesienny wieczór, a także i kolejny i jeszcze następny. Dlatego też osoba będąca przez figuranta uznana za „nieznajomego narratora" musi zdobyć się na poczynienie zasadniczych kroków w tej sprawie, by też dowiedzieć się, co w tym kiosku dzieje się naprawdę.

Dlatego krok po kroku w ciemny późny wieczór nieznajomy skrada się do okna baraku, wcześniej przeskoczywszy ogrodzenie od strony nasypu kolejowego. Musi przy tym zachować czujność i wszelką ostrożność, nie może bowiem sobie pozwolić być zauważonym przez Kwika, co bez wątpienia spowodowałoby tamtego nad nim zwycięską demaskację i ostateczną porażkę służbowej władzy. Dlatego też przy każdym ruchu wytęża wszelkie zmysły i to nawet w stopniu większym niż to konieczne, a nawet i możliwe, by w końcu stanąć przy oknie w miejscu, gdzie nie zdołała objąć zasłona. Słyszy przy tym jakąś rozmowę, by po chwili, ustawiwszy się odpowiednio do szyby, dostrzec Kwika siedzącego przy biurku i gestykulującego względem kogoś, kto powinien siedzieć naprzeciwko. Aby ujrzeć tego kogoś, „nieznajomy" musi zmienić punkt obserwacyjny na inny. Tym razem będzie to „dziura" w zasłonie. No i patrzy, a na tę okoliczność włosy mu stają dęba na głowie. Otóż przychodzi mu widzieć anioła. Stąd zmienia nieco swoją pozycję. Nie... nie anioła, tam wyraźnie po drugiej stronie biurka siedzi dziadek z siwą brodą i dłoń ma wspartą na lasce, a drugą właśnie brodę głaszcze. Ale wystarczy tylko oczu mrugnięcie, a cały ten obraz znika. Obserwatorowi w ten sposób przypominają się zdarzenia z wizerunkami świętych na szybach, które rzekomo widywali wierni. Dlatego też ciarki przelatują mu po plecach, z czego wstyd mu niemiłosierny, i na powrót rzuca się do pierwszego obserwacyjnego punktu, by móc sprawdzić, czy aby analogicznie sprawa nie ma się tak z postacią figuranta. Ależ nie, ten wydaje się niezłomnie trwać na swoim krześle i do tego rozmawiać z nierozpoznanym do końca obiektem. Dlatego też nieznajomemu przychodzi nasłuchiwać choć treści tego dialogu, by móc służbę swą wypełnić i rzetelnie raport sporządzić. Aby uczynić to dokładnie, każde usłyszane słowo stara się sobie w myślach powtórzyć, co też tak oto następuje:

Pierrot: ... jakoś nie mogę przezwyciężyć tego bezsensu. Czuję, jakbym dryfował w nicości, bez jakiegokolwiek punktu zaczepienia. A jeśli nawet, to dzieje się to okazjonalnie. Wszystko wokół mnie mierzi. Rzeczy, ich złośliwość, ludzie i te wszelkie ich sposoby zachowania, a nawet istnienia. Są jak szarańcza...

Duch: Taka jest prawidłowość u tych, którzy potrafią szukać mądrości i nie zadowalają się jej pozorami. To jest kolejna inicjacja na drodze ku doskonałości. Nie ma za to czegoś takiego jak nicość. To właśnie okazjonalny wymysł, bo to jest tylko najbliższy Bogu stan człowieka, któremu nie może sprostać inny człowiek, w którym nie dostrzega się boskiego podobieństwa. Stąd tedy następuje wobec niego takie właśnie uczucie zniechęcenia. Spowodowane ono jest bardziej własną niemocą, wynikającą z potrzeby umiłowania, które gdzie indziej nazywasz pewnie szczęściem. Wystarczy przestać walczyć z tym, co jest człowiekowi nie do przezwyciężenia, chyba że sama walka wystarcza do szczęścia. Ta sama w sobie jest ślepa. Walcząc, trzeba wziąć ciężar i konsekwencje walczącego, a nie pokładać naiwnej nadziei w Bogu, że oto uwolni od ludzkich ułomności, konsekwencji i odpowiedzialności. Taka jest mentalność wojującego głupca.

Pierrot: Ale przecież z tego powodu właśnie większość ludzi wierzy albo też uważa się za wybranych ateistów. Jak zatem osiągnąć tę wspólnotę. Czy udawać, że się jest pośród aniołów... Przecież to z gruntu fałszywe zajęcie.

Duch: Zapewne jest tak jak mówisz. Lecz z tym udawaniem jest również tak, że to ty w pewnym momencie postanowiłeś nie udawać i z tego samego powodu oczekujesz albo oczekiwałeś tego od innych, o czym zapomniałeś lub nie przywiązałeś wagi, a za to chcesz nagrody. Tymczasem nikt z taką do ciebie nie śpieszy, dlatego tym samym masz poczucie zawodu i braku uznania. Jednak szlachetność i mądrość nie są powszechnikami i zazwyczaj nie podlegają zaszczytom i sławie, a zwłaszcza wtedy, gdy dokonują się w warunkach pospolitego nieładu. Dlatego ty nie możesz mieć pretensji o coś, co daje ci wielkie możliwości bycia bliżej Boga, a zarazem otwiera przed tobą coraz trudniejsze, ale i piękniejsze, bogatsze wyzwania życia, za które tym bardziej nie uzyskasz sławy, a może doznasz i społecznego potępienia. Zazwyczaj pospólstwo nie uznaje lepszych od siebie. Wielu wybierało twą drogę życia i wielu też z niej schodziło, a są też i tacy, którzy udają, że po niej wciąż idą. Kto chce wyglądać na złego, z wyjątkiem barbarzyńskiego szaleńca? Do których z nich należeć będziesz? Może i do siebie?

Pierrot: To ty mnie pytasz, a to ja chciałem porady, odpowiedzi na wiele pytań...

Duch: Bądź wdzięczny za możliwość tej granicy poznania, na której możesz dokonywać autonomicznego i ważnego dla siebie wyboru, doznając jednocześnie tego, co już od ciebie niezależne, a co wynika z boskiej konsekwencji, którą jest ta konieczność, a której namiastkę przyszło ci doznać, choć zwałeś to próżnią.

Pierrot: Nicością. Mówiłem o nicości.

Duch: Ach tak, z mojej perspektywy to jedno i to samo, bo w jedności zawarte.

Pierrot: Jakiego dokonać wyboru, skoro na horyzoncie wyłącznie wzniesienia nieznanego, a na ślepo iść nie wiedząc, co po przeciwnej stronie?

Duch: Boisz się…

Pierrot: Boję się tylko pierrota. Od dziecka… A raczej, że zawita.

Duch: Zanim pierrot zawita…, a zatem tylko odwaga może się u ciebie uszlachetnić, zamieniając się w dzielność. Miej przy tym współczucie dla tych, którym się wydaje, że nad tobą i światem górują, chełpiąc się swoją władzą i rzekomym panowaniem. Mali oni są zazwyczaj i niewiele warci, poza zwykłą użyteczność. Ty możesz wpisać się w świat tych wartości, które są najcenniejsze. Aplauzu jednak nie będzie, jeśli pójdziesz tą, może i w całkowitej samotności ścieżką.

Pierrot: Toż to ty jesteś jakiegoś okrutnego Boga posłańcem? Chcesz bym się stał następnym Hiobem?

Duch: Nie popełniaj błędu w sztuce myślenia, jak to pospolitość czyni, a ujmij dzielnie swoich osobistych dyspozycji oręż i podąż za tym, co prosto z nich wynika, choć jednak może niekiedy wydawać się przepaścią, dla której w samousprawiedliwieniu chętnie by się poszukało obejścia, nawet swe ciało narażając na niekonieczną wspinaczkę po skale, co raczej naturze kozic przystoi, aniżeli człowiekowi mądremu i obdarzonemu tym, co zwie się twórczą wyobraźnią.

Pierrot: Ale ja nie wiem… nie mam nawet pojęcia.

Duch: To bądź sobie kimś cieszącym się zwyczajnie z życia, bądź piewcą każdego z jego przejawów. Biorąc je najprościej, też będziesz miły Bogu, a przy tym uznanym przez pospolitość jako brak jej zagrożenia i może nawet przez samego siebie, bo i w ten sposób unikniesz konfliktu. Ptaki fruwają bez nadmiaru troski związanej z jutrem czy nawet w przesadnym dbaniu o cokolwiek więcej aniżeli to, co z ich naturalnych dyspozycji życiowych wynikać może.

Pierrot: Nie jestem gołębiem ani jakąś tam sikorką. Nie zamierzam patrzeć też na świat bezmyślnie, jak nie przymierzając… krowa.

Duch: Uwaga ze wszech miar słuszna, zatem człowieczeństwo zobowiązuje. Jednak ta bezmyślność też jest niekiedy potrzebna, by natłok myśli nie przerodził świadomości w stan zniewalającego ją lęku o utratę ich sensu. To właśnie ta twoja nicość i cisza muszą ci być podstawą dla sensownego, lecz nie rozumienia, ale poprzez rozumienie pojmowania świata, którego podstawą nie są egoistyczne twoje o nim sądy, ale prawa, których naśladowaniem zajmuje się mądry człowiek, ustanawiając własne podług i na wzór tych, które dane są mu obserwować i przetwarzać, a co niekiedy nazywa się i naukowym odkryciem.

Pierrot: Ale czy bez tych ogólnych pojęć można być zwykłym człowiekiem?... Bez tego patosu, wywyższania. Tak zwyczajnie i z natury, co by płynęło...

Duch: No tak, ogrom jest pracy nad samym sobą przed tobą, byś posiadł umiejętność oswajania się z tymi przeciwieństwami, które wiążą cię w rodzaje paradoksów nie do przezwyciężenia w uproszczonym rozumie, zarazem wikłając go w absurdalność, która wynika z pospolitej realizacji tego, co powszechnie nazywa się codziennym działaniem i też przeciwdziałaniem niedogodności życia.

Pierrot: Jezus Maria, ty żeś się chyba urwał z choinki, przecież to nie ma nic wspólnego z tym światem. Ludzie żyją w kraju, gdzie się tylko udaje, żyje na niby.

Duch: Sądzisz, że gdzie indziej nie udają? Może to syndrom ziemi obiecanej.

Pierrot: Z pewnością... chyba nie tak samo.

Duch: Czyżbyś ty chciał udawać inaczej?

Pierrot: No nie... nie tak. Po co?

Duch: A zatem na własnych warunkach.

Pierrot: Nie, ja chciałbym żyć na własnych warunkach, a nie udawać, że żyję.

Duch: Ho, ho... a zatem czeka cię bardzo trudna w życiu droga, na której nawet sam Pan Bóg nie zagwarantuje ci ani szczęścia, ani nawet spełnienia, oczywiście jeśli nie będziesz łaknął pospolitej władzy, poprzez którą doprowadziłbyś i to nie tylko siebie, ale i innych o dodatkowe nieszczęścia.

Pierrot: Ale przecież ja uważam, że tylko przez samodoskonalenie można dochodzić do autentycznej doskonałości i innych, a poprzez nią dbać o społeczną kondycję człowieka. Ale kogo to obchodzi?

Duch: A czy zamierzasz mimo to podążyć tą mało uczęszczaną ścieżką?

Pierrot: Tak, tak zamierzam, bo innej drogi na tym świecie dla siebie nie widzę, która miałaby wystarczający sens dla kontynuowania tego życia.

Duch: Czyli oto miły byłbyś Bogu, gdyby nie to ostanie sformułowanie. Mógłbyś wyjaśnić to kontynuowanie życia? Niby co, ty uważasz się jego panem, bo niby z własnej woli mógłbyś je zakończyć?

Pierrot: No tak… chyba tymi słowami… Tak też mi się wydawało.

Duch: A czy uważasz, że słuszny byłby taki postępek względem nawet tylko wszystkiego tego, co tu zostało powiedziane? Nawet gdyby się kierując odruchem? Czy chciałbyś zachować i w ten sposób utrwalić tę możliwość?

Pierrot: Nie…, teraz widzę, że było to zasadniczym błędem, pewnie wynikającym z braku tej właśnie dzielności, o której powiedziałeś już na wstępie. Jednak słyszy się przecież jak niektórzy ludzie wojny wciąż mówią, zadając pytanie, gdzie był Bóg wtedy, jak ich bracia umierali w męczarniach. Jeśli by był, to przez swe miłosierdzie nie dopuściłby do tego.

Duch: Och tak, chciałbyś przetestować Boga niczym odkurzacz. Od zarania to samo, no i tak się właśnie powtarza mimo rzekomego postępu, a to przecież tych właśnie żyjących bracia powinni otoczyć szczególną troską, jeśli dostrzegają tę ofiarę, którą też ich bracia tak okrutnie złożyli za sprawą tych, co jakże ostentacyjnie zaprzeczyli postępowaniu miłemu właśnie Bogu, a raczej przysłużyli się jego zaprzeczeniu. Człowiek otrzymał przecież na jego miarę wolę wolną, no i cóż, nagle miarą ludzkiego widzimisię o Boga absolucie, niczym czarodziej z kiepskiej bajki miałaby ona być w jakiejś części mu odbieraną? I co, i to przez Boga? W imię czego i jakim prawem? Przecież każdy z ludzi też patrzy na świat swoją indywidualną miarą. No i co wtedy, dopiero byłoby zamieszania i moc brutalnej walki między ludzką zwierzęcością, którą w ten sposób by się wyzwoliło. Wyobrażasz sobie skutki wojny o dysponowanie tej nikłej woli zasobami, które by po jej odebraniu zostały? Co, to tylko jak trwoga, to wtedy dopiero do Boga, aby mieć następny pretekst i pretensje, że na miarę ludzką jest się zwyczajnym głupcem?

Pierrot: Czyli nawet dla Boga istnieją kategorie mędrca i głupca?

Duch: Jeśli człowiek nie potrafi dostrzec miłości od niego płynącej, bo i język ludzki jest mu najpospolitszą wersją języka, to niby w jaki sposób ma przemówić do człowieka, by miał być mu zrozumiały. Dlatego też w swych znakach musi być też milczeniem, a ja tylko tobie tłumaczę na twoją miarę, bo niby masz możliwości posłużenia się innym niż ludzki językiem? To przerażające, że i ty zmuszasz mnie do takiego występku. Bóg z pewnością na to sobie pozwolić w swej doskonałości by nie mógł, bo i on nie jest dziadkiem z laską ani innym prostym przedstawieniem, które dla obrazka potrzebne jest temu lub owemu tak, jak i ten język skrojony na jego miarę, by się oto miał nim posłużyć dla dobra wspólnotowego życia.

Pierrot: *(i tutaj nagle ten zrywa się ze swego krzesła, by stanąć nad biurkiem)* Skrojony?... znów coś skroić?... Tak jak z tym kaftanem?

Duch: Proszę tylko mnie nie ubierać w wasze ziemskie sprawki, bo ja nie mówię względem tego typu odniesień *(na te słowa Pierrot na powrót opada na krzesło)*. Do was, do ludzi trzeba mieć naprawdę anielską cierpliwość, bo tylko diabli wiedzą, gdzie was może ponieść fałszywa wyobraźnia. Tę samą z siebie, sami ze swych naturalnych żywiołów nie potraficie odpowiednio okiełznać. Ale cóż, błądzić zawsze można względem nie tylko jakiegoś celu, ale i drogi czy wzorca. Dlatego też choć w tych sprawach nie próbuj się równać nawet domniemanemu Bogu, zarazem drobiazgowo angażując go w swoje sprawki. Musisz pojąć absolut, bo jeśli to będziesz rozumiał fałszywie, ze wszelkich wierzeń będą wyłaniać się nie do uwierzenia dziwolągi, przeciw którym komuś się zachce stanąć nawet w zbrojnym orężu, bo fałsz będzie się opłacał i roznosił niczym morowe powietrze. Ale czy aby nie za wiele tych moich wywodów? Przecież jeśli będę je kontynuował, to się jeszcze utwierdzisz w przekonaniu, że można skrócić tę drogę i pójść na przełaj, na wygodne sobie skróty. Otóż nie można. Jeśli komuś się tak wydaje, to popełnia nie tylko zasadniczy błąd i grzech zaniechania, lecz poprzez to utrwala się w podstawowym fałszu, rodzaju iluzji, której koniecznym jest pragnienie upowszechnienia jej jako jedynej w tym względzie prawdy, by w ten sposób mieć na tym bezdrożu innych towarzystwo. W tym celu można nawet podpierać się całym zbiorem naukowych teorii, które stają się wtedy niezbędną podstawą i to nie dla nauki jako sztuki, lecz dla wyznania wiary w słuszność podążania tym bezdrożem, czy szybką trasą na manowce.

Pierrot: Przytłaczasz mnie, i jakoś nieludzko... Stajesz się nie do zniesienia.

Duch: Wybór drogi należy do ciebie i jest tak konieczny, jak i odpowiedzialność za własne postanowienia. No cóż, ja nie potrafię inaczej, bo i słaby jestem twoją nieumiejętnością i niemocą. Takich inicjacyjnych momentów miałeś już w życiu kilka i czekają cię dalsze próby, choć każda na innym poziomie, jeśli tylko nie ogarnie cię inercja, zniechęcenie. Czyż to nie piękne, że tak wiele zależy od ciebie? Zło musi w świecie istnieć, by mogli być i sprawiedliwi, choć tych tak niewielu i dlatego są oni najcenniejsi.

Pierrot: Gdyby ludzie nie byli w swej większości tak podli i mali...

Duch: Oj, nie?... Raczej ci, o których mówisz, są godni współczucia, bo albo zagubieni, albo błądzą podług wewnętrznej przekory i lęku przed samymi sobą. A ty?... Tak, chciałoby się w raju podejmować jedynie słuszne decyzje. Twoje dążenie do doskonałości teraz właśnie cię zaślepia, tylko z tego powodu masz bowiem stosunek do świata jako już doskonalszy, a to pycha i może więcej...

Pierrot: Nie tak, bo ja nie potrafię sobie radzić sam z sobą. To wszystko... Wszystko mnie denerwuje i nie widzę w tym sensu. Mnie nawet własne rozdrażnienie przytłacza i jawi się niczym otchłań. Wydaje się, że eksploduję. Nie mogę znieść otoczenia... To parszywe miasto, tak uwikłane w jakieś niekończące się pospolite symbole, ta grająca inteligencka gawiedź, gadające „znakami" belfry własnych niemożności, których wyraziciele sami siebie wydają się nie pojmować, lecz poprzez to tylko zawładnąć innym. To jakieś ciągłe udawanie, a jak znów spontaniczność, to bezrozumna albo tak prostacka i płytka, że tylko budzi moją odrazę. Wszyscy się mają prawie za wyrocznie, jakieś omnibusy racji, a jak przyjdzie co do czego, to wykręcają się sianem. Dzierżą przy tym swe założycielskie tajemnice, pośród których i takie, za sprawą których chcieliby zabijać słowem, nazywając się przy tym szlachciurami. Nie ma nawet gdzie stąd uciec, to jakieś panoptikum...

Duch: A czy ty wierzysz, że byłoby gdzie? Czy widzisz tę „obiecaną ziemię"?

Pierrot: ... Nie widzę, bo takiej nie ma. Za bardzo jestem związany z tym miejscem, z tym krajobrazem. To jest mój kraj i ojczyzna.

Duch: I słusznie... Chciałbyś być lojalnym i prawym, będącym u siebie człowiekiem, który pragnie rozwijać swe wcale nie pospolite dyspozycje. Na koniec powiem ci tyle, żebyś nie truł swojego organizmu i odnowił swoją duszę wraz z ciałem. Przed tobą stoją zadania, które będziesz mógł podjąć tylko jako odnowiony człowiek, który nie lęka się trudnych wyzwań. Jednak to ty musisz podjąć tę decyzję, czy zamierzasz być takim i nie szukać usprawiedliwień. Byleś tylko był mocny i dzielny. Teraz już każde następne słowo byłoby nadużyciem. Żegnaj, masz szansę zostać dobrym i szlachetnym człowiekiem *(i nagle zapada cisza)*.

Nieznajomy z nosem przyklejonym do szyby nagle uzmysławia sobie, że oto podczas tego podsłuchiwania z powodu wymuszonej niewygodnej pozycji noga mu tak zdrętwiała, że nie potrafi sprawnie oddalić się z miejsca. Tym też się nawet przestraszył, bo wizja siebie przyłapanego na gorącym uczynku i to przez „pierrota" jawiła się jako jego klęska. Stąd też niemal rozpaczliwie staje na tej sprawnej nodze, po czym skacząc na niej, rzuca się w stertę makulatury. I tutaj za narożnikiem kiosku pod wiatą zamiera pełen obaw o swoje nierozpoznanie. Odruchowo też łapie za atrapę rewolweru, którą nieodłącznie trzyma w kieszeni. Po dłuższej chwili Kwik wreszcie opuszcza swe biuro jednak samotnie, zamykając drzwi na wszelkie dostępne im zamki. Nieznajomy też nie stwierdza żadnej obcej osoby podczas opuszczania przez figuranta placu składowego. To niestety każe mu wątpić w zdrowy stan swych zmysłów. Aż nagle:

– Siedź tam, narrator, bo to całkiem dobre dla ciebie miejsce.

Ten głos należał niewątpliwie do Stanisława Kwika i był skierowany do nieznajomego „służbowego agenta", co później wymusiło od niego złożenie na piśmie rezygnacji z dalszego prowadzenia tej sprawy.

Dlatego też w końcowym wniosku z ostatniego raportu „narratora", czytamy:

Z uwagi na zauważalną ostatnio wzmożoną działalność niektórych duchownych, co w jawny sposób kłóci się ze świeckim charakterem państwa, umysłów jego obywateli i ma szkodliwy wpływ na jego materialny postęp, a także ze względu na powszechne dobro wnioskuje się o tajne wypowiedzenie wojny wszelkim przejawom tego typu duchowości i ruchów, które zagrażają nie tylko materialistycznemu i naukowemu widzeniu świata czy nawet zaprzeczają jego doktrynie, według której nasza władza kształtuje socjalistyczną świadomość społeczną, ale przede wszystkim zagrażają jej żywotnym interesom i bezpieczeństwu ogólnemu. Dlatego też domagam się fizycznego unicestwienia wszystkich duchów, duchowych i wichrzycielskich aniołów, by te nadbudowy nie miały materialnych argumentów, a mój przypadek okazał się tylko odosobnionym incydentem.

Wiernie oddany w służbie służbom
„Narrator".

Kilka tygodni po zdarzeniu z duchem Stanisław Kwik autentycznie udał się do spowiedzi i to nawet do Kościoła Mariackiego, którą w ten oto sposób był zaczął:

– W imię Ojca, i Syna, i Ducha św. Niech będzie pochwalony Jezus Chrystus.

– Na wieki wieków...

– Od ostatniej mojej spowiedzi, odprawionej jakieś osiem i pół roku temu...

– Osiem i pół? To coś z Felliniego? Dlaczego nie poczekałeś na przykład do dziewięciu. Liczba dziewięć niektórym wydaje się bardzo szczęśliwa. Na przykład dziewięć symfonii to dopiero szczyt doskonałości i samospełnienia.

– Ale proszę księdza, ze mnie żaden... reżyser, ani nawet sobowtór Beethovena. Ja tylko starałem się zrozumieć świat i siebie względem poznania i niepoznawalnego. Ja... według tego chciałem też postępować...

– A... chyba, że tak. To w takim razie słucham cię uważnie, synu.